小津安二郎全日记

［日］小津安二郎 著
［日］田中真澄 编
周以量 译

上海译文出版社

小津安二郎　Yasujiro Ozu
（1903.12.12—1963.12.12）

目录

凡例

一、本书收录了现存的小津安二郎自一九三三年至一九六三年笔记中日记性的记述，这个笔记中的记录、备忘性的内容则没有收录。各个笔记后记载的住址录、备忘录等，除部分内容外，均作了省略。

二、日记本原本中的阿拉伯数字的日期都是事先印刷在每一页上的。

三、单词、人名、地名的错误或书写错误都在（）中加以更正，或用“原文如此”标明。但一部分词语、专有名词、人名（如外景、情节、贾尔、德式面包店、New Grand、樱睦子等）能够辨认的书写方式均按照小津的书写方式记录，旧假名的错误或送假名的错误等均不加更正，以示对原文的尊重。此外，经常出现的店名（如 BuBuya、富士 Ice、富士乃里、风月堂）、地名（如汤河原）在第一次出现时加以更正外，其余均按照小津本人的书写记录。

四、在所有的《汉和辞典》中都没有出现过、属于小津特有的汉字，相应加以更正。

五、电影名称按小津的记述加以记录，但在书后的“电影列表”中加以更正。

六、原日记中的标点符号的使用颇为随意，所有的标点符号均加以省略*。

七、某年的记述有重复的地方，分别加以区别（如其一、其二……）。

八、上一年日记本末尾的下一年一月份的记述，或者下一年日记本开头的上一年十二月份的记述，大部分各自收录到相应年度之中。

九、日记本中仿宋的部分（如一九三五年其二，四月十五日和二十日，五月十八日等）都是小津之外的其他人书写的内容。此外，后来的一部分日记中小津事先记下的日程表之类，笔迹能够确认为小津书写，也以仿宋表示。

* 按照原文的意思，中译本使用了标点符号。（本书脚注均为译者注，后文不再一一标明。）

一九三三年

〔昭和八年〕

1月1日
星期日

信浓山下积雪深，旅宿被炉中，睡眼蒙眬迎新春。
阳光灿烂照纸门，寂寂融雪声。
我心亦无意，白昼接永日。
铁壶水沸腾，噗噗蒸汽升。
真想念，安倍川的浊开水。
土酒真个凉，此间有快意。

1月3日
星期二

住在赤仓高田屋。

1月4日
星期三

离开田口，在小诸下车。
小诸古城边，白云游子悲且凄。
繁缕无绿色，嫩草斑驳不忍席。
雪衾覆山岗，日下雪融如流溪。
日暖光灿灿，春野花香难寻觅。
春浅霞光重，麦苗渐露色青翠。
行旅人结队，匆匆行走在田畦。
日暮浅见山欲隐，佐久草笛声凄凄。
千曲川水波涛起，近岸旅宿今夜憩。
浊酒一壶独自饮，旅愁聊自慰。*

——藤村**

▲在一辆自行车上装上写有确（碓）*** 水的灯笼。

1月6日
星期五

◉《慈母情怀》**** 试映会。
整理贺年片剩余部分。

* 这是岛崎藤村《千曲川旅情之歌》中的一段，最初发表在《明星》杂志创刊号（1900年4月）上，题为《旅情》。

** 即岛崎藤村（1872—1943），日本近代著名诗人、小说家。

*** 即“确”应改为“碓”。（ ）中的字为日记编者所加。后文均如此，不一一注明。

**** 小津日记中提及的电影，参见本书附记“电影列表”。

1月7日 星期六

▲寒鲤盆中游，月高挂白昼。

1月8日 星期日

▲冰囊灰尘积，夜寒难憩息。

目黑的阿姨、谅二郎、三千子来访。

1月9日 星期一

为商议《警戒线之女》* 一事，与池忠一道前往汤之（河）原。

住宿在中西。

1月10日 星期二

在汤之原投宿。

▲从二楼观看来温泉疗养的客人们抵达玄关，其中有女子。其脖子上围着狐尾的围巾。池忠说：切！狸变狐样。

1月11日 星期三

给深川打电话，让他们送钱来。

电汇寄来六十日元。

傍晚，清辅来。

1月12日 星期四

在汤之原住了三晚上后，乘坐傍晚的快车回京。

▲鲷梦出鸣门圆也。**

1月13日 星期五

在内幸町末广迎接木村、森本两位先生，剧本新年宴会。

参加宴会的人有：与、士、绫野、九、武富、冈田。会费七日元。

在鸟羽送森本先生。

惜别之情，依依不舍。与先生约好，送我一头牧羊犬。

1月14日 星期六

收到槌贺安平寄来的信，好久没有收到他的来信了。随时可以写信的人是有好报的。

去二幸地的茂原家。打麻将等。

1月15日 星期日

野田与四郎、德、道三郎来访。

1月16日 星期一

池忠来深川，商讨《警戒线之女》。

彻夜交谈。天空发白时，在被炉中睡了两小时左右。

1月17日 星期二

▲雪夹着雨，形成冰柱，这种山中才能够看到的现象在东京出现，十分稀罕。

* 『非常线の女』，拍摄于 1933 年，小津导演的黑帮爱情片。

** 这句话是原文。按照汉字的日语发音，这句话应读成：Time is not money，即“时间不是金钱”的意思。这是小津安二郎式的双重诙谐，一是用汉字的发音表达英文的意思，二是用这句话对 Time is money（时间就是金钱）进行反讽。

▲与野田的母亲德去邦乐座。《金发维纳斯》与《极乐特急》。野田的母亲自始至终都在打瞌睡，因没有孙子打扰，故而得以放心打瞌睡。

1月18日 星期三

▲在不入斗的池忠家里又一次商讨《警戒线之女》。
▲到庄司的澡堂洗澡。
▲小松从八户寄来鲑鱼。
▲市川的阿姨来访。

1月19日 星期四

在大森的不二屋与忠碰头。
在野田高梧家商讨《警戒线之女》。

1月20日 星期五

▲大久保忠素先生进京。
在弗莱德屋喝啤酒，将他送到东京车站。

1月21日 星期六

▲与次长、松崎前往向岛的水神八百松吃饭。
▲天空欲雪。雪花飘舞。
▲去理发。

1月22日 星期日

下雪。
小木棚的新东京呈现出一番大江户的景象。
在被炉里睡午觉。

1月23日 星期一

这是一个令人惊讶的聚会。
身披轻罗的外国人阿吉在Spot中跳着明乌之舞，这受到美国佬哈丽丝的影响。

1月24日 星期二

▲读剧本《警戒线之女》。
▲受次长之邀，加急拍摄，前往汤之原中西。
与高梧、忠进行商讨。

1月25日 星期三

▲商讨加急拍摄的脚本。
▲住宿在中西。

1月26日 星期四

▲乘坐清晨的快车回蒲田。
▲商讨角色安排事宜。

1月27日 星期五

▲《东京之女》* 拍摄第一天。

在帝国馆拍夜景。

1月28日 星期六

▲ 在丸之内拍摄夜景。

拍摄冈田打电话的场景。

拍摄江川自杀的场景。

1月29日 星期日

▲ 拍摄奈良〔真养〕** 警察家的场景。

1月30日 星期一

▲ 拍摄奈良警察家的场景。

第二天。

1月31日 星期二

▲ 拍摄 Apartment 第一天。

2月1日 星期三

▲ 拍摄 Apartment 第二天。

2月2日 星期四

▲ 拍摄 Apartment 第三天。

2月3日 星期五

▲ 拍摄 Apartment 第四天。

2月4日 星期六

▲ 拍摄钟表店的场景。

▲ 拍摄办公室的场景。

▲ 拍摄酒吧的场景。

《东京之女》拍摄完毕。

2月5日 星期日

▲ 剪辑。

2月6日 星期一

▲ 十二点举行试映会，4200 英尺。

与茂原、忠在大森的不二屋吃牛肉火锅。

▲ 去理发。

2月7日 星期二

将胶片带到厂总部进行试映。

吃安眠药，熟睡。

2月8日 星期三

▲《东京之女》受审查，没有 Cut。

* 『東京の女』，小津拍摄于 1933 年的黑白默片。

** 〔 〕中的文字为译者补充，以便读者更易理解。下文同，不一一注明。

与清水、斋藤前往银座，去了不二（富士）Ice，顺道去了东京屋，在千匹屋买了椪柑，回家。

2月9日
星期四

▲《东京之女》首映。

与清水、斋藤前往汤之原中西。

住宿在中西。

阿寅很无聊。

▲清晨前往蛎谷町的中条店，与叔父相会。

2月10日
星期五

阳光照射在拉门上，暖洋洋的。

美美地睡了一觉。洗了个澡。给新潟写信，又给桥本打电报，说是明天到东京去。

山上天野屋的土仓呈现出白色，比目鱼干的味道很好，心情变得清爽起来。

2月11日
星期六

桥本泰太郎来京。

▲与贵志男、与三（藏）前往停车场。

▲不二 Ice →地铁→榎健→中清→帝国馆→松屋观光点→一戋（钱）蒸汽→深川

走了太多的路，疲惫不堪。

2月12日
星期日

庄司澡堂 Special →三共→然后坐车从外苑到新桥→蒲田→坐车到浜→居留地之丘→支那町安乐→银座考伦班→门→乘坐十一点十分大阪发车的列车回大阪

在此期间还打麻将什么的……

▲说老实话，这么忙忙碌碌的日子如果一天接一天的话，东京可真让人讨厌。

2月13日
星期一

▲与清水、密去厂总部。去东京屋。

▲在资生堂二楼吃咖喱饭后，与内田岐三雄见面。

2月14日
星期二

▲从厂长那里获得《东京之女》制作费七十日元。

▲从副厂长那里获得慰劳费五十日元。

▲电影完成了。这部电影在市内第一公映馆放映期间，我总算舒了一口气。

2月15日 星期三

▲傍晚，与清水前往东京屋。

▲在不二 Ice 吃炖鸭子。

2月16日 星期四

▲前往汤岛，同行者有十人。

住宿在落合楼。

▲伊豆的春意还很浅，天城山上还有一些残雪。从修善寺到汤之岛、汤野、下田的街道上看不到舞女的身影，只有风吹打在电线杆上的声音。

2月17日 星期五

夜幕降临，回东京。

从今天早晨起开始下雪，雪之大，竟使途经下田街道的翻越天城山的定时 Bus 也都停运了。

有新郎从大仁来到落合楼，因此，落合楼里从白天起就灯火通明。

东京也下了一点点雪。

2月18日 星期六

▲与绢代和逢初前往大木预订《警戒线之女》的服装。

▲与清水在大森的不二屋喝啤酒。酒精的成分发挥作用，胃里十分舒服。

2月19日 星期日

▲第三个星期日。

▲天气虽好，但风很大。与父亲一道前往灵岸前的正吉家。

▲此外，便在被炉里迷迷瞪瞪地睡午觉。

2月20日 星期一

▲水久保检查服装。

▲武富来制片厂。

感叹他已经成为一个成熟的人。

▲购买 DIAL。

▲深深感觉到要成为一个好手艺的艺人。

2月21日 星期二

▲去理发店。

▲谈起娶媳妇的事，很不高兴。

因为我真不想年纪轻轻就变得昏聩。

2月22日 星期三

▲在大木非正式缝制 dress。

在奥林匹克与绢代喝咖啡。前往东京屋。

▲登贵来深川。

▲晚间，从东京车站跨过架在深川上的永代桥回家。登贵为什么常常那么寂寞呢？从永代桥可以看到浅野水泥〔厂〕的轮廓。铅板铺就的仓库矗立在河边。进入城镇后便是小小的针织品商店、化妆品店、印刷厂、收音机店、车库——这时，Bus 上常常人很少，所有的玻璃窗都很脏。就在人们蜂拥而来时，映入我眼帘的是浅野水泥〔厂〕的巨大建筑，这个建筑物上的玻璃窗常常是红色的。

2月23日 星期四

▲参观警视厅。

2月24日 星期五

▲下雨。

前往赤阪（坂）佛罗里达进行舞蹈演员考试。与厂长、和田三造、八十等人一道。

小松把老板娘介绍给我们。

▲《暗黑街之女》试映。

三年时间过去，现在观看，没有任何的感触。

2月25日 星期六

▲远处的原野上氤氲蒸腾。在省线列车上迷迷瞪瞪地打瞌睡。

▲今年我还没有看过一场电影，这连我自己多多少少也感到惊讶。

2月26日 星期日

▲从潮田到浜寻找外景地。从山之手往浜的方向望去，一片开阔的景色。今天，鹤松从理发店回来，在玻璃房里吃烤面包片。

2月27日 星期一

▲《警戒线之女》still。

▲目黑、牛込、深川的母亲和哥哥来蒲田，共七人，前往位于浜的安乐〔店〕。

▲爬坡很辛苦，但下坡却很轻松。虽说如此，却不含任何的教导寓意。因为下坡是两人相扶，牛顿常常很热情地拉住我的右手。

2月28日 星期二

▲晚上，在丸之内寻找外景地。在银座购物。

▲gravitation 心里一定恨着 Newton。不知不觉间，一颗苹果掉落在眼前，从此以后，〔牛顿〕便不再轻松。

▲在田屋购买红色裤子吊带。

3月1日 星期三

▲《警戒线之女》第一天的拍摄工作因阴天而中止。

▲与清水在茂原家观看有声电影。
▲与池忠在后乐吃鸡肉火锅，谈及旧时浅草。
▲背着外壳的蜗牛有多么羡慕蛞蝓呢？
就是因为它没有外壳。
我不知道，从动物学的角度来说，谁优谁劣。

3月2日 星期四

▲因天阴，拍摄工作中止。画公寓的图纸。八点十九分与忠从浜前往汤之原。清水和陶山两人先前乘坐火车抵达，住宿在其他房间。
▲住宿在中西。服用0.15的安眠药。
▲半夜发生地震，震源地在东北方向，与池忠慌忙爬到三楼。

3月3日 星期五

▲阴天。汤之原的小镇十分安静。午后，与忠悠然地玩台球。
▲春江仍很健康。
▲住宿在中西。就着冷酒服用0.15的安眠药。

3月4日 星期六

▲早上乘坐八点四十二分的快车。
九点五十五分抵达浜，因阴天而中止拍摄工作。
在中野喝咖啡，买了个骰子杯，回家。
▲厂长来。
▲大久保的夫人因其叔父一周年祭日来到东京。

3月5日 星期日

▲阴天。下雨。稻荷祭。登贵来。
整日迷迷瞪瞪地打瞌睡。

3月6日 星期一

▲今天也是阴天，拍摄工作中止。
▲去丸善。为拳击俱乐部做设计。
▲与浩将前往Shibazono。
㊦ *SO BIG* 一半，*GIRLS IN UN I FORM*。
回家路上，顺道去了不二Ice及德式面包店。
▲寄宿生活使得穿制服的少女更加动人，这是事实。

3月7日 星期二

▲出席《电影旬报》的推荐电影名作鉴赏会。致辞。
▲中止在浜进行的外景拍摄。
▲温暖阳光照耀下的汤之原的中西澡堂令人怀恋。山上的土仓发出白光。山上还有云彩呢。

▲《我出生了，但……》获一九三二年度的大奖。

3月8日
星期三
▲〔拍摄〕和子与宏的 *Apartment。
▲因下雪，拍摄银座的景象。不管怎么说，春雪融化得很快。

3月9日
星期四
▲〔拍摄〕和子与宏的 Apartment 及其走廊。
▲与清水和密前往大森的不二屋。
谈及有声电影的话题。

3月10日
星期五
▲稍微拍了一点 Apartment 的剩余场景。
▲在电车里，我不由得回想起忠的话：sophisticated idle boy**。

3月11日
星期六
▲又是一个下雪天。
▲台球房 Set 的拍摄工作不顺利，真是寸步难行。

3月12日
星期日
▲第二天〔拍摄〕台球房的 Set。
▲在外景地浜拍摄夜景。雪开始飘落，没有拍成，便回去了。
▲每当晚上错过回家的省线列车，我就会想，这部电影拍摄完之后就去旅游。

3月13日
星期一
▲稍微拍了一点 Bar 的 Set 后，就开始画 Boxing club。
▲厂长来厂里。一块儿回去。
▲天气情况很不稳定，真想给上天一点蓖麻子油。

3月14日
星期二
▲第一天〔拍摄〕Boxing club 的场景。
▲〔拍摄工作〕还是不顺利，真是寸步难行。视情况而定，不只局限于在奥林匹克一块儿喝酒的伙计。

3月15日
星期三
▲〔拍摄〕Boxing club 第二天。

3月16日
星期四
▲〔拍摄〕Boxing club 第三天。

3月17日
星期五
▲〔拍摄〕Hotel 场景。
▲〔拍摄〕横滨的最后一个场景。

*
《警戒线之女》中的两个人物。和子由大久保澄子扮演，其弟弟宏由三井秀男扮演。

**
老于世故的懒散男孩。

3月18日 星期六

▲〔拍摄〕横滨的最后一个场景。

3月19日 星期日

▲早晨在浜的鱼河岸吃早饭后回家。

▲睡了一整天。

3月20日 星期一

▲在 M.G.M. 的试映室观看 *THE FRONT PAGE* 的试映。

LEWIS MILESTON 的脑子真好。

▲拍摄 Bar 的场景。

▲再怎么睡也睡不醒。脑袋瓜子也很迟钝。春天不适于工作。

3月21日 星期二

▲与江川原观看 *Back Street*—在朝日讲堂。

▲〔观看〕WHITY SMITH 的 *JASS*（*JAZZ*）和 *THE SIGN OF THE CROSS*—很无聊。

▲与司机的对话：

“到深川需要多少钱？”“便宜十块钱也罢。”

下车时，“我给你六十块吧？”“好的。”“多给你十块钱也罢。”

3月22日 星期三

▲在浜拍摄外景。

▲看完家具，购买面包。

▲在大森的不二屋与池忠说起旅游的事。伊豆的春天—天城的街道—中西的澡堂。

▲想创设一个事务所。

3月23日 星期四

▲茂原〔英朗〕有点感冒，中止在制片厂拍摄布景的工作。

▲好想快点结束工作，出去旅游。

▲倒也不是得病了，就是觉得身体不舒服。

4月16日 星期日

▲给《朝日新闻》写稿子，写了点关于丸之内风景的文字寄出去。与哥哥、信三和美年子前往不二 Ice。回家时顺道去了趟丸善。

4月18日 星期二

㊤前往帝〔国〕剧〔场〕。与成濑巳喜男同行。

▲*Scarface*。

▲*No man of her own*。

在花菱吃猪排饭。

4月22日 星期六

▲春雷。

▲与清辅、高山等人玩台球。

▲服用安眠药。

▲睡意浓，西堀柳梢夕阳红。

4月23日 星期日

▲与池忠在大森的不二屋见面。

▲与野田谈活动一事。

过于拘泥于细节 cut → cut。时间上无法省略 cut → cut。导演端坐在椅子上。我的失败反反复复。

4月24日 星期一

▲与荒田商讨剧本之后，前往帝剧。

Ⓐ *AMERICAN MADNESS*

▲ 14 *JUILLET*

在天金用餐，在门喝茶，然后悠闲地走在丸之内的大街上。

4月25日 星期二

▲开剧本会议。

▲与清水、康、宗本在大森的富士屋吃饭。

4月26日 星期三

▲做了一会儿《勿忘我花》的剪辑工作。

▲梳着丸髻的绢代真漂亮。

▲与密、楢崎去 Candy。

▲茂原试拍。邦乐座。

▲牙一直疼。

4月27日 星期四

▲去看牙医。然后乘坐十点十五分的列车前往米原。

▲一路上晴空万里。

春日的阳光照射在樱树枝头，点点的白云在天城〔山〕的上空飘来飘去。缓缓起伏的山坡上，电线伸向远方，看不到尽头。黄牛一步一步地前行。邮递员擦拭着脸上的汗水。理发店里张贴着走村串乡演出的海报。莲田旁立着水车小屋——

此外，只要回想起大和田健（建）树的有名的文章就心满意足了。

伊豆的汤之岛正是午后时分。

4月28日 星期五

▲这段时间，干完工作后，我便越过天城〔山〕，在莲田里休憩、观赏。在川端康成的舞女走过的线路上，我对这里的街道感受到一种莫名

的旅愁。在这旅愁中有着慰藉我们的共同的东西。我丢下池忠，一个人开开心心地住宿在伊豆汤之岛。

4月29日 星期六

▲此前来这里时，大雪纷飞，一个新郎从大仁来到落合，每一个房间灯火通明，亮得跟白昼似的，但今天，附近的老太婆们在这里摆设宴席，用旧纸包裹着做佛事用的碗。三天前，这里的老爷子去世，今天，人们在土仓前的楮树下设宴做佛事。

Such is a life!

▲参加在伊吕波举办的《我出生了，但……》的研讨会。

4月30日 星期日

▲在二宫附近。

看到桃树枝的模样，请再回想一下“桃”这个字。我想对中国人表示敬意。

▲在帝国馆放映《警戒线之女》。

▲在竹叶吃鲷鱼泡饭。

▲与池忠、柳井、荒田打台球。

5月1日 星期一

▲五月。

不知为什么，一年之中，这个月是我头脑最清醒的一个月。

▲新绿。鲤鱼旗。鲣鱼。女人穿着哔叽服装，从金合欢树下走过。

5月2日 星期二

▲傍晚，与荒田商讨剧情，前往汤之原。

▲住宿在中西。下雨。

5月3日 星期三

▲与荒田商讨剧情。

▲住宿在中西。

5月4日 星期四

▲熏风五月，满眼新绿。前往伏见名古屋。

▲傍晚回京。有声电影试映会在邦乐座举行。与清水、康去千匹屋。

5月5日 星期五

▲端午节。虽然并不想吃，但还是买了一个槲叶糕。*

▲风吹过浅蓝色的天空。粽子。鲣鱼。五月真是个好季节。

㊤《泪流满面的春之女》在帝国馆试映。

* 原文是“柏饼”，即槲叶糕。这是用槲树叶将豆馅包起来做成的一种糕点，一般于端午节期间制作。

5月6日
星期六

▲荒田来到我于深川的家。商讨剧本一事。
▲寺崎广载来访。
▲长井阿姨、登贵来访。

5月7日
星期日

▲整日无事，睡觉。
隐隐约约做了许多梦，在二楼睡午觉。

5月8日
星期一

▲小松小姐的结婚典礼——缺席。
▲闲来无事，睡了一整天。
每天都是如此，睡午觉醒来，已近傍晚时分。每当听到卖豆腐的喇叭声，总觉得日落时分令人寂寥，尤其是秋天。

5月9日
星期二

▲与高山前往银座。
东京屋→富士屋→不二 Ice →港屋→门
▲在港屋预订浴衣、挂帘。
▲金从俱乐部来。

5月10日
星期三

▲好久没有打麻将了，打了两次都输了。
▲今天是雷雨天气，川崎一带还下冰雹了。

5月11日
星期四

▲厂长来。
▲定下电影名字：《大学是个好地方》。*

5月12日
星期五

▲九点二十五分厂长前往满洲。
▲〔与〕江川前往福莱德尔玛乌斯·布凯。
▲早稻田大学的学生来访，山中就毕业于这个学校。

5月13日
星期六

▲打麻将。
▲在大森的富士屋与雄马、红、高山吃饭。
▲拉奎尔·梅勒的《小姐》〔唱片〕上落满了灰尘。唱机上的唱针也生锈了。美公在芒草中休憩的五月。

5月14日
星期日

▲长井的益先生等来蒲田。
▲与厚田去庄司的澡堂。打麻将。前往神谷町的旧家具店。

*
『大学よいとこ』。小津执导，1936年上映的电影。

▲美人抽着烟，其模样令人感到孤独。不知不觉地、很偶然地，这成为第一百号寂寞人物像。

——德式面包店所见

5月15日 星期一

▲傍晚，茂原进行试拍。

天色发白。

▲你能不能对杂种狗更加喜爱一点。

从个人爱好方面来说，你有洁癖完全没有问题，但是——

5月16日 星期二

▲清晨，去庄司的澡堂洗澡。吃咖喱饭。

对没有故乡可回的东京人来说，这种不值一提的乡巴佬情趣也挺好。

▲茂原在帝国馆试拍。

▲前往三泽，与今泽、昊、茂原同饮。

▲松花泛白五月夜。

5月17日 星期三

▲大扫除的一天。

父亲因感冒卧床。

洗了个澡后，前往厂里。

▲直似那　金鱼过水管　辛酸不可说

5月18日 星期四

▲与厚田前往神谷町。

此时的牛臀肉很畅销。

▲悄悄观看帝〔国〕剧〔场〕的浩将组。

▲跟往常一样，迷迷瞪瞪地睡午觉。错过了〔刘易斯·〕迈尔斯通的 *Rain* 的试映会。

5月19日 星期五

▲与厚田观看三越的物产博览会。

在三共品尝麦芽乳。

▲六点五十九分与清水一道前往汤之原。池忠、柳井在那里。

住宿在中西。难以入睡。

5月20日 星期六

▲荒田来交谈。

▲乘坐早晨的快车回东京。

坐小松的达特桑回东京。

5月21日 星期日

▲清辅、高山来访。傍晚，前往银座，在竹叶吃鲷鱼茶泡饭，打台球。

▲武藏山与冲之海角力，你来我往，不分伯仲。总之，竭尽全力去与处于伯仲之间的对手对抗，这是非常有趣的。

▲在和田屋吃松软的点心。

5月26日 星期五

▲荒田来访，商讨剧本一事。

▲前往银座，在隐豪家吃晚饭。

▲通宵商量剧本，但毫无进展。

5月27日 星期六

▲商量剧本。

▲十二点左右，荒田回去。

5月28日 星期日

▲《港口的日本姑娘》试映。

▲在后乐与高梧、密喝了一点酒。

信步闲逛，拦了辆出租车回到东京。

▲早〔稻田大学〕庆〔应大学〕比赛5：1，庆应〔大学〕胜出。

5月29日 星期一

▲与高梧、密、宏在大森的不二屋吃牛肉火锅。

▲池忠来。买安眠药。

▲久米的画完成了。

5月30日 星期二

▲理发店。

▲与高山前往银座。港屋。挂帘。单和服已经做好。

▲在德式面包店一边吃三明治，一边听服部的钟声。

5月31日 星期三

▲在新潟铁工的空地上与432混合队打垒球，以+A的成绩获胜。

▲与清水宏、佐佐木、康、石川、沼波前往汤之原的中西。

▲泡完澡出来，睡觉。

6月1日 星期四

▲中午前后回东京。

与岛津组的人打棒球，不分胜负。

▲好久不运动了，稍一运动后便觉得浑身痛。我开玩笑地说，可能是上年纪了。略感寂寞。

▲在布景前与女演员交谈了几句。

6月2日
星期五

▲《大学是个好地方》总算完成了。

▲想到明天的旅行，睡不着觉。心情就跟小学生一样。夜深了，还坐在桌前吸烟。

6月3日
星期六

▲九点二十五分乘坐上野出发前往仙台的列车，在郡山换乘之后，在会津若松下车。

▲住宿在东山温泉向泷。

▲绿叶缀满樱，会津大津画中景，~~慰我行旅情~~牛车悠悠行。

6月4日
星期日

▲乘车从东山前往饭坂。

▲阵阵微风吹拂猪苗代湖，朵朵白云掠过盘（磐）梯山。

桐花紫。插秧忙。万里晴空天碧蓝。

▲住宿在饭坂稻荷屋——一濑之上。

6月5日
星期一

▲离开福岛。

▲八点十分抵达上野。

6月6日
星期二

▲与高山、加贺前往银座，与水久保、逢初在竹叶吃饭。

▲港屋。村咖啡店。

服部的大时钟敲响了八下。从竹叶的窗户里望去，银座夜晚的街道真美丽。九点了，*one hour with you*。

6月7日
星期三

▲细雨蒙蒙。

▲整天在家睡觉。夜幕降临时，去洗澡，好久没有与人聊天了。

▲这一天，副厂长发表辞职讲话，虽然是一件轰动的事，但我一点也不吃惊。

6月8日
星期四

▲与大道具〔组的成员〕进行〔棒球〕比赛，输了。

▲与山口等人在车站前吃猪排饭，打台球。

▲与高山前往银座。

6月9日
星期五

▲厂长来厂里。

▲总之，《大学是个好地方》的阴郁以及毫无匡救之处暂时得到保留。

▲票房价值如何如何，这都是千变（篇）一律的话，因此并非能够拍出好东西来。

只考虑赚钱的人是可悲的。

6月10日 星期六

▲至于我是什么人，我是性急之人，很容易放弃某个事情，所以有时陷入困境。

▲下定决心放弃无法决然放弃的事情。最近一段时间，有时我突然十分怀念起我曾以爽朗的心情聆听风吹雨打之声的事情来。

6月11日 星期日

▲内田岐三雄来厂里，他好久没有来了。

在 Candy 聊天。

▲去理发店。

▲与母亲、哥哥、小美去小石川植物园。

6月12日 星期一

▲人们有点担心我会变得虚无，这并非从电影方面来说。

变得虚无的话，或许生活会变得更加轻松。

最要不得的是无法果腹的虚无。

▲与清水去东京屋不二 Ice。

6月13日 星期二

▲在明治屋的中央亭与母亲两人请目黑的叔叔、婶婶吃饭。

6月14日 星期三

▲与高梧和宏前往大森的不二屋。

▲与清水在大森信步闲逛。

6月16日 星期五

▲去了一会厂里，与池忠乘车来到深川，等候从京都打来的电话。

▲接电话。说是大久保明天乘坐“燕子〔号〕”出发。

6月17日 星期六

▲八点十五分大久保与清水乘坐“燕子〔号〕”从京都来。

与野田去迎接。

▲在松岛吃天妇罗。

▲与大久保住宿在深川。

6月18日 星期日

▲与大久保、清水、野田去厂长家。

▲吃完晚饭后，与大久保前往小石川。

6月19日 星期一

▲ *I'm a figitive from a chain gang*。与池忠去 Gincine。

▲在富士馆与清水观看《盘岳的一生》。

▲电影看多了，最近眼睛疼。

像今天这样的无聊电影，看得眼睛疼，这是在所难免的——

6月20日 星期二

▲池忠来深川。

▲互相用徕卡〔相机〕拍了许多〔照片〕，然后商讨剧本。

6月21日 星期三

▲前往东调布的池忠家。

这里是新开辟的郊外，非常不错。

▲在简易保险局的操场上试跑百米，〔成绩为〕14.8〔秒〕。

▲商讨剧本。

6月22日 星期四

▲在家里迷迷瞪瞪地睡觉。趁着天还没有黑，去洗澡。

6月24日 星期六

▲长井的阿昭在死之前，母亲一直劝她喝奶油，但最终还是喝晚了，阿昭故去。

每次去长井，都发现有奶油罐。把它扔掉算了，但至今还在用。

母亲说，家里面看上去毫不起眼的奶油罐，在长井看到它，却让人掉泪。

6月25日 星期日

▲从星期六傍晚起，与清水宏前往汤之岛（原）的中西。

6月26日 星期一

▲睡了一整天。傍晚时分，与信三在仲町、木场散步。

▲与厚田前往清州（洲）桥。

6月27日 星期二

▲穿着和服衣冠楚楚地去厂里。

▲与原研吉在德式面包店吃三明治。

聆听服部的钟声。

▲理发店。与阿茂见面，好久没有见着他了。

6月28日 星期三

▲薪水日的抑郁。

究竟什么时候能够从这种状态下解脱出来呢？有点难以承受之感。

这就是“Such is a life”，但我无法摆出如此明白事理的表情。

6月29日 星期四

▲打棒球。打针种痘。

在 Candy 喝奶油苏打〔饮料〕，见到水久保。

7月2日 星期日

▲ 为商讨《心血来潮》*，与池忠前往相州汤之原。

▲ 久米三汀住在另外的房间。

▲ 把工作放到明天去做，喝了一瓶酒后，睡觉。

▲ 住在中西。

7月3日 星期一

▲ 泡澡。正喝红茶时，久米到来。玩了会打靶和射箭，晚上与池忠喝酒。谈论未完成之美以及草草完成的作品，略带醉意，打盹。

▲ 商讨剧本。完全无所事事。

▲ 住在中西。

7月4日 星期二

▲ 商讨剧本。

▲ 住在中西。

▲ 歌舞剧团水组的江泷子身穿连衣裙，外披雨衣，冒雨买樱桃。

——三日所见——

7月5日 星期三

▲ 乘坐下午的快车回东京。

▲ 与厂长见面。

7月8日 星期六

▲ 与池忠、高山、加贺及爱斯基摩在东京屋打台球。

▲ 阅读剧本《心血来潮》。

7月15日 星期六

▲ 池忠来深川。

前往丸善。购买《清贫之书》、凉鞋、笔记本。

▲ 商讨《心血来潮》。谈天说地。

▲ 本月的第一个星期天调至今天休息。

7月16日 星期日

▲ 目黑的叔父、叔母来深川。

▲ 说不出的好心情。

两相望，心情不一样；忆往昔，毫无恋旧意。

7月18日 星期二

▲ set。饭店。

㊤ *A FAREWELL TO ARMS*。

在帝国剧场观看。无聊的东西。

* 『出来ごころ』，小津导演，1933年上映的电影。

▲与高梧、密、松崎前往 Kirin。

7月19日 星期三

▲川口的 Union Beer。

在潮田的水槽附近寻找外景地。

8月7日 星期一

▲略微看了一下次郎〔家〕的布景。

▲傍晚时分晚霞映射的天空下，高岛屋的霓虹灯闪耀，从车窗中看去，十分美丽。

▲所谓恋爱，是通过摄影机取景器看到的分割得极为细小的人生。请不要随意地按下快门。

8月8日 星期二

▲次郎家的布景。

▲次郎的字幕。

喜八啊，请想想你的年龄吧，年龄。

到了无法区分 sophistication 的年龄，这家伙开始走向与人生相反的喜剧之路。

9月1日 星期五

今天刚好是大地震十周年。

深川家的庭院里苔藓开始生长，我也已经稀里糊涂地跨过三十岁的门槛。

9月14日 星期四

▲蒲田祭。信贵山。

▲因被征兵，入伍第 33 队十五天。这一段时间要与蒲田说再见了。

9月15日 星期五

▲乘坐“燕子〔号〕”抵达津，不少人来送行。

▲五点刚过，在入江町的大观亭洗去旅尘，喝了点啤酒——搞不好这些天来可能喝不到了。越过葭户，看着微弱的夕阳照在长有苔藓的庭院里，乏味地听着蝉的鸣叫声，独自沉醉于寂寞之中。

9月16日 星期六

▲九点。

投宿于 No.33 Star Hotel。

开始了长达十五天的无聊的旅居生活。

▲这天晚上没有蚊帐，整夜为蚊子的叮咬而苦恼。

9月17日 星期日

▲因是周日，下午休息。

9月18日 星期一

▲满洲事件＊两周年，彻夜演习。

从黎明时分起飘起细雨。

9月19日 星期二

▲整天休息。下雨。

9月20日 星期三

昨晚，身上盖着用草编就的被子，哆哆嗦嗦地躺在床上，做了个梦。梦中的景象是：在银座的二层楼上——从这里可以看到服部的大钟——我喝着啤酒，绿色的下午时分，那个女子跷着细长的腿。

从睡梦中醒来，雨正下个不停。

在与睡梦中的景象截然不同的 Star Hotel 的一个房间里，听着雨声，更加引起我想回到东京的心情。浪漫主义者——小津安二郎。

9月23日 星期五

▲叔母的告别仪式在宿屋町举行。

▲在练兵场上，到处都是红色的曼珠沙华，开得正艳。

▲在鸣门吃天妇罗。

白天出门。

9月24日 星期日

前往宿屋町，拜佛像。去天然寺扫墓。

叔母也去世了。想起暑天里南医院三楼的病房，就像是遥远的过去一般。

9月25日 星期一

部队就像蚯蚓一样地单纯。

9月26日 星期二

Go-stop 事件。

有人说，军人与警察不一样，不是 professional。

管你一样不一样呢，实际上我只想早点让我退伍。

9月27日 星期三

这一天，检阅此次的征兵。

从傍晚开始下雨，我坚持不下去，咕咚一下，躺倒在床上。

9月28日 星期四

我尝试着回忆戴安娜及奇科的《第七天堂》。

戴安娜、奇科、天堂——

我和我的影子——

9月29日 星期五

▲射击——

＊ 即九一八事变。

秋日的阳光照射在射击场上，我横躺在射击场的土包上，昏昏沉沉地度过了一天。

9月30日 星期六

没有亚美·朱莉的汤姆·布拉恩的生活，即便是著名的朱尔斯·法斯曼也很难将它拍成电影。

10月1日 星期日

▲这一天退伍。

FAReWell to arms ！ *

在松阪爱宕町住了一晚上。

▲在大观亭聚餐。

10月2日 星期一

▲抵达山田已是傍晚时分了。

与森本先生和井阪在月读宫旁边的旗亭里喝酒，观看伊势音头。

▲看了松阪的仓库，找出过去的偶人，送给他们。

10月3日 星期二

▲朝熊山→内宫→豆腐店

▲乘坐“参急〔号〕”前往京都。这一天住在大久保。

10月4日 星期三

▲圆月。

与井上金太郎、大久保等人从新三浦的一个叫“碛”的饭店里观看东山顶的月亮，吃清炖鸡锅。

然后又去一平茶屋。

大久保醉成一摊泥。

10月5日 星期四

▲与井上金太郎去广大寺吃普茶料理。

▲后来，荒井良平加入进来，在八坂的开阳亭喝到天亮。

▲天亮时分，乘车四处观看雨后京都的景象。

10月6日 星期五

▲井上金太郎、秋山耕作、山中贞雄、大久保和我

在蛸药师附近的翁吃牛肉。然后去祇园金坊的巢喝酒，喝了个通宵。

10月7日 星期六

▲雨中的京都令人惆怅。

归心似箭。乘坐“燕子〔号〕”回东京。

▲在四条的蔬菜店里买松茸寄给厂长。

* 原文如此。

10月8日
星期日

▲回到久别的家里，度过一天。

▲此次的京都之行最终哪里也没有去，只是一个劲地为人事而操劳。

银阁寺里有小町惨死的匾额。

这个匾额里蕴含着怎样的意思呢？

是对傲慢之人的结局的讽刺吗？还是说人最终是平等的呢？其中的阴险之意有点像哄骗世上所有的孩子似的。由于它在京都，所以更加令人在意。

但我也没有去看这个匾额，就回来了。

寂光院——也是如此。

10月17日
星期二

▲久未买领带，买后心意平，谁知数日后，又起购买心。

这是兄长写的一首和歌，曾被石樽千亦加以点评。

倒不是说两三天前读了这首和歌之后特别喜欢的缘故，但最近在田屋买了两条领带后，却很难再对领带提起兴趣了。

10月22日
星期日

▲女子趴在桌子上写信，我在桌子的这头，时不时地偷偷瞄一眼信的内容。信上的字确实不能恭维。很快，女子就写下收信人的名字：寝觉先生。就在这时，我从睡梦中醒来。嫂子到二楼来晒被子。秋日的晴空下，天气真好。

▲与茂原、厚田、浜前往安乐园。

▲登久来。

10月24日
星期二

▲过了一段时间后，曾经写下“两相望，心情不一样；忆往昔，毫无恋旧意”的人却感到与写那首和歌时完全不同的心情，我再也不能感受到“两相望，心情不一样；忆往昔，毫无恋旧意”的情感了吗？从这个意义上来说，这首和歌至少值得保留。

10月28日
星期六

▲在女子中，既有亲密型的女子，也有难以亲近型的女子。从我的兴趣来说，我喜欢难以亲近型的女子。

从某种程度上说，显得不是那么亲切、不腻腻歪歪的女子的确可以掩盖其缺点，但正由于此，我拥有了善意解释它的余地。

最终，这两种人都一样，但难以接近、冷漠、顽固的可爱劲看上去具有我所喜欢的 sophisticate 的精神，的确很好——

但遗憾的是，我忙起来的时候，很难对它一一加以善意的解释，极易采取无所谓的态度。

10月30日 星期一

小美提出的问题。
现在，桃太郎在什么地方？
花开爷爷家的狗在哪里？
绘本中画的穿着和服的麻雀在哪里？
在鬼之岛被杀的鬼是赤鬼？还是青鬼？
而我的问题是：为什么我一定要给孩子讲童话故事呢？

11月3日 星期五

小美把气球弄破，气球落下来时，他说：不乐，不乐。
他把不好的事情都说成“不乐”。
给他讲令人愉快的人生与柿子的故事。

11月5日 星期日

与哥哥、嫂子、小美、清（喜）代坊前往多摩川。
回来后，小美说：“我想去没有饭店的山里玩折纸。”

11月6日 星期一

▲第三次策划会议
在赤坂的幸乐举行，我第一次参加。
真没有意思。
▲与野田、柳井在新桥的寅家吃饭。

11月7日 星期二

▲一大早清水来电话。
早饭也没吃，就去丸善与他见面。
▲在爱斯基摩商讨《东洋的母亲》情节。

11月9日 星期四

冬日上午的银座，天气非常好，每家商店都飘来咖啡的香气。皮草店里的狐狸也精神百倍。加之很少有妖怪，心情煞是清爽。

11月10日 星期五

Peccary 的手套太奢侈了。
有孩子说：“阿津真时髦啊。”
如此看来，或许我还真是个赶时髦的人呢。

11月11日 星期六

整天待在家里。
下加茂的秋山耕作来蒲田，与清水在银座附近喝酒、散步，结果是：浜与岸松雄在 No.3 Kiyo Hotel 喝得酩酊大醉。

11月12日 星期日

▲秋山耕作来，与岸松雄于这一天的傍晚，乘坐快车前往汤之原。

▲凌晨五点左右就寝。
▲在另一个房间里，陶山密写作《东洋的母亲》。

11月13日 星期一
▲清水来。
▲乘坐末班车回东京。
▲落叶纷纷，夕阳散发出微弱的暖色，榛树的红叶很美。

11月14日 星期二
▲就像是跟自己无关似的，我想，必须创作情节剧，但实际上，我无从下手。

11月15日 星期三
▲去厂里，见到好久不见的厂长，两人谈到很晚，谈了许多。
▲刚刚谈了一会，就发现他镶了颗金牙。
君看双眼色，不语似无忧。
不交流的话，人之间总有一层隔膜。

11月16日 星期四
▲与池忠在丸善见面。也许稍微有点性急，买了本一九三四年的日记。
▲在尾张町的后街上预订了个信箱。
▲理发店。Candy。

11月17日 星期五
▲正要打扫房间时，原来访。无聊地度过了一天。因为他人，且对他人无益而徒劳地度过一天，比昏昏沉沉地睡上一天都要凄悲。

11月18日 星期六
▲傍晚，去厂里看了一下，然而——

11月19日 星期日
▲收拾了一下房间，吃了些玉木屋的金锷饼，就这样在家里度过了晚秋的一天。
从二楼望去，大大的落日红彤彤的，使我想起了生长着栎树的武藏野平原。
▲书店。带回来里见弴的《涡心》。
▲信箱做好了。

11月20日 星期一
▲每当睡觉时，就会陷入幻想之中，每天晚上都一样。
乘坐在有客舱的滑翔机上，飞翔在变电站的上空——似乎在这个时候睡着。

11月21日
星期二

▲在有乐町下车，去银座买了台徕卡，回到家后，拍书房。

▲洗照片。如果把榻榻米换了，再把拉门重新糊一下就好了。眼下不要弄脏了榻榻米。

㊤海波＊浸，手指裂，夜来寒气侵。

11月22日
星期三

▲前往厂里。岸松雄来。

▲斋藤组，《振作起来，给他们加油》。试映。厂长有点感冒。

▲每天昏昏沉沉地按同样的顺序思考同样的问题。

任何人都一样。这种喜爱的心情与钓鱼完全一样，而我则是在没有鱼的地方下钩。

人生的太公望。

11月23日
星期四

▲在神田的学士会馆与春田和哥哥见面。

叫上福延前往永藤→蓬莱屋→富士馆→《丹下左膳》→梅园。

11月24日
星期五

▲大久保来蒲田。

与野田三人前往富士乃里吃鲷鱼、越前的螃蟹，喝酒。

▲情节剧→虎斑地鸫→吸纸一样的存在→大师→现实主义→浪漫主义者→早稻田大学讲课→我的转向。

11月25日
星期六

▲与佐藤前往 Ooki 定做服装。

▲安眠药 0.25。头很痛。

▲所谓不甘心——

现如今，只欲断念想，愿直接，诉衷肠。

11月26日
星期日

▲穿和服去厂里。

栗岛澄子说：“就像里见〔弴〕一样，有股阔太太的味道呢。”

▲《女学生与恶棍》。

整过牙的水久澄子真寂寞。

可能与“大”字上加一点成为“犬”相类似吧。

11月27日
星期一

▲穿和服去厂里。

▲与江川宇礼雄前往 Candy →珍珍轩。

▲与荒田在帝国剧院观看 *Today we live*。没有意思。后去不二 Ice。

＊“海波”即五水硫代硫酸钠，又称大苏打，可用作洗印照片的定影剂等。

▲浓雾。就像是米勒拍摄的莱姆豪斯。

11月28日
星期二

▲风很大。

▲傍晚，厂里来车，前往 Ooki 看试做的服装。

▲田中绢代、大塚君代、沼波。

▲喝甜酒。

11月29日
星期三

▲吃完早饭，正吸烟时，父亲隔着玻璃窗让我看从金鱼桶里拿出的半厘米左右的冰。

▲把从钏路寄来的鲑鱼洗干净，晾晒。

小美说："小猫咪，那条鱼是胡子叔叔的，你可别吃它哟。"

▲与义郎前往松喜→东京屋→港屋。

11月30日
星期四

▲顺道去银行拿上春田的剧本，前往厂里。

▲用快递给日本工房的木村伊兵卫邮寄用徕卡拍摄的《兵器》。

▲川崎弘子和福田兰童的消息。

两人看上去挺般配，但总觉得很奇怪。正如勿忘花的旋律一样，令人打寒战，真的很冷——

12月1日
星期五

▲与母亲约好去三越买火盆，但雨下个不停，烦闷不已，打消去买的念头，睡午觉。

▲蒲田发来电报。

"别忘了二号的幻灯会。"

12月2日
星期六

▲去厂里。幻灯会中止。

▲明知要下山，还要去登山。明明算定要回来，还要去旅行。

从一个地方回到一个地方的曲折道路给人生带来旅愁，也产生情愫。

一定要记住，总之，A 就是 A，无论多么复杂的情况下，与其他的自 B 至 Z 的字母是一样的。

12月3日
星期日

▲与信三前往三越。

买了 BVR 的光面相纸，回来后，试着洗印照片，但效果并不好。

▲好想坐在冷冷清清的饭店里，看着微弱的阳光照射在不忍池上，一个人寂寞地喝酒。

12月4日 星期一

▲在脚本部举行幻灯会，拉拉杂杂闲谈了许久，快十二点时幻灯会结束。

▲去理发店。

▲人生是一场马拉松比赛啊。

漫不经心地边逛边走的话，人生就会变得很直白，这是一场不明对手、没有终点的马拉松啊。你知道吗？

12月5日 星期二

▲厂里来车，借走两个箱子。

▲与阿义在蒲田常设馆参观有声电影。

《鸳鸯街道》——秋山耕作的作品。

《爱抚》——五所平之助的作品。

▲给伏见晁写信。

12月6日 星期三

▲在家度过一整天。

▲晚上，弄被炉，重新阅读里见弴的《海之上》等。

三十岁的生日即将来临。

㊀我之恋，藏心间，不觉已老年。

我之恋

㊀思无边，藏心间，不觉已老年。

12月7日 星期四

▲小美的生日。

▲在阳光下睡午觉。一觉醒来，不知什么时候，夕阳已西沉，余晖洒落在庭院里。

▲母亲缝补着父亲的衬衣。因为困乏，针脚缝得乱七八糟。说是要拆掉重新缝一遍。母亲说："我死了之后，这件衬衣要留下来的。"这是发生在孙子生日这一天的事情。

▲小美说：

"阿美的桃子是从哪里流过来的呀？"

▲将春田送来的虾煮了。

我对小美说，那是鬼的儿子。吃晚饭的时候，小美说：太可怜了，我不吃它。

12月8日 星期五

▲去厂里。池忠、高梧为排戏忙得一塌糊涂。

▲在港屋买了丝绸和卷纸。悠闲地买了书等，回家。

12月9日 星期六

▲下雨。整天在家。

傍晚，高山来电话，说是昨天生了个儿子。

阿义也成为父亲了。

▲长井生了个女儿（八日晚上）。

12月10日 星期日

▲去厂里。年末将近，每个组都忙得不可开交，而我却穿着和服，在大家面前晃悠，真有点过意不去的感觉。眼下还是不去厂里了吧。

▲在纪国（原文如此）屋*的楼梯处观看木村伊兵卫的文艺家肖像展。

▲在松岛吃天妇罗。买欧泊石。

与高山同行。

12月11日 星期一

▲鹿岛来。伏见来电话，说是有点感冒。

▲与父亲、美年子去长井家。听说长井给孩子起了名字叫安子。

▲晚上，高山来。摆弄徕卡。

读室生犀星的《芙蔓之酒》，想去确（碓）冰的阪（坂）本用徕卡拍些东西。

12月12日 星期二

▲今天是我满三十岁的生日。

▲天色将黑时，前往小西六购买了各式各样的材料。施密特。顺道去了趟三越后，回家。

▲深夜，偷偷地吃奶酪，喝酒。身体的状态不好。

可能是缺乏运动的缘故。

▲把此前一直使用的奥诺多〔钢笔〕送给父亲。

12月13日 星期三

▲伏见打来电话，在服部的地下〔商场〕见面。池忠同行。在松岛吃天妇罗。

▲与池忠分别，从港屋、鸠居堂、富士之里，一直悠闲地走到东京车站，告别。

▲斋藤寅次郎因脚痛，又一次住进顺天堂医院。

12月14日 星期四

▲去厂里。

见到厂长。让我担任正月十五舞台表演的导演。

▲参观清水的有声电影。

作为一个女演员，马上将情感呈现在脸上也许是非常必要的，但这种做法很粗暴。在十八天里，究竟能够表达出多少内涵呢?

* 应为纪伊国屋。

▲这一天，与清水发生冲突。深夜，在被炉里阅读《春琴抄》，中途，有电话打进来。

12月15日
星期五

▲与池忠在丸善碰头，在三越买了礼物，去顺天堂医院看望寅。
▲顺道去了德式面包店后，去厂里。与伏见、高山、井田在后乐喝酒。
▲与清水交谈了许多，让他用车送我到深川。
㊤时钟鸣，一日复一日，寒气沁人心。

12月16日
星期六

▲整天在家，躺在被炉里睡午觉。不知什么时候，薄云弥漫的天空变成乌云密布的状态，一觉醒来，已是黄昏，雨正下个不停。
㊤薄云飞，午睡醒来时，灯火起。
㊤寒风中，湿气愈发浓，阵雨来匆匆。
㊤日已短，午睡间，灯火燃。
这一天，我非常想尝试着拍摄有声电影。

12月17日
星期日

▲整天在家，无所事事。
明年正月去什么地方呢？边想着这些事，边睡午觉。
把用徕卡拍摄的作品寄给堀江。
我想用徕卡去浅草拍摄庙会。
洗浴。
㊤围暖炉，剪指甲，思年华。

12月18日
星期一

在可乐乐亭及后乐吃下水火锅。
与高山前往银座的松岛。悠闲地逛了逛，回家。
在茅场町。
㊤牡蛎饭，红灯笼，照通明。
㊤寒风吼，七里之浜曾记否？

12月19日
星期二

▲去厂里。
与荒田前往帝剧，观看《喇叭与女儿》。
无聊至极，无言以对。后去富士之里吃蔬菜火锅，稍微喝了点酒。
结账时，借了五十日元。
㊤天如墨，三十间堀吃火锅。
㊤大水缸，似眼睛，夜寒更凄清。
▲这一天与小松边吃寿司，边谈论身体的状况。

12月20日 星期三

▲整天在家，悠闲地度过。

吃过早饭，抽了支烟，就已经四点了。想到今天要拍有声电影，如果去厂里的话，会遇到好久不见的人们，终于打消了去厂里的念头。

㊏无意近黄昏，睡眼终苏醒。

㊏油堀町，日已短，发髻尽入眼。

12月21日 星期四

▲去厂里。

大久保来，前往浜的马斯科特。与大佛次郎见面。

后去南京町的华胜亭。

半夜之后回家。痛饮洋酒。

在马斯科特。

㊏意面香，船远航，漫画喜气漾。

㊏租界里，齐绽放，青灯放光亮。

12月22日 星期五

▲整天在家。

在帝国馆试映《东洋的母亲》。

结束后，与宏、高梧前往品川三德。

交谈甚欢。

直至清晨。

㊏与宏、高梧喝酒。已近傍晚，但谈兴未减。

独自一人，无牵无挂呀。已近年末。

12月23日 星期六

六点三十九分，皇太子诞生。

▲从三德去厂里。五所组因不知赶上赶不上，正忙得团团转。

去理发店等地方，买了P.M.C药剂，趁天还亮着，回家。

12月24日 星期日

去厂里。

12月25日 星期一

▲整天在家。

在忙于将P.M.C贴在镀铬板上时，天色已近昏暗了。

伏见打来电话，说要试映《生为女子》。

清水打来电话，说买了徕卡。

▲不知什么时候门松的装饰已经做好。

余晖漾，层楼远眺望，城镇天空色，犹如白菜帮。

12月26日
星期二

▲将用徕卡拍摄的作品送给大佛次郎和北村小松。
▲从上山草人那里得到谷崎润一郎书写的彩纸板。
真苦闷，我乃长柄献祭品*，长期被埋没，只为你一人。
▲与康、厚田在歌舞伎座观看维也纳华尔兹。后去松岛。

12月27日
星期三

▲整天，在家。
坐在椅子上吃柿饼时，巨大的夕阳在库房的后面不见踪影。
对人生开始感到退怠**（原文如此）的人似乎忘记了前两天正是圣诞节。
▲吃柿饼，落日红彤彤。

12月28日
星期四

去厂里。
丝毫不想去领工资，与北村、伏见等人前往明果，后与藤井乘车回家。

12月29日
星期五

皇太子被命名为继宫明仁亲王。
傍晚，清水打来电话，在爱斯基摩见面。然后，往宫城前观看灯会。顺道去了松岛、千匹屋后，回家。
打算从明年起学写小说。
耳听着皇家礼炮的声响，睡午觉。心情很舒畅。

12月30日
星期六

去厂里。
正要出门时，高山来，送我一个狮子头。
与伏见、浜去开花（化）亭，然后去买 sheatter（原文如此），顺道去了德式面包店、中野，回家。
酒钱八十日元。

12月31日
星期日

内田岐三雄来电话，在爱斯基摩见面，岸松雄同行。
富士之里→助六→鲁班
成濑巳喜男来访。喝得酩酊大醉。
一九三三年 Bon Boyage（Voyage）！

*
大阪传说中，推古天皇时代，长柄江附近洪水泛滥，要在淀川架桥，桥基却屡被冲毁。长者严氏进言说裤子上有补丁的人当为人祭，低头一看自己裤子上有补丁，于是被献祭。

**
作者自造词，或许是“无聊”和“倦怠”的意思。参见编者的“校异”。

一九三四年〔昭和九年〕

1月1日 星期一

在银座后街的酒馆鲁邦——
从醉酒中醒来时，不知不觉已是元旦了。
与岸松雄、成濑巳喜男走在天色微明的银座的街道上。回家。

1月2日 星期二

整天在家。
写贺年卡。洗澡。
入夜时分就寝。深夜起床，就着白菜吃茶泡饭。真香。

1月3日 星期三

高山义郎来。
整天待在家里。

1月4日 星期四

四点，与伏见在爱斯基摩见面。
与内田岐三雄前往竹叶亭、莫纳蜜、福莱德尔玛乌斯。
十二点过后回到深川家中。

1月5日 星期五

长井来。展看久米的画轴。
伏见来，商讨剧情，但没有结果。

1月6日 星期六

去厂里。

1月7日 星期日

九点二十分，井上金太郎乘坐“燕子［号］”来东京。
与岩田专太郎、清水宏、樱井在塞泽利亚喝啤酒。
交谈甚欢，三点过后回家。

1月8日 星期一

《电影旬报》社的岸打来电话，说山中贞雄要来东京。这天傍晚，与井上金太郎、岸松雄、山中贞雄和清水宏前往相州汤之原的中西。

在横滨车站与藤井告别，遇见井上。

1月9日 星期二

交谈甚欢。

厂长来电话，商讨在帝剧实际演出一事。

住在中西。

1月10日 星期三

早晨，乘坐快车回东京。

商讨实际演出时的角色安排，与厂长见面。

傍晚时分，与野田、佐佐木恒、清水、井上和山中前往横滨。

安乐园→马斯科特→第三 Kiyo 宾馆。

日本酒→高杯酒→啤酒。

1月11日 星期四

海岸边，白浪翻滚。干蝶（鲽）真叫香。

清水来。乘车回。实际演出的排练。

傍晚，与清水、井上、山中前往东京。

七点过后，还在排练。

1月12日 星期五

排练实际演出。

日暮时分，与清水、井上、山中前往浜町河岸的浜之屋。

优哉游哉地从河岸、人形町、日本桥走到有乐町，分别。

1月13日 星期六

去厂里。见到厂长。实际演出费一百日元到手。

帝剧散场后进行舞台排练。

山中、井上、岩田。清水来。

1月14日 星期日

帝剧，第一天，演出三场。此外还有“为世界大洪水而疯狂的蒙特卡罗”*。观众如潮。

井上打来电话。与岸松雄在哥伦邦分别后，前往雷门。

奥利恩特→爪彦→稻本。

同行的有岩田专太郎、山中贞雄、井上金太郎。

▲鱼冻香，新吉原，真晴朗。

1月15日 星期一

冬日的阳光十分微弱，从吉原赶往帝剧。这是第二天。

到庄司澡堂洗了个澡，在海上大厦的不二 Ice 与井上、

* 此处涉及两部电影 *Deluge* 和 *Monte Carlo Madness*。小津因电影名而作如此戏谑之语。

山中吃牛里脊。

晚上，与野田、清水、岸、山中和井上去赤坂、伊吕波，后优哉游哉地前往 Oriwe。

两点过后，回家。

1月16日
星期二

第三天，观众如潮。

散场后，去厂里。下雨。天空中隐隐飘起雪花。

与池忠、野田和井上前往大森的浜栖凤。

清水与荒田前往汤之原进行创作。

山中与岸一道回东京。

徒步走到野田家，后乘车与井上回家。

下午一点五分，冈田时彦去世。

1月17日
星期三

第四天。

山中、岸在鲁班，打来电话说，赶忙过来。井上、筈见来，谈论刘别谦。

后在 Kahoru 吃鲷鱼茶泡饭。与筈见分手后，四人前往浜。到第三 Kiyo 宾馆。

这一天，山中前往日活总公司，从中谷贞赖那里拿到一百日元。“这笔钱大家去喝点酒吧。”

1月18日
星期四

来到帝剧。在海上大厦的不二 Ice 吃西冷牛排。

前往田端的岩田专太郎家。观看歌麻吕、春信的浮代（世）绘。

十点五十五分，山中回京都。差一点没赶上与他见一面。

在家独自熟睡，好久没有这么做了。

1月19日
星期五

帝剧。演出结束的一天。

与石川、原、根岸前往松岛吃天妇罗。

在奥林匹克买咖啡、点心等。

父母亲去帝剧参观。

看完《疯狂的蒙特卡罗》，回家。

金太郎肯定在田端构思呢。

1月20日
星期六

去厂里。去理发。遇到伏见，交谈了几句。

在三越的大礼堂看《春日灿烂》的演出。

1月21日 星期日

井上金太郎来蒲田。

旅行归来，与清水、野田和井上在富士之里吃浜火锅。谈及《瓦版噼里啪啦山》的构思情况。

1月22日 星期一

傍晚，与野田、池忠前往相州汤之原。

在车里遇见岩下。

中西〔旅馆〕里人特别多，住在山上的乐山庄。商讨情节剧。

1月23日 星期二

午后，搬到中西去住。

一直商讨到天亮。

半夜，腹中空空，用从蒲田带来的酒果腹。喝得醉醺醺的，想上厕所，双脚站不稳，在寒气逼人的三楼过道里呼呼大睡。

1月24日 星期三

商讨。

给深川家里打电话。

住在中西。

1月25日 星期四

下午四点，乘坐快车回东京。

藤井不知去向。

与清水、沼波和三井去银座的酒吧。

独自一人从爱斯基摩乘车回家。

拿到在三越演出的费用二十日元。

1月26日 星期五

与井上、野田和池忠前往加利福尼亚→ Kiyo 宾馆。

商讨。

独自躺在房间里，耳边传来浪涛声，一声高过一声，根本睡不着。

1月27日 星期六

优哉游哉地从十二天翻过山，穿过外国人墓地的陡坡，在支那町安乐园就餐。后游走在伊势佐木町。

去厂里，提前一天领薪水。

与井上在有乐町下车。

在 Ingou 屋吃牛排。

1月28日 星期日

好久没有睡午觉了，睡了一觉。日暮时分，去厂里。

井上、岩田、樱井来厂里。

再次与野田、荒田等六人在富士之里谈论《瓦版噼里啪啦山》的构思。

1月29日 星期一

六点三十五分，佐野彦三抵达东京。

吃过早饭后，把他送到芝浦，独自一人去庄司澡堂，舒舒服服地洗去身上的污垢。

去厂里。投球。肩膀疼。与池忠说了会儿话，回家。

1月30日 星期二

井上金太郎乘坐“富士〔号〕”回京都。

与清水、荒田、野田去送行。

顺道去了趟德式面包店，前往蒲田。

从傍晚起，出席在帝国宾馆举办的《国王》座谈会。

与清水悠闲地走到新桥，坐车回家。

1月31日 星期三

整天在家，睡午觉。

从川崎大师那里送来护身符。

谷崎润一郎的画轴做好。

2月1日 星期四

去厂里。

在大森的富士屋与清水、佐佐木恒吃饭。

说起要去箱根的福住。

火车的时间都不合适，很不情愿地中止计划，回家。

2月2日 星期五

整天在家。

书店送来《〔电影〕旬报》和《江户役者》。

既有舞台演出，又有山中和井上等人到访，一个月过得很热闹。正因为这样，这些日子真没有意思，很寂寞。

2月3日 星期六

去厂里。

2月4日 星期日

与信三去三越，购买了欧泊石、相纸等。

在融雪的仓房前拍照，好久没有用徕卡拍照了。

晚上，洗照片等。

2月5日 星期一

下加茂脚本部的柳川真一来蒲田。

与野田高梧、池忠去松岛、巴里、塞泽利亚。
然后三人在寅屋吃茶泡饭，悠闲地散步到日本桥。

2月6日 星期二
在大森的东月庄开审议会。
与野田高梧乘车前往银座，在福莱德尔玛乌斯喝啤酒。
交谈甚欢。
水久保澄子。下班。

2月7日 星期三
在赤坂的伊波吕给茂原举行告别会。
共有九人参加，此外还有其他组的高桥、高山等人。
一点半回家。
赤坂马肉香，伊吕波店尝。

2月8日 星期四
早起，两眼通红。
去厂里露个面，然后给池忠打电话。

2月9日 星期五
过了和仓桥，就是眼科医院。
说是眼睛的血管破裂了。
当下要禁酒。
与厂长一块儿离开厂。悠闲地走到土桥畔的工匠铺，购买了火炉及其他物品。

2月10日 星期六
从眼科医院那里去厂里。
池忠来厂里。与野田池穿过道口，出去吃猪排饭。
洗澡。
打算从明天起过有规律的生活。

2月11日 星期日
在大森的松浅分店给茂原举行告别会。
与厂长、六车、野田、古田、高桥等七人参加。
因眼病，禁酒。心情真不爽。

2月12日 星期一
去眼科医生那里。
独自一人在伊东屋购买了铅笔等物品，悠闲地逛了逛日本桥后街的旧道具商店等，回家。
㊀夜正寒，排排狮子头*，店里站。

* 用来耍狮子舞的狮子头面具。

2月13日 星期二

下加茂的秋山耕作来。

与清水、秋山在松岛吃天妇罗。

后与内田见面，在哥伦巴斯喝茶。

因眼病不能喝酒。一路悠闲地走来，将秋山送到新富町的旅馆里，回家。

这一天，在泽田屋为北村小松举办告别会。

2月14日 星期三

与池忠乘坐下午的快车前往热海相模屋。

在千人澡堂洗澡。这一天修身养性。

2月15日 星期四

商讨。早上六点钟起床。

进入今年之后，这是第二次早起。

午后，前往钓堀。

脚本一点没有进展。

无计可施处，常想起，钓鱼时。

住在相模屋。

2月16日 星期五

乘坐四点的快车回东京。

在浜下车。给蒲田打电话，与野田、荒田前往加利福尼亚。

顺道去了趟伊势佐木町的不二屋，回家。

2月17日 星期六

正午时分，池忠来深川。

一直商讨到十一点。

话题进展到一半。

喜八唱道：

忆往昔，母亲的红头绳。

2月18日 星期日

池忠本来约好今天要来，但他打来电话说：

父亲生病，无法成行。

荒田将剧本送到野田家后，直接拐到深川，〔与我〕继续商讨。

2月19日 星期一

商讨毫无进展。

睡了五个小时，又继续商讨。

天亮时，总算有了结果。

用了两包 Noel（No-l）Coward 味噌。

2月20日 星期二

与荒田乘车前往大井町的野田家，给他送脚本。
后去厂里。去理发。
大久保从京都来东京。
傍晚，与清水前往浜的加利福尼亚。
大久保回京都。真瞌睡。
脚本部。前往热海千人澡堂。

2月21日 星期三

厂长没来。〔我也〕早早地回家了。
给大久保写信。附上一句：
大久保忠素先生来东京，
在浜的加利福尼亚，
谈兴不尽。
虽未见糖果（原文如此）*，甜蜜至心窝。

2月22日 星期四

寒风凛冽，令人想起江户的特殊景象。
厂长来厂里。
电影名字定为：《我们要爱母亲》**。让人去复印脚本。
脚本部旅行归来。

2月23日 星期五

读剧本《我们要爱母亲》
傍晚，与野田、陶山、清水、荒田去新宿帝都座观看山中的《鼠小僧》。
后在多助吃猪排饭。
在千匹屋买葡萄汁，真好喝。

2月24日 星期六

与父母亲前往歌舞伎座。
在伊东屋购买笔记本。悠闲地散步回家。
购买里见弴的《次代恐怖症》。

2月25日 星期日

检查服装。
想去式根岛。
泡泡温泉，好像还能够钓到鱼。

2月26日 星期一

傍晚，岸松雄打来电话，在爱斯基摩见面。
前往福莱德尔玛乌斯。与野田、陶山见面。

*
此处小津写作“たんごう”。可能为笔误。猜测为“糖果”意。

**
『母を恋はずや』，小津执导，1934 年上映的电影。

沿着明石町河岸悠闲地散步回家。

2月27日 星期二

摆布景。

与阿青在松岛吃天妇罗。

在银座与组里的人见面。在千匹屋吃草莓冰淇淋，喝葡萄汁。

今天是发薪水的日子。顺道去了趟港屋。

2月28日 星期三

拍剧照。

傍晚，与清水前往银座，在富士之里吃海鲜饭。喝酒二合*左右。

冲洗用徕卡拍摄的相片，好久没有洗相片了。

将此前在千人澡堂拍摄的照片洗出来，四点过后就寝。

真可谓忙中偷闲。

购买诺克斯帽子。

3月1日 星期四

寻找外景地。

走了七十英里左右。

早晨，前往八幡〔神社〕，求得护身符，送到池忠家。

午饭，在蓬莱屋〔吃〕。

3月2日 星期五

前往明果，确立布景的计划。

前往神谷町的道具屋，寻找管组道具。后去五十岚吃天妇罗。青木、原、根岸同行。

又在爱斯基摩喝葡萄汁。

3月3日 星期六

前往隅田川的日〔本〕大〔学〕的〔赛〕艇〔仓〕库。

在千駄之谷一带寻找外景。在爱斯基摩吃午饭。

薄暮时分，与岸松雄在爱斯基摩会面，观看山中的《风流活人剑》。后，前往富士之里。

优哉游哉地走回家。

3月4日 星期日

傍晚，正在洗澡时，大久保打来电话。

大久保住在深川。

交谈甚欢。大久保睡了之后，写分镜头剧本。

3月5日 星期一

与大久保、野田去福莱德尔玛乌斯，快乐交谈。

* 合是日本的容量单位，1 合大约 0.18 升。

在新桥分手。
在工匠铺店购买陶瓶和茶托。
在丸善购买领带和日记本。

3月6日 星期二
光子的布景。
很晚了，用车送她。

3月7日 星期三
第二个家，需要办理户籍登记事宜。
办得很慢，到十点左右，不办了。
到现在为止还没有振作起来，真是一筹莫展。

3月18日 星期日
傍晚。
岸松雄、山中贞雄来蒲田。
进市区，在富士之里吃饭。观看歌舞伎《京鹿子娘道成寺》。
后在门一带喝茶。山中住在深川〔我的〕家里。
▲春分近，道成寺，站着观。

3月19日 星期一
《心血来潮》——《电影旬报》社举办著名电影〔欣赏〕会。
在《报知新闻》的大礼堂里举行。
与突贯、阪本同行。让我做演讲，这是我最不擅长的。
然后，
与内田岐三雄、饭田心美、岸松雄前往富士之里。
《心血来潮》获一九三三年度大奖。

3月20日 星期二
没有参加在赤坂的幸乐举办的审议会。
在日剧观看
马卡斯秀 *
Frisco Jenny，威尔曼的电影。
原、高山同行。
在富士之里吃鲑鱼茶泡饭。

3月21日 星期三
春分第二天，风很大。
在雨中，前往东京山手的小学转了一圈。
傍晚，贞雄来厂里。独自一人去市区站着观看《观(劝)进帐》。后在门一带喝茶。

* 1934年吉本光业部从美国请来的表演团，有全身涂银粉的舞者从天而降等刺激节目。

在富士之里吃蔬菜火锅。
山中住在深川。〔带来〕长门的点心。

3月22日 星期四 拍摄夜路的外景。
因乌云密布而中止〔拍摄〕。
早早回家，洗澡。有点感冒的样子。

3月23日 星期五 小酒馆。光子的房间。
因灯光的问题，傍晚停止〔拍摄〕。
池忠来厂里，他好久没来了。与野田、池忠、斋藤前往大森的不二屋。回家。

3月24日 星期六 停止〔拍摄〕。
早晨，写分镜头剧本，去试映会，观看 *Design for Living*。
与山中、阿青去富士之里、门。
九点四十五分，山中乘坐前往下关〔的列车〕回京都。

3月25日 星期日 稍微拍了一下光子的房间、小酒馆、布景。
因灯光的问题，傍晚停止〔拍摄〕。
与母亲、长井的叔母前往明治座。

3月26日 星期一 光子的房间、小酒馆、布景。

3月27日 星期二 演员没有到齐，中止〔拍摄〕。
山田静夫、田中敏夫（男）来。
傍晚，早早回家。洗澡。写分镜头剧本。

3月28日 星期三 小酒馆。舞厅。
鲁班的老板田中敏夫（男）来蒲田。
与青木、大日方在后乐吃饭。
吃到很晚，天下起雨来。
乘车回家。

3月29日 星期四 ▲下雪。在灵南阪（坂）拍外景。
顺道去了一趟美式面包店，回家。因布景灯光的缘故，中止〔拍摄〕。

▲微雪撒，长门甜点心，正好配淡茶。

3月30日 星期五

小酒馆。舞厅。

饭塚敏子来蒲田。用徕卡〔给她〕拍照。

与阿青在后乐吃饭。成濑同行。喝啤酒、淡茶，有点喝多了，〔晚上〕睡不着觉。起床冲洗自拍照。

3月31日 星期六

前往赤羽小学，在走廊里拍照。

在天国吃饭。

顺道去了趟二见，回家。因徕卡坏了，前些日子的照片没有拍好。

厂里打来电话，说明天是公休日。

洗澡。

4月1日 星期日

下雨。

整天在家。

优哉游哉地睡了会儿午觉，写了会儿分镜头剧本。

要买的东西：登喜路的烟斗、铃屋的台灯、斧琴菊纹样的染布以及杂烩粥。

晚上，正准备写分镜头剧本时，父亲突然间生起病来。野上、十全、矢田贝博士来诊断。牛込的登贵来。

4月2日 星期一

第二天，野田家的登久来。

父亲的病情有所好转，愁眉舒展。

整天在家写分镜头剧本。

工作中止。

十点二十分，父亲突然间发病。

晚上十一点十五分，父亲去世，享年六十九岁。

死因是心绞痛。

临终前，其脸色十分痛苦。潸然泪下。

4月3日 星期二

中止在赤羽小学操场拍外景。细雨真美。

清水、野田、青木、原、根岸、佐佐木等人从厂里来。守灵。

4月4日 星期三

举行密葬。前往砂町火葬场。

父亲在世时的东西只是一把骨灰。

正式守灵。

4月5日 星期四
两点至三点期间，在阳岳寺举行故人告别仪式。

4月7日 星期六
与哥哥、母亲前往阳岳寺看墓地。

4月8日 星期日
头七。
在阳岳寺举行法会后，在伊势平简单地吃了点饭，有五十人参加。

5月4日 星期五
拍完搬家的外景，前往伊豆汤之岛拍外景。
住在汤之岛落合楼。

5月5日 星期六
在下田、莲台寺拍完外景。
五月的伊豆真漂亮。
一首俳句浮上心头：
人在外，花是花，莲不败。
据说这首俳句是古人吟咏过的。
但我并不知道。

5月6日 星期日
这一天，父亲去世已经三十五天了。
胶片的剪辑工作正在进行，无法去寺院。

5月7日 星期一
剪辑，通宵。
剪辑，整天。
波尔特葡萄酒和克力架。

5月8日 星期二
通宵，剪辑。
整天，剪辑。
开了五瓶波尔特葡萄酒。

5月9日 星期三
凌晨两点，试映。
〔胶片共〕8434英尺。一点也没有意思。
下午，在厂里进行试映。
与成濑巳喜男前往鲁班。与石田民三见面。后与岸一道前往乌森的花店。

5月10日 星期四

审查［电影］。没有被删剪。

5月11日 星期五

《我们要爱母亲》在帝国馆首映。
前往首映场，遇见厂长。
后与原、青木、岸、长冈前往富士之里。盐烤石鲈，非常好吃。

5月12日 星期六

拉肚子。整天在家。
献给山中贞雄：
大河内，砍死一人又一人，高台登。
这几天［心情］非常散漫，俳句不像俳句。

5月13日 星期日

与母亲、登贵、信三前往寺院。
与母亲、登贵去帝国馆。
拉肚子。

5月14日 星期一

在厂长办公室里，谈及野田、池田和我所做宣传一事。
与母亲和长井的叔母去帝国馆。

5月15日 星期二

与导演和脚本部［的人］开会。
真可谓议论纷纷。
宝刀未老啊　达里尔·扎努克*　对上眼神见绝招趣味横生一对一
从厂长那里获得五十日元慰劳金。

5月16日 星期三

傍晚，与原、根岸、长冈、青木、厚田前往浜，在安乐园吃饭。
五月的浜，夕阳下，旅愁依稀，外国的女子身穿连衣裙，露着肩膀，开着跑车。

5月17日 星期四

与青木、荒田前往国技馆。
［相扑比赛］第七天。
后跨过夕月的两国［大桥］，打车前往上野。
在油炸店吃饭。
在爱斯基摩喝茶。回家。

5月18日 星期五

清水打来电话。打车一道前往国技馆。［相扑比赛］第八天。玉和清水两人一直没有输。相扑结束时，胜利的

*
Darrye Francis Zanuck (1902—1979)，美国电影制片人、编剧。

扇子举向清水一边。国技馆内沸腾一片。
去厂里。厂长也来了。

5月19日
星期六
与荒田前往国技馆。
[相扑比赛] 第九天。
后前往银座的 Ingou 屋。
刚回到家，厂长打来电话，说是希望 [拍些] 开朗的东西。

5月20日
星期日
[相扑比赛] 第十天。国技馆。
清水打败男女之川（第十一天）。
清水于这一天打败武藏山。
大久保来东京。从道顿奴到蒲田，通宵喝酒。
与大久保前往饭田、吉川、伊达。

5月21日
星期一
天亮时，开始下雨。
回家途中，顺道去了御津的伊东屋，回家。回到家后，准备旅行的东西。

5月22日
星期二
蒲公英的穗随风飘入火车里。
伊势路上十分恬静。
乘坐“燕子 [号]”前往伊势。
住在松阪旧宅的偏屋里。
树叶正绿，在淅沥的雨水中，青蛙声一片。让人想起《南风》* 的匹兹啤酒

5月23日
星期三
在养泉寺举办法事。
住在松阪。

5月24日
星期四
前往津。参拜天然寺。
一一拜访母亲的朋友。与信三在听潮馆睡午觉。
住在松阪。

5月25日
星期五
前往高野山。
安放遗骨。
前往大阪，住在大野屋。

* 美国电影 *The stranger's Return* 的日译名。

5月26日
星期六

信三乘坐“燕子［号］”回东京。
在中之岛散步。
前往桥本、奥山、置盐、紫藤、神户、须磨、盐屋。看过舞女。在神户菊水楼吃饭。
前往京都。住在柊屋。

5月27日
星期日

宇治平等院→黄檗山→银阁寺→南禅寺→知恩院→鸣濑。度过一夜。
母亲住在柊屋。

5月28日
星期一

买了许多礼物，乘坐“燕子［号］”。
在名古屋下车。
母亲去娘家。
八点二十分，离开名古屋，回东京。

5月29日
星期二

好久没去厂里了，今天去厂里。
晚上，在邦乐座试映《堂吉诃德》。后与内田岐三雄、牛原虚彦、筈见恒夫在银蛸家喝酒，谈及《胡萝卜》。

5月30日
星期三

没有去厂里。八点时，与筈见在帝剧会面，遇见水久保澄子。
在福莱德尔玛乌斯一问一答。后去鲁班。深夜回家。信三这一天去修学旅行，只母亲一人［在家］。说是想起了加贺千代的俳句：起身看，躺下看，蚊帐有多宽。

5月31日
星期四

衣笠、大久保来厂里。
见到厂长。

6月1日
星期五

与柳井去理发。
购买吕戈尔氏液。
为明天的旅行做各种准备。

6月2日
星期六

乘坐“燕子［号］”，从东京出发。一行共八人。北村、野田、池田、柳井、清水、斋藤、佐佐木和我。
在名古屋下车。
前往下吕温泉，住在汤之岛馆。

6月3日 星期日 *

在汤之岛老板的向导下，乘车前往飞騨高山。
在陌生的古城里，正午时分的雨淅淅沥沥地下着，很美。
▲ 飞騨小客栈，紫藤花盛绽，石头放在屋顶间。

6月4日 星期一

踏上归途。从太田到犬山，沿着日本莱茵往下游去。
抵达名古屋。在五月旅馆休息。
晚上，乘坐三等卧铺车回东京。

6月5日 星期二

早晨，回到东京。
这一天是东乡元帅的国葬日，公休日。
整天在家，悠闲地睡午觉。
母亲带着京都的礼物前往野田的山下家。

6月6日 星期三

去厂里。见到厂长。［厂长］问我：什么时候把本子搞出来呀？
［我］含含糊糊地回答道：两三天内吧。

6月7日 星期四

与池忠在丸善会面，前往新宿，观看《雾笛》《阿仙》。
在中村屋吃咖喱饭。

6月8日 星期五

整天在家，阅读泷井孝作。
傍晚，与母亲前往牛込。
洗完澡，用徕卡给安子拍照。
明天，嫂子带着孩子前往房州。
哪里有好的故事情节呢？

6月9日 星期六

母亲、嫂子、美年子、清（喜）代子前往房州。
信三修学旅行结束，从北海道回来。
坐车早点回家。

6月10日 星期日

在竹坊吃天妇罗。
红开门营业。
逛古旧书店。

6月11日 星期一

与池忠前往位于大井的野田家。
谈及故事情节一事。

*
原文是“星期六”，径改。

6月12日
星期二

与池忠从横滨乘坐一点五十九分的火车前往汤之原。去了钓堀等地方。

久米正雄也乘坐后一趟火车来。与他谈了许多有关故事情节方面的事情。

后与池忠前往大正亭，喝啤酒。

住在中西。

6月13日
星期三

正午时分，下楼，叫上久米，一块去喝啤酒。

前往溼田喝酒，听久米的“法国物语”。

很晚了才乘车回去。

半夜，吃茶泡饭，构想情节。

住在中西。

6月14日
星期四

在新馆里拜访久米，让他在彩纸板上写了一首〔俳句〕：

蝙蝠飞，河水涨，天明时分写信忙。

于是，我也写了一首：

▲青梅子，色正浓，欲结酒旗风。

六点三十七分，离开汤之原，回家。

这一天，第一次挂起蚊帐睡觉。

刚刚换洗过的白被单，睡上去真舒服。

6月15日
星期五

牛込的慧子来。

让启子站在阳光下，用徕卡给她拍照。

后去扫墓。悠闲地去厂里。

与池忠、荒田前往红→不二屋。

嗓子有点疼。一定要少抽点烟。

6月16日
星期六

在深川的家里与池忠交谈。

哥哥去房州。

6月17日
星期日

与信三前往白木→三越→榛原→德式面包店→中央工房

晚上，冲洗此前拍的照片。

6月18日
星期一

去厂里。

观看佐佐木康的《胡子与女子》。真没有意思。

去后乐→丸之内松竹。

听说成濑巳喜男辞去松竹〔的工作〕，到P·C·L去。这也不错。

6月19日 星期二

池忠来深川。交谈。

吃完晚饭，到东京剧场站着看了一幕《暗黑〔的〕丑松》。

在英格兰茶房喝冰红茶。

6月20日 星期三

天气转坏。整天在家。

本子总写不出来。

室生犀星曾写过这样一段歌词：

遥远天空中，雨水飘洒淅沥沥，泡上一壶茶，双眼紧盯着雨丝，这种情况真稀奇。

6月21日 星期四

去厂里。见到厂长。

与池忠、东上去东剧。在后台拜访第六代〔菊五郎〕，聆听菊五郎谈艺。

观看《镜狮子》《暗黑的丑松》《纽》。

后在富士之里吃鲑鱼茶泡饭。

6月22日 星期五

去厂里。

回家的路上，与宏、忠、到大森的旧道具商店看了看。

6月23日 星期六

梅雨时节，难得这样的好天气，与宏、忠、荒前往野田的甲子。看过工厂后，在清水公园吃饭。绕道成田山，九点左右回家。哥哥去房州。

一天天气都很好，一日游的路上，风景迷人，阳光灿烂，颇有风情，旅愁顿生，但稍稍觉得寂寞。

6月26日 星期二

与成濑巳喜男在后乐喝完酒后，前往道玄坂的龙〔家〕。

谈了许久，通宵达旦。

梅雨时节，难得的一个明月夜。

黎明时，在代代木的原附近不断传来机关枪的声音。

6月28日 星期四

井上金太郎来东京。

前往汤本的福住。

爬*了个澡（原文如此），喝啤酒。天放明时，就寝。真凉爽。
这一天，穿上运动制服练习棒球。

6月29日 星期五
离开汤本。
顺道去了一趟浜的真砂亭，回家。

6月30日 星期六
从蒲田乘车购买了长门的点心，前往田端的岩田专太郎家。
在扬出吃饭。
又去观看浮世绘。很晚了，与清水回去。
在邦乐座观看《夫妇大学》《隔壁的八重》。

7月1日 星期日
公休日。在家悠闲地度过一整天。

7月2日 星期一
与野田、荒田、井上前往位于浜的栈桥食堂，在弧形啤酒屋吃套餐。
与井上在新桥下车，前往道顿奴的海奈西。

7月3日 星期二
傍晚，在田端的自笑轩吃饭。与岩田专太郎、井上金太郎和清水宏一道。
后前往银座，顺便去了鲁班。
▲洗手盆，水满溢，端坐一边以小憩。
在自笑轩作。

7月4日 星期三
穿着和服去厂里。打了一辆车去蒲田。
与井上金太郎、荒田和宏前往浜町。去浜的家里吃中国菜。
购买夏季穿的单和服，在人形町闲逛。

7月5日 星期四
岩田专太郎和井上金太郎来深川的家里。
从匠→港屋→竹叶亭→田端的岩田家。
十点五十五分，金太郎回京都。
与岩田、清水前往艾斯帕茑尔。

7月6日 星期五
去厂里。与池忠在后乐喝啤酒。
牙疼。后与高山去银座，在松岛吃天妇罗。回家。

7月7日 星期六
池忠打来电话说，脚本已经完成。穿着和服去厂里。

* 笔误，应为“泡”。

拿到脚本后，回家。雷阵雨。
牙疼个不停。

7月8日 星期日
与母亲去看医生。下午停诊。
白木屋→三越→丸善。
去厂里。

7月9日 星期一
与从〔伪〕满洲来的杉本正次郎和原研吉前往富士之里。

7月10日 星期二
父亲去世一百天。在寺院做法事。
去看牙医。与母亲、登久前往竹叶亭吃鲷鱼茶泡饭。
母亲、登久前往鬼怒川温泉。
去厂里。与池忠在后乐吃茶泡饭。
▲八角金盘叶，药浴水正好。

7月11日 星期三
整天在家，悠闲地睡午觉。
每天午后，都会下场雨。
泡完澡后，因加藤彦平的事，给武富打电话。
登久、母亲宿鬼怒川。
▲日正午，年糕小豆汤，汤中牛皮*浮。

7月12日 星期四
在丸善与池田、荒田见面，在风（凤）月喝茶。
前往帝剧，观看短篇〔剧〕和 *Wild Cargo*。
松岛→门，细雨中走到东京车站，与池忠分别。
母亲、登久回来。今天是盂兰花市。
少年日。
▲盂兰花市上，糯米圆子冰冰凉，赤豆软又香。

7月13日 星期五
去厂里，见到厂长。
坐厂长的车到东京〔市区〕。
厂长、清水、野田前往帝剧，我与池忠前往银座。去德式面包店、八洲园。
买了本佐藤春夫的《闲谈半日》。

7月14日 星期六
傍晚时分，与江川前往东京〔市区〕。在邦乐座观看《一

* “牛皮”即牛皮糖。

本刀土俵入》《新婚旅行》。
后，前往松岛吃天妇罗。
拿到饭费，共八十日元。

7月15日 星期日
佐野彦三来。交谈甚欢。后与信三三人前往松岛，吃天妇罗。
与岸松雄前往鲁邦→道顿奴→富士之里，在富士之里吃鲑鱼茶泡饭。
这两三天天气真凉。

7月16日 星期一
一天待在家里，睡睡午觉，度过了一天。
想重新阅读谷崎润一郎的《饶太郎》等。
早上，还在睡觉时，母亲来到二楼，说：你找个媳妇吧？
金丝雀一定是成双成对的，饲养它们的人的洁癖症似乎也传染给了我。

7月17日 星期二
去厂里。
四点五十五分，与池忠乘坐快车前往汤之原，修改脚本。
吃完晚饭，前往久保田。
这一天住在中西。

7月18日 星期三
商讨脚本。
〔天气〕真凉。〔打〕乒乓球，洗澡。
傍晚时分，日本夜蝉叫个不停。
池忠的俳句：雨已停，附近蝉声鸣。
▲小生的俳句：铁树立，蝉不鸣，暑气逼人心。
晚上〔商讨〕到很晚。住在中西。
半夜，日本夜蝉叫个不停。

7月19日 星期四
真愚蠢。
来到伊豆温泉旅馆，却无奈地思念起脚本的事情来。
这是怎样一个宿命呢？竟然有这么多的忧愁——
这一天，乘坐六点的火车回东京。
东京，真叫热。

7月20日 星期五
前往三越，购买腰带。
去厂里。得到曾宫一念的画。

与长冈、青木前往银座，购买巴拿马［草帽］。后，在松岛吃天妇罗。在门喝茶。

7月21日
星期六

刚刚过了正午，池田忠雄来。

几天以来，一直商讨拿到手的脚本，但毫无进展。

快十二点的时候，［池田］回去。

最后一场戏，终于脱稿。

7月22日
星期日

中午左右，一觉醒来，一边泡澡，一边看着阴天下的八角金盘，嘴里叼着牙签。

傍晚时分，下起小雨。一边听着远方传来焰火大会的放焰火声，一边打扫二楼房间。

这一天，母亲住在牛込的长井家。

7月23日
星期一

池忠来。修改脚本。

还没有打扫完的二楼房间杂七杂八的，隔着桌子，商讨脚本，但毫无进展。

与池忠一道入浴。

母亲住在牛込。

7月24日
星期二

与四郎等四人从野田那里来。这些清水组的少爷们*满不在乎地摆上合作的酱油桶。

后前往位于东调布的池忠家，继续商讨［脚本］。

细雨。

7月25日
星期三

今天，从野田那里将桶运了过来。

这一天，终于将脚本写了出来，送到厂长手里。

从东京车站去牛込。话谈到一半时，女佣来。细雨中，与母亲一道回家。

7月26日
星期四

去厂里。细雨。

见到厂长。拿到创作费五十日元。

与清水前往马布尔→帝剧。

观看 *Heavy Weight Championship of the World* 。

*
导演清水宏当时正在拍摄电影《大学的少爷太平乐》(『大学の若旦那太平楽』)。

这一天早晨五点起床。茂原在盘手乘船进入横须贺港。与原前往浜、真砂亭→面包店。

7月27日 星期五

嫂子、野田的夫人来厂里。

去理发。与 Candy 老板在后乐吃饭。

7月28日 星期六

整天在家里。

洗澡。

夏天又一次到来。文祥堂拿来做好的分镜头剧本。十五日元。

7月29日 星期日

傍晚，与荒田在日动画廊见面。

英格兰之家→富士之里→在东京屋付完钱→德式面包店等。

7月30日 星期一

傍晚，在伊吕波举行茂原英雄的欢迎会。

十四人参加，茂原、杉本、青木、栗林、长冈、厚田、入江、高山、中岛、石川、根岸、红、原和我。

入夜后，下起小雨。喝得酩酊大醉。

御子柴初子仍健在。

7月31日 星期二

一点，在东京车站与刀祢馆辰郎和山羽幸助见面，三人一块喝红茶。

乘车去蒲田。参观《街头风暴》。

岸松雄来厂里。

今天有点头痛。没有洗澡，早早地上床睡觉了。

8月1日 星期三

去厂里。

与小林在 Candy 见面。

8月2日 星期四

去厂里。

见到厂长。看清水的排戏。

与陶山、荒田在后乐吃饭。

8月4日 星期六

荒井良平和岸松雄来蒲田。前往东京〔市区〕，顺道去了松岛→富士之里等，交谈。

今天，这部电影的名字定了下来：《浮草物语》。

8月5日 星期日

寻找外景地。

七点四十五分从上野出发。

从小诸乘坐佐久铁道线前往海口。

〔前往〕御所平、火深山等地。住在海口和泉馆。

▲荞麦花，白茫茫，水边冲个凉。

8月6日 星期一

从海口出发。

佐久穗积→羽黑下，徒步。

在上田下车。别所→鹿教→丸子→和田岭→上诹访。在布半宾馆住宿。

▲日正午，时钟响，旅人住宿忙。

▲兴登堡死去，今早可真热。

8月10日 星期五

与浜田、原、高山坐车前去寻找外景地。

东京→大宫→高崎→横川→轻井泽→小诸→大屋→丸子→和田→别所。

在柏屋住宿。

8月11日 星期六

从柏屋出发。

丸子→看了看下和田→和田岭→诹访→韭崎→汤村。

这一天，从汤村→甲府，大约〔走了〕一里*地。住在柏屋。

8月12日 星期日

甲府→石和→御坂岭→山口湖→山中湖→御殿场→长尾岭→箱根→与北村小松夫妻俩见面→小田原→用餐→蒲田→回家。

哥哥、嫂子和孩子们去热海。

从今天起到十九号，厂里放暑假。

8月13日 星期一

一天在家度过。

8月14日 星期二

与母亲、信三前往热海。九点五分从东京出发。

白天，前往白石的钓堀。

住在青木馆。

8月15日 星期三

与信三打了会儿乒乓球，泡澡。

在夕方町转了转，到停车场。

* 日本计量单位，1里约4公里。

坐出租车回宾馆。
住在青木［馆］。宾馆前，烟花不断地升上天空。
▲烟花飞，消失在海里，浑身有凉意。

8月16日 星期四
回东京。

8月17日 星期五
晚上十点四十五分，与信三从新宿出发，前往木曾。
列车上，一群捕鲇鱼的人们，十分热闹。

8月18日 星期六
早上，抵达盐尻。
抵达木曾奈良井。
在奈良井和平泽间散步。
在松本下车。住在浅间温泉西石川。

8月19日 星期日
回东京。
在回东京的列车上遇到好久不见的佐野宽一。

8 月20日 星期一
厂里收假。

8月23日 星期四
与厚田前往茂原家。
晚上十点十八分，野村芳亭去世。享年五十五岁。
阿蝶前去守夜。
与厚田坐车回来。

8月24日 星期五
与清水、佐佐木和斋藤前往芳亭家守灵。
三点左右回家。

8月25日 星期六
与厂长一道去守灵。
四点，厂长和五所一道坐车回去。

8月27日 星期一
下午两点到四点，在厂里举行野村芳亭告别仪式。

8月31日 星期五
在帝剧观看弗兰克·卡普拉的 *It Happened One Night*。有意思。
与原、根岸去德式面包店。

9月1日
星期六

大地震 * 发生第十一年。

至今已毫无感觉。

9 月2日
星期日

见到好久不见的斋藤东吾。

爱斯基摩→麒麟→松岛→道顿奴→鲁班。与岸松雄、成濑巳喜男和三德。

拂晓时分，冒雨乘车回家。

在日剧观看《爱憎之巅》《呗祭三度笠》。两部都是平平之作。

9月6日
星期四

早晨，厂长打来电话。去厂里。

导演、脚本部长、宣传部长、新闻部长、庶务部长在箱根汤本福住开会。

关于江川宇礼雄辞去厂里工作一事，立刻做出决定。

后前往小田原、春日。

9月7日
星期五

独自一人从箱根回去。

稍微布置了一下母亲二楼〔房间〕的布景。

9月8日
星期五

母亲的二楼布景。

9月9日
星期日

母亲的二楼布景。

9月12日
星期三

天气不好，中止前往外景地。

与野村浩将、原、根岸、田中前往东剧。因吉右卫门生病停演，观看五郎〔的演出〕。

后，去松岛。

▲螳螂呀，隔壁墙上钉钉子。

9月13日
星期四

整天，在家。

▲秋正暮，褪了色，兜裆布。

9月14日
星期五

前往东剧，参观菊五郎的表演。

原、田中同行。

后前往德式面包店。

与往常一样，菊五郎的舞姿令人佩服不已。

*
指 1923 年 9 月 1 日发生的关东大地震。

9月15日 星期六

去厂里。

与厂长说起大船制片厂等事情。

看了一点胜浦的《都市的伤感》。

9月22日 星期六

季节性问候

敬启

下雨，下雨。依照最后的规定，二十坊主

只有打算度过这些日子，别无他法。

雨，雨，雨，每天都过得很郁闷。

一点也不顾及二朱女郎*深情的雨哟，在流连之窗旁边，如果是鲁莽之人，手支下颚，呆坐那里，也倒罢了，天空再蓝一点的话，是否用第72号呢？手举银纸闻歌起舞，孤苦无依为谋米粮。愿早日雨过天晴。

9月26日 星期三

下雨。

与茂原、高山到上田小镇去看看。

回来后，与茂原下将棋等。

住在柏屋。

9月27日 星期四

从柏屋去丸子。

傍晚，一行人来，下将棋什么的，玩性很高。

前往丸子，住在绿川。

9月28日 星期五

天气很好，按照预定，进展顺利。

六点，从大屋出发。十一点四十分，抵达上野。

9月30日 星期日

早晨，山中贞雄打来电话说，他在赤阪（坂）的千惠藏家。

一道去蒲田。此时，刚好大久保忠素也来东京。

与清水等四人前往富士之里。后在丸之内松竹观看《小流氓与新娘》的试映。

山中、大久保住在深川。

10月1日 星期一

傍晚，在东京站见面，与山中、岸前往上野的扬出，后去福莱德尔玛乌斯。

山中住在深川。

* 低级的妓女。

母亲从长井归来。
观看《瓦版噼里啪啦山》的试映。

10月2日 星期二
与山中前往赤阪（坂）的伊吕波。
后成濑、岸来。
雨中，一直走到见付，分别。

10月3日 星期三
未能去成《若草物语》* 的试映会。
山中一人去看。〔后〕冒雨乘坐“燕子〔号〕”回〔京都〕。
打来电话。

10月5日 星期五
最近几天，天气阴沉沉的。
去厂里。把理发的叫到厂里，理发。
与浜田、原前往银座后街的炭屋。画图。
购买徕卡胶卷、伊尔福显影纸等。回家。

10月6日 星期六
在赤阪（坂）的幸乐开碰头会。
厂长、六车、池田、浩将、野田、小松、伏见、池忠、荒田、斋藤、陶山、图斋、水岛、古田、野口、木村出席。
在丸之内松竹观看阿茂〔电影〕的试映。

10月7日 星期日
整天在家，睡觉，度过一天。
正是秋刀鱼肥美时。

10月8日 星期一
去厂里。
在大井车库拍外景时，下起雨来，中止〔拍摄〕。早早回家。顺道去了趟丸大厦，购买横光利一的《寝园》《纹章》及欧泊石。

10月9日 星期二
去厂里。天终于放晴了。
未能与岛津组的阪本协商好，中止〔拍摄〕。
顺便去了趟港屋，购买坐垫。
想尽快地结束〔拍摄〕工作，把家搬到镰仓去。
我想，眼下可能是镰仓景色最好的时候。

10月10日 星期三
与饭田、吉川、松井去帝剧，观看《若草物语》。

* 美国电影 *Little Woman* 的日译名。

后，去青山伊吕波。

10月11日 星期四
秋山耕作因《愁风宴》来东京。
在蒲田剪辑。
傍晚，与清水等三人前往浜的开花（化）亭。
这一天，秋山与森尾通宵剪辑。

10月12日 星期五
［为］池上［做］法会。
细雨。大久保寄来松茸。
与野田、池田、荒田在后乐吃烤鳗鱼、松茸，喝了一杯。
在后乐喝的茶起了作用，这天难以入睡。

10月13日 星期六
关于有声电影，与厂长、野田、池忠、清水进行论争。
回家后，泡个澡，吃了0.1的安眠药。
雨终于停了。秋日的天空真好。

10月14日 星期日
蒲田按惯例［举行］信贵山大祭。
井上金太郎寄来京都的松茸。
在这异常忙碌的时节，花费一个大好晴天，全厂举行无谓的狂欢，真令人失望。
这是一个绝好的“给傻瓜递刀”的例子。

10月15日 星期二
预定拍摄火车车厢［内情景］的计划中止。
在邦乐座观看《那个夜晚的女人》。很好。
后，与饭田、吉川、松井、厚田去富士之里。
吃咸海参肠、汤豆腐、黄酱汤、鲑鱼茶泡饭、鱼鳍肉。
在道顿奴喝了三杯轩尼诗。

10月16日 星期二
小雨。在大井的工厂里拍摄车厢内的情景。
回到蒲田。与阿茂在后乐吃寿司。

10月17日 星期三
黎明时，做了个梦：与绢代喝茶。真是个有礼节的梦。
睁眼醒来，外面在下雨。
打消了去取手打猎的计划。
迷迷糊糊在家待了一天。

11月17日 星期六

在距离成田两站地的安食车站接好电源，拍摄第一个镜头。
从蒲田乘车需要三个半小时。
回到蒲田，一直睡到天亮。开始剪辑。

11月18日 星期日

一天都在剪辑。
［喝］波尔特苹果酒。
瞌睡得很。

11月19日 星期一

正午时分，试映。
从傍晚开始拾音。
接连几天熬通宵，非常瞌睡。
才不管声音如何呢。在二楼的整理室睡觉。

11月20日 星期二

拾音结束。
被人叫醒，坐车回到深川。
这一天举行新闻记者招待试映会。
结束后在丸之内松竹试映。
将近十二点时，与厚田坐车回去。

11月21日 星期三

这一天，审片。
三处，共 6 米被删剪掉。
傍晚，优哉游哉地前往蒲田的理发店。
在 Candy 喝红茶，吃薄烤饼。

11月22日 星期四

《浮草物语》首映。
傍晚，前往丸之内松竹。
见到饭田蝶子、上山草人。
道顿奴→都川，后，吉川满子也来了。因老板娘酩酊大醉，让阿茂写了一张不在现场证明。

11月23日 星期五

早上起来，脖子疼。
去厂里一会儿。与母亲去高岛屋看了一眼民艺展。在风月喝茶。
与东上前往音羽屋的后台。
［观看］《观进帐》《一本刀俵入》。
后［前往］富士之里→道顿奴。吉川满子同行。

11月24日 星期六

脖子疼，整天在家。

11月25日 星期日

整天在家。耳听雨声，睡午觉。

晚上怎样也睡不着。半夜里起床，吃茶泡饭，很香。

11月26日 星期一

去厂里。下雨。

与伏见前往丸之内松竹。

观看《殿下与隐密》。浩将的《春江的结婚》试映。

后，与阿茂、蝶子、满子、武、润子在都川交谈甚欢。

服部大钟的时针指向四点，在雨中漫步。

11月27日 星期二

韭崎车站站长色部来厂里。

厂长来蒲田。拿到《浮草物语》的劳务费及特别奖金一百五十日元。［与厂长］一块儿回去。

11月28日 星期三

去厂里。发工资，比以往要晚。

与池忠、荒田前往东京［市区］，在富士之里喝酒。

［吃］鲷鱼火锅、咸海参肠、烤蛤蜊、鲑鱼茶泡饭。

在道顿奴［喝］白兰地和杜松子汽酒。

池忠明天一大早要去古奈，先一步回去。青木来。

11月30日 星期五

喜代子送给我巧克力。吃巧克力时，门牙折了。

两天前，吃俄罗斯点心时，牙龈（原文如此）就折了。

不管怎么说，一定要去看牙医。真郁闷。

11月30日 星期五

一点，与东上在不二 Ice 见面，在东剧观看音羽屋的舞台排练。

这期间，去了一会儿厂里。见到厂长。决定于正月放映三个星期的电影。

观看第二代金子市之丞［的表演］。蝶子、满子、润子来。

前往乌森金兵卫。

五点左右回去。

12月1日 星期六

等池忠从古奈回来，与野田三人前往本乡的厂长家。

决定于正月的三个星期里放映老板娘系列：

《箱中女 *》。

* 日语“箱中女”意思是“大家闺秀”、“千金小姐”。

12月2日
星期日

连日来熬通宵。睡眠不足，整天都在日照很好的二楼迷迷糊糊地睡觉。

12月12日
星期三

我的生日。

放下手里的工作，悠闲地度过。

12月31日
星期四

[前往] 薄脆饼干屋。

伊豆文。

重新做头发。

就这样，在雨声中迎来元旦。

在 Candy 吃鸭杂煮，喝酒。

坐车回家，睡觉。

Bon Voyage ！一九三四。

随　记

高野山南院的庭院里，庄（牡）丹开得正盛。

五月过半，纪之国的群山之间，到处都是褪了色的八重樱，新绿尚未出现。夕阳远下，紫藤犹如紫色的云彩飘浮在西天。椎树下，树荫一片。

将近日暮时分，庭院深处，四处寂静无声，耳边传来父亲骨灰堂小门的吱呀声。

由此，父亲的事情办妥了。

想起来，父亲的一生，也是我一直咬住其小腿不放 * 的一生。

* 日语中“咬小腿”的意思是“啃老”。

一九三五年〔昭和十年〕・其一

1月1日* 星期二

《箱中女》。重新做头发时，伴随着雨声，迎来元旦。

在明果的二楼与大家吃鸭杂煮、喝酒。

下午，蝶子、武、香取忍来深川的家里拜年。

1月2日 星期三

两点，去厂里。剪辑，一直到十点左右。

五所平之助的贺年卡上有这样一首［俳句］：

来此街，泡药澡，新年初闻乌鸦叫。

1月3日 星期四

去厂里。剪辑。

根据制作情况，电影实际上反映了导演逐步辨别愚钝的智力，从医学方面来说，电影的确很好。

1月4日 星期五

早晨结束［剪辑］。坐车回深川。

五点开始试映。真是个平平之作。

新年伊始，就制作出这样一个平平之作，今年不是个好年。

在富士之里与岸松雄见面。

好久没有喝酒了。

1月5日 星期六

去厂里。剪了 150 英尺。

后，［进行］后期录音。

音响版。如每次一样，都不尽如意。

《箱中女》。6700 英尺。

1月6日 星期日

八点结束。

整天在家，睡觉。

* 原文这一年只在每月一日的时候标以“某月 1 日”，此后的日子并没有标出月份，为与前文一致，中译本于每日前都加上月份，即以“某月某日”的形式出现。

八人会的福井寄来信说——听说，江户的匠人到七草 * 结束之前都不会工作。

1月7日
星期一

《箱中女》〔在〕丸之内松竹试映。
后与筈见恒夫、岸松雄前往富士之里。

1月8日
星期二

《箱中女》放映试验。
前往爱宕山。
田中、饭田、吉川、坂本、竹内、大山、谷〔同行〕。
后与蝶子、满子、武前往富士之里。

1月9日
星期三

《箱中女》受到审查。与茂原前往内务省。
见到田岛，删剪掉 30 英尺。
这一天放映。后与武、蝶子、满子、秀男、英朗前往赤阪（坂）伊吕波。
与厂长会面，拿到慰劳金。

1月10日
星期四

与饭田蝶子、吉川满子、坂本武、茂原英朗前往汤之原的中西。
下雨。喝酒。御齿黑街上的聚会真热闹。在另一个房间里，与野田、浩将、良辅商讨脚本。
住在中西。

1月11日
星期五

清水、荒田在热海的锦城馆。坐车去造访。
坂本、饭田、吉川回东京。
与茂原留下来。
住在锦城馆。

1月12日
星期六

肚子的状况不好。
住在锦城馆。

1月13日
星期日

阴天。略感寒冷。
乘坐午后的火车离开热海。
从今天起，蝶子、武在浅草有舞台表演。与茂原、中岛、原前去。
后于中清〔吃〕天妇罗。

* “七草”指正月初七“七草祭”，是日本民间节日之一。这一天人们要吃“七草粥”（加入春天的七种野菜熬成的粥）。

1月14日 星期一

举行演员晋升仪式。
午后去厂里。去理发。
坐车回家。与荒田顺路去松岛吃饭。
夜里，下起雨来。

1月15日 星期二

十一点二十分，从浜出发。下雨。
抵达汤之岛。
同行十一人。
茂原、原、根岸、厚田、入江、长冈、高山、中岛、日野、斋藤。
住在落合楼。

1月16日 星期三

入夜后，雨停了。
迷迷糊糊地睡午觉。吃完午饭后回东京。
十点半，回到深川。

1月17日 星期四

去厂里。
见到厂长。大谷隆三送给我浜的风景照片。
与池田忠雄前往大森的不二屋。
与厂长、野田前往汤之原的中西。

1月18日 星期五

前往国技馆。春季大赛*第七天。清水川输给武藏。
跨过两国〔大桥〕，在药研堀一带散步。回家。
清（喜）代子感冒在床。

1月19日 星期六

三点，在东和商事的试映室观看克莱尔的 *The Last Billionaire*。
后与池忠前往海上大厦的不二 Ice。
去厂里。
与内田岐三雄、筈见恒夫在富士之里吃蔬菜火锅、鲑鱼茶泡饭，喝酒。

1月20日 星期日

天气很好。
母亲去浅草的观音会。
在日照很好的二楼迷迷瞪瞪地睡午觉。
《箱中女》今天首映第一天。

* 每年正月里举行的相扑比赛。后改为每年的三月举行。

1月21日 星期一

母亲、目黑的叔父、牛込的叔母前往丸之内松竹。
与池忠前往国技馆。相扑比赛最后一天。
双叶山惜败于男女之川。武藏山赢玉锦。
后前往松岛、道顿奴、日之家。
坐车回家。

1月22日 星期二

傍晚，与好久不见的武富贵志男、吉田与三（藏）相见。
前往银座后街的若佐久喝酒。
优哉游哉地走到门，喝茶。
▲醋橙香，嗜酒之父已故亡。
池忠的俳句。

1月23日 星期三

去厂里。
在丸善后街的鹤屋举行雷内·克莱尔*的座谈会。
岩崎昶、饭岛正、内田岐三雄、清水千代太、佐伯孝夫、筈见恒夫〔参加〕。
后〔前往〕富士之里。
母亲、登久前往明治座观看戏剧表演。

1月24日 星期四

登久、母亲、嫂子、孩子们去浦和的鳗鱼屋。
在二楼阳光照得到的地方晒被子。迷迷瞪瞪地睡午觉。度过了一天。

1月25日 星期五

在德式面包店与东上会面，前往位于城山町的第六代的新家。谈论表演艺术。
去厂里。八股文，与清水前往东京〔市区〕位于日本桥的鹤屋。
优哉游哉地在银座散步，在新桥〔与清水〕分别后，回家。
第六代寓居。
▲演员家，阳光好，竹子生长节节高。
▲阳光下，竹生长，菊五居所倍赞赏。

1月26日 星期六

整天，在家。
好久没有泡澡了。自汤之岛回来后，这是第一次泡澡。

1月27日 星期日

去厂里。
傍晚时分，叫上双叶山、旭川、大八洲、立浪，在芝

* René Clair (1898—1981)，法国著名导演。代表作有《巴黎屋檐下》《最后一个百万富翁》等。

浦的雅叙园吃饭。

清水、藤井、饭田、坂本、吉川、高忠、矶野〔同座〕。

后，前往蒲田的蜃气楼。

1月28日 星期一

在家悠闲地度过一天。

母亲出席吉成学校的“母亲之会”。

1月29日 星期二

去厂里。

拿工资。与清水、荒田、良辅前往汤之原商讨脚本。

见到厂长，说起千惠藏导演的事。

后，去茂原家。见到阿蝶。夜深后，坐车回家。

1月30日 星期三

池忠打来电话。在丸善碰头。德式面包店→港屋→工屋。坐车去蒲田。与野田、和池忠坐车前往演舞场，去见厂长。乐剧部排练。

与池忠二人〔前往〕道顿奴→日之家，谈及野村浩将的事情等。夜深，雨住。

1月31日 星期四

整天在家。

2月1日 星期五

长井的叔母来深川，庆贺母亲六十一岁的生日。

阴雨天，整天在家里的二楼上，开着门，睡午觉。

自热海回来的满子从蒲田打来电话说：要送我晒得半干的鱼。

2月2日 星期六

去厂里。傍晚，与荒田前往东京〔市区〕的富士之里。分别后，前往都川，与饭田、吉川、松井交谈甚欢。

不知什么时候，天空下起了雨。一边与满子说话，一边散步至尾张町。分别。

2月3日 星期日

雪撒大地。

清水穿着和服来深川。前往三越，购买围巾。

与清水、池忠、斋藤前往小田原。

小田原、箱根并无积雪。

住在春日。

2月4日 星期一

回东京。

前往大森的不二屋，吃布丁。后，去厂里。

趁着天还亮着，回家。傍晚，很早就上床睡觉了。

明天立春。

2月5日 星期二

整天，在家。

想去厂里，但裤子膝盖处凸起，而且胡子也没刮。

积雪融化，路不好走，加之没有什么特别要做的事，仅这些情况，就足以不用去厂里了。

2月6日 星期三

整天在家。

2月7日 星期四

在丸善碰头后，与母亲及目黑的叔父去鹤屋吃饭。

大久保来东京。

与清水、大久保去新桥演舞场，观看松竹乐剧部的歌舞表演。

后去富士之里，喝酒。激烈争论。后，在浜川住宿。

2月8日 星期五

早晨起床后，喝酒。

去厂里。

美国的一名导演来上山草人家，一块去后乐喝酒。

看宗本的电影*。

后，与厂长、清水、野田、大久保在后乐吃饭。

2月9日 星期六

整天在家。

天亮后起床，吃饭，与母亲胡乱聊天。提起父亲一周年忌日时做法事、天气暖和起来的话回老家一趟等话题。

2月10日 星期日

整天在家。下雨。

一边吃蟹肉三明治，一边抱怨情节的贫乏。

2月11日 星期一

国家法定节日。

整天在家。

晚上，泡上一壶淡茶喝。

旧作：

▲鱼冻呀，屋檐下，去年积雪仍未化。

* 宗本英男的电影《少爷万岁》(『坊や万才』)。

2月12日 星期二

与清水、斋藤、荒田、藤井、三井、池忠前往相州汤之原的中西。
喝酒，品茶，去久保田。
住在中西。

2月13日 星期三

喝茶。
傍晚前往小田原的清风楼，喝酒。
喝了两个小时左右，回去。
住在中西。
▲小田原，城镇暗，梅花香点点。

2月14日 星期四

高山来访。
悠闲地出去散步。
晚上，江川宇礼雄来，住在别馆。
故事情节有了。
住在中西。

2月15日 星期五

整天在房间里，两人优哉游哉地度过。
泡澡，按摩。
住在中西。
▲小田原，灯初明，天暮更传情。
这一首［俳句］很不好。

2月16日 星期六

两点，乘火车回东京。
在浜为前往俄罗斯的草人送行。
内田屋。中野。
在文寿堂购买活动铅笔。
晚上，嫂子、孩子们没有回来。

2月17日 星期日

哥哥从日光回来。
整天在家。
▲梅盛开，洗澡归来月色白。
久保田太郎有这样一首俳句：
▲真怀念，潮汐退去月色残。
模仿创作一首，但远不及［久保田的俳句］。我创作的另一首俳句：
▲真糊涂，偷瓜时分月正明。

2月18日 星期一

去厂里。

跟厂长讲故事情节。

后，与池忠前往银座。

从长门给住在汤河原中西的本因坊秀哉写信还礼，此前，他给我写过一封信。

在中华第一楼吃叉烧面。

回家，喝茶。

2月19日 星期二

一点，在爱斯基摩集合，到大阪大厦的梅特罗公司观看 *Our Daily Bread*。后，举行座谈会。

去厂里。跟厂长讲故事情节。一道离厂。

▲路泥泞，梅花暗自流芳馨。

2月20日 星期三

整天在家。

天空的颜色真美丽。

沏上一壶茶，边喝茶，边吃长门的点心。

▲雪窟暗，人偶*脸白令人恋。

▲春夜间，五人表演**各自欢。

2月21日 星期四

正午过后，池田忠雄来〔位于〕深川的〔我的〕家。

开始商讨故事情节，但进展很不顺利。

东上打来电话。

▲火星残，聚拢火炭夜正寒。

本因坊秀哉寄来回礼的信函。走到庭院里看看，新芽已经长了出来。

2月22日 星期五

《〔电影〕旬报》到。去厂里。

厂长因感冒，在家卧床。雨下大了。与池忠前往后乐，后，去日之家。

雨停了。坐车回家。

2月23日 星期六

池忠来深川。

商讨故事情节，后进入剧本构思阶段。

天色将晚时，剧本的构思基本上出来。

前往松岛吃天妇罗。

在长门购买点心。购买内田百间（闲）的《鹤》。

* 指女儿节时装饰的人偶。

** 女儿节时，装饰在人偶台子上的五个人偶，他们分别表演不同的角色，有唱谣曲的，有演奏笛子、小鼓、大鼓的，也有演奏太鼓的。

2月24日 星期日

牛込带着孩子们来。

野田参加完班会回来。

母亲与五个孩子、一个孙子齐聚一堂。

去厂里。见到厂长。[拿到]《箱中女》创作费四十日元。

与池忠在后乐吃下水火锅。

2月25日 星期一

与池忠在丸善碰头，顺道去了一趟八洲园，然后去总社。

见到厂长，拿到五十日元。

这一天，为商讨脚本，与池忠前往相州汤河原。住在中西。

清水、荒田、野村昊、沼波前往热海。同车[前往]。

2月26日 星期二

本因坊秀哉刚好住在楼下的房间里。

听女招待讲:本因坊长得瘦长，就像鹤一样;他在手臂上搭块毛巾，穿过长长的走廊去洗澡。

▲本因坊，毛巾湿时放何方?

▲菜花黄，笕水雨水一时涨。

▲菜花开，笕水雨水声自来。

2月27日 星期三

雨下了一夜，还在下。

日暮时分，雨中前往[位于]小田原的清风旅馆。在清风旅馆的房间里，想起并非这个季节的旧作。

▲雁来红，旧障子，灯下亮彤彤。

这一天脚本的商讨并不顺利。

住在中西。

2月28日 星期四

雨停了。

无意春已到。通宵写脚本。

住在中西。

3月1日 星期五

五点七分，离开汤河原。

在傍晚时分的火车上迷迷瞪瞪地睡了一觉，抵达浜时，已是夜里了。

顺便去了一趟厂里，回到原。

▲小田原，风筝高天悬，城镇尽入眼。

3月2日 星期六

正午过后，池田忠雄来。

交谈。

虽然身处深川的二楼，但天气晴朗，深有春日迟迟之感。

我想养只云雀，把它带到原野上放飞。这种趣味如何？

3月3日 星期日

女儿节。这一天是一年当中唯一向女孩表示敬意的日子。

整天待在家里。傍晚，与信三骑车从木场到洲崎。

3月4日 星期一

信三的毕业典礼。〔时间过得〕真快啊。

母亲去学校。

池忠来，在二楼交谈。只是〔构思〕出东京的部分。

3月5日 星期二

去厂里。

池忠与浩将商讨〔脚本〕。

傍晚，与池忠、浩将、良辅前往〔位于〕日本桥的鹤屋，吃御狩场烧*。

后于十点十分，从东京站出发，前往小田原的清风。

▲春尚浅，和风熏，虫牙穿心痛。

▲天将明，心数钟声两人行。

这一首〔俳句〕也远不及久保万的“天欲晓，灯将消”。

3月6日 星期三

浩将一大早回去。

回去途中，与池忠在浜下车，前往真砂亭。〔又去〕不二屋。后去厂里。

清水、斋藤、良辅前往热海。

美年子他们回家，他们已经好久没有回来了。广重的天空中明月高悬。

3月7日 星期四

终日无为，春日迟迟。

但风比较大。

在阳光照射的二楼，铺床睡午觉。

把奥诺多〔钢笔〕给信三，我则拿了摩尔〔钢笔〕。父亲生前使用过奥诺多。这是我成为导演时——一九二七年九月至十月——买的，已经有七年多的历史了，很让人怀念。

3月8日 星期五

去厂里。

* 秋田县的名菜，以山椒味噌调味的烧肉和烧菜。传说为古代狩猎场的特色菜。

与清水、良辅在日比谷剧场观看贞雄的《国定忠次》。

在山中的片子中，这是最好的一部。

后与喜太八、良辅前往富士之里。

3月9日 星期六

去厂里。

见到厂长。脚本只是完成了东京的部分。交给部长阅读。

小坂士从日兰会馆回来，在神坂乐的末吉举行欢迎会。共有六人参加，他们是中井、金川、武富、吉田、小坂［和我］。

住在外面。

3月10日 星期日

母亲与目黑的叔父前往宫川。

六点起，在［位于］浜町的浜之家举行《电影旬报》座谈会。北川冬彦、筈见恒夫、友田纯一郎、岸松雄、饭田心美、滋野辰彦［和我参加］。

与岸一道回去，悠闲地路过人形町。

3月11日 星期一

上午，池忠来。

商讨［脚本中］乡村的部分。

话题毫无进展，但乱七八糟谈了许多。

深夜，泡澡。

3月12日 星期二

两点，在东和商事观看 *Man of Aran*。

后去厂里。见到厂长。

与柳井、浩将、池忠乘车前往银座的富士之里。听浩将讲他的身世。

与春日一样，脚本也姗姗来迟。

3月13日 星期三

去厂里。

打棒球。后与池忠、荒田前往汤之原，商讨脚本。

顺道去了趟清风。

▲舞扇乃君忘，独处持扇赏，打开刚看罢，合起又端详。

3月14日 星期四

▲脱纸衣，伊左卫门忙入浴。

春日迟迟，函岭遥远，阳光照射在旧隔扇上，令人感到无尽的寂寥。

这个城镇的女儿节要晚一个月，四月三日［才是女儿节］。

▲春日好，汤之城中偶人多。

住在中西。

3月15日 星期五

从早上起就开始商讨［脚本］。
难得春江来。
这一天，从深川电汇来五十日元。
十点三十四分回去。

3月16日 星期六

脚本全部完成。厂长没来。

3月17日 星期日

去厂里。
与厂长商量角色安排一事。

3月18日 星期一

阅读脚本《东京的好处》。
但没有去厂里。拿到前些日子的《电影旬报》座谈会记录。
半夜，下起雨来。快到春分了。
▲雨始飘，围着被炉空烦恼。
这一首［俳句］真差劲。

3月19日 星期二

在中桥的千匹屋与岸松雄碰头。
去厂里。
好久没有去理发了，顺便去了趟理发店。顺道去了一趟茂原的家，回家。
山中贞雄赠京都酸萝卜、咸菜
▲春夜阑，欲垂涎，获赠茶泡饭。
母亲前往歌舞伎座，［观看］第五代传人三十三周年忌表演。

3月20日 星期三

检查服装。
春分，春天到来，真舒服。
今年第一次穿适合运动的衣服。
傍晚，早早回家。

3月21日 星期四

池忠打电话来，在爱斯基摩碰头。
通过服部，将信三的事拜托给丸之内松竹的守安。
藤井、大日方、三井、山口辞职。
傍晚，在大森的松浅会合，然后去小田原的清风。
［同行的有］清水、野田、池忠、斋藤、荒田、浩等人。
飘雪，并积了下来。寒气逼人。

3月22日 星期五

乘坐两点的特快列车回东京。
与池忠顺道去了浜，[前往] 不二屋、内田屋。
在厂里喝苏打水。昨天晚上的酒劲又上来了。
与野田、池忠、良辅、荒田前往大森的日之家。
▲雪飘日，舞扇时，清晨真孤寂。
▲筑地月岛和佃岛，明月当空照。

3月23日 星期六

检查服装。
与野田、良辅、正男、与一在日本桥的鹤屋吃御狩场烧。
大家又一道前往小田原的清风。
由日守取代传。
▲春雨飘，落在唇上始知晓。
▲春雨飘，落在唇上似梦绕。
虽不是赤木桁平，但要消灭浪荡文学。

3月24日 星期日

乘坐两点的特快列车回东京。
下雨。
母亲因感冒，卧床。

3月25日 星期一

去厂里。
傍晚，在帝剧。
[观看]《麦秋》《红盾家族传奇》。
高梧、隆雄、忠雄、正男、良辅同行。
在练瓦亭吃炸猪排，好久没吃了。

3月26日 星期二

寻找外景地。
走在荒川水渠上。风很大。
优哉游哉地大约走了一里左右。
在蓬来（莱）屋吃炸猪排，好久没吃了。

3月27日 星期三

连日来，一直就反对有声电影的问题进行争论。
在厂长家里，[大家] 议论纷纷。
趁 [天] 还亮着，回家。

3月28日 星期四

大久保忠素来东京。

与忠、正男在后乐吃饭。
我提议到箱根去泡温泉，但最终作罢，回家。

3月29日 星期五
在丸善与忠、正男碰头。
忠在新桥买徕卡〔相机〕。
见到厂长，可真精神。
后与忠、高梧、正男、良在富士之里喝酒，好久没喝酒了。
顺便去扫头山（原文如此）、野毛山、根岸、浜。

3月30日 星期六
去厂里。
在时事新报的讲堂里举行《电影旬报》社主办的上年度优秀电影鉴赏会。
与坂本、饭田出席。又被迫做演讲，这是我最不拿手的。
后，三人前往富士之里。
拍了三张剧照。收到荣的来信。

3月31日 星期日
去厂里。
与原一道坐车回去。
入夜后，下雪。

4月1日 星期一
再次前往荒川水渠考察。〔去〕蓬莱屋。
与荒田在富士之里喝酒。在长门买了些点心，回家。
听千丸聊天。
水岛彩芽〔从厂里〕辞职。

4月2日 星期二
父亲的一周年忌日。在阳岳寺〔请和尚〕念经。后前往浜町的浜之屋聚餐。
与母亲他们在银座闲逛。
恰好下起雨来。

4月3日 星期三
去厂里。
傍晚，与厂长和野田高梧前往银座。
顺道去了一趟丸之内的松竹。遇到守安，拜托他照顾信三。
后，前往富士之里。

4月4日 星期四

八点三十分，与高山、原从新宿出发前往松本。三点过后，抵达松本。细雨。

住在浅间温泉的西石川。

▲雨不停，青草地上湿淋淋。

4月5日 星期五

早上起来，外面下起雪来。

泡澡。这么大的雪，肯定是拍不了外景了，总之，还是回去吧。

一点二十分，离开松本。八点过后，抵达新宿。在中村屋吃咖喱饭。在法国公馆与良辅见面，谈了会儿千丸的事。

4月6日 星期六

去厂里。

开脚本会议。参观清水和佐佐木的布景。

下雨。回家。信三，早稻田第一高等学院第一次放榜。

这是我常常挂在嘴边的话：对我来说，最重要的东西是“我”，而“我”最主要的事情是“工作”。——里见弴《呵斥》

4月7日 星期日

整天在家。

睡了两个多小时的午觉。喝可可。

豆腐贩子的笛声在傍晚时分淡云密布的天空中回响，这使我想起旅行时，在杂七杂八排列着住家的陋巷里的时刻。

4月8日 星期一

乘车去看清水大厦的顶层。

并不满意。

在丸善买日记本。〔在本子上〕试着摁了许多图章。有点像少年的嗜好，也挺不错的。

去厂里。准备教室〔的布景〕。

与荒田前往富士之里。

4月9日 星期二

晚上。

〔在〕帝剧，拍外景。

回家。顺道去了一趟三德。

嫂子，回家。

4月10日 星期三

与池忠、荒田前往清风，顺道去了一趟大森的不二屋。

信三进入第一高等学院〔学习〕。

4月11日 星期四

拍摄本馆的走廊。

与厂长一道回去。

4月12日 星期五

事务所。拍摄。

川柳

七两又二分*水壶背靠背

4月13日 星期六

拍剧照。

与池忠、高梧、良辅前往后乐。

4月14日 星期日

教室的布景。

群众演员。三十名左右。

七点三十分，在东京车站的候车室与荣见面。池忠同行。〔前往〕浜町的浜之屋。

悠闲地走到秋叶原，告别。

4月15日 星期一

淡云密布。天气变坏。下起阵雨。

傍晚，与高梧、池忠一道前往富士之里。

在雨后的银座悠闲地散步。

4月16日 星期二

阴天。中止外景地的拍摄。

在丸善与池忠碰头，去守安寻找礼品，找来找去，都没有中意的。总之，先去丸之内的松竹道个谢。

4月17日 星期三

与原、根岸冒雨前往帝剧。〔观看〕*Imitation of Life*。

后，〔去〕富士之里。

吃了不少应季的食品。

4月18日 星期四

秋山耕作来东京，他好久没有来了。

与清水、荒田一道住在热海金（锦）城馆。

与良辅先去热海。

荣来。

这一天，拍摄关宿的外景。徒劳。

▲菜花黄，日金十国山，放金光。

*江户时代通奸的和解金是七两二分。

4月19日 星期五

回东京。

在热海火车站为“燕子〔号〕”所吸引，错过了一班车。

与池忠、良辅、耕作前往丸之内松竹，观看《血烟荒神山》。

后，前往松岛〔屋〕。

秋山住在深川。

4月20日 星期六

因蝶子胃病发作，中止拍摄。

与厂长、古田、秋山、清水前往大森松茂分店。

4月21日 星期日

野村浩将的结婚典礼在大森小町园举行。

出席。

后与厂长、高梧、宏、忠、正男、良辅、隆雄前往筑地金龙亭。

新桥的美妓，众多云集。

4月22日 星期一

与美术部的浜田和高山助理采外景。

前往信州。

住在浅间西石川。

4月23日 星期二

松本→长野→汤田中。

居住在万屋。

到处樱花烂漫。

4月24日 星期三

汤田中→长野→回东京。

并没有找到理想的外景地。

车厢里遇见一群老年妇女。

她们放声高唱:浅间山,烟冲天,夜幕降人间,刹那间,樱花开灿烂。

鲜花开正盛，旅途多愁情。

4月25日 星期四

去厂里。

因饭田蝶子胆结石住进顺天堂医院，所以得以与演员队在三岛之原打棒球，好久没有和他们打了。

到处都悬挂着五月的鲤鱼旗。

心情真好。

4月26日 星期五

沉浸在睡午觉的快乐之中。

感到五月的脚步声正在临近。
睡午觉醒来，收到荣寄来的信。
良子因感冒没有上幼儿园。

4月27日 星期六
在浅草松屋采外景。
前往顺天堂医院看望饭田蝶子。
吃完蜂窝糖，感到春天越来越接近尾声了。
良辅随后赶来。
与良辅前往 Ingou 屋。
荒田来到爱斯基摩，商定送给浩将的贺礼。
后前往润子的酒馆。
▲燕子飞，飞过仁王门。

4月29日 星期一
雨。
大久保忠素来东京。
与清水、青木前往横滨内田屋。

4月30日 星期二
傍晚，与高梧、忠前往银座。
在新金春吃牛肉火锅。
在 Colomban 喝茶。

5月1日 星期三
五一节。
在总厂的试映室里，尝试着放映《东京的好处》的插入部分：《我杀的男人》。
在顺天堂看望饭田。
在东和商事观看《大卫・格德尔》。
在丸之内松竹观看《男人世界》。
与厂长、浅利前往新桥安兵卫。

5月2日 星期四
与野田、伏见、池忠、荒田前往新宿、神乐坂。
顺道去了中村屋、田原屋。

5月3日 星期五
在潮田附近采外景。
顺道去了位于浜的内田屋后，前往大船制片厂看看。

5月4日 星期六
无所事事。

5月5日 星期日
饭田蝶子出院。
▲五月雨，天昏暗，虎屋黑川粽子鲜。

5月6日 星期一
因荣来，与良辅前往车站，但未来。
后前往日本桥的鹤屋。
与池忠、荒田在银座的爱斯基摩见面，后与良辅前往浅草帝国馆。
[观看]《马回家》。
[观看]《一言不发的姐姐》。

5月8日 星期三
自傍晚起，与野田、池忠前往银座，到松岛[屋]。
后前往八州（洲）园。

5月10日 星期五
与荒田前往帝剧。
[观看] *manhattan melodrama*。
[观看] *Le grand Jeu*。
前往松岛[屋]、朱奈特。

5月11日 星期六
导演会议在松浅分店举行。
池田、岛津、五所、佐佐木、野田、吉田、古田、厂长[出席]。
后前往银座，到不二 Ice。与野田前往松井润子之店。

5月12日 星期四
井上金太郎乘坐“燕子[号]”来东京。
[前往] 富士之里。

5月13日 星期一
与野田高梧、池田忠雄、井上金太郎前往[位于]浜町的“浜之屋”，后在银座等地信步闲逛。

5月14日 星期二
十二号以后就有点感冒，[今天]终于躺倒了。

5月15日 星期三
卧床。

5月16日 星期四
到厂里。
与池忠、荒田前往松岛[屋]。

5月17日 星期五

与《电影旬报》的成员在〔位于〕浜的球场比赛，这一天第一次赢得比赛的胜利。

明天前往东北旅行，制定日程。

5月18日 星期六

前往东北旅行。

一行人有：清水、斋藤、伏见、池忠、良辅、浩将、荒田、野田、北村、柳井、金太郎、佐佐木。

从上野→仙台，住在青木宾馆。在青叶酒馆听《沙沙一阵雨》*。

离开仙台，从盐釜乘船环绕松岛游览。

从石卷乘车前往鸣子温泉。

住在鸣子宾馆。

5月20日 星期一

从鸣子出发，在仙台乘坐特快列车，七点抵达上野。

▲五月中，树芽嫩，陆奥**温泉宿，白昼听雨声。

5月21日 星期二

傍晚，与井上金太郎前往相州汤之原。

与井上商讨右太独立制作的《国定忠治》***等事宜。

住在中西。

5月22日 星期三

回东京。

傍晚，与野田、荒田前往银座，先到上野的空也→扬出→兔屋。

十一点，井上金太郎乘坐特快列车回京都。

5月23日 星期四

母亲的生日。

一整天，在微风中睡觉。

5月24日 星期五

傍晚，与野田高梧、池田忠雄和野村浩将前往银座。

在鸠居堂买和帖，在长门买点心，在吉田家吃荞麦〔面〕。

5月25日 星期六

九点三十分，与吉成为回大连的长井夫妇、年三郎夫妇送行。

整天在家。

5月27日 星期一

海军纪念日。

在丸内松竹观看清水〔拍摄〕的《他与她与少年们》。

* 宫城县民谣《さんさ時雨》。

** 大致相当于现在日本的东北地区。

*** 此处原文为“国定忠次”，疑为笔误。

5月29日 星期三

这一天发工资。

5月30日 星期四

为商讨剧本，前往相州，池田忠雄同行。

顺道去了趟小田原的清风。

［抵达］汤河原，住在中西。

5月31日 星期五

因清水《双心脏》的角色安排，前去拜访柳井、荒田，他们住在热海的金（锦）城馆。

楝树花开。饭桌上有香鱼。微风吹拂枝头的绿叶，酒旗飞舞。

住在中西。

6月1日 星期六

下午，饭田蝶子［来］。

傍晚，野村浩将来。

住在中西。

这一天，中学同学聚会在山田千秋楼举行。没有出席。

6月2日 星期日

下午，浩将回东京。

浩将刚走，坂本武、小林十九二、吉川满子来。

故事情节基本形成一个框架。

住在中西。

6月3日 星期一

午后，从金（锦）城馆回去时，厂长来。

讲述故事情节。

上午小林十九二回东京，下午饭田、坂本、吉川回东京。

吃完晚饭，回东京。

6月4日 星期二

细雨。

整天待在家。

6月5日 星期三

午后，池田忠雄来深川。

商讨故事情节。

傍晚，与荒田等三人前往浅草公园的中清，后去梅园。

与荒田说《双心脏》一事，但没有结果。这一天，从热海回［东京］。

悠闲地从浅草走回家。

6月6日 星期四 午后，池田忠雄来深川的家里。
商讨〔剧本〕结构。

6月7日 星期五 去厂里。
傍晚，与野田、池忠前往日本桥的鹤屋。
〔剧本〕结构总弄不好。

6月8日 星期六 整天待在家。
早庆*第一场比赛：3A** ：2。
早稻田〔大学〕先取得一场胜利，但最终比赛以毫无亮点而结束。
哥哥与银行的人们前往相州汤之原。

6月9日 星期日 早庆第二场比赛。8 ：4，早稻田〔大学〕再次获胜。
〔早稻田大学的投手由〕若原→鹈饲。〔庆应大学的投手由〕土井→樱井。
母亲、吉成前往〔位于〕牛込的长井家。

6月10日 星期一 收到召集令。从七月十日起集合三周。整天闷闷不乐。
池田来商讨〔剧本〕。商讨后前往仲町宫川。在清水吃金锷饼。
〔将池田〕送到新桥。

6月11日 星期二 为加快剧本的进度，让荒田帮忙。
两人来到深川。
从五所平之助那里获得久保田万太郎的色纸***。
〔上面书写着〕穿夹服，系角带，久违的心情。

6月12日 星期三 两点左右，池忠、荒田来深川。
商讨至十三日晚。
今天入梅，但天气很好。

6月13日 星期四 午后起床，洗澡。
原研吉来。厂长打来电话，提及菊五郎的《镜狮子》一事。
商讨至十四日天亮。

6月14日 星期五 睡了三个小时左右，接着商讨。

* 早稻田大学与庆应义塾大学间的棒球比赛。

** 在棒球比赛中，最后一局比赛，后攻方虽然没有攻击，但胜利在握时，未比赛的部分用 A 来表示。现在均用 X 来表示。

*** 方形厚笺纸，以书写诗歌或绘画用。

晚上九点，商讨结束。

服用了0.1的安眠药，入睡。好久没有一人安睡了。

6月15日 星期六

去厂里。让人复印剧本。

见到茂原、饭田。听说昨晚厂长曾来过。

我与茂原此前有个口头约定，如果这个约定实现了，无非放弃导演这个职业而已，那也没有关系。

6月16日 星期日

今天是公休日，但还是去厂里了。

晚上，前往厂长位于本乡的家里。

谈及茂原有声电影的事情。

后，回到蒲田，拜访茂原家。

6月17日 星期一

读剧本《东京之宿》。

在新桥乌森的金兵卫与长坂元商讨第六代〔菊五郎〕《镜狮子》舞台设计一事。

6月18日 星期二

在潮田采外景。

前往浜的安乐园。

厂长打来电话。与茂原英雄前往厂长位于本乡的家里，商讨有声电影一事。

这一天第一次架起蚊帐。

6月19日 星期三

因剧照需要，在潮田拍摄外景。栗原去了。

从安乐园出来后，去打猎。

与伏见、良辅前往银座。〔去了〕德式面包店、Takumi屋、三色旗。

6月20日 星期四

〔拍摄〕喜八家的布景。

为商讨第六代《镜狮子》，长阪（坂）、歌舞伎座一把手长谷来厂里。

秋山耕作携带《濡湿的捕绳》来东京，观看试映。

6月21日 星期五

因灯光的关系，自傍晚起，〔开始拍〕喜八家的布景。

一直〔拍〕到二十二日晚上。

外景因阴天的缘故，中止。

长坂元来厂里，〔商讨〕《镜狮子》化妆事宜。

6月22日 星期六

阴天，中止拍摄外景。

与茂原英雄前往歌舞伎座，拜访第六代［菊五郎］，商讨［拍摄《镜狮子》一事］。

后去天国。回厂后，拍摄小饭馆的布景。

从今天起，终于入梅了。

6月23日 星期日

［拍摄］小饭馆的布景。

从四点起，试拍第六代［菊五郎］在后台进行《镜狮子》化妆的镜头。

与远藤为春商讨。

第二次看《西洋故事日本剧》*。

后，前往天国。

6月24日 星期一

小饭馆布景拍摄完毕。

在第六代［菊五郎］的后台试映昨天的试拍镜头。

后，前往三德家。

下了一整天的雨。

6月25日 星期二

歌舞伎座最后一场戏结束后，拍摄第六代［菊五郎］的《镜狮子》。

第六代［菊五郎］、琴次郎、茂、

和风、伊三郎、太左卫门。

目黑、母亲来参观。

6月26日 星期三

上午十点结束。

回到深川，熟睡。

6月27日 星期四

［拍摄］小旅馆的布景。一直拍到傍晚。

后，整理第六代［菊五郎］的《镜狮子》。

水谷、桑原在场。茂来厂里。

一直到二十八日的凌晨。

6月28日 星期五

在丸之内松竹试映第六代［菊五郎］的《镜狮子》。

后，大家前往第六代［菊五郎］位于芝公园的家里，相关人员一同举杯祝贺。喝香槟。

大家都回去后，听第六代［菊五郎］谈艺术。一直到凌晨。

*
河竹默阿弥所作的歌舞伎剧。

▲音羽屋*，明日上旅途，换上夏季服，

6月29日 星期六

〔拍摄〕小旅馆的布景。

京都发生水灾。二条、三条、五条的大桥都被冲垮了。

九点，第六代〔菊五郎〕前往神户。

牧逸马突然去世。

6月30日 星期日

〔拍摄〕居酒屋布景。

一大早起就有点发烧，拍摄完布景后，坐车回家。

半夜，发烧超过了三十九度。

7月1日 星期一

这一天躺在床上。没有去厂里。

自当上导演后，第一次缺勤。

7月2日 星期二

〔拍摄〕病房布景，傍晚时结束。

与高桥忠雄（男）前往新桥，去了富士之里。

7月3日 星期三

晴天。

在潮田拍摄外景。

回厂里，〔拍摄〕居酒屋布景，一直到十二点。

7月4日 星期四

雨。〔拍摄〕居酒屋布景。一场大戏。

预报今天傍晚台风袭击东京地区，但大雨也只持续了一段时间。

之后凉风〔习习〕，银河横跨天空。

7月5日 星期五

虽云晴天，但雨意甚浓，天时不时地阴沉沉的。

中止外景拍摄，〔改为拍摄〕居酒屋布景。

7月6日 星期六

阴天，雨。

居酒屋布景拍摄完毕。

这一天，自日落时分起，开始灯火管制。

五所平之助送给我一本久保田万太郎的俳句集《虽不想分离》。

在环衬页上有这样一句：夕阳里，发簪新，青蛙鸣不停。

在新桥的名荷屋那里订购日式短布袜。

* 音羽屋是歌舞伎表演者的“屋号”（世家的名称），这里指尾上菊五郎世家的称号。

7月7日 星期日

〔拍摄〕夜间饭馆门前〔的场景〕。
人工洒雨。
▲七夕日，菊五郎，正在旅途上。

7月8日 星期一

在潮田拍摄外景。后，〔前往位于〕浜的安乐园。
乘坐八点的快车前往相州。
良辅刚好在箱根的梅之家，来相聚。
此外，还有池忠、荒正，共四人。

7月9日 星期二

三点左右，回厂里。
叫来理发师傅，剪头发。
后，与厚田、原前往银座。
在美津浓购物。在竹叶亭喝茶。
《东京之宿》* 的报酬到手。

7月10日 星期三

入伍。加入“近步四”。
No.4 Royal Star Hotel
午后举行敬礼练习。

7月11日 星期四

5 点，起床。
8 点半，点名。
9 点半，熄灯。

7月12日 星期五

上午、下午都在代代木。
吉川满子、饭田蝶子、坂本武来代代木。
午饭在下士集会所吃，大队长以下的人都在这里会餐。

7月13日 星期六

上午，在代代木。
午后，吉成来会面。
午饭在中队吃，会餐。

7月14日 星期日

无法外出。
在小卖店里闲逛。

7月15日 星期一

打午后起，与母亲、池田忠雄、原研吉会面。

* 『東京の宿』，小津导演的电影，1935 年上映。

▲焰火远，铃木主水旧居前。

7月16日 星期二 带着午饭前往代代木。

7月17日 星期三 一大早，与荒田正男会面。
逃避练习。

7月18日 星期四 行军，前往堀内妙法寺、大宫八幡方向。
归来时，落在队伍后面，在新宿中村屋吃咖喱饭。
与饭田、三井、原一同前往永坂，吃荞麦面、〔喝〕John Begg〔威士忌〕。

7月19日 星期五 射击。在户山之原，打了辆出租车前往。
三百米，十七点、十九点。
与樱井、辻村及浜场少尉喝酒。
回到班上，不知有点名，便睡了。

7月20日 星期六 虽然下着小雨，但还是去了代代木。
午后，整理衣服。
与哥哥、原研吉会面。
吃虎屋的点心。
两国举行开河仪式，冒雨进行。
兵营生活已经过了一半了。

7月21日 星期日 上午，与厚田雄春会面。
午后，外出。
回了趟深川后，前往位于牛込的长井家。
母亲因登贵临近生产，于是住在牛込。

7月22日 星期一 带着午饭前往代代木。
大正十三年*度同期志愿兵在日比谷山水楼聚餐。
后，前往松井润子之店、富士之里。
与荒田、池忠见面。十一点三十分锁门。

7月23日 星期二 〔前往〕洗足池，行军。
与樱井、辻村在洗足池畔喝啤酒，吃天妇罗。

* 1924年。

睡午觉。
集合时间迟到了三十分钟。
不得已，回去时，也靠走路。
寺崎广载来。

7月24日 星期三
上午，［练习］体操、枪剑术。
午后，休息。

7月25日 星期四
在新宿御苑参观时，碰巧遇上蝶子、满子、武。
在润子［之店］会面。
［他们］带来威士忌、海苔卷、点心、蜜瓜。
说是正午时分要乘坐火车前往箱根。
午后，与石川、高山一同前往中村屋，吃羊羹、三明治。
逃避练习。

7月26日 星期五
虽然在户山之原有射击练习，但要接受［身体］检查。
从今天起连续三天，在户山之原工作。

7月27日 星期六
凌晨三点列队，与二大队进行对抗演习。
［我］没有参加。

7月28日 星期日
上午，检查军装。
午后，外出。回了一趟家。后，与吉成前往牛込。
购买吉村冬彦的《萤光板》。

7月29日 星期一
这一天，［接受］检阅。
午后，整理武器、被服。

7月30日 星期二
向大队长提出申请。
午后，有事外出。

7月31日 星期三
九点，解除兵役。
中岛来，前往银座，顺便去了趟不二屋。
去厂里。
傍晚，与清水、池忠前往箱根福住。

准备到清风、浜等地看看。

8月1日
星期四

一点十八分乘坐快车回东京。
在深川的二楼架起蓝色蚊帐，熟睡，好久没有这种体验了。
▲与人交，则浅交，永久打交道。
看看红叶吧，非在色浅时凋谢，而是在色彩浓艳时零落。

8月2日
星期五

整天在家休息。
母亲从牛込回家。作为礼物带回来钢琴。整天，小侄子们弹个不停。
若干年来存活下来的池中的鲤鱼因今年的暑热而浮在水面上。

8月3日
星期六

井阪荣一来东京，他好久没有来了。
到东京车站，在前往吉田公司的路上，遇见吉田。
在天金吃天妇罗。下雨。乘车前往箱根，顺道去了趟清风。
住在汤本住吉馆。

8月4日
星期日

午后，回东京。
傍晚时分，与荣一、吉田在灵岸桥大国屋吃饭。
荣一于十一点二十分回故里。
▲在何处，骤雨来临时，吃上凉豆腐。

8月5日
星期一

阴天，中止外景拍摄。
傍晚时分，与蝶子、满子、武在日本桥的末广吃饭。
▲真炎热，黑糖黏成一大个。

8月6日
星期二

外景拍摄又中止。
傍晚与茂原、古田在大森松浅分店商讨有声电影一事。
池忠打来电话，约在丸善见面。
在风月堂买水羊羹、华夫饼。
购买《犀星发句*集》。

8月7日
星期三

又是一个阴天。［外景拍摄］中止。
一天在家。

8月8日
星期四

［外景拍摄］中止。

* 即俳句。

与根岸、柏原前往神宫〔球场〕观看都市对抗赛四分之一决赛。
东京俱乐部〔队〕对京城〔队〕，6 ∶ 5。
全大宫〔队〕对名铁〔队〕，9 ∶ 7。
后，〔去〕松岛。

8月9日 星期五
〔外景拍摄〕中止。与矶野、根岸、厚田再次前往球场。
川崎哥伦比亚〔队〕对大连〔队〕，1 ∶ 0。
〔这是一场〕若林与五十岚的投手对投手的比赛。
东京俱乐部〔队〕对全大宫〔队〕，4A ∶ 3。
宫武打出本垒打。
后，前往伊吕波，御子柴初子仍健在。

8月10日 星期六
雨。

8月11日 星期日
雨。
一天在家。

8月12日 星期一
去厂里。
井上金太郎来东京。
与清水等三人从雷门前往鬼怒川温泉。
住在大泷馆。
山中、秋山、泷泽、八寻、杉等人已先行到达那里。

8月13日 星期二
独自一人回东京。
细雨。
完成厂内搭建外景的拍摄工作。

8月14日 星期三
一天在家。

8月15日 星期四
东吾打来电话，好久没有听到他的声音了。
二十分钟过后，〔东吾〕来。
纲岛温泉水明楼→三十间堀富士之里→朱奈特。
在深川八幡宫的祭礼上，许多彩轿从雨中通过。

8月16日 星期五
一天在家。

8月17日 星期六

去厂里。

傍晚，与池忠、良辅前往银座，在 Berlin 屋喝啤酒、吃香肠。

在爱斯基摩喝啤酒。

信步走到东京车站，［与大家］分手。

日美游泳大会，第一天。

8月18日 星期日

突然想起前不久我还在部队里的情况。

在牛込吃鳗鱼、喝热茶。［在部队时］七点前必须回到连队。

如果没有时间限制的话，像我这样的人，完全运转不起来。真伤脑筋啊。

8月19日 星期一

Open set 1 cut.*

日美游泳大会，第三天结束。

8月20日 星期二

在野外拍摄。

8月21日 星期三

在野外拍摄。

真热。

8月22日 星期四

在野外拍摄。

8月23日 星期五

在野外拍摄。

阳光十分强烈，但吹来的风却让人感到阵阵秋意。

久保田万太郎有这样一首俳句：

后背汗淋淋，已感秋日近。

8月24日 星期六

［拍摄］中止。拍了几个镜头。

傍晚，与荒正、良辅前往富士之里。顺道去了趟东京茶房。

前往牛込，用徕卡拍了婴儿［的照片］。

8月25日 星期日

因是阴天，［拍摄］中止。

一天在家。

8月26日 星期一

拍摄外景。

云层较厚，［拍摄］无进展。

* 意即：拍摄了厂内搭建外景的一个镜头。

8月28日 星期三

午后两点，与长冈前往大都市试映室观看金·维多的 *The Wedding Night*。与池忠、荒田前往宫川。

商讨。立即前往相州。

8月29日 星期四

暴雨下个不停，让人觉得厄日来临。

由比至浦原间火车不通，时间延迟，十点半回到东京。

暴风雨过去，秋风吹起，蟋蟀叫个不停。

8月30日 星期五

整天在家。

窗户大开，秋风吹进蚊帐里，再次阅读志贺直哉的《二十岁的一面》。

大（台）风一过，秋日并不放晴，正午过后，天又逐渐阴沉了起来。

8月31日 星期六

雨。

与池田忠雄顺道去了趟大森的法国屋，信步走到大井町，回家。

9月1日 星期日

睡在蚊帐里，耳里听着震灾十三周年祭日的鸣笛声。*

细雨。

9月2日 星期一

整天在家。

9月3日 星期二

去厂里。

与清水、荒田、良辅在日比谷剧场观看 *The Whole Town's Talking*。

后，〔前往〕富士之里。

醉意蒙胧地走在筑地的街道上。充满湿气的天空中悬挂着细细的新月。

9月4日 星期三

与池忠在 Maruzen** 见面。

天空正下着小雨，〔与池忠〕在风月〔堂〕里商讨。

与木村、池田前往大森的法国屋。

9月5日 星期四

去厂里。

为脚本研究生上了一小时的课。

后，与高梧、宏、忠雄、荒正前往大森的法国屋。

open set*** 的〔拍摄〕中止。

* 1923年9月1日，日本关东地区发生7.9级地震，死伤15万人，史称关东大地震或关东大震灾。

** 丸善。

*** 厂内搭建的外景。

9月6日 星期五

去厂里。
与原、西川前往银座，在德式面包店喝茶。
后，一人去歌舞伎座，站着观看《巷谈宵宫雨》。
为第六代〔菊五郎〕的绝技感到敬佩。

9月7日 星期六

傍晚，在品川观看徐延权与克里斯·皮内达的拳击比赛。
前往相州，住在箱根住吉。
池忠、荒田同行。

9月8日 星期日

秋老虎很厉害。
与佐佐木康、荒田正男在丸之内松竹观看《雪白的富士之根》。
后，去爱斯基摩喝茶。

9月9日 星期一

〔拍摄〕open set 夜景。
与柳井、池忠、荒田、康顺道去了趟大森的法国屋。
母亲与康容前往歌舞伎座〔看演出〕，这一天住在牛込。

9月10日 星期二

去厂里。
阴转雨。中止外景拍摄。
与原、中岛、石川前往明果，后前往大森的法国屋。
晚上，在丸之内松竹试拍茂原〔式〕的有声电影。

9月11日 星期三

阴天转雨天。有点感冒，一天在家。
让楠（原文如此）正成*生在昭和伟大的时代吧。
人云：我即便重生七次也不会成为富翁的。

9月12日 星期四

阴天。
今天是中秋节，但云霭重重，看不见月亮。
蟋蟀唧唧叫个不停。

9月13日 星期五

去厂里。
与荒田前往银座。
富士之里。
瓦罐蒸松茸、新海参肠、炖栗子、煮芋头。
食物越来越美味。

* 楠木正成（1294-1336），日本南北朝时代的武将。

9月14日 星期六

阴天转大雨。

傍晚，与原研吉在 Shibazono* 观看 *Hide-out*，平庸之作。

后，〔前往〕德式面包店。与岸松雄见面。富士之里。雨停了。

悠闲自得地走回家。

9月15日 星期日

去厂里。

与原研吉在丸之内松竹观看五所〔平之助〕的《吹吧，恋风》。

拙劣之作，无法形容。

走回深川。

9月16日 星期一

早晨，清水来深川。去厂里。稍稍拍了几个镜头。

吃完晚饭，八点钟就寝。

半夜里，做梦梦见死去的父亲。那是晚年穿着绉绸的老爷子形象。从梦中醒来之后，无法入睡。吃了 0.2 的安眠药。蟋蟀又开始鸣叫。

9月17日 星期二

厚田来。去厂里。

拍了少许的镜头。

与野田、木村前往大森的法国屋。这一天感到秋风瑟瑟。

想要搬迁到镰仓的心思蠢蠢欲动。海边的寒舍也有愉悦之处吗?

〔今天是〕目黑婶婶的三周忌日。

9月18日 星期三

傍晚时分，与内田岐三雄、岸松雄、筈见恒夫、清水宏在日本桥鹤屋举行座谈会。

与内田展开激烈论争。

在新桥车站前的 Black & White 稍事休息。

沿着筑地河岸，与岸〔松雄〕悠闲自得地散步、回家。

9月19日 星期四

久违了的晴天。

在潮田拍外景。

试映此前整理的胶片，没有意思。

9月20日 星期五

去厂里。

虽然是阴天，但厂内搭建的派出所外景拍摄完毕。

与厚田在新桥下车，悠闲地走到深川。

9月21日 星期六

雨。

秋雨绵绵，没有停的日子。

与池田忠雄前往大森的法国屋。给浩将打电话。浩将冒雨而来。

杂谈正欢。

9月22日 星期日

进入秋分时节。

从一大早起，母亲、嫂子就在厨房做了好多的萩饼。

厚田来。母亲要去牛込，与母亲一道前往东京车站。

去厂里。

9月23日 星期一

雨。把此前拍摄的所有的镜头都试映了一遍。平庸之作。

大久保忠素来东京。与荒田正男前往日本桥鹤屋。池忠随后赶来。

十一点，忠素回京都。警报说，晚上台风要来。这一天第一次吃秋刀鱼。

9月24日 星期二

整天大雨下个不停。

打开一扇雨窗，在阴暗的二楼睡午觉。梦见父亲。

这一天是秋分。

一边睡觉，一边阅读志贺直哉的《暗夜行路》及《好人夫妇》等。

入夜后，雷鸣电闪。

9月25日 星期三

好久没有看到晴天了，但云层变化多端，气候不定，中止〔拍摄〕。

到处都是洪水泛滥的消息。

《永久之爱》的合作十分愉快。

与池忠前往洪水泛滥的郊外，一直走到池上。

9月26日 星期四

久违了的晴天。

在潮田拍外景。

利根川泛滥。野田、山下安然无恙。

9月27日 星期五

在潮田拍外景。

大好的晴天。

9月28日 星期六

有时多云。

在潮田拍外景。后，拍厂内搭建的外景。

拍摄工作全部结束。
与原研吉［前往］富士之里。
［吃］海胆、烤松茸、炖栗子。稍稍喝了点酒，吃了碗茶泡饭。

9月29日 星期日
去厂里。剪辑。
与饭田蝶子、上山草人、吉川满子、茂原英雄前往国道对面的天妇罗屋。
蝶子女士涨了月薪，她请客。

9月30日 星期一
去厂里。
十二点开始，为《东京之宿》after recording*。
结束后，与池忠、荒正、高梧、木村前往横滨。
真砂亭→ Nakano。
荒田通宵陪我。

10月1日 星期二
after recording 直至正午。
与池忠、荒正、良辅乘坐白天的火车前往相州汤河原。
高梧随后到来。
在另外的房间里，住着久米三汀先生。
住在中西。

10月2日 星期三
荒田、良辅回去。
久米来，共进晚餐。
汤河原的美妓菊太郎来。
后，久保田［来］。
住在中西。

10月3日 星期四
《东京之宿》在丸之内松竹试映。
从汤河原赶回来，但第二本已经快放映完了。
后与筈见恒夫、岸松雄［前往］富士之里。

10月4日 星期五
厚田、樱井来。
去厂里。
与清水、浩将、池忠前往大森的法国屋。
意大利与埃塞俄比亚比赛开始。

*
后期录音。

10月5日 星期六

去厂里。

敲定下一个剧本《大学是个好地方》。

与在脚本研究所讲了两小时课的荒田、良辅、高梧前往富士之里。

池忠缺席，这很少见。因为他与五所组有事协商。

10月6日 星期日

在大船开导演会议。后〔去〕矶子园。

共有十九人〔参加〕：厂长、岛津、清水、五所、斋藤、佐佐木、浩将、野田、北村、伏见、池忠、柳井、荒田、良辅、吉田、古田、野口、栗原。

后，与荒田乘坐小松的达特桑汽车，〔前往〕New-Grand、Samaaru、Kiyo ③及 Kiyo ①。

10月7日 星期一

与东上前往〔观看〕歌舞伎。

与第六代〔菊五郎〕见面。

舞蹈剧：《贱机带》《三人形》。

中场戏：《菊田》。

第二场戏：《源太时雨》。

后〔前往〕不二 Ice。

10月8日 星期二

去厂里。

为商讨《大学是个好地方》，与荒田乘车前往相州。

与池忠、浩将、柳井等人洗了个澡后，在清风稍事休息。

灯下秋寒宜畅饮。虽未乱了方寸，但也是醉意蒙胧。

▲长发曳，灯光明，指甲剪不停。

▲千丸洗发姿，直抒寂寞意。

10月9日 星期三

汤之原。

惟池忠先行回去。

与柳井、浩将、荒田住在中西。

商讨进展不顺。

10月10日 星期四

商讨进展不顺。

浩、隆、正住在中西。

10月11日 星期五

细雨。
最宜浅酌低唱。吃早饭时先来上一杯。
日暮时分，浩、隆回去。
与正、久保田
住在中西。

10月12日 星期六

乘坐三点的火车回东京。
这一天是池上法会仪式。
在新桥下车。在竹叶亭吃饭，与浩将不期相遇。
在田屋购买香槟酒。

10月13日 星期日

与池忠、荒田在丸善见面。
风月→ New Grand →日比谷→金田〈满员〉→前川〈池忠说还是去宫川吧〉→宫川。
过了永代桥后，分别。

10月14日 星期一

正午过后，荒田来深川。
商讨《大学是个好地方》。
因是背水一战，所以从今天起渐渐打起精神［进入正题］。
通宵达旦。

10月15日 星期二

正午，起床。
商讨［剧本］，直至深夜。
荒田住在深川。

10月16日 星期三

正午，起床。
商讨［剧本］，于八点前结束。
在三十间堀的富士之里吃饭。
好久没有喝酒了。咸海参肠真好吃。

10月17日 星期四

去厂里。让人去复印剧本。
傍晚，与荒田、池忠在富士之里吃蔬菜火锅。
池忠依然是身穿西装、脚踏木屐的模样。
在长门购买点心，回家。

10月18日 星期五

在总厂举行《东京之宿》的试映会。

板垣、北川、栖崎、新居、林、滏川、大木、立花、村山、谷川、山根等人出席。

后，〔前往〕芳兰亭。

10月19日 星期六

在丸见屋购买大阪寿司后，前往外苑。

自十一点三十分开始，K对R（5∶1）、W对M（6∶2），两场比赛都很一般。

桥本、奥山经由伊豆大岛一路往东而去。与吉田装作年轻人的模样行走在银座的后街上。

10月20日 星期日

与桥本、奥山在东京车站见面。银座的New Grand→切利奥→浜町的浜之家。

除了桥本、奥山外，还和吉田、金川、武富等六人见面。

九点，〔桥本、奥山〕两人回去。

与筈见恒夫、岸松雄〔去〕鲁邦。

10月21日 星期一

秋高气爽。

去厂里。

回家路上与吉川满子坐上同一趟电车，在有乐町下车，悠闲地走在筑地的大街上。

10月22日 星期二

天气很好。

去厂里。

与荒田、良辅前往银座。荒田拿到一笔脚本费，购买书包，在富士之里请我们吃饭。

10月23日 星期三

秋高气爽。去厂里。角色的安排定了下来。

与荒田、良辅前往银座，去富士之里。

在省线的电车里，一位中学一年级学生坐在我的旁边，他将“My younger sister is three years younger than you”翻译成“我的妹妹比三岁大的你要年轻”。

10月24日 星期四

读剧本《大学是个好地方》。

前往相州汤河原。

池忠、荒田、良辅先去了趟小田原清风，随后赶来。
▲ 秋夜深，按摩者家乡是三河？

10月25日
星期五

独自一人乘坐两点的准特快列车先行回去。
天气真好。
六点，出席在日本桥明治屋七楼中央亭举办的第一银行小型照相机大会。
▲ 海参肠，有余香，秋日寒夜长。

10月26日
星期六

前往新宿的切利奥。
与岩下见面。
前去〔观看〕早庆战。到第三局的时候，比赛因雨中止。
后去厂里。
银行〔安排〕旅行，哥哥前往水上。

10月27日
星期日

整天在家。
暴雨。因是近年来罕见的暴雨，所以日比谷一带到处都是水、水、水。
洗澡。
哥哥从水上回来。
▲ 鲷鱼刺，哽在喉，夜长正是秋。

10月28日
星期一

Salary-day*。
去厂里。
筹备服装。
早庆第一场比赛，4 比 4 打成平手。
与池忠、荒田〔前往〕宫川，后去银座的爱斯基摩。
购买《蒸发皿》《折柴随笔》《牡蛎》。

10月29日
星期二

去厂里。
早庆第二场比赛，3 比 1，早稻田〔大学队〕输了。这一天，若原没有上场。
画电影院及教室的设计图。
这一天早早地回家。喝甜酒。心中漾起清贫之志。
十六夜，站起身，冷酒重新温。

* 发工资日。

五所赠送的色纸［上写有这样一首俳句］。

10月30日 星期三

去厂里。

与伏见一道去理发店。池忠随后赶来。

独自一人前往银座，去了伊东屋、松屋。购买铅笔。

早早回家，洗澡。

10月31日 星期四

厂里来车，与桥本敏三在新宿的切利奥见面。在早稻田附近到处寻找出租房。

去厂里。

早早地回家，与侄子玩耍。

11月1日 星期五

打算借东亚（和）商事的海报，约定与原研吉在丸善碰头。

筈见不在家，于是前往丸大厦的榛原购买千代纸，后去了德式面包店。

去厂里。画出租屋的布景。

早早回家，与侄子玩耍。

11月2日 星期六

拍摄完汤屋以及电影院的布景。在三岛之原打棒球。

傍晚，与池忠、浩将、荒田、隆雄来深川，在宫川吃饭。

后前往银座，在东京茶房购买苹果汁，在美浓屋购买千代纸，在长门购买点心，在平野屋购买钱包。

11月3日 星期日

明治节。

与荒田在千駄谷车站碰头，在外苑观看力士锦标赛。

男女川登三获得冠军。

后从扬出、铃本一直悠闲地走到神田，回家。

▲春风亭，身着条纹服，感冒不舒服。

11月4日 星期一

［拍摄］大学教室的布景。

完毕后，与荒田、良辅前往三十间堀富士之里。

［吃］咸海参肠、蔬菜火锅。喝了少量的酒。

▲酒穿肠，杯两盅，意无穷。

11月5日 星期二

从傍晚起，接着干昨天的活，拍摄大学教室的布景。

与荒田、良辅冒着细雨，前往银座，去松岛吃天妇罗，好久没去吃了。

母亲前往三十三个［护身］符所［巡礼］。

川崎弘子的结婚典礼，我虽然接到邀请，但没有出席。

11月6日 星期三

去厂里。

傍晚，与佐佐木康前往新宿帝都座观看山中贞雄的《镇上的纹身者》和田坂具隆的《明治一代女》。

后前往中村屋吃咖喱饭。

野田的登久来，与母亲她们前往新宿的莱比（原文如此）、有乐座等。把外套丢了。

登久她们住在深川。

11月7日 星期四

布景。河原“大山”的房间。

与荒田一道［前往］富士之里。

［吃］蔬菜火锅、咸海参肠，［喝］了少量的酒。

11月8日 星期五

布景。天野“笠”的房间。

后，与写完［剧本］的池忠、荒田、高梧前往大森的不二屋。

11月9日 星期六

P·C·L的成濑来丸太桥拍摄。

去厂里。拍完天野的房间。

母亲打来电话，说是因白喉病卧床。回家。

11月10日 星期日

布景。井上“池部”的房间。

拜访［位于］品川的饭田、茂原的新家。

乘车回家。母亲的［病情］好转。

11月11日 星期一

在早稻田一带拍外景。打猎。

上野→蓬莱阁。

早早回家，洗印［照片］。

母亲［恢复得］越来越好。

11月12日 星期二

在浜拍外景。因阴天中止［拍摄］。

在操场上拍剧照。

在真砂亭［吃］炸猪排。
哥哥、嫂子和孩子们前往伊东暖古（香）园。

11月13日 星期三

布景。中止拍摄“青木”日下部的房间。
与栗原乘车前往银座。宇津保→匠屋→富士之里→长门→歌舞伎座，在歌舞伎座观看《世话情黄杨横栉》。

11月14日 星期四

布景。拍摄“青木”日下部的房间。
哥哥银行的人来参观。

11月15日 星期五

Seven V three*。
接着拍摄昨天的布景。
厂长来。他好久没来了。
在丸之内松竹观看康组［拍摄］的家庭剧《悲恋花》。平庸之作。
洗澡。哥哥一人从伊东回来。
［拿到］《大学是个好地方》改编费五十日元。

11月16日 星期六

布景。青木“日下部”房间的拍摄工作结束。
傍晚，与茂原前往银座，在匠屋购买黄八丈**。在富士之里别亭吃饭。

11月17日 星期日

一天在家。
这一天，在六间榻榻米大小的外间搭好被炉，迷迷瞪瞪地睡午觉。
名古屋老家的人来东京。
谈起土地的事情。

11月18日 星期一

在横滨拍外景。
傍晚，与池忠、良辅乘车去宫川，后前往银座，去东京茶房。
购买［永井］荷风的《墨田川》以及《儒勒·列那尔***日记》。

11月19日 星期二

去厂里。中止拍摄工作。
与池忠前往新宿，在帝都座观看《大菩萨岭》。
［去］法国屋。后，［去］扬出。

* 7比3。

** 黄八丈是以黄色为主色调编织而成的一种丝织物。

*** Jule Renard（1864—1910年），法国小说家、剧作家。

〔为〕商讨〔剧本〕，乘车前往相州。

11月20日
星期三

中止〔拍摄〕。
回东京。
十点在丸之内松竹试映《镜狮子》。
后与东上、茂原前往西银座的佛罗里达〔吃〕牛排。

11月21日
星期四

布景。〔拍摄〕西田“小林”的房间。
这一天，《东京之宿》公映。

11月22日
星期五

为找例证，〔前往〕上野公园。
后〔去〕早稻田。
东朝*的◎版称《东京之宿》提倡的是恋爱至上主义。
从非同一般的恋爱至上主义的角度来看，喜八会让人不知所云的。
如果说那是恋爱至上的话，剧本中可能就不会那么写了。

11月23日
星期六

阴天。中止〔拍摄〕。
傍晚，与荒田在爱斯基摩碰头。能行也一同到来。
在扬出〔吃〕鮟鱇鱼火锅。后〔去〕兔屋。
▲玻璃门，紧关闭，鮟鱇火锅飘香气。

11月24日
星期日

气候不稳定，中止〔拍摄〕。
去厂里。
趁着天还亮着，前往丸善，顺道去了趟高嶋（岛）屋。

11月25日
星期一

拍摄西田“小林”的布景。
话别之宴的一场。
《心血来潮》在笑之王国上映，获得制作费三十日元。

11月26日
星期二

〔拍摄〕西田的布景。烟囱。
布景拍摄完毕后，与荒田在有乐町见面，前往银座后街的筑紫，喝酒，吃清炖鸡锅。

11月27日
星期三

西田“小林”的布景〔拍摄〕完毕。厂长上班来。
与原、伊藤在后乐吃寿司。

* 应是《东京朝日新闻》的缩写。

▲秋雨凉，心舒畅，粗茶也飘香。
▲仙台堀，及泉堀，秋高连日驻。

11月28日 星期四

走廊。白天。
Salary day。
与忠、良、正一道［去］宫川。后，［去］鲁邦。
这一天，在深川不动明王庙举办三之酉*庙会。
▲月过半，上夜班，也需众抽签。
▲衣襟处，露红绢，织丝女显然。

11月29日 星期五

因灯光的缘故，［拍摄工作］自傍晚时分起启动。

11月30日 星期六

从早稻田到浜。
久违了的好天气。
出席日［本］大［学］艺术科［举办］的电影座谈会。
［去］Takumi屋。围巾已经做好。

12月1日 星期日

本打算九点开拍，但到傍晚五点才开拍。
夜幕降临后，下雨，电闪雷鸣。
白天。
与中岛、茂原、原去东京市内。
［先去］伊吕波，后［去］丸大厦、明治屋。
在奥林匹克买了面包后，回家。

12月2日 星期一

因布景和灯光的原因，中止［拍摄］。
雨。一天在家。

12月3日 星期二

［拍摄］藤木的布景。
池部和高杉［的场景］。
池忠、荒田［前往］富士之里。

12月4日 星期三

高杉和近卫［的场景］。

12月5日 星期四

布景。“藤木”。
高杉和近卫白天的场景。

*即在11月的第三个酉日举行的庙会。

高杉的表演非常好。估计这个孩子在最近的两三年里会脱颖而出的。

12月6日 星期五

布景。“藤木”。

大戏已经全部拍完。

池忠前往茅之崎。

喝红酒喝到很晚，与高杉、茂原等人回去。

12月7日 星期六

白天，与茂原、原、东上在明治生命的七楼出席碰头会，商讨文化振兴会《镜狮子》的剪辑事宜。

在话别时，出席会议的一个外国人对我说：“大家都说要给你帮忙，够呛的。”

后，在丸之内松竹观看 *'No' She Said*⋆。

轻井泽秋天的风景真好。

12月8日 星期日

制作“活动写真”⋆⋆真是一件非常有意思的事情。

［拍摄］出租屋的大门口。

因饭田广播试播，傍晚，［拍摄］中止。

与荒田在松岛吃天妇罗。在长门买点心，在鸠居堂买“梅之香”。

清水带来热海的晒制品。

12月9日 星期一

［拍摄］出租屋门口的布景。

傍晚，因饭田出席广播直播，让她带去一篇《悲恋花》［的文章］。

回家。洗澡。分镜头剧本。

东日大奖赛，［最高奖］决定给 P·C·L 的《传说中的女儿》。

12月10日 星期二

［拍摄］出租屋门口的布景。

雨。

分别场景［的拍摄工作］完毕。

与饭田、茂原、栗原、高杉、出云乘车回家。

三点。

12月11日 星期三

一天在家。

好久没有睡午觉了。

［为］《大学是个好地方》作词。

整天都感到特写镜头的明眸在眼前出现。

⋆ 日本电影『彼女は嫌といひました』。

⋆⋆ “活动写真”即电影。

12月12日 星期四

这一天是我的生日。
去厂里。
为录音作曲。
好久没有与池田忠雄见面了，早早地回家。

12月13日 星期五

与伊藤宣二和茂原在丸之内松竹观看《人生的负担》。
后，〔去〕松岛、德式面包店。

12月14日 星期六

傍晚，与伏见、荒田、能行前往银座。与伏见分手后，去上野铃木〔听〕落语。
在池之畔稍稍喝了点酒。
酩酊大醉。

12月15日 星期日

在理研〔拍摄〕了一个镜头。
〔拍摄〕出租屋的窗户以及楼梯。
哥哥在经堂附近寻找租房。

12月16日 星期一

在横滨球场拍外景。
傍晚，与荒田乘车回家。
在美国屋给信三买了件外套。
竹尾来，谈及大森堤方的出租屋一事。
长井叔母来请假。

12月17日 星期二

阴天，中止在横滨拍外景。
有点感冒，一天在家。
傍晚，大久保忠素来朱奈特。
冒雨出门。
后，〔前往〕富士之里。

12月18日 星期三

上午，在大森车站前与竹尾见面，然后一块儿与母亲去堤方看出租屋。
后，去厂里。剪辑。
整部电影的长度可能会有点拉长。
洗澡。

12月19日 星期四

在横滨体育场拍外景。
后，〔去〕安乐园。

12月20日 星期五　整理［底片］。

12月21日 星期六　去厂里。

剪辑室满员，中止剪辑。

与池忠、良辅前往后乐，先去了 Negima，后在喜屋喝橘子汁水。

12月22日 星期日　一天在家。

12月23日 星期一　冬至。

去厂里。［做］剪辑等［工作］。

后与荒田前往银座，到处游逛，在 Todo 相互巷里的三京［吃］白菜火锅，［喝］酒。

给第一书房送去稿件。

12月24日 星期二　去厂里。剪辑。

傍晚，与池忠、良辅前往银座，在松岛吃天妇罗，后［去］门。池忠请客。

煤气阀门坏掉，无法洗澡。

读谷崎润一郎《武州公秘话》。

12月25日 星期三　去厂里。

［拍摄］出租屋的小巷。

正拍摄时，天气逐渐阴沉了起来。

购买《文艺春秋》，早早地回家。

忠、正这天乘坐小田急去相州。

12月26日 星期四　停止整理［底片］。去厂里，不久，便与伏见、荒田、池忠前往银座。

宫川→伊东屋→千匹屋→吉田屋。

12月27日 星期五　去厂里。

除了 First Scene 和 Last Scene，其他底片全部整理完毕。

终日忙个不停。

12月28日 星期六　去理发店。店里都是人，不剪［头发］了。

试映《大学是个好地方》拍摄完成的部分。

拍得很不好，有点灰心丧气。

与荒田前往银座。新金春→匠屋→朱奈特。

12月29日 星期日 与柳井、池忠举行忘年会，后与良辅、荒田举行忘年会。

12月30日 星期一 傍晚，与野田、伏见、池忠、良辅、荒正前往银座，在甚兵卫举行忘年会。在长门购买点心后，回家。

12月31日 星期二 池忠来深川的家里取滑雪用具。

与荒正在 Monami 见面。在松屋分手后，回家。

傍晚，在丸之内松竹［观看］茂原式［有声电影］的测试。厂长没有出席。

与茂原、入江〔去〕富士之里。与筈见、岸去鲁邦→吉田屋→深川八幡→窗。逐渐〔看到〕元旦黎明的到来。

今年真不是个好年，一切都不顺利。

感到世态之炎凉，尝到醇酒之芬芳。

来年不会清贫地度过吧。

并非一贫如洗，万幸也。

他对艺术有他自己的看法。

如果稍稍换个角度去思考的话，这种看法马上会变成对金钱的看法。

– 儒勒 · 列那尔

与其他事物不同，电影只作为商品存在，因此即便稍稍换个角度去思考，不也是没有办法的一件事吗?

一九三五年〔昭和十年〕·其二

1月1日 星期二

《箱中女》。

重新做头发时，伴随着雨声，迎来元旦。

在明果的二楼与大家吃鸭杂煮庆祝。这都出于井田店主人的好意。

下午，饭田蝶子、坂本武、香取千代子、忍节子、山本在拜年的途中，顺道来深川的家里。

1月2日 星期三

两点，去厂里。

剪辑。

［在寄给］五所平之助的贺年片上写有这样一首俳句：

▲ 在镇上，洗温泉，初闻乌鸦喧。

1月3日 星期四

通宵剪辑。

1月4日 星期五

傍晚，五点，试映。

真是平庸之作。

在富士之里，与岸松雄喝酒。

1月5日 星期六

去厂里。

剪了 150 英尺左右之后，进行后期录音。

《箱中女》［共］6070 英尺。

1月6日 星期日

后期录音于八点结束。

我听说，江户时代的匠人们在喝春之七草粥 * 之前是不工作的——

八人会从福井寄来信。

* 指在正月七日喝的七草粥——即在粥中放入水芹、荠菜、芜菁、萝卜、鼠曲草、繁缕、稻槎菜七种春天的植物。

1月7日 星期一 《箱中女》在丸之内松竹试映。

后与筈见恒夫、岸松雄〔前往〕富士之里。

1月8日 星期二 为试映《箱中女》，前往爱宕山。

田中绢代、饭田蝶子、吉川满子、坂本武、竹内良一、谷丽光、大山健二等人〔同行〕。

后与蝶子、满子、武〔前往〕富士之里。

1月9日 星期三 《箱中女》受到审查，与茂原英雄前往内务省说明情况。

在田岛审查官的监督下，〔《箱中女》〕删剪了三十英尺。

《箱中女》放映。

后，蝶子、满子、武、茂原英雄与三井秀男前往赤坂的伊吕波。

1月10日 星期四 与饭田蝶子、吉川满子、坂本武、茂原英雄前往相州汤河原。

住在中西。

野田高梧、斋藤良辅和野村浩将住在其他房间里。

商讨剧本。

1月11日 星期五 清水、荒田住在热海锦城馆。

乘车去拜访他们。

吉川、饭田、坂本回东京。

与茂原留下来。这天住在锦城馆。

1月12日 星期六 住在锦城馆。

1月13日 星期日 离开热海。

今天蝶子、武在浅草帝国馆〔进行〕舞台表演。

与茂原、原、中岛前往。

后，大家一同前往中清。

1月14日 星期一 这一天举行演员晋升仪式。

一年级学生晋升为二年级学生，伍长晋升为军曹。

晚上，与荒田前往松岛。

1月15日 星期二 离开横滨，十一点二十分前往汤之岛。同行者有十一人。

茂原、原、根岸、厚田、入江、长冈、高山、中岛、日野、红。
住在落合楼。
这一天第一次路过丹那隧道。

1月16日 星期三
回东京。

1月18日 星期五
前往国技馆。［今天是］春场所*第七天。
跨过两国桥，经过药研堀，回家。

1月19日 星期六
三点在东和商事的试映室观看雷内·克莱尔的《最后的亿万富翁》。
与池田忠雄同行。
晚上，与内田岐三雄、筈见恒夫在富士之里谈论雷内·克莱尔。

1月20日 星期日
《箱中女》公映第一天。

1月21日 星期一
与池田忠雄前往国技馆［观看］"春场所千秋乐"**。
武藏山赢了玉锦，双叶山惜败于男女之川，但两场比赛都很好看。
后［前往］松岛、道顿奴。
池忠［喝得］酩酊大醉。

1月22日 星期二
傍晚，与吉田与三（藏）、武富贵志男见面，好久没有见到他们了。
在银座后街的若佐久喝酒。
在门喝淡茶。

1月23日 星期三
在日本桥鹤屋举行雷内·克莱尔座谈会，共有七人参加。
岩崎昶
饭岛正
内田岐三雄
清水千代太
筈见恒夫
佐伯孝夫
后，与岩崎、内田、清水、筈见［前往］富士之里。

1月24日 星期四
在二楼的阳光下迷迷糊糊地睡午觉。

* 所谓"春场所"，是指在正月里举行的相扑比赛。

** 所谓"千秋乐"是指相扑比赛的最后一天。

1月25日 星期五

前往住在城山町的第六代〔菊五郎〕的新家。谈起《镜狮子》的话题。谈论表演艺术。

傍晚，与清水〔前往〕日本桥鹤屋。

▲阳光下，竹叶繁，菊五〔郎〕家在竹林间。

1月27日 星期日

〔前往〕芝浦的雅叙园。

双叶山。

旭川。

大八洲。

立浪。

★

清水、藤井、坂本、吉川、饭田、矶野、高桥。

1月29日 星期二

厂长谈起片冈千惠藏导演的事情。

没有给予明确的回答。

1月30日 星期三

与野田、池田前往新桥演舞场，与厂长一道观看乐剧部的练习。

后，与池田前往道顿奴等地。

2月2日 星期六

与清水宏、荒田正男〔前往〕富士之里。

后与饭田蝶子、吉川满子、松井润子〔前往〕都川。

不知什么时候，天空下起雨来。

2月3日 星期日

雪。

清水宏身穿和服来深川。前往三越。

后与池田忠雄、斋藤寅次郎前往小田原。

春日。

2月4日 星期一

立春。

2月7日 星期四

大久保忠素来东京。

与清水宏、大久保忠素在新桥演舞场观看松竹乐剧部的歌舞演出。

后，〔去〕富士之里。

目黑的叔父与母亲〔前往〕日本桥鹤屋。

2月8日 星期五

与厂长、大久保、清水、野田〔去〕后乐。
大久保忠素回京都。
岸松雄来厂里。

2月12日 星期二

与池田忠雄前往相州汤河原。
清水宏、斋藤寅次郎、荒田正男、藤井贡、三井秀男一同前往。
住在中西。

2月13日 星期三

清水一行回去。
感慨故事情节之贫乏。
住在中西。

2月14日 星期四

江川宇礼雄住在其他房间。
高山义郎住在广河原（原文如此）。
深夜，构思故事情节。
住在中西。

2月15日 星期五

▲ 小田原，灯火初放明，夜幕倾我心。
洗完澡后，让人按摩了一会儿，入睡。
住在中西。

2月16日 星期六

两点回东京。
在横滨车站为前往俄罗斯的上山草人送行。
顺道去了趟内田屋、中野，回家。

2月18日 星期一

向厂长讲故事情节。
与池田忠雄前往银座。
前些日子在内田屋吃的中国荞麦面味道难以忘怀，顺道去了趟中华第一楼。

2月19日 星期二

在大阪大厦的梅特罗公司的试映室里观看 *Our Daily Bread*。
从作品的角度来说，《南风》比这部电影要好得多。
▲ 梅花开，道泥泞，花低飘香馨。

2月21日 星期四

池田忠雄来深川。

商讨剧本、故事情节。进展很不顺利。

▲火星燃，忙拨炭，以抵春余寒。

2月22日 星期五

听说厂长感冒卧床。

与池田忠雄〔前往〕后乐。

2月23日 星期六

池田忠雄来深川。

从商讨故事情节转而商讨故事结构。

随着夜幕的降临，故事结构大体上完成。

一同前往松岛吃天妇罗。

在长门购买点心。又购买了内田百间（闲）的《鹤》等。

2月28日 星期四

雨停了。

不知不觉春天来临。

住在中西。

3月1日 星期五

傍晚，回东京。

看车窗外：

▲小田原，街道尽入眼，天空风筝翻。

3月2日 星期六

池田忠雄来深川。商讨剧本。

3月3日 星期日

▲雪窟暗，难辨鸡雏脸，真令人怀恋。

▲春夜到，五人有说笑，各自不同料。

3月4日 星期一

正午过后，池田忠雄来深川，商讨剧本。

进展很不顺利。

只完成了东京的部分，但写得很辛苦。

3月5日 星期二

傍晚，与池田忠雄、野村浩将、斋藤龙凤前往日本桥鹤屋，吃御狩场烧。

在眼前看着“卡路里”。

▲虫牙黑又痛，春日刚来临。

3月8日 星期五

与清水宏、斋藤龙凤一道前往日比谷剧场观看山中贞雄的

《国定忠治》。

后，[前往] 喜太八。

与良辅 [前往] 富士之里。

3月9日 星期六

在 [位于] 神乐坂的末吉举行小坂士的欢迎会。小坂士刚从日兰会商回来。

武富贵志男、庄司大造、中井助三、吉田与三（藏）出席。

3月10日 星期日

在浜町的浜之家 [举行由] 电影旬报社 [举办的] 小津安二郎座谈会。★

北川冬彦、筈见恒夫、岸松雄、滋野辰彦、友田纯一郎、饭田心美 [出席]。

3月11日 星期一

池田忠雄来深川商讨 [剧本]。

商讨→杂谈。

剧本与春天一样，姗姗来迟。

3月12日 星期二

2 点。

在东和商事观看 *Man of Aran*。

与池田忠雄、柳井隆雄、野村浩将 [前往] 富士之里。

3月13日 星期三

与池田忠雄、荒田正男 [前往] 汤河原，商讨剧本。

▲ 春风吹遍小田原，藤右卫门外郎药 *，一代一代传。

3月14日 星期四

在这个城市，女儿节要晚一个月，即四月三日 [才纪念]。

▲ 在汤街，雏人偶排列，春光泄。

住在中西。

3月15日 星期五

从深川打来电汇。

乘坐最后一班火车回东京。

3月16日 星期六

剧本全部完成。

3月17日 星期日

与厂长商讨角色安排一事。

*
神奈川县小田原市外郎家（后来这个家族历代都以宇野藤右卫门相称）制作的一种大众型药丸，据说可消除口臭，使口中清爽。

3月18日 星期一

阅读《东京的好处》剧本。

3月19日 星期二

山中贞雄从京都寄来酸咸菜，于是咏俳句一首。

▲春夜里，咸菜就着茶泡饭，满口酸。

里→间

将“里”改为“间”是久米三汀的指正。

3月20日 星期三

整理服装。

进入今年后，今天是第一次换上春天的服装。

3月21日 星期四

藤井贡、大日方传、三井秀男、山口勇退出松竹。

★

在大森松浅分店里集合，大家决定［实行］对去者不留［的方针］。

后，与清水、野田、浩将、池忠、荒田、良辅前往小田原清风。

雪越下越大。

3月22日 星期五

夜幕降临时，尽管只喝了点苏打水，却引起宿醉。既然已引起宿醉，就应该接受。

▲雪飘洒，人寂寥，扇舞翩翩在今朝。

月亮升上夜空。

▲月分明，筑地、月岛和佃岛，格外耀。

3月23日 星期六

决定由日守取代大日方出演。

整理服装。

与野田、荒田、良辅、图斋前往日本桥鹤屋［吃］御狩场烧。

又一次在眼前看到“卡路里”。

3月24日 星期日

雨。

3月25日 星期一

在帝剧［观看］《麦秋》《红盾家族传奇》。

野田、柳井、池忠、荒田、良辅。

［前往］炼瓦亭。

3月26日 星期二

在荒川放水路采外景。

风很大。

〔前往〕蓬莱屋。

3月27日 星期三 这一天早晨，连日来一直反对有声电影团体的两名年轻人闯入〔位于〕本乡的厂长家里，弄得十分狼藉。

3月28日 星期四 大久保忠素来东京。
与池忠、正男〔前往〕后乐。

3月29日 星期五 厂长来厂里。这是自二十七日起，厂长第一次来厂里。身体康健。
与野田、池田、荒田、良辅〔前往〕富士之里。

3月30日 星期六 在时事新报讲堂举行电影旬报社去年优秀电影鉴赏会。
与坂本武、饭田蝶子一同出席。
又一次让我做演讲，这是我最不擅长的。
★
外国电影→《不屈号商船》
日本电影→《浮草物语》
★
后，与武、蝶子〔前往〕富士之里。
这一天拍摄蝶子的剧照。

4月1日 星期一 又一次观察荒川放水路。
蓬莱屋。
与荒田〔前往〕富士之里。

4月2日 星期二 亡父的一周年祭。在阳岳寺念经。
后〔前往〕浜町的浜之家，一同聚餐。

4月3日 星期三 与厂长、野田高梧〔前往〕富士之里。
〔其〕作为制片人非常值得信赖，且其领导才能中还有一丝怀疑的态度。
在“算盘”上信奉怀疑派的制片人很多。在只具有计算才能的制片人当中，他将一丝怀疑的态度带入领导才能之中，是在努力和反省方面不断进取的一位制片人。真令人信心倍增。

4月4日 星期四 八点三十分，从新宿出发。

与原、高山〔前往〕松本采外景。
松本〔下着〕细雨。
这一天，住在浅间温泉西石川。
▲终日里，雨不停，青草地上湿淋淋。

4月5日 星期五

早晨起床，外面正下着雪。
采外景一事真就要泡汤。
一点二十分，离开松本，回东京。
顺道去了趟中村屋。
后，在法兰西屋与良辅见面。

4月7日 星期日

公休日。

4月8日 星期一

察看清水大厦的露天顶层，并不理想。今天是逢八的日子，所以百货商店歇业。
回到蒲田，设计教室〔的模型〕。
晚上，与荒田〔前往〕富士之里。
谈论“美”。他承认“未完成之美”。
我只将它当作“粗略完成”的美来看待。争论不休。

4月9日 星期二

晚上，在帝剧拍外景。
回家，顺路去了趟三德。
这一天开始拍摄。这是自元旦以来第一次开机。

4月10日 星期三

信三进入早稻田第一高等学院学习。这是今天公布的。

4月11日 星期四

在主馆的二楼拍摄夜校的走廊。日守〔参与拍摄〕。

4月12日 星期五

〔拍摄〕夜校的办公室。日守、平、县〔参与拍摄〕。

4月13日 星期六

拍摄剧照。饭田、坪内、日守、突贯〔参与拍摄〕。
与高梧、忠雄、良辅去了趟后乐。

4月14日 星期日

〔拍摄〕夜校的教室。
日守与其他三十多群众演员出镜。

冤家来。与池田忠雄一道前往浜町的浜之家。

4月15日 星期一
没有拍摄工作。
天空阴沉。后乌云密布。
傍晚，与野田高梧、池田忠雄〔前往〕富士之里。
苦口婆心地〔给小津安二郎〕介绍对象——野田高梧〔说〕
安啊，
拜托了，
你如果有了家室，我一定会三倍地爱护你。池田忠雄记。

4月16日 星期二
因是阴天，中止拍摄外景。
与池田忠雄在丸善见面。
前往丸之内松竹，与守安见面。

4月17日 星期三
与原、根岸一道前往帝剧。
观看 *Imitation of Life*。
Stahl* 已没有昔日的风采。
后，〔前往〕富士之里。

4月18日 星期四
秋山耕作、清水宏、荒田正男在热海金（锦）城馆。
与斋藤良辅前往。
住在金（锦）城馆。
这一天在杉户、关宿拍外景。徒劳。
▲菜花黄，日金十国山，亮闪闪。

4月19日 星期五
回东京。
与池忠、良辅、耕作前往丸之内松竹观看《血烟荒神山》。
后，〔前往〕松岛。
耕作住在深川的家里。
本打算拍摄农家场景，但由于饭田蝶子胃病发作，中止〔拍摄〕。

4月20日 星期六
住在深川您的家里，读到《青春之梦今何在》的剧本。
阿小**哄孩子的脸庞十分慈祥。秋山耕作。
本打算拍摄农村场景，但由于蝶子的胃病发作，中止〔拍摄〕。

* *Imitation of Life* 的导演 John M.Stahl。

** 小津的昵称。

开导演会。

后与厂长、古田、秋山、清水前往大森松浅分店。

4月21日
星期日

野村浩将结婚典礼在大森小町园举行。

出席。

后与厂长、野田、清水、池忠、隆雄、良辅、荒田前往筑地金龙亭喝酒。

新桥的美妓，众多云集。

4月22日
星期一

与浜田辰雄和高山经纪人从新宿出发。

采外景，前往松本。

浅间温泉。住在西石川。

4月23日
星期二

处处，

春花烂漫，

樱花盛开。

松本→长野→汤田中。住在汤田中万屋。

4月24日
星期三

从汤田中出发→长野→回东京。九点十七分抵达上野。

采外景，但并没有理想之处。

只是樱花灿烂而已。

车厢里，有一群上了年纪的妇女，她们放声高唱：浅间山，烟冲天，夜幕降人间，刹那间，樱花开灿烂。鲜花开正盛，旅途多愁情。

4月25日
星期四

去厂里。

饭田蝶子因胆结石住进顺天堂医院。

加藤清一因支气管炎疗养一个月。

目前，没有帮手。

4月27日
星期六

在浅草松屋采外景。

〔前往〕顺天堂看望饭田蝶子。

与池忠、荒田前往清风。良辅后来。

▲燕子飞，飞过仁王门。

4月28日
星期日

中止采外景。

与良辅［前往］Ingou 屋。

与荒田、良辅［前往］松井润子之店。

托伊东屋给野村浩将送去［结婚］贺礼——坐垫。

4月29日 星期一

雨。

大久保忠素来东京。

与清水、青木前往横滨内田屋。

4月30日 星期二

与野田高梧、池田忠雄前往银座。

在新金春吃牛肉火锅。在 Columban 喝茶。

5月1日 星期三

五一节。

在总公司的试映室放映《我杀死的男人》——这是插入《东京的好处》中的一部外国电影。

前往顺天堂看望饭田蝶子。

在东和商事试映《大卫·戈德尔》。

后与厂长、浅利鹤雄［前往］新桥，在安兵卫喝酒。

5月2日 星期四

与野田高梧、伏见晁、池田忠雄、荒田正男［前往］新宿，在神乐坂散步。

［前往］新宿中村屋。

［前往］神乐坂田原屋。

5月3日 星期五

在潮田附近采外景。

顺道去了趟横滨的内田屋。后，去了趟大船制片厂。

5月5日 星期日

饭田蝶子出院。

在家度过一天。

熏风吹拂。傍晚，泡菖蒲澡。

梅雨时，天昏暗，虎屋黑川粽子甜。

5月6日 星期一

傍晚，与良辅［前往］日本桥鹤屋。

与出席明大映研的池忠、正男在爱斯基摩见面。度过短暂的一段时间后，与良辅前往浅草帝国馆观看试映的电影。

《马回去》《一言不发的姐姐》。

5月7日 星期二

傍晚，与野田高梧、池田忠雄、荒田正男前往银座的松岛。

后〔去〕八洲园。

5月10日 星期五

与荒田前往帝剧。

〔观看〕*Manhattan Melodrama*、*Le Grand Jeu**。《大赌局》具有良好的名声，对此，我并不佩服。剧中随处可见文学性气味，但遗憾的是，在电影方面却没有下更大的功夫。外国人的部队如蚯蚓一般行进，令人感到无聊，没有必要。

最自然的表达就是按照实际进行描绘。

〔前往〕松岛、朱奈特。

5月11日 星期六

导演会议在大森松浅分店举行。

岛津保次郎、池田义信、五所平之助、佐佐木启祐、野田高梧、吉田百助、古田长干〔出席〕。

厂长〔出席〕。

后，与岛津、五所、野田前往银座的不二 Ice。

与野田〔前往〕松井润子之店。

5月12日 星期日

井上金太郎来东京。〔他〕乘坐的“燕子〔号〕”九点抵达东京车站。

〔前往〕富士之里。

5月13日 星期一

与野田高梧、池田忠雄、井上金太郎〔前往〕浜町的浜屋。

悠闲地走到银座。

5月14日 星期二

十二号以来就一直有点感冒，〔今天〕终于卧床不起。

睡在床上，对各种东西生不同的气。

（其一）

“在《大赌局》里，有人用捕苍蝇纸让女子接近自己，这部分描写完全是艺术性的。在文学中，这种方法很常见，但文学中陈旧的方法用在电影里却很新颖。”这是室生犀星的评论。

在电影里，这种手法也很陈旧。布雷农的 *Sorrell and Son*、刘别谦的 *The Marriage Circle* 中有更加巧妙的手法。

没有比文人的半桶水似的玩笑更令人火冒三丈的事了。

（其二）

* 即《大赌局》。

武藏山与旭川的相扑。

5月15日 星期三

待在床上。

5月16日 星期四

去厂里。与池忠、荒田〔前往〕松岛。

5月17日 星期五

与电影旬报社在横滨球场进行〔棒球〕比赛，获胜。

已商定好明天前往东北旅行，做准备。

5月18日 星期六

从上野出发→抵达仙台。参观市内。

住在青木宾馆。

在青叶酒亭，聆听民谣《沙沙一阵雨》。

共有十三人同行。〔他们是〕清水宏、荒田正男、佐佐木启祐、斋藤寅次郎、柳井隆雄、井上金太郎、池田忠雄、野村浩将、北村小松、伏见晁、野田高梧、斋藤良辅、小津安二郎。

——在仙台——

大胆且纯真，味浓是味噌。　　伏见

松岛啊，啊啊松岛啊，是那样吗？*　　井上金太郎

〔在〕东北线的火车上

梅雨里，马仔湿，掠过映眼底。　　野田高梧

陆奥之旅来去间，梅雨下不断。　　清水宏

蕨菜嫩，泡完温泉吃一顿。　　忠雄

在旅途，甚惊诧，签运之不佳。　　㊔

樱绽放，三泽初子**化妆房。　　隆雄

梅雨中，啊啊荒城之月***，在何处？　　良辅

那时候，看众友，不幸之色脸上浮。　　浩将

人常云："脚气川渡，疮鸣子"****。

没患梅毒，却淋鸣子雨。　　小松

不留名，不写姓，陆奥温泉旅馆中，独自卧床眠。

启祐

在政冈*****墓前。　　㊕

梅雨中，杜鹃越发湿淋淋。

怀独眼龙

青叶城******，一只眼中更放明。　　正男

* 日本著名俳句诗人松尾芭蕉有一首脍炙人口的俳句：松岛啊，啊啊松岛啊，松岛啊。井上金太郎的这首诗应是戏仿芭蕉的这首俳句。

** 三泽初子（1640—1686），仙台藩第三代藩主伊达纲宗的侧室。

*** 《荒城之月》是日本著名的歌曲，由诗人土井晚翠作词、泷廉太郎作曲。据说，土井晚翠是以仙台市的青叶城遗址为背景构思这首歌词的。1901年，收录了《荒城之月》的《中学唱歌集》出版发行。

**** 川渡、鸣子是日本的温泉地，这些温泉都有药用，据说川渡温泉可以治疗脚气，而鸣子温泉则可以治疗梅毒。故有此谚语般的说法。

***** 政冈是日本江户时代歌舞伎等作品中的人物，常常出现于描写伊达骚动的情节中。她虽然是一个虚构的人物，但人们认为在现实生活中她是有原型可依的。其中的原型之一据说就是三泽初子。

****** 仙台的别称。

所谓三泽初子，说的就是政冈。

'Senmatsu' wa Kesshoku Jido no hajime nari*.

［在］酒亭青叶［吃饭］。此时，雨中不停地传来河鹿蛙的叫声。

聆听《沙沙一阵雨》的民谣。

是淅沥梅雨呢，还是萱野之雨呢，无声无息地打在身上**。

所谓仙台藩祖指的就是伊达政宗***。

5月19日 星期日****

离开仙台，从盐釜乘船游览松岛。

从石卷乘车前往鸣子温泉。

住在鸣子宾馆。

瑞严寺是庆长十年*****［伊达］政宗建造的禅寺。

5月20日 星期一

离开鸣子，在仙台乘坐快车，七点抵达上野。

回东京。

5月21日 星期二

傍晚，与井上金太郎［前往］相州汤河原。住在中西。

5月22日 星期三

回东京。与从热海回来的清水、荒田在一起。

十一点，井上金太郎乘坐快车回京都。

傍晚，与野田、荒田前往银座。后［去］上野。

空也→扬出→兔屋。

5月23日 星期四

母亲的生日。

整天在家。微风中睡午觉。

又一次陷入故事情节的贫乏之中。

5月24日 星期五

去厂里。

傍晚，与野田高梧、池田忠雄、野村浩将前往银座。

在鸠居堂［购买］和帖。在长门购买点心。

在吉田屋吃荞麦面后，回家。

5月25日 星期六

整天在家。

与吉成前往东京车站，为回大连的长井送行。他乘坐九点三十分的火车先前往神户。

*
意即："千松"是第一个饿肚子的儿童。千松是日本歌舞伎·净琉璃《伽罗先代萩》中政冈的儿子，在剧中，他有这样一句台词：武士的儿子即使肚子饿了，也不能说出口。意思是说武士的儿子一定要有武士的样子。

**
在演唱《沙沙一阵雨》时，人们齐声合唱这一段歌词。

***
伊达政宗（1567—1636）是仙台藩第一代藩主（藩祖）。

****
原作没有标注星期，译者加。

*****
庆长十年，即1605年。

5月26日 星期日

整天在家。

故事情节［的构思］进展不顺。

5月27日 星期一

海军纪念日。

在丸之内松竹观看清水组［拍摄］的《他与她与少年们》。

5月28日 星期二

整天在家。

5月29日 星期三

去厂里。薪水日的抑郁。

5月30日 星期四

为创作剧本，与池田忠雄前往相州汤河原。

顺道去了趟清风。

住在中西。

5月31日 星期五

清水宏、柳井隆雄、荒田正男为写作《双心脏》的剧本前往热海金（锦）城馆。

白天前往拜访。

楝树花开。饭桌上有香鱼。微风吹拂枝头的绿叶。酒旗飞舞。

汤河原的旧作：

▲青梅色亦浓，酒旗随风动。

6月1日 星期六

整天［思考］故事情节。没有结果。

午后，蝶子女士来。傍晚，浩将君来。

住在中西。

这一天中学同学会在山田千秋楼［举行］。缺席。

▲雨打青桐叶，五月雨纷纷。

6月1日 星期六

午后，浩将回东京。

浩将刚走，坂本武、吉川满子、小林十九二来。

故事情节大体上有个雏形。

住在中西。

一生哪怕一次，想恋上一个女子。　　　　小林十九二

虽然不是恋人，但还是赶了过来，真是个笨蛋。稍微了解到吉川满子的聪明之处。

饭田蝶子。

↑
我并非一个恶人。
满子。
吉川满子。
坂本武。

6月1日 星期六

正午过后，从热海金（锦）城馆回去的路上，〔遇见〕厂长来。谈起故事情节。

上午，小林十九二回东京。下午，饭田、吉川、坂本回东京。

吃完晚饭，回东京。

午后，起床。

整天下着细雨。

午后，池田忠雄来深川的家里。商讨〔剧本〕结构。

傍晚，叫上今天从热海回来的荒田正男，前往浅草公园的中清。后〔去〕梅园。

在雷门初分别，跨过吾妻桥，信步走到深川，回家。天空中〔呈现出〕一番要下梅雨的样子。

顺道去了趟一之桥点心店越后屋，但已经关门了。

6月6日 星期四

午后，池田忠雄来深川家里。

商讨〔剧本〕结构。

6月7日 星期五

去厂里。

傍晚，与野田高梧、池田忠雄前往日本桥鹤屋。

商讨〔剧本〕结构。

6月8日 星期六

整天在家。

早庆第一场比赛。3A ： 2。

早稻田取得一场胜利，但比赛很平庸。整个比赛得分平庸，失分也平庸，没有热情。

早稻田〔大学〕，〔投手由〕若原→鹈饲。

庆应〔大学〕，〔投手由〕土井→樱井。

傍晚，与吉成前往灵岸岛观看《橘丸》。

一边听广播里[播放]的"佛法僧",一边信步走到银座。去了趟门后,回家。

6月9日 星期日

早庆第二场比赛。8 : 4,早稻田[大学]再次取得胜利。投手和捕手组合与昨天一样。

母亲、吉成前往[位于]牛込的长井家。

6月10日 星期一

收到集合令。七月十日至二十一日期间,正值炎暑时节,要去集合。整天都闷闷不乐。

池田忠雄来。商讨[剧本]结构。后前往[位于]仲町的宝川。

在清水购买金锷饼等。一直把[池田忠雄]送到新桥。

6月11日 星期二

午后,池田忠雄和荒田正男来深川的家里。

必须赶紧创作剧本,从今天起,让荒田一人承担[起创作的任务]。

即便如此,[关于剧本的]商讨仍迟迟没有进展。

从五所平之助那里获得久保田万太郎的色纸。

[上面书写着]穿夹服,系角带,久违的心情。

6月12日 星期三

两点左右,池田忠雄、荒田正男来深川。

商讨[剧本]。一直持续到十三号凌晨。

今天入梅,阳光照耀,亮晃晃地十分炎热。所谓的干梅雨*。

6月13日 星期四

过了正午才起床。洗澡。商讨[剧本]。

二楼的房间杂乱无章,就像是集训的样子。

原研吉来。

厂长打来电话,问及菊五郎的《镜狮子》一事。

商讨[剧本]一直延续到十四日白天。

6月14日 星期五

打了三小时的盹后,接着商讨[剧本]。

晚上九点过后,商讨[剧本]工作结束。

两人回去后,独自一人喝了0.1的安眠药,熟睡。

6月15日 星期六

去厂里。

剧本终于完成。部长读完后,让人去复印。

与茂原、饭田见面。听说昨晚厂长来厂里的情况。

* 所谓干梅雨是指进入梅雨季节后却很少下雨的情况。

我与茂原年前有个口头约定。如果这个口头约定实现，不如辞去导演的职业。

下定决心。即便那样的话也没有关系。

6月16日
星期日

今天是公休日，但还是去厂里。

晚上，与柳井隆雄前往［位于］本乡的厂长家里。谈及茂原英雄有声电影一事。

后，回蒲田。拜访茂原家。

6月17日
星期一

读剧本，但题目还没有确定下来。

在新桥的乌森金兵卫与长坂元和第六代菊五郎商谈《镜狮子》的舞台设计。

6月18日
星期二

去潮田一带采外景。后前往［位于］浜的安乐园。

厂长打来电话。与茂原英雄前往［位于］本乡的厂长家里。又一次商谈有声电影一事。

今天第一次在深川家里的二楼架起蚊帐睡觉。

6月19日
星期三

因剧照需要，在潮田拍摄外景。栗原同行。

坂本、饭田、冈田、突贯、末松、小岛。

［前往］安乐园。后，去打猎。

与伏见晁、斋藤良辅一道前往银座。顺道去了趟德式面包店、Takumi屋、三色旗。

突贯小僧
末松昭太郎
坂本武
冈田良子
饭田蝶子

6月20日
星期四

喜八家的布景。

关于第六代［菊五郎］《镜狮子》一事，长坂、歌舞伎座一把手长谷来厂里。

为整理《濡湿的捕绳》，秋山耕作来东京。

拍摄结束后，观看《濡湿的捕绳》试映。乘车回家。

6月21日 星期五

由于灯光的关系，自傍晚起〔拍摄〕喜八家的布景。

二十二日凌晨，乘车冒雨回家。

今天，因阴天，中止采外景。

长坂元就《镜狮子》化妆一事来厂里。

6月22日 星期六

阴天，中止采外景。

与茂原英雄前往歌舞伎座拜访第六代〔菊五郎〕，就《镜狮子》一事进行商谈。后，〔前往〕天国。

回来后，〔拍摄〕小饭店的布景。坂本至今没有打起精神来，〔拍摄工作〕受到阻碍。我也同样如此。

最近终于雨意渐浓，天空阴沉，似乎要入梅的样子。

6月23日 星期日

阴天。

〔拍摄〕小饭店的布景。

四点，前往歌舞伎座第六代〔菊五郎〕的后台，试拍第六代〔菊五郎〕《镜狮子》的化妆镜头。拍了大约一百英尺。与远藤为春商谈。后去观看第二出戏《西洋故事日本戏》。

一同顺路去了趟天国。

6月24日 星期一

三点过后，小饭店布景的拍摄工作结束。

带着佐藤试拍的化妆镜头前往歌舞伎座。在第六代〔菊五郎〕的后台试映。

后〔前往〕三德家。凌晨回家。服用了0.1的安眠药，熟睡。

雨下了一整天。

6月25日 星期二

歌舞伎座表演结束后，拍摄第六代〔菊五郎〕的《镜狮子》。

第六代〔菊五郎〕、茂、琴次郎、和风、伊三郎师徒〔参加演出〕。

二十六日上午十点〔拍摄工作〕结束。

母亲、目黑参观中条。

6月26日 星期三

二十六日上午十点拍摄结束。

回到深川。熟睡。

6月27日 星期四

〔拍摄〕小旅馆的布景。一直到傍晚。

后，整理第六代〔菊五郎〕《镜狮子》。水谷、桑原在场。

茂来厂里。一直到二十八日凌晨。

［第］六代菊五［郎］。

柳泽健。

长谷川时雨。

（还有一人的签名［因潦草］无法判读。）

6月28日 星期五

前往丸之内松竹，试映第六代［菊五郎］的《镜狮子》。

后，前往［位于］芝公园的第六代［菊五郎］主宅，与相关人员一同喝庆贺酒。喝的是香槟酒。

大家都回去后，听第六代［菊五郎］谈表演艺术。

快到凌晨时，回家。

▲音羽屋，明日上旅途，换上夏季服。

6月29日 星期六

去厂里。

［拍摄］小旅馆的布景。

京都发生水灾。二条、三条、五条的大桥都被冲垮。

担心京都的友人。

今天九点，第六代［菊五郎］出发，进行旅行演出。神户→金泽→富山→新潟→仙台。

牧逸马突然去世。林不忘和谷让次一同消失。

其拍摄的所谓的文艺电影也一道消失，其影响虽然极其消极，却是日本电影的向前发展。

6月30日 星期日

［拍摄］居酒屋的布景。

从早晨起就有点发烧，拍完布景后，乘车回家。

睡觉。

半夜，发烧超过了三十九度。

7月1日 星期一

一天卧床不起。

自升任导演以来，第一次缺勤。（并非自我炫耀。）

7月2日 星期二

拍摄病房布景。傍晚时拍摄完毕。

装饰居酒屋的布景。

与高桥忠雄（男）前往新桥，顺道去了趟富士之里。

连日来疲劳过度，深深感受到当导演的辛苦。

“如果我有钱了的话，随时都会辞职不干的。”

传言道：秋山耕作从松竹辞职。

7月3日 星期三

晴天。

在潮田拍外景。

回来后，〔拍摄〕居酒屋的布景，直到十二点。

哦，上帝啊。

7月4日 星期四

雨。

〔拍摄〕居酒屋的布景，一场大戏。

预报今天傍晚台风袭击东京地区，但也只是大雨不断，并无大事。

之后凉风〔习习〕，银河横跨天空。

7月5日 星期五

虽然是晴天，但雨意较浓，天空时不时阴沉沉的。

中止拍摄外景，〔转而拍摄〕居酒屋布景。

7月6日 星期六

阴转雨。

居酒屋布景拍摄工作结束。

从今天日落时分起，灯火受到管制。薄暮时，早早地冒雨乘车回家，好久没有这么早回家了。

五所平之助送给我一本久保田万太郎的俳句集《虽然不想分离》。

在俳句集的环衬页上有一首作者亲笔题诗：夕阳里，发簪新，青蛙鸣不停。

新桥的名荷屋〔伙计〕来，订购了日式短布袜。

7月7日 星期日

〔七月以来的〕第一个星期天，从傍晚时分起，〔开始拍摄〕饭馆前的场景，open set。人工洒雨。

▲七夕日，菊五郎，正在旅途上。

7月8日 星期一

晴天。

在潮田一带拍摄外景。

白天，〔前往位于〕浜的安乐园。

此时刚好清水组在浜拍外景。与他们同席。

乘坐八点的快车前往相州。池忠、荒正〔一同前往〕。

良辅在箱根的梅之家，来相聚。

7月9日 星期二

三点左右，回厂里。

叫来理发师傅，剪头发。

后，与厚田、原前往银座。在美津浓为［准备］入伍而购物。在竹叶亭喝茶。

《东京之宿》的报酬到手。

7月10日 星期三

入伍。［进入］近卫步兵第四连队。

［这个连队］又叫：NO.4 Royal Star Hotel。

茂原、饭田、坂本、原、西川、厚田、入江、中岛为我送行。［进入］第十一中队。

下午练习敬礼。

八点半，点名。

九点半，熄灯。

一整夜都为臭虫所扰。

7月11日 星期四

［入伍］第二天。

五点，起床。

上午，［做］体操。

下午，一对一地教拿枪。

7月12日 星期五

［入伍］第三天。

上午、下午都在代代木。

吉川满子、饭田蝶子、坂本武来到练兵场。

午饭在下士集会所吃，大队长以下的人都在这里会餐。

7月13日 星期六

［入伍］第四天。

上午，在代代木。

下午，吉成来会面。

午饭在中队吃，会餐。

7月14日 星期日

［入伍］第五天。

上午，在代代木。

下午，在班上整理武器、被服。这个连队条条框框实在是多。

在酒馆与信州的士兵一边喝酒，一边听他讲白根万座温泉的故事等。

回来后，躺倒在床上，迷迷糊糊地睡午觉。

7月15日
星期一

［入伍］第六天。

回向院的话，要数双叶山最有名了。正要说我是第一个登高而来的客人时，却发现铃木主水的房屋旧址依然是那么无趣。

上午，在代代木参观演习。

下午，与母亲、池田忠雄、原研吉会面，没有参加演习。

洗澡。

嘴里抽的是Navy Cut烟，吃的是菊迺舍的葛馒头。从部队生活来说，这真是奢侈。

▲焰火远，铃木主水旧居前。

7月16日
星期二

带着午饭前往代代木。

今天可真热。

可以说，我懂得了《大赌局》里的郁闷无趣的描写。

如果费代尔＊获得人们的赞赏的话，那么就是在描写部队郁闷无趣的场景上给予观众深刻印象的缘故。

7月17日
星期三

清晨，与荒田正男会面。

午后，整理武器、衣服。

7月18日
星期四

行军。

［前往］堀之内妙法寺、大宫八幡方向。

归来时，落在队伍后面，从代田桥坐巴士前往新宿，在中村屋吃咖喱饭。坐省线回到营队。

与饭田蝶子、三井秀男、原研吉一道在永坂的更科吃荞麦面、［喝］John Begg［威士忌］。

7月19日
星期五

射击。在户山之原，打了辆出租车前往。

三百米，十九点、十七点。

与同僚樱井、辻村及教官浜场少尉喝酒。

回到班上，不知有点名，便睡了。

7月20日
星期六

虽然下着小雨，但八点列队去了代代木。

参观。

午后，整理武器、被服。

与哥哥、原研吉会面。

＊ Jacques Léon Louis Frédérix（1885—1948），《大赌局》的导演。

吃虎屋的点心。

参观营队。

今天，两国举行开河仪式，冒雨进行。

兵营生活终于过了一半了。

7月21日 星期日

八点前，厚田雄春来会面。刚好借口不参加列队演习。来到上等兵*会面所。接到教官的命令，说是三十分钟后到代代木来。

与樱井一道抵达代代木，但演习已经结束了。

午后，外出。深川家——〔位于〕牛込的长井家。

7月22日 星期一

带着午饭前往代代木。

午后，外出。前往日比谷山水楼聚餐。这是大正十三年度一年志愿兵的聚餐活动。

后，〔前往〕松井润子之店、富士之里。与池忠、荒田会面。十一点三十分锁门。

7月23日 星期二

〔前往〕洗足池，行军。整天行军在炎炎烈日之下。

在洗足池畔与樱井、辻村喝啤酒，吃天妇罗。

后，睡午觉。集合时间迟到了三十分钟。不得已，回去时，也靠走路。

寺崎广载来，谈及在《电影评论》上转载剧本一事。

7月24日 星期三

上午，〔练习〕体操、枪剑术。

午后，休息。

7月25日 星期四

在新宿御苑参观时，碰巧遇上饭田、坂本、吉川、松井来会面。

〔他们〕带来许多慰问品，有威士忌、蜜瓜、海苔卷、点心。他们说是上午要乘坐火车前往箱根。

午后，与石川、高山一同前往中村屋，吃三明治、羊羹。

逃避练习。

7月26日 星期五

这天虽然在户山之原有射击练习，但要接受检查。

从今天起连续三天，在户山之原工作。

7月27日 星期六

凌晨三点列队，与二大队进行拂晓战对抗〔演习〕。

〔我〕没有参加。

* 在旧日本军队中指兵长和一等兵中间的一级。

7月28日 星期日

上午，检查军装。

午后，外出。回了一趟家。后，与吉成前往牛込。

购买吉村冬彦的《萤光板》。

7月29日 星期一

这一天，〔接受〕检阅。

午后，整理武器、被服。

7月30日 星期二

九点，向大队长提出申请。

午后，有事外出。

7月31日 星期三

〔服兵役〕期满。九点，解除兵役。中岛来，前往银座，顺便去了趟不二屋。回家。

去厂里。

傍晚，与清水、池忠前往箱根福住。

准备到清风、浜等地看看。

8月1日 星期四

一点十八分乘坐快车离开小田原回东京。

在深川的二楼架起蓝色蚊帐睡觉，好久没有这种体验了。

8月2日 星期五

整天在家休息。躺在床上。

母亲从牛込回家。作为礼物给侄子带回来钢琴。整天钢琴声不断。

若干年来存活下来的池中的鲤鱼因今年的暑热而浮在水面上。

8月3日 星期六

井阪荣一来东京，他好久没有来了。

在东京车站会面，在前往吉田与三（藏）公司的路上，遇见与三（藏）。

在天金吃天妇罗。下雨。乘车前往箱根，顺道去了趟清风。因是周六，到处都是人。住在汤本住吉。

▲在何处，骤雨来临时，吃上凉豆腐。

▲百日红，花开色正浓，一处阴影笼。

8月4日 星期日

午后，回东京。

傍晚时分，与荣一、吉田在灵岸桥大国屋吃饭。

荣一于十一点二十分回故里。

▲真炎热，黑糖黏成一大个。

8月5日 星期一
与蝶子、满子、武在日本桥的末广吃饭。

8月6日 星期二
中止外景拍摄。
傍晚，在大森松浅分店与古田、茂原在商讨［有声电影一事］。
池田忠雄打来电话，约在丸善见面。
在风月堂买水羊羹、华夫饼。
购买［室生］《犀星发句集》。

8月7日 星期三
阴天。中止外景拍摄。
一天在家。

8月8日 星期四
中止外景拍摄。
与根岸、柏原前往神宫［球场］观看都市棒球对抗赛。
今天是四分之一决赛。
东京俱乐部［队］对京城［队］，6 ： 5。
全大宫［队］对名铁［队］，9 ： 7。
后，［去］松岛。

8月9日 星期五
中止外景拍摄。
与矶野、根岸、厚田再次［前往］神宫［球场］。
川崎哥伦比亚［队］对大连［队］：1 ： 0。
［这是一场］若林与五十岚的投手对投手的比赛。
东京俱乐部［队］对全大宫［队］，4A ： 3。
宫武打出本垒打。
后，［前往］伊吕波，御子柴初子仍健在。

8月10日 星期六
雨。
一天在家。

8月11日 星期日
一天在家。雨。

8月12日 星期一
去厂里。
井上金太郎来东京。
七点，与清水等三人从雷门前往鬼怒川温泉。
住在大泷馆。山中、秋山、泷泽、八寻、杉等人同住在那里。

8月13日 星期二

离开鬼怒川。在下今市下车。从今市乘火车回［东京］。

细雨。

晚，完成厂内搭建外景的拍摄工作。

8月14日 星期三

一天在家。

8月15日 星期四

细雨。

东吾打来电话，好久没有听到他的声音了。二十分钟过后，［东吾］派车来接。

纲岛温泉水明楼→三十间堀富士之里→朱奈特。

富冈八幡宫［举行］祭礼仪式，许多彩轿从雨中通过。

8月16日 星期五

一天在家。

8月17日 星期六

去厂里。

与池忠、良辅前往银座。

在 Berlin 屋喝啤酒、吃香肠。后，在爱斯基摩喝啤酒。

信步走到东京车站。回家。

日美游泳大会，第一天。

8月18日 星期日

一天在家。

8月19日 星期一

拍摄了厂内搭建外景的一个镜头。

日美游泳大会，第三天结束。

8月20日 星期二

在野外拍摄。

8月21日 星期三

在野外拍摄。

真热。真烦。

最近，在铃木主水房屋旧址的生活总令人怀恋不已。

8月22日 星期四

在野外拍摄。

8月23日 星期五

阳光十分强烈，但吹来的风却让人感到阵阵秋意。

好像脚气病犯了。打不起精神来。

8月24日 星期六

今天，与坂本、五所组〔的拍摄安排发生〕冲突，中止〔拍摄〕。
稍微剪辑了几个镜头。
傍晚，与荒正、良辅〔前往〕富士之里。顺道去了趟东京茶房。
前往牛込，见到母亲，好久没有见面了。用徕卡拍了婴儿〔的照片〕。

8月25日 星期日

阴天，中止拍摄外景。
一天在家。

8月26日 星期一

拍摄外景。
云〔层较厚〕，〔拍摄〕无进展。

8月28日 星期三

午后2点，前往大都市试映室观看金·维多的 *The Wedding Night*。与长冈同去。
Salary day。月薪就像月经一样，很令人不爽。
与池忠、荒田前往宫川。商讨。立即前往相州。

8月29日 星期四

暴雨下个不停，让人觉得厄日来临。
东海道的由比至浦原间火车不通，时间延迟，十点半回到东京。
暴风雨过去，秋风吹起，蟋蟀叫个不停。

8月30日 星期五

整天在家。
窗户大开。在蚊帐里，再次阅读志贺直哉的《二十岁的一面》。颇有感触。
母亲带着孙子前往国技馆参加纳凉会，这个聚会已经接近尾声。
大（台）风一过，秋日并不放晴，正午过后，天又逐渐阴沉了起来。

8月31日 星期六

雨。
穿着雨衣，冒雨去厂里。天气已凉，连汗都没有出。
与池田忠雄顺道去了趟大森的法国屋，信步走到大井町，回家。
★
虽然“没有治疗蠢人的药”的说法，但你如果有钱了的话试试。
非常聪明，这〔个说法〕是通用的。
★
“不给子孙购置田地”。有如此看法的父亲真是太不对了。
西乡隆盛虽说不买，但还是购置了田地，他仍然是杰出人物。

9月1日
星期日

十一点五十八分，睡在蚊帐里，耳里听着震灾十三周年祭日的鸣笛声。
细雨。一天在家。

9月2日
星期一

一天在家。
如果对电影感到厌烦的话，只有用心去看好的电影，争取喜欢上电影，除此之外，找不到其他方法。
对这么简单的真理都不明白，而度过了两个月左右的时间。
对电影感到厌烦后，去喝酒，即使喜欢上酒，也不一定能够喜欢上电影。
如此需要意志力的情况，或许由于上了年纪的缘故。

9月3日
星期二

去厂里。
与清水、荒田、良辅在日比谷剧场观看 *The Whole Town's Talking*。
后，〔前往〕富士之里。
醉酒之余，走在筑地的街道上。充满湿气的天空中悬挂着细细的新月。

9月4日
星期三

去厂里。池田忠雄打来电话，〔与池忠〕在丸善见面。
天空正下着小雨，〔与池忠〕在风月堂里商讨〔剧本〕。乘车〔回〕蒲田。
下将棋，今天的手气真好。
与木村、池田去了趟大森的法国屋。回家。

9月5日
星期四

去厂里。
八点至九点，为脚本研究生上了一小时的课。
后，与野田高梧、宏、忠雄、荒正前往大森的法国屋。
依旧是阴天。中止〔拍摄〕厂内搭建的外景。

9月6日
星期五

去厂里。
一时间天空放晴，但日落后〔又下起〕雨〔来〕。
中止〔拍摄〕厂内搭建的外景。与厂长见面，好久没有见到他了。
与原、西川前往银座，在德式面包店喝茶。后，一人去歌舞伎座，站着观看《巷谈宵宫雨》。
为第六代〔菊五郎〕的绝技感到敬佩。

9月7日
星期六

傍晚，在品川观看徐延权与克里斯·皮内达的拳击比赛。

商讨［剧本］。前往相州，住在箱根住吉。池忠、荒田同行。

有人给我三百万［日元］吗？我立马做个英雄给你看。

如果说三百万［日元］是个大数目的话，只给我三万［日元］也行。我立马挥霍殆尽。

这不是开玩笑。我是当真的。

9月8日 星期日

秋老虎很厉害。

与佐佐木康在丸之内松竹观看《雪白的富士之根》。

后，去爱斯基摩喝茶。

9月9日 星期一

去厂里。

［拍摄］厂内搭建的外景和夜景。

后，与柳井、池忠、荒田、康顺道去了趟大森的法国屋。

母亲与康容前往歌舞伎座［看演出］。住在牛込。

9月10日 星期二

去厂里。

天空阴沉。中止外景拍摄。阴转雨。

与原、中岛、石川前往明果，后前往大森的法国屋。

洗照片，这是前些日子给牛込的孩子拍摄的照片。后，在丸之内松竹试拍茂原［式］的有声电影。

9月11日 星期三

阴天转雨天。一天在家，因为有点感冒。

即便生活在现在，楠正成肯定也会“转生七次”的。

但是，他可能不会说“明朝要消灭敌人”，而会说“我想成为富翁”。

说不定转生七次的［楠］正成还会带着“转生七次”的希望，在丸大厦的某个商业公司的会计科里当个职员什么的。

“格言”云：英雄难过时代关。

9月12日 星期四

阴天。一天在家。

今天是中秋节，但看不见月亮。

虽然［度过］二百二十个厄日，但并无风雨。云霭重重，蟋蟀唧唧叫个不停。

9月13日 星期五

去厂里。

与荒田前往银座。［去］富士之里。

瓦罐蒸松茸、新海参肠、炖栗子、煮芋头。食物越来越美味。

川澄千鹤之所以能够获得世人的赞赏，出于其非凡的演技。

如果没有演技的话，他的才能发挥不出来。借酒长叹。我并不认可川澄千鹤。

酒不是应该在谈笑中喝的吗?

长叹不是应该在吸烟的时候才做得到吗? 川澄千鹤是个笨蛋。

9月14日
星期六

又是个阴天。后，大雨倾盆。

拍了几个镜头。

傍晚，与原研吉在芝园馆观看 *Hide-out*——《爱的秘密之家》。并没有受到感动。

后，［前往］德式面包店。

与岸松雄见面。［前往］富士之里。后信步走过明石町河岸等地，回家。雨停了。

“凭借这种影片拿钱实在是不应该。”

“说什么呢，不要客气。你收好便是。”

电影常设馆也丰富了起来。

今晚芝园馆的内容也很丰富。

9月15日
星期日

蒲田大祭。

去厂里。

与原研吉在丸之内松竹观看［五所平之助］的《吹吧，恋风》。

W.S. 范戴克 * 等人［的电影］或许还比它强得多。

剧本决非《星期日每日》** 中彩色版面的一次性读物。

［前往］不二 Ice。后，信步走回深川。并非为了节省［钱］，而是出于运动的缘故。

9月16日
星期一

我还在睡觉时，厚田雄春突然来访，不得已，起床。总之，让他上了二楼。

去厂里。茂原英雄因事未能来，稍稍拍了几个镜头。

回家。吃完晚饭，八点钟就寝。

半夜里，做梦梦见死去的父亲。那是晚年穿着绉绸的老爷子形象。

从梦中醒来之后，无法入睡。吃了 0.2 的安眠药。但这时，蟋蟀又开始鸣叫。

* W.S.Van Dyke（1889—1943），美国导演。

** 日本最早创刊的周刊杂志之一。

9月17日 星期二

正在午睡时，厚田雄马又来了。去厂里。
小雨淅淅沥沥下个不停。拍了几个镜头。
与野田、木村前往大森的法国屋。聊天。
这一天感到秋风瑟瑟。
想要搬迁到镰仓的心思蠢蠢欲动。海边的寒舍也有愉悦之处吗?
今天是目黑婶婶的三周忌日。

9月18日 星期三

阴天。
今天傍晚时分，与内田岐三雄、岸松雄、筈见恒夫、清水宏在日本桥鹤屋举行 *Star* 座谈会。
与内田展开激烈论争。后，在新桥车站前的 Black & White 稍事休息。
与岸〔松雄〕走过筑地河岸。回家。

9月19日 星期四

久违了的晴天。在潮田拍外景。
试映此前拍摄的胶片，令人十分沮丧。

9月20日 星期五

去厂里。
阴天转小雨，但厂内搭建的派出所外景拍摄完毕。
回家时，与厚田在新桥下车，悠闲地走到深川。

9月21日 星期六

雨。秋雨绵绵，没有停息的日子。
如此看来，二十九号的试映会可能要泡汤。
与池田忠雄前往大森的法国屋。给浩将打电话。浩将冒雨而来。
杂谈。

9月22日 星期日

雨。
去厂里。剪辑。
今天进入秋分时节。从一大早起，母亲、嫂子就在厨房做了好多的“萩饼”。
与母亲、厚田一道前往东京车站。身着日常服装的母亲带着“萩饼”前往长井。

9月23日 星期一

雨。把此前拍摄的所有的镜头都试映了一遍。平庸之作。
大久保忠素先生来东京。与荒田正男一道前往日本桥的鹤屋。池忠随后赶来。

十一点，忠素回京都。

警报说，整个晚上台风要来。

今天第一次吃秋刀鱼。

9月24日 星期二

整天大雨下个不停。

打开一扇雨窗，在阴暗的二楼睡午觉。梦见父亲。今天是秋分。

一边睡觉，一边阅读志贺直哉的《暗夜行路》及《好人夫妇》等。

入夜后，雷鸣电闪。

《暗夜行路》有这样一个描写：〔主人公〕想购买一块一百九十日元的手表。我现在特别想要一块二手 J.W.Benson 手表。

9月25日 星期三

好久没有看到晴天了，但云层变化多端，气候不定，中止〔拍摄〕。到处都是洪水泛滥的消息。

〈晴天〉。电影厂开放日——〔名曰〕“永久之爱之手牵手”。电影厂门前好像有卖气球什么的，〔我〕赶紧离开〔电影厂〕。

与池忠前往明果。走过洪水泛滥的郊外，一直走到池上。

9月26日 星期四

久违了的晴天。在潮田拍外景。进展不顺。

利根川泛滥。母亲给野田打长途电话。野田安然无恙。

9月27日 星期五

在潮田拍外景。大好的晴天。

9月28日 星期六

多云，有时转晴。或者说：晴，有时转多云。

在潮田拍外景。后，拍厂内搭建的外景。

拍摄工作全部结束。

与原研吉〔前往〕富士之里。〔吃〕海胆、烤松茸、炖栗子。稍稍喝了点酒，吃了碗茶泡饭。

9月29日 星期日

去厂里。进展不顺的部分全部拍摄完毕。

与饭田蝶子、坂本武、上山草人、吉川满子、茂原英雄前往国道对面的天妇罗屋。因为蝶子女士涨了月薪，所以她请客。

秋刀鱼的肚子很苦，寒冷的秋意更浓。

9月30日 星期一

去厂里。

十二点开始，因为要给《东京之宿》after recording，所以，与池忠、荒正、高梧、木村前往横滨。

真砂亭→ Nakano。

与荒田〔干了个〕通宵。

10月1日 星期二

after recording 直至正午。

与池忠、荒正、良辅乘坐白天的火车前往相州汤河原。野田高梧随后到来。

住在中西。在另外的房间里，住着久米正雄先生。

服用了0.2的安眠药，熟睡。

10月2日 星期三

荒田、良辅一同回去。

久米来，共进晚餐。汤河原的美妓菊太郎来。

后，久保田〔来〕。

服用了0.2的安眠药，熟睡。

10月3日 星期四

接到电话，说是九点半《东京之宿》在丸之内松竹试映。

八点十分赶回来，但抵达丸之内松竹时，第二本已经快放映完了。

后与筈见恒夫、岸松雄〔前往〕富士之里。

10月4日 星期五

厚田、樱井正午过后来。一同去厂里。

厂长没有来。与清水、浩将、池忠前往大森的法国屋。

意大利与埃塞俄比亚比赛开始。

10月5日 星期六

去厂里。见到厂长。

敲定下一个剧本《大学是个好地方》。

傍晚，荒田在脚本研究所讲了两小时的课后，〔我〕与野田、良辅、荒田前往富士之里。

池忠缺席，这很少见。他之所以没有来，是因为他要与五所商讨剧本。

10月6日 星期日

正午，在大船开导演会议。

共有十九人〔参加〕：厂长、岛津、清水、五所、斋藤、佐佐木、野村、野田、北村、伏见、池忠、柳井、荒田、良辅、吉田、古田、野口、栗原。

后〔去位于〕浜的矶子园聚餐。会议结束后，厂长前往大阪。

与荒田乘坐小松的达特桑，三人顺道前往〔位于〕New-Grand 的酒馆→ Samaaru → KiyoIII → KiyoI，回家。

10月7日 星期一

傍晚，与东上前往歌舞伎座。与第六代〔菊五郎〕见面。
舞蹈剧：《贱机带》《三人形》。
中场戏：《菊田》。
第二场戏：《源太时雨》。
与上个月相比，真愚笨。
第六代〔菊五郎〕的表演除了其师徒〔参加的〕之外，都不好。
后〔前往〕富士 Ice Cream。

10月8日 星期二

去厂里。
为商讨《大学是个好地方》，与荒田乘车前往相州。
与池忠、浩将、隆雄等人洗了个澡后，在清风稍事休息。
灯下秋寒宜畅饮。虽未乱了方寸，但也是醉意蒙胧。
▲千丸洗发姿，直抒寂寞意。

10月9日 星期三

汤之原。
今天池忠〔先行〕回去。
与浩将、隆雄、正男住在中西。

10月10日 星期四

商讨〔剧本〕进展不顺。
与浩、隆、正打乒乓球。泡澡出来后，下将基（棋）。
住在中西。
从三楼望去，前院的石榴树上结着三四个果实。秋天也终于来到这里。在看到果实之前，我一直以为这棵树是百日红。我真是个粗心大意的人。

10月11日 星期五

一大早起就下起了细雨。最宜浅酌低唱。吃早饭时就先来上一杯。
日暮时分，浩、隆回去。与正、久保田
住在中西。

10月12日 星期六

乘坐三点的火车回东京。
这一天是池上法会仪式。
在新桥下车。在竹叶亭打电话给池忠，让他来东京。说是因法会仪式嘈杂，无法多谈，也无法出门。约好明天再会，挂断电话。
不远处，浩将及其新婚的妻子在一起，说是“听声音可像〔小津〕了”，于是跑来，畅谈了一会儿。

在田屋购买香槟酒。

在深川的二楼熟睡，好久没有这么熟睡了。

10月13日
星期日

与池忠、荒田在丸善见面。

风月→ New Grand →日比谷→金田〈满员〉→前川〈池忠说还是去宫川吧〉→宫川。

过了永代桥后，分别。

10月14日
星期一

正午过后，荒田来［深川］。

商讨《大学是个好地方》。

因是背水一战，所以从今天起渐渐打起精神［进入正题］。

通宵达旦。

10月15日
星期二

正午，起床。

商讨［剧本］，直至深夜。

荒田住在深川。

10月16日
星期三

正午，起床。

商讨［剧本］，于八点前结束。

在三十间堀的富士之里吃饭。

好久没有喝酒了。咸海参肠真好吃。

10月17日
星期四

去厂里。让人去复印剧本。

傍晚，与荒田、池忠前往银座，在富士之里吃蔬菜火锅。

池忠依然是身穿西装、脚踏木屐的模样。

在长门购买点心，回家。

10月18日
星期五

两点，与池忠、荒正、良辅、浩将在丸善见面。

在八重洲稍事休息后，与荒正前往总厂。

《东京之宿》试映会。

板垣鹰穗、新居格、大木惇夫、立花高四郎、北川冬彦、谷川彻三、村山知义、滓川稻子、林芙美子、楢崎勤、山根等人出席。后，［前往］芳兰亭。

在丸之内松竹观看《永久之爱》后篇。

想乘坐东京湾的汽船，但桥本、奥山没有来。

回家。洗澡。

10月19日 星期六

看棒球［比赛］

七点起床，在丸见屋购买大阪寿司后，前往外苑。

柳井、浩将、荒田一道前往。

庆应［大学］对立教［大学］5 ： 1。

早稻田［大学］对明治［大学］6 ： 2。

两场比赛都没有意思。

池忠本应来［观看比赛］，说是有点感冒，需要静养一天。

后，去厂里。

八点，桥本泰太郎、奥山正次郎抵达灵岸岛。与两人的贤弟吉田与三（藏）一同前往［位于］银座后街的若作（佐）久。

10月20日 星期日

前往观看棒球比赛。两点半，与桥本、奥山在东京车站见面。还有金川、吉田，共五人。

New Grand →切利奥→浜町浜之屋。

武富来。

信步走到东京车站。九点，［桥本、奥山］二人回去。

后与桥本的弟弟［前往］不二 Ice。又与筈见恒夫、岸松雄［前往］鲁邦→新桥。［吃］茶泡饭。

10月21日 星期一

天气很好。

去厂里。厂长没有来。

回家路上与吉川满子同行。悠闲地走到筑地。

10月22日 星期二

秋高气爽。

去厂里。差了一步，厂长回去了。［见到］有点感冒的忠。

去厂里。在明果一同聊天。与荒田、良辅前往银座。荒田拿到一笔脚本费，购买书包，在富士之里请我们吃饭。

回家，洗了个澡。好久没有洗澡了。

10月23日 星期三

秋高气爽。

去厂里。见到厂长，角色的安排定了下来。

与荒田、良辅前往银座，去富士之里。

★

在前往蒲田的电车里，坐在我旁边的府立一中的中学生一边看印刷的考试题，一边说着话。

“我第一题就错了。题上写着：我的妹妹三岁，比你年纪小，但你的个子高。”

我从旁边瞄了一眼那个印刷的试题。第一题〔是这样的〕：

“MY YOUNGER SISTER IS 3 YEARS YOUNGER THAN YOU. BUT SHE IS AS TALL AS YOU.”

10月24日 星期四

读剧本《大学是个好地方》。

池田忠雄、斎藤良辅、荒田正男先行前往相州。我一人后来赶去。

在中西接受按摩。顺道去了趟清风的一行人到来。

下将棋。聊天。

▲秋夜深，按摩者家乡是三河？

10月25日 星期五

独自一人乘坐两点的准特快列车先行回去。天气真好。

六点，出席在日本桥明治屋七楼中央亭举办的 16m（原文如此）同人会。聚餐。聊天。

池忠、良辅、荒田今天住在汤河原。

▲鲷鱼刺，哽在喉，夜长正是秋。

10月26日 星期六

为了观看早庆比赛，一大早乘车前往新宿的切利奥买票。

与岩下为次郎见面，好久没有看到他了。十二点过后，一同〔离开〕厂。〔比赛已经进行到〕第三局。早稻田〔大学队〕遇到无人出局、满垒且打者为小岛的好机会，却由于下雨，〔比赛〕中止了。

去厂里。

回家时，独自一人在新桥下车，〔去了〕Takumi 屋→伊东屋。购买笔记本和文件夹，回家。

银行〔安排〕旅行，哥哥前往水上。

10月27日 星期日

雨，一天在家。

暴雨来临。壕沟里的水溢出，日比谷一带到处都是水、水。因是周日，没有出号外。这是近年来罕见的降雨量。电闪雷鸣。

洗澡。

哥哥从水上回来。

10月28日 星期一

去厂里。虽然秋高气爽，但风很大。筹备服装。

傍晚，乘车与池忠、荒田一同〔前往〕宫川。

后前往银座，在爱斯基摩喝橘子汁。

〔购买〕林芙美子《牡蛎》。

〔购买〕寺田寅彦《蒸发皿》。

〔购买〕泷井孝作《折柴随笔》。

早庆第一场比赛，4 ∶ 4打成平手。〔投手与捕手的〕组合〔分别〕是若原→鹈饲、土井·楠本→樱井。

10月29日 星期二

去厂里。画电影院和教室的设计图。

今天早早地回家，喝甜酒。

从五所平之助那里获得久保田万太郎的色纸。

〔色纸上写有这样一首俳句〕十六夜，站起身，冷酒重新温。

早庆第二场比赛，3 ∶ 1，早稻田〔大学队〕输了。进攻没有发生作用。若原因昨天的死球没有上场。

10月30日 星期三

去厂里。

秋高气爽。与伏见一道去理发店。池忠随后赶来。

独自一人在有乐町下车，去了趟伊东屋、松屋。购买铅笔。

早早回家，洗澡。

懒读少年书，三十业未成。

寒山诗中曾这样说过。

可以说得到一位〔数〕百年前的知己。

一九三七年〔昭和十二年〕

一九三六（昭和十一）年＊一九三七年开头的部分

12月28日 星期一

与荒田、池忠、良辅、文吾［去吃］御狩场烧。
后前往新桥的小松。

12月29日 星期二

与原、吉村、大庭［前往］宇津保。
［去］看望桑野通子。

12月30日 星期三

在鹤屋举行协会的忘年会。
内田、田坂、沟口、牛原、铃木、池田、岛津、伊丹出席。
后，内田、田坂、沟口［前往］尾上→富士之里→金兵卫。

12月31日 星期四

与忠、正、良、荒、晁［前往］深川、宫川。
后，文吾与新桥的美妓一道前来→波尔多。

1月1日 星期五

在〔位于〕三十间堀的波尔多〔度过〕元旦。
喝香槟酒。
后，前往赤坂、前川。
三点左右回家。
厚田、樱井来。

1月2日 星期六

与忠、正、良、文〔前往〕相州。
〔喝得〕酩酊大醉，有点过量。
住下。

1月3日 星期日

正午过后，回家。
傍晚，原、吉村、大庭来。稍晚些时候，浜田来。
〔接到〕山中贞雄的来信。

信中云：今后的人们，一定要去东京。这是《独生子》〔中〕老师的心情。在P·C·L也许能够制作炸猪排，但总是按捺不住想要去东京的心情。

1月4日 星期一

整天在家。
野田登久来。

1月5日 星期二

正午过后，池忠、良辅来到高轮。
前往深川、宫川。收到白色羽尾的箭。
前往银座，去爱斯基摩。走到田町。

1月6日 星期三

去厂里。还是工作。
与演员部〔的人〕打棒球。
与野田、能行前往银座，去宇津保→三色旗。

1月9日 星期六

打猎。
〔在〕田园调布、麹町等地。
傍晚时分，与内田吐梦、田坂具隆在浜町的浜之家聚餐。
沟口健二因感冒缺席。

1月10日 星期日

演员升职仪式。

1月12日 星期二

去厂里。与栗岛、饭田、吉川、斋藤合练台词。
后，前往东京［市内］。
从厂长那里借来二十日元。

1月13日 星期三

《淑女忘记了什么？》*
开始拍摄。这是第一天［开拍］。
栗岛、饭田、吉川出演。
［演员们］没有进入角色，进展很不顺利。
井上金太郎、内田吐梦来厂里。
与清水宏一道前往［位于］浜的巴利斯→本牧第三清宾馆。

1月14日 星期四

同前一天。拍摄开始第二天。
进展更加不顺。
回家。服用了 0.2 的安眠药。熟睡。

1月15日 星期五

［拍摄］布景。小宫夫人的房间。
慢慢进入角色。
与吉村前往 Ooki 预订。后［前往］富士之里。

1月16日 星期六

［拍摄］布景。小宫夫人的房间。
晚上，在歌舞伎座开机。
在辩松的食堂喝白鹤［酒］，直至凌晨。
栗岛、吉川、饭田、上原出演。

1月17日 星期日

白天，穿着和服去厂里。
小西从深川来。
画咖啡馆的设计图。后与浜田［前往］银座——在吉田［吃］荞麦面。

1月18日 星期一

［拍摄］布景。小宫夫人的房间。
小西来。导演房间收拾好了。

1月19日 星期二

采外景。
伏见、原、高山、浜田。
前往丸善、三越借用海报等。
伏见前去探望五所。

* 『淑女ゆけよ忘水にぜ』小津导演，1937 年上映的喜剧片。

探望桑野。

1月20日 星期三

内田吐梦来大船。
听他讲《裸之町》的剧本。
与伏见一道前往浜，〔吃〕菜饭。

1月21日 星期四

〔前往〕丸善法国屋、彼尤罗。
浜。
在内田屋与清水见面。
与厂长一道回去。

1月22日 星期五

布景装饰。

1月27日 星期三

小宫楼下。〔拍摄〕布景。
晚上八点过后，接到从高轮打来的电话。
说是茂原的母亲去世。早早结束〔拍摄工作〕。

1月28日 星期四

清晨，茂原回家乡。到上野送行。
〔拍摄〕布景。厚田今天起开机。

2月3日 星期三

立春。
〔拍摄〕医生的房间。
中西文吾来。
前往相州。

2月4日 星期四

医生的书房拍摄完毕。
今天，茂原来厂里。
内田岐三雄来。
在松尾吃晚饭。后前往东京〔市内〕。在新桥银来喝中国粥、喝啤酒。

2月5日 星期五

与浜田、高山、原顺道去了趟明治座→甚兵卫→竹中，去厂里。
与池田忠雄在浜吃菜饭。

2月6日 星期六

清晨，吉田与三（藏）来。
去厂里。商讨设计〔一事〕。后，与义信、宏、启祐、正男、良辅前往浜。

〔吃〕烤肉。

母亲前往洗足。

2月7日 星期日

日本导演协会组织参观府中监狱。

后，在日活〔观看〕《苍氓》的试映。

然后，前往多摩川畔的塚善聚餐。

后，与内田吐梦、成濑巳喜男〔前往〕富士之里。

2月8日 星期一

〔拍摄〕节子的房间。

傍晚，拍了一会儿，便不拍了。

2月9日 星期二

〔拍摄〕节子的房间。

一直拍到凌晨四点。

与栗岛、桑野一道回去。

〔吃〕鱼串。喝甜酒。

2月10日 星期三

正午过后起床，洗澡。

去厂里。

与饭田、岸、涩谷、原、大庭前往东京〔市内〕，去鹤屋。

脚本部在〔位于赤坂的〕幸乐聚会。

2月11日 星期四

与原、浜田、高山在爱斯基摩见面，前往 Takumi 屋。

东电、榛原在花月吃饭。

〔前往〕南蛮堂。

后去厂里。

2月12日 星期五

〔拍摄〕寡妇的和式房间。

后，画布景〔设计〕图。

2月13日 星期六

茂原因胃痉挛，缺勤。

〔拍摄〕寡妇的西式房间。没有进入角色。

拍完后，觉得有点长。

2月14日 星期日

茂原今天也缺勤。

将没有拍完的布景拍完。
[拍得] 并不爽快。
长井寄来直雅的遗物。
[它们是] 淡褐色的茶瓶和梅幸戾桥的画轴。

2月15日 星期一
在银座明果开机。
回厂后，[拍摄] 出租屋 [场景]。
桑野身体不舒服，越是接近公映日，越令人担心。
* 白梅香，大阪侄子卧病床。

2月16日 星期二
拍摄灵南坂小宫医生门前的外景。
顺道去了趟美式面包店。回厂后，[拍摄] 出租屋的布景。雨。
池忠与荒正见面。昨天晚上，[他们] 住在箱根清香（光）园。
阿节缺勤。

2月17日 星期三
在横滨拍外景。山之手。安乐园。
回厂后，[拍摄] 出租屋的布景。

2月18日 星期四
first Scene* 是从车里移动 [拍摄的]。[在] 麹町附近。
顺道去了趟蓬莱屋。回厂后，拍摄 Bar [的场景]。
田中绢代的母亲去世。
与池忠一道回去。

2月19日 星期五
[拍摄] Bar。已经过了十二点。
在松尾吃饭。住在厂里。

2月20日 星期六
住在导演室，但因阳光照射，无法入睡。清晨起来。
拍摄完 Bar[的场景]，转而拍摄饭馆的[场景]。只完成了“挂念”的部分。

2月21日 星期日
继续拍摄饭馆 [的场景]。
大久保忠素来东京。
十二点过后，[拍摄] 完毕。乘坐 Bus 回家。
举行绢代母亲的告别仪式。

2月22日 星期一
after recording.

* 第一个场景。

出乎意料地很早就结束了。
与大久保、清水、野田、池忠、突贯前往热海金（锦）城馆。
与饭田、奈良、吉川见面。

2月23日 星期二

清晨，回家。
[拍摄] 教室、研究室、出租屋的场景。拍摄工作全部结束。
夜色逐渐发白。

2月24日 星期三

清晨，回家。
睡了一觉之后，去厂里。
听音乐。让他们做了一点改动。

2月25日 星期四

录音乐。
十二点过后，录音结束。
与伊藤他们一帮人 [前往] 松尾。
喝酒，一直到三点左右。
在导演室睡觉。

2月26日 星期五

一大早整理胶片。
今天要剪好三本交给洗印厂 [洗印]。

2月27日 星期六

胶片整理工作结束。送往洗印厂。
上午，回到高轮，睡觉。好久没有回来了。
今天是第六代 [菊五郎] 母亲的守灵夜。但未能前往。

2月28日 星期日

去厂里。
傍晚，试映。
见到厂长。
在丸之内松竹表演结束后 [进行] 试映。6600 英尺。
与池忠、文吾、荒正前往赤坂前川。
天亮时，回到高轮。

3月1日 星期一

与池忠在 [位于] 浜的牛奶站见面。
与良辅前往相州。住下。
今天，在厂里进行试映。

川端康成、林房雄观看。

3月2日
星期二
傍晚，与妹尾、矶野、原、厚田前往浜，先去了 Kaneda，然后前往本牧的清宾馆。

3月3日
星期三
整理《镜狮子》的胶片。
从今天起，《淑女忘记了什么？》开始公映。

3月4日
星期四
去厂里。
顺路去了趟理发店。
见到厂长。
厂长、守安、池田前往箱根。

3月5日
星期五
去厂里。
八点，在导演协会与内田见面。
与原、涩谷一道前往松岛吃天妇罗。
后与内田前往富士见町的三乐。
刚好小杉勇、吉田谦吉、高冈德太郎也来到这里。与他们通宵达旦地饮酒。

3月6日
星期六
清晨。
九点过后，回到高轮。
正午过后，井上金太郎来。起床。一道前往〔位于〕田端的岩田专太郎的家。
让他画了一幅画。后前往丸之内松竹，在米田家与今岩见面。
打电报给内田吐梦，但仍没有回电话。

3月7日
星期日
感到疲劳。整天在家打瞌睡。
晚上，服用 0.15 的安眠药。

3月8日
星期一
去厂里。
傍晚，前往东京〔市内〕，在丸之内松竹观看《只有女人的都市》* 的试映。
后与吉村〔前往〕富士之里。
旧作：

* 法国电影 *Carnival in Flanders*。

＊烤海苔，顿感觉，师走＊要到来。

3月9日 星期二

去厂里。

厂长好久没有来厂里了。见到厂长。

＊雨夹雪，沼津旅馆里，蚬汤鲜。

＊拉门旧，旅馆近海边，春日酣。

3月10日 星期三

陆军纪念日。天空中飞过许多飞机。

去厂里。

"栗岛澄子之会"在不忍池畔的雨月庄［举行］。

岩田、藤野、上山、武田、野寺、野田、伏见、大山、山内、河村、饭田、吉川、田中、八云、铃木、六车、清水、池田、栗岛、高松、桑原、浜村、新井、野口、小林、坂本出席。

3月11日 星期四

雨。吉成前往房州。准备好樱饼，母亲前往牛込。

高山、西川来。整天在家。

3月12日 星期五

顺利去了趟服部、丸善，去厂里。

与［摄制组］的一帮人前往热海大野屋。

共有十二人：茂原、厚田、樱井、高山、原、西川、根岸、日野、浜田、红、中岛。

住下。

3月13日 星期六

乘坐五点的火车回来。

当时池忠、片山、冈田在箱根汤本。中途拜访他们。

前往［位于］小田原的清风。喝啤酒。

3月14日 星期日

一整天在清光园迷迷糊糊地睡觉。

傍晚，乘坐火车回东京。

3月15日 星期一

去厂里。

阿浅来。与厂长见了一面后，回家。

＊想做的事——浪费，想要的东西——金钱，我想大声吼一吼，春日的傍晚。

3月16日 星期二

细细的阳光照射进来，好久没有看到这样的景象了。

＊师走为十二月的别称。

整天在家。
听说康容住院了，母亲前往探望。
洗澡。有点感冒的样子。

3月17日
星期三

去厂里。
后与荒田前往［位于］涩谷的东宝。
［观看］《乱世英杰》。
［观看］《渡唐女》*。
与母亲、嫂子前往帝剧［观看］新国剧。
入夜后，寒气逼人。

3月18日
星期四

今天依然寒气逼人。
前往帝都座，观看《森之石松》和《啊啊，尽管如此》。
后在东和商事观看《同心协力》。
与山中、岸、泷泽、筈见前往富士之里，［又去］三德。天亮后，才回家。

3月19日
星期五

整天在家。
傍晚，伊藤宣二来。倒苦水。

3月20日
星期六

去厂里。
与清水前往横滨，去奥德翁座。
［观看］《泰山逃亡》。
在内田屋吃叉烧面。
* 天欲雨，打开天窗后，烤鱼串。

3月21日
星期日

整天在家。《都》的小林来采访，关于独身的事情。
傍晚，前往茂原家。

3月22日
星期一

整天在家。
饭田来，母亲与其一道前往世田谷扎针灸。
重新阅读日记，发现进入今年后，没有一个心中快乐且有趣的日子。我还只有三十五岁，竟然有这样的事。前途令人担忧。

3月23日
星期二

今天，母亲决心前往房州。

*
日本电影『からゆきさん』。“渡唐女”指19世纪下半叶去东亚、东南亚卖春的日本女性。

去理发店［理发］，然后径直前往厂里。
春日迟迟。

3月24日 星期三
今天从一大早起就下起雨来。
与吉成下将棋玩。
白天，阅读《大道无门》。

3月25日 星期四
去厂里。与阿部正雄会面。
“岸松雄之会”在末广［举行］。出席。后，与沟口、牛原、木村、山中、泷泽前往乌森［吃］杂烩煎饼。

3月26日 星期五
清晨，池忠来。前往银座。
［去］不二 Ice。后，去厂里。
与池田义信、荒正、池忠前往相州。住下。

3月27日 星期六
乘车［前往］大船。
发工资。
与荒正、池忠前往［位于］浜的华胜楼。
牙疼。

3月28日 星期日
去厂里。
与池田义信前往富士之里。
见到伏见。

3月29日 星期一
原研吉、中条若夫妇来。
与岩崎昶、内田岐三雄［前往］富士之里。
山中贞雄、岸松雄、龙泽英辅随后而来。

3月30日 星期二
傍晚，与伏见商讨剧本，出门。
［前往］热海，住在海山庄。

3月31日 星期三
在热海住了一晚上后，［前往］古奈。
此前来过一次白石馆，但［如今］已完全改变了模样。
泡露天温泉。
入夜后，荣来。

4月1日 星期四

大正十二年*的春天，我二十一岁那年，来到东京。距上次来东京已过去了十年时间。当时父亲还健在。我曾经在和仓家中的二楼整天盯着看黄色的蔷薇花。这个记忆让人觉得不可思议。

前往稚子之渊的杂烩煎饼［店］。荣回去。住在白石。

4月2日 星期五

乘坐四点的准特快回东京。

伊豆花开正盛。特别是平塚、茅之崎一带的桃花很美。

与母亲见面，好久没有见到她了。晚上，给内田打电报。

登久来。今天是父亲的忌日。

4月3日 星期六

清晨，内田吐梦来。

一同前往［位于］浜的开化亭。商谈故事情节。

去厂里。

脚本部开会。

最近我想把酒戒掉。

4月4日 星期日

在歌舞伎座开会，为栗岛澄子送别。

后在白木屋大厅听实之会的长呗**。雨。

前往宫川。［同行者有］义信、高梧、忠、隆、正、良，阿玲随后赶来。

前往赤坂前川。

4月5日 星期一

正打算去厂里，但天空阴沉了下来。

不去了。

原研吉来。

4月6日 星期二

去厂里。

出席在小松食堂举办的电影恳谈会。

后与内田吐梦前往富士之里喝啤酒。

见到松井武男。

4月7日 星期三

《裸之町》试映。

在［位于］九段坂上的三乐举行恶童会。

［参加者有］鸟海青儿、横堀角次郎、向井润吉、铃木信太郎、林武、吉田谦吉、高冈德太郎、小杉勇、内田

* 即1923年。

** 日本三味线音乐的一种。

吐梦、田坂具隆、八木保太郎、须田钟太、坂卷辰次。
来自松竹的〔参加者有〕斋藤、饭田、吉川等人。
后，前往向岛的四季之里。

4月8日 星期四
凌晨，回家。
白天，洗澡。一天在家。

4月9日 星期五
整天在家。

4月10日 星期六
原研吉写好故事情节，带来。
洗了脸后，读故事情节。
整天在家。
故事情节没有定下来。
鸟海青儿寄来春阳会的邀请函。

4月11日 星期日
去厂里，好久没去了。〔换上〕春天的服装。
与池忠前往相州。住下。
樱花逐渐凋落了。

4月12日 星期一
傍晚，去厂里。
与伏见、池田一道在松尾食堂吃晚饭。

4月13日 星期二
内田吐梦打来电话。
前往芝之宿。
一同前往深川宫川。
后在爱斯基摩喝西红柿汁。

4月15日 星期四
与内田吐梦、八木保太郎一道前往伊豆古奈白石馆。
伏见从大船来会合。
住在白石。

4月16日 星期五
跟八木保太郎叙述原作。
住在白石。

4月17日 星期六
周末〔旅馆〕住满了人，白天将住宿地转移到住吉。

池田忠雄来。住在住吉。

4月18日 星期日
白天又〔搬回〕白石〔住〕。
喝啤酒。谈论不变（普遍）妥当性。
有客人从相州来。
住在白石。

4月19日 星期一
池忠住了两个晚上后，回去。
泡温泉泡得有点累。工作一点也没有进展。
住在白石。

4月20日 星期二
住在白石。
就快背水一战了，但故事情节仍没有〔一点头绪〕。
住在白石。
傍晚，伏见回去。把他送到沼津。

4月21日 星期三
日活发来电汇。傍晚，回去。
从沼津回东京。

4月23日 星期五
伏见来。
前往银座的松岛。

4月24日 星期六
去厂里。
与池忠前往相州。住下。

4月25日 星期日
伏见来。
在丸之内松竹观看《朱与绿》。
听说大船制片厂放道具的房间失火，马上前往察看。
与厂长、野田、伏见、佐佐木住在香风园。

4月26日 星期一
去厂里。
与池忠、伏见前往叶山。
在导演室睡午觉。后，回家。
洗足的哥哥来。

4月27日 星期二
雨。

[今天是] 相州春季的公休日，但 [旅馆里] 还是有客人。

与池忠一同前往邻近海边的旅馆。伏见来，但未能商讨 [剧本]。

在佛罗里达厨房吃牛排。

4月28日 星期三

去厂里。

与伏见乘坐小松的达特桑前往浜。

在山下町的莫斯科吃俄罗斯料理。后 [去] 佛罗里达。

见到小松的夫人。

买了些熏制的鲑鱼和春韭，回家。

4月30日 星期五

与伏见前往观看《消失的地平线》*。与内田、八木见面。[在] 佛罗里达厨房。

与内田出席 [导演] 协会的会议。

后 [前往] 富士之里。

伏见住在高轮。

5月1日 星期六

在丸之内蚕丝会馆举行日本电影导演协会大会。

[观看]《人生剧场》

[观看]《祇园姊妹》

会议结束后，与内田、山中 [前往] 池袋。

5月2日 星期日

傍晚，六点在汤岛天神的松仲举行大会。

衣笠、伊丹、伊藤、稻垣、山中、沟口、池田、岛津、内田、田坂、田口、仓田、千叶、西、铃木、上砂、上野、木村出席。

5月3日 星期一

去厂里。

牛込大扫除，登贵带着孩子来 [高轮]。

住在高轮。

5月4日 星期二

母亲因明天一大早参加浅草观音的关西旅行，与登贵一道去牛込。

5月5日 星期三

端午节。

母亲出发前往关西旅行。

5月6日 星期四

商讨 [剧本一事] 进展不顺。

* 美国电影 *Lost Horizon*。

伏见、荒田来。两人住下。
在西银座的佛罗里达吃牛排。在面包店喝可可。在吉田吃荞麦面。

5月7日 星期五
商讨〔剧本〕时，时不时聊起天来。

5月8日 星期六
与吉成前往南明座。
观看 *Morocco The Lives of a Bengal Lancer*。
与伏见见面。
前往银座，在佛罗里达吃牛排。在德式面包店喝可可。

5月9日 星期日
商讨〔剧本〕没有进展。
傍晚，前往新宿中村屋吃晚饭。见到文吾、正男。
前往新桥的小村。
伏见住下。

5月10日 星期一
傍晚，原、涩谷来。与伏见一同前往深川。
〔去〕宫川。后前往银座的门。
回家。有点感冒。母亲从关西回来。睡觉。

5月11日 星期二
伏见说是前往箱根钓鳟鱼。
商讨〔剧本一事〕推后。
俗事全盛。

5月12日 星期三
整天在家。微风吹过新绿间，睡午觉。

5月13日 星期四
最终为没有故事情节而头疼。
做梦都做到〔构思〕的贫乏。
整天在家。

5月14日 星期五
伏见来。
傍晚出席〔导演〕协会的会议。后，在锦瀉召开电影粉丝的座谈会。

5月15日 星期六
伏见来。
傍晚，荒田来。前往赤阪（坂）的前川。
中西文吾已经在那儿。酩酊大醉。

5月17日 星期一

洗澡，收听〔相扑〕角士（力）。
双叶山战胜清水川。
伏见打来电话。前往爱斯基摩。隆、忠、良、正、晁突然间去了北里。
后，〔前往〕佛罗里达厨房。
做不到“楚腰纤细掌中轻”。

5月18日 星期二

平时我所缺乏的东西是：热、钱、欲。
没有热〔情〕很麻烦。三分钟的热度是不行的。
没有钱是没有办法的事。或许也因此产生不了欲望。

5月19日 星期三

伏见来。傍晚前往筑地的河庄亭与厂长见面。
沟口健二在座。
谈话的结果是：进展极不顺利的剧本〔写作工作〕暂时中止。
大角力。千秋乐上双叶山又一次获得全胜。

5月20日 星期四

去厂里。
见到厂长。给剧本〔写作工作〕打气。决定重新与野田、高梧合作。
收到《路旁之石》的剪报。

5月21日 星期五

十点半，在新桥与池田义信、竹井见面。〔前往〕Colomban。
中止《爱怨峡》的试映。在丸之内观看涩谷〔拍摄〕的作品 *。
傍晚，池忠来。走在雨后的大街上，一直走到银座。
神风机，飞抵东京。

5月22日 星期六

早上在洗澡时，内田吐梦和八木保太郎来。
去厂里。
与柳井、图斋、池忠、荒田、良辅〔前往〕华胜楼、Florida、马斯科特。
见到大佛、小松。
与正、良前往相州。

5月23日 星期日

接近中午时，池忠来。
傍晚，回家。

5月24日 星期一

去厂里。在大船车站与池田、野田见面〔后〕，马上

* 指导演涩谷实拍摄的影片《不能让太太知道》(『奥様に知らすべからず』)。

回家。

傍晚，饭田蝶子打来电话。

拜访［饭田蝶子］。吉川满子已经在那儿了。谈兴不减。直至二十五日凌晨。

5月25日 星期二

从饭田家出来，回家。接到池忠的电话，说是要打高尔夫球去。

前往等等力。良辅、正男、文吾［同行］。

电话里说，阿文病重，忠先回去了。

后［前往］赤阪（坂）前川。信步走到新宿。

5月26日 星期三

清晨，池忠来。说是要去顺天堂。

去厂里。与良辅前往明治座。［刮起］东北风。

Florida-Kitchen.

因打高尔夫球，腰酸腿痛。

5月27日 星期四

虽是阴天，但还是去厂里。

与池田义信和斋藤良辅回家时，前往银座。

在松岛吃天妇罗。

购买儒勒・列那尔的《日记》和干花。与良辅走到品川。

5月28日 星期五

与良、正前往“高浜”。

后，去厂里。

与饭田、吉川、荒田、良辅前往富士之里。

后，叫上高杉、桑野。

乘车冒雨回家。

阿文的守灵夜。

5月29日 星期六

一天在家。

阅读《路旁之石》等。

在 Mashiro 屋预订正式礼服。因为市川二女儿的结婚仪式临近了。

5月30日 星期日

吉成的学校［开］运动会。

去厂里。

回家时，与良辅前往银座。在鸠居堂［购买］香熏袋。

在不二 Ice［吃］咖喱饭。

5月31日 星期一

与池忠、正男、良辅第一次转着看了看等等力的场地。

后，前往新宿，在丹波屋与中西文吾见面。

买了皮带和派克钢笔。

洗足的哥哥来。收到水户的礼物等。

6月1日 星期二*

整天在家。

昨天打高尔夫球打得有点过，腰酸腿痛。

该好好思考创作了。

1号是匠人的休息日。

6月2日 星期三

与良辅、池忠前往等等力。打得很差。

去厂里。观看原研吉的动作练习。

在浜下车，［前往］花（华）胜亭啤酒站。

乘车前往相州。

将外套送给守安。吉成的礼物。

6月3日 星期四

听与彩笺堂相似的故事。

良辅一大早回去。

五点左右，乘车前往大船。

见到厂长。坐末班车回来。

一同乘车回来的还有高杉早苗。

厂长前往逗子。

6月4日 星期五

今天是近卫内阁的新（亲）任**仪式。

大好的晴天。午后洗澡。在微风吹拂中阅读川端康成［的作品］。睡午觉。

没有去厂里。

6月5日 星期六

早庆第一场比赛。延长赛至第十一局下半场。吴打出本垒打。2A:1，早稻田［大学队］获得一场胜利。

整天在家。无所事事。

6月6日 星期日

整天，在家。

去理发店［理发］。洗澡。

* 原文作“星期三”，误，径改。

** 所谓“亲任”是指天皇直接任命。

6月7日
星期一

阴。早庆第二场比赛。6 : 4，早稻田〔大学队〕再次赢得胜利。

去厂里。

从守安那里借来马塞尔·阿沙尔 * 的两本书。

夜幕快要降临时，下起雨来。离梅雨季节还有一段时间，现在不应该下雨。

6月8日
星期二

雨。

没有去厂里。

阅读志贺直哉、阿沙尔等〔人的作品〕。

ARCHARD——DOMINO。

6月9日
星期三

忠与高浜去打高尔夫球。

在 Monami 与正男见面。

山中贞雄与岩田专太郎见面。

在帝剧〔观看〕沟口健二的《爱怨峡》。

后在吉田喝啤酒、吃荞麦面。

信步走到田町。

6月10日
星期四

内田吐梦、八木保太郎来。因为剧本脱稿了。

前往等等力。文吾、忠雄、正男今天都打得很好。

母亲前往前川。

应该铭记在心的是：

〔击球时〕右脚和抬起下颚。

6月11日
星期五

清晨，母亲前往相州汤之原。

长井的叔母、康容已经先行住在中西。

去厂里。天黑之前回家。

6月12日
星期六

与良辅、高浜去打高尔夫球。

要注意 head-up** 和 grip***、pivot ****。

去厂里。

回家时，与义信、良辅〔前往〕大森的吉田家。喝啤酒。洗柠檬浴。

6月13日
星期日

整天在家。

* Marcel Achurd (1899—1974)，法国剧作家、电影导演。

** 抬起下颚。

*** 握杆（的力度）。

**** （击球时的）支点。

母亲从汤之原回来。
吃黍饼，喝粗茶。
与吉成下将棋。

6月14日 星期一

傍晚，忠来。一道前往深川宫川。
信步走过永代、筑地河岸，在爱斯基摩吃冰淇淋。走到浜松町。

6月15日 星期二

原研吉来，一同去厂里。
见到厂长。从会计那里借了三十日元，回家。
阅读里见弴的《炼狱圣战》。

6月16日 星期三

吉成前往富士的裾野行军。
母亲前往市川贺喜。
荒田、文吾来。前往高浜打高尔夫球。根本打不中。
后，前往宫川，在柳川喝啤酒。
池忠来。前往赤坂的前川。
后，荣来。今天在宾馆有会。信步走到新桥。

6月17日 星期四

与池忠约在浜见面，前往相州箱根清（光）香园。
俗事全盛至极。

6月18日 星期五

六点，出席在芝公园浪花屋〔举行〕的《星期日每日》〔杂志主办〕的座谈会。
大森义太郎、村山知义、内田吐梦、木村庄十二、岩崎昶、筈见恒夫、衣笠贞之助、北村小松〔和我〕九人〔参加〕。

6月19日 星期六

整天在家。
吉成从裾野行军回来。

6月20日 星期日

整天在家。

6月21日 星期一

出席〔导演〕协会。与作家协会共同举行。〔会议〕决定〔征收〕广播播送费等。
后，前往爱斯基摩。与池忠、良辅信步走到田町。
回家后，洗澡。

6月22日 星期二

与良辅前往高浜打高尔夫球。
后乘坐文吾的达特桑前往新宿打高尔夫球。
在正男家吃晚饭。
后，前往十二庄（社）。听文吾、正男的常盘（磐）津*。
今天很罕见地没有睡午觉。因而十分疲惫。

6月23日 星期三

整天在家。
洗澡。睡午觉。

6月24日 星期四

正午过后，池田忠雄来。
出门散步。
穿过御殿山，〔来到〕大崎。
乘车前往永坂，在更科吃荞麦面。
信步走到品川。

6月25日 星期五

正午过后，正男和文吾夫妇来。
说起第八剧场的事。
洗澡。

6月26日 星期六

与池忠、正男前往丸善。看《剧场之书》。
后，去幸寿司。
顺道去了趟〔导演〕协会后，与山中、泷泽、成濑前往〔位于〕山王的村田家。
今天凌晨，村田实去世，享年四十四岁。
入殓。

6月27日 星期日

文吾、正男来，商讨第八剧场。
后，乘车从吉田家到小村。洗澡。
前往 Florida。

6月28日 星期一

井上金太郎、清水从京都来。前往〔位于〕山王的村田家。
后，去银座。理发。
六点出席在东京会馆举行的前川、中条两家的结婚典礼。
东京会馆的饭菜太难吃，难以言表。

*
所谓“常磐津”，即常磐津节，是日本净琉璃的一种。现在主要作为歌舞伎中舞蹈剧的伴奏音乐。

6月29日 星期二

村田实告别仪式在关口台町的天主教会举行。出席。

后，与厂长、岛津、清水、寅次郎、高梧、池忠、井上、康前往日本桥的鹤屋。

与池忠、文吾、正男在东京会馆的竹叶吃鲷鱼茶泡饭。

前往相州。

6月30日 星期三

乘车前往大船，拿工资。

前往［导演］协会。就伊藤大辅与日活的问题、cren 的问题召开会议。两点结束。

与井金、具隆、吐梦在新桥吉野屋待到四点。凌晨。

回高轮。

7月1日 星期四

浅草国际剧场开幕仪式。与池忠出席。

后与内田岐三雄、井金、清水前往 Takumi 屋→在竹叶吃鲷鱼茶泡饭。

继续出席昨天晚上［导演］协会的回忆。

后去吉田。金、贞、泷泽［同行］。

7月2日 星期五

池忠来。终于露出祥瑞相。

傍晚，柳井来。

整天在家。

7月3日 星期六

在蒲田的 Candy 与池忠见面后，去厂里。

见到厂长。

与清水、荒田、柳井前往浜，在鸟之丸烧吃饭。

与桑野见面。好久没有看到他了。

7月4日 星期日

在蒲田的 Candy 与池忠见面后，前往须永。

后，去浜。今天是［美国］独立纪念日。

观看棒球［比赛］。［前往］真砂亭、公园中野。

护照丢了，到派出所备案。

7月5日 星期一

整天在家。

洗澡。

阅读川端康成的《雪国》。有感受。

7月6日 星期二

去厂里。

与浜田商讨剧场［一事］。

阵雨。厂长来。

与良辅前往银座，在吉田购买巴拿那（马）帽子。

7月7日 星期三

与池忠、良辅前往等等力。

回家后，洗澡。晚上，浜田来。

商讨剧场的事。后［去］拜访文吾。

桑野寄来中元［节的礼物］。

7月8日 星期四

去理发。今天热极了。

婶婶来。前往浜附近的盛平。

7月9日 星期五

去厂里。

与浜田碰头。

在东京会馆五楼的高尔夫俱乐部召开剧场碰头会。

在日本桥鹤屋吃御狩场烧。后，与池忠前往［位于］乌森的金兵卫［家］。

暴雨骤然来临。

7月10日 星期六

邀上池忠和哥哥前往等等力。

来回打了三局。

顺道去了趟［位于］东洗足的哥哥家，吃完晚饭后，回家。

7月11日 星期日

池忠带着森（守）半的海苔和金铃子来。

后，前往川崎的高尔夫球场看了看。

前往浜，在真砂亭购买礼物。

7月12日 星期一

去厂里。

清水、良辅为商讨剧本前往古奈。说是坐车到小田原。与池忠一同乘车［前往］。

当时，荒正正在汤本的清光园。

洗了个澡后，前往清风。

7月13日 星期二

在清光园睡午觉。

八点，乘火车回东京。
在品川车站前与池忠喝了杯冰咖啡，分别。
囊中仅剩下二十钱。不得不说很羞涩。

7月14日 星期三

去厂里。
拿到饭钱。五十日元。
拿钱的人也很惭愧，出钱的人估计也很羞愧。
与伏见、柳井、池忠［前往］浜。
真砂亭→有怜（邻）堂→允→ German Bakery。

7月15日 星期四

与池忠［前往］高尔夫球场。
打了十八洞之后，喝啤酒。
打了三局左右，球没有了，太阳也下山了。
打高尔夫球也不容易。

7月16日 星期五

睡完午觉后，与母亲去上坟，前往深川。好久没去了。
与哥哥在风月堂见面后，［去］松岛［吃］天妇罗。在千匹屋买水果。
遇到阵雨。
明天要去写剧本，所以在长门购买点心，在山本山购买茶刷、淡茶等。

7月17日 星期六

去厂里。
与池忠、柳井前往箱根仙石原、俵石阁。
中途多次遇到山体滑坡。今天没有温泉。东京虽然没有下雨，但地方上却下得非常大。

7月18日 星期日

在千（仙）石原的［高尔夫球］场地里散步。在俱乐部喝啤酒、吃奶酪。
商讨［剧本］进展不顺。

7月19日 星期一

前往千（仙）石原的高尔夫球场。打了十八洞。
阿蜜、阿婶来。
阿婶住下。

7月20日 星期二

阿松来。
日本蝉叫个不停。

今天暂且回去。

7月21日 星期三
休息。
与吉成前往〔位于〕芝浦的高浜高尔夫球场。

7月28日 星期三
发工资日。
与荒田、清水前往横滨，在真砂亭吃西式炖菜。
后，前往东京〔市里〕，〔去〕富士之里。

7月29日 星期四
与池忠、柳井乘坐特快去商讨商讨（原文如此）。
顺道去了趟清风，吃完饭后，爬山。
荣来。
住在清光园。

7月30日 星期五
傍晚，前往清风。
原研吉来。为商讨剧本，丢下池忠、柳井，上山。
住在清光园。

7月31日 星期六
荣与池忠、柳井一同来。
住在清光园。

8月1日 星期日
傍晚，退房，离开清光园，搬到清风。

8月2日 星期一
傍晚，与池忠、柳井去看城址。
最后一个回来。疲惫不堪。

8月3日 星期二
去厂里。
接到电报。
说是因时局关系，胶片涨价百分之二十，请节约。
看了看原研吉拍的军事电影*后，回家。

8月4日 星期三
傍晚，饭田来访。
后，阿茂回去。
清晨，清水来，很难得。

* 指日本电影『軍国子守唄』。

8月5日
星期四

柳井、池忠来。
马上进入商讨〔剧本〕时间。
柳井住在高轮。

8月6日
星期五

池忠扁桃腺发炎，卧床不起。
没有来。
傍晚，柳井也因有点发烧，回茅之崎。
商讨〔剧本一事〕泡汤。

一九四九年〔昭和二十四年〕

2月16日 星期三

在讲谈社开座谈会。

2月17日 星期四

㊪

2月18日 星期五

㊪

2月19日 星期六

出席导演协会。

Temptation Habour.

2月20日 星期日

与饭田心美［住在］月之濑。

［写］稿子。

2月21日 星期一

打算前往热海。

筱笛会。㊤

东剧。柿右卫门。

2月23日 星期三

“每日竞赛导演奖”预定［颁布］。汤河原。

2月24日 星期四

汤河原。

2月25日 星期五

汤河原。

2月26日 星期六

城户厂长预定来厂里上班。

肥后来。

2月27日
星期日
肥后住下。

2月28日
星期一
［在］月之濑［过］生日。

3月3日
星期四
导演协会。与林转场喝酒。

3月4日
星期五
前往热海。志贺。广津。

3月5日
星期六
［在］染井［观看］能剧。

3月6日
星期日
［观看］《大小姐干杯》*。

3月7日
星期一
与高村谈话。
回到野田。

3月14日
星期一
导演会。

* 日本电影『お嬢さん乾杯』。

一九五一年〔昭和二十六年〕

一九五〇（昭和二十五）年＊一九五一年开头的部分

12月24日 星期日

好胤、松下、笠、多福（茅之崎艺妓）。如《乘合船》＊一般，今天是圣诞节前夜。

12月27日 星期三

野田回去。一道去大船。又一人回到茅之崎馆。

12月28日 星期四

离开茅之崎馆。前往大船。

晚上，与益子前往镰仓观看《虚饰的盛装》。

12月29日 星期五

与益子、丰君前往东京。

How Green was My Valley.

东兴园。住在月之濑。

12月30日 星期六

与益子前往东京。购物。前往筑地。Hokake.

在陶哉喝酒。住在筑地。

12月31日 星期日

午后，回到野田。

＊《乘合船》全名《乘合船惠方万岁》，是歌舞伎舞蹈之一。讲述了在初春的隅田川渡口，乘客们载歌载舞的情景。

1月1日 星期一
一天［待］在被炉里。与亚纪子玩耍。晴朗的元旦。

1月2日 星期二
一天无所事事。晴朗的二号。

1月3日 星期三
基夷子、季（秀）行从房州来。
晚上，与吉成去看电影。*California*.

1月4日 星期四
傍晚，前往总店打电话。与孩子们玩扑克。电话没有打通，回去。

1月5日 星期五
和子他们来玩。在吉成家吃了晚饭后，回家。

1月6日 星期六
离开东京。前往染井［观看］能剧。《草纸洗小町》《春日龙神》。
与上原夫妇、妈妈、Deko、野田［前往］庄（牡）丹园。后乘车前往茅之崎。

1月7日 星期日
午后，前往茅之崎。肚子疼。睡觉。拉肚子。

1月7日 星期日
晴天。肚子疼。一天［待］在被炉里看书。傍晚，野田来。从今天起开始商讨［剧本］。

1月9日 星期二
地震。还在拉肚子。浜田带来咖喱饭。散步。在小豆汤屋见到女人们。半夜，下雨。

1月10日 星期三
下雨。小林、令（玲）子来。［吃］猪肉火锅。
听说今天东京下起大雪。

1月11日 星期四
武一来。益子来。
晚上，Deko、益子、妈妈来。会餐，吃鸡肉、大葱火锅。一直欢聚到十二点。

1月12日 星期五
［去导演］协会。渡边、西日本的新闻记者来。
吃早饭前洗澡。餐前酒喝得有点多，睡午觉。

1月13日 星期六
早早烧好洗澡水。白天，散步，一直走到车站。青枕、多福来。

1月14日 星期日

看《蝶螺夫人》等。很累。

无所事事。早早睡觉。

1月15日 星期一

发动机的水冻住了，洗漱间没有水。

研究《哥哥和他的妹妹》的结构。

1月16日 星期二

下雪。野田前往日大。

离开东京。与儿井、林等人前往孔官堂奥林匹克、筑地。住在森。顺道去了趟大船。

1月17日 星期三

顺道去了趟 San 之后，从东京车站回家。令（玲）子来。

晚饭后，闲聊中，大致决定了《麦秋》的方案。

1月18日 星期四

益子从海岸来。回去的路上，一边送她，一边吃小豆汤。很暖和。

啤酒炖猪肉。

1月19日 星期五

剪头师傅来。前往平塚。观看《归乡》。回去时，志贺真津子来。闲聊。送她回家。两点过后，睡觉。

1月20日 星期六

睡午觉。洗澡。[吃] 鮟鱇鱼火锅。散步，经过海岸，一直走到车站。暖和。

1月21日 星期日

正在睡觉时，野田回到镰仓。说是当媒人去了。

睡午觉。听收音机里的相扑转播。

洗澡。一人睡觉——好久没有一人睡觉了。

1月22日 星期一

前往大船上班。见到野田，前往镰仓市民座观看《云中的散步》。很冷。回家后，洗澡。住在月之濑。

1月23日 星期二

回到茅之崎馆。叶子、妈妈来玩。

吉叶山输给照国。(大相扑第十天)。获得全胜的只有照国一人。

1月24日 星期三

读黑泽、久板的《白痴》。不知所云。

出场人物可以是白痴，但导演绝不可以是白痴。

1月25日 星期四

大辻来。旁边房间里正举行结婚典礼。吉叶山发挥很好，赢了羽黑山。虽已是大寒，但天气暖和。

1月26日 星期五

笠、好胤师来。〔吃〕鸡肉火锅。乘坐末班火车回去。
无所事事。脚本的进展很不顺利。

1月27日 星期六

柳井来。听相扑转播。羽黑输给了照国。
洗澡。晚上，原研吉来。闲聊。喝酒。

1月28日 星期日

野田因做七而前往东京。一个人待在被炉里听相扑千秋乐〔的转播〕。
晚上，近藤日出造、山本武来。

1月29日 星期一

白天，前往大黑馆观看《七色花》。
晚上，商讨略微有点进展。此次的脚本很不顺利。

1月30日 星期二

无所事事。给益子打电话。
又睡午觉。渐渐病入膏肓了吧。

1月31日 星期三

午后，散步。看《海岸边的碉堡》等。
试着按顺序排列场景。

2月1日 星期四

正吃早饭时，妈妈来。带来鱼糕、奈良渍物。
试着以卡片的形式排列场景。很不顺利。

2月2日 星期五

一天都在商讨，但进展很不顺利。
听说月之濑〔的老板〕病了。

2月3日 星期六

离开东京。前往染井能乐堂。〔与〕野田、叶子、妈妈〔观看〕《捆绑》《桥辨庆》。回去的时候，顺便去了趟Kon藤、Hokake。回到茅之崎。很冷。

2月4日 星期日

立春前后。铃子、小林、百合子来。〔吃〕鸡肉火锅。喝酒。小林住下。很冷。

2月5日 星期一

暖和。无所事事。

晚上，喝得醉醺醺的邮局老板来。喝玉子酒。

2月6日 星期二
妈妈带来些立春的豆子。益子打来电话。《映画之友》的记者来。与野田前往浜，拍照片。

2月7日 星期三
傍晚，良辅、贞（定）郎来。〔吃〕鮟鱇鱼火锅。〔吃〕空也的点心。
月明织山崎的儿子带来〔和服的〕腰带。

2月8日 星期四
无所事事。
晚上喝完酒后，前往上町的寿司元。散步，回来。

2月9日 星期五
下雨。为脚本的进展而头疼。大原来。晚上，喝酒。喝了一升的酒。

2月10日 星期六
给筑地打电话。暖和。青枕来。塚本寄来年糕。

2月11日 星期日
山口松三郎来。
去厂里。观看木下组〔拍摄〕《善魔》。佳作。
后，与木下组成员、野田在月之濑喝酒。

2月12日 星期一
益子身穿和服来。
傍晚，与野田等三人在茅之崎观看《来日再相逢》。
涩谷、高村来。

2月13日 星期二
出了点冷汗。白天、晚上开始商讨〔脚本〕。

2月14日 星期三
早上起来，外面正下着雪。在眼前，雪堆积起来。洗澡。晚上，停电。
听说大船失火。给月之濑打电话。
交通堵塞。

2月15日 星期四
下起大雪来。很稀奇。国铁、私铁均停运。
无所事事。

2月16日 星期五
去厂里。与益子、丰君、笠君前往镰仓市民座观看《黑水仙》。
住在月之濑。

2月17日 星期六

从月之濑回到茅之崎。土屋、山本等在那里。喝酒。第一次做炸猪排。

2月18日 星期日

早上，做肉丸子。

傍晚，北川带着茶碗来。吃鮟鱇鱼火锅。

总之，先从已经完成部分开始写故事情节。

2月19日 星期一

散步。购买蔬菜汤、咸鳕鱼籽、《少年美术馆》等，回家。

2月20日 星期二

早上，妈妈来。玲子来。此外，还来了许多客人。

晚上，仔细创作故事情节。渐入佳境。

2月21日 星期三

大原从月之濑带回去炸猪排、肉丸子。工作。

2月22日 星期四

良辅完成《自由学校》[的创作]。

我的工作也渐入佳境。

2月23日 星期五

工作。

2月24日 星期六

良辅回去。

上原夫妇、益子、好胤、松下来。把他们送到车站。吃了碗乌冬面后，回去。

2月25日 星期日

喝酒。写到梅浜的地方。

2月26日 星期一

傍晚，武一（市）从月之濑带来千层渍、酸萝卜咸菜。[吃] 炸猪排。

2月27日 星期二

因税费的问题去厂里。

与佐野、土屋、野田在月之濑喝酒。回到茅之崎，差一点坐过了站。

2月28日 星期三

下雨。寒冷。

喝得有点醉醺醺，提不起精神来。

3月1日 星期四

风大，雨猛。

将最后的情节放到后面再说，先从开头写故事情节。

散步。做炸猪排。

3月2日 星期五

出去散步。吃寿司。购买杂志等。顺道去了趟妈妈那里。回家。

女儿节的前一天。

3月3日 星期六

筑地打来电话。

故事情节从头至尾完成。

3月4日 星期日

吃晚饭，吃到一半时，出门散步，吃寿司。听广播里的滑雪比赛转播。

大晴天。没有客人来。

3月5日 星期一

一点起床。

导演协会的柿田来。

今天起，开始从第一个场景写起。

3月6日 星期二

剃头师傅来。从箱根回来的原研吉来。交谈甚欢。前往丸福。乘坐厚生车*，冒雨回家。

3月7日 星期三

离开东京。在《文艺春秋》〔社〕的五楼参加导演协会全体会议。

〔吃〕空也的点心。与沟口、泷泽、良平在森吃寿司。住在月之濑。

3月8日 星期四

见到城户厂长。他来大船参加策划会议。

吃完刺身后回到茅之崎。

3月9日 星期五

工作。晚上，良辅从大船来。

闲聊到1点。

3月10日 星期六

玲子来。良辅回去。晚上，做炸牡蛎。

3月11日 星期日

柳井来。闲聊。洗澡。带着酒，前往丸福吃寿司。

筑地表演田村的一段。

3月12日 星期一

傍晚，山本武来。带来十万日元。交给房屋主人。一道出去，前往丸福。

* 所谓“厚生车”是一种人力车与自行车相结合的出租车，即自行车出租车。

3月13日 星期二

导演协会的柿田来。说是召集开理事会。

效率很高。又一次去丸福吃寿司。

3月14日 星期三

工作。效率很高。

3月15日 星期四

与野田、玲子在横滨〔观看〕*Cheaper by the dozen*。到镰仓，〔前往〕十六鮨。

再次观看 *The Heiress*。

回到茅之崎。顺道去了趟丸福。

3月16日 星期五

春风和煦。

整天工作。进展顺利。晚上，〔吃〕鸡肉火锅。从今天起，春意盎然。

3月17日 星期六

津路来。早〔稻田〕大〔学〕的学生来。收到虎屋的羊羹。妈妈来。带来草津落雁。林文三郎从砧带来鸡。工作进展不顺。

3月18日 星期日

进入春分前三天。第一次〔看到〕蝴蝶飞舞。

工作。晚饭前，泽村勉来到隔壁的房间。三人前往寿司元。房屋前的草坪绿得很显眼。

3月19日 星期一

效率大大提升。

吃晚饭时，三人前往丸福。回来后，写了一个场景。一直〔写〕到晚上一点半。有家信寄来。

3月20日 星期二

剃头师傅来。妈妈带着萩饼来。晚上，茅之崎的名妓带着萩饼来。

有点肚子疼。工作进展不顺。

3月21日 星期三

前往东京，参加〔导演〕协会理事会。

顺道去了趟 San。〔购买〕打火机、短裤。给森打电话。

早早前往月之濑。住下。

3月22日 星期四

午后，回到茅之崎。

晚饭时，又与野田前往丸福。没有工作，早早睡觉了。

3月23日 星期五

风很大，很冷。工作。煮小豆。今天完成了三个场景〔的写作〕。上床后，非常寒冷。

3月24日 星期六

明天，为做媒，野田回镰仓。同道〔而行〕。前往月之濑。与佐藤、武藤、山本喝酒。住在月之濑。

3月25日 星期日

离开东京。与胜本正晃谈版权的事。与牛原、山本等协会的人们前往〔位于〕筑地的森，稍作休息。回到月之濑。

3月26日 星期一

回到茅之崎。

野田因鼻子上长疮，没有来。妈妈来。

3月27日 星期二

井上由利子来。

傍晚，野田来。工作。

3月28日 星期三

工作进展不顺利。阅读吉川英治的《新平家〔物语〕》。

半夜，下起倾盆大雨。有季节感。

3月29日 星期四

工作。泽村勉回去。与野田前往寿司元。

樱花星星点点地绽放着。中央队*比赛开幕。

3月30日 星期五

饭田心美来。听收音机中棒球比赛转播。晚饭，从寿司元叫寿司的外卖。

良辅、贞郎从箱根来。住下。

3月31日 星期六

柳井、大庭、光畑住在二楼。工作。夜宵叫寿司的外卖。闲聊时，停电。三点。

4月1日 星期日

武一（市）来。晚上，与良辅、贞郎、野田前往寿司元。虽然有风，但很暖和。

4月2日 星期一

工作。半夜，津路来。会餐。什么都没有做，早早地睡觉。

4月3日 星期二

花开时节的寒冷，让人难以忍受。工作。又叫寿司的外卖。津路、中山、贞郎回去。与大庭、柳井闲聊至深夜。

4月4日 星期三

大庭、柳井、光畑、良辅回去。很寂寞。

工作。第一次将前后场景串了起来。

* 即 Central League，日本职业棒球队之一。

要下雨的样子。樱花还没有完全绽放，今年春天看不到樱花［盛开的景象］了。

4月5日 星期四 一大早开始学习。天有点阴。益子来。前往寿司元。今天完成六个场景［的写作］。效率很高。

4月6日 星期五 泽村勉再次来。又一次从寿司元叫寿司的外卖。

白天，无所事事。晚饭后，进展十分快。十二点五分时，［脚本］脱稿。

4月7日 星期六 给大船打电话。

武一（市）来。叫寿司外卖。由于脚本脱稿，心情十分愉快。［这就是所谓的］有苦便有乐吧。呵呵。

4月8日 星期日 一大早喝啤酒。北川、狸、蝾螈来到筑地的森。玲子、山内来。［吃］猪肉火锅、寿司。［把他们］送到火车站。山本、塚本来复印［脚本］。

4月9日 星期一 早晨，［喝］啤酒。前往大船。

与野田、山本在月之濑喝酒。与妈妈回到茅之崎。

4月10日 星期二 金雀枝稍微开了点花。与山本、塚本前往大船。见到肥后。从月之濑走到镰仓。［去］十六鮨。

在市民座观看 *Bambi*。

4月11日 星期三 与肥后从茅之崎前往东京。购买了香鱼等之后，在东兴园喝啤酒。山本来。回到野田——好久没有到这里来了。

麦克阿瑟被解除元帅的职务。

4月12日 星期四 整天［待在］被炉里。午后，雨停了。风很大。野田已经没有花了。与吉成去看《干杯，少东家》。

4月13日 星期五 和子来。睡午觉。刮胡子。去工厂，洗澡。

蛙声一片。［今天是］希一的头七。

4月14日 星期六 睡午觉。阴天。每次吃饭，虫牙都很疼。

4月15日 星期日

前往大船。
在镰仓看 *Set up*。
住在月之濑。

4月16日 星期一

在厂里见到高村。与野田、木下在月之濑喝酒。去十六鮨。在市民座［观看］*Rebecca*，不过睡着了。
乘坐末班火车回去。

4月17日 星期二

有点宿醉。
离开东京。在新富町松竹分厂与城户、高村两人谈脚本的事。后［前往］森，与清水见面。从东京火车站回去。

4月18日 星期三

一天［都待在］月之濑。
见到淡岛。洗澡。住在月之濑。

4月19日 星期四

野田来。见到高村。傍晚前往东京。在筑地的森喝酒。住下。下雨。脚本完成了。

4月20日 星期五

从布尔德克到新东宝。顺道去了趟 San。三点四十七分从上野回去。吃熏制的鲑鱼茶泡饭。

4月21日 星期六

一天都［待在］被炉里。天时晴时阴。

4月22日 星期日

天气晴朗。略微有点寒冷。
吉成前往金乘院参加句会＊。
晚上，观看 *Jolson Story*。《麦［秋］》［的拍摄工作大大地］延迟。给母亲拔火罐。

4月23日 星期一

吃鲑鱼茶泡饭。烧垃圾。给老母亲拔火罐。
在隔壁泡澡。给志贺写信。夜里，打雷。

4月24日 星期二

从野田到东京去。
顺道去了趟 San 和森，前往大船。与牛田同乘一辆车。
在月之濑与雨妆亭喝酒。在茅之崎与良辅、大庭同住。
金雀枝绽放。

＊所谓“句会”，是指创作俳句、欣赏俳句的聚会。

4月25日 星期三　与柳井前往博物馆。观看琳派展和马蒂斯〔展〕。在蓬莱屋吃炸猪排。在兔屋吃点心。顺道去了趟月之濑，回茅之崎。

4月26日 星期四　去厂里。在月之濑洗澡。与益子离开东京。在长门购买点心、Hokake 寿司，顺道去了趟布尔德克，回去。住在茅之崎。

4月27日 星期五　从茅之崎前往大洞台拜访志贺先生。清水、志贺真津子同行。顺道去了趟重箱后，回去。住在茅之崎。

4月28日 星期六　去厂里。在筑地的森与药师寺高田好胤师会餐。松下宪一、益子同席。回到茅之崎。下雨。

4月29日 星期日　雨。在茅之崎睡午觉。醒来后，读书等。

4月30日 星期一　早晨，吃面包。掉了颗牙。

与野田见面，在月之濑喝酒。木下惠介同席。

住在月之濑。

5月1日 星期二　与野田前往上野。观看国展和春阳会〔展〕。后，前往蓬莱屋。走到东京火车站，送玲子前往关西。

5月2日 星期三　观看松竹和大映〔合拍〕的《自由学校》。回到茅之崎。75 ： 69，竞争合作也没有意思。

5月3日 星期四　好天气。山名义郎来。柳井回去。听收音机里棒球比赛转播。洗澡。

5月4日 星期五　去厂里。顺道去了趟月之濑，回到茅之崎。益子不在家。

5月5日 星期六　为参加导演协会的全体大会，前往东京。一个人前往布尔德克。见到津村。与北川〔前往〕考克道尔。从东京站回到茅之崎。

5月6日 星期日　上午去厂里。在月之濑洗澡后，吃完晚饭，回到茅之崎。

5月7日 星期一　上午去厂里。见到高村。为原节子的事情，与野田、泽村、武一（市）、山本、塚本前往十六鮨。北镰仓发生事故。

5月8日 星期二

下雨，好久没有下了。一天〔都待在〕茅之崎馆。志贺先生的外甥山际永三、岩间鹤夫来。大庭组可能基本上脱稿了吧。睡午觉。很冷。

5月9日 星期三

顺道去了趟大船后，前往〔位于〕净明寺的熊谷的家。原、泽村、野田坐末班车到大船，然后〔我〕回到茅之崎。没有出席导演会议。

5月10日 星期四

去厂里。见到山本武一（市）。在月之濑洗澡。

良辅回足利。茅之崎就我一人，好久没有一个人待过了。

5月11日 星期五

去厂里。观看木下的《少年期》。后，与里见弴先生、野田、笠前往镰仓的古都曳。

住在野田家。

5月12日 星期六

去厂里。收到近铁的照片。洗澡。回到茅之崎。良辅、高屋也一道来。

5月13日 星期日

一天〔都在〕茅之崎馆。栋田博来。大相扑夏季比赛开始。

5月14日 星期一

去厂里。带着结城的单衣等回到茅之崎。

5月15日 星期二

去厂里。给高村看我与野田修改脚本的地方。扮演山村角色的是笠。

检查《麦〔秋〕》最后场景的路人的衣服。

5月17日 星期四

乘坐十一点发车的夜车前往奈良采外景。

5月18日 星期五

抵达奈良。参观药师寺—飞鸟遗迹等。

与入江泰吉见面。

5月19日 星期六

前往耳成。

定下外景地。回去的路上，顺道去了趟法华寺—白毫寺村。

5月20日 星期日

休息。前往京之大丸等地。

5月21日 星期一

前往耳成。

5月22日 星期二

四点起床。前往耳成。阴天。多待了会儿时间。

拍摄第一天。晚上很晚了，去酒馆。

5月23日 星期三　再次前往耳成。好在天放晴了，拍摄结束。
工作人员回东京。与野田、浜田、厚田住下。月森来。前往开阳亭。

5月24日 星期四　八点二十七分从雾岛回东京。六点多到达大船。
洗澡。住在月之濑。途中，麦子成熟，十分美丽。

5月25日 星期五　开预算合（会）议。从高村那里听到关于《白痴》的事。
回到茅之崎，好久没有回到这里了。良辅还在隔壁房间里。

5月27日 星期六　读剧本。安排演员。

5月28日 星期日　为高峰秀子前往法国开欢送会。后，与城户、野田前往〔位于〕筑地的森。喝醉。与野田住在筑地。

9月27日 星期四　从野田回到大船。志贺、里见和广津三人在大船观看《麦秋》的试映。后前往镰仓古都曳。送志贺到热海。在稻毛屋见到井阪荣一。

9月28日 星期五　在镰仓的笔会举办试映会。

9月29日 星期六　傍晚，与吉田、谷本、井阪在筑地的森会餐。

10月2日 星期二　与母亲、有记子前往汤之原的中西。客满。

10月3日 星期三　住在中西。搬到偏房。
这一天，在东京《麦秋》公映。

10月4日 星期四　上午，有记子回去。
住在中西。

10月5日 星期五　上午，离开中西，前往森。山本来。老母亲前往银映观看《麦秋》。

10月6日 星期六　老母亲与北川在歌舞伎座观看《源氏物语》。后，前往筑地的天妇罗屋。

10月7日 星期日

一天待在森。

在野田举行能剧表演。因森缺席，本来有车来，但没有来。

10月8日 星期一

车来，老母亲回野田。送走她，前往大船。

10月10日 星期三

野田父女俩来东京。〔观看〕*Sunset Boulevard*。

源寿司。筑地森。从东京站回去。

10月11日 星期四

〔听〕早晨采访的录音。

前往东京，在松竹寮与城户、高村、野田会谈。

10月12日 星期五

一天都在大船的月之濑度过。

10月13日 星期六

日本世界联赛第三场比赛。前往观看巨人南海〔队的比赛〕。

3A ： 1。后，前往东兴园。

笠、浜田、益子、野田。

观看 *All about Eve*。不怎么样。

10月14日 星期日

终于盼来了下雨。一天〔待在〕大船。

贴台灯罩。台风。被称之为露丝号。

10月15日 星期一

上午，与野田、山本前往汤之原的中西。

停电。晚上电才来。

10月16日 星期二

上午，志贺先生来。与野田、山本陪同他前往安井曾太郎先生的家。早晨播放采访〔的报道〕。

10月17日 星期三

上午，志贺先生来。晚上，散步回来时，先生来，交谈到一点。

没有出席山中〔之〕会。

10月18日 星期四

志贺先生、夫人、寿寿、其孙子来。晚上，与先生散步，走到汤之原的车站附近。

十八的月亮。

10月19日 星期五

准备离开汤之原。先生也于三点回去。乘坐三点四分的车前往大船。车上人挤人。前往月之濑。

10月20日 星期六 前往观看美国［队］与巨人队的棒球比赛。7 ： 0。
后，前往东兴园、筑地。森不在家。
阿丰在电车上夹到了手指。

10月21日 星期日 雨。洗完澡后睡午觉。傍晚，观看《海的花火》。不怎么样。

10月22日 星期一 一天［待在］大船。

10月23日 星期二 与益子冒雨前往东京。前往 San 及森。
益子前往歌舞伎。住在森。
送给志贺链子。

10月24日 星期三 与北川［前往］东兴园。高嶋（岛）屋东西老铺［展销］会。前往荣太楼。从甲子店坐车回野田。哥哥来。

10月25日 星期四 有记子来。
给房州打电话，邀请秀行［观看］日美棒球［比赛］。

10月26日 星期五 整天与亚纪子、希一玩耍。

10月27日 星期六 秀行从房州来。一同前往东京。布尔德克→考克道尔→筑地，住在森。

10月28日 星期日 下雨。与吉成、道三郎、秀行前往外苑。棒球［比赛］中止。前往森。一人去大船。秀行与信三回野田。

10月29日 星期一 还是下雨。棒球［比赛］中止。给秀行买眼镜。东兴园。回到大船。

10月30日 星期二 一天［待在］大船。

10月31日 星期三 在帝剧观看花柳昌子的舞蹈。
前往导演协会。与北川［前往］源寿司。

住在筑地的森。森跳《年增》舞。

11月1日 星期四 与野田散步，前往野田家。乘坐上行的末班车回到大船。
高田好胤住在月之濑。

11月2日 星期五 雨。洗澡。喝酒。睡午觉。
寒秋更加寒。

11月3日 星期六 前往染井［观看］能剧。野田、北川一同前往。［上演的是］《松风》《乌［乌］帽子》《折》等。
从布尔德克顺道去了趟寿司善，回家。
天气十分晴朗。

11月4日 星期日 听完早庆战的转播后，接着听日美［棒球比赛］的录音转播。

11月5日 星期一 与高村见面，商谈下一个工作。为木下前往法国开欢送会。在好好亭开。有十人参加。非常高兴。

11月6日 星期二 在月之濑的长椅上度过一天。
晚上，下雨。

11月7日 星期三 傍晚，前往茅之崎，好久没有来了。
隔壁房间里，良辅在创作《本日休诊》。

11月8日 星期四 一天都很暖和。睡午觉。听全太平洋［队］与美国［队］在西宫［球场比赛］的转播。2 ∶ 2 打平。
闲聊。前往浜。

11月9日 星期五 前往大船。在月之濑洗澡。

11月10日 星期六 与野田、丰君前往外苑。去观看美国［队］与全日本［队］的棒球［比赛］。3 ∶ 2。德玛奇奥的本垒打。
乘车［前往］San。与益子见面。东兴园。在森与林见面。
前往源寿司。喝醉。酩酊大醉。
今天，木下从羽田［机场出发］前往法国。赠送给他咸鱼籽干。在回去的电车上，与川端康成坐在一起。

11月11日 星期日

还有点宿醉的意味。听广播里的棒球转播。

洗澡。晚上，读剧本。德玛奇奥兄一人回美国。

11月12日 星期一

与野田见面。大致定下旅行要去的地方。

不管怎么说，十四号出发。

11月13日 星期二

与益子前往东京。托森买明天的车票。

与林文三郎、益子前往布尔德克。

一人前往东剧，观看 *She wore a yellow Ribbon*。

11月14日 星期三

与野田高梧乘坐燕子〔号〕列车。儿井英生、梅若万三郎同车。在名古屋下车。住在松阪佐野。井阪荣一来。

11月15日 星期四

与井阪、宽一、和田金去公园。后，去铃涵舍、养泉寺、山田。住在古市大安。

11月16日 星期五

前往内宫。见到庆光院。乘车来到二见，前往鸟羽。与大岩、鹈饲在户田家小憩。从穴川乘船前往渡鹿野。

11月17日 星期六

从渡鹿野乘船〔前往〕安乘。然后乘车〔前往〕波切。

从船越、片田、布施田、和具到御座。

从这里乘船〔前往〕浜岛。住在一(有一字不详)。大岩从御座回去。

*

最近，不断传来与原节子结婚的传言。

11月18日 星期日

从浜岛乘船前往贤岛。从鸟羽乘车前往山田。

与井阪在松阪分手，坐近铁前往京都。〔住在〕松华楼。第一天。

11月19日 星期一

早上，吃牛肉火锅。喝酒。井上来。睡午觉。休息一天。傍晚，笠来。高田好胤来。散步。

第二天。

11月20日 星期二

前往奈良。见到清水。乘车〔前往〕圆城寺、净琉璃寺。后，在江户三吃若草火锅。回到京都。

11月21日 星期三 前往桂离宫。从松尾大社，顺道去了趟太秦。见到高村月森。
前往沟口的新家。在乌丸下车，散步。买书等。

11月22日 星期四 参观修学院离宫。枫叶非常漂亮。〔前往〕诗仙堂。回去后，在住处吃牛肉火锅。伊藤、沟口、井上、良平、秋山、柳川来。

11月23日 星期五 乘坐鸽子〔号〕离开京都。从横滨折返回来，回到大船。在月之濑洗澡。

11月24日 星期六 有点疲惫。一直睡到中午。见到山本、良辅。读《暗夜行路》。

11月25日 星期日 前往茅之崎馆。见到信三。与小桥他们见面。风很大，整个晚上都很吵。

11月26日 星期一 风很大。整天读书。一直到傍晚都在停电。无法烧洗澡水。

11月27日 星期二 剪头师傅来。
从今天起，点起被炉。傍晚，野田来。喝酒。吃鸡肉火锅。闲聊。读池田成彬的《我的人生观》。小田原失火。

11月28日 星期三 起得有点早。傍晚出门散步。购物：药、木屐、书、味精、黄油、汤罐头、腌制食品。
晚上，稍微谈了点脚本的事。

11月29日 星期四 持续好天气。稍微睡了会儿午觉。傍晚，山本武来。金枪鱼、葱火锅。第二天，已经大致定下作品的方向。

11月30日 星期五 傍晚，笠来，一道吃晚饭。给我带来西服料子、酒。将他送到车站，顺便去了趟妈妈家。深夜，与野田回到住处。

12月1日 星期六 睡午觉。吃完晚饭后，出门散步。玩扒金库。顺便去了趟丸福，吃寿司。买了些东西，回来。

12月2日 星期日 每天持续好天气。本来好胤师要来，但森打来电话，说是要到四月份了。柳井来。出门散步。晚上鸡肉火锅吃多了,早早起床。闲聊。无所事事。

12月3日
星期一
暖和。在向阳处睡午觉。什么事也不干，悠闲地度过。真是无所事事。大原打来电话，说是要开导演忘年会。晚上，好胤打来电话。

12月4日
星期二
阴天。天好久没有阴下来了。读永井龙男的《鸠舍》。冷。在被炉里睡午觉。晚上,散步。〔玩〕扒金库。顺便去了趟丸福等地,回来。有点感冒。

12月5日
星期三
天气又晴朗了起来。隔壁房间里举行结婚典礼。笠、益子来。好胤师、宪一来。筑地的阿新带着杂种鸭来。喝酒。非常热闹的宴会。

12月6日
星期四
野田前往文部省,与好胤、松下去东京。去厂里——好久没有去了。与参加东西策划会议的城户见面。后前往月之濑。与野田、良辅一道去玩扒金库之后，一同回来。

12月7日
星期五
晚上，从寿司元叫寿司外卖。该做酒了。但如果不等上适量的发酵时间的话，清酒是做不出来的。我是讨厌浊米酒的。雨。

12月8日
星期六
自开战以来已经过去十年了。
昨天晚上,与良辅、野田交谈到2点,早上稍稍睡了会儿懒觉。晚上,商讨。雏形形成。

12月9日
星期日
与良辅去厂里。与长冈在月之濑喝威士忌。见到高村。喝得大醉。前往东京，住在筑地的森。

12月10日
星期一
宿醉。与森、昌子等人〔前往〕陶哉，顺便去了趟 Takumi。后，回到大船。棒球部在月之濑开会。回到茅之崎。买围巾。

12月11日
星期二
剃头师傅来。收到妈妈带来的山芋。野田开完忘年会——箱根清光园——回来。洗澡。两人有点疲惫。

12月12日
星期三
〔今天是〕第四十九个生日。算起来已经满四十八岁。傍晚，被邀请至池端家，请我和野田吃饭。放唱片。十二点过后，回来。回来时，下雨。

12月13日
星期四

森寄来威士忌和点心。天气晴朗，暖和。

傍晚，前往镰仓市民座，观看《边疆铁骑军》。住在野田家里。

12月14日
星期五

在镰仓松竹观看《生命多美好》。顺便去了趟月之濑，喝酒。玩了会儿扒金库后，回到茅之崎馆。

房州寄来丹前*。

12月15日
星期六

早晨吃了好多年糕。心情愉悦地度过了一天。

晚上，商讨了两小时左右。〔吃〕鸡肉火锅。

＊

此次的工作将最大限度地积蓄起来人类的情感融入剧情之中，如果顺利的话，将会非常有意思。

12月16日
星期日

今天也很暖和。野坂给我带来壶井荣的书。佐佐木来。隔壁房间里医生们正举办宴会。前往寿司元。玩扒金库等。

12月17日
星期一

早上，森打来电话，说是松阪发生大火。好像老宅被烧毁了。

可能是昨天晚上在寿司屋喝茶睡不着觉的缘故，今天白天睡得很香。

晚上，睡觉前，吃了好多年糕。

12月18日
星期二

吃早饭时，妈妈来。带来萝卜。《麦秋》获艺术祭奖。上午，出门散步。晚上，稍稍商讨〔了会儿剧本〕。

哥哥寄来快递。说松阪的老宅全部烧毁了。

12月19日
星期三

益子来，带来红豆饭。晚上，武一（市）来。从寿司元那里叫寿司外卖。

脚本的进展很不顺利。

野田有点感冒，早早睡觉。一人待到十二点，读《〔电影〕旬报》等。

12月20日
星期四

暖和。在大厅里举办PTA的宴会。晚饭是红烧石首鱼。敬而远之。前往寿司元。

里见先生打来电报，祝贺《麦秋》获奖。

工作进展不顺利。无所事事。

12月21日
星期五

野田参加作家协会的忘年会，前往清光园。风车。

*
为御寒用的和服。

在平塚观看《饭》、《远方的云》。顺便去了趟丸福，回来。良辅已来。闲聊到两点。

12月22日 星期六

去厂里。刚要去镰仓，接到电话。回到茅之崎。林文三郎、岸松雄已来。益子、笠来。〔吃〕鸡肉火锅。喝酒。新到的腌青鱼籽。

今天，高峰秀子从法国回到羽田。

12月23日 星期日

早晨，武一来。带来艺术祭奖的奖金。冬至，洗柚子澡。无所事事。〔吃〕五条鲕鱼、葱火锅。很好吃。早早睡觉。

12月24日 星期一

年内结束〔这里的生活〕。野田回去。去厂里。〔开〕导演会议。〔前往〕雨妆亭。与青枕喝酒。后，在市民座〔观看〕*Duel in the sun*。

12月25日 星期二

副导演的忘年会。山本、塚本、田代、斋藤、浜田、武一、笠来。山本、塚本、田代住下。

12月26日 星期三

导演协会全体大会及忘年会在厚生馆举行。

与清水在 Nagoya 见面，〔前往〕源寿司。陶哉、川尻清潭、森等来。回到茅之崎。在上原家见到 Deko。

12月27日 星期四

睡午觉。傍晚，〔参加〕忘年会。林、岸松、野田、笠、益子来。肥后早早回去。

一人在茅之崎馆睡觉。写林的门牌。

12月28日 星期五

前往热海，与清水拜访志贺先生。〔先生〕不在家。顺便去了趟重箱后，回来。顺便去了趟大船。一人回到茅之崎。

12月29日 星期六

离开茅之崎。来到大船。与益子、山制片人前往东京。与陶哉在花野屋吃天妇罗。后，在筑地的森与陶哉喝酒。一直喝到凌晨。

12月30日 星期日

早晨，喝酒。在被炉里睡觉。傍晚，前往狸及东兴园，吃荞麦面。住在筑地。

12月31日 星期一

下雨。与森、北川去了趟陶哉〔的家〕。在空也购买点心。3 ∶ 26 从上野回到野田。

一九五二年〔昭和二十七年〕・其一

一九五二（昭和二十七）年＊一九五一年的末尾部分

1月1日 星期二

睡午觉。读《胜负的世界》——木村义雄。自信满满、斗志高涨的情绪真好。

1月2日 星期三

有记子、和子来。

睡午觉。

1月3日 星期四

早晨，喝了点酒。然后睡午觉。晚上，与吉成会餐。雪积了下来。很冷。傍晚，天放晴了。

1月4日 星期五

坐在被炉里，喝酒。读《新平家物语》。真个荣枯盛衰，没有常荣常盛之时。睡午觉。天气晴朗。是个好天气。

1月1日 星期二

喝屠苏酒庆贺〔元旦〕。稍微喝得有点多，在被炉里睡午觉。元旦可真安静。与亚纪子玩。

读木村义雄——《胜负的世界》。

1月2日 星期三

总店。有记子、和子来。

吃熏制的鲑鱼茶泡饭。整天迷迷瞪瞪地在被炉里睡觉。

与亚纪子玩。

1月3日 星期四

下雪。睡午觉。亚纪子来。

无所事事。

1月4日 星期五

睡午觉。与亚纪子玩。

读《新平家物语》。

晚上，与吉成会餐。下雪。积雪。寒冷。傍晚，天放晴。

1月5日 星期六

睡午觉。读《新平家物语》等。这是在《周刊朝日》上一个片段一个片段地阅读的。作家的意图看得很明显，不如原文。

好天气。

1月6日 星期日

又下雪。在吉成的家里洗澡。

1月7日 星期一

离开东京。乘坐巴士从爱宕神社前经过，到达松户。后，前往大船。

傍晚，为参加导演协会新年会，前往汤之原的中西。在别馆有十二人〔参加〕：城户、高村、康、研吉、大庭、涩谷、春海、登、川岛、岩间、池忠。

在别馆的二楼睡觉。打麻将的人打了个通宵。

与大庭、中村聊天聊到很晚。

1月8日 星期二

城户、高村二人早早地回东京去了。志贺先生的夫人打来电话，说是明天先生要来。

包了一辆巴士，前往热海重箱。

《每日〔新闻〕》的冈本、中达一同乘车前往大洞台。

一人回到汤之原，在别馆的二楼睡觉。

给清水宏打电话，但他没有在家，到东京来了。

1月9日 星期三

十二点，志贺先生坐巴士从热海来。谷川彻三一同来。在别馆的二楼交谈时，清水、大久保来。稍迟一会儿，岸松雄来。会餐。

晚上，《每日〔新闻〕》的冈本加入进来，喝酒。忠素兴致高涨。

大家都住了下来。

1月10日 星期四

正与清水、大久保、岸闲聊时，先生来。侃大山。说起美味的食品来。

傍晚，来到岩波书店玉井先生的家。会餐，用带来的肉吃牛肉火锅。福田兰童来。盛会。清水、大久保乘车回去。岸住下。

1月11日 星期五

先生来。正在闲聊时，清水打来电话，说是在山上打到一头野猪。决定今天晚上会餐，吃野猪肉。先生叫来年轻的妻子，让她传授做菜的方法。给野田打电话，叫他来。

晚上，安井曾太郎来。兰童来。紧接着昨天，大家又举行了一次盛会。大家住了下来。

1月12日 星期六

早上正睡觉时，清水、大久保、岸回去。先生来，说：我今天也要回去了。先生的夫人和贵美子来。大家一同前往安井曾太郎画师的画室。〔画师的〕孙子穿着节日服装，十分美丽。

与先生一道乘车前往车站。与野田回到茅之崎。顺便去了趟丸福。

1月13日 星期日

很冷。整天待在被炉里睡觉。

关于脚本的事没有任何的进展。

1月14日 星期一

与早大经济学部的小松芳乔会餐，野田、林、益子、丰、笠、彻等人参加。听〔小松〕讲入学的注意事项等。

晚上，筑地的森荣来。后，佐藤一郎也来。

陶哉老板来。喝酒。喝到两点。住在森。

1月15日 星期二

出席导演协会董事会。

回到茅之崎。

半夜，听说大船制片厂本馆失火，被叫醒。

后，益子打来电话，说本馆全部烧毁。

1月16日 星期三

去厂里。看烧毁后的痕迹。见到城户、高村厂长。

后在月之濑喝酒。与野田、青枕、小尾回到茅之崎馆。

1月17日
星期四
天变得暖和起来。什么事情也没有干。良辅来。

1月20日
星期日
故事情节没有进展。改为《茶泡饭之味》。

1月31日
星期四
雨。对过房间里,冈田电池的女子棒球队来[住]。总共有二十多人。
吃完晚饭，商讨将《茶泡饭之味》的主人公设定为征往乌拉圭的士兵。良辅也参加了〔我们的商讨〕。

2月1日
星期五
雨转雪。
在被炉里睡觉。向旅馆老板的儿子借来世界地图，找到乌拉圭。然后又闲聊起来。无所事事。

2月2日
星期六
玲子来。带来作山的年糕。
玲子、良辅一道回去。把他们送到车站。良辅说是顺便去趟镰仓，看了大佛之后回来。
入夜后，十分寒冷。

2月3日
星期日
林文三郎、益子打来电话。
在大厅里举行老年人的同窗会。真是很热闹呀。
晚上，出门散步。良辅回来。
听说,《麦秋》被定下来参加东京都民竞赛。

2月4日
星期一
立春前后。真冷。今年第一次感到这么冷。
同旅馆的女子棒球队搬到富士寮去了。
是不是因为女子棒球队的成员先于开同窗会的老人们洗澡之后引起纷争的缘故呢?

2月5日
星期二
获得东京记者俱乐部上年度导演奖，与笠一同去参加在新桥俱乐部〔举行〕的颁奖仪式。
见到原节子、杉村春子，好久没有看到她们了。与笠、谷村锦一前往筑地的森。
不久，林文三郎、阿 Pin 来。提起早稻田大学入学的事情等。
一人住在森。给野田打电话。

2月6日
星期三
野田来到筑地。

乘车前往 Bridgestone* 的美术馆。看凡·高、雷诺阿等人的作品。
顺便去了趟 Yanase、明治屋，前往 Nagoya。
然后，与佐生、泷井、林、服部前往溜池的 Nagoya，吃饭。
回到茅之崎。

2月7日 星期四
商量 14 日的《[电影] 旬报》颁奖典礼事宜，清水千代太来。
傍晚，天上下起小雪。越下越大。

2月8日 星期五
雪积了起来，有八九寸 [之深]。上午，天放晴了。
晚上，吃熏制鲑鱼的茶泡饭，吃得很饱。
无所事事。

2月9日 星期六
天气暖和，出门散步。去了趟书店后，回家。
前往江间之家拿羊羹。
具子打来电话，说十二日高峰秀子要来。

2月10日 星期日
出门散步。从浜一直走过球场前面的路。
见到川岛清。一同回到煤气灶馆。喝酒。[吃] 鸡肉排。
晚上，青枕来。

2月11日 星期一
听说北镰仓有人要出售房子。与森、《每日 [新闻]》的记者清水和中介津岛去看房子。路真不好走。
在好好亭吃午饭。大家前往月之濑。
喝得酩酊大醉。回到茅之崎。

2月12日 星期二
晚饭时，作为回礼，川岛寄来猪肉。
不一会儿，川岛来。喝得酩酊大醉。让他一人回去，有点不放心，与野田去送他。
八点过后，高峰秀子、具子、江间来。交谈甚欢。

2月13日 星期三
傍晚，前往镰仓市民座，观看丰田的《风再起》。真是平庸之作。玲子、笠、益子一同观看。
回来的路上，顺便去了趟月之濑，后，回到茅之崎。

2月14日 星期四
顺便去了趟月之濑。后，与笠、益子、野田等四人前

* 日本大型轮胎企业。

往东京。

在明治屋、高嶋（岛）屋的OSS购物。在考克德尔喝啤酒。出席〔在〕皮卡迪利举办的《电影旬报》十佳颁奖典礼。很是难堪。

后，聚餐。与武一（市）等三人前往森。不久，武一回去。与野田两人住在森。

2月15日 星期五

与野田冒着雪，去了维利亚姆斯、高嶋屋、丸善，傍晚，回到茅之崎。

熊本马戏团的诸户正胜来访。让他住了一晚上。

2月16日 星期六

又下起雪来。

〔今天是〕每日竞赛电影奖〔颁奖〕的日子。听收音机里的实况转播。《麦秋》与《饭》得分相同，同获日本电影奖。

给熊谷、原、泽村打电话。

2月17日 星期日

去厂里。见到高村厂长，谈起借钱购买房屋的事。很爽快地借给了我。

与从箱根回来的泽村勉、野田一道回到茅之崎，闲聊。

把诸户叫来，让他表演魔术什么的。

2月18日 星期一

良辅、勉要去大船，因此让他们将诸户带去厂里。

良辅回来说，〔诸户〕似乎可以进厂工作。与野田等三人当身份担保人。

2月19日 星期二

又下起雪来。新东宝的林文三郎来。说是要拍摄《宫本武藏》。野田拒绝了。

佐藤会计送钱来。吃鸡肉排。叫了辆车冒雪回到浜。

2月20日 星期三

因工作出来的雨妆亭从三河来。

说起高田保去世的消息。野田从净明寺打来电话。

晚饭后，野田前往大矶，去守灵。乘坐末班火车回来。

2月21日 星期四

良辅回去（原文如此）。一道从浜走到球场，看到冈田电池的女子棒球队在练习。

从车站顺便去了趟书店后，回到住处。

森打来电话，谈起房屋的事情。

诸户正式入厂工作。一大早上班。

2月22日 星期五

与野田前往东京。在新桥与玲子碰头。在明治屋购买鲑鱼。在东和映画观看杜维威尔的《在巴黎的天空下》。

与林文三郎见面。前往江安餐厅。阿 Pin 来。

后，前往森。在车里，为便秘而感到痛苦。去了趟月之濑，回到茅之崎。

2月23日 星期六

上午，千叶吉造与菅来。为其女儿进厂工作一事找我。喝啤酒。

晚饭，从寿司元那里叫寿司外卖。收到年糕。

2月24日 星期日

早上，山本武一（市）来。汤浅喜久治来。山本从伊东来，带来鱼干。汤浅带给我鲋佐佃煮。江间来。哥哥来。洗澡。

〔吃〕鮟鱇鱼和鸡排。喝酒、闲聊。哥哥住下。

一人走到海边。

2月25日 星期一

傍晚，《近代映画》的记者来。拒绝写稿。与野田等三人走到车站。

在大船观看《本日休诊》。就像是滑稽喜剧一样，一点儿意思都没有。

去了趟月之濑后，回到茅之崎。

2月26日 星期二

正在睡觉时，剃头师傅来。

森打来电话，说起〔购买〕房屋的预付金的事。

洗澡。再一次推敲已经完成故事情节的部分。

哥哥寄来明信片，为前些日子的事情致谢意。

〔口占〕一首。

插茶花，此外别无花可插。

2月27日 星期三

不吃早饭，与野田前去看北镰仓的房子。

母亲、有记子、森来。房屋主人津岛来。

小仓游龟也来了。

总之，打算把房子买下来，因此支付了预付金。

然后，前往东京。在筑地的 Okame 吃天妇罗。与林、服部〔前往〕Browdway（Broadway）。邀上陶哉〔前往〕源寿司。与北川〔前往〕东兴园。高田保的告别仪式在文春举行。

与母亲、有记子三人住在森。

2月28日 星期四

正在睡觉时，母亲、有记子回去。

洗澡。好胤师来。乘车一块儿到东京站。分别后，前往月之濑。

九点十分，在车站与野田见面，回到茅之崎。

早上，母亲回去时又返了回来，说是别喝太多的酒。由于宿醉，心想的确说的是。

2月29日 星期五

没有出席弗兰克·卡普拉之会。

雨夹雪。虽然寒冷，但给人以春雪的感觉。

早上，喝威士忌酒，吃昨天〔吃剩下来的〕东兴园的烧麦。傍晚，肚子一点儿也不饿。

洗澡。吃煮豆腐。

开始写脚本的第一个场景。完成〔脚本〕①车内部分。

3月1日 星期六

早上，听说久米正雄去世。益子打来电话。诸户来。小林勇吉来。听此次剧本的故事情节。

吃完鸡排后，回来。

十点至十二点左右，〔脚本〕②的部分完成了一半左右。

益子打来电话说，明天，高峰三枝子回大矶时，要来〔这里〕。

3月2日 星期日

顿时春意盎然。将和服换成月明织。江间带了些艾糕来。

今年第一次看到桦木色的蝴蝶。

高峰三枝子回大矶保育院（原文如此）时，顺便来我这里。给我带来 Ainslie 的威士忌。出门散步。观看女子棒球比赛。

去海边。又去散步。回来后，继续写〔脚本〕②的部分。

3月3日 星期一

房主人给我女儿节的年糕。做杂煮。野田要给《文春》写〔纪念高田〕保氏的稿子，两点五分，去大船。

见到高村厂长，谈起借钱的事。也谈起菅进厂工作的事。在月之濑洗澡。吃晚饭。十点五分回茅之崎。

我不在家的时候，森打来电话。说改日再打过来。关于房屋的事情。

3月4日 星期二

十二点五分，与野田前往参加三汀久米正雄的告别仪式。在大船车站见到山下清助。城户也来了。在镰仓车站碰见益子，去看山内的房子。乘坐巴士去大船。野田回净明寺。与野田在大船车站碰头后，前往茅之崎的江间家。因[今天是]具子的生日。[吃]啤酒煮牛肉。喝酒。

在月之濑睡午觉。

3月5日 星期三

吃早饭时，《东京新闻》的摄影组来。拍了许多我与野田两人的照片。吃红豆饭。睡午觉。母亲寄来信。

傍晚，山本武一（市）来。洗澡。喝啤酒。因煮了萝卜汤，还是吃红豆饭。

益子打来电话，说明天要和林见面，后天要去河竹家。

青枕姗姗来迟。

3月6日 星期四

早上开始下小雨。青枕两点左右回去。睡午觉。洗澡前，工作。

益子打来电话，说明天要去河竹家。

也让野田写了封介绍信。

工作。完成〔脚本〕第②部分。紧接着完成了第③公司部分、第④酒馆的部分。12点。

3月7日 星期五

听说买房子的钱有了，去厂里。只拿到三十〔万日元〕。

与武一和高峰三枝子乘车前往五反田。然后乘车到银座。源寿司-东兴园-筑地。去森那里。陶哉给北川二十五万日元。

森去其他地方住。在楼下的客厅睡觉。

下雪了。

3月8日 星期六

雪积了起来。洗澡。喝啤酒。

小林夫人因幼儿园的事情来。

与森和北川前往白木屋。顺便去了趟中央大道的荣屋后，从东京站回茅之崎。

晚上，良辅来。具宪因出演上原的《宫本武藏》来。

不工作。与良辅闲聊至三点。

3月9日 星期日

吃早饭时，玲子、阿虎来。野田正忙于誊写给《文春》的稿子。

乘坐四点八分的车，前往大船。见到京都厂长月森，说起井上金太郎的事情。喝啤酒。洗澡。十点十分，回茅之崎。与正要回去的玲子他们相遇。

什么也不做，早早地睡觉。

3月10日 星期一

被倾盆大雨弄醒。

森帮我做了房屋登记。益子带钱过去。《文春》的记者和《剧本》的记者来。

晚饭，吃茶饭、煮萝卜。喝鱼鳍酒。森吃完晚饭后，回去。

开始写〔脚本〕⑤的部分。

每日竞赛颁奖典礼在日比谷公会堂举行。

3月11日 星期二

野田早早地前往东京，参加在浅草举行的高田保的追悼会。

两点五分，与良辅前往大船。见到笠、佐野。在月之濑睡午觉，一直睡到六点。六点，观看《波》的试映。力作。颇有好感。

与良辅回到茅之崎。野田乘坐下一班火车回来。早上，剃头师傅来。

3月12日 星期三

两点五分，良辅前往东京。午觉睡得很香。洗澡迟了会儿。〔吃〕鸡排。驹泽大学棒球部集训开始。

晚上十点开始工作，一直到三点。〔脚本的〕第⑤和第⑥部分完成，第⑦部分完成了一半左右。

有点春意了。可以说正处于春寒料峭和春日和煦之间。

3月13日 星期四

清水从热海寄来信。说是又要去奈良。

睡完午觉后，稍微工作了会儿。这是第一次于晚饭前工作。晚饭后，出门散步。顺便去了趟书店（〔购买〕《中央公论》）和药店（〔购买〕咳嗽药）。

晚上，工作。第⑦修善寺之宿及修善寺之夜的部分完成，第⑧与佐竹女佣的对话部分完成。

3月14日 星期五

倾盆大雨。喝酒。嘴里唱着明治时期古老的歌，睡午觉。

洗澡。晚饭是从寿司元那里叫来的寿司外卖。喝酒。工作。第⑨修善寺之宿的鲤鱼部分完成。

3月15日 星期六

老母亲来信。天气变得很暖和了。

正在吃早饭时，江间来。给我带来大阪海带和今川烧。散步。看棒球比赛。去了趟书店。穿上白袜子走在街上。心情特别好。也对得起白袜子了。

没有工作。迷迷瞪瞪过了劲，十二点了。

3月16日 星期日

吃早饭时，玲子来。[她是在] 去博物馆途中 [顺便到我这里来的]。

正准备工作时，志贺真津子来。给我带来曾宫一念的油画《无花果》。

洗完澡后，与野田等三人前往寿司元。喝酒。

回来后，没有工作，睡觉。

咳嗽不停。

3月17日 星期一

[乘坐] 十二点四十分 [的火车] 前往横滨。在大船与益子、丰同车前往观看早稻田 [大学] 的 [录取] 公告。

顺便去了趟明治屋 OSS，在横宝观看《天堂的孩子》。后，顺便去了趟支那町，前往安乐园。不好吃。走过元町。去了趟月之濑。说是丰的文科考试合格。非常高兴。在回去的电车上，碰到小原、下河原、铃木英夫、大沼、三原。

没有工作。

3月18日 星期二

吃完早饭时，厚田来。给我带来鲋佐的佃煮。白天睡大觉。傍晚，陪同具子骑自行车散步。[吃] 晚饭。酒喝得有点过量。十一点，从迷迷瞪瞪中醒来，开始工作。基本上完成了 [脚本] 第⑩棒球场、第⑪车外的街道和第⑫妙子的家的部分。

3月19日 星期三

雨。后，下起倾盆大雨。

笠来。说彻的入学考试不理想。给我带来两瓶酒。下河原友雄来，但刚好错过。喝啤酒。洗澡。喝酒。在 Shichu 吃茶泡饭。雨停了。回家。

给城户写明信片。

晚上十一点开始工作。完成 [脚本] 的第⑫佐竹的家和第⑬公司的部分。

3月20日 星期四

天气阴沉。吃完早饭后，岩间鹤夫来。说池忠的母亲去世。谈起新修的导演室的事情。工作。开始写作第⑭扒金库店的部分。吃鸡排。有点冷。接到老母亲的来信。

工作到晚上一点。完成第⑭-⑯大矶家的部分。效率挺高。

3月21日 星期五

春分。早上，山本武一（市）来。一人去江间家要了点萩饼回来。

睡午觉。洗澡。良辅来。晚饭，从寿司元那里叫寿司的外卖。

上原夫妇、妈妈来玩。闲聊。十二点过后，回去。

工作。完成第⑯歌舞伎座的部分，第⑰完成了一半。

3月22日
星期六

读〔脚本〕完成了的部分。信三来。说他昨天去了鹤卷温泉。与野田等三人〔乘坐〕三点四十分〔的火车〕，〔前往〕月之濑。益子、丰到早〔稻田〕大〔学〕去了，没在家。

为改外套，回去。

电车里人挤人。与厚田同车。前往热海 Isuzu 寮及碧澜庄。〔参加〕新加坡之会。有七人参加：田坂、后藤、福屋、小笹、村尾、厚田〔和我〕。下雨。

3月23日
星期日

小笹早早回去。喝啤酒。会费二千日元。快三点时，乘坐电车回去。与 Isuzu 的董事们同车。去了趟大船。丰决定进入早〔稻田〕大〔学〕学习。在被炉里睡午觉。九点十分回去。与野田一道回去。

没有工作。十一点左右，早早睡觉。

森打来电话，说昨天良辅回来了。

3月24日
星期一

早早起床。喝啤酒。吃完早饭后，正在睡觉时，青枕来。工作。完成第⑰的部分。

给寿司元打电话。说是今天不营业。〔吃〕猪肉豆腐。晚上，完成第⑱自行车比赛的部分以及第⑲扒金库店的部分。十二点半，停止写作。

益子给森打电话。

3月25日
星期二

正在睡觉时，剃头师傅来。信从筑地来。给我带来秋纪堂的“茶之友”和栗子包子。给他五万日元。是津岛的手续费。

上午，天黑前完成第⑳中国荞麦面店的部分。

傍晚，洗完澡后，前往寿司元。

回来。完成第㉑佐竹家的部分。

在客厅里，蔬菜店的一帮人在举办宴会。

3月26日
星期三

早上，从寿司元叫红豆饭的外卖，很暖和。

天黑前，写作㉒ Aya 的店的部分，但进展很不顺利。入夜后，才完成。紧接着，更正原脚本的第㉓竹家的部分。此前写就的故事情节至此全部完成。

3月27日
星期四

又蒸红豆饭吃。读脚本，睡午觉。

春雨。四点，益子来。带来松前屋的海带。将脚本的完成部分读给她听。

洗澡。〔吃〕鸡排。

思考第㉔部分之后的故事情节。大体上有个眉目。稍微放下心来。

3月28日
星期五

天气十分晴朗。九点，起床。睡了两次午觉。

傍晚，出门散步。回来，工作。

完成三个场景〔的写作〕：第㉕一等车厢瞭望车、第㉖公司和第㉗佐竹家。

睡觉前，喝啤酒。

3月29日
星期六

早晨，正在洗脸时，接到野田打来的电报。说是希一去世。潸然泪下。

三点过后，肥后、林来。

喝酒。〔吃〕鸡排。益子、丰来。

大家都回去后，稍微干了点活。

▲完成飞机场部分〔的写作〕。难以入睡。

Mashiro屋的人来。〔带来改好的〕春天的外套。托他们将笠送给我的华达呢做成雨衣。

3月30日
星期日

春风荡漾。吃早饭时，岐阜的一个叫做大野肇的高中生来。给我带来腌制香鱼。隔壁房间里举行结婚典礼。散步。从浜顺便去了趟书店等地。

吃晚饭时，川岛带着昭和证券的斋藤亮三郎来。〔斋藤是一个〕很奇特的人。

工作。完成▲佐竹家的部分。

3月31日
星期一

导演协会的冈来。天气忽晴忽雨，到了下午开始下个不停。

工作。从上午起开始写作第㉚的部分。

洗澡。吃完晚饭后，八点开始工作。▲《茶泡饭〔之味〕》。完成第㉜四个女人晾晒衣物的部分。

一点，喝酒。闲聊至三点。睡觉。开始下起倾盆大雨。

4月1日
星期二

剃头师傅来。〔吃〕早饭。〔喝〕啤酒。

给大船打电话，让武一（市）和青枕来。[吃]鸡肉火锅。[喝]酒。
◆写《路》。晚上十一点，《茶泡饭之味》全部脱稿。
真痛快。有苦即有乐。从开始写作脚本以来，已整整二十一天。

4月2日 星期三
十一点，在深川的阳岳寺为希一举行法事。母亲、哥哥、登贵、登久、信三后乘车前往筑地的森。喝酒，吃寿司等。登贵回房州。与哥哥喝酒。陶哉老板来。后，与北川、狸前往东兴园吃荞麦面。
回家后，熟睡。

4月3日 星期四
洗澡。武一（市）打来电话。益子、丰来。顺便去了趟陶哉后，在源［寿司］吃寿司。风前往歌舞伎座。与益子回大船。
井阪荣一与松阪的清川夫妻来到中西。给我带来和田金的牛肉。前往汤河原中西，交谈甚欢。住在新馆31号。

4月4日 星期五
［乘坐］十二点九分［的火车］回来。忘了带钱包。
去厂里。见到高村。读脚本，更正了两三处地方。参议员来厂里，为他做向导，城户也来了。在月之濑与城户、野田、浜田、山本等人会餐，吃和田金的牛肉。后，回茅之崎。江间已经到来。说起具子的事。

4月5日 星期六
早上，具宪来。谈起具子出演的事。Mashiro屋的人来。试缝修改的外套。
睡午觉。读脚本《风闪闪》《两朵花》等。
一人喝酒，吃鸡肉火锅等。给森打电话。哥哥与陶哉在［那里］。说是明天哥哥要来茅之崎。
稍迟点时间，良辅从大船来。闲聊。

4月6日 星期日
早上，诸来。益子、丰来。哥哥来。［喝］酒。吃鸡肉火锅等。将部分行李搬到月之濑。与哥哥从大船车站坐巴士前往山内家。因疲倦，没有去野田家。去了趟月之濑，［喝］啤酒，回到茅之崎。因是樱花盛开时节的星期天，所以火车里人满为患。与哥哥睡在大厅里。

4月7日 星期一
九点半，哥哥乘坐电车上班去。
十二点四十分，去厂里。观看池田浩郎的《那夜的妻子》。

真令人头疼。

傍晚，与益子、丰到东京。太晚了，没有看成电影，在东兴园喝酒。去了趟荞麦源。分别后，前往筑地。将森送到八丁堀的宾馆。一人住在下面的房间里。

4月8日 星期二

洗澡。〔喝〕酒。北川来。与森前往银座，在空也吃点心。在松村〔买〕领带。去了趟陶哉、Takumi、东兴园。

回去时，哥哥已经来到筑地。借用森金子。七点，在新桥旁乘坐甲子的车，与社长、常务董事回到野田。

开始下雨。

4月9日 星期三

倾盆大雨。亚子来玩。睡午觉。

今天上午从羽田〔机场〕出发的前往福冈的日航飞机，下落不明。

晚上，微冷。在被炉里阅读黑泽的剧本《生之欲》。

4月10日 星期四

春风荡漾。农田对面的桃花开得正艳。银莲花开出很大的花来。

与亚子玩耍。有记子来。

睡午觉。

据说昨天早上下落不明的日航飞机撞上大岛三原山，〔机上〕三十多名人员遇难。

读旧日记等。

4月11日 星期五

早晨六点钟起床。与母亲前往清水公园赏樱花。正是樱花全盛时期。

回来后，吃面包，喝红茶。吃完早餐，接着睡觉。山本武一（市）打来电报，说十四号去厂里。

傍晚，去总店。泡澡后，吃饭。看和子的绘画等。十一点左右回来。

4月12日 星期六

樱花开始凋落。睡午觉。风很大。和子来。把在京都购买的水彩画颜料给她。〔她〕很高兴。一块儿吃面包等。

傍晚，哥哥来。说信三公司〔组织人去〕赏樱花。入夜之后，〔信三〕也没有来。

4月13日 星期日

哥哥前往西服店。信三值班，去上班。一人与亚子玩耍。晚上，与哥哥、信三会餐。

4月14日 星期一

前往东京。十一点半，离开野田，前往大船。

关于《茶泡饭之味》,城户写来书面意见。与野田探讨〔城户的意见〕。

前往东京。山本同行。去东兴园。与北川、陶哉的女店员见面。前往筑地。住在森。楼下有客人打麻将，打了个通宵。壁龛的花很罕见。

4月15日 星期二

山本打来电话，说要举行大船本馆的地镇祭 *，城户要来大船。与北川顺便去了趟东兴园之后，去厂里。

与城户、野田前往月之濑，交谈。

后，将脚本重新从头至尾读了一遍，进行修改。

决定明天将脚本拿去复印。喝酒。吃刺身。

住在月之濑。

4月16日 星期三

一整天在月之濑读脚本等。

洗澡。

住在月之濑。

4月17日 星期四

与益子、丰前往东京。前往明治屋、Yanase、San。

在 Orion 座观看吉村的《西阵姐妹》。

然后，前往东兴园。陶哉老板、Zen 屋老板来。

回大船。

住在月之濑。

4月18日 星期五

在月之濑喝白兰地之后，睡午觉。六点观看大庭的《两朵花》。镰仓笔会的朋友也来了。

与佐野、长冈前往东京，去东兴园。后，一人前往筑地。将森送到八丁堀。

住在筑地。

4月19日 星期六

十一点，在阳岳寺办希一三七法事。安放遗骨。后，与哥哥、有记〔子〕、信三前往东兴园。

与信三去看北镰仓的房子。郁金香、棣棠非常美丽。乘坐巴士前往大船，去月之濑。

与高村见面，谈井上金太郎的事情。

江间顺便来到茅之崎，住在茅之崎馆。

*所谓“地镇祭”指在举行土木工程前，祭祀土地神，祈祷工程顺利的仪式。

这一天，完成［脚本］的复印［工作］。

4月20日 星期日

早上，妈妈来。睡了一天。风非常大。

下午，良辅来。晚些时候，贞郎来。读脚本等。

4月21日 星期一

早上，剃头师傅来。吃完早饭，与良辅交谈《现代人》。四点三十七分，前往大船。野田寄来修改了的脚本复印件。

与山本、田代、佐佐木孟在月之濑交谈。十点十分，回到茅之崎。

麦穗已经长得很高了，非常吃惊。

4月22日 星期二

前往东京。与北川去了趟陶哉后，去松阪（坂）屋观看［小林］古径、［安田］靫彦、［前田］青邨展。前往筑地森。哥哥来。好胤师来。与森、狸、新前往东兴园。回来后，洗澡。与哥哥一同住在筑地森。

在松坂屋见到安井曾太郎。

4月23日 星期三

洗澡。与哥哥在第一信托总社前分别后，乘车前往三越。看小林古径展。登上顶层。然后走到八重州（洲），回到大船。

吃完晚饭，回到茅之崎。与广津和郎夫妇同车。

4月24日 星期四

去厂里。见到高村厂长。［高村］对我说：将扮演节子的津岛换掉。

与山本武前往东京。在陶哉的二楼见到森。前往东兴园。与高峰秀子在陶哉见面。前往长门。回来的时候，本应该在大船下车，但坐过了站，到了镰仓。乘坐出租车返回大船。跟江间联系了之后，回到茅之崎馆。

4月25日 星期五

雨。早晨，新寄来笹卷的寿司。十二点二十分，与上原夫妇、高峰秀子等四人离开茅之崎，乘车前去拜访热海的志贺先生。交谈甚欢。野尻抱影也在座。

高峰乘坐上行的末班车回去。住在新馆的二楼。

4月26日 星期六

上原夫妇一直睡到将近中午。给志贺打电话，谈《青铜的基督》一事。四点过后，冒雨前往热海重箱。

七点，离开热海。九点，回到茅之崎。

有点累，睡得很香。

4月27日 星期日

早上，正在盥洗室洗头时，益子来。说要在浜拍摄女演员们泳装的宣传照片。两点三十九分，前往横滨。丰从大船上车。在Okutagon买了果汁，前往山之手、元町、支那町，在万珍楼吃中国料理。一人回到茅之崎。因是周日，江商明治屋不营业。买了些鲷浜烧。

4月28日 星期一

大晴天。飞机频繁飞过。日本独立日。去厂里。给志贺先生送去剧本。换上西服后，与山本前往东京，去东兴园。

后，在皮卡迪利观看*September Affair*。又去了趟东兴园。与筈见见面。筑地〔车站〕人满为患。乘坐末班车回来。与泽村三木男同车。购买热水瓶。

4月29日 星期二

今天的风可真大。中止了去东京的打算。上原和具〔子〕来。

〔他们〕来拒绝出演叶子〔的角色〕。

睡午觉。洗澡。读里见〔弴〕的《煞费苦心》等。

关于新居，想了许多。

胃有点痛。想起北川的哥哥因胃溃疡去世的情况。

少喝酒。谨记。谨记。

5月15日 星期四

这一天，在山内第一次听见蝉鸣声。

5月17日 星期六

十一点新桥车站的岩本水泵店的人来。晚了一班车。上森〔与他们〕同车。

喝咖啡。与北川、厚田、田代前往时雨亭。午饭在东兴园〔吃〕。后，前往森。不在家。一人前往东京车站，回去。

伊东屋做好前些日子〔交给他们的〕标识。与〔导演〕协会的人在咖啡店见面，谈〔导演协会〕全体大会的事情。

5月18日 星期日

整天在家。正在给树木浇水时，上原来。说具子打算出演。

洗澡。吃松刀（原文如此）鱼的刺身。喝酒。天还没有黑，便打起瞌睡来。

卖树苗的没有来。诸来。借给他三千日元。

5月19日 星期一

去厂里。见到山本武一和厂长。谈起津岛扮演节子的事情。在月之濑要了些米。乘坐巴士回来。益子一同回来。

回到家后，〔益子〕拿了按摩的器具回去。

晚上，喝了点酒后，有点瞌睡，早早睡觉。

最轻量级世界冠军赛在后乐园举行。马里诺与白井〔之间的比赛〕。白井获胜。

5月20日 星期二

去厂里。见到野田。

谈起节子的角色一事，说是由高峰秀子扮演。下雨。喝啤酒。与野田、泽村在车站前乘坐巴士回去。

见到鹤田。说明天他要去北海道。

今天，大卯来。给我修了门。

5月21日 星期三

雨停了。去厂里。中止去大矶采外景，〔改为〕整理服装。见到津岛、淡岛、望月。

去镰仓看树苗。没有一种是我想要的。乘着天还亮，回来，拔院子里的草。晚上，小酌。打瞌睡。

听说诸下落不明。

卖树苗的〔说〕，总共需要四万日元。

5月22日 星期四

上午，去厂里。与武藤商量预算。见到城户。益子看戏去了，不在家。

与笠、浜田前去观看大船的芍药园。前往笠的家里，喝酒。

回来后，闲聊。11点睡觉。

早上，卖榻榻米的秋山来，给他一万六千日元。

5月23日 星期五

因下雨，中止在大矶采外景。

一九五二年〔昭和二十七年〕・其二

1月1日 星期二 ［喝］酒。睡午觉。

1月2日 星期三 有记子、和子来。

1月3日 星期四 下雪。

1月4日 星期五 睡午觉。

1月5日 星期六 睡午觉。

1月6日 星期日 又下雪。洗澡。

1月7日 星期一 导演会。前往汤之原中西。
住在中西。

1月8日 星期二 乘坐巴士前往热海重箱。
住在中西。

1月9日 星期三 志贺先生来别馆。谷川彻三、清水、大久保、岸。

1月10日 星期四 信三生日。牛肉火锅会。岩波的玉井来。

1月11日 星期五 会餐，吃野猪肉。清水、大久保、安井先生来。福田、野田、岸。

1月12日 星期六 拜访志贺先生与安井先生。

回到茅之崎。顺便去了趟丸福。

1月13日 星期日 很冷。整天待在被炉里。无所事事。

1月14日 星期一 在筑地森与小松会餐。后，与陶哉喝酒，喝到两点。

1月15日 星期二 导演协会董事会。

半夜，大船制片厂本馆烧毁。

1月16日 星期三 去厂里。见到城户、高村。

小尾、青枕来茅之崎。

1月17日 星期四 暖和。无所事事。良辅来。

1月18日 星期五 去厂里。在车里遇见福田虎助。

1月19日 星期六 妈妈来。去拿羊羹。隔壁房间里，吉成及其朋友来。

1月20日 星期日 良辅回去。让吉成将收音机带给野田。前往寿司元。

1月21日 星期一 玲子来。带来旧剧本。阅读。

1月22日 星期二 傍晚，泽村勉来。[喝]酒。后，前往寿司元。

1月23日 星期三 山本武一（市）来。妈妈来。带来荞麦面粉。

1月24日 星期四 睡得很香。真的睡得很香。晚上，从寿司元叫寿司的外卖。学习了会儿。

1月25日 星期五 有武者小路介绍的学生来。山内静夫、《映画之友》的记者来。[吃]鸡肉火锅。

1月26日 星期六 玲子来。散步前往车站，送行。剧本进展很不顺利。羽黑山获全胜。

1月27日 星期日 早上睡懒觉。接着睡午觉。难道想不出好的点子吗？出了一身冷汗。

1月28日 星期一

上午开始下雨。药师寺的高田师来。住下。

1月29日 星期二

剃头师傅来。松下宪一来。傍晚，山本武一（市）来。天要下雨。散步，一直走到车站。

1月30日 星期三

真暖和。无所事事。睡午觉。晚上，良辅来。

1月31日 星期四

下雨。吃完晚饭后，故事情节有点眉目。决定〔拍摄〕《茶泡饭之味》。

2月1日 星期五

睡午觉。无所事事。女子棒球队也住在这里。雨转雪。很冷。

2月2日 星期六

玲子来。〔将她〕送到车站。良辅前往东京。〔天〕真叫个冷。

2月3日 星期日

林、益子打来电话，说〔在〕都民竞赛〔中〕《麦秋》〔获奖〕。晚上，散步。良辅回来。

2月4日 星期一

真冷。立春前后。晚饭后，谈天。

2月5日 星期二

蓝丝带。四点，前往新桥俱乐部。与原、杉村、笠、谷村、林住在森。

2月6日 星期三

与野田〔前去〕Bridgestone，〔后去〕明治屋。与佐生、泷井、服部、林在名古屋〔吃〕鸡肉〔火锅〕。

2月7日 星期四

清水千代太来。给泽村勉打电话。工作有点上轨道。傍晚，下起雪来。

2月8日 星期五

雪积了起来。无所事事。熏制鲑鱼的茶泡饭太香了。〔吃得〕很饱。

2月9日 星期六

上午，出门散步。前往浜，去拿点心。叶子打来电话。

2月10日 星期日

出门散步，遇见川岛。回到住处，〔喝〕酒、〔吃〕鸡肉火锅。青枕来。

2月11日 星期一

与森、清水去看北镰仓的房子。从好好亭前往月之濑。〔喝〕醉。

2月12日 星期二

晚饭，川岛送来猪〔肉〕。送川岛。Deko、叶子、妈妈来。交谈甚欢。

2月13日 星期三 晚上，前往镰仓市民座观看《风再起》。平庸之作。去了趟月之濑后，回家。

2月14日 星期四 从月之濑前往东京。笠、益子同行。明治屋、考克德尔。《[电影]旬报》颁奖典礼。住在森。

2月15日 星期五 从筑地逛了逛OSS，买了点东西等，冒雪回到茅之崎。

2月16日 星期六 从今天起，马戏团的［一帮］男的住在二楼。又下起雪来。［在］每日竞赛［中］，《麦秋》和《饭》一并获奖。

2月17日 星期日 去厂里。见到厂长，谈钱的事。泽村勉一同回到茅之崎。

2月18日 星期一 登贵生日。［吃］红豆饭。让诸户去厂里一趟。稍微学习了会儿。当担保人。

2月19日 星期二 又下起雪来。文三郎、佐藤来。［吃］鸡肉火锅。故事情节有点眉目。

2月20日 星期三 雨妆亭来。诸进厂［工作一事］定了下来。
高田保去世。野田前往守灵。

2月21日 星期四 散步前往球场。观看女子棒球比赛。良辅去东京。森打来电话，说［购买］房屋的事。

2月22日 星期五 与玲子、野田去东京。观看《在巴黎的天空下》。江安餐厅→森→月之濑→茅之崎。

2月23日 星期六 千叶吉造、菅来。［喝］啤酒。晚饭叫寿司外卖。寿司元送给我年糕。无所事事。

2月24日 星期日 汤浅、武一（市）来。妈妈来。哥哥来。吃鮟鱇鱼火锅、鸡肉火锅。［喝］酒。交谈甚欢。［大家］住下。

2月25日 星期一 傍晚，去厂里。观看《本日休诊》。平庸之作。去了趟月之濑，回茅之崎。

2月26日 星期二
森打来电话。剃头师傅来。洗澡。

2月27日 星期三
母亲、有记〔子〕从野田来，〔去〕看北镰仓的房子。去东京。Okame → Bar →源。东兴园。

2月28日 星期四
在森与好胤师见面。去了趟月之濑，回茅之崎。

2月29日 星期五
开始写脚本。完成①车内部分。早上，下起雨夹雪。

3月1日 星期六
有记子生日。诸来。小林勇吉来。〔吃〕鸡排。

3月2日 星期日
高峰三枝子从大矶回来时顺便来〔我这里〕。
出门散步。看女子棒球〔队打球〕。

3月3日 星期一
野田写稿子。一人去厂里。见到厂长，谈借钱的事。

3月4日 星期二
前去出席久米正雄的告别仪式。今天是具子的生日，去江间那里。

3月5日 星期三
《东京新闻》摄影组来。山本武一（市）来。〔在〕（一字不详）成屋做红豆饭。青枕来。

3月6日 星期四
正午过后，青枕回去。睡午觉。工作。益子打来电话。谈起河竹的介绍信一事。

3月7日 星期五
去厂里。〔谈〕现金的事。与武一（市）前往东京—源—东兴园。二十五〔万日元〕。给陶哉。

3月8日 星期六
雪又积了起来。白木屋 OSS—荣屋。回茅之崎。

3月9日 星期日
去厂里。见到月森。〔谈起〕金太郎的事。玲子、虎来誊写稿子。

3月10日 星期一
森在登记结束时，来〔我这里〕。吃完晚饭后，回去。

3月11日 星期二
野田前往东京。高田保之会。前往大船。观看《波》的试映。

3月12日 星期三 工作。一直干到三点。

3月13日 星期四 傍晚，吃完晚饭后，出门散步，好久没有去散步了。顺便去了趟书店。

3月14日 星期五 倾盆大雨。早上，喝酒。说了会儿关于歌的事等，睡午觉。晚上，叫寿司外卖。完成修善寺早晨的宿舍［部分的写作］。

3月15日 星期六 妈妈来。给我带来海带。散步。看［打］棒球。又叫寿司外卖。

3月16日 星期日 志贺真津子来。前往寿司元。没有工作。很暖和。

3月17日 星期一 去看《天堂的孩子》。丰早［稻田］大［学］文科合格。小原、下河原同车。

3月18日 星期二 厚田来。从寿司元叫寿司外卖。打瞌睡。从十一点工作到两点半。

3月19日 星期三 雨。倾盆大雨。笠来。下河原来。［喝］酒。入夜后，雨停了。

3月20日 星期四 岩间来。第一次听说池忠的母亲于两三天前去世［的消息］。

3月21日 星期五 早上，武一（市）来。到江间那里去拿萩饼。晚上，上原夫妇、妈妈来。

3月22日 星期六 信三来。与厚田前往热海的 Isuzu 寮，［参加］新加坡之会。

3月23日 星期日 去了趟月之濑后，回茅之崎。没有工作。丰进入早［稻田］大［学］学习。

3月24日 星期一 工作。青枕来。

3月25日 星期二 剃头［师傅来］。筑地的信来。给他五万日元。前往寿司元。

3月26日 星期三 工作。将此前写就的故事情节全部完成。

3月27日 星期四 写作故事情节。益子来。将钱带给我。

3月28日 星期五 工作。晚上，散步。

3月29日 星期六 收到电报，说希一去世。Mashiro屋、林、肥后来。

3月30日 星期日 吃晚饭时，川岛、斋藤两人来。

3月31日 星期一 雨。工作。效率大大提高。

4月1日 星期二 晚上十一点《茶泡饭之味》脱稿。

4月2日 星期三 父亲的忌日。为希一做法事。深川阳岳寺。

4月3日 星期四 井阪、清川文夫来。前往中西。
住在中西。

4月4日 星期五 与城户在和田金吃牛肉。与野田在月之濑会餐。住在茅之崎。

4月5日 星期六 住在茅之崎。

4月6日 星期日 哥哥来茅之崎。去看山内的家。去了趟大船，回茅之崎。哥哥也住下。

4月7日 星期 搬出茅之崎。观看《那夜的妻子》。

4月8日 星期二 乘车回野田。

4月11日 星期五 早上，与母亲去赏樱花。晚上，前往总店。

4月12日 星期六 前往东京。去大船。晚上，到东京去。住在筑地。

4月15日 星期二 ［举行］大船本馆地镇祭。与城户、野田在月之濑谈《茶泡饭之味》。住在月之濑。

4月16日 星期三 住在月之濑。

4月17日 星期四
与益子、丰前往东京。观看《西阵姐妹》。东兴园。住在月之濑。

4月18日 星期五
观看《两朵花》。与佐野、长冈前往东京。东兴园。住在筑地。

4月19日 星期六
为希一做三七的法事。在东兴园会餐。与信三前去看北镰仓的房子。住在茅之崎。

4月20日 星期日
整天睡觉。风很大。晚上，良辅来。

4月21日 星期一
剃头师傅来。去厂里。修改 copy。

4月22日 星期二
〔去〕松坂屋观看〔小林〕古径、〔安田〕靫彦、〔前田〕青邨三人展。

4月23日 星期三
小林古径展〔在〕三越〔举行〕。

4月24日 星期四
去东京。购物。本该在大船下车，但坐过了站，坐到镰仓了。

4月25日 星期五
访问大洞台的志贺先生。

4月26日 星期六
前往重箱。

4月27日 星期日
与益子、丰前往横滨。去万珍楼。

4月28日 星期一
去东京。观看《旅愁》。

5月2日 星期五
搬家。

5月23日 星期五
母亲〔麻惠〕生日。满七十七周岁。

5月28日 星期三
〔为〕服装〔一事〕前往茅之崎。给地主友野二千三百四十日元。九个月的土地费。

5月29日 星期四
去东京。在车里遇见志贺。

5月30日 星期五
在家。设计。傍晚，浜田来。〔谈心〕至十一点。浜田住下。登贵来。

5月31日 星期六 采外景。蓬来（莱）屋。将志贺送到羽田。与木暮碰头。

6月1日 星期日 在家。内川来。

6月22日 星期日 大卯等二人来。

6月27日 星期五 交给大卯一万日元。

8月20日 星期三 新一诞生。

9月26日 星期五 住在中西。

9月27日 星期六 在热海罗曼司座［观看］《茶泡饭之味》。

9月28日 星期日 高村厂长前往美国。

9月29日 星期一 在镰仓松竹举行［由笔会主办］的试映［仪式］。

12月12日 星期五 生日。

一九五二年〔昭和二十七年〕·其三

2月29日 星期五

从今天起开始创作《茶泡饭之味》。

完成〈1〉车内［的部分］。三宅坂［的部分］。

＊今天［举行］弗兰克·卡普拉之会。在木挽町游贵利［举行］。没有出席。

3月1日 星期六

完成〈2〉Aya 的店［的一半］。

［创作了］银座的西服店，妙子、节子来，与 Aya 等三人闲聊［等部分］。

3月2日 星期日

完成〈2〉Aya 的店［的一部分］。

3月4日 星期二

＊久米正雄的告别仪式。［在］镰仓市民座［举行］——参加。

3月6日 星期四

完成〈2〉Aya 的店的剩余［部分］。

〈3〉公司［的部分］。

〈4〉酒馆［的部分］。

3月10日 星期一

［完成］〈5〉佐竹家［的部分］。

开始写作妙子让茂吉承诺前往修善寺的部分。

3月12日 星期三

完成〈5〉佐竹家的剩余［部分］。

〈6〉车里［的部分］。

前往修善寺的四人［的部分］。

〈7〉修善寺的住处［的部分］。

晚上交谈甚欢［的一半］。

3月13日 星期四

完成〈7〉修善寺的住处［的部分］。

晚上的剩余［部分］。

〈8〉佐竹家［的部分］。

晚上，茂吉与女佣的对话［的部分］。

一九五二年〔昭和二十七年〕・其四

2月29日 星期五

Frank Capra 之会。缺席。

开始写剧本。

完成〈1〉车内［部分］。

3月1日 星期六

接到久米正雄去世的电话。

［完成］〈2〉Aya 的店的一半。

3月2日 星期日

［完成］〈2〉Aya 的店［的部分］。

高峰三枝子从大矶回来时，顺便来我这里。

3月3日 星期一

去厂里。见到厂长。申请借钱。

3月4日 星期二

久米正雄告别仪式——［在］市民座［举行］。

3月5日 星期二

没有工作。

3月6日 星期四

完成〈2〉Aya 的店的剩余［部分］。

〈3〉公司［的部分］。

〈4〉酒馆［的部分］。

3月7日 星期五

去厂里。前往东京。二十五［万日元］。交给北川。

3月8日 星期六

具宪因上原的《宫本武藏》一事来。

没有工作。

3月9日 星期日
去厂里。见到月森。

3月10日 星期一
[完成] 北镰仓房子的登记。
〈5〉开始写佐竹家 [的部分]。

3月11日 星期二
去厂里。
▲观看《波》。

3月12日 星期三
完成〈5〉佐竹家的剩余 [部分]。
〈6〉火车中 [的部分]。
〈7〉住处的一半。

3月13日 星期四
完成〈7〉修善寺住处 [的部分] 及晚上的剩余 [部分]。
〈8〉佐竹与女佣谈话 [的部分]。

3月14日 星期五
〈9〉修善寺住处 [的部分] 及鲤鱼 [的部分]。

3月16日 星期日
志贺真津子来。前往寿司元。

3月17日 星期一
▲ [在] 横宝 [观看]《天堂的孩子》。

3月18日 星期二
完成〈10〉棒球场 [的部分]。
〈11〉从车里看到街上 [的部分]。
〈12〉佐竹家的一部分。

3月19日 星期三
完成〈12〉佐竹家的剩余 [部分]。
〈13〉公司 [的部分]。

3月20日 星期四
完成〈14〉扒金库 [的部分]。
〈15〉大矶家 [的部分]。

3月21日 星期五
春分。
完成〈16〉歌舞伎座 [的部分]。
〈17〉佐竹 [家] 二楼的一半。

3月22日 星期六
新加坡之会在热海Isuzu寮〔举行〕。七人参加。住在碧澜庄。

3月23日 星期日
去了趟月之濑。回到茅之崎。
没有工作。

3月24日 星期一
完成〈17〉佐竹家楼下〔的部分〕。
〈18〉自行车比赛〔的部分〕。
〈19〉扒金库店〔的部分〕。

3月25日 星期二
完成〈20〉中国荞麦面店〔的部分〕。
〈21〉佐竹家〔的部分〕。

3月26日 星期三
完成〈22〉Aya的店〔的部分〕。
〈23〉佐竹家〔的部分〕。

3月27日 星期四
开始创作〈23〉之后的故事情节。
大体上有眉目。

3月28日 星期五
完成〈24〉观景车〔的部分〕。
〈25〉公司〔的部分〕。
〈26〉佐竹家〔的部分〕。

3月29日 星期六
接到电报，说希一去世。
完成〈27〉机场〔的部分〕。

3月30日 星期日
完成〈28〉佐竹家〔的部分〕。
Aya、节子以及妙子从关西回来〔的部分〕。

3月31日 星期一
完成〈29〉佐竹家〔的部分〕。
晚上，茂吉回家；吃茶泡饭〔的部分〕。
〈30〉佐竹、晾晒衣物、四个女人闲聊〔的部分〕。

4月1日 星期二
十一点，全部脱稿。

4月2日 星期三
希玄禅童子。法事。

4月3日 星期四
井阪来。前往汤河原的中西。

4月4日 星期五
与城户吃和田金的牛肉。与野田等人会餐。

4月6日 星期日
与哥哥去了北镰仓的房子。

4月7日 星期一
搬出茅之崎。观看《那夜的妻子》。
与益子、丰前往东京。住在筑地。

4月8日 星期二
乘车回到野田。

4月11日 星期五
早上，去赏樱花。晚上，去总店。

4月12日 星期日
十点，在大船审查 New Face。缺席。

4月14日 星期一
前往东京。去大船。晚上，住在筑地的森。

4月15日 星期二
在大船与城户、野田修改脚本。从头读了一遍，进行修改。

4月16日 星期三
让人去复印脚本。

4月17日 星期四
观看《西阵姐妹》。

4月19日 星期六
希玄禅童子。三七法事。十一点在阳岳寺［举行］。

4月25日 星期五
与高峰秀子、上原谦夫妇去拜访志贺先生。
住在中西。

4月26日 星期六
前往热海的重箱。

5月1日 星期四
城户、迫本两家的结婚典礼——［在］日活［举行］。五点。

5月2日 星期五
搬家。

5月6日 星期二
卖树苗的来。

青枕出院。

5月7日
星期三
〔收到谷崎〕润一郎的色纸、八一唐纸二〔幅〕,〔志贺〕直哉二幅,〔武者小路〕实笃二〔幅〕。勇一〔幅〕。七点,交去装裱。

5月8日
星期四
采外景。第一天。银座。
在资生堂见到志贺先生,一道回去。

5月9日
星期五
〔在〕神宫御苑、东宫御所采外景。
在森,与山本、林见面。

5月10日
星期六
装裱〔店〕来人。在丸之内采外景。
观看《早晨的波纹》。遇见肥后。
下雨。

5月11日
星期日
信三来。公休〔日〕。

5月12日
星期一
去厂里。《〔电影〕旬报》的松村来。
〔讨论〕关于电影年表〔一事〕。

5月13日
星期二
正午,〔在〕月之濑与志贺先生对谈。在热海的野村与奥野信太郎和尾崎一雄〔对谈〕。
住在汤之原的中西。遇见鹤田。

5月14日
星期三
平兵卫来,住在隔壁。
前往修善寺、新井。

5月15日
星期四
浜田来。傍晚,回东京。

5月17日
星期六
前往时雨亭。

5月19日
星期一
最轻量级拳击比赛,马里诺〔与〕白井。〔在〕后乐园〔举行〕。

5月20日
星期二
大卯来。

5月22日 星期四 交给榻榻米店的秋山一万六千日元。

5月23日 星期五 观看《女人的生命》。

5月24日 星期六 导演协会。全体大会。六点〔举行〕。缺席。

5月25日 星期日 制作会议。〔在〕松竹本部〔举行〕。

5月26日 星期一 后乐园自行车比赛。

6月7日 星期六 拍摄。第一天。
公司社长室。从上午起拍摄。

6月8日 星期日 虽是公休日，但还是工作。完成公司社长室及石川欣一的部分。

6月9日 星期一 上午，〔拍摄〕客厅。
下午，〔拍摄〕事务所走廊。
一直拍到11点。
松尾兄弟、肥后来。会餐。

6月10日 星期二 〔拍摄〕扒金库店。布置布景。

6月11日 星期三 〔拍摄〕扒金库店。店内。第一天。

6月12日 星期四 〔拍摄〕扒金库店。店内。第二天。

6月13日 星期五 〔拍摄〕扒金库店。大厅。第三天。

6月14日 星期六 〔布置〕佐竹家二楼的布景。

6月15日 星期日 前往东京。陶哉→ Takumi →睦屋→榛原→在森〔吃〕柳川火锅。

6月16日 星期一 〔拍摄〕佐竹家二楼。第一天。

6月17日 星期二 〔拍摄〕佐竹家二楼。第二天。

6月18日 星期三　［拍摄］佐竹家二楼。第三天。

6月19日 星期四　［拍摄］佐竹家二楼。第四天。
拍了三十八次。

6月20日 星期五　［拍摄］佐竹家二楼。第五天。

6月21日 星期六　［拍摄］佐竹家二楼。第六天。

7月12日 星期六　完成酒馆、ECHO［的拍摄工作］。

7月13日 星期日　虽是公休日，但还是拍摄。完成佐竹家楼下［的拍摄工作］。

7月14日 星期一　休息。好久没有休息了。

9月26日 星期五　与山内静夫前往汤之原。住在中西。

9月27日 星期六　在热海的御伽庄［举行］《茶泡饭［之味］》之会。
志贺先生、福岛繁太郎、兰童［参加］。

9月29日 星期一　9点，在镰仓松竹［举行由］笔会［主办］的《茶泡饭之味》的试映会。
后，与里见先生、雨妆亭在权五郎喝啤酒。

9月30日 星期二　睡午觉。整天在家。

10月1日 星期三　《茶泡饭之味》公映。
总选举的日子。弃权。

10月8日 星期三　与山本武前往东京。在虎门（原文如此）［购买］洗漱用品→东兴园→去了趟长门。

10月9日 星期四　去厂里。见到城户。
《茶泡饭之味》［的公映］进入第二周。

10月10日 星期五　在镰仓市民座观看《轮舞》《欲望号街车》两部电影。

去理发店。

10月11日 星期六　山内、肥后来。前往月之濑。

10月12日 星期日　前去观看日本联赛巨人南海［队的比赛］。
11 ： 0。与肥后、清水前去［观看］。
［在］花野屋观看《娘道成寺》。

10月13日 星期一　去厂里。在月之濑洗澡。

10月14日 星期二　与青枕前往藤泽，观看《一个美国人在巴黎》。
前往辰巳寿司。

10月15日 星期三　去厂里。洗澡。

10月16日 星期四　前往茅之崎。

10月17日 星期五　去厂里。见到城户。

10月18日 星期六　前往镰仓电话局。观看《野口勇》。前往东京。
在 Nagoya 与宏见面。乘坐快车回去。

10月19日 星期日　松华楼的老板娘、肥后来。
大船祭。去了趟月之濑后，前往汤之原。住在中西。

10月20日 星期一　与清水［前往］拜访志贺先生。［志贺先生］不在家。
与玉井前往岩波别墅→蜂之巢→重箱。
住在金（锦）城馆。

10月21日 星期二　与清水再次［前往］拜访志贺先生。
收到信。
住在金（锦）城馆。

10月22日 星期三　中午过后，回去。去了趟大船。

10月23日 星期四
月之濑。洗澡。见到城户。

10月24日 星期五
前往小西。见到董事。观看彩色影片。《年轻时的信长》。
东兴园→森→出井。
住在筑地。

10月25日 星期六
去观看巨人与每日的〔棒球〕比赛。4 ： 2。
后，与佐生、林、服部、岸、茂田井〔前往〕Udura。

10月26日 星期日
给书签名。
整天在家。青山书院〔的人〕来。

10月27日 星期一
从今天起，停电〔的日子〕改为星期一。
前往月之濑。洗澡。

10月29日 星期二
前往好好亭，〔参加〕朝日啤酒之会。

10月30日 星期四
早上，下雨。整天在家。

10月31日 星期五
去东京——新东宝——在 Nagoya 与清水见面——明治屋——Uzura（Udura）。
乘坐快车回来。

11月1日 星期六
信三夫妇、亚子来。第一次使用新修的瓷砖式澡盆。

11月2日 星期日
信三夫妇、亚子、奶奶、启子从镰仓前往逗子。听收音机里的早庆战转播，看家。

11月3日 星期一
信三夫妇回来。笠来。
扫庭院。看雁来红。
傍晚，前往大船。观看《纯情的卡门》。在月之濑喝酒。

11月6日 星期四
六点，在筑地河庄，与城户、津村三人交谈。

11月7日 星期五
去了趟月之濑后，乘坐城户的车前往东京。▲与清水、沟口开座谈会。后，与佐生、林、服部〔前往〕赤坂山口。

11月8日 星期六 去厂里。见到野田。与城户同车前往东京。电车因罢工晚了三十分钟。与肥后、武一（市）、北川〔前往〕东兴园。

11月9日 星期日 整天在家。烧米袋子，弄些草灰。熨衣服。

11月10日 星期一 ⊘十一点半，〔前往〕大船。一点半〔前往〕品川羽田。

⊘两点，在 Nagoya 与清水〔见面〕。

11月11日 星期二 ⊘前往京都。打算从热海坐一等车。清水、沟口同行。〔带着〕重箱的盒饭。井上、康来。

井上住下。住在松华楼。

11月12日 星期三 〔在〕广（高）台寺——开阳亭、寺町散步。大久保、井上同行。

11月14日 星期五 在江户住三天。

11月15日 星期六 〔前往〕博物馆、大和文华馆。

头（原文如此）塔之林→十轮院（寺）。

极乐院→见到上司海云，乘坐巴士回去。要吃中国料理的话，〔就得去〕开阳亭。

11月16日 星期日 前往奈良药师寺。看月光。

与里见、大佛、吉井、川口、沟口、清水在一力观看〔能剧〕《片山的山姥》《猩猩》《十二个月》。

11月17日 星期一 ⊘〔在〕大森的小町园〔参加〕蒲田会。

一点集合，五点〔吃〕晚饭。缺席。

11月18日 星期二 五点过后，与大谷隆三、月森、矶野〔前往〕浜作。

11月19日 星期三 与里见先生〔前往〕法然院、开阳亭，然后回到住处，睡午觉。

11月20日 星期四

从博物馆走到圆山。在佐佐木吃饭。祇园的名妓等来。井上住在松华楼。

11月21日 星期五

与里见乘坐鸽子号回来。益子、塚本来到横滨。

一块回家。

11月23日 星期日

看东舞。前往银座。受到新桥俱乐部的招待后，前往筑地的森。

武一（市）、青枕、清水、雨妆、贵道、肥后、真津子住在森。

11月24日 星期一

益子、启子前往有乐座观看《乱世佳人》。在森喝酒。[前往]东兴园。

11月27日 星期四

去厂里。见到高村。前往［观看］青枕［设计］的布景。

11月28日 星期五

野田的有记子来。说是要住一晚上。

11月29日 星期六

清水送给我山药。

做山药泥。很香。

11月30日 星期日

整天在家。启子前往月之濑。带了些猪排回来。

12月1日 星期一

早上，益子来。把十二个月的钱带给我。与野田前往武原的舞之会、壶中居、伊势广、森。从东京站回来。

12月2日 星期二

野田、泽村勉来。

与母亲烧落叶。友野来。扫庭院。

12月3日 星期三

下巴上长了个疮。整天在家。特别地冷。睡午觉。

12月6日 星期六

《文春》[杂志]来拍照片。喝威士忌。市民座—材木座。里见先生。

12月7日 星期日

宿醉。整天睡觉。哥哥来。[吃]煮鲛鱇鱼。真好吃。

12月8日 星期一

在市民座［观看］《稻妻》。

前往野田家。与年轻人喝酒。乘坐软席回来。

12月9日 星期二 整天在家。早上开始下雨，雨夹雪。煞是寒冷。

12月10日 星期三 整天在家。傍晚，山内从月之濑带来钱、毛衣。

12月11日 星期四 穿着和服去厂里。在月之濑〔喝〕酒、〔吃〕泡饭。

12月12日 星期五 生日。

12月18日 星期四 与野田、山本前往相州汤之原的中西。商讨下一个〔拍摄〕工作。

12月19日 星期五 住在中西。

12月20日 星期六 住在中西。

12月21日 星期日 中午过后，回去。去了趟大船。松竹没有举行罢工。

12月22日 星期一 与益子前往东京。明治屋→A-P→东兴园→源。
在回去的车上碰到津村秀夫。

12月24日 星期三 去厂里。见到高村厂长。去理发。
修善寺的新井送来野猪肉。

12月25日 星期四 去东京。与清水会面。与肥后、林前往好乐，后〔去〕东兴园。
给志贺、里见先生送野猪肉。

12月27日 星期六 〔为参加〕厂里举办的河村黎吉的葬礼，去厂里。

12月28日 星期日 〔参加〕导演协会的年末之会。

12月29日 星期一 〔参加〕与白井和夫之会。与山本前往冰川町。

12月30日 星期二 去东京。与清水见面。
与松尾、劳森前往森。佐生也来。
前往日活宾馆。
住在筑地。

一九五二年〔昭和二十七年〕・其五

5月6日 星期二　卖树苗的来。

5月8日 星期四　在资生堂与志贺先生见面。同车。

5月9日 星期五　在神宫采外景。武一（市）替我将钱送给森。

5月10日 星期六　装裱的人来。

5月12日 星期一　《[电影] 旬报》[的人] 来，五点。[前往] 月之濑。

5月13日 星期二　志贺先生座谈会。
住在中西。见到鹤田。

5月14日 星期三　前往修善寺的新井处。

5月15日 星期四　浜田来。回东京。

5月16日 星期五　因鹤田的事，去见厂长。

5月17日 星期六　在时雨亭与杉本见面。

5月26日 星期一　下午一点，[前往] 后乐园。

5月31日 星期六　送志贺先生到羽田。
见到木暮。

6月1日 星期日
内川清一郎来。
拍外景。湘南电车。

8月9日 星期六
拍外景。歌舞伎。汽车。佐竹家。

8月11日 星期一
拍外景。棒球。

8月12日 星期二
拍外景。棒球。

8月13日 星期三
拍外景。自行车赛。

8月14日 星期四
拍外景。大矶。

8月15日 星期五
温泉住处布景。

8月16日 星期六
Set。温泉住处。

8月18日 星期一
Set。温泉住处。

8月19日 星期二
Set。温泉住处。

8月20日 星期三
Set。拉面店。

8月22日 星期五
拍外景。羽田机场。

8月23日 星期六
拍外景。赤坂离宫。

8月24日 星期日
三宅坂。

8月25日 星期一
拍外景。修善寺。箱根。

8月25日 星期一
拍外景。→

一九五三年

〔昭和二十八年〕

1月1日 星期四

在北镰仓新居里［迎来］第一个元旦。

风很大。洗澡。

在被炉里喝屠苏酒庆祝新年时，大卯来。睡午觉。

丝川夫妇来。让他们进屋喝啤酒。

晚上，在收音机里听落语等。

MISUWAKASA 的漫才 * 很有意思。

今年在喝酒方面约束点自己。应该做好工作。

看更多的电影。一定不要太贪心了。一定要注意身体。

1月2日 星期五

阴。天空像要下雪的样子。真冷。

洗澡。

长谷部朋香来。妹尾夫妇来。益子来。西田来。就在这期间，新年的客人越来越多，［宴席］转移到有八张榻榻米大小的二月堂，宴会开始。

厚田、富二、浜田夫妇、山内、青枕、志贺真津子、山本武、井上由利子。

吃了茶泡饭后，大家都回去了。一直送到大船。去了趟月之濑。大家都不在家。

1月3日 星期六

天气重新晴朗起来。志贺真津子昨天把手包忘在这儿了，来取。在被炉里喝啤酒。

洗澡。镰仓会成立仪式在长谷的华正楼举行，前去。人可真多。从车站坐车前往。

出席者［有］：

川喜多长政、川喜多 Kashiko、绢代、冈村、笠、三井、宇佐美、高梧、勉、月丘千秋、市川小太夫、井川、岩间、津村秀夫、津村弥生、青木富夫、山内。

真是个盛会。非常有意思。

悠闲自得地走到车站，与笠、三井回去。

写贺年片。

1月4日
星期日

天气暖和。

睡个懒觉。起来，写贺年片。砍柴。扫门前。

一天都很安静，没有人来。晚上，［喝］蛤蜊汤，［吃］鸭火锅，［喝］酒二合，陶然自得。

早早地睡觉。一边躺着，一边看剧本《夫妇》。

正在看报纸时，看到人工降雨的大标题。给这四个字标注上 melodrama* 的读音如何？

今天上午四点半，秩父宫去世。享年五十岁。

1月5日
星期一

晴。上午，洗澡。乘坐三点的电车前往东京。车站前看到前田青邨。身穿蝴蝶袖的和服，下着裙裤，没有戴帽子。与青邨的狮子很像。在陶哉与林、服部见面，前往筑地的森。［吃］清炖杂种鸭。［喝］酒。

清水因感冒，未能来东京。下雨。在东京站打车。

回到家后，喝酒。自去年开始，有二十天没有下雨了。

真可谓甘霖。

1月6日
星期二

雨停了。天气十分晴朗。

上午，洗澡。今天是厂里第一天上班，虽然没有事，也前去。坐巴士前往。真叫闲散。约好试制衣服的 Mashiro 屋的人也没有来。在天黑之前，坐巴士回家。益子同车。说是要去名越的朋友家。

晚上的工作是糊盒子。

听收音机里播放的永井荷风的侃大山。很有意思。

根据日历，今天小寒。从今天起，天要变冷了。

1月7日
星期三

［吃］七日七草粥、煮鸭杂。

上午，去厂里。Mashiro 屋的人来，试制大衣。在月之濑［吃］醋拌牡蛎，［喝］酒。买砂锅面条、西式点心，回去。下雨。夹着雪。

在回家的电车上，遇到川喜多夫妇。上森同车。［川喜多］说：让上森也加入镰仓会吧。

* 通俗剧。

听落语《王子之狐》。用千代纸糊盒子。

自我观照——观看的人如果是另一个十分固执的自己的话，反而容易变得很奇怪。

1月8日 星期四

这段时间，雨下得正是时候，第二天早上，就停了。天气暖和，真好。

洗澡。

因陶哉的北川打来电话，所以不去大船了，在家等他。不久，他与陶哉老板一道来。说是要让我当北川结婚典礼的月老。

［喝］鳕鱼汁，［吃］煮鲛鱇鱼、蓝背脂眼鲱鱼干。喝酒。后，吃完茶泡饭后将他们送到山之下。

今天打雷。后，下了点雪。不一会儿，星星出来了。

1月9日 星期五

今年入冬以来第一次这么严重的降霜。

大船电器店的人来安装门铃。

一个来自冈山的少年，希望进厂工作。［将他］赶回去了。

洗澡。去厂里。走到车站时，错过了上行的一班车。

悠闲地走到大船。

在月之濑喝黑啤后，早早地乘坐巴士回家。

写贺年片。

读剧本《混乱不堪》。［这是］第一稿。开头部分写得很有趣。

深夜，森打来电话。提起北川与狸的事情。

1月10日 星期六

吃白味噌杂煮。整天在家。读剧本《春风吹拂》。

东日打来电话——拒绝剧本。

野田打来电话——说是要送给我东西。

清水打来电话——约好明天去热海。

给哥哥打电话——说是明天要来。

听完收音机后，读小林秀雄的《我的人生观》。

大相扑春场所［比赛］第一天。

镜里、照国，第一天就输了。

1月11日 星期日

今天没睡成懒觉。洗澡。十一点，乘坐电车出门，前往热海。在胜又的事务所与清水碰头后，去拜访志贺先生。［给我们］看在法国购买的［乔治・］鲁奥*［的画作］。据说花了四十五万法郎。还听说莫泊桑的《皮埃尔和让》

* Georges Rouault（1871—1958），法国画家，野兽派画家，风格较接近表现主义。

要拍成电影。

四点左右告辞。途中，打车前往重箱。然后去了趟天之川，乘车前往网代的蜂之巢。闲聊到三点。下雨。

1月12日 星期一

雨。看雨中的庭院。洗澡。胜又来，做野猪肉。大桥送到志贺先生那里。

雨停了。太阳出来。傍晚，在炉旁〔吃〕野猪肉。文吾、彦、胜又、清水夫妇等。住在蜂之巢。

1月13日 星期二

最近，收音机里的天气预报很准。晴天。风很大。

大桥带着（一字不详）和信一，给镰仓的里见先生送野猪肉。

接到电话，说来佐野屋的佐佐木康要来访，傍晚，佐佐木回去。不过，今晚也要住在这里。十一点过后，大桥与（一字不详）回来。去了趟镰仓的家，房州的登贵一人在家，母亲和启子去镰仓了。

1月14日 星期三

有风，伊豆也很冷。起床后，悠闲地散步。到处可以看见霜柱。

洗澡。两点三十二分，网代回去，让大桥去送他。

去了趟大船。在月之濑〔喝〕酒、〔吃〕炖菜。

据说，从明天起，火车票涨价。购买了张月票。与山内乘车回家。

十点多，信三来。闲聊。十二点多，上床睡觉。

1月15日 星期四

成人节。醒来时，吉成已经起来了。

让〔吉成〕打开从奈良的瓦又寄来的包裹。是一对雌雄的鸠瓦。

吃早饭时，喝了点酒，心情很好，在被炉里打瞌睡。信三回去。洗澡。净明寺的年轻人寅、雨、须香来。吃野猪肉火锅、煮鮟鱇鱼。后，吃茶泡饭。十一点，回去。

友野来，让他给牡丹花施肥。

1月15日 星期五

松阪的清川寄来和田金的牛肉。炒了吃。吃时，烧好洗澡水。但就在被炉里打起瞌睡来。

打算到什么地方去看看电影，但还是打消了念头，听〔广播里〕相扑的转播。洗澡。

吃完晚饭后，读《皮埃尔和让》等。早早地睡觉。

1月17日 星期六

早上，吃和田金牛肉的火锅。

Mashiro 屋的人带来做好的大衣。

乘坐三点半的电车去东京。坐地下电车在神宫前下车，去伊吕波。

导演协会的新年会。见到御子柴初子，好多年没有看见她了。宴会结束后，乘车一人前往东京站，坐末班车回家。

回家后，吃茶泡饭。

1月18日 星期日

阴天。天空马上就要下雪似的。洗澡。前往大船。去了趟月之濑，前往热海樋口。导演会新年会。城户、高村、涩谷、大庭、瑞穗、中村、岩间［等人参加］，非常有意思。决定让大家给导演买台搅拌器。

木下来到水口（翠光）园，但由于不清楚会场的地址，没有参加。

两点过后，睡觉。

1月19日 星期一

七点半起床。城户、高村两人乘坐九点的电车回去。十一点半，车来，看了梅林后，前往重箱。

木下来。比大家晚一步，从伊东乘坐两点五十七分的电车，带着礼物回去。

吃完鳗鱼茶泡饭后，八点半睡觉。

1月20日 星期二

虽然进入大寒，但天气很暖和。

早上，山本武打来电话。说二十八号左右想跟我商量事情。

松浦爱子的老公坂井充幸来。给我带来威士忌。

江间美都子来拜年。给我带来洋酒。

又一次懒得去东京，窝在被炉里，迷迷瞪瞪地度过。

洗澡。

1月21日 星期三

下午，前往大船。在车站与真船丰一路。同车。在月之濑［喝］黑啤［以及］一合日本酒，吃完锅烧乌冬面后，一人前往镰仓松竹。

从停电的街上走过。在馆见到岩间。

［观看］《春天的鼓笛》——这真是一部很不可思议的电影。高峰三枝子［的表演］很不好。

《第三人》——［这部电影］很好。

乘坐上行的末班车回家。很冷。回家后，吃茶泡饭。

好久没有看电影了，看完电影后，十分愉快。

日［本］大［学］的学生神纳到月之濑来。

1月22日 星期四

两个号称伤残军人的怪人来推销。是两个性格恶劣的人，一开始就将他们赶走。

一个推销人寿保险的女人来。也把她赶走了。

今天是怪人来的日子。

山本武打来电话。

傍晚，洗澡。吃三条鰤鱼的照烧。听收音机。早早地睡觉。读〔夏目〕漱石的《明暗》。

栃锦输给了羽黑山。

镜里赢了朝潮。

〔这是〕第十三天的〔相扑〕比赛情况。

1月23日 星期五

刮风。外面很冷。

我是头天立计划，当天不实行的人，本打算前往东京，但还是打消了念头。

在被炉里阅读《明暗》。然后睡午觉。

听第十四天的相扑转播。

镜里赢了千代山，朝潮赢了栃锦。

每天窝在被炉里，有点运动不足。恐怕又一次陷入头天立计划，当天不实行的状态。赶忙前往镰仓市民座，观看《要塞风云》。平庸之作。十一点半回家。可以说稍微运动了会儿。

1月24日 星期六

日子过得可真快。最近，几乎每天都无所事事。

吃完早饭后，接着阅读《明暗》。又一次打消去东京的念头。

丰被打发带东西来。〔他〕带来西服、鞋和香烟。

千秋乐第一场镜里获胜。

在收音机里听〔永井〕荷风侃大山续集。

洗澡。喝轩尼诗后，睡觉。

《明暗》中一个叫做小林的人与大久保忠素在什么地方有点像。这个人物写得特别好。

1月25日 星期日

天气真好。今天早上没有喝〔日本〕酒，喝了一杯威士忌。安斋来了，〔让他〕决定〔安放〕鸠瓦的地方。

吃完早饭后，阅读《明暗》。读完上卷，续读下卷。

没有去东京的心情。睡午觉。吃面包。读书。

傍晚，吃山药泥。睡觉。

1月26日 星期一

早早起床。地主来。缴纳了今年一年的土地费。

洗澡。乘坐一点的电车去东京。从大船起，与益子同行。白木屋→维利亚姆斯→梁濑→明治屋。

然后前往导演协会。商讨第八独立制片公司的《龙泽的鬼念佛》策划。

后，在东兴园与肥后、松尾、益子、丰〔吃饭〕，这时，佐生、茂田井、并木来。

在回家的电车上，再次与吉村公三郎同行。

喝得有点醉醺醺的。

1月27日 星期二

细雨。早上，野田打来电话，说因下雨，不去东京了。

洗澡。不知什么时候，雨变成了雪，稍稍积了点。本来说好在志贺真津子等年轻人的研究会"麦之会"上讲点什么，但因下雪，加之有点冷，所以给月之濑打电话，说不去讲了。

吃鲑鱼酒糟汤、豆腐火锅，喝酒二合。心情好，在被炉里打瞌睡。

下雪。不知什么时候又变成下雨了。

吃鹿儿岛的鲣鱼煎，可能有点像鲣鱼的鱼汤类的东西。

1月28日 星期三

早上，醒得有点早。洗澡。茂吕专门从野田带来新捣的寒糕。

乘坐一点的电车前往东京。与野田同行。

从新桥到罗杰斯→ Bond Street → State-side → American Pharmacy 转了一圈后，在伊势广吃烤鸡肉，喝酒。与仓田文人见面。然后走路前往东兴园。青枕来。

去了趟考克德尔，回家。

今天白天，巧克力店失火。

奈良冈本寄来灯笼。

雨妆亭去东京。说是要来访。

1月29日 星期四

吃寒糕的杂煮。巴士来的正是时候。去厂里。

去了趟月之濑，喝黑啤。与水上令子坐巴士前往镰仓。与约好的野田的会面迟到了。前往剧场镰仓。在这里与野田碰头，观看吉村的《千羽鹤》。解说太长。观看丰田的《春天的私语》。

看到一半，前往野田家。雨、须香来。叫了辆车，十二点半前回家。

1月30日 星期五

瓦屋的安斋来。让他在房顶上安放鸠瓦。

吃完早饭后，有点瞌睡。稍微睡了会儿午觉后，前往大船。

与神纳谈《鸟渡》的脚本。

五点过后，在月之濑，给麦之会的年轻人们讲了点什么。

在煤油炉边烤火，吃炸猪排。买了点东西，回家。

青枕也一同去听麦之会的讲话。听说雨妆亭感冒了，没有去厂里。

白天变得很长了。五点时，太阳还没有下山，天还亮着。

1月31日 星期六

乘坐四点的电车去厂里。

将松竹新股票的申请书和此前的分红通知书交给大原。没有见到高村、白井。前往月之濑。

与长冈见面——好久没有见到他了，喝酒，吃牡蛎杂煮。

去了趟车站前的书店，买了《唐诗选通解》和藤原银次郎的《人生观》后，回家。

右脚吊袜带附近长了个包。有点化脓。

托益子配置了些小额汇票。

给井上金太郎写信。

2月1日 星期日

好像有点感冒。而且右耳里渗出些淋巴液。心情不好，上床睡觉。

野田打来电话，说要不要与年轻人出去散步。拒绝了。

吃早饭。晚饭吃面包。很罕见地没有喝酒。整天在床上度过。

挑着读《唐诗选》。

2月2日 星期一

整天〔待〕在床上。

正在洗澡时，益子来。替我理好了小额汇票。

洗完澡后，睡午觉。真爽快。

读书等，早早地睡觉。傍晚，给野田打电话。说为给广播录音，前往东京。

2月3日 星期二

山本武打来电话，说明天去汤之原。让他给中西打个电话。

今天本打算再外出一次，但作罢，决定睡觉。

让启子到镰仓去看电影《千羽鹤》。

今天立春。

2月4日 星期三

安斋来，让他把庭院里的枫树拔了。野田的有记子来。

说她最近开始学茶道，〔于是〕将正柏的红色茶碗及从药师寺带回来的茶杓给她。

去厂里。

见到山本武、高村厂长。与野田乘坐五点前的电车前往汤之原的中西。别馆二十五号［房间］。

吃完饭后，闲聊。《东京物语》大致的故事情节有了个眉目。

2月5日 星期四

早饭时，喝酒。睡午觉。心情很爽快。

晚饭，吃鸡肉火锅。汤之原的鸡，什么时候吃都又软又香。

吃完晚饭，到街上去散步。

购买消化酶片、奶油。

给多贺打电话，邀请清水来玩。说明天来。

侃大山。各人有各人的特点。畅怀大笑。

2月6日 星期五

吃完早饭后，让人铺上被子，睡午觉。一直睡到四点。

日暮时分，清水来，吃什锦火锅。非常好吃。十点过后，山本武来。

各种侃大山，很有意思。畅怀大笑。一直聊到深夜两点。白天睡得太多，难以入睡。

2月7日 星期六

山本武说是要去一趟大矶桑德斯之家，早早地回去了。

十二点半，车来，与清水、野田前往大洞台志贺先生的住处。阿川、田鹤子在。看在山上新建的书房。吃杂煮，谈《千羽鹤》，看旧影集等。让人叫了车来，前往重箱。正要回去时，直吉夫妇来。喝酒，喝得陶然自得，乘坐末班车回家。

拔完枫树后，庭院里种上红梅。

收到大久保忠素的信，说是要送给我火炉。

［今天是］每日竞赛，日本电影奖投票的日子。缺席。

2月8日 星期日

还是在家睡得香。

正午过后起床。友野来，放下绘画书等，便回去了。

哥哥来。天上飘起细雪来。给月之濑打电话，说是不去厂里了。

洗澡。

吃饭，喝鳕鱼汤，吃茶泡饭、腌制食品等。

在上床后，再次阅读壶井荣的《日历》。

天空要下雪似的。但很快便不下了。

2月9日
星期一

正在睡觉时，哥哥回去了。

天气十分晴朗，让人感到春天的到来。

洗澡。

乘坐一点的电车前往东京。野田同车。益子在大船上车。

Takumi——陶哉〈北川去京都出差〉——平野屋〈钱夹子还没有做好〉——白木屋〈在OSS遇到六车〉——总厂〈遇到月森、隆三、城户、高村〉，看*Limelight*。后，乘车［前往］东兴园〈遇到佐生、泷井〉。

买了筑紫的东馒头后，从东京站回家。

喝得有点醉醺醺的。喝到这个程度就该放下杯子不喝了。

2月10日
星期二

益子打来电话，说理发店一点营业。急急忙忙去厂里。到理发店。在月之濑洗了头之后，熨衣服。

与野田乘坐四点的电车前往东京。在电影世界社举行高峰秀子的《巴黎一人行》的出版纪念会，让我做一次演讲。［这是一场］盛会。

陶哉〈送给我腌芜菁片〉——去了趟源寿司，从东京站回家。

与川端夫人、真船夫人、冈村文子同车。在车里，吃红豆饭。

喝了点酒，稍微喝过了点量。

京都祇园十二段屋转让给我的火炉已经寄到了。

2月11日
星期三

有点宿醉。早早起床。

打开从京都寄来的火炉包装。

信来。与母亲、启子去迎接。九点半，一道前往观看歌舞伎。

前后门紧闭，睡午觉。三点左右，益子来。让她收拾了一下房间。五点左右，她回去。

十点过后，［看歌舞伎的一行人］从东京回来。听说今天皇太子也去歌舞伎座看演出了，十分高兴。

一块儿吃茶泡饭等。从东京带回来礼物，有三明治、狸的点心等。

2月12日
星期四

天变得暖和了。春风吹拂。梅花开始绽放。

起床时，柴田拿着衬衣来。也没有洗脸，便和他闲聊起来。

打磨京都寄来的火炉。

今天在昴举行《［电影］旬报》十佳颁奖典礼。卓别林的《凡尔杜先生》、黑泽的《活着》都没有看过，因此觉得前去参加的话会很麻烦，作罢。

洗澡。吃鲑鱼酒糟汤。早早地睡觉。

野田打来电话，说明天是中村组的试映会。因此决定后天前往茅之崎。

2月13日
星期五

安斋来。种杏树。

两点，中村组《做梦的人们》试映会开始。本来与野田约定，前去参加，但由于睡懒觉，爽约。洗完澡后，傍晚五点去厂里。在月之濑喝酒，吃牡蛎粥。长冈博之给我买了件外套。

下雨。与野田、雨妆亭前往镰仓。去武寿司。乘坐出租车回家。

2月14日
星期六

打磨火炉。把屏风收起来。给野田打电话，商量前往茅之崎的时间。

野田并没有乘坐在约定的电车上。在大船站遇到池忠。一道前往茅之崎。

车站外面没有车。乘坐自行车出租车前往住处。野田已经住下了。洗澡。吃鸡肉火锅。不一会儿，良辅从大船来。闲聊。

据说今天是阴历正月初一。

2月15日
星期日

早上，起床。良辅出去了。

隔壁房间里外科医生们正举行宴会。因此，澡堂的水比平时要烧的早。

洗完澡后，出门。去了趟药店→书店。邮局前新修了一条路，大吃一惊。

傍晚，良辅回来。喝鸡汤，吃鸡排。闲聊至三点。

无所事事。一天过去了。

野田运河的新川家妹妹的女儿要参加松竹歌剧的考试，来托我帮忙。去了趟镰仓后，回到茅之崎。

广播映画的今村来见野田。

2月16日
星期一

十二点起床。

给益子打电话，托她去办昨天新川家亲戚的女儿的事。

四点左右，肥后来。一同洗澡。

吃猪肉豆腐。喝酒。闲聊。

肥后住下。

没有谈工作的事。

肥后给我带来轻羹。很淡的甜味，十分好吃。但不能吃得太多。

后来，听关泽讲，清水今天犯轻微的心绞痛。

2月17日 星期二

十点前起床。理发店的光来。让他剪了剪发梢。

早上，喝了点酒。

良辅乘坐两点的火车从大船前往东京。与肥后一道回来。

正在睡午觉时，玲子来。洗澡。烧鸡汤，喝酒。与野田前往寿司元。去了趟药店、水果店，回家。

良辅打来电话，说〔今天〕不回来了。把寿司当作礼物送给住处的孩子们。

好像得了外耳炎，用纱布堵住耳朵。

2月18日 星期三

阴天。很冷。给鸡汤里加了点酒，早上喝，〔身体〕暖和起来。说是早上，其实已经正午过后了。

谈工作的事。第一次干活。稍微睡了会儿午觉。说是午觉，其实已是傍晚了。

上原叶子打来电话，问明天池部良来住宿可以不？回答说：可以。

洗澡。在炖菜汤里加入意大利通心面。很香。

右耳好像治好了。但左耳有时还疼。每次吃东西时就疼。

晚上，良辅带着芦泽回来。闲聊到三点。

将山村〈长子〉设定为职业医生。

2月19日 星期四

中午左右起床。喝了点酒。良辅、芦泽去厂里。傍晚，林文三郎提着两瓶酒来。洗澡。

叶子、池部良来。吃五条鰤鱼刺身、金枪鱼葱段火锅。喝酒。

迷迷瞪瞪地睡觉。江间来。十一点左右大家都回去了。在被炉里打瞌睡，一直到三点。去睡觉。

池部带给我一瓶酒、一瓶尊尼获加。江间带给我小田原的鱼糕。

睡得真香。

没有谈半句关于工作的事。

2月20日 星期五

早上起床。总觉得有点头痛。心情不是很好。吃完早饭后，又睡午觉。

今天是高田保一周年忌日，野田乘坐五点的电车前往大矶。

一个人吃晚饭。豆腐火锅、煮油炸萝卜。

林文三郎打来电话，说儿井英生明天来。

七点，试映《乱七八糟》。没有去看。

九点多，野田回来。

家里打来电话，说登贵来了。又说秀行早稻田〔大学〕的号码是1290。

杉村〈长女〉的职业定位是美容师。

2月21日 星期六

天上开始飘起雪花来。

用鸡架做汤，代替酒。在被炉里睡午觉，醒来时，〔外面〕雪白一片，雪积了起来。江间叫来自行车出租车来接我，出门。医生没有来。走到车站，又乘自行车出租车回来。洗澡。儿井本来要来，但他打来电话说，不来了。

鸡排。汤。酒。雪越下越大。很冷。

2月22日 星期日

雪后的第二天是个好天气。滴水声不断。与孩子们在草地上堆雪人玩。

躺在被炉里时，蜂之巢的关泽来。带来香菇。说起十六号那天，清水因心绞痛躺倒，现在还卧床不起。让他将三宅克巳（己）〔书写〕的匾额、小出楢重的书法挂轴及志贺先生的书法挂轴带到北镰仓去。

洗澡。

良辅来。以汤代酒。清水捎话来说，不要喝多了。因此，心里常常有节酒之意。

三点睡觉。很冷。

2月23日 星期一

冰结得很厚，洗漱间的水都被冻住了。

正午过后，吃早饭。烤香菇吃。很香。

良辅叫来车，前往平塚的自行车赛场。

睡午觉。感到有点寒冷，没有出门散步。良辅与中山一道回来。

吃炸猪排、腌制食品，喝汤代酒。闲聊。一直到三点。

2月24日 星期二

因今天举行佐生赴美之会，前往东京。叫车。来了辆小型车，与野田同车。良辅、中山走路去。在车站，玩了四十分钟的扒金库等。野田回镰仓。去了趟大船，前往月之濑。乘坐五点十分的电车去东京。良辅、中山同车。

在筑地森见到佐生、肥后、松尾、茂田井。清水寄来热海的鱼干。药师寺好胤师来。花柳昌子来。前往东兴园。与森、昌子前往

Koba，喝红茶。乘车将昌子送到赤坂。前往筑地。洗澡。喝啤酒。谈起北川的事情等。住下。

2月25日 星期三

起床后，停电。说是在东京每周停电两次。

早上，在二楼喝了点酒。林文三郎来。一块儿出门，从鱼河岸到陶哉—平野屋〈和服短褂带子已经做好〉—三点四十五分去了趟大船。下雨。与野田、山本吃晚饭：咸海参肠、咸鲑鱼籽、猪排、炖菜。乘坐佩里的车，让他把我们送到车站，回到茅之崎。从北口坐车。

回到住处，洗澡。早早地睡觉。难以入睡。

2月26日 星期四

睡得很香。正午左右起床。喝汤代酒。吃完早饭后，已经三点了。洗澡。

傍晚，药师寺的高田好胤师来。吃炖菜，从寿司元叫寿司外卖。高田的朋友、《每日〔新闻〕》的图书编辑部副部长岸哲男来。

乱七八糟谈了许多。

快到十二点时，岸回去。

好像有点感冒，吃了点药睡觉。

最近，肥厚性鼻炎又犯了，睡觉很不舒服。

2月27日 星期五

早上，网代的清水打来电话，说天气很好，你不来吗？好胤师回去。

起得非常早。乘坐十二点半左右前往伊东的电车，与野田去网代的蜂之巢。

清水已经完全痊愈了。闲聊到一点。梅花盛开季节已经过去。点点花瓣随风飘落。

香菇的天妇罗非常好吃。

2月28日 星期六

睡个懒觉。风很大。喝了一合酒。吃煮鲀鱼。在阳光下迷迷糊糊地打盹。

乘坐两点五十五分从网代发车的巴士，到热海车站，关泽也一并来。回到茅之崎。

小林一郎、玲子、节、雨、须香、虎来。

吃金枪鱼葱段火锅、猪肉火锅。

让小林帮我量血压。120/75。放心了。小林回去。闲聊。

晚上，很暖和。在大厅里睡着五个人。

新东宝的佐生今天晚上出发前往美国。没有去送行。

3月1日 星期日

很暖和。据说比往年温度要高七度左右。淅淅沥沥地下起雨来。早上，大家一起会餐。喝威士忌。大家前往海岸边散步。睡午觉。我没有去［散步］。

Mashiro 屋的人来。为参加《每日［新闻］》主办的西服组合竞赛试缝参赛服装。

日［本］大［学］学生神纳来。在大船参加完副导演入职考试之后回去时［顺道而来］。

洗完澡后，大家一块儿前往寿司元。提着一瓶月桂冠［酒］前往。在二楼房间［喝酒］。大家乘坐末班车回去。把他们送到车站后，悠闲地走回住处。

又下起雨来。春雨淅沥之感颇深。

吉田首相骂议员混蛋，引起社会议论。

3月2日 星期一

小雨。暖和。大厅里有人举办结婚典礼。周二公休的理发店提前一天休息。

感觉该开始工作了。

大久保将京都松前屋的比吕女送来。睡午觉。醒来时，已经傍晚了。睡得真香。洗澡。

吃金枪鱼葱段火锅。喝酒。吃红豆饭茶泡饭。

谈工作的事。说起将老夫妻俩送到热海温泉去怎样。

3月3日 星期二

十一点起床。正吃早饭时，山本武来。一块儿吃饭。闲聊。将他送到车站，顺便出门散步。暖和得已经不需要穿大衣了。买岩波写真文库及维生素药后，回住处。回来后，睡午觉。洗澡。

喝鸡汤。吃鸡排。

［今天是］女儿节。旅馆送来什锦寿司。刮起风来。

吃砂糖拌柑橘——好久没有吃柑橘了。下雨。十点多，清水与关泽来。说是请银座的主治心脏病的医生武永看完病后回去时，顺道来。谈起《暗夜行路》的事情等。叫车来。乘坐十二点半的火车回去。

无所事事。

3月4日 星期三

天气不错。暖和。起床后，吃完早饭，已是两点。然后睡午觉。醒来时，四点了。五点多，洗澡。今天，服务员不在，烧洗澡水的人不清楚厨房的情况，水烧得温吞吞的。没有洗，便出门。五条鰤鱼已经没什么脂肪了，五条鰤照烧不好吃。茶泡饭。接到电话说，有人打电报来。〔电报〕说《〔电影〕旬报》社明天有人要来。脖子上长了个包。刚好是接触到枕头的地方，很擅长睡午觉的我有点难受。

3月5日
星期四

早上十一点多，笠从大船打电话来，叫醒了我。〔电话里〕说仲英之助从尾道来了。

起床时，《电影旬报》〔社〕的大桥社长、松村及照片组的人来。拍了许多照片。从寿司元那里叫寿司外卖。喝酒。

益子来。带着从罗真那里获得的打火机。还带来炖菜和炸猪排。洗澡。

儿井英生来。闲聊。叫车，十点五十七分，与益子二人回去。

整天客人接连不断。

晨报报道斯大林病重的消息。

平野屋做好钱夹子及和服短褂带子。

3月6日
星期五

秀行结束早稻田高校的考试，说是要来北镰仓。

野田的夫人说，今天要与脚本家的夫人前往汤之原。

打算回去。叫车，乘坐两点的电车前往大船。

五点，观看堀内真直的《女性的声音》。情节剧。

看完后，在月之濑喝酒。

带着西式点心，回到北镰仓的家——好久没有回来了。秀行已经来了。吃茶泡饭。一同睡在地板上。

在市民座上映《仙履奇缘》，但没有去。

3月7日
星期六

给野田打电话，说今天不回茅之崎了。

喝白兰地。吃早饭。

正午过后，从武寿司那里叫寿司外卖。

给逸见广先生写信。洗澡。

喝酒。吃凉拌菜、糯米乌贼。与秀行闲聊。说考试的结果于十号公布。然后是体检、面试。公布录取名单是十四号。祈愿能够考上大学。晚上，下起雨来。给装裱店打电话。说是让他们装裱的志贺先生的信件还没有做好。

3月8日
星期日

暖和。雨停。

五条鰤照烧。今天的〔五条鰤〕还算有脂肪。熨西服。装裱的人来，把会津八一的书轴带来。

正在洗澡时，野田打来电话。决定乘坐五点的电车前往茅之崎。

秀行把我送到车站。

在茅之崎车站乘坐巴士，在中海岸下车。

以汤代酒。［吃］豆腐火锅。江间来。给我带来森（守）半的海苔。

十一点上床睡觉。

3月9日 星期一

斋藤彻雄夫人来。由于将寄给良辅的包裹打开，道歉来了。给我带了最中点心。于是起床。睡午觉。傍晚，洗完澡后，前往上原家。［他］有两个孩子，因分别进入庆应［大学］和白百合［大学］学习，［大家都来］祝贺。在操场上，点起炉子，举行宴会。酒一杯一杯地下肚，有点瞌睡。一点多，让他们用车送我回去。

3月10日 星期二

春日盎然。非常暖和。水［也变］温。

昨天的酒劲还在，头疼。林文三郎打来电话，说秀行通过考试。放下心来。给北镰仓打电话，通知他们。

睡午觉。野田的侄子来。自行车赛手来集训。洗澡。晚饭从寿司元叫寿司的外卖。

良辅回来。旅馆里客人很多，每个房间都亮着灯——好久没有看到这种景象了。日本桥长井店打来电话。听良辅讲《青铜的基督》的故事。

3月11日 星期三

早上九点，吉成从野田来。因浜子住院，来商量。

良辅早早地去了大船。两点四十八分，与野田、吉成去东京。野田的夫人来到新桥车站，前往 American Pharmacy。分别后，稍微出席了会儿高桥丰子出版会，去花野屋吃天妇罗。打电话，叫来林文三郎。与良辅见面。［他］刚刚看完自行车竞赛。下雨。七点，在有乐座观看《蓬门今始为君开》。与慧子、秀行、吉成前往源寿司。很晚了，与吉成前往筑地的森。洗澡。住下。

3月12日 星期四

早饭在森吃。稍微喝了点酒。

乘车前往明治屋。买了亚子的巧克力、熏制的鲑鱼等之后，在地铁口与吉成分别。三点多，回到茅之崎。

洗澡。晚上，良辅、芦泽来。吃熏制鲑鱼和茶泡饭。以鸡汤代酒。十一点多，睡觉。

风很大。

3月13日
星期五

该工作了。虽然这么想，但什么也都没有做。

早上，起得比较早。吃完早饭后，睡午觉。然后洗澡。晚报来了。吃晚饭。红烧猪肉。富田来。昌子因三原的事情来。林文三郎打来电话，说秀行考试通过。告诉北镰仓〔这个消息〕。就这样，一天过去了。无所事事。

闲聊，直到一点半。

益子打来电话，商量如何写制片厂失火烧毁的报告书。

3月14日
星期六

春暖。正在睡觉时，芦泽、富田回去。

昨天欠觉，因此吃完早饭后，睡觉。

洗澡。小林市郎来。给我看浜子的X光照片。泽村勉来。

〔吃〕鸡排。从寿司元叫寿司的外卖。闲聊至四点。

3月15日
星期日

正在睡觉时，老母亲、慧子、启子来。说只有老母亲从车站坐车来。大家在吃早饭时，老母亲她们前往浜。因到了中午，所以从寿司元叫寿司的外卖。

两点五分，良辅去东京。小林、泽村一道回去。晚些时候，三点多，母亲她们回去。

欠觉。因此午觉一直睡到傍晚。大厅里是开同窗会的一帮人。法政〔大学〕自行车部的一帮人回去了。洗澡。喝啤酒。煮豆腐。吃完晚饭后，散步。风还是非常寒冷。购买《中央公论》。回到住处后，读志贺先生的《车中杂谈》。早睡。

3月16日
星期一

雨。天冷。吃完早饭后，睡午觉。醒来后，读《文艺春秋》等。洗澡。

吃鸡肉火锅。喝酒。脖子上的包还没有好。吃抗生素。

傍晚，雨还没有停。风还大了些。有季节感。入夜后，商讨剧本的工作稍微有点进展。故事情节能不能丰富起来呢?

读川端康成的《无音》。

3月17日
星期二

早上，下起小雪，积了起来。吃早饭时，四下已经看不到积雪了。很冷。在被炉睡午觉。剃头师傅来。剪发。

野田乘坐五点的电车前去参加文艺春秋社主办的水木洋子获菊池宽奖的庆祝会。然而，他把日期搞错了，庆祝会昨天就已经举办了。十一点，〔野田〕回来。

与良辅闲聊。无所事事地度过一天。

灌上汤婆子睡觉。这是不是今年春天最后一个寒冷的日子呢？

3月18日 星期三

进入春分前后。天气很好。很暖和。从今天起，驹泽大学的棒球部来集训。

良辅前往东京。信三寄信来。写回信。

驹泽大学的棒球教练是宫武，在练习前，与穿着制服的他在窗前交谈。

去街上散步。买药、蛋黄酱、八朔柑、奶酪等。回住处。洗澡。喝啤酒。晚饭时，宫武来。一同喝酒。

在被炉里打瞌睡。良辅回来。闲聊。无所事事。

3月19日 星期四

春意盎然。阿悠送给我一些萩饼。

最近，早上起得比较早。但〔起来后〕什么也不干。

洗澡。在庭院附近散步。桃花绽放。

傍晚，白井和夫、山本武乘车从海岸来。

吃猪肉火锅。一块儿吃饭。

就这样，还是无所事事。

利用这个时机睡觉——这个时机是什么时机？我在被炉里打瞌睡。野田一个劲地〔这么〕劝说我。

3月20日 星期五

像是要下雨，但又没有下。风很大。窗子、拉门等响个不停。我想如果风停了话，可能就要下雨了吧。良辅去东京。说今天晚上不回来了。读壶井荣的《日历》等。

正在洗澡时，《读卖周刊》的记者奥井博来。向我打听关于田中绢代的事情。赞美〔了她一通〕。

晚饭时，下起雨来。烤油炸食品吃。江间冒雨带着萩饼来。

不一会儿，雨停了。停电。隔壁住着客人。有点热，难以入睡。

试着创作《晚春》《麦秋》等故事情节。上午，神纳来。

今天早饭吃荞麦面。不消化。

3月21日 星期六

今天春分。一个人早早起床，前往海岸。海浪很高。吃完早饭后，睡午觉。醒来后，去散步。买八朔柑等。桃花四处绽放，这两三天突然间桃花盛开。

洗澡。晚饭。但没有什么想吃的东西。不过，感觉天妇罗还可以。想出门给月之濑打电话，但今天休息。益子也不在家。最终，还是在旅馆吃饭。五条鲕和乌贼。出人意料地很好吃。稍微干了会儿活。

良辅带着芦泽回来。入夜后，冷起来。晚报上的消息说：松竹将津岛惠子驱逐。

3月22日
星期日

春风荡漾，春日迟迟。吃完早饭后，睡午觉。天气可真不错。

天气虽然不错，但还是什么都没有做。芦泽一人在大厅里写故事情节。

洗澡。晚饭，从天又叫来天妇罗。宫武来。

明天，驹泽大学棒球部的人要参观大船。稍微多喝了点酒。

闲聊之后，一点多睡觉。

3月23日
星期一

早上起床，外面下着雨。早饭吃昨天预定的锅巴，外加一瓶酒。驹泽大学棒球部的人参观完大船，一点左右回来。

笠与土屋来。洗澡。

吃鸡肉火锅。喝酒。笠跟我商量签合同的事。九点半左右，叫了辆车，回去。

吃得很饱。在被炉里打瞌睡。

无所事事。

3月24日
星期二

早上，以鸡汤代酒。吃完早饭后，睡午觉。

接到小林市郎的来信。立马给信三写信，与X光照片一起送到野田。几野来到良辅的住处。大家将他送到车站。然后爬过砂山，穿过松树林，来到海边。回去。

驹泽大学〔棒球部的人〕回去了。洗澡。傍晚，剃头师傅来。让他剪了剪下面的头发。

晚饭吃炖菜。吃完饭后，花了两个小时左右构思故事情节。十二点了。闲聊了会儿，两点了。

庭院里红色的桃花盛开，十分美丽。晚上，三原夫妇因进出工作一事来。带来水果。

3月25日
星期三

春雨。昨夜欠觉，因此〔今天〕怎么也提不起精神来。

芦泽要去厂里，因此托他去月之濑带点天妇罗〔回来〕。

信三来。好像是来取浜子的X光照片。坐四点的电车回去。

〔今天是〕亚纪子的生日。

洗澡。天又送来天妇罗。天妇罗搞重了。但是，芦泽并没有回来。

八点过后，芦泽回来。以此为话题聊得非常高兴。

十点开始工作。效率很高。从热海宾馆开始一直写到最后的场景，一气呵成。

两点多上床睡觉。雨停了。星星出来了。

3月26日 星期四

天气很好。早上，做天妇罗乌冬面吃。

稍事休息后，与野田、芦泽出门散步。在波浪冲击的海边散步。从中学旁边走过东海岸，一直走到上原家后面。回去。没有找到大庭家。

回来后，良辅不在，骑自行车出门了。洗澡。吃完晚饭后，十点，开始从头构思故事情节。进展不顺利。十二点，停止构思。良辅来，闲聊。沉浸于小田原过去的事当中，四点了。上床睡觉时，纸窗上已经出现淡淡的曙色。

3月27日 星期五

早上十点醒来。眼睛很涩。良辅与芦泽早早地就出门了。良辅今天晚上要在箱根与涩谷开座谈会。

吃完早饭后，睡午觉。然后出门散步。来到东海岸，看见大庭的新家。从小桥处来到海边。沿着海边生长的松树林中云雀婉转啼鸣。进入云雀落脚的松林中寻找云雀巢，但没有找到。

回来后，洗澡。吃晚饭，炸猪排。做炸猪排饭。工作。说起如果来了急诊病人该怎么办是好呢?

3月28日 星期六

十一点起床。两点四十分前往大船。三点多坐巴士到羽田。

高村厂长乘坐五点出发的飞机前往戛纳。但由于冲绳附近刮起台风，飞机停飞。

与野田乘坐城户的车前往东京。宫崎董事同车。去了趟新东宝及陶哉，与北川、山本武前往花野屋。在这里与良辅一行会合，前往东兴园。

与良辅、几野、长濑、中山等人在二楼会餐。喝酒。在并木大道分别后，与野田从东京站回来。池田一夫同车。下雨。

3月29日 星期日

雨。洗澡。给野田打电话，说不去市民座了。

在被炉里看了会儿杂志等，出门参加六点举行的镰仓会。

在长谷的华正楼，津村、绢代、冈村、笠、三井、矶野、高津、真吉、重吉、野田、泽村、堺、月森、月丘姐妹、桵子夫人、濑良、近藤、佐田、山内、草间以及早田雄二等人来。

〔喝得〕酩酊大醉。与高津、笠等人同车，回来。把伞忘记带回来了。

3月30日 星期一

有点宿醉。来到庭院。天气很好。北镰仓现在也是最好的时节。早上，稍稍喝了点酒。睡午觉。洗澡。头有点疼。

坐四点半的电车去东京。

《朝日相机》的座谈会在交询社旁边的中岛举行。津村、田中敏男、岛崎清彦、木下惠介、三浦光男、生方摄影师出席〔座谈会〕。

后，与津村前往鲁邦。喝高杯酒。有前往中岛。与弥生一块儿从东京站回来。田中绢代、古田从新桥上车。

今天一天有一种宿醉的感觉，提不起精神来。

3月31日 星期二

天气晴朗。数庭院里牡丹花的花蕾。警察来调查房屋。乘坐一点的电车前往镰仓。在市民座观看《大侦探故事》。

然后去大船。在月之濑喝黑啤。

见到会计濑尾，说起取纳税预付金的事。

五点多，与野田回到茅之崎。从寿司元叫寿司的外卖。洗澡。

读木下的《日本的悲剧》等。闲聊。两点半上床睡觉。

4月1日 星期三

从早上起，天有点阴。总觉得有点疲惫。也有欠觉的缘故。

吃完早饭后，睡午觉。

在庭院里试着挥了挥〔高尔夫〕球杆。

傍晚，山本武来。洗澡。炒鸡肉、豆芽和菠菜。给我带来营养片。

良辅回来。闲聊。

夜深后，下雨。说是山本明天回京都。

两点半，上床睡觉。

4月2日 星期四

十一点起床。野田改编的《落叶日记》于五点试映，因此两点五分就出门了。因时间较早，与良辅三人走到车站。没有衬衣，在毛衣的上面套了件西服，前往。

在医务室看医生，治疗脖子上的包。松阪的清川姐妹来参观。带给我和田金的牛肉。看了试映之后，在月之濑与野田吃煮牛肉。

十点多回到茅之崎。

良辅还没有回来。

庆应棒球俱乐部的人集训，住在这里。

亡父祥月的忌日。

4月3日
星期五

正洗脸时，导演协会的渡边来。报告了许多事情。江间来。带给我虎门的 Kenuki 寿司。

叫车，乘坐一点五分的电车去厂里。在医务室注射青霉素。两点四十分回去。在茅之崎车站遇见秀行。冒雨回到旅馆。洗澡。吃晚饭前，秀行回镰仓。吃和田金牛肉做的火锅。良辅回来。

是不是正是狗出生的季节呢？很多狗聚集在一起，极尽吵闹之能事。

4月4日
星期六

野田前去参加在大冈山举行的爱知一中的同窗会。良辅去川崎看自行车竞赛，一同前往。在大船下车。秀行来到月之濑，在那里等着我。在医务室将脖子上的包切除。

因停电，电车十分拥挤。

从新桥坐地铁前往近代美术馆。在高岛屋的地下二层看了看后，去了趟丸善、梁濑，在银座的 Suehiro 吃牛排。门牙掉了。

打车在三越前将秀行放下，从东京站回去。

在茅之崎车站前与江间一路。到住处来拿大腕。不久，良辅、野田坐末班车回来。

4月5日
星期日

吃完早饭后，阿勇跟我说，你去看看邻居朋友女儿的跳舞吧。讨厌的女孩跳的讨厌人的舞蹈。玲子、雨、须香来。车来。前往大船，让医生看看脖子上的包的情况。见到上原。坐上原的车回到茅之崎。柳井来。野田把大家送到车站。稍微睡了会儿午觉。洗澡。从寿司元叫寿司的外卖。

工作了一个半小时左右——好久没有工作了。

一个说是从山田中学毕业的叫做坂口的男人来访。给小林一郎写感谢信。

4月6日
星期一

乘坐两点五分的电车前往大船。在医务室接受治疗。

四点十分回的茅之崎。洗澡。吃猪肉火锅。喝了一点点酒。吃晚饭。

工作了两个小时左右。闲聊。两点上床睡觉。夜深后，很冷。读柳井的脚本《那妹妹》。

上午，井上久麻雄来到良辅的住处。高屋朗来。与大庭夫人同车前往大船。

4月7日 星期二

早上，剃头师傅来。今天老爷子要来，但由于脖子上的包还没有好，所以没有剪头发，只是给野田剪了剪。

早饭，吃肉。井上由利子来。说已经从俳优座的讲习班毕业了。

在被炉里睡午觉。比平时晚很长时间才洗澡。这是因为澡堂在修顶棚。

晚饭，吃天妇罗。喝酒。打瞌睡。醒来时，已是十二点了。无所事事。

夜深之后，稍微有点冷。工作的进展很不顺利。

4月8日 星期三

早上，将昨天的天妇罗做成天妇罗乌冬面吃。原研吉与柳井来，修改《那妹妹》。

两点五分，前往大船。去医务室。塚本雨妆亭在大船诊疗所住院。说是得了紫癜。与笠、清水、益子去看望他。

在月之濑见到永岛和香川京子。去了趟车站前的书店，交付了《荷风全集》等的订金后，回家。晚饭，与原等人会餐。

总之，先开始写。从热海的海岸写起。完成这部分场景的写作。

4月9日 星期四

出门散步。来到球场，观看P俱乐部〔队〕与丘之上〔队〕的比赛。然后上街，回住处。

上午，开始写杉村美容院的部分。洗澡。

吃完晚饭后，一人到街上，购买美容的参考书等，回住处。写美容院〔的部分〕。

庆应棒球丘之上〔队〕的一帮人回来。

大船打来电话。说输血的结果很好。我想塚本是不是也快痊愈了。

4月10日 星期五

吃完早饭时，益子打来电话，说塚本的情况恶化。前往大船。塚本还在睡眠之中。说昨天很痛苦。现在注射起了效果。见到枡冈院长，向他打听病情。说只是时间的问题。

频频向老家打电报。

四点四十五分，长逝。导演助手会的人将遗体搬到克罗伊德〔寮〕的一个房间里。

守灵。

老家打来电报，说明天早上四点一分家人来大船。

傍晚开始下起雨来。

4月11日 星期六

凌晨四点多，塚本的父母亲冒雨赶来。悲愁不忍目睹。供上香和花。

天亮时分，在月之濑睡了两个小时左右。

僧人来。入殓。

两点，在大船制片厂举行告别仪式。参加的人众多。

再次在克罗伊德〔寮〕守灵。

请笠诵阿弥陀经。

塚本芳雄，享年三十九岁。

其法名为：芳草院释雨妆居士。

整夜在灵前与塚本的老父母谈故人的事。

4月12日 星期日

天亮时分，在月之濑睡了两个小时左右。起床后，前往克罗伊德寮。大家给棺材周围放花。九点多，灵车来，前往逗子小坪的火葬场。雨停了。

骨灰又一次回到克罗伊德〔寮〕，首先在这里举行告别仪式。塚本的老父亲致辞，大家泪流满面。〔塚本的〕老父母前往镰仓参观。在月之濑等着，将〔塚本的〕老父母送到东京厚生馆之后，〔去〕喝酒。

悲伤之余，有新的感受。晚间，回到北镰仓——好久没有回来了。

吃茶泡饭。

4月13日 星期一

塚本的遗骨将乘坐十点三十分的火车回故里，前往大船站送行。

在厂里本馆的阳台上晒太阳。

两点多，野田的老熟人来参观，有八十五人之多。

回去，与他们擦身而过。因欠觉，睡午觉。

好久没有回到北镰仓了。真好。鲜花盛开，有山茶、棣棠、苏枋、淫羊藿、东菊、木兰等。

4月14日 星期二

正在睡觉时，整理室的男子给我送来大丽菊的根。

川尻善治来。他是个建筑师，是我的邻居。

早饭，吃最早上市的鲣鱼。喝了点酒。

洗澡。阪口充幸来。一同前往月之濑。将他介绍给山本武。六点，观看中村的《岸壁》。

后，与野田在月之濑吃天妇罗，喝酒。乘坐九点十分的电车回茅之崎。闲聊。

收到哥哥家里的明信片。上写俳句云：

新帽子，头上戴，正是入学时。

春雨如细丝，打得蛇眼眯。

良辅、芦泽住在隔壁。

4月15日 星期三

吃火腿炒豆芽。早上没有喝酒，这很罕见。吃晚饭后，睡觉。正睡时，神纳因进厂工作一事来。神纳回去后，世界映画社的男子来到野田那里，拍照。

芦泽去平塚看自行车竞赛，我也试着买了十张赌券。有两张中了一千六百六十日元。

吃完晚饭后，完成从美容院到上野公园部分的写作。

嗓子有点疼。买浅田糖，含在嘴里。

山本青枕从协会寄来荒井良平的礼物——京都三岛的味噌腌肉。晚饭时，烤着吃。很好吃。

4月16日 星期四

阴天。有点冷。

目前决定早上不喝酒了。

十二点五分，良辅去东京。芦泽去平塚自行车赛场。昨天尝到好处后，又试着买了十五张赌券。

稍微睡了会儿午觉。开始创作上午至代写书信的部分。洗澡。

晚饭，吃炸猪排、豆芽。喝了一点点酒。

自行车竞赛四道当中中了两道，加上昨天赢的，总共中了五千四百日元。入夜后，开始下雨。江间、阿六、具宪来。给我带来长命寺的樱糕。

工作到两点。完成小饭店部分的写作。

4月17日 星期五

天气十分晴朗。但有点冷。

正午左右吃完早饭，出门散步。路过棒球场的旁边，走到大街上。见到池忠的女儿。

回来后，工作。嗓子和鼻子的情况很不好。洗澡。晚饭，吃鸡排、鸡汤。喝酒。正吃饭时，良辅回来。

写关东煮的部分。一直写到三点，才完成。

金雀花绽放出点点花朵。

前些日子守灵以来，生物钟紊乱，很难睡个安稳觉。

4月18日 星期六

早上，打高尔夫练习用的球，这是良辅买来的。打得很不好。

上午，修改关东煮的部分。

几野来到良辅的住处，带来香烟。这是两条出口的香烟。

吃完晚饭后，一人去药店，购买治鼻子的药〈PQB〉、青霉素的口含药等。

晚上，写原的公寓部分。野田吃了安眠药，先睡了。与良辅闲聊。谈工作的事。将近三点，上床睡觉。咳嗽不停。

今天一天没有喝酒。近几天来比较罕见。

4月19日 星期日

正在睡觉时，《每日新闻》的岸来。带来不知什么时候与好胤师和野田三人拍的照片以及金泽的米糠酱腌咸菜。

吃完早饭，秀行与良全来。午饭从寿司元给他们叫寿司的外卖。前往海边等地方，四点左右回去。白天工作。

完成美容院部分的写作。一直写到夜里一点半。完成公寓部分的写作。

几野在吃晚饭前来，带来一乃濑的点心。立马回去了。

托车站前自行车竞赛的掮客，购买了十七张十一、十二道的鹤见［赌券］。十一道的［赌券］中奖了。自行车竞赛总共获利四千八百日元。十一道中了一千一百日元。一天没有喝酒。

4月20日 星期一

春风荡漾。在庭院里打高尔夫球。托人购买了十八张左右鹤见自行车竞赛的［赌券］。中午，写公寓之后路上的情景。散步，走到海边。太阳被云遮挡，马上折返回来。洗澡。晚上，完成东京站部分的写作。两点，上床睡觉。良辅也咳嗽不停。

今天，自行车竞赛虽然中了两条赛道，却损失了一千二百九十日元。总计还有三千五百日元的获利。柳树下的泥鳅并非一直呆在一个地方。最近一段时间，生手是不是该倒运了。

到今天为止，已经三天没有喝酒了。

晚上，雨夹着冰雹下下来。不久，星星出现。

4月21日 星期二

吃完早饭后，来到庭院，打高尔夫球。

稍微睡了会儿午觉。预测家来，买了十张鹤见自行车竞赛［的赌券］。中了三道，获得一千八百日元。总共加起来获利四千三百二十日元。

洗澡前，剃头师傅来，剃头。洗澡。芦泽来。吃鸡排，喝鸡汤。喝酒。

工作。完成大阪和事务所部分的写作。

闲聊至两点，上床睡觉。

头痛，服用止痛片，真管用。

4月22日 星期三

预测家寄来报纸。商议［购买赌券一事］。总之，试着购买两张十二道的［赌券］。

真是个好季节。打开窗户，睡午觉。

三点，江间给我带来小豆汤。隔壁举行结婚典礼。洗澡。晚饭，吃天妇罗，做成天妇罗乌冬面。

今天，十二道中奖，两张中了七百二十日元。但损失了九百六十日元。总计获利三千三百六十日元。

早上，刮胡子。鼻子下面的胡子突然间长得很长。

工作。开始写作老父母在大阪住宿的部分。

4月23日 星期四

从昨天起，寒冷天气已完全结束，暖和了起来。早上，吃天妇罗乌冬面。上原把钱给我寄来。

睡午觉。洗澡前，写东京打电报给乡下的部分。

洗澡。中村贞（定）郎来给良辅复印［脚本］，但还没有完成。

晚饭，吃炖菜、红豆饭。

家里打来电话，说牡丹花开了两朵花。

晚上，完成原事务所和山村医院的部分。就此，东京的部分完成了后一半的写作。十二点半。

下起雨来。效率非常好。

4月24日 星期五

春风荡漾。制作本部的宇多田来拍我和野田创作［脚本］的作品。

今天是参议员选举的日子，弃权了。在庭院里打高尔夫球。

贞（定）郎参加完选举，回来。天已经黑了。

晚饭，吃猪肉汉堡。唱明治、大正时代的旧歌等，畅怀大笑。没有写作。

4月25日 星期六

自行车竞赛的报纸到了。小田原［自行车赛场］开业，试着买了九张［赌券］。

两点五分，野田前往镰仓，良辅前往东京，我与贞［定］郎、芦泽前往大船。与白井和夫闲聊。去了趟月之濑，天黑之前，回北镰仓。

吃鲣鱼刺身。喝酒。读广津和郎的《晚秋》等。

在十一株牡丹花中，一株开了两朵花。今天晚上，一朵花凋落。

4月26日 星期日

新绿可真美丽。给桔梗上油渣。森与昌子来。从光泉叫炸豆腐寿司的外卖。喝啤酒。

来到庭院里，采集蒲公英、款冬、水芹。洗澡。两位女客人睡午觉。

晚上，吃盐煮鲷鱼、鲣鱼刺身。喝酒。乘坐九点的电车回去。把她们送到车站。月上中天，春山朦胧。打开台灯，读杂志等。舒舒服服地睡觉。从明天起又要忙起来了。

4月27日 星期一

暖和。牡丹花盛开。来到庭院，给花木浇水。

早上，稍微喝了点酒。然后睡午觉。

醒来，洗澡。给野田打电话。在北镰仓乘坐五点三十六分的电车，回到茅之崎。坐巴士，在中海岸下车。

良辅、芦泽不一会儿便从小田原自行车赛场回来。

吃完晚饭后，工作。开始写尾道的部分。

二十五日的小田原自行车竞赛两道共中奖七百七十日元。因买了九张〔赌券〕，还损失了一百三十日元。

共计获利三千二百三十日元。

4月28日 星期二

春风荡漾。藤花已是紫色一片。吃完饭后，睡午觉时，山本武来。

喝咖啡。〔山本武〕从后门乘车回去。打高尔夫球。

微风起，煞是暖和。

吃完饭后，一人前往药店，购买治鼻子的药和治嗓子的药。工作。写尾道的孩子们来的部分。后，闲聊。两点多，上床睡觉。

自行车竞赛买了十四张左右的〔赌券〕。五道中，中了四道，获利五百日元。共计获利三千七百三十日元。

4月29日 星期三

金雀花盛开。〔今天是〕天长佳节。真暖和。报纸上说，这是六月初的气候。穿单和服。白天，什么也没有干。大厅里是老人们在开〔庆祝〕花甲的宴会。晚饭后，与野田、良辅、芦泽出门散步。走到铁道对面的〔赌〕自行车赛网点后，坐车回来。工作。写尾道临终时黎明的部分。

闲聊。给良辅讲〔脚本〕写好的部分。三点上床睡觉。

今天，购买了小田原〔赛场的〕二十张〔赌券〕。

只中了一道。损失一千五百三十日元。统共获利二千二百日元。

4月30日 星期四

早上，自行车赛网点的人又来了。正在吃早饭时，下起雨来。很少见。吃完早饭后，工作。完成寺院和仓库的部分。后，睡午觉。洗澡。

晚饭，喝萨摩酱汤，吃天妇罗。最近天妇罗成为茅之崎的必吃之物。

吃完晚饭后，稍事休息，工作。完成饭馆的部分。效率很好。

今天，试着买了两张五道〔的赌券〕。其中，中了两道。获利一千日元。

统计获利三千三百日元。

5月1日
星期五

吃完早饭后，芦泽回去。由新藤介绍来的浅野祯子来。说她是乙羽信子的经纪人。

今天没有自行车竞赛。闲聊，但话题没有进展。

工作。修改昨天写的饭馆的部分。开始写纪子回〔东京〕那天的部分。

〔今天是〕五一节。平安无事的一天。

去年的今天举行城户女儿的结婚典礼。

5月2日
星期六

吃完早饭后，Mashiro 屋的人来，试缝制春天的服装。

工作。完成尾道的部分以及纪子回〔东京〕那天与京子对话的部分。

大厅里邮局的人开完会后，举行宴会。因此，在吃早饭前洗澡。

傍晚，中村贞（定）郎来。晚饭，吃猪肉火锅。喝酒。正在这时，小林一郎从镰仓来。向他讲医生工作时对话的部分。讲了很多。

闲聊。两点多上床睡觉。

今天是八十八夜 *，但非常冷。

几野来到良辅住处。又给我带来香烟。

去年的昨天，我移居到北镰仓。

5月3日
星期日

和风吹拂。起床后，洗澡。

从今天起，平塚的自行车赛场〔开始启用〕。让小林给我量血压。血压是 115/60。小林乘坐四点八分的电车离开，将他送到车站。〔没有穿和服，而是〕穿着裤子外出。看车站对面自行车竞赛网点的黑板等。

芦泽来。

晚饭前，接受乙羽信子的访问。给我带来威士忌、羽衣等。皮肤上出现一个个化脓的小包。买金霉素吃。工作。完成尾道的最后部分。

今天买了七道的〔赌券〕，中了两道，获利一千五百日元，损失一千三百四十日元。统计获利三千一百四十日元。

5月4日
星期一

早上，正洗脸时，乙羽来打招呼，回去。

贞（定）郎、芦泽要去厂里，因此给白井写了张借条。

* 日本杂令之一。即从立春那天算起，第八十八天。大约在五月二日前后。农民开始忙碌起来的时候，如采茶、养蚕、干农活等。

正在睡午觉时，月森仙之助来。稍迟一会儿，山本武来。

吃猪排。喝酒。闲聊。在大门口，打乒乓球。

买了十三张平塚〔自行车竞赛〕七道的〔赌券〕。中了三道，赢了七百三十日元。

今年第一次开放的藤花开始凋落。

5月5日 星期二

早上，镰仓打来电话，说津村秀夫要来。天变得阴沉下来。

吃早饭前，剃头师傅来。一个奇怪的男子来，说是想进制片厂工作。

上午，Q来。闲聊。一块儿去洗澡。洗澡水里放进了菖蒲。

晚上，吃鸡排。喝鸡汤，以代酒。叫车，〔Q〕乘坐末班车回去。诸来。说是来道歉来了。见到野田。

平塚〔自行车竞赛〕第三天。七道〔的赌券〕，〔买了〕七张，〔中了〕一道，赢了四百十日元。

晚上，给家里打电话。说是母亲拉肚子，已经在床上躺了三天了。让枡冈先生来看过。

5月6日 星期三

早早起床，打高尔夫球。吃面包。益子打来电话，说木下惠介的岳父去世，并提起拿到钱的事。

中村登打来电话，说今天早上高村厂长从戛纳回东京。

芦泽、良辅带着部分稿子去厂里。

晚饭，喝酒。吃煮豆腐、炸猪排。

将前半部分的内容用卡片的形式排列。三点上床睡觉。

平塚〔自行车竞赛〕，四个人买十六张〔赌券〕，赢了八百十五日元，输了八百三十五日元。

5月7日 星期四

下雨。好久没有下雨了。今天自行车竞赛因下雨中止了。

柴田拿来礼服的衬衣。吃早饭。喝威士忌。井上由利子来。

傍晚，洗澡。叫车，乘坐七点的电车冒雨回去。

回到镰仓。喝酒。吃晚饭。雨下了一整天。睡得很香。好久没有睡这么香了。

5月8日 星期五

雨下了一整夜。

牡丹花基本上都凋谢了。桔梗长得很高。百日红、茅草。

三点，冒雨参加在圆觉寺举行的木下周吉的告别仪式。

回来后，洗澡。喝啤酒。

晚饭，喝酒。吃盐烤鲈鱼。正是吃鲈鱼的季节，十分美味。

读《荷风日乘》。

入夜后，细雨也没有要停的样子。

5月9日 星期六

天气十分晴朗。新绿欲滴。吃鲣鱼刺身。喝酒。在庭院里剪去凋谢的牡丹花蒂。洗澡。去拜访搬到隔壁的小山家。但主人不在家。去厂里。乘坐四点五十几分的电车前往东京。山本武同车。

在田屋购买——领带、帽子、袖口。在平野屋——订购钱包。在伊势由购买——单和服。〔前往〕东兴园——北川同行。在筑紫购买东馒头。从东京站回去。

打开床头灯，阅读《荷风日乘》。爱不释手。津津有味地读着，窗外已经发白。

5月29日 星期五

正午过后，野田高梧来。对照地阅读誊写好的脚本，进行修改。

给大船打电话。山本青枕、斋藤武一（市）来。要〔他们〕给场景加上顺序号。

洗澡。晚餐，吃盐煮鲷鱼、刺身、黄酱汤等。款款而谈。〔山本他们〕乘坐前往东京的末班车回去。〔将他们〕送到车站。

5月30日 星期六

三点多，去厂里。听说高村去热海了。

与清水富二去东京。高桥丰子同行。

去了趟陶哉。前往吉田，与清水见面。去画房转了转，看清水购买的安井曾太郎的《天津桃之图》。真乃佳品也。

与清水前往日本桥伊势广。后，分别，与陶哉、北川前往东兴园。一边喝酒，一边打瞌睡。

购买点心等——明天亚纪子要来。去了趟筑紫、考克德尔，从东京站回去。

回来后，吃茶泡饭。

秀行、慧子来，住下。

5月31日 星期日

秀行一大早就回去了，说是要去看早庆战。上午，哥哥、吉成、亚纪子来。哥哥带来鲷鱼的浜烧。

午饭，吃刺身，喝酒。

洗澡。晚饭，喝啤酒，吃烤猪肉。

哥哥睡在门厅、吉成、亚纪子睡在八张榻榻米大小的房间里。母亲、慧子和启子睡在六张榻榻米大小的房间里。塘眠堂里睡满了人。

6月1日
星期一

一大早，哥哥回去。雨还没有停。与亚纪子玩耍。在被炉的竹席上铺上坐垫，〔亚纪子〕于狭小的空间里玩人偶。洗澡。

晚饭，吃新鲜的冰鲍鱼、炸猪排等。喝酒。打瞌睡。后，一人阅读《荷风日乘》，直至天空发白。

深夜，亚纪子独自一人醒来，与人偶玩耍。不一会儿，嘴里舔着人偶的手，进入梦乡。〔母亲〕正在住院，离开生病的母亲很长时间，幼小的心灵可能已经习惯了吧，真是非常可怜。

耳里传来首班车发车的声响以及门前鸟鸣的声音，不一会儿就打瞌睡了。进入六月后，是不是也多愁善感起来了呢？

今天，在帝国宾馆举行黛和桂木的结婚典礼。我虽被邀请参加，但没有去。

6月2日
星期二

上午，吉成、亚纪子、慧子回去。

睡午觉。乘坐三点三十七分的电车去厂里。与真船丰夫妇同车。

见到高村厂长。〔他〕从戛纳电影节回来后，〔我〕第一次见到他。〔他〕说《东京物语》的脚本很有趣。

五点，观看木下惠介《日本的悲剧》试映。虽然是他的野心之作，但〔我〕并没有受到感动，〔影片〕非常粗糙，就如同嚼加了醋的萝卜一样。没想到〔这是一部〕平庸之作。

在月之濑与山本、清水喝酒，款款而谈。回家后，吃茶泡饭。给野田高梧打电话。

城户送来KM的搅拌器。试着用了用，很好。制作苹果、牛奶汁喝。早庆战决赛，早〔稻田大学〕获胜。6 ∶ 2。

6月3日
星期三

就好像已经进入梅雨季节一样，天气很闷热。吃完早饭后，又打瞌睡。导演协会的渡边打来电话，约定三点在月之濑见面。说是要汇报全体大会的事情。

洗澡。去厂里。比约定的时间晚了一个小时。被任命为常任理事。喝黑啤后，回家。

晚饭，吃鲑鱼、味噌汤。读书读至深夜。身穿前夹后单的三件套，既不冷，也不热。在去大船的电车上见到黛、桂木夫妇。一对和睦鸳鸯，应结一水因缘。

收到具宪送给我的香鱼。

6月4日 星期四

去厂里。

与山本青枕、清水富二前往东京。去筑地的森，吃烤鱼串。漫步至尾张町。一人去了趟八重洲。回去。

森说要买书，一起出门。在歌舞伎座前分别。

6月5日 星期五

就好像已经进入梅雨季节一样。

友野从镰仓买了些红蜀葵的苗，带来。在雨停的间歇，〔将苗〕种下去。

天气闷热，给月之濑打电话，说不去厂里了。

读《荷风日乘》。

6月6日 星期六

月之濑打来电话，说川岛精二要来。〔他是〕蒲田时代的摄影助手。

洗澡。厚田雄春来。带来鲋佐佃煮。一道去厂里。见到野田、山本武和高村厂长。谈脚本的事。后，与清水富二去东京。在银座的小松前见到晚上拍摄的清水。与上原叶子前往源。陶哉、北川来。在Candle咖啡馆见到池部良、有马稻子。喝高杯酒。见到平尾郁二（次）。拜访高峰秀子在永坂的新家。款款而谈。乘车前往新桥车站，回家。松田真一喝得酩酊大醉，同车。到达北镰仓时，天上开始飘起小雨。

肥厚性鼻炎的状况很好。很快便睡熟了。

6月7日 星期日

早上开始下起细雨。下了一整天，很是郁闷。感觉有点冷。整天在床上读《荷风日乘》。

6月8日 星期一

整天雨下个不停。躺在被窝里读《荷风日乘》。洗澡。傍晚，厂里打来电话，说《东京物语》已经复印完毕。〔我〕告诉〔他们〕说，可以不用寄来，放在月之濑就行。

肥厚性鼻炎的手术，一天拖一天。根本不想出门，冒雨走在泥泞的路上。

晚饭，吃盐煮鲷鱼、凉拌海鲜，喝酒。躺在被子里继续阅读《荷风日乘》。读到大半夜。

大腿上长了个包。每隔四小时服用一次金霉素。

6月9日 星期二

很少见的一个大晴天。身穿衬衣、长裤，头戴白帽子去厂里。今年第一次这种打扮。在车站见到田尻。在厂里。去了趟月之濑。去了趟浜田医院。说是明天下午一定要做鼻炎手术。

回家后不久，山本武打来电话，说要来。过不了一会，〔山本〕来。说敬三的角色让高桥来扮演如何？我陈述了理由后，拒绝了。敬三的角色，不是他这样的壮汉来演的。制片厂在演员的使用方面，有一种将不合适的人强加在身的做法，令人十分不愉快。

采茶。吃完晚饭后，又读《荷风日乘》。

在厂里见到芦泽。良辅仍然在茅之崎。说是写作工作迟迟没有进展。

6月10日 星期三

洗澡。下午，前往大船。在浜田耳鼻咽喉医院做鼻炎的手术。这已经是第四次〔做这种手术了〕。做完手术，也就好上两年左右，不知什么时候鼻息肉又长出来。手术后，乘坐厂里的车回到北镰仓。益子同车，一同来到家里。途中，停下车来，购买《文春》〔杂志〕、牛奶等。

马上上床睡觉。又在床上继续阅读《荷风日乘》。手术做得很好，几乎没有出血。

此前，大腿处的包化脓，今天完全没有脓水。真是脓包之长。

读书至拂晓。窗前不断传来鸟鸣声。

6月11日 星期四

阴天。吃完早饭已是中午了。本打算乘坐三点半的电车前往大船，但错过了这班车，坐巴士前往。在浜田医院洗鼻子。

前往月之濑。见到山本武、青枕、武一（市）、浜田。与吉泽商讨音乐的事情。

傍晚，回家。在车站前的书店购买《荷风全集》前期〔出版〕的十二册。前年大船发生火灾时，〔这套书被〕烧毁了。

购买大船至镰仓间二等车三个月的月票。二千三百四十日元。

晚饭，吃鲷鱼的刺身，很好吃。

与往日一样，继续阅读《荷风日乘》。

6月12日 星期五

睡觉时，已将近一点。志贺真津子来。洗完脸，见她。说是从京都回来。给我带来丹波木绵、芥末酱腌茄子。

傍晚，去厂里。并没有要做的事。在月之濑喝了一瓶黑啤之后，去了趟药店、书店，回家。

买了本《字源》。

最近，早晚都没有喝酒。不喝的话，也能够轻松地度过。

上床睡觉。在被窝里阅读《荷风日乘》。

6月13日
星期六

洗澡。去厂里。若草剧团的三个小孩被引见〔给我〕。

快到五点时，与山本武去东京。在弥生画廊观看梅原龙三郎近作展。大约十个展品左右。蔷薇和水果〔的画〕真好。

清水在赤阪（坂）的旅馆里，在电话里与他交谈。

前往筑地的森。昌子在那里。

喝酒。后，与森一道去源。

因时间很晚了，住在筑地。

6月14日
星期日

接近正午时，起床。昨天的酒还剩下一些。早上，喝了一合酒后，吃早饭。给本町打电话。秀行一人在家。从近代美术馆〔前往〕高岛屋，去了趟白木屋，四点十分从东京站回家。

穿着西服三件套，真热。

为满天星剪枝。

《荷风日乘》第二十二卷读完。

6月15日
星期一

细雨。采外景。第一天。

晚了一个小时，抵达新桥。上森同车。在车站前的咖啡馆里见到村濑的孩子。从日比谷旁边来到银座，顺便去了趟伊东屋等店之后，乘车前往深川宫川。经过八幡宫、不动、清水金锷饼〔店〕，来到新东宝，见到林。与林、山本、田代分别后，与厚田前往东京站。

小岛政二郎同车。津村秀夫、泽村勉从新桥上车。

回家后，吃茶泡饭。

今天是十五号，是八幡宫的祭日。

6月16日
星期二

洗澡。喝啤酒。十一点半前往东京。松阪（坂）屋→松屋→高岛屋→白木屋→看三越的屋顶。在白木屋购买英国的电冰箱。

乘车前往松阪（坂）屋后街的蓬莱屋。后，去看了看上野公园。沿不忍池转了一圈，乘车前往银座。与山本、田代、斋藤分别后，与厚田去了趟 American Pharmacy 和 San，从东京站回家。

与吉村公三郎同车。回家后，吃茶泡饭。

6月17日
星期三

洗澡。十一点三十分前往东京。坐巴士前往东阳公园。经过 Senki 的稻荷、砂町，走到葛西桥。并没有找到中意的地方。坐巴士回到尾张町，前往东兴园，喝啤酒。后，前往新东宝，与厚田、山本、田代分别。与佐生、茂田井、林、松尾前往赤阪（坂）的 Nagoya。

见到清水。从佐生那里听到关于美国的许多事情。

后，去了趟百老汇。从东京站乘坐十一点十二分的电车回家。与《读卖〔新闻〕》的深见同车。回到家时，电冰箱已经送到了。

在 Nagoya 拿到一个铁锅。

6月18日
星期四

洗澡。细雨。乘坐十二点的电车去东京。途中，雨下得更大了。

到达考克德尔，喝咖啡，吃冰淇淋。中止采外景，在皮卡迪利观看《玉女奇男》。原作 *THE BAD AND THE BEAUTIFUL* 很有趣，〔但电影却很〕平庸。

后，在布尔德克喝啤酒。吃可乐饼。去了趟陶哉，与北川玩扒金库。在佳味庄喝红茶。坐巴士冒雨前往东京站，回家。

今天，田代没有来。山本、厚田同行。

6月19日
星期五

中止采外景。友野摘了些青梅来。四点前往大船。与山本武一（市）在月之濑喝啤酒。听说益子到家里去玩，但我没在家。

傍晚，回到家。吃盐煮鲷鱼、盐烤香鱼——这是具宪送给我的。喝酒。

熨裤子等。

入夜后，下起细雨来。

筑地打来电话。

一九五四年〔昭和二十九年〕

1月2日 星期六　新年的客人来了许多。

1月3日 星期日　镰仓会［在］长谷华正楼［举行］。

1月6日 星期三　在热海水口（翠光）园［举行］导演会。

1月7日 星期四　上午，去重箱。后，乘车前往蜂之巢。肥后已经在那里了。［吃］野猪肉。

1月8日 星期五　与清水、肥后乘车前往广津家（但不在家），去志贺家。晚上，［吃］野猪肉。

1月9日 星期六　在蜂之巢逗留。［吃］野猪肉。

睡眠有点不足。

1月10日 星期日　从热海去观看初场所＊的第一天［比赛］。

大久保、元、肥后同行。后，与肥后前往布鲁德克。

1月11日 星期一　与笠、清水、肥后去观看第二天［的比赛］。后，在筑地的森吃杂种鸭。深水同车。

登贵来。

1月12日 星期二　与清水、田中延二、肥后去看第三天［的比赛］。

回来时，经过村上家前，一同前往蓬来（莱）屋，后，去森，见到高梧夫妇。早上，在车站见到关口泰。

＊
一月举行的正式相扑比赛称为“初场所”。

1月16日 星期六
与秀行、丰同行。后［去］东兴园。

1月17日 星期日
与笠的两个儿子同行。

1月19日 星期二
与吉泽、村上同行。
从神田川前往森。

1月20日 星期三
第十一天［的比赛］。下雨。
蜂巢（原文如此）。与邦、弘之同行。去了趟吉田。

1月21日 星期四
第十二天［的比赛］。与哥哥、北川前往。
去了趟浅草田甫、蓬莱屋，但已经很晚了。去了趟莲玉。

1月22日 星期五
与田中延二同行。第十三天［的比赛］。
回来的路上，去了趟上野的蓬莱屋，见到大久保、关泽。

1月23日 星期六
与秀行、山内同行。第十四天［的比赛］。
下雪。三友。后前往森，见到儿井、内川。一半五十。收到十。交给肥后。

1月24日 星期日
虽然下着大雪，但还是去观看千秋乐。
吉叶赢了山镜，获全胜。
与秀行同行。去了趟源后，回家。

1月25日 星期一
整天［在家］睡觉。

1月26日 星期二
整天［在家］睡觉。由利子来。
▲夜晚的车窗，拼命奔跑在，残雪的路上。

1月27日 星期三
在三越［参加］《心》的座谈会。
［参加者有：］辰野隆、石川欣一、户川真矢（Ema）、Nada 万的阿繁。
后，［去］东兴园。

1月28日 星期四
去厂里。拜托大原给良辅二十。
与山内在月之濑喝酒。吃牡蛎杂煮。

1月30日 星期六

前往京都。从热海乘坐鸽子［号］。一等［车厢］。小林一三同车。

2月1日 星期一

在鸣濑聚集。会餐。

2月2日 星期二

自京都乘坐鸽子［号］回来。浜田、益子到横滨来。益子来到北镰仓。还有残雪。

2月7日 星期日

去厂里——好久没有去厂里了。

2月8日 星期一

傍晚，去东京。与肥后前往伊势广。

2月10日 星期三

去厂里。去了趟理发馆。

2月11日 星期四

与野田、肥后前往上多贺的蜂巢。［吃］野猪肉火锅。
见到加藤唐久郎。住下。

2月12日 星期五

［吃］野猪肉火锅。
住下，第二天。

2月13日 星期六

野田前往汤之原中西。
今天，又住下。
第三天。

2月14日 星期日

前往汤之原中西。［住在］别馆二楼。楼下［住着］泽村、中村登。

2月15日 星期一

中村回去。

2月16日 星期二

出门散步。前往万叶公园。傍晚，开始下起雨来。

2月17日 星期三

整天下雨。整天睡午觉。

2月18日 星期四

斋藤武市来。说要去日活。
从别馆搬到新馆的三十五号［房间］。

2月19日 星期五

上午，泽村回去。把握，野田回来。一人在大澡堂里洗澡。吃鲑鱼茶泡饭。

2月20日 星期六 三点四十分回家。去了趟月之濑，乘车回家。

2月21日 星期日 整天睡觉。读小丝源太郎的随笔《冬之虹》。

2月22日 星期一 上午，野田来家里。〔喝〕酒。
送野田回去。前往月之濑。购买和服、药等，回家。很冷。

2月23日 星期二 在灌园扫落叶，花费了半天时间。母亲前往净智寺。正在睡午觉时，山本青枕因结婚的事来。吃黄油烤鸡、鲑鱼酒糟汤。晚上喝了二合酒。早早睡觉。

2月25日 星期四 与野田前往东京。在大映总社观看 *The Little Foxes*。后，前往长门，去上野的蓬莱屋。

2月26日 星期五 先祖山下平兵卫的十三周年忌日，前往野田。回来时，去了趟哥哥及森的家。

2月27日 星期六 在大船碰头之后，乘车与石川欣一、井上缲次郎、阪部前往藤泽的鳗屋，开座谈会。

2月28日 星期日 去厂里。见到德川义亲、土（原文如此）田美代子。早早回家。

3月1日 星期一 去厂里。见到村上。与浜村前往市民座，观看 *Carrie*。最后拍得不好。

3月2日 星期二 雨。睡午觉。津村弥生给我带来含羞草。

3月3日 星期三 傍晚，前往北镰仓的书店。
购买《苛风 *》《裸体》等。回到家时，秀行已来。

3月4日 星期四 与野田在东剧观看 *Act of Love* 试映。下雨。后，在三味吃天妇罗。后，去森。吵了一架。回家的路上与中村登同车。雪。

3月5日 星期五 整天在家。下一部作品的故事情节还没有一点眉目，

* 疑为“荷风”。

但隐约感觉到大致的轮廓。或许可称之为知识分子大杂院类的东西。

3月6日 星期六 给并木座发快递。洗澡。益子来，从东兴园叫来荞麦面。

3月7日 星期日 与野田、虎、雨等人前往美术馆，然后前往觉圆寺、瑞泉寺。登山。

3月8日 星期一 高桥丰子来。

3月9日 星期二 在庭院里拔草。益子邀我去东京，但没有去。

3月10日 星期三 穿着和服去厂里。观看木下的《女之园》。见到高峰秀子。

3月11日 星期四 整天下雨。

3月12日 星期五 整天在家。拔院子里的草。

举行岩田专太郎获菊池奖的庆祝会，但我没有出席。

3月13日 星期六 去厂里。与野田夫妇、雨去东京。看御舟展、大原美术展后，购物。送给玲子熨斗。去了趟蓬莱屋后，回家。

3月14日 星期日 种红蜀葵。

与野田夫妇、雨、寅、须香三青年及阿节在瑞泉寺吃精进料理。后，前往里见弴的新居。

3月15日 星期一 乘坐两点的电车，与里见先生、野田前往蜂之巢。

住第一个晚上。

3月16日 星期二 志贺先生、阿川、福田来。傍晚，前往重箱。里见先生回去。

住第二个晚上。

3月17日 星期三 在电视上观看大阪春场所的比赛等。

住第三个晚上。

3月18日 星期四 住第四个晚上。

3月19日 星期五

回东京。与清水、大久保、野田前往银座，去御舟展。后，去蓬莱屋。

3月21日 星期日

总共十六人去徒步旅行。

葛原冈→钱洗→佐助稻荷→野田家。

3月22日 星期一

去东京。在San购买徕卡［相机］。135.000。去了趟American Pharmacy、明治屋（［购买］熏制［食品］），回家。

3月24日 星期三

去厂里。打高尔夫球。

听说益子去了歌舞伎座。

3月25日 星期四

儿井、肥后来。母亲去钱洗弁天。与肥后前往野田家。肥后住下。

3月26日 星期五

与肥后去东京。在田屋购买雨衣。

回来后，穿和服参加镰仓会。

3月27日 星期六

六点，在银座与清水见面。从户稳（隐）到Nagoya。谈起《道中悲记》的事等。樱花开了两成。

3月28日 星期日

与野田夫妇、雨、须香、寅三青年前往叶山深处的分校，拜访青木先生。

在二之鸟居的浅羽屋吃完晚饭后，回家。

樱花开了六成。

3月29日 星期一

和子、弘子从野田来。

与启子前去参观建长圆觉寺等。

不去蜂之巢了，［在家］熨衣服等。

3月30日 星期二

有记子来。孩子们去参观镰仓。前往东京，去导演协会。早早地去了趟东兴园后，回家。秀行来。

3月31日 星期三

上午，与秀行去看建长寺的樱花。正在散步时，下起雨来，回家。

4月1日 星期四

去厂里。去理发。打高尔夫球。与和夫在月之濑喝啤酒。回家。樱花盛开。

4月2日
星期五

亡父的忌日。烧香。去东京。

协会——日活会馆（《月上中天》）蓬莱屋——东屋（岩田、牧野、清水）。

4月3日
星期六

上午，笠因合同的事来。让他诵经。吉成、亚子来。秀行回去。洗澡。樱花散落了一些。

4月4日
星期日

母亲、吉成他们去八幡宫。

与野田、雨去小雀，然后去藤泽的鳗屋。坐电车去镰仓。回家。

4月5日
星期一

吉成、亚子回来。上午，与母亲前往浦野。然后去大船，送给益子［和服］腰带。

4月6日
星期二

下雨——好久没有下了。

清川母子俩来。给我带来伊势鲷鱼。隔壁的净智寺来人。傍晚，清水、安田来。一同进晚餐。

4月7日
星期三

［气候］犹如初夏［时节］。正午过后，厚田、斋藤、吉泽来。翻过山，去钱洗弁天进贡。后，前往长谷花（华）正楼吃晚饭。笠、清水来晚一步。

秋山耕作去世。

4月8日
星期四

［前往］驹场的东［京］大［学］教养学部、民艺馆、青山的花屋，然后乘车前往银座。在 Nagoya 吃晚饭。野田夫妇与江原同行。

4月9日
星期五

与笠参加秋山耕作的告别仪式。

看了海藏寺的加藤家后，去了趟里见先生家。晚上，在镰仓松竹有《勋章》的试映，我没有参加。

4月10日
星期六

给牡丹、蔷薇上肥。睡午觉。住田母子来。晚上，去野田家，给他送去花甲纪念礼物——和服料子。

*

后藤真太郎、井上金太郎、小野佐世男、高桥贯道、小林勇吉、秋山耕作。

最近，去世的朋友很多。

4月11日 星期日

与野田夫妇、虎兄弟、雨等人从杉本寺坐巴士前往横滨。去了趟海员阁——元町——不二屋后，回家。登贵、基夷子来。

4月12日 星期一

乘坐三点的电车前往东京。在九段阿家，电电公司的人们与〔导演〕协会的人们举行恳谈会。后，与儿井、肥后去了趟吉田。

4月13日 星期二

野田穿着和服来。给我带来竹笋。

4月14日 星期三

《主妇与生活》的女记者来。

阴天，整天在家。

4月15日 星期四

上午，肥后来。牡丹花的花蕾大了起来。野田、泽村来。四人前往横滨的海员阁。路过元町，回家。Mashiro 屋来。

4月16日 星期五

睡完午觉后，去厂里。益子前往东京，没在家。打高尔夫球。与由利子、山内、清水、安田前往海员阁。路过元町，回家。早上，笠来。

4月17日 星期六

与野田夫妇、泽村、雨前往东京。高岛屋→三越→南千住尾花→言问团子→长命寺→浅草，回家。

4月18日 星期日

上午，儿井、肥后、渡边、牛原来。与电电公司的人探讨各种问题。

雨下了一天，没有停。春天正在逝去。

4月19日 星期一

去厂里。打高尔夫球。五点十分，与野田前往茅之崎。

雨来送我们。晚上，散步。路过江间。金雀花开得正盛。有棒球之会。

4月20日 星期二

泽村来。家里打来电话，说要请一位按摩的先生。〔另告知〕牡丹花盛开。

4月21日 星期三

与野田、勉出门散步。

牛原、渡边、肥后、儿井来。

谈起《月上中天》的事。晚饭，吃鸡。大家回去。

4月22日 星期四

泽村回去。白井来到良辅的住处。

藤花绽放。感觉有点冷。

6月3日 星期四　见到大阪车站站长、奥山、桥本，乘坐鸽子[号]回来。益子来到横滨。一道回家。

6月4日 星期五　整天在家。睡午觉。有点疲惫。

6月5日 星期六　与益子去东京。前往灵岸桥的大国屋。在东京站买了蛋糕等，回家。

6月6日 星期日　下雨。在里见家举行的游园会中止。傍晚，前往野田家。久、玲子、寅、雨也在。乘车回家。

6月7日 星期一　与野田前往横滨。去了越寅的公司，后［去］观看《罗马假日》。后，前往大田的绳 Noren。回到茅之崎。

6月8日 星期二　睡午觉。天气不稳定。

6月9日 星期三　晚上，修改《月上中天》。改到四点。

6月10日 星期四　修改《月上中天》。
傍晚，益子带着炸猪排来。一道吃晚饭。晚上，［益子］回去。

6月11日 星期五　儿井、渡边来。

6月12日 星期六　为山本武一（市）举行送别会。回了一趟家。与野田前往东京。
从神田川前往日活。与野田从东京站回来。

6月13日 星期日　与笠前往里见家，参加游园会。
喝得酩酊大醉。雨下下停停，持续了一天。十一点左右，乘车回家。

6月14日 星期一　整天在家。洗澡。宿醉。
移植黄蜀葵等。

6月15日 星期二　十二点，与野田夫妇前往东京。前往日本桥仲大道的荣屋、帘屋、丸善。六点，在陶哉见到儿井、牛原。前往筑地竹叶亭，参加沟口之会。川喜多、津村、田中、水户、井川等人［出席］。

4月23日 星期五　上午，野田与芦泽本打算前往平塚，但车没有来。在大黑馆观看摔跤比赛的实况转播。

4月24日 星期六　去厂里。与池忠、白井打高尔夫球。益子没在家。傍晚，喝啤酒。回家。见到村上。小船。

4月25日 星期日　整天在家度过。
有点感冒，没有回茅之崎。

4月26日 星期一　乘坐一点的电车回到茅之崎。
清水和〔导演〕协会打来电话。
下雨。路过大船，没有下车。

4月27日 星期二　很冷。儿井、肥后冒雨来。给绢代写信。晚饭前回来。带口信给协会十万日元。晚上，闲聊。

4月28日 星期三　与野田前往热海。从斯科特前往金（锦）城馆。晚上住下。牧野、三村、民门、清水、八寻、大森、坪井聚集，谈《道中悲记》。

4月29日 星期四　乘坐牧野的车回到茅之崎。八点半离开热海，十点抵达茅之崎。雨。泽村已经来〔到茅之崎〕。

4月30日 星期五　肥后、从京都回来的牛原、儿井来。正午过后，回去。

5月1日 星期六　与野田、泽村回镰仓。
晚上，田中给儿井打电话。
五一节平安无事。

5月2日 星期日　野田夫妇、泽村来。前往长寿寺。一共九人前往。后，去长谷浅羽屋。绢代给长井打电话。

5月3日 星期一　上午，下起雨来。哥哥来。正睡午觉时，哥哥冒雨回去。
儿井冒雨来。给我带来威士忌。

5月4日 星期二　京。与儿井前往新东宝，去见田中绢代。与小笠原回来时，参观

KRC。户隐——清光会——大观富岳展——蓬莱屋。回到茅之崎。

5月5日 星期三

早上，江间拿着花来。睡午觉。

今天是端午节，旅馆送来槲叶糕。

〔吃〕鸡排。〔喝〕鸡汤，以代酒。工作上的事还没有任何眉目。

5月6日 星期四

很冷。如往常一样，睡午觉。

洗澡。傍晚开始下起雨来。

金合欢花开得正盛。夜深之后，下起倾盆大雨。

5月7日 星期五

一切正常。吃完晚饭后，与野田、芦泽前往雨后的街上。买书、罐头、药等，回来。今天也什么都没有做。

5月8日 星期六

北川夫妇来。去了趟月之濑之后，与清水等四人前往浜的海员阁。走过元町，回去。顺便去了趟月之濑，带上行李乘车回北镰仓。

今天是相扑夏场所的第一天。有人送我裙带菜。

*

早上起得比较早。喝完酒后，吃早饭。吃完饭后，打瞌睡。睡午觉。然后洗澡。晚上，小酌。吃晚饭。闲聊。上床睡觉。是不是日日是好日呢？

5月9日 星期日

雨很大。洗澡。吃完早饭后，听着雨声，睡午觉。

傍晚，本来约好去野田家，但因下雨，没有去。听收音机里的相扑转播。读《新平家物语》。早庆赛艇比赛。丰赢了。

5月10日 星期一

前往野田家。拜访泽村。

在市民座观看 *Moon is Blue*。乘车去了趟月之濑，又返回野田家。遇见玲子夫妇。

5月11日 星期二

应北川的邀请，与野田夫妇、陶哉弟前往观看相扑第三天的比赛。后去蓬莱屋。北川也来。走到东京站，回到茅之崎。

5月12日 星期三

大宫来。订购衬衣。中(仲)英之助来。给我带来尾道的鲷鱼浜烧。

晚上，出门散步。去药店。

5月13日 星期四

中午，正在睡午觉时，山本武和清水富二来。闲聊。洗澡。

法政［大学］自行车部的人来集训。

5月14日
星期五
去了趟月之濑后，回来。傍晚，儿井、牛原、肥后来。叫来古田。谈论田中的事。半夜，下起大雨来。十一点，古田前往京都。

5月15日
星期六
整天在家，睡午觉。
早上，下雨时，发生地震。
读《新平家物语》等。

5月16日
星期日
儿井打来电话。洗澡。山本武一(市)因个人的事情来商量。登贵来。
傍晚，回到茅之崎。野田与雨、寅二青年来。闲聊。

5月17日
星期一
早上，没有喝酒。晚上，出门散步。

5月18日
星期二
一如既往。剃头师傅来。晚上，出门散步。购买食品。遇见江间。闲聊。芦泽送江间。

5月19日
星期三
从京都回来的牛原、儿井来。听［牛原讲］京都的事。
晚上，稍稍谈了会儿工作的事。
良辅前往鹤见。

5月20日
星期四
一点，在横滨车站与山本、猪俣见面，乘车去奥林匹克。然后前往海员阁。一人走过元町，回到茅之崎。

5月21日
星期五
傍晚，池田夫人、野田夫人参加完茶会后，来。
喝酒。池田夫人喝醉了，回去。

5月22日
星期六
四点，在横滨车站与良辅、几野、村上、野田夫人碰头，冒雨前往海员阁。走过元町，回到北镰仓。

5月23日
星期日
雨。整天在家。读书等。

5月24日
星期一
去东京。十二点半，在新桥车站与村上、几野会面，［去参加导演］协会理事会。后，参观日活制片厂。后，在日活宾馆与江守见面。会餐。小雨。回到茅之崎。

5月25日 星期二

一人。读书。下午，良辅、野田来。

白井和夫因山本武一（市）的事情来。一同洗澡。吃鸡肉火锅。井上由利子来。出门散步，送井上。

5月26日 星期三

良辅前往小田原。购买了自行车比赛的五百日元［赌券］，中一百日元。带着柏又的鳗鱼回来。出门散步。

晚上，与良辅、野田修改《月上中天》。及至拂晓。

5月27日 星期四

晚起。剃头师傅来。中午，协会的渡边来。与雨、儿井、几野的女儿、中山、芦泽吃晚饭。儿井给我带来户稳（隐）荞麦面。非常热闹，喝得有点酩酊大醉。睡觉。

5月28日 星期五

良辅他们乘坐十点的火车前往东京。睡午觉。吃晚饭，但食欲不佳。与野田出门散步。顺便去了趟荞麦面馆。

回来时，江间已经来了。送走他。修改《月上中天》。

5月29日 星期六

笠来。给我带酒来。两点五分，去厂里。

在月之濑喝酒。见到山本、清水、山内。回北镰仓。

早庆战第一场比赛。5比1，庆［应大学］赢一场。

5月30日 星期日

与清水、吉泽前去观看早庆战。8比3，早［稻田大学］获胜。

后，与村上等四人前往大黑屋、深川八幡。

早上，松冈滋来，他是城户介绍来的。平兵卫来。

5月31日 星期一

整天在家。早上，儿井制片人的助手来。睡午觉。

6月1日 星期二

前往京都。与儿井、野田乘坐燕子［号］一道前往。荒井、并木、铃木同行。

前往大映，见到沟口。晚上，前往佐佐木，见到绢代。前往开阳亭。住在京都宾馆。

6月2日 星期三

在三岛亭吃早饭。下雨。

前往大阪。前往花菊、河边。住在京 Ito。

与野田冒雨走到道顿堀等。

6月16日 星期三

傍晚，回到茅之崎。让益子到大船站来，交给她税务署的文件。

住在茅之崎馆。山本浩三、志贺真津子、江间来。送他们。给我带来香鱼。

6月17日 星期四

涩谷、香川、谷村锦一来。

大家前往横滨。

与野田睡午觉。

6月18日 星期五

山本武来。一道前往大船。观看小林正树的《厚壁房间》。在月之濑吃晚饭。回到茅之崎。与铃木传明同车。

6月19日 星期六

良辅前往小田原。

田中绢代、古田、儿井来。

吃味噌煮猪肉。喝酒。雨越下越大。

6月20日 星期日

午觉睡得很香。傍晚，雨、寅、须香三青年来。闲聊。没有谈任何工作上的事。

具宪给我带来香鱼。

6月21日 星期一

一如既往。傍晚，江间从东京带来荞麦面。

下雨。叶子乘车来。一同回去。

6月22日 星期二

剃头师傅来。睡午觉。晚上，玩木字旁、三点水旁的〔文字〕游戏。闲聊。过了好多天也都没有找到话题。阅读最近大船的剧本。没有一部〔剧本〕让人感到佩服。

6月23日 星期三

下起大雨来。正要前往日活时，古田打来电话，改为明天去了。

睡午觉。闲聊。

6月24日 星期四

与野田、良辅去东京。在 American Pharmacy 见到儿井。见到绢代、古田和江守。〔前往〕Family Club。回到茅之崎。

6月25日 星期五

〔今天举行〕山本浩三与志贺真津子的结婚典礼，与野田前往新宿的五月花。

后，与良辅、几野、厚田前往东兴园。回到茅之崎。在前往东京的车上碰到传明。

6月26日 星期六

两天前往东京，疲惫不堪。

睡午觉。渡边岭月因儿子的事来。

6月27日 星期日

良辅前往平塚。修改《月上中天》。柳井来。傍晚，儿井的助手来取剧本。让他回去了。晚上，〔脚本〕修改完成。

6月28日 星期一

下午，与野田一同回镰仓。

良辅从平塚回到东京。让人将《月上中天》的脚本送到陶哉。

6月29日 星期二

雨。乘坐四点五十分的车前往东京。在陶哉见到协会的渡边。把沟口的支票交给他。与津村会餐。后，前往鲁邦。与弥生一道从东京站回来。

6月30日 星期三

乘坐五点四分的车回到茅之崎。让益子到大船站来，将付给Mashiro屋的钱交给她。山内把票给我。

野田没有回来。雨带着蔬菜来。一同吃晚饭。

一直睡到拂晓。大雨。

7月1日 星期四

雨停了。天空十分晴朗。

睡午觉时，野田来。

雨住下。

7月2日 星期五

中午，雨回去。睡午觉。吃晚饭的时候，江间给我送来香鱼。

下雨。

中午，几野来。

7月3日 星期六

早上，月森来。烤香鱼吃，喝啤酒。将三人送到车站。打了会儿扒金库。买火腿肠。回来。

睡午觉。洗澡。闲聊。无所事事。

7月4日 星期日

小林一郎夫妇、雨、寅、须香来。

吃味噌煮肉。大家住下。

7月5日 星期一

良辅前往川崎。
正在睡午觉时，江间带着孩子来。以鸡汤代酒。

7月6日 星期二

打高尔夫球。根本打不进洞。
傍晚，益子带着东兴园的荞麦面来。还带来七月份的钱。下雨，乘车回去。

7月7日 星期三

傍晚,散步,走到车站。与从东京回来的良辅一同回到住处。买了药等。

7月8日 星期四

良辅前往川崎。托他买十五张〔赌券〕。一张也没有中。
午觉睡得很香。
每天晚上按同样的顺序想同样的事：早点睡觉，明天开始干活。

8月1日 星期日

镰仓会。〔在〕华正楼〔举行〕。

8月18日 星期三

前往蓼科高原。野田夫妇、雨同行。

8月27日 星期五

去洗澡。工作的话题展开。想起部队的事情。完成最后的构思。登上信州大学的山丘。电影名字定为《早春》。

9月3日 星期五

与山内从蓼科回东京。
源寿司。去了趟月之濑。回家。

9月4日 星期六

儿井来。傍晚叫上田中绢代，三人在华正楼闲聊。

9月5日 星期日

整天在家。睡午觉。

9月6日 星期一

导演会。川岛送别会。在长谷华正楼〔举行〕。
后，去了趟月之濑。回家。森打来电话，说与服部面谈的事情。
儿井、笠、山崎厂长来。

9月7日 星期二

导演协会。商议关于《月上中天》的事。提交声明书。
后，与儿井去日活 Bar。后，〔去〕东兴园。

9月8日 星期三

三点，在新桥俱乐部与城户、高村会谈。成为自由人。

后，与江守、山崎、儿井、武一（市）去日本的酒吧。然后前往森。与服部知祥、松根宗一见面。乘坐末班车回家。有记子来。

9月9日
星期四
有记子回去。
傍晚，前往大船，去了趟理发店。见到山内。在月之濑洗发。前往镰仓松竹观看《二十四只眼睛》。后，与里见、久保田、静夫夫人和岛尾〔前往〕Rindou。

9月10日
星期五
去东京。益子前往歌舞伎座。在日活七楼的酒吧见面。
与江守、山崎、山根、武见面。
前往神田川。回家的路上，去了趟大船。洗完澡后，回家。

9月11日
星期六
登贵来。

9月12日
星期日
赛艇。户田负于远来的剑桥。丰输了，早大第三个到达。
哥哥来。吃完晚饭后回去。中秋明月〔高悬〕。

9月13日
星期一
〔天气预报〕说十二号台风要来。云走得很快。登贵回去。
儿井、大桥来。汇报情况。给我带来永坂的荞麦面。

9月14日
星期二
云走得很快。今天是十五。整天在家。

9月15日
星期三
山内来。一块儿去东京。在协会见到成濑。与儿井会面。
回去的路上与Q同车。去了趟Rindou。

9月16日
星期四
镰仓八幡祭。据说今天有流镝马。耳朵里传来八幡祭的笛声。整天在家。

9月17日
星期五
〔天气预报〕说十四号台风今天晚上要来。来客人：笠、厚田。晚上，与儿井谈起有马的事。十一点，山内、板桥来。谈起高桥的事。半夜，回去。

9月18日
星期六
下雨。没有什么大事。
睡午觉。〔听〕落语：《船德》《醋豆腐》《鉴定》《爱宕山》《笠碁》等。
*

不应该生气。

9月19日
星期日

十四号台风过去，秋高气爽，天气非常好。

朝日赛船，庆［应大学］早［稻田大学］东［京大学］的顺序。

［今天是相扑］秋场所的第一天。东、枥、三输了。立［教大学］法［政大学］、东［京大学］早［稻田大学］都打了个平手。中［日队］［与］巨［人队］棒球晚场比赛。中［日队］两胜。

9月20日
星期一

秋分前后。去东京。在日活的酒吧与儿井、江守见面。五点［出席导演］协会。与成濑、山本、伊藤、牛原、田坂谈《月［上中天］》的事。后，与儿井［前往］布尔德克。然后去森。

9月21日
星期二

傍晚，儿井来。叫寿司的外卖，稍微吃了点晚饭，前往镰仓山的田中绢代家。古田也在。很晚，乘车回家。

9月22日
星期三

［乘坐］四点的电车去东京。在日活的七楼与田中绢代、高峰秀子见面。

在青山伊吕波［参加］内田吐梦之会。

后，与文三郎前往银座后街的酒馆。吉成、亚子来。

9月23日
星期四

母亲、吉成、亚子、启子、从八幡前往江之岛水族馆。

一人在家。

9月24日
星期五

去东京。与Q见面，喝咖啡。

在新桥俱乐部与高村见面。

在日活与江守、绢代见面。

观看新人的影片。

与林在千Mura见面。

9月25日
星期六

两点多去厂里。在月之濑喝酒。

与山内、佐佐木孟、逸雄、八锹、浜田、浜村、林、丰等见面。

下雨。从镰仓乘车回家。

9月26日
星期日

十五号台风来。吉田前往美国。

与笠被邀请到菅原家。在常盘山文库看天神的收藏品。将一生庵、堀口大学送到叶山。回家。

9月27日 星期一

台风刚过，天气晴朗——好久没有这么晴朗的天气了。

母亲、启子、邻家的夫人前往镰仓松竹观看《二十四只眼睛》。

一人在家。宿醉。Mashiro 屋来试缝大衣。

9月28日 星期二

下起雨来。井上由利子来谈事。

阅读通侪（济）的《马面》。

睡午觉。洗澡。

大相扑，第十天。吉叶全胜，千代一负，枥获胜。

睡完午觉，儿井、中川来。

9月29日 星期三

正午过后，雨停了，天空晴朗。睡午觉。读蒙纳尔·菲兰兹的《囚犯》。洗澡。

在大相扑之后，千代输给了若之花。

9月30日 星期四

去东京。前往日活的酒吧。

与儿井、中川、大桥前往上野的蓬莱屋。

然后去森，从森去板桥。山内静夫来。电车已经没有末班车了。住在望月。

10月1日 星期五

在望月呆到傍晚，然后去森。后，去橘。见到《读卖〔新闻〕》的深见。与山内静夫一道回去。与冈田真吉同车。

10月2日 星期六

早上，笠来。去东京。与高村、牧野在新桥俱乐部见面。后，去日活，与田中交谈《月〔上中天〕》。

与清水在 Nagoya 见面。

10月3日 星期日

西川（河）克巳来。

儿井来。

傍晚，与野田夫妇去东京。与陶哉去源。

在帝剧观看《Han 的舞之会》。

10月4日 星期一

去东京。在新桥俱乐部见到池田、牧野。后，去松竹。见到月森。后，去东兴园。

10月5日 星期二

与清水约好，前往东京。〔但〕清水没有来。

青郵古稀之会。前往江户紫会。与北川[前往]上野的蓬莱屋。后,[去]橘。板桥坐飞机离开东京。

10月6日 星期三

与山内乘坐燕子［号］前往京都。
在松华楼与高桥、月森见面。
从开阳亭去福本。睦、康、真直在座。

10月7日 星期四

松华楼→水泷。
成濑→福本→开阳亭。

10月8日 星期五

乘坐鸽子［号］回东京。非常疲惫。

10月9日 星期六

宿醉。
儿井、斋藤武一（市）来。吃松茸，喝酒。
山内拿着高桥的合同来。

10月10日 星期日

去东京。协会。后，去日活。安排好角色。江守也来了。在地下的寿司店清濑喝酒。
后，与儿井、武一（市）前往布尔德克。
在车里，遇见医生。
给月森打电话。

10月11日 星期一

洗澡。整天睡觉。雨。
读谷崎润一郎的《黑白》等。

10月12日 星期二

中午时,雨停了。安藤、笠来。去厂里。见到高村,谈起高桥的事。［去］理发店。
在月之濑与山内喝酒。回家后，清水来。说起结婚的事。
月色真好。

10月13日 星期三

去东京。前往日活的布田，读剧本。
后在日活总厂回答新闻记者的采访。
后,与川岛、儿井、武一（市）去东兴园。与林夫人、勉同车,回家。

10月14日 星期四

去东京。去了趟 San。在日活的七楼对读剧本。

与田坂、牛原前往源寿司。途中，见到传明，与若林一道前往瓦愣西亚。拿错帽子了。

10月15日 星期五

整天在家，睡午觉。傍晚，渡边岭月来。

读《贪吃鬼》。

中（仲）英之助送给我许多的酸橘。

10月16日 星期六

与野田夫妇在市民座观看《恐惧的代价》。

在权五郎吃寿司。在 Chimoto 吃小豆汤。

去野田家。雨、寅两人来。

给月之濑打电话，托他们做明天的盒饭。

10月17日 星期日

与野田、益子去参加笔会的运动会。天气非常好。

后，去扇谷的里见家。然后去林家。回来。

10月18日 星期一

整天在家。细雨。

10月19日 星期二

去东京。前往赤坂音羽，看岸田刘生〔展〕。走到东京站。去了趟福砂屋。回家。

决定买刘生〔的画〕。佳品也。

10月20日 星期三

去厂里。不过，大家都去京都了。傍晚，在月之濑喝酒。回家。向益子借钱。久保田夫人打来电话。去华正楼。庆祝新建筑落成。

10月21日 星期四

傍晚，高桥贞二、山内、板桥来。

月森后赶来。吃红烧豆腐、红豆饭。喝酒。

10月22日 星期五

整天睡午觉。酒劲还没有过去。

10月23日 星期六

中午，去大船一趟。把付给 Mashiro 屋的钱放在月之濑。收到香川的礼物。益子不在家。稍微有点感冒，喝药。

10月24日 星期日

早上，清水回来了。带来 Izuu 的青花鱼寿司。喝酒。睡午觉。

晚上，读谷崎润一郎的小说。

10月25日 星期一

万耀、深水、夫人来。将门口的电线杆的位置移动了一下。

在市民座观看《奇异的爱情》试映。去了趟野田家。后，在Rindou与里见先生见面，静夫、野田夫妇在座。乘车回家。

10月26日 星期二

去厂里。与静夫坐高桥贞二的车去东京。在北川赤坂的店里购买刘生的画。从前川去森荣。坐末班车回家。

收到益子的二十万日元。

10月27日 星期三

与里见先生和野田乘坐一点半的电车去东京。大丸——三越——小满津。然后在俳优座观看《海鸥》。与静夫、山口久吉一天前往森荣。森不在家。昌子来。坐末班车回家。

10月28日 星期四

协会的渡边，紧接着儿井来，汇报了许多事情。六点，在长谷的华正楼为瑞穗开送别会。与池忠走到车站，回家。去了趟Chimoto，吃小豆汤。

10月29日 星期五

早上，笠来。说是刚刚从奈良回来。

上午，与野田夫妇、笠夫妇前往东庆寺，观看浦野的展览会。

回来的时候，野田顺便来我家。

早早睡觉。读谷崎润一郎的《鬼之面》。

10月30日 星期六

坐九点半的电车去东京。与牛原前往电电公司。后，与内田吐梦等三人前往小满津→高岛屋→丸善。在东京站分别，走到陶哉。走到东京站。然后去前川。在回家的电车上与津村同道。

*

成为自由人之后，第一次申请借四十〔万日元〕。

其中，二十六号收到二十〔万日元〕。

其余的二十〔万日元〕于一号拿到手。〈追记〉

10月31日 星期日

在庭院里拔草。哥哥来。良辅、几野、武来。后乘车前往长谷的华正楼。通侪（济）、狩野在另一个房间里。去了趟Chimoto之后，回家。

11月1日 星期一

母亲、启子一大早就去看《忠臣藏》了。山际永三来。〔说是〕想进入新东宝工作。给林文三郎打电话。

益子来，带来二十〔万日元〕。晚上，早早睡觉。夜里，读〔谷崎润一郎的〕《食蓼之虫》*。

11月2日
星期二

天气十分晴朗。

晚上，田中绢代、古田、儿井、武一（市）、野田、中（仲）来。喝酒。〔喝〕威士忌。〔吃〕寿司。

儿井、武一（市）回东京的电车已经没有了，前往镰仓。

11月3日
星期三

身穿礼服前往东京，〔参加〕清水富二的结婚典礼。去了趟陶哉后，去开花楼。致贺词。早早回家。宿醉。与上森同车。

君带着龙爪花来。

11月4日
星期四

早上，在院子里，四处种上龙爪花的球根。

听收音机。中日〔队〕对西铁〔队〕，2 ∶ 2〔战平〕之后，第五局，3 ∶ 2，中日〔队〕获胜。

再一次阅读谷崎的《卍》。

11月5日
星期五

去东京。去了趟三越、施密特之后，前往新东宝。

与清水、内田、林前往赤坂的Han居吃饭。

从东京站回家。与濑良同车。

接到电话，说井阪荣一要来东京。

11月6日
星期六

持续好天气。睡懒觉。洗澡。

听收音机中中日〔队对〕西铁〔队〕的棒球〔比赛转播〕。西铁〔队〕赢了，三胜三负。傍晚，正在修剪篱笆时，益子来。带来有关形体方面的书。

继续读《卍》。

11月7日
星期日

乘坐十点的电车前往东神奈川→八王寺（子）。然后乘坐巴士前往野猿岭的镰田乌山。一共九人：野田夫妇、呑、须香、玲、寅兄妹、节〔和我〕。

回来的时候，前往横滨，去了趟元町→海员阁。

11月8日
星期一

一点，在日活七楼的Bar与井阪、吉田见面。然后前往小满津。然后去神明町附近的饭店。十一点十五分，井阪回山田。回去的时候，那须、山口两人同车。

*
即《各有所爱》。

11月9日 星期二
傍晚，清水富二夫妇来。喝酒。把他们送到车站。
最近，连续晴天，月亮很亮。

11月10日 星期三
三点多，儿井与山根寿子来。邀上野田，坐山根的车前往横滨。在海员阁吃中国料理。与大家分别后，与野田走到元町。回家。

11月11日 星期四
母亲的手肿了，与启子前往大船枡冈［医生］处，请他看看。
一人在家。睡午觉。熨衣服。野田夫妇前往蓼科，打算住两个晚上。

11月12日 星期五
母亲与启子前往医院。乘坐十二点半的电车去东京。在新桥车站遇见渡边、牛原。谈合同的事。
坐儿井的车，与古田、牛原前往日活。看拍摄《月上中天》。进入最后拍摄阶段。从石川亭到音羽。回去的时候，与林房雄夫妇同车。

11月13日 星期六
《［电影］旬报》的清水、松村来。喝威士忌。
去东京。在陶哉见到山内。前往源→樱。不久，村上、清水、北川来。
不去十一月第二个酉日的集市，而是玩了玩虎虎游戏等。坐末班车回家。顺便去了趟 Rindou。

11月14日 星期日
有点宿醉。洗澡。基夷子来。寅和武田带着野田的礼物——年糕——来。早早地睡觉。

11月15日 星期一
前往都 Odori。与野田夫妇、北川观看了［舞蹈］之后，在三味吃天妇罗。看过明治屋等，前往大丸。去小酒馆过留，吃得肚子很撑。回家后，读书。

11月16日 星期二
母亲、启子前往大船的医生处。
洗澡。睡午觉。难怪晚上睡不着觉。重新阅读里见的《我与你》。

11月17日 星期三
母亲、其中前往大船的医院。一人在家。洗澡。
早早地睡觉。有点感冒。
睡醒了一觉之后，重新阅读谷崎的《青春物语》。读完了。

11月18日 星期四
与野田乘坐两点的电车前往横须贺。观看《唐·卡米罗［的小世界］》后，看《年轻人们》。回去时前往野田家。泽村勉也来了。喝醉酒，手舞足蹈。很晚了，回家。向益子打听佐田新川屋的事情。

11月19日 星期五　下雨。乘坐两点半的电车去东京。由于迟到了，没有去日活。从森前往原宿，参加电电公司的宴会。回来时，发生撞车事件。九点四十二分，从东京站回家。

协会给月森打电话，谈《早春》的事。

11月20日 星期六　整天细雨〔绵绵〕。母亲和启子前往医院。

重新阅读谷崎的《去年 昨天今天》。读完了。傍晚，洗澡。

11月21日 星期日　雨下个不停。五点多，在镰仓车站与野田碰头，前往里见家。商量旅行的事。决定二十四号出发。吃什锦火锅，喝酒。冒雨回家。静夫没有来。

11月22日 星期一　母亲去医院。去厂里。去理发。与山内去东京。订票。与清水在 Nagoya 见面。与北川、山内、清水前往辻留、赤坂。拿到虾，乘车前往樱。村上、富二、佐野在座。乘坐末班车回家。与林房雄同车。

11月23日 星期二　整天在家。睡午觉。打电话与里见先生、野田商量明天旅行的事。

准备旅行的东西等。

11月24日 星期三　乘坐燕子〔号〕西下。乘坐近铁到名古屋。在松阪下车。

在和田金吃网烧。前往鸟羽参加法事。然后乘车。在贤岛宾馆吃的矢家的牡蛎。停电。雨下小了。

11月25日 星期四　谷口利次来访。久保田传请客，吃矶部的七思鳗。与井阪会面后，乘坐特快前往大阪。与藤本 Sei、Katus 两人在伊势屋吃甲鱼。住在堂岛平冈。

11月26日 星期五　去了越井上眼镜店。后，去绵业会馆。吃午饭。西餐。乘车前往京都。

在佐佐木吃大寅的鱼糕、寿司万的雀寿司。与吉初的 Okami、小春、Osome 一道。后与野田去开阳亭。小雨。

11月27日 星期六　沟口来。与小春等五人去法然院、林丘寺。在平八吃午饭。

晚上，增田惠一来。喝酒。

在佐佐木住一晚上。

11月28日 星期日

增田惠一来。Haru同伴。前往大德寺、大仙院。得到一个石佛。前往孤蓬庵、真珠庵。在壶坂吃午饭。

晚上，与吉井勇及夫人、藤本胜子等人会餐后，前往祇园的广松。

11月29日 星期一

乘坐鸽子〔号〕回来。在车里，现实给我们介绍杵屋六左卫门。静夫、寅等人来横滨站。

回家后，洗澡。喝酒。吃腌山蓟菜、茶泡饭。

11月30日（星期二）

安藤来。带给我香鱼腌制品。协会的渡边因《月上中天》的标题一事来。

在庭院里拔草。睡午觉。

12月1日 星期三

整天在家。早上，协会的渡边因《月上中天》的标题一事来。

在庭院里拔草。

12月2日 星期四

整天在家。拔庭院里的草等。

从今天起冷起来。

12月3日 星期五

早上。静夫来还包裹布。喝酒。然后洗澡。两点半去东京。在协会遇见牛原。在新东宝开会。

大辅、巳喜男、英辅、浩出席〔会议〕。在日活总厂，《月上中天》进入最后拍摄阶段。后，在Family Club喝酒庆祝。

12月4日 星期六

去厂里。见到高村。与厚田、清水去东京。邀上茂女，前往千住尾花。后，去樱。三井秀男在座。乘坐末班车回家。与Q、和风同车。

12月5日 星期日

宗早早地来种合欢树。下雨。〔今天是举行〕镰仓马拉松的日子。洗澡。坐电车到镰仓。然后与稻田一块儿去里见家。与高梧、静夫一道喝酒。夜深，喝得醉醺醺地回家。

12月6日 星期一

宿醉。好胤师来。臼井来。一道去东京。去了趟筑地的森。作为京都的礼物，送去守半的海苔。叫上村上，前往深川的宫川。悠闲地散步。

12月7日 星期二

四点多，乘车来到茅之崎。

顺便去了趟净明寺野田家。兵吾、入江、孟等许多人来到茅之崎。

12月8日 星期三

古田、儿井来。给我带来玉木屋佃煮、名古屋芥末酱菜。马场当来。良辅从热海回来。

入夜后，下起大雨来。

12月9日 星期四

在大船车站，收到益子带来的钱。

乘坐两点的电车去东京。在新桥与良辅、几野见面。在高嶋（岛）屋观看田能村竹田展。在Nagoya吃西餐。见到清水。在日活的小食堂见到肥后。《月上中天》试映。佳作。去大阪。坐末班车回来。

12月10日 星期五

睡懒觉。在被炉里睡觉。晚上，里见打来电话，说石佛已经寄到。江间来。与良辅等三人谈电影。好久没有〔在一起〕谈电影了。

蜂之巢送给我一些香菇。因丰最近要去大阪，给他饯行。

12月11日 星期六

有记子从镰仓打来电话。笠带着酒来。几野带着红豆饭来。傍晚，山内来。喝酒。吃鸡肉。喝汤。

鸠山内阁的成员决定了。

*

借用三十〔万日元〕。成为自由人后总共借了七十〔万日元〕。

12月12日 星期日

早上，从茅之崎坐车回家。中午，野田、宗、里见先生、静夫来。

放置石佛。然后前往野田家，又去里见家。狩野、山口、稻田来。喝酒。打麻将。

喝醉了。住在先生家。

12月13日 星期一

早上，天气十分晴朗。喝威士忌。又睡下。

与山口、稻田去了趟Rindou，三点多回家。熟睡至深夜。

12月14日 星期二

中午，乘车去了趟野田家，一道回到茅之崎。良辅去东京。

剃头师傅来。厚田、吉泽、清水来。带来伊势源的鮟鱇鱼。

12月15日 星期三

一大早，良辅前往热海去打高尔夫球。野田创作剧本。

文本，Mashiro屋的人来试缝衣服。高屋来。吃安眠药睡觉——好久没有吃安眠药了。睡得不好。

12月16日 星期四 天气十分晴朗。从日出屋买来鲑鱼罐头，浇上橙醋吃。几野来。给我带来香烟。吃关东煮和荞麦面。吃得很撑。

早早地睡觉。

12月17日 星期五 里见先生打来电话，说志贺先生要来镰仓。

坐车与野田出门。喝威士忌。然后散步前往八幡。回家后，吃晚饭。喝酒。吃浜烧、鱼翅。八点十分，在大船与志贺先生一道回来。从静夫那里收到十［万日元］。

12月18日 星期六 两点多，田中绢代来。谈了许多关于《月上中天》的事。给我带来有职寿司和鲋佐佃煮。与辻、马场、兵吾等打麻将。

早早睡觉。

＊又借十［万日元］，总计借八十［万日元］。

12月19日 星期日 一点五分去东京。与野田夫妇走在银座的大街上。买鸭舌帽。去丸善、高岛屋。买袜子。坐地铁到青山伊吕波，［参加］导演协会全体成员忘年会。后坐车前往日本桥。与茂女前往樱。雨。坐末班车回家。

2

12月20日 星期一 天气真好。睡午觉。野田前去出席大船的早稻田会。江间来。扮演孩子的演员给我带来酒。山内打来电话。从寿司元叫寿司的外卖。

12月21日 星期二 山本武来。日活送来年末礼品——威士忌。剃头师傅光来。睡午觉。洗澡。大石打来电话，说旅馆结账的事情。在热海开山中会，但我没有出席。

12月22日 星期三 睡午觉。读书。又睡觉。在上原家的电视里观看力道山与木村的职业摔跤［比赛］。几野来。

12月23日 星期四 大石因旅馆结账的事来。睡午觉。傍晚，佐佐木孟来。吃鸡肉火锅、乌冬面。好吃。平野某某来。买了一瓶银座界隈。早早睡觉。

12月24日
星期五

很冷。孟带钱来。结完账后，坐厂里的车去了趟野田家，回北镰仓。

12月25日
星期六

一点半，与野田去东京。明治屋、丸善、高岛屋。买领带。五点，从新桥站前往柳桥喜川，为长濑开送别会。然后，前往樱，买文字烧。茂女来。坐末班车回去。在 Rindou 喝啤酒。

12月26日
星期日

和子来。井阪送来和田金的牛肉。傍晚，前往里见家。与行郎、山口、稻田、静夫等吃关东煮。后，回家。

12月27日
星期一

宿醉。吃杂煮。睡午觉。登贵来。秀行晚一步来。

真冷。

12月28日
星期二

冷。修剪茶树篱笆。益子来。给我带来白兰地。Mashiro 屋来。西服做好了。秀行擦玻璃。读《甜辣世界》。

12月29日
星期三

和子回去。给她压岁钱。秀行擦玻璃。

花柳昌子来。接到里见先生的电话，说是希望来一趟。前往。后，野田也来。吃鲑鱼茶泡饭。喝酒。去了趟野田家，喝啤酒。闲聊。坐车回家。

12月30日
星期四

牛原、渡边来。紧接着笠来。送给母亲毛衣。去东京。与白井和夫在陶哉见面，前往赤坂的前川。后，去若松。富二来。北川来。在回去的电车上，遇见静夫。在 Rindou 吃火锅烧。在庭院里种辛夷。打电话，但茂女去厂里了。

12月31日
星期五

儿井、阿部来。与秀行、山内去东京。前往尾花。富二、厚田、吉泽、茂女、高顺、山内等七人在森吃盒饭。前往浜町的樱。十二点四十五分坐电车回家。

一九五五年〔昭和三十年〕·其一

1月1日 星期六

天气十分晴朗。起床后，在庭院里拔草。

阿南来。傍晚，原研吉夫妇、岩间来。

喝酒。闲聊。十点多回去。

晴朗的元旦，最近几年都没有见到过了。年初有感。

早上，应慎饭酒。

凡事不可懈怠。

1月2日 星期日

与往年一样，在寒舍〔举行〕宴会。参加者有：笠、厚田、斋藤武市、高顺、山本浩、山本武、妹尾、田代、吉泽、浜田夫妇、清水夫妇、山内夫妇、志贺、山际、丝川、长谷部、北川、萩原、益子等人。

十一点左右，宴会结束。茂女没有来。听说晚上要自横滨去名古屋。

1月3日 星期一

天气十分晴朗。日活的西川（河）、大卯、坂口来。慧子、基夷子来。六点，乘车前去参加镰仓会。〔这是一个〕盛会。

回来时，与野田、高津、笠、泽村、静夫去里见家。

余兴不减。三点回家。畅怀大笑。玩了会儿虎虎、棒球拳等。

在镰仓会上，抽奖。我抽到《爱与死的深谷》。川喜多夫人送我青鱼籽。意思是：虽然味道十足，但不谙世事。

1月4日 星期二

五点半，与里见去东京。在日本食堂等了一趟电车后，与先生、野田、泽村观看《这是宽银幕立体电影》。去日活 Family Club 参加宴会。在这里大约也只待了五分钟左右。在天一，先生请我们吃天妇罗。去了趟鲁邦。

坐末班车。与狩野近雄同车。用车将先生送回家后，回来。

1月5日 星期三

起床后，吃杂煮。西田俊造来拜年。睡午觉。柴田信太郎来。没有起来。给清水、内田、林打电话，说事。

内川清一郎夫妇来。请他们进来，闲聊。

去年冬天，里见送来壬生菜等，做腌咸菜。很好吃。

1月6日 星期四 天气十分晴朗。早上，古田打来电话，说绢代有点感冒，今天不能来了。洗澡。接到清水打来的电话。

睡午觉。飘起雪来。读里见的小说。

晚饭，依旧吃壬生菜做的咸菜。稍微写了点贺年片。

茂女从名古屋送来守口咸菜。

1月7日 星期五 早上，洗澡。清水乘车从热海出来，打来电话，说是去里见家。清水请我们吃野猪肉。并在唐纸上写下几个字。

不一会儿，野田来。

连续几天好天气，空气干燥，很多人都得了感冒。

1月8日 星期六 有点宿醉。一直睡到中午过后。

里见打来电话，说《三四郎》的对话应是京都话。托益子去了趟扇之谷。

傍晚，茂女打来电话，说从名古屋回来，但身体状况不好。

1月9日 星期日 两点半，与野田乘坐电车去东京。从川崎坐车前往大森悟空林。蒲田会。盛会。然后前往青山的伊吕波。与花冈一道前往浜町的樱。茂女来。差一点没有赶上末班车。

相扑第一场比赛开始。哥哥来。

1月10日 星期一 整天在家。有点宿醉。三点左右，起床，听相扑的转播。

晚上，读《荷风全集》。头有点疼。

1月11日 星期二 洗澡。坐三点半的电车去东京。去了趟陶哉。北川有点感冒。邀上茂女前往千住的尾花。侃大山。然后前往浜町的樱。完成九号借钱的事。坐末班车前一趟车回家。

从明天起开始工作。深深感到新年已经过去。

1月12日 星期三 中午，久保田夫人、里见夫人、高桥贞二、山内静夫来。然后，野田夫妇、里见先生来。

喝酒。然后玩虎虎〔游戏〕等。八十岁的老母亲也跳起虎虎〔舞〕来。

1月13日 星期四

宿醉。一直睡到中午过后。久保田夫人、高桥贞二打来电话。

在收音机里听相扑〔比赛的直播〕。吉叶山输给了朝潮。

早早地上床睡觉。读《荷风全集》。

1月14日 星期五

洗澡。用车给怡吾庵送去尾道的牙鲆。前往净明寺。与野田夫妇前往茅之崎。睡午觉。

傍晚，良辅一人从平塚自行车赛场回来。晚上，江间来。给我带来和式棉袍。叫车回去。

渔夫们在大厅里举行宴会。一直热闹到十二点。咚咚地敲鼓。

1月15日 星期六

成人节。

良辅感冒了。主大厅里举行盛大宴会，据说是因为河野景子来了的缘故。

吃得很撑。出门散步，去买铅笔等。〔走到〕佐佐木家的大门口，吃了一惊。回来后，闲聊。上床睡觉。

连续几天喝酒，有点精神不振。

1月16日 星期日

让阿游拿些年糕来，做杂志。睡午觉。天黑之后，洗澡。晚饭，吃味噌煮猪肉。九点半上床睡觉。没有干活。整天基本上都在睡觉。今天早上没有喝酒。

1月17日 星期一

比往常起得都要早。〔吃〕杂煮。

在被炉里稍微睡了会儿午觉。读《文艺春秋》。洗澡。晚上，做酒糟鲑鱼。很好吃。

大厅里举行酒馆的宴会。

上午，发生了一次较大的地震。

稍微谈了会儿工作的事。或许由于睡得太多的缘故，晚上，睡不着觉。这可能是理所当然的事。但是，野田睡得很香。

1月18日 星期二

早上，吃酒糟鲑鱼。很是好吃。

澡堂里的水早早就烧好了。洗完澡后，睡午觉。

最近，日子突然变长了。从冬至的时候起，要过一个多小时天才会昏暗下来。长濑喜伴来。闲聊至两点。

长濑打呼噜。吵得我根本睡不着觉。

1月19日 星期三 黎明时，做了个梦：正在吃辻留的怀石料理。

持续天气晴朗的日子。正在睡午觉时，益子来。给我带来海参。晚上，做酒糟鲑鱼。益子乘车回去。

高桥贞二给我送来大阪松前屋的海带。

正是狗的交尾时期，许多狗聚集在一起，很是吵闹。

1月20日 星期四 一点五分，去东京。在东京站与野田夫人同道。

前往高岛屋——〔去看〕泽庵武藏展。

前往三越——〔去看〕南蛮展。在地下〔百货商店〕购买牛肉。前往筑地的Okame，吃天妇罗。给茂女打电话，但他去厂里了，没在家。

去了趟东兴园，吃荞麦面。乘坐十点二十五分的电车回到茅之崎。

1月21日 星期五 早上，吃油煎牛肉。吃得很撑。〔导演〕协会的渡边打来电话。睡午觉。后来听说，铃木兵吾要来。

肚子一点儿也不饿。晚上，两人喝一瓶酒。吃茶泡饭。闲聊工作的事。

早上，京都Naruse〔成濑〕给我送来野生薤。今天公布蓝丝带奖的结果。《二十四只眼睛》〔获奖〕。

1月22日 星期六 连续天气晴朗的日子。早上，做酒糟鲑鱼。好吃。在阳光下读书。

三点左右，几野、村上来。给我带来礼物：户隐的荞麦面、空也的最中点心、西式点心等。吃鸡肉火锅、咖喱煮等。九点半，坐双人车回来。在被炉里睡觉。半夜，被良辅叫醒。让良辅给被炉里添了点火，继续睡觉，一直到天亮。

1月23日 星期日 酒劲还在，头疼。在被炉里睡午觉。隔壁正举办宴会。艺妓来了。非常热闹。做拉面吃。宴会有三组。

相扑千秋乐开始。

千代之山以十二胜三负的成绩获胜。特殊功勋奖为朝潮所得，敢斗奖为时津所得，技能奖为信夫山所得。早早地上床睡觉。

1月24日 星期一 阴历元旦。天气晴朗。桥丸大吉介绍的一个男的来，说是想当演员。面试。睡午觉。给北镰仓打电话，说京都佐野石佛的事情。

月森打来电话，说二十七号要与岸惠子来。洗澡。吃完晚饭后，出门散步。去了趟药店、书店后，回来。十二点多，上床睡觉。

因是元旦，无所事事，度过一日。

1月25日 星期二

连续天气晴朗的日子。澡堂的水早早地就烧好了。大厅里理发店的人正举行宴会。睡午觉。几野来。本来村上也一并来，但村上有事〔没有来〕。给我带来大丸的牛肉和咸菜。吃得很撑。

该干活了，午觉也睡不好。晚上，〔脚本的〕构思正式开始。大约构思了一个半小时左右。疲惫。夜深，下起小雨来。

1月26日 星期三

下了一晚上的雨，中午前，雨停了。吃咖喱饭。睡午觉。洗澡。如往常一样。

北镰仓打来电话，说起收到是否参加金太郎忌日的明信片一事，以及荒井良平来家里的事。我说，给他们回信说，我不参加。高田好胤师打来电话，说下个月二十日前后要来。商讨了两个小时左右〔的脚本〕。入夜后，又下起雨来。

1月27日 星期四

早上，又晴了。中午过后，月森与岸惠子来。闲聊。给我带来尊尼获加。

铃木兵吾来。入江圆来。晚上，从寿司元叫寿司的外卖。没有谈工作上的事便早早地上床睡觉了。

1月28日 星期五

很冷。正吃早饭时，平林干哉来。臼井得二受好胤师的指派来。给我带来点心。山本武来。闲聊。大厅里有人举行结婚典礼，给我送来红豆饭。晚上，听力道山与山口的〔相扑比赛〕转播。

工作一如既往地没有进展。

1月29日 星期六

下雨。乡与过去部队里的友人根岸仙藏及根岸明美来。

两点五分，与野田、斋藤冒雨去东京。在新桥与几野见面后，又前往东京站。良辅把东西落在什么地方了。前往筑地的 Okame，吃天妇罗。后，去了趟森荣。茂女来。良辅回足利去了。闲聊。茂女潸然。去了趟镰仓的 Rindou。山内来。

1月30日 星期日

宿醉。中午左右起床。洗澡。中午，在和光举行镰仓笔会的新年会，但我没有出席。吃完早饭后，又睡下了。

十点左右，上床睡觉。

1月31日 星期一

天气晴朗。很暖和。洗澡。

三点三十五分，去东京。去了趟陶哉，与老板谈心。六点，与吉田与三（藏）在服部前会面，前往田村町的长崎料理二见家。后，前往浜町的樱。村上因九点半在家有事，没有来。乘坐末班车回来。

每天与山口同车，在东京站与兵吾见面。

2月1日 星期二

洗澡。地主来。交完土地费，跟他说，要砍去坡下的竹子。

三点多，乘车去了趟野田家，回到茅之崎。再次洗澡。晚饭，吃酒酿。

闲聊。十二点上床睡觉。

2月2日 星期三

天气晴朗。很暖和。吃从家里带来的寒糕杂煮。

睡午觉。电话铃响个不停，无法入睡。洗澡。吃鸡排——好久没有吃了。饭后，出门散步。去了趟书店、药店。有月晕。野田不断地感慨道：猫挠耳后根，明天必下雨。商讨变成了闲聊。十二点上床睡觉。

今天是二月的第一个午日。

2月3日 星期四

天气变得晴朗起来。立春前后。猫挠耳后根，不一定下雨。一如往常地睡午觉。傍晚，厂里打来电话，顺便拜托大原，要借十五万日元。

洗澡。晚饭，吃咖喱饭，里面放了些保卫尔牛肉汁。好吃。

作为参考，开始阅读林芙美子的《饭》一点上床睡觉。

2月4日 星期五

立春。真叫春雨。如果昨天下的话，那可真是“猫挠耳后根”了。

给大原打电话，说将昨天要借的十五万〔日元〕改为借二十万〔日元〕。因为我想要买一块雅典手表。吃晚饭时，冈村书店的老板将书送来。井上由利子、江间老板娘来。将他们送走。

读完《饭》。很可以做参考。剃头师傅来。晚上，睡眠很浅，快要到睡不着觉的时候了。

里见寄来明信片，说看了《月上中天》。

2月5日 星期六

天气十分晴朗。暖和。睡午觉。佐佐木孟来。几野、村上、入江来。给我带来鲋佐的雀烧、大丸的牛肉、咖喱饭、空也草纸等礼物。

喝威士忌。喝醉了,没有去洗澡。前往海边。月色正好。九点五分,女士们回来。十二点,上床睡觉。

2月6日 星期日

天气十分晴朗。暖和。正在睡午觉时,柳井来。继续睡觉,没有见他。

良辅乘车前往平塚。回来时,将三井、大石、马场也一并带来。在二楼打麻将。晚饭,吃天妇罗做的大碗盖饭。出门散步。去了趟药店。十四号的月亮非常美丽。回来后,将甜酒热了喝。入夜后,真冷。托良辅买〔自行〕车〔竞赛的赌〕券,但没有中。

2月7日 星期一

二楼打麻将直到早上。进入今年后最冷的一天。吃完早饭后,睡午觉。读舟桥〔圣一〕的《风流抄》。洗澡。晚上,吃咖喱饭。整天下着雨夹雪。入夜后,也没有停。

头的什么地方很疼。

九点多,马场冒雨回去。很冷,早早地上床睡觉。益子、静夫打来电话。

2月8日 星期二

阴天。寒冷有点缓解。吉田打来电话,我让他传达九号不去参加小坂士之会了。打电报说不出席在帝国宾馆举行的《〔电影〕旬报》十佳的宴会了。

睡午觉。起来后,静夫已经来了。给我带来整鱼干。二十万日元也拿到手了。吃鸡汤杂煮。用车将静夫送到车站。与野田、入江散步。购买《朝日相机》、维生素等,回来。

2月9日 星期三

天气十分晴朗。吃完早饭时,笠来。给我带来两瓶酒。叫车,与野田等三人前往小田原东宝。观看《浮云》和《明治一代女》。对《浮云》十分敬佩。

购买米曲腌乌贼,在Asahi喝啤酒。〔乘坐〕八点五十三分〔的车〕回到茅之崎。下起小雨。去了趟丸福,喝酒,吃寿司。

看了《浮云》,心情大好。

2月10日 星期四

晴。吃早饭时已是正午。入江去厂里。闲聊。几野来。给我带来牛肉和咸菜。

泥瓦匠来,粉刷走廊的墙壁。

睡午觉时,静夫来。给我带来三轮的牛肉。

洗澡,吃晚饭。喝酒。油煎牛肉。静夫乘坐末班车回去。〔他〕带来《饭》的脚本。十二点上床睡觉。无所事事。

据说马林科夫主席辞职。

2月11日 星期五

药起作用了，天还没有亮，就开始跑厕所。早上，风很大。若宫金太郎又因进厂工作一事来。

读剧本《饭》。没有多少的感动。因为说明的部分太多。

睡午觉。洗澡。晚上，野田读《浮云》。给辰野隆、高峰秀子写信。

2月12日 星期六

今天似乎很冷。今年第一次发生自来水不出水的情况。盥洗室里的水都结冰了。两点五分去东京。

野田从大船回来。静夫从大船站上车。从银座走过，前往森。乘车去了趟伊势源后，去樱。茂女、高桥、清水来。吃鮟鱇鱼、什锦火锅等。坐末班车回来。在 Rindou 吃砂锅面。回来。

2月13日 星期日

洗澡。悠闲地走到建长寺谷户的稻田家，赏梅。久保田伞雨。有女子。有美人蕉。但梅花尚未开放。

然后，路过龟归坂（龟之谷），前往里见家。野田后来。久保田夫妇、稻田等人后来。大家又跳起舞。乘车回来。

2月14日 星期一

洗澡。睡午觉。里见打来电话，说的矢送来牡蛎，你来吧。乘车前去。稻田先到了。静夫、野田后来。

的矢的牡蛎很好吃。然后，跳起舞来。〔玩〕枕屏风的虎虎〔游戏〕、〔打〕棒球拳、〔跳〕西洋舞等。九点半，叫车，回去。去了趟野田家，回家。有点反胃。

今天是二月的第二个午日。推迟一天去茅之崎。

2月15日 星期二

正在睡午觉时，小尾来。托他〔买〕尼克尔 85m（原文如此）的镜头。预付给他四万五千日元。

叫车，去了趟野田家，回到茅之崎。斋藤、入江在。吃鲑鱼茶泡饭。在被炉里打瞌睡。早早地上床睡觉。有点感冒。

明天该开始干活了。

晚上，村上打来电话，说十九号因工作无法前往。

2月16日 星期三

吃完早饭后，又开始打瞌睡。睡午觉。真困。几野来。给我带来空也的樱糕、凯特尔的点心以及培根、牛肉等。炒菜——好久没有炒了，吃晚饭。

有点感冒。读《文春》上的获芥川奖的小说——小岛信夫的《美国学校》和庄野润三的《游泳池畔小景》。都没有让我感到敬佩。

2月17日 星期四

吃完早饭，有点困。野田说我有点醉饭。

儿井的司机大桥因工作的事情来。给我带来龟户的葛糕。

睡午觉。晚上，吃鸡肉火锅。江间打来电话，说是有客人，没有接电话。田代打来电话，说起《镜狮子》的事情。收集构思的想法等。入江要去大船，托他从月之濑带些培根回来。

2月18日 星期五

阴天。吃完早饭，已是十二点半了。一点多，孟来。洗澡前，出门到海边散步。月森打来电话，说起剪辑《镜狮子》的事。洗澡。吃培根炒豆芽、菠菜。江间来。带来关东煮。把他送走。

闲聊。十一点半上床睡觉。寄出明信片，说不去参加二十一日在京都东映举行的《血枪富士》的试映及井上金太郎之会等。

2月19日 星期六

暖和。晴。入江去了趟厂里，回来。导演协会打来电话，说理事已经决定。

洗澡前商讨〔剧本〕——好久没有在洗澡前这么做了。首先，试着架构故事情节。

洗澡。吃完晚饭后，散步。去书店，购买《现代客厅》等。闲聊。

零星下起雨来。十二点多上床睡觉。读井上靖的《弃老》。难以入睡。

最近，早上没有喝酒。成绩不错。

2月20日 星期日

风很大。花开时节零零星星地下起雨来。早上，做咖喱饭，里面加了培根。暖和。新藤兼人来。谈话谈到一半，去睡午觉。

傍晚，一个日共党员来到野田的住处。雨虽然停了，但风很大。〔导演〕协会的柿田因理事会的事情来。

十点至十一点半，工作十分顺利。进入分镜头部分。完成了四分之一多。

2月21日 星期一

九点半起床。吃早饭时，若宫金太郎来。给月森写介绍信。给我带来烤海苔。良辅坐车去东京。说今晚去热海。

三点，Mashiro 屋的人来。为野田试缝衣服。睡午觉。洗澡。吃完晚饭后，十点开始工作。一个半小时左右，继续创作分镜头部分。

野田在良辅的房间里睡觉。

2月22日
星期二

天气十分晴朗。剃头师傅来。理发。

睡午觉。四点多，《读卖〔新闻〕》的电影记者田中穰、池田三郎和小尾来。谈及此次将要拍摄的电影。拍照片。吃培根炒蔬菜、猪肉火锅。小尾送给我一个 universal finder。给茂女打电话。分镜头部分写到〈20〉。闲聊。与野田谈电影——好久没有跟他谈电影了。有点醉。

2月23日
星期三

天气十分晴朗。暖和。睡午觉。村上来。给我带来寿司、鲋佐佃煮、银食酒的菜、风月的点心等礼物。洗澡。先喝啤酒。晚饭，吃鸡排。本打算喝酒，但野田身体状况不好，今天就不喝了。早早睡觉。闲聊。九点五分，村上回去。

有点醉，在被炉里一直睡到半夜。没有写一个字。

2月24日
星期四

天气十分晴朗。春暖。中午，稍微商讨了会儿剧本，这很少见。洗澡。晚饭后，开始工作。分镜头剧本写到〈26〉。

成绩不错。打电话，说明天回北镰仓。良辅说，四五天里还回不来。

2月25日
星期五

没有吃早饭。只吃了个鸡蛋，喝了碗鸡汤。乘车路过野田家，回到北镰仓。睡午觉。

坐五点的电车去东京。在新桥车站与吉泽、茂女会面，前往筑地的 Okame。清水、北川随后赶来。见到松根、森。然后前往森荣。听收音机里播送的里见的《风花》，给里见家打电话。

坐末班车回家。与横山隆一、山口久吉、Rindou 的老板娘同车。

2月26日
星期六

有点头痛。睡了个懒觉。起床。洗澡。吃早饭。牡丹花的芽开始长起来。第一次听见黄莺啼叫。

母亲洗澡时滑了一下，碰了太阳穴，但问题不大。万幸也。早报上刊登高峰秀子与松山某某宣布订婚的消息。傍晚，在横滨南京町的东亚亭举行平林干哉的结婚庆祝会。出席。后一人走在元町的大街上。在 Hiru、近泽、信浓屋购物。

在回家的电车上遇见通侪（济）老。

2月27日
星期日

阴天。晚起。Mashiro 屋的人来。为母亲定做外套、巴宝莉的长大衣。下起小雨来。

睡午觉。雨停了。嫂子、登贵说明天乘坐鸽子〔号〕从名古屋到善光寺去。劝说母亲和启子也去，于是，给嫂子、登贵打电话商量。幸好买到车票了。洗澡。高田好胤师打来电话。上床睡觉后，暖和的毛毯有点碍手碍脚。

〔今天是〕总选举投票的日子。与往常一样，〔投了〕弃权〔票〕。

2月28日 星期一

下起大雨来。九点多，叫车，母亲、启子出门。打算从镰仓去东京，在观光宾馆与嫂子、登贵碰头，乘坐鸽子〔号前往〕。最近一段时间，我要一个人了。

中午，天气变得十分晴朗。睡午觉。读《浮云》。

做一人的饭，吃豆腐火锅、咸鲑鱼籽、关东煮。真清闲。我在想：人为什么喜欢吵吵闹闹的呢。给茂女打电话。不在家。后，〔茂女〕从大船的宿舍打来电话，说工作到很晚，住在大船。

3月1日 星期二

八点过后起床。打扫卫生。协会的冈来。协会送我一块表。茂女打来电话，说身体不好，来不了了。

一点半去东京。〔参加〕协会的理事会。后，与成濑、牛原去大丸辻留。后，前往银座，与横山、那须、山口去酒吧 Rindou。见到河盛好藏、庄野润三。在回家的电车上碰到津村。〔他〕把我介绍给前田青邨。母亲是不是住在名古屋了呢？

3月2日 星期三

九点起床。打扫卫生。早饭，将昨天的米饭蒸了蒸，吃关东煮、熏制鲑鱼。寂寞中的乐趣也。早上喝的高杯酒起了作用，睡午觉。两点，高田好胤师来。送我池上的葛粉糕。烧洗澡水。

就着海蜇、拌墨鱼、咸鲑鱼籽，喝酒。后，吃熏鱼茶泡饭。日日是好日。

本打算与野田去东京，但推迟了。继续阅读《浮云》。今天，传来黄莺的啼叫声。

3月3日 星期四

接到从名古屋寄来的明信片。邮戳是一号的，〔明信片上〕写着：明天左右想去奈良。

秀行来。蒸米饭，当作早饭。

卧牛陶房的男子来。看现川烧〔陶器〕。这是田坂具隆介绍来的。连翘枝头已完全变成黄颜色了。黄莺叫个不停。四点多，去厂里。

在月之濑见到土屋，谈起税费的问题。清水在座。益子不在家。回家后，吃通心面等。秀行住下。

3月4日 星期五

两点三十五分，与野田夫妇去东京。一路参观，从丸大厦到东京大厦的三菱商事。然后，与荒川、盐川、矶崎前往南千住的尾花。谈了许多关于此次将要拍摄的作品。

坐车前往八重洲，坐末班车前一趟车回家。

与永井龙男、林房雄、今日出海同车。在东京站碰到从厂里下班回家的茂女。下起小雨来。

土屋打来电话。

3月5日 星期六

十点多起床。下起小雪来。秀行前往镰仓买东西去了。顺便看了场电影。

五点多，山内、茂女冒雪而来。喝酒。在被炉里打瞌睡时，两人回去。在被炉里一直睡到半夜。

3月6日 星期日

穷光蛋洗衣服。吃培根炒菠菜。三菱的盐川打来电话，说现在野田家。乘车前往。寅夫妇、雨等人来。傍晚，回家。烤五条鲕鱼吃。从今天起，在大阪举行相扑的春场所［比赛］。栃锦输给了双龙。连翘花开。茂女打来电话，说明天大家要来家里玩。

母亲、启子在名古屋 Shina 忠住到六号晚上。

3月7日 星期一

九点多起床。秀行擦窗户。我到庭院里拔草。洗澡。稍微睡了会儿午觉。四点四十五分，吉泽、高顺、茂女、从东京来。清水富二稍后来。给我带来永坂荞麦面、伊势源的鮟鱇鱼、风月西式点心。喝酒。喝威士忌、白兰地。吃寿司。大家乘坐十一点三分的车回去。［将他们］送到车站。很快乐的聚会。

吉叶山输给了时津山。［相扑比赛］第二天。

3月8日 星期二

阴天。早上，吃伊势源的鮟鱇鱼火锅。煞是好吃。秀行擦窗户。听相扑比赛转播。六点左右，茂、吉泽、富二、静夫来。打完电话后，乘车前往华正楼。后，前去十四日之月，路过由比之浜后，穿过和田塚，前往车站。乘坐前往东京的末班车。

栃锦输给了琴之浜。

母亲、启子七、八号两天住在信州汤田中万屋。

3月9日 星期三

小雨。睡得很香。益子打来电话，帮我问了税费的问题。后，益子带着炸猪排来。傍晚，正在洗澡时，母亲、启子结束长途旅行，回来。秀行回去。付给他打工费，一天三百五十日元，共七天时间。

大相扑第四天〔的比赛〕，横纲都顺利过关。

3月10日 星期四

洗澡。坐两点半的电车去东京。前往三菱商事，在盐川的引导下，前往丸大厦八楼的品川白炼瓦。问了村田、坂田两人许多问题。后，因大丸停业，前往上野的蓬莱屋。给茂女打电话，但他还没有回来。后，与蓬莱屋老板前往连雀町的 Yabu。在伊势源买鮟鱇鱼。走到东京站，乘坐九点四十二分的车回家。

敕使河原和风同车。

3月11日 星期五

洗澡。睡午觉。三点过后，带着鮟鱇鱼去了趟里见家，然后，乘车前往大船。

见到月森，向他借钱。见到小尾，看 105mm 的镜头。五点，去东京。与茂女前往尾花。后，前往樱。坐末班车回家。

与今日出海、Rindou 老板娘、横山隆一、那须、山口同车。去了趟镰仓的 Rindou，两点二十五分，回家。

3月12日 星期六

一点起床。佐藤一郎来。谈起池部的事，《暗夜行路》的事。一道吃午饭。茅之崎馆的胜行和阿游来。五点多，去东京。在数寄屋桥畔居酒屋举行吐梦的《血枪富士》完成〔庆祝〕会。后，与近藤、小杉、八木、牛原、吐梦前往新桥米村。坐末班车二等车回家。

给茂女打电话，说太晚了，今天就不见面了。雨下大了。

3月13日 星期日

雨停了。天气变得十分晴朗。洗澡。十点多，乘车前往镰仓车站。与野田夫妇、盐川及其他人共十八人坐巴士前往初声村，看了水族馆之后，坐巴士前往横滨，去海员阁。非常愉快。

在被炉里睡觉睡到半夜。

3月14日 星期一

天气十分晴朗。正睡觉时，NHK 的永野亮来。拔草后，洗澡。早饭，吃 Pin 送我的牛肉。野田打来电话，说推迟一天去茅之崎。然后打电话给茅之崎，向他们说明了情况。睡午觉。连翘花开得正艳。不时地传来黄莺的啼叫声。

晚饭后，早早上床，读《文艺春秋》。

3月15日
星期二

叫车，去了趟野田家后，前往茅之崎。昨天接到电话说，三点左右，前往东京的井阪和大岩要来，但直到傍晚吃饭时，〔他们〕才来。

四人喝了近二升酒。井阪、大岩二人说要坐快车从小田原前往伊势，回去了。

冈村书店老板来。

3月16日
星期三

剃头师傅来。书店冈村老板来。昨天晚上的酒劲还在，头疼。没有在住处吃饭，前往寿司元，吃寿司。

回来后，商讨〔剧本〕。分镜头结构部分已经写到30了。也许是喝了寿司屋的茶的缘故，睡不着觉。

3月17日
星期四

乘坐两点五分的车，去东京。与野田走在银座的大街上。六点，前往东京 Station Hotel，出席石川欣一花甲庆祝会。与同侪（济）、岩田专太郎、狩野、野田从森荣去三岛，然后，前往 Espoir。乘坐菅原的凯迪拉克回镰仓。喝得醉醺醺的。

给茂女打电话。在大船车站收到益子送来的二十万日元。

3月18日
星期五

风非常大。睡完午觉后，傍晚，去东京。在导演协会开理事会。牛原、斋藤、成濑、牧野、千叶、小石出席，选举董事。〔我被〕选为理事长。给茂女打电话，〔他〕说明天要来。与牛原前往源。见到池谷。顺便去了趟 Rindou，坐末班车回家。与林、山口、Rindou 老板娘同车。与山口在北镰仓下车。

3月19日
星期六

母亲、启子、嫂子、美年、记（喜）代去东京，说是要去新桥演舞场。

一个人〔在家〕洗澡。上午，有个奇怪的男子来。安井猛，不知道他在说些什么。中午过后，茂女来。送给我竹叶寿司、萩饼。五点回去。早早地上床睡觉。读《文艺春秋》。戴老花镜。

3月20日
星期日

下雨。睡懒觉。喝白兰地后，给岩波〔书店出版〕的《志贺直哉全集》写推荐文章。

天黑之后，母亲、启子回来。雨仍在下。

这一天，吉成、浜子、亚纪子从野田去东京。与嫂子登贵、美年子她们一块儿去深川阳岳寺扫墓。大阪春场所千秋乐，千代与大内的成绩是十三胜二败，但决赛之后，千代获得胜利。

3月21日 星期一

春分。下雨。洗澡。早上，喝酒。喝了二升菊正宗，真是美酒。酒后，又上床睡午觉。天黑后，起来。又喝酒，吃茶泡饭。给野田打电话，说明天去茅之崎。

蛙开始鸣叫。镰仓车站的广播声随风飘到耳朵里。

3月22日 星期二

雨继续下个不停。洗澡。友野来。

熨西服。叫车，去了趟野田家，后回茅之崎。

再次洗澡。吃猪肉煮蔬菜。在喝酒期间，谈了许多工作上的事。早早地上床睡觉。打算明天早起，是不是有点打如意算盘呢？

雨继续下个不停。

Mashiro 屋的人来。带来做好的大衣。付了六万四千日元。

3月23日 星期三

一大早就下起雨来，一直下到半夜。

中午起开始干活，这很少见。将等候的地方挪到杂烩煎饼店的后面之后，思路大开。

洗完澡后，泽村勉来。替我查生活保障方面的情况。喝酒，吃鲑鱼茶泡饭。甚是美味。

工作进展很大，愁眉顿解。

里见先生打来电话。泽村住下。稍微有点兴奋，睡不着觉。

3月24日 星期四

雨停了。阴天。吃完早饭后，泽村勉回去。稍微睡了会儿午觉。《报知新闻》社文化部味冈喜代治与摄影师来采访工作的事。江间带来炸糕和小豆汤。

洗澡。吃晚饭时，剧本协会的恒为“五厂协定”的事来。吃炖菜、鲑鱼茶泡饭。恒坐末班车回去。

脚本结构基本上连贯起来。总之，先放下心来。

3月25日 星期五

天亮时又下起雨来。阴天。睡午觉。

洗澡前，确认了一下昨天写好的脚本结构。山内静夫来。洗澡。吃鸡排，喝酒。然后又喝啤酒。有点瞌睡。山内回去。野田说了声，乘着酒劲，早点睡觉。一个人在被炉里打瞌睡。〔醒来〕后想此次的工作一定要做好。

3月26日 星期六

野田没有吃早饭就回净明寺了。一个人吃鲑鱼茶泡饭。江间来。大厅里举行结婚典礼。

坐四点五分的车去东京。去了趟陶哉，与北川去源。在松村修手表。

七点出席在锡德酒店举办的高峰〔秀子〕松山〔善三〕公布结婚的鸡尾酒宴。见到梅原龙三郎。去了趟陶哉，与北川走到东京站。与大佛、山口同车。

给茂打电话。

3月27日 星期日

洗澡。安斋来，把屋后的排水管疏通。叫车，与里见先生、静夫同车前往野田家。叫上净明寺的老师，带上从杉本寺那里获得五轮塔及经卷，在福岛家供奉。

后，与先生、野田夫妇、静夫、福岛、宗、井上等人乘坐两辆车，前往横滨海员阁。走过元町。送走先生后，与静夫前往Rindou。见到大佛、浑。走回家。

3月28日 星期一

正准备出去摘茅（菜），下起雨来。下了一整天的雨。岩本来，把自来水管道埋深点。洗澡。睡午觉。推迟一天回茅之崎。

早早地上床睡觉。读杂志、周刊等。

3月29日 星期二

雨停了。夕阳照射。一大早，宗带来五轮塔。让他放置在梅树旁。洗澡。喝酒。三点多，乘车顺便去了趟野田家，回茅之崎。

再次洗澡。吃晚饭。从寿司元那里叫寿司的外卖。出门到大街上散步。在冈村书店，预定平凡社的百科全字（事）典。在药店买药。

入夜后，天气变得暖和起来。小雨。

3月30日 星期三

雨停了。吃完早饭后，剧本协会的斋藤与〔导演〕协会的渡边来。与野田商量后，写“五厂与日活纷争”的抗议书。冈村书店的女店员来。让她将书寄到镰仓。

首先定下脚本人物的名字。

洗澡。偏屋的大厅里正举行宴会，有艺妓来。又开始下起雨来。

从今天起开始写脚本。完成1 2部分的写作。

3月31日 星期四

下雨。不久就停了。家里打来电话，说陶哉来取刘生的画。〔导演〕协会打来电话，说要将昨天写成的抗议书稍微修改一下发表。

晚上，吃萝卜、生姜泥拌鸡肉。雨停了，出门散步。去了趟冈村书店、药店。回来后，工作。白天、晚上工作，完成了3 4 5三个场景的写作。

4月1日 星期五

又下起雨来。理发店的光来。说是做了盲肠手术。理发。

睡午觉。刚开始工作，冈村书店的人带书来。买了《味道》。神奈川支部的一名男性共产党员来到野田那里。煮信州荞麦面吃。

完成⑥⑦部分的写作。快一点时，睡觉。

4月2日 星期六

喝鸡汤。后，乘车去了趟野田家，回家。吃早饭。乘坐三点的电车去东京。去了趟陶哉。在三越的寿司万家买寿司。观看茶花展示会。前往森。森不在家。茂女来。邀上北川，前往赤阪（坂）前川。坐末班车。Rindou、山口同车。在 Rindou 吃火锅后，回家。

下了一天的雨。春雨。

4月3日 星期日

春雨。圆觉寺的樱花已经盛开。

洗澡。在长谷华正楼开镰仓会。坐车前往。高峰三枝子作为嘉宾来。听说今天川喜多长政去巴黎。冈村、笠没有出席。

送走藤乃高子，与野田、静夫去了趟石仓，吃寿司。回家。

出席镰仓会的有十二人。

4月4日 星期一

昨天晚上的酒劲还在。洗澡。

早上，茂女打来电话，说下午来。四点左右，〔茂女〕一人来。喝酒。嫌麻烦，不出去了。在家吃晚饭。十点左右，茂女回去。〔将他〕送到车站。在家喝酒。酒喝得正酣，甚好。

4月5日 星期二

洗澡。听说进（新）藤兼人的长子去世。乘车前往野田家。

中山、兵吾、久夫妇在。喝酒。

七点左右，乘车前往位于长谷一之谷的《每日〔新闻〕》的狩野近雄家。现场的人很多，好吃的东西也多。等久保田夫妇、久生、那须、通侪（济）、林夫妇等人打完麻将后，坐车回家。三点多了。又喝酒又手舞足蹈。

4月6日 星期三

早上，协会的渡边和牛原来。谈起佐伯、春原两人的事。一起喝酒、吃早饭。三点，去东京。前往日活总厂，见江守常务董事。让他写下关于更改导演名字的备忘录。在七楼的酒吧喝啤酒。去了趟 San 的新店。与茂女前往尾花。然后，去了趟樱。坐末班车前一趟车回家。与津村同车。

4月7日
星期四

早上，有记子、和子从野田来。和子转学到山胁女子高中，九号要举行开学典礼。洗澡。拍彩色照片。两人去八幡宫赏樱花。四点多，叫车，去了趟野田家，前往茅之崎。山内久同车。

晚饭，吃天妇罗盖饭。饭后出门散步。满月。天上有一片飞机云。很暖和，难以入睡。

稍微修改了[7]的部分。志贺先生打来电话，说《暗夜行路》的事情。

4月8日
星期五

淡云满天。睡懒觉。一句工作方面的话都没有说就去洗澡。洗完澡后，原研吉来。给我带来威士忌、龟末广的宝之梅。炒鸡肉，用萝卜、生姜泥拌着吃。叫车，将原送走。来到席间，闲聊了许多。回房间。

回来后，商讨关于久乘坐慢车的情节。三点上床睡觉。

4月9日
星期六

快十二点，才起床。喝威士忌——好久没有喝了。厚田来。给我带来鲋佐的佃煮。七十岁以上老人正在隔壁的大厅举行同窗会。洗澡水早早地就烧好了。一人出门散步。外面已完全是晚春的感觉。吃完晚饭后，正在打瞌睡时，池部良来。给我带来香肠。稍迟一会儿，佐藤一郎来。给我带来热海的鱼干。

天空非常晴朗。白天也稍微干了点活。

4月10日
星期日

因是周日，所以大厅以及隔壁房间都是聚会或班会，十分热闹。中午开始工作，写作[8]的部分。洗澡。从寿司元叫寿司外卖。正写久的部分时，玲子来。今天的晚报上说，有三百万人出门。淡云满天。入夜后，下起雨来。山内久、玲子坐末班车回去。[9]的部分完成。

4月11日
星期一

吃完早饭后，野田的牙有点松动，去看牙医，拔牙。正在睡午觉时，〔野田〕打来电话，说他现在正在书店，来不来看《血枪富士》。出门前往茅之崎的新生。

天气暖和，有点冒汗。大宫衬衣店的人来。岩间鹤夫从京都寄来竹笋。煮来吃。工作。完成[10]的部分。

4月12日
星期二

正睡觉时，理发店的光来。理发。春日迟迟。

饭后，在微风吹拂的大厅里睡午觉。起来后，干活。洗澡前，完成[11]的部分。

吃完晚饭后，出门散步。去了趟书店、药店。晚上，里见先生打来电话，说大阪的阿势寄来鲷鱼的浜烧，明天聚会。

晚上，完成11的部分。

4月13日 星期三

吃完早饭后，修改昨晚11的部分。叫车，顺便去了趟野田家后，回家。拿出春天的衣服，熨烫。五点半，前往里见家。聚会，吃鲷鱼的浜烧，先生、野田、精神松太郎、静夫喝得酩酊大醉。只记得回家的顺序。不应该多喝酒。

4月14日 星期四

宿醉。头疼。早上，母亲、启子去歌舞伎座看戏。Mashiro屋的人来。茂来。与野田坐一点半的车去东京。野田夫人从新桥上车。在东京站看大阪甘辛展示会。前往高嶋（岛）屋、Grill Maruzen［丸善］、上野蓬莱屋。从蓬莱屋出来后，去了趟铃本。十点十二分，从东京站回来。

4月15日 星期五

早上，一股早春的气息。牡丹花开了第一朵花。给庭院里的花木施肥。吃完早饭后，儿井和斋藤高顺来。给我带来苦艾酒、中国馒头、海苔等。筑地的森之尼子先生、花道、茶道的弟子来。

棣棠、红山茶十分美丽。

傍晚，洗澡。读书等。早早地睡觉。

将第一朵开放的牡丹花剪下来，装饰在玄关处。

4月16日 星期六

睡得很香。中午过后起来，洗澡。喝酒。玄关处的牡丹花大约有六寸大小，淡红色，很漂亮。三点过后，叫车前往野田家，后，去茅之崎。

煮宗送来的竹笋吃。喝酒。

下雨。下得蛮大的。

效率很高。完成12 13 14三个场景的写作。疲惫不堪。

4月17日 星期日

雨下得很大。下午，修改昨天写的14部分。洗澡。在鸡排中加入白味噌用中国锅烤了吃。完成15 16的部分。入夜后，雨停了。

隔壁房间里住着一男一女。整天关着门，窃窃私语。阿游说：看样子，他们不像是一对夫妻啊。

4月18日 星期一

乘坐一点五分的火车。与牧野光雄同车。野田前往逗子。

从大船乘坐电车前往东京。观看［在］松阪（坂）屋［举办］的刘生展。

去［导演］协会。理事会没有召开。沟口和牛原于今天三点抵达羽田。出席威廉·惠勒之会。前往帝国宾馆。后，与牛原［前往］东兴园、森。坐末班车去了趟 Rindou。静夫来。喝啤酒。回家时，已经三点了。

4月19日 星期二

酒劲还在。因下雨，推迟一天回茅之崎。中午至三点左右，野田夫妇来。遗憾的是牡丹还没有开出大朵的花。

喝酒。吃松鱼刺身、盐煮鲷鱼。傍晚，［野田夫妇］回去。早睡。睡得很好，十一点时醒来。读《露伴翁夜话》。又睡。

《早春》，加上今天写成的，共一万零二页。

4月20日 星期三

头疼。喝回头酒*。然后，又睡下。弘三给我送来竹笋。起床，洗澡。叫车，四点去了趟野田家后，回茅之崎。再次洗澡。有点感冒。晚上，出门散步。在书店购买《岸田刘生》《古典语典》《末摘花》等。回来，完成17 18的部分。睡不着觉。

4月21日 星期四

昨天晚上没有睡好，头昏沉沉的。

吃完早饭后，打起瞌睡来。三点过后，开始工作。修改昨天完成的部分。

Mashiro 屋的人来。运动衣的上衣已经做好。洗澡。洗完澡后，益子已经来了。给我带来鲍鱼、炸猪排。给她读脚本听。［益子］坐末班车回去。把［她］送到车站。

今天没有工作。

给月森打电话，借钱。

4月22日 星期五

吃早饭时，二本柳宽兄弟来。中午开始工作。完成19的部分。洗澡前，静夫来。江间来。一边散步，一边送他们回去。回来后［继续］工作。完成20的部分。鸡肉火锅很香。

4月23日 星期六

一大早，里见先生打来电话，说吉井勇夫妇从京都来了，你也来吧。

早上，将昨天完成的部分修改后，叫车，去了趟野田家，回家。

四点多，前往里见家。吉井夫妇、野田、山口、稻田、大佛、静夫［在座］，从华正楼订餐。后，在 Rindou 喝啤酒。回到家时已经四点了。不一会儿，东方放白。野田模仿久保田万太郎。

* 所谓“回头酒”，原文是“迎い酒（迎え酒）”，意思是为了麻痹头天喝酒引起的头疼，第二天继续喝酒。

4月24日 星期日

洗澡。菅原从里见家打来电话。乘坐一点半的电车去东京。前往东京大丸过留。静夫、益子同路。里见先生随后赶来。下雨。再次在银座松阪（坂）屋观看刘生展。与野田夫妇、北川在一起。以〔里见〕先生为首的一行人前往上野蓬莱屋。与先生、益子告别，前往铃本。

从镰仓车站坐车，冒雨回家。

4月25日 星期一

所有的牡丹花开出大朵的花来。乘坐五点四十八分的电车，厚田、静夫从大船上车，前往横滨。去南京町海员阁。茂、吉泽、清水没有来。在信浓屋，见到茂、清水，再次前往南京町庄（牡）丹园。茂没有来。在回去电车上遇见狩野、山内。与稻田、静夫前往 Rindou。手戴钻石的女人们来。两点过后，回家。

4月26日 星期二

与静夫乘坐十二点的电车去东京。在新桥碰到吉泽、村上。去后乐园。〔观看〕南海〔队〕对大映〔队的棒球比赛〕，〔这是一场〕乏善可陈的比赛。然后走着前往蓬莱屋。厚田、清水来。前往人形町的末广。然后前往樱，喝啤酒。坐末班车〔回家〕。Rindou、横山隆一同车。

4月27日 星期三

早上还在睡觉时，林文三郎来。谈起牛原导演的事。喝威士忌。

野田夫妇来看牡丹花。下雨，已经过了盛开的时节。喝酒。吃红豆饭、松鱼刺身。睡觉。正睡觉时，三人回去。醒来后，吃红豆饭。

半夜醒来，读《末摘花》。

4月28日 星期四

两点五分去东京。与里见先生、市、野田在布里吉斯顿看福岛收藏〔品展〕。遇见安井曾太郎。前往白本（木）屋参加落语之会。听小、三木助、马生、柳桥〔的落语〕。加上山崎、井上，前去小松吃鳗鱼。后，在浜松屋买布。在回家的电车上遇见大佛次郎。一道去 Rindou 喝啤酒。

4月29日 星期五

小雨。洗澡。与野田夫妇乘坐一点半的电车去东京。在车上碰见小仓游龟。前往歌舞伎座，参加赤坂 Minoru 之会。在凯特尔思吃冰淇淋。十点十二分回家。回家后，吃茶泡饭。

4月30日 星期六

洗澡。月森打来电话，说十一点多来。不久便来。商讨《早春》的事情。后，静夫来。喝醉了，睡觉。睡觉时，两人回去。早早地睡觉。

5月1日 星期日

雨下得很大。乘车顺便去了趟野田家,中途拉上静夫,前往茅之崎。中午时,雨停了。

与里见先生、菅原通侪(济)、山内、北川、野田及各位夫人,还有久保田夫人、Rindou、稻田、山口、益子、母亲、启子,大家聚集在一起,在大厅里举行宴会。从华正楼订购冷盘,从有职订购寿司等。

野田夫人住下。通济送给我万历的酒杯。

5月2日 星期一

有点宿醉的感觉。头昏沉沉的。没有干活。晚饭,吃昨天的鸡排。

吃完晚饭后,野田夫人回去。早早地睡觉。

5月3日 星期二

早上,剃头师傅光来。山内久因工作来茅之崎馆。吃鸡排。

干活。完成[21][22]的部分。

5月4日 星期三

洗澡前完成[23]的部分。

岸松雄、作家协会的斋藤、高冈来。中山随后到来。开座谈会。后,速记记者喝醉了。大家都住了下来。只是在白天干了点活。

5月5日 星期四

儿童节。中午时分,大家都回去了。

天气十分晴朗。洗完澡后,干活。没有在住处吃晚饭,而是与久等三人一道前往寿司元。去了趟冈村书店,后,回到住处。

回来后,老板娘已经来了。将她送走。

干活。完成[24]的部分。已经两点了。

5月6日 星期五

立夏。一大早回到北镰仓。登贵已经来了。在家吃早饭。乘坐十二点半的电车去东京。母亲、登贵、启子同车前往横滨。

与静夫、清水前去灵南坂教会,参加斋藤高顺的结婚典礼。媒人是信时洁。后前往美式面包店,举行结婚宴会。前往大手町产经会馆参加饭岛正之会。后,与高梧、吉泽、茂子、静夫、富二去并木薮浅草看了看。回家。

5月7日 星期六

洗澡。两点,去野田家,干活。开始写[25]的部分。傍晚,去中岛医生处,让他量了量血压。140/80,说还算正常。吃晚饭的时候,雨公来。与野田前往 Rindou。喝啤酒。静夫、稻田、山口来。吃油炸豆腐寿司。坐车回家。三点了。

5月8日 星期日

阴天。洗澡。与野田夫妇、益子、尾上乘坐两点的电车去东京。在文明堂购买铜锣烧。在商大的艇库观看早庆赛艇比赛。丰一方以五个艇身获胜。前往尾花。九点四十二分回家。在电车中睡觉。很疲倦。

5月9日 星期一

洗澡。安斋泥瓦匠等人来。

四点多，乘车去了趟野田家后，前往茅之崎。散步，前往寿司元吃晚饭。去了趟书店，购买《世界》〔杂志〕。在药店买药。没有干活，早早睡觉。

5月10日 星期二

早上早早起床。睡午觉。三点开始干活。洗澡前，完成[25]的部分。

吃完晚饭后，出门散步。去了趟冈村书店。与冈村书店老板乘车前往藤泽的入舟。见到一个叫做小里的美女。在双叶吃寿司。从车站前坐车回到茅之崎。

晚上，一个字都没有写。

5月11日 星期三

白天，干活。傍晚，洗完澡后，冈村书店老板和佐登子来。从寿司元叫来寿司的外卖。晚饭吃鸡排。后乘车前往藤泽的入舟。后，将里子送走，回到茅之崎。马上快两点了。

今天，紫云丸号在濑户内海沉没。无限悲痛。

5月12日 星期四

有点宿醉的感觉。吃完早饭后，干活。完成昨天没有写完的[26]的部分。

后，睡午觉。洗澡。吃晚饭。后，散步。前往冈村书店。九点四分前往藤泽。前往入舟。冈村随后赶来。与佐登子在双叶吃寿司。用车将佐登子送走后，回到茅之崎。一点了。

5月13日 星期五

吃完早饭后，干活。完成[27]的部分。开始写[28]的部分。

过了很长时间，良辅才完成《青铜的基督》〔的写作〕，从热海山木回来。几野来。

与野田乘坐六点的电车前往藤泽的入舟。冈村随后赶来。去了趟薮荞麦面、双叶寿司后，乘车回来。回到茅之崎。顺道去了趟柳宾馆。

晚上，没有工作。

5月14日 星期六

理发店的光来。野田、良辅剃头。

〔吃〕牛肉火锅。

完成28的部分。打电话给大原，向他借钱。洗澡。吃完晚饭后，出门散步。去了趟冈村书店。买了本《川柳评释》。乘坐九点四分的电车前往藤泽入舟。妹尾、熊谷同路。冈村随后到来。喝啤酒。吃大阪寿司。坐车回来。紧接着，良辅从东京回来。

5月15日 星期日 良辅说要回老家，出门。

开始工作。完成29-A 的部分。

大厅和二楼正举行班会。洗澡。冈村书店老板、佐登子来。晚饭，吃猪肉豆腐。

后，乘坐电车前往藤泽。在双叶寿司店吃寿司。用车将佐登子送走后，回来。

今天是〔相扑〕夏场所第一天。

5月16日 星期一 剃头师傅来。白天，完成29-B 的部分。傍晚，村上带着竹叶卷来。山内没有来。吃鸡肉。把冈村叫来。

村上坐末班车回去，将他送到车站。去了趟柳，喝啤酒。后，回来。

5月17日 星期二 坐车回到北镰仓。野田参加作家协会全体大会，前往东京。

与山内乘坐三点的电车前往东京。野田夫人同车。在车站与野田会合后，前往上野松阪（坂）屋观看民艺展。后，乘车前往筑地的 Okame。北川也来了。村上来。在停电的大街上走过，前往银座的 Rindou。

在北镰仓下车。

5月18日 星期三 三点左右，野田冒雨来。开始写作30的部分。快六点的时候，山内、村上、北川夫妇、野田夫人来。吃鲣鱼刺身、猪肉豆腐、荞麦面。后，益子、丰、尾上来。

山内从厂里带来二十〔万日元〕。

北川给我带来有职茶巾寿司，村上给我带来户隐荞麦面等礼物。

5月19日 星期四 天气十分晴朗。蝉开始鸣叫。与山内乘坐两点的电车去东京。去了趟歌舞伎座，托斋藤经理搞票。

陶哉随后赶来，与北川一道前往〔观看〕第五天的相扑比赛。千代输给了安念。

前往柳桥梅元。听陶哉的长呗。后，去樱。看脱衣舞。茂〔怕〕回家太晚，没有参加。

坐末班车〔回去〕。去了趟 Rindou。里见先生、真船夫妇在座。

5月20日 星期五

有点宿醉的感觉。头疼。

母亲、启子前往歌舞伎座。据说是第六代七年忌的表演。《读卖〔新闻〕》图片〔部的人〕来拍照。

睡午觉。傍晚，母亲、启子回来。在野田家商讨剧本，休息了一天。

5月21日 星期六

洗澡。Mashiro 屋的人来。大衣、单夹衣等两件冬服送去清洗。

坐两点半的车，前往野田家，干活。开始写30的部分。

请我吃晚饭。寅、雨、和子等人来。十一点半回家。

5月22日 星期日

洗澡。三点左右，野田来。干活。开始写30的部分。晚饭，吃盐煮鲷鱼、豆腐火锅、凉拌海鲜蔬菜等。

吃完晚饭后，野田夫人、小林一郎来。将他们送到北镰仓。

5月23日 星期一

乘车去了趟野田家后，前往茅之崎。忘记带老花眼镜了，很麻烦，无法干活。吃晚饭的时候，冈村书店老板来。叫车前往藤泽。妹尾与有声部的男子已经在入舟了。前往引地小松屋购买大福点心。顺便去了趟双叶寿司店。

坐车回来。

5月24日 星期二

剃头师傅来。干活。完成30公寓的部分。五点二十分，前往茅之崎车站，迎接先生。在柳举行天妇罗之会。参加者有：里见先生及夫人、久保田夫人、野田夫妇、静夫、益子、清水富二、冈村、山下佐登子。共十一人。

用车送他们回去，顺便去了趟 Rindou。山口、稻田在。回家。

5月25日 星期三

十一点，被静夫叫醒。喝酒。叫车前往里见先生家，将比吕女给他送去。前往野田家。坐车回到茅之崎。下雨。拉上藤泽本町的佐登子，去了趟入舟，又去了趟双叶，坐车回到茅之崎。冈村出现在入舟。

今天没有干活。非常疲惫。

5月26日
星期四

〔虽然〕很疲惫，〔但还是〕干活。开始写31的部分。但进展很不顺利。

晚饭，吃棋子面。叫来冈村。出门散步。从书店，去了趟柳，将天妇罗之会的账结了。二万二千日元。

回来时，十点了。早早上床睡觉。

津村、小尾打来电话。

5月27日
星期五

天气十分晴朗。起得比较早。从一点开始干活，干了两小时左右。洗澡。晚饭，吃萝卜生姜泥拌鸡肉、棋子汤面。

叫来冈村。江间来。给我带来水果。出门散步。去了趟书店。用车将江间送回去。

家里打来电话，说税务所有事情找我。

完成31的部分。

5月28日
星期六

大宫来。付了衬衣钱，预订了两件。山内久来。吃晚饭时，冈村来。送久回去，乘坐八点二十九分的火车前往藤泽。

去入船。冈村晚一班车到来。

前往鱼万、寿司屋。下起雨来。

坐十点二十分的火车回来。

与尾崎一雄同车。说志贺先生昨天搬家了。回来后，完成32的部分。给津村打电话。

5月29日
星期日

大雨。十一点起床。吃早饭时，山内久又来。因要与野田商量事情。雨变小了。还没有开始干活，先去洗澡。晚饭，吃猪肉、棋子面。冈村来。吃完饭后，一边送久回去，一边散步。雨停了，很舒服。去了趟药店，买维生素等。因是周日，开班会的人很多。

散步回来后，完成33的部分。

夏场所千秋乐，栃锦14胜1负，获胜。日本马赛，Ootokitsu获胜。

5月30日
星期一

早早起床。吃早饭。睡完午觉后，开始工作。洗澡前完成34的部分。

村上打来电话。后带着户隐的荞麦面来。吃萝卜生姜泥拌鸡肉。冈村书店老板和入舟的里女来。将他们送到藤泽。转了一圈后，乘坐十点二十分的火车回来。睡觉。

给大原打电话，托他办理税务所的事。

白井佩雷斯雪耻赛，第五回合白井击倒猴子。

5月31日 星期二

昨天晚上没有睡好。吃完早饭后，完成35的部分。

洗澡。吃晚饭时，冈村书店老板来。将天妇罗做成天妇罗盖饭吃。出门散步。从冈村前往柳，看前些日子拍的天妇罗之会的照片。

正在写的部分，故事情节方面出现了点疑问，似乎有必要重新加以思考。

6月1日 星期三

一大早，野田夫人及平林和子来。牛原、协会的渡边来。牛原说起要去赫尔辛基的事情。耕三骑自行车来。

与野田夫妇前往柳井家。柳井不在家。从体育场周边绕过，回来。

吃晚饭时，冈村来。乘坐八点二十九分的车前往藤泽入舟。大原同行。后，邀上入舟的阿姨去大阪寿司店。坐车回来。

6月2日 星期四

重新写35的部分。洗完澡后，山内和小尾来。吃鸡排、棋子面。冈村书店老板来。

乘坐八点二十九分的车前往藤泽入舟。喝酒。[在] 大阪寿司店 [吃饭]。妹尾来。坐电车回来。小尾住下。半夜，被蚊子弄醒。

几野来。给我带来玉木屋的佃煮。听说良辅在京都，住在清水山庄。

6月3日 星期五

阴天。与小尾前往海边，让他帮我拍照。中午过后，小尾回去。稍微干了会儿活。洗澡。吃晚饭时，冈村书店老板来。

今天不出去散步了，开始工作。完成36的部分。

6月4日 星期六

早上，原研吉打来电话，说是要来茅之崎。不久，便与大庭一块来了。

中午过后，野田回去。一个人睡午觉。吃完晚饭后，回去。

茂女打来电话，说是有客人来。让他改日再来。

6月5日 星期日

晴。镰仓笔会前往箱根。正午在镰仓车站前集合。共有四十多人。乘坐巴士。在大矶海岸小憩之后，前往箱根小湧（涌）园。转过早云山后，回来。在回来的路上，与通济、林房雄、野田、山内在藤泽下车，去入舟、双叶寿司店。乘车去了趟菅原家，[他们] 送给我刘生的《五彩竞艳 [图]》。去了趟 Rindou，回家。

6月6日 星期一

有点宿醉的感觉。中午前后，接到野田打来的电话，说因为太累了，今天就休息了。又睡午觉。也没有刮胡子，一天就睡过去了。

给静夫打电话，说不参加《候鸟何时归》的试映了。

6月7日 星期二

野田来。在北镰仓干活。傍晚，静夫、佐佐木、孟来。听他们讲秋田方言。叫车前往材木座、丹寿司店，但歇业。前往武寿司店。遇见剑持。去 Chimoto。吃小豆汤。去了趟若宫百货商店、新川屋后，前往车站前的扉。正在营业。遇见久米夫人、内川。前往野田家。寅夫妇来。十一点多，回家。

6月8日 星期三

野田冒雨来。给我带来醉蝶花。

开始工作。六点左右，静夫来。吃鲷鱼刺身、豆腐。九点多，两人回去。

6月9日 星期四

前往野田家，干活。泽村勉来。

五点多，前往里见先生家。里见夫人也在，聚餐，吃山菜。蕨菜、西红柿、牛尾菜、鲷鱼的浜烧，很好吃。

后，津村秀夫来。躺下来，稍微睡了会儿。

回来的时候，去了趟 Rindou，吃拉面。

6月10日 星期五

宿醉。乘车去了趟野田家，后，回到茅之崎。吃晚饭时，江间来。给我带来一种叫做至宝的当地酒。冈村来。

培根炒蔬菜。很好吃。

将江间送到海岸边。今天早早地睡觉。

6月11日 星期六

剃头师傅光来。牛原要前往赫尔辛基，协会的渡边来，说是要捐款一万日元。真给人添麻烦。下雨。

晚饭，吃乌冬面。冈村来。干活。完成[38]的部分。

早庆战 7 ： 3，庆应〔大学〕获胜。

6月12日 星期日

干活。让他们早早地烧好洗澡水。五点半，与野田乘车前往长谷华正楼，参加镰仓会。〔这是〕第九次〔开会〕。贵宾有通济夫妇、田中春男、中村登。新入会的人有内川清一郎。后，与津村、山内、野田、内川前往〔位于〕常盘山的菅原家。让山内用车送我回家。

早庆战第二场比赛，3 ： 2，早稻田〔大学〕获胜。

6月13日 星期一

登贵来。四点多，叫车，去了趟野田家后，回到茅之崎。

东京地区的基督教徒们在大厅里集会。年年如此。

洗完澡后，去寿司元——好久没有去了。回来时，去了趟冈村书店。累了，乘车回到住处。没有干活。早庆战第三场比赛，延长至第十二局，最终，早稻田［大学］以4：2获胜。

6月14日 星期二

早上，九点半起床。睡完午觉后，开始工作。

大厅里时不时地传来赞美诗的歌声。吃完晚饭后，前往书店。去了趟药店。很累，回来。

完成39的部分。

今天早早地结束工作，因为村上要来，但没有来。

6月15日 星期三

早上，开始下起小雨来。山本浩三和田代来。山本武来。从寿司元叫红豆饭的外卖。

退出基督教会的人们在旅馆里擦窗户，后，便各自散去。

傍晚，山内静夫来。吃萝卜生姜泥拌鸡肉、棋子面。雨下大了。［山内静夫］住了下来。

读剧本《青铜的基督》。并没有被它打动。

6月16日 星期四

中午过后，山内回去。商量十九号在里见家举行的吃烤羊肉之会的事情。

开始工作。洗澡。晚饭吃味噌煮猪肉。出门散步。［去了趟］书店、药店，在井出买冰淇淋，坐车回来。打了会儿瞌睡后，稍微干了点活。一点上床睡觉。

6月17日 星期五

早上，村上打来电话，说傍晚要来。工作。连续修改，完成40的部分。洗澡。村上来。给我带来荞麦面、竹叶卷。

野田夫人来。带来蓼科的蕨菜、香菇。晚饭，做玉米炖菜。

冈村书店老板带来地图。两人住下。

6月18日 星期六

下起细雨。中午，野田夫人、村上回去。

给厂里打电话，托大原借钱。

紧接着41，完成了42的部分。雨下大了。

梅田因原的门牌的事来。《映画之友》的山本恭子打来电话，谈及关于与筈见对谈的事。

6月19日 星期日

事先定好的脚本完成庆祝会在里见家举行。羊肉六百文目，牛肉二百文目 *。不过最关键的脚本还需要两三天才能够完成。叫车，回家。然后再去里见家。里见、静夫、野田以及他们各自的夫人、Rindou老板娘、稻田、山口、久生夫妇［出席］。吃烤羊肉等。很好吃。是个盛会。

6月20日 星期一

洗澡。三点左右，高桥贞三和板桥来。谈合同的事。给大船打电话，把山内叫来。不久［山内］便来了。乘坐高桥的凯迪拉克前往横滨的海员阁。后，去信浓屋。在横滨车站与高桥分别后，去了趟Rindou，回家。

6月21日 星期二

静夫带着钱，与益子一道来。结完月之濑的账。叫车前往野田家。与野田夫妇、山内、益子前往长谷的浅羽屋。吃柳川鳗鱼。

在海滨宾馆吃冰淇淋。回到茅之崎馆。大家送我回来。

今晚不工作了。

6月22日 星期三

中午，完成43的部分。四点左右，通济打来电话，说很无聊，要不要一块儿喝个酒？与野田前往海滨时，通济夫妇来。前往藤泽入舟。佐登子不在。前往双叶寿司店。乘坐前往海滨宾馆。喝啤酒。遇到寅夫妇。用车送他们。回到住处时，良辅、津路、兵吾、中山、马场已经来了。打麻将。

6月23日 星期四

中午前后，大家都回去了。良辅前去与池忠打高尔夫球。

开始工作。傍晚，入舟打来电话，说里子来了。但我回绝了。很晚了，冈村来。

工作有进展。

6月24日 星期五

一大早开始工作。一点三十分，脚本脱稿。三月三十日开始写作，［到今天］八十七天。野田下午回来。傍晚，山内来。邀上冈村书店老板乘车前往藤泽入舟。

去了趟寿司店，乘车前往Rindou，深夜时，前往里见先生家。喝白兰地，庆祝脚本完成。酩酊大醉。

6月25日 星期六

宿醉。中午前后，野田来。赶忙起床。开始研读脚本。三点半左右回去。

* 文目是日本的重量单位，1文目大约3.75克。

坐五点半的电车去东京。前往新川大国家。参加《映画之友》的座谈会。筈见恒夫、淀川长治、山本恭子等在座。坐车前往陶哉。北川不在。去了趟江户 Rindou。坐末班车。与横山、山口、那须、Rindou 同车。与山口在北镰仓下车。今天举行脚本部月森的欢迎会。

6月26日 星期日

早上，正在洗澡时，平兵卫、新宅、松本等人前往热海的途中，顺道来这里。前往野田家。三菱商事的盐川来。听取剧本的意见。

下雨。叫车，与野田夫人等四人前往横滨海员阁。后，去了趟信浓屋。乘车前往横滨车站，坐电车回家。去了趟 Rindou，乘坐软席回家。

6月27日 星期一

早上，洗澡。喝酒后，睡午觉。由上野介绍来的一个想当演员的男子和其叔叔来。

小雨。

铁线莲开始开花。小仓打来电话，说起剧本集的事。小尾打来电话，托他买徕卡部件。

今天东京广播从十点五分开始播放《户田家的兄妹》。播放前没有跟我打招呼。

6月28日 星期二

十点十分，听东京广播的"名作影集"的栏目——《户田家的兄妹》。没有跟我打招呼［电台］就播放，我极其不愉快。提起抗议。

傍晚，在镰仓松竹举行晚间放映——《东京物语》。坐电车前往。与野田夫妇、静夫夫妇观看。后，Rindou、大佛、林夫妇、山口从权五郎那里来。与山口乘车回来。很快就接到东京广播打来的电话。

6月29日 星期三

洗澡。十一点，广播东京的文艺部部长等三人来。让他们明天起停止播放《户田家的兄妹》。一点，去东京。山内一道前往。与北川等三人去高嶋（岛）屋。买皮带。村上来。前往 Okame。后，哥哥、北川来。去樱。村上因参加其他聚会，中途离席，但又来了。拉手风琴。坐末班车回家。去了趟 Rindou。又与山口一道。吃拉面。回家。

6月30日 星期四

早上，池忠打来电话。洗澡。睡完午觉后，穿和服去厂里。乘车前往。遇到月森。遇到厚田、清水、村上。在月之濑，与山内、小尾、土屋吃柳川鳗鱼，喝酒。与山内坐车前往市民座，观看《悲哀的桃乐丝》。佳作。在权五郎吃寿司，去了趟新川屋后，回家。

从明天起，大船好像隔天举行一次罢工。

野田前往蓼科。

7月1日 星期五

洗澡。叫车，前往茅之崎。读脚本。茂女来。吃完晚饭后，〔茂女〕回去。

听说里见先生要去京都。乘车前往 Rindou。不久，先生来，与〔先生〕夫人、山内夫妇送到大船。先生乘坐快车前往安艺。

7月2日 星期六

天气十分晴朗，很热。笠来。带着礼金来，我拒绝了。送给我啤酒。

山路的叔叔来。无言以对。

洗帽子。洗白了。

听收音机里的全明星〔棒球比赛〕的实况转播。2 ： 0，P 方获胜。

由于早上起得早，所以今天很少见地吃了三顿饭。

野田从蓼科来信说，杜鹃声声入耳。

7月3日 星期日

天气十分晴朗。有风，很凉快。

昨晚，睡得很浅，所以午觉睡得很爽快。

四点十分，从大船前往汤之原的中西。

洗澡。吃晚饭。喝酒喝了三瓶。出门散步。买药。回来后，按摩。

清水给信三打电话，当时信三正住在热海的古屋。

7月4日 星期一

中午前后，清水来。这是自正月以来第一次。说是去东京。四点左右回去。

听说清水那里的一个年轻教师怕偷清水东西的事情败露，在屋檐后点胶卷，放火。幸亏火被灭了，但在被盗物品中，还有一件安井曾太郎的《水桃图》下落不明。非常可惜。再没有比混蛋更可恨的人了。

读完《志贺全集》第一卷。给大船打电话。

7月5日 星期二

两点多，厚田、山内来。闲聊。晚饭，吃鸡肉火锅。喝酒。两人叫人按摩。

京都秀岳旅行会的人来。据说他们包下火车，去日光看鬼怒川后回来。和服都放在火车里，大家都穿着单和服，轻装参观。工作上的事一点也没有进展。

7月6日 星期三

早上，喝完酒后，睡午觉。给大船打电话。听说，厂长还在读剧本。

四点五十几分回来。厚田、山内前往东京，在大船跟他们分别后，一直到镰仓。然后坐车回家。洗了个温水澡。给野田打电话。说四号从蓼科回来了。

9月1日 星期四

杉山的公司。第五天。这一天拍摄完毕。在月之濑喝酒，给招牌上写字等。与佐田、山内及川回家。洗澡。

9月2日 星期五

下雨。

拍完杂烩煎饼屋前的大路和店内的情景。明天开始拍摄小屋。

去理发店。后，与池部和岸研读剧本。遇到江间，听说最近生予要结婚。与山内坐池部的车前往镰仓权五郎那里，然后去通济家。将池部送到和光后，回家。洗澡。

一九五五年〔昭和三十年〕·其二

1月1日 星期六

天气十分晴朗。

傍晚，原研吉夫妇、岩间鹤夫来。

1月2日 星期日

连续十分晴朗的天气。新年会集合了二十三人。

▲厚田、妹尾、田代、武市、青枕、志贺、山际、丝川、长谷部、益子、北川、山内夫妇、清水夫妇、浜田夫妇、高顺、吉泽、山本武、荻原、笠。

1月3日 星期一

从镰仓会前往里见家。畅怀大笑。

1月4日 星期二

去东京。在帝剧看电影。然后前去参加日活的宴会。

从天一到鲁邦。里见先生、野田、泽村。

1月5日 星期三

一天休息。内川清一郎夫妇来。

1月6日 星期四

整天在家。

1月7日 星期五

清水来。给我带来野猪肉。前往里见家。

1月8日 星期六

望。

茂女打来电话。

1月9日 星期日

悟空林→伊吕波→樱。与野田坐末班车回家。

蒲田会。参加者有一百八十多人。

茂女来到樱。初场所的第一次比赛。

1月11日 星期二
一人去东京。去了趟尾花、樱。
茂女同行。

1月12日 星期三
里见夫妇、久保田夫人、野田夫妇、高桥贞二、静夫来家里。
跳起虎虎舞，老母亲也加入跳舞的行列。

1月13日 星期四
整天待在床上。有点宿醉的感觉。

1月14日 星期五
坐车去了趟里见家，与野田夫妇前往茅之崎。江间来。
从今天起，住在茅之崎馆。

1月15日 星期六
大厅里正举行宴会。晚上，出门散步。连日来喝酒，有点醉醺醺的。

1月16日 星期日
睡午觉。早早睡觉。一天大抵都在睡觉。
从今天起，早上不喝酒了。

1月17日 星期一
起得比较早。还是睡午觉。晚上，吃酒糟鲑鱼。买酒的人在开宴会。
稍微谈了谈工作的事。

1月18日 星期二
傍晚，长濑喜伴来。闲聊，一直到夜里两点。喜伴打呼噜，无法安睡。

1月19日 星期三
剃头师傅来。益子来。天气十分晴朗，但风很大。吃酒糟鲑鱼。

1月20日 星期四
与野田夫妇去东京。高岛屋→三越→ Okame →东兴园。给茂女打电话，但他去厂里了，没在家。睦女正拍外景。

1月21日 星期五
听说正睡午觉时，铃木兵吾来。
协会的渡边打来电话。
大寒。早上，吃黄油煎牛肉。整天肚子饱饱的。蓝丝带奖决定。

1月22日 星期六
几野、村上来。吃鸡肉火锅。
给我带来空也、户隐和凯特尔等地的礼物。
▲今年以来，天气持续晴朗。但直至今天才第九天，晚上，就下起小雨来。

1月23日 星期日
有点头痛。剧本进展不顺。
隔壁举行宴会。吵得心烦。
初场所千秋乐，千代获胜。12 胜 3 负。

1月24日 星期一
天气十分晴朗。西田想当演员，来。月森打来电话。
吃完晚饭后，出门散步。
旧历元旦。无所事事地度过一天。
益子打来电话。

1月25日 星期二
天气十分晴朗。理发店的人举办宴会。几野带着肉来。村上因有事，没有来。
从今天起，开始商讨剧本故事情节。
▲入夜之后，开始下雨——好久没有下雨了。小雨。

1月26日 星期三
高田好胤师打来电话。从九点起，开始商讨剧本，谈了两小时左右。
中午前，雨停了。天气变得十分晴朗。
夜深之后，又下起小雨来。

1月27日 星期四
铃木兵吾、入江圆来。
月森、岸惠子来访。闲聊。

1月28日 星期五
臼井来。制片人山本来。
听力道山与山口的职业相扑比〔转播〕赛。力道获胜。

1月29日 星期六
与良辅、野田去东京。小雨。Okame、森、几野、茂女来。回镰仓。

1月30日 星期日
镰仓笔会在和光举行。缺席。宿醉。

1月31日 星期一
去东京。与吉田从二见家到樱。坐末班车回家。
本打算在一月里完成剧本的故事情节的，但没有完成，推迟到二月。人云：懦夫应奋起直追。

2月1日 星期二
三点多，去了趟野田家后，回到茅之崎。
天气十分晴朗。
闲聊。

2月2日 星期三
晚上,吃鸡排。后,出门散步。虽有风,但还是很暖和。书店。药店。
〈第一个午日〉闲聊。还没有到商讨剧本的地步。十二点上床睡觉。

2月3日 星期四
天气十分晴朗。
〈撒豆子〉

2月4日 星期五
早上。雨。不久就停了。剃头师傅来。
晚上，由利子、妈妈来。
〈立春〉作为参考，阅读林芙美子的《饭》。

2月5日 星期五
几野、村上来。带来雀烧。
去海边。佐佐木孟、入江来。

2月6日 星期日
良辅去平塚。柳井、大石、三井、马场来。
午觉睡得很好。二楼开始打麻将。直到七号早上。

2月7日 星期一
很冷。睡午觉。今年第一次这么冷。早上开始下雨夹雪。下了一天。

2月8日 星期二
打电报说，不参加《[电影]旬报》十佳的宴会。静夫来。用车将他送到车站，去了趟书店、药店后，回来。

2月9日 星期三
笠来。与野田三人坐车前往小田原的东宝。回来时，去了趟丸福。

2月10日 星期四
几野来。带给我牛肉。山内来。
马林科夫主席辞职。

2月11日 星期五
刮风，很冷。若宫来。想当演员。

2月12日 星期六
前往东京后，回到北镰仓。
两点五分去东京。与静夫从森前往樱。清水、贞二、茂女来。

2月13日 星期日
在稻田家赏梅花。然后在里见家，跳舞。

2月14日 星期一
再次前往里见家。的矢的牡蛎很好吃。从今天起，跳西方舞。
今天是第二个午日。

2月15日 星期二
下午，乘车前往茅之崎。
晚上，茂女打来电话，说十九号有事，不能来了。

2月16日 星期三
几野来。晚饭，吃培根炒蔬菜。

2月17日 星期四
儿井的司机大桥来。给我带来龟井户（原文如此）的葛粉糕。
晚报上说：户塚的养老院失火，九十九人死亡。

2月18日 星期五
孟来。江间来。给我带来关东煮。

2月19日 星期六
协会打来电话，说理事决定了。

2月20日 星期日
天就像揭开了盖子一样，虽说雨停了，但风整天刮个不停。
协会的柿田、新藤兼人来。
剧本进展很顺利。进入构思故事情节阶段。

2月21日 星期一
若宫金太郎、Mashiro 屋的人来。良辅去热海。

2月22日 星期二
剃头师傅来。《读卖［新闻］》的田中穰、池田三郎、小尾来。

2月23日 星期三
茂女来。野田今天戒酒，早早地上床睡觉了。

2月24日 星期四
春暖。

2月25日 星期五
在森听里见先生的广播剧《风花》。
去东京。吉泽、茂女、北川、清水及 Okame、森。

2月26日 星期六
今天是第三个午日。午后五点，在东亚亭举行平林干哉结婚典礼。一人从元町走过，回家。

2月27日 星期日
Mashiro 屋的人来。定做巴宝莉的大衣。总选举投票的日子。弃权了。

2月28日 星期一
母亲、启子坐〈鸽子［号］〉前往名古屋。
母亲住在名古屋。

3月1日 星期二

一点半去东京。理事会。在银座与镰仓的伙伴们前往 Bar。

［前往］协会。两点［举行］理事会。牛原、牧野、成濑。后前往辻留。回家的路上，与Q同车。

［母亲］住在名古屋。

3月2日 星期三

不出门。

高田好胤师来家里。

Remorse is Long。

［母亲］住在名古屋。

3月3日 星期四

秀行来。去厂里。与土屋在月之濑谈税费的事情。富二在座。

益子不在家。

［母亲］住在名古屋。

3月4日 星期五

与野田夫妇去东京。参观三菱商事。后，与盐川、荒川、矶崎前往尾花。

回来时，在东京站遇到茂女。与永井、今、林同车。

［母亲］住在名古屋。

3月5日 星期六

下起小雪来。秀行去镰仓买东西。五点多，静夫、茂女来。

在被炉里打瞌睡时，两人回去。

［母亲］住在名古屋。

3月6日 星期日

接到盐川来的电话，前往野田家。Mashiro 屋的人来，试缝衣服。

惊蛰。

［母亲］住在名古屋。

3月7日 星期一

四点半多，高顺、吉泽、茂女来，稍迟一会儿富二来。

给我带来礼物，有寿司、伊势源、荞麦面、风月西式点心。十一点，大家回去。

［母亲］住在汤田中。

3月8日 星期二

傍晚，富二、静夫、吉泽、茂女来。前往华正楼。在海边散步。

［母亲］住在汤田中。

3月9日 星期三

不出门。

傍晚，秀行从东京回来。

母亲、启子旅行回来。

益子打来电话，说税费的事。后，〔她〕带着炸猪排来。

3月10日 星期四

与野田去白炼瓦，后，去上野蓬莱屋。去了趟薮荞麦面店，走到东京车站。

去东京。前往品川白炼瓦。

3月11日 星期五

里见家→大船→去东京。与茂〔前往〕尾花→樱。坐末班车，去了趟 Rindou。

去厂里。没有见到土屋。申请借钱。

吉田政亲希望进厂里工作。

3月12日 星期六

五点去东京。〔参加〕吐梦之会。后，〔去〕米村。

佐藤一郎、阿游来。

奈良举行汲水仪式。

六点，〔参加〕内田之会。居酒屋二楼。57 ~ 5836。

3月13日 星期日

坐巴士前往初声、三崎，然后去海员阁。

Hiking。横须贺电车的伙伴共十八人。

3月14日 星期一

整天在家。

3月15日 星期二

去了趟野田家后，乘车前往茅之崎。

井阪、大岩来。两人要去伊势，回去了。

3月16日 星期三

剃头师傅光来。书店老板来。前往寿司元。

回来后，谈剧本。写到第三十个场景。

给茂打电话。

3月17日 星期四

与野田去东京。岩波〔书店〕的玉井打来电话。收了二十〔万日元〕。回到北镰仓。

六点，在东京 Station 举行石川欣一出版会。

通侪（济）、岩田、狩野、野田、森→三岛→ Espoir。

3月18日 星期五

傍晚,去东京。出席理事会。当选为理事长。与牛原去源。末班车。

进入春分时节。6 : 30 出席协会理事会。给茂打电话。

3月19日 星期六

茂来。

母亲、启子去东京。嫂子去东京。

3月20日 星期日

整天在家。

下起雨来。母亲、启子冒雨回来。

3月21日 星期一

青蛙开始鸣叫。

下雨,整天在家。

3月22日 星期二

雨继续下。

Mashiro 屋的人将大衣带到茅之崎。

顺便去了趟野田家,回到茅之崎。吃猪肉火锅。

3月23日 星期三

雨继续下。白天开始工作,构思故事情节。将等候的地方挪到杂烩煎饼店的后面之后,思路大开。

泽村勉来。喝酒。住下。

3月24日 星期四

《报知〔新闻〕》的味冈来。

Constrution(Construction)完成了。

3月25日 星期五

傍晚,静夫来。吃鸡排。

3月26日 星期六

江间来。鸡尾酒会很是盛大。与北川前往源。与大佛、山口同车。

七点,在锡德酒店举行高峰秀子的结婚典礼——在源给茂打电话。回镰仓。

3月27日 星期日

收到别人送我的五轮塔。从野田家前往横滨海员阁。后,去 Rindou。

里见先生、野田夫妇、福岛武、井上松太郎、静夫、宗同行。

3月28日 星期一

推迟回茅之崎的日子。

又下起雨来。下了一天。洗澡。睡午觉。

3月29日 星期二

将五轮塔放置在梅树旁边。坐车去了趟野田家后，回到茅之崎。晚上，散步。

3月30日 星期三

协会的渡边、斋藤来。雨停了。

从今天起，开始写脚本。1 2完成。

3月31日 星期四

晚上，出门散步。去了趟书店、药店。

白天、晚上工作。3 4 5完成。

4月1日 星期五

雨。春雨也。剃头师傅来。晚饭后，雨停了。散步。书店。6 7完成。

4月2日 星期六

去东京。去三越、森荣。与北川、茂女前往赤坂前川。

4月3日 星期日

春雨。到处樱花烂漫。

出席镰仓会。嘉宾有高峰三枝子。回去时，去了趟石仓寿司屋。

4月4日 星期一

在家。四点，茂来。酩酊大醉。送到车站。

4月5日 星期二

前往野田家。中山、兵吾、久夫妇。七点，前往狩野家。

4月6日 星期三

牛原、渡边来。一同去东京。去日活，与江守面谈。日活酒吧。与茂女前往尾花→樱。坐末班车前一趟车，与Q同车。

4月7日 星期四

登久、和子来。洗澡。坐车去了趟野田家后，回到茅之崎。久同车。

晚上，志贺先生打来电话。谈起《暗夜行路》的事情。

散步。

4月8日 星期五

原研吉来。送到片濑。

浴佛节。八号- 十四号。东京站八重州（洲）出口。展览促销会。大寅鱼糕、雀寿司。

4月9日 星期六

厚田来。晚饭后，池部良、佐藤一郎来。

白天稍微干了点活。

4月10日 星期日

玲子来。与久回去。

[8]完成。

4月11日 星期一　看《血枪富士》。干活。[9]完成。

4月12日 星期二　干活。[10][11]完成。里见先生打来电话，说明天要来。

4月13日 星期三　从茅之崎乘车回家。前往里见家。鲷鱼的浜烧。

4月14日 星期四　去东京。宿醉。从蓬莱屋前往铃本。上午，茂来。

4月15日 星期五　儿井、高顺、尼子先生、阿花来。
牡丹花第一次开放。
刘生展。银座松阪（坂）屋—截止到二十四号。

4月16日 星期六　[12][13][14]完成。
雨。去了趟野田家后，来到茅之崎。

4月17日 星期日　[15][16]完成。
雨下大了。入夜后，雨停了。
白味噌。鸡排。

4月18日 星期一　一点五分去东京。看刘生展。
Wyler。三点半。协会——帝国宾馆六点半——东兴园——森，然后镰仓 Rindou。

4月19日 星期二　野田夫妇来家里。

4月20日 星期三　[17][18]完成。
第六代稿件截止。

4月21日 星期四　没有干活。把前几天写的部分作了一点修改。晴天。Mashiro 屋的人带着运动服上衣来。益子来。

4月22日 星期五　晴。头有点疼。
静夫、妈妈、二本柳兄弟来。鸡肉火锅。

19 20。

4月23日 星期六 从茅之崎回来。前往里见家。后，Rindou。四点回家。
与吉井勇夫妇、大佛、山口、稻田、野田、静夫在里见家。

4月24日 星期日 去东京。再［看］刘生展。
辻留。蓬莱屋。铃本。下起雨来。

4月25日 星期一 野田夫妇来。
岩波玉井干介参观制片厂。海员阁。六点半。

4月26日 星期二 野田长濑送别会。
厚田、清水、吉泽、茂、静夫。
十二点去东京。后乐园。南海大映。蓬莱屋。人形町。末广。樱。

4月27日 星期三 牡丹花最盛期过去。
野田夫妇、林文三郎来。

4月28日 星期四 与里见先生、市去布里吉斯顿的福岛收藏［品展］，后，去白木屋的落语会。然后，［去］小松、浜松屋、Rindou。

4月29日 星期五 三点，Minoru 会——Okame。野田夫妇、北川夫妇。

4月30日 星期六 月森与山内静夫来。

5月1日 星期日 里见夫妇、野田夫妇、山内夫妇、菅原夫妇、北川夫妇、山口、稻田、母亲、启子、益子、Rindou、久保田夫人、我。共十八人在茅之崎馆举行宴会。

5月2日 星期一 有点宿醉的感觉。野田夫人吃完晚饭后，回去。鸡排。
八十八夜。

5月3日 星期二 早上，剃头师傅来。山内久来。鸡排。
21 22。

5月4日 星期三 洗澡前完成23。岸、斋藤、高冈、速记来。大家都住下。

5月5日 星期四 中午前后，大家都回去了。前往寿司元。妈妈来。
24完成。

5月6日 星期五 去东京。前往并木荞麦面馆。
立夏。两点，高顺的结婚典礼［在］灵南坂教会［举行］。给儿井打电话。
大手町产经会馆九楼新东京 Grill——饭岛正之会。5 - 7。(23)。5M1。

5月7日 星期六 前往野田家，干活。在中岛医生那里量血压。雨来。
后，Rindou、稻田、山口、静夫来。

5月8日 星期日 与野田夫妇、益子、尾上去东京。
Boat-Race 庆。丰胜。5L 的差距。后，去尾花。

5月9日 星期一 回到茅之崎。前往寿司元。去了趟书店、药店。

5月10日 星期二 白天，完成25。煦风。
晚上，出门散步。与冈村书店老板前往藤泽的入舟。见到里子。坐车回来。

5月11日 星期三 冈村、里子来。寿司。鸡排。用车［将里子］送到藤泽。

5月12日 星期四 白天，完成26。睡午觉。
前往藤泽。大船。双叶寿司店。坐车回来。

5月13日 星期五 良辅从热海回来。几野来。完成27。开始写28。
坐六点的火车前往藤泽。入船——薮荞麦面——双叶寿司——柳宾馆。

5月14日 星期六 早上，吃牛肉火锅。剃头师傅来，但没有剃头。给大原、山内打电话。
完成28。傍晚，与冈村前往入船。妹尾、熊谷在。坐车回来。

5月15日 星期日 29-A 完成。大厅二楼举行班会。

傍晚，冈村书店老板、佐登子来。猪肉豆腐。坐车去藤泽。去了趟双叶寿司店后，回来。

5月16日 星期一

剃头师傅来。山内没有来。村上来。带来竹叶卷。鸡肉菜。叫冈村。送村上。去了趟柳，喝啤酒。

5月17日 星期二

坐车回家。与野田夫妇、山内前往松坂屋民艺展。加上村上，去Okame。

因参加作家协会全体大会，野田去东京。

叫上北川，前往 Rindou 东京店。

5月18日 星期三

野田来。在家谈剧本。后，会餐。

野田夫妇、山内、北川夫妇、村上来。随后，益子、丰、尾上来。收到二十［万日元］。

5月19日 星期四

坐末班车回家。去了趟 Rindou。里见先生看完狂言回家。真船夫妇在座。

蝉开始鸣叫。去东京。与陶哉、北川、山内看第六（五？）天的相扑比赛。后，去梅元——樱。

5月20日 星期五

母亲、启子去歌舞伎座。

整天睡觉。《读卖［新闻］》来拍照片。

5月21日 星期六

在野田家干活。30。

寅、雨、和子等来。

5月22日 星期日

野田来。干活。夫人、一来。

送到车站。

5月23日 星期一

把老花眼镜忘在家里了。无法工作。

回到茅之崎。冈村来。坐车前往藤泽。入船——双叶。妹尾在。

5月24日 星期二

里见夫妇、久保田夫人、野田夫妇、静夫、益子、冈村、佐登子、清水，共十一人。

完成30。

剃头师傅来。五点半,在柳举行天妇罗之会。用车送走他们。回家。

5月25日 星期三 很累。早睡。江之岛附近下起雨来。被山内叫醒。里见家→与野田一道→叫上里子→入舟。冈村来→双叶→坐车回茅之崎，顺便去了趟柳。

5月26日 星期四 干活。开始写31。没有进展。疲倦。

晚上，去柳付费。五万二千〔日元〕。

晚饭，吃棋子面。叫上冈村。

5月27日 星期五 干活。晚饭,吃萝卜生姜泥拌鸡肉。叫上冈村。又吃棋子面。江间来。

散步。去书店。用车将江间送走。无法安睡。

5月28日 星期六 大宫来。久来。送走他们→藤泽入船→鱼万寿司〔店〕。下起雨来。给津村打电话。

32完成。

乘坐十点二十分的电车回来。尾崎一雄同车。说起志贺先生昨天搬家了。

5月29日 星期日 大雨。不久变成细雨。山内久来。吃晚饭时，冈村来。吃棋子面。送久走，出门散步。33完成。

5月30日 星期一 34完成。吃晚饭时，村上、冈村、佐登来。藤泽散步。

5月31日 星期二 吃晚饭时,冈村来。出门散步,去了趟柳。写35,但似乎Const〔ruction〕中需要做一点修改。

6月1日 星期三 天气十分晴朗。与野田夫人前往柳井家。

在海岸边散步。晚饭时,冈村来。去藤泽。去入舟——大阪寿司〔店〕。

野田夫人、和子、弘三来。牛原、渡边来。

6月2日 星期四 35完成。几野来。带来佃煮。良辅去京都。

山内静夫、小尾来。晚饭时，冈村来。前往藤泽入舟。妹尾在。妹尾住下。

6月3日
星期五

中午过后，去海边。拍照。小尾回去。晚饭时，冈村来。[36]完成。

6月4日
星期六

大庭、原来。中午过后，野田回去。睡午觉。傍晚，吃完晚饭，回家。

6月5日
星期日

回家路上，在藤泽下车。与管（菅）原、林等去入船——双叶。去了趟常盘山。Rindou。

镰仓笔会郊游。十二点在车站前集合。箱根小湧（涌）园。刘生［的画］入手。

6月6日
星期一

整天在家。

6月7日
星期二

野田来家里。工作。静夫、孟来。武寿司——千日元——扉——野田家。

6月8日
星期三

野田来家里。工作。带来醉蝶花。六点，静夫来。浇汁豆腐、鲷鱼刺身。九点多回去。

6月9日
星期四

去野田家。工作。然后勉来。去里见家，吃山菜。

蕨菜、西红柿、牛尾菜、鲷鱼的浜烧等。静夫、夫人，然后津村来。前往 Rindou。拉面。

6月10日
星期五

宿醉。乘车去了趟野田家，回到茅之崎。江间、冈村来。培根很好吃。

6月11日
星期六

工作。[38]完成。下雨。晚饭，［吃］乌冬面。冈村来。早庆战 7 ∶ 3。庆的胜利。

剃头的、协会渡边来。牛原要去赫尔辛基，要出一万日元。

6月12日
星期日

乘车参加镰仓会。嘉宾是菅原夫妇、田中春男。后，前往菅原家。入梅。

早庆第二场比赛，3 ∶ 2，早的胜利。

6月13日
星期一

乘车回到茅之崎。去寿司元。去冈村那里。从冈村那里坐车回来。早庆决赛延长至第十二局。4 ∶ 2，早的胜利。

与往年一样，隔壁来了些基督教的信徒。

6月14日 星期二

39完成。

傍晚，前往书店。很累。

6月15日 星期三

退出基督教会的人们擦完窗户后，回去。

山本、田代、武一（市）来访。傍晚，山内静夫来。住下。下了一天的雨。

6月16日 星期四

山内回去。工作。猪肉火锅。出门散步。回来后，打瞌睡。工作了一会儿。

6月17日 星期五

40完成。村上打来电话，说傍晚来。傍晚来。带来荞麦面、竹叶卷寿司。

野田夫人来。带来香菇、蕨菜。两人住下。冈村来。

6月18日 星期六

十二点，两人回去。41 42完成。雨下大了。

6月19日 星期日

脚本完成庆祝会在里见家［举行］。吃烤羊肉。

6月20日 星期一

高桥、板桥、静夫来。乘车去海员阁。从元町走过，去了趟Rindou，回家。

6月21日 星期二

回到茅之崎。

静夫来。带来二十［万日元］。益子也来。与野田夫妇去参观浅羽屋——海滨宾馆。

6月22日 星期三

中午，完成43。通济打来电话。后，乘车来。藤泽入舟——双叶——海滨宾馆。

回来时，良辅、兵吾、辻、马场、中山已在。

夏至。

6月23日 星期四

工作。大家回去。良辅去打高尔夫球。入舟打来电话。冈村来。

6月24日 星期五

一点三十分完稿。喝啤酒庆祝。

三月三十日开始动笔，至今八十七天了。与山内、冈村去入舟。Rindou。里见家。

6月25日 星期六

给茂打电话，但他不在家。

野田来，研读脚本。去东京。大国家。与筈见对谈。Rindon（u）。末班车。

6月26日 星期日

去野田家。盐川来。乘车冒雨前往海员阁。去了趟信浓屋。

6月27日 星期一

整天在家。睡午觉。希望进厂工作的人来。

6月28日 星期二

从权五郎那里去 Rindou。

整天在家。

傍晚，与野田、山内夫妇看《东京物语》。

6月29日 星期二

广播东京〔的人〕来。哥哥北川来。去东京。在森与山口、宫见面。Okame。然后樱。末班车。去了趟 Rindou。

6月30日 星期四

穿和服去厂里。见到月森。与山内去市民座，看《悲哀的桃乐丝》。去了趟权五郎、新川屋。从明天起，大船似乎要进入罢工状态。见到村上。

7月1日 星期五

乘车前往茅之崎。茂来。乘车去 Rindou。送里见先生去京都。罢工问题解决了。

7月2日 星期六

笠来。全明星。2 ∶ 0。P 获胜。

7月3日 星期日

四点十分，从大船去汤之原。住在中西。

9 ∶ 4，S（C）雪耻。

与清水给任何古屋的信三打电话。按摩。出门散步。买药。

7月4日 星期一

清水来。

7月5日 星期二

中午过后，厚田、山内来。

7月6日 星期三

乘坐四点五十几分的电车，回家。

7月7日 星期四

母亲、启子去歌舞伎座。

7月8日 星期五
小暑。

7月9日 星期六
与静夫去东京。与陶哉一道去源。邀上村上去并木薮——樱。
前往浅草的酸浆集市。

7月10日 星期日
四万八千天。
整天在家。

7月11日 星期一
去大船。见到高村厂长。后，去东京。与野田见到城户社长。后，去上野蓬莱阁。Rindou。

7月12日 星期二
广津和郎。松川事件出版纪念会。上野精养轩。五点。
草市。
与里见先生、静夫去 Okame。去了趟森荣——Rindou。

7月13日 星期三
在家。睡午觉。

7月14日 星期四
与菅原等聚餐。前往常盘山。去 Rindou——海边。〔玩〕倾斜弹球。
三点多，与山本、田代、厚田、清水、山内谈工作。华正楼。

7月15日 星期五
三点，在横滨车站集合。在京浜六乡下车。蒲田采外景。
在电视上看职业摔跤比赛。

7月16日 星期六
东京站采外景。在天国吃早饭。在厚生馆稍事休息。佐藤一郎来。
傍晚，在日比谷虎门采外景。鲁邦。与津村见面。前往筑地上野。

7月17日 星期日
在家。早大学生、儿井来。睡午觉。
京都祇园祭。

7月18日 星期一
三点，在厚生馆寻找停车场。走过日比谷、田村町。
晚上，北川来。在筑地川散步。真热。

7月19日 星期二
早上，在蒲田车站采外景。下雨。

7月21日 星期四
回家时，秀行已来。

7月22日 星期五

中午，乘车前往户山之原。在中野公寓采外景。与清水、北川、山内去赤坂前川。

7月23日 星期六

日本大厦。回来后，看电视，职业相扑。吃鲑鱼茶泡饭。早睡。

大森——蒲田、森之崎、品川采外景。走了很多路。《读卖〔新闻〕》的田中来。

7月24日 星期日

大暑。

7月25日 星期一

大阪天神祭。

7月31日 星期日

早上，到大船。清水、益子来家里。

8月6日 星期六

乘车采外景。前往猿桥。

回来后，做衣服的人来。佐佐木、千村来。

与山内、田尻去了趟森荣。回来的路上，与Q、水谷浩同车。Rindou。

8月7日 星期日

整天在家。上午，清川晶子母子来。

8月8日 星期一

立秋。

8月10日 星期三

完成盥洗室的布景。

8月11日 星期四

公司的布景。葛原来。与山内去安安江。后，去镰仓座。

观看戏剧的排练。与笠乘车回来。

8月12日 星期五

布景。青木家的装饰。因池部的事情与高村见面。傍晚下起阵雨来。

与浜田、荻原、清水、山内、藤NO（乃）乘车前往华正楼。后，去Rindou。

8月13日 星期六

休息。整天睡觉。听新宫与小仓的比赛。2：0。

8月15日 星期一

富冈八幡祭。

8月16日 星期二
京都大文字。

9月1日 星期四
二百十天。

9月8日 星期四
傍晚，从安艺前往冈山。

9月9日 星期五
十一点，抵达冈山。在冈山宾馆稍事休息，乘车前往三石。
住在繁之家。

9月10日 星期六
阴天。在等候天气晴朗期间，剪辑。
出席以三石町町长为首的三石町相关人员举办的欢迎会。

9月11日 星期日
三石。天气十分晴朗。拍摄完毕。
池部，去冈山。
在三石住了三个晚上。

9月12日 星期一
从三石出发，中午过后，抵达京都。
听说明天是个阴天，喝了不少的酒。
开阳亭。Okame。牛肉火锅。但没有吃。九点多，睡觉。

9月13日 星期二
天晴了。濑田外景拍摄完毕。
清炖鸡。
十一点，出门散步。去了趟开阳亭。一点回来。

9月14日 星期三
与池部、山内前往千本太市吃甲鱼。晚上，长冈来。
乘坐十二点二十分的彗星〔号〕回来。
今天一天休息。

9月15日 星期四
八点，到大船。乘车回来。益子、丰一直把我送到北镰仓。睡午觉。
老人节。阴天。闷热。

9月16日 星期五
去厂里。中北、荻、川口调配衣裳。装饰公寓。

9月17日 星期六
六乡的土堤。采外景。协会理事会。与北川、山本武前往乌森、Bubuya。

9月18日 星期日　休息。

9月19日 星期一　鱼雷公寓。打麻将的桥段。

9月20日 星期二　同。打麻将的桥段拍摄完毕。开始拍送别会。

9月21日 星期三　在月之濑见到淡岛。

进入秋分前后。小雨。傍晚，天放晴了。

送别会。公寓。拍摄完毕。

9月22日 星期四　去东京，拍外景。新丸大厦。浅草仁丹广告塔——并木薮——淡岛同行。浜松屋。

增田来到住处。

9月23日 星期五　蒲田车站。六乡土堤。夜间。

9月24日 星期六　无法工作。阴天。

9月25日 星期日　六乡的土堤。与妹尾、山内去海员阁。

9月26日 星期一　中午去厂里。装饰公寓。研读剧本。

9月27日 星期二　荣的公寓。

月森看样片。

乘车前往权五郎处吃寿司。清水、山内同行。

9月28日 星期三　整天睡觉。二十二号台风从九州登陆。

雨。大船祭排练因此中止。

9月29日 星期四　大船祭。

9月30日 星期五　阴历十五。秋场所第十三天。大船祭。观看。回家时,与北川一道。

与清水、益子前往 Okame。取钱。

10月3日 星期一　休息。

10月4日 星期二
休息。

10月5日 星期三
拜见喜多川。与通侪（济）前往华正楼。常盘山。十昼夜念佛。

10月6日 星期四
拜见喜多川。

10月7日 星期五
又休息。

10月8日 星期六
喜多川。池部来的桥段。
与山内、及川去看《夫妇善哉》。
在月之濑吃猪肉火锅。

10月9日 星期日
整天睡觉。野田从蓼科回来。打电话来。

10月12日 星期三
池上法事。

10月13日 星期四
公寓。

10月14日 星期五
公寓。

10月15日 星期六
公寓拍摄完毕。秀行来参观。
与贞三（二）、三宅、益子、浜田去东庆寺看浦野的展示会。

10月16日 星期日
整天休息。
大船祭。

10月17日 星期一
大森等候。

10月18日 星期二
大森等候。第二天拍摄完毕。
西宫夫妇来。

10月19日 星期三
日本桥腌咸萝卜集市。

10月20日 星期四
祭财神。

10月28日 星期五 阴历十三。接到大佛的邀请，但没有去。早睡。

10月29日 星期六 与野田、山内、康子、通侪（济）去华正楼。

10月30日 星期日 《中央公论》座谈会。永田、沟口、川喜多、大泽。国际观光宾馆。后，哥哥来宾馆。

10月31日 星期一 杉山的布景。第一天。
杉村与淡岛的桥段。

11月1日 星期二 继续拍。宫口弄鱼。第二天。

11月2日 星期三 淡岛、中北的桥段。第三天。
去伊东。野、山、清、厚、田、田〔和我〕。共七人。住在Izumi庄。

11月3日 星期四 乘车前往下田。天气很好。
回到北镰仓。

11月4日 星期五 中北、淡岛的桥段拍摄完毕。
天气很好。池部出场。

11月5日 星期六 布景。与池部、山内、清水、益子前往权五郎那里。后，拜访里见家。

11月6日 星期日 整天在家。正睡觉时，山口、岸来。没有见他们。朔日会。缺席。

11月7日 星期一 布景。完成浦边桥段的拍摄工作。
研读剧本。岸来。

11月8日 星期二 杉山的家。布景。佐藤一郎来。
立冬。第一个酉日。风箱祭。

11月8日 星期二 七五三。

11月20日 星期日 第二个酉日。

12月10日 星期六

大家给我庆祝生日。开花楼——一万八——Osome——长谷川——约翰贝克。回到家时，已经三点了。

山中会。千、朋、北、良、贞、淡、茂、吉、山、清、益。

12月11日 星期日

傍晚，厚生馆。

护城河拍摄完毕。后，与良、贞、须贺去阿拉斯加、源。

12月18日 星期日

笔会——林家。

12月22日 星期四

杉山家二楼拍摄完毕。

说母亲身体不好。

12月23日 星期五

冬至。

12月24日 星期六

蓝山。通济老来。从月之濑到弁天寿司。

12月25日 星期日

蓝山拍摄完毕。

12月26日 星期一

池部因排练休息。穿和服去厂里。

12月27日 星期二

杉山家二楼。北川保来。

12月28日 星期三

二楼拍摄完毕。城户社长来。拉肚子。

12月29日 星期四

全部拍摄完毕。抽签。和子回去。

一九五五年〔昭和三十年〕·其三

3月24日 星期四　《早春》Constraction（Construction）完成。

3月30日 星期三　今天开始创作[1][2]。

3月31日 星期四　[3][4][5]。

4月1日 星期五　[6][7]。

4月2日 星期六　去东京。

4月3日 星期日　镰仓会。

4月4日 星期一　在家。

4月5日 星期二　狩野邸宴会。

4月6日 星期三　去东京。

4月7日 星期四　回茅之崎。

4月8日 星期五　原研吉来。

4月9日 星期六　厚田、池部、佐藤一郎来。

4月10日 星期日　久回来。

[8]。

4月11日 星期一
《血枪富士》。〈茅之崎新生〉。佳作。
[9]。

4月12日 星期二
[10][11]。

4月13日 星期三
里见家——鲷浜烧。

4月14日 星期四
去东京。蓬莱屋——铃本。

4月15日 星期五
在家。来客甚多。

4月16日 星期六
回茅之崎。
[12][13][14]。

4月17日 星期日
[15][16]。

4月18日 星期一
三点，William Wyler 抵达羽田。
六点半，帝国宾馆举行鸡尾酒宴会。

4月20日 星期三
[17][18]。

一九五六年〔昭和三十一年〕・其一

一九五五（昭和三十）年＊一九五六年的卷首部分

12月31日
星期六

四点半，与秀行去东京。山内同车。陶哉集合。先［去］尾花，［然后去］浅草观音、樱、赤坂、木之下。

参加者有：贞二、良、不二夫、春男、富二、雄春、茂子、高顺、吉泽、山内、Gacha。

1月1日 星期日 喝屠苏［酒］祝贺［新年］。正在睡午觉时，原研吉夫妇、岩间来。通济夫人、法子、秋子来。

1月2日 星期一 山内夫妇、夫人、清水、厚田、浜田、堀、荻原、佐原、长谷部、田代、田中、及川、秩父、志贺、佐佐木、北川、益子、由利子、吉泽、高顺、西田、妹尾、山际、山本、武市、笠、三井。

1月3日 星期二 睡午觉。傍晚，前往里见家去拜年。笠、八田、静夫在座。水菜很脆。
送笠回去。
坂口来。青枕来。

1月4日 星期三 竹内来。
睡午觉。下小雨。洗澡。

1月5日 星期四 村上来。去参加镰仓会。

1月6日 星期五 中午，在营原家开新年会。回家时，去了趟辰己（巳）。

1月7日 星期六 井阪荣一来。［带来］样片。
通济老来。在月之濑聚餐，吃和田金的牛肉。

1月8日 星期日 整理了一下之后，看样片。
八点十二分在热海水口（翠光）［举行］导演会。［喝］酒。一直到四点。

1月9日 星期一 去了趟寿司忠［店］，坐车回家。原、岩、萩、田。六点，野田看样片。坐车回家。

1月10日 星期二 两点，与月森看样片。在月之濑吃金枪鱼葱段火锅。
与山内去野田家。

1月12日 星期四 ［给影片］加音响。

1月13日 星期五 ［给影片］加音响。

1月14日 星期六 ［给影片］加音响。

1月15日 星期日　[给影片] 加音响。

1月16日 星期一　[给影片] 加音响。

一直到半夜两点，才做完。

1月17日 星期二　去厂里。去理发。

1月18日 星期三　九点，试映样片。早田秀敏来。

五点半，给厂长试映。后，在月之濑吃红豆饭。喝酒。通济来。晚上，下起小雨来。

1月19日 星期四　整天睡觉。小雨。

今天三点审查 [影片]。

1月20日 星期五　五点，乘上行线的车去东京。在赤坂山王贺寿苑与松山〈大映〉、津村闲聊。回家。去了趟 Rindou。

1月21日 星期六　去厂里。在月之濑见到渡边〈协会〉。在电视上看第十四天的相扑比赛。后，与富、静乘车去权五郎。顺便去了趟 Rindou 后，回家。

1月22日 星期日　因下雨，不去鸟山了。洗澡。睡午觉。相扑千秋乐。在收音机里听《早春》。饭岛正解说。

1月23日 星期一　下雪。傍晚，山内来。九点半，在市民座看《早春》。

后，前往扇谷的里见家。与大佛、川端进行座谈。《每日新闻》[的人]、池部也坐车来。五点，回家。

1月24日 星期二　整天睡觉。

1月25日 星期三　月森因合同的事来。《[电影] 旬刊》的松村、尾崎宏次来拍照片。

1月26日 星期四　一点，[在] 东剧 [举行《早春》] 的试映。志贺先生来。[前往] 新桥俱乐部演舞场。与久保田夫人、静夫 [去] 三田。

1月27日 星期五　拉肚子。整天待在床上。

1月28日 星期六

整天待在床上。里见获读卖文学奖，傍晚，有招待宴会，但由于拉肚子，没有出席。

1月29日 星期日

《早春》首映，观众很多。前往八王寺（子）鸟山。里见先生、有岛、横山、那须、静夫、山口，后来还有扇谷〔也来了〕。野田感冒了。

1月30日 星期一

下午，去厂里。见到月森。谈起合同的事。

去了趟月之濑，坐车去 Rindou。喝可可。为里见先生全集写稿子。

1月31日 星期二

斋藤武市、中川来。山内来。给他市民税的纸。奥山正次郎从热海来。去东京。去总厅。与吉田去乌森→吉田家。顺便去了趟 Rindou。

2月1日 星期三

洗澡。傍晚，前往 Rindou。与山内、富前往材木座，去新富寿司店。然后去辰巳。又去了趟 Rindou。回家。

2月2日 星期四

川口信父子来。登贵、登久来。去厂里。见到月森。祝贺电影拍摄完成，获五万日元。

与村上、富乘车前往镰仓辰巳。用车把他们送到大船后，回家。登贵、登久住下。

2月3日 星期五

去东京。与哥哥、北川、山内、清水、村上、陶哉老板去源。后，去东兴园。送走村上，前往开花。坐末班车去辰巳。然后去扇谷的里见家。四点（两字不明）回家。

2月4日 星期六

傍晚，去东京。在清水伊吕波举行〔导演〕协会全体大会。〔为〕牛原开欢迎会。与中村登回家。与大佛、狩野、林、川喜多同车。半夜，咳嗽不已。

2月5日 星期日

整天在家。镰仓松竹放映《早春》第一天。与母亲、小山去〔看〕。启子回到本町。

2月6日 星期一

早上，妹尾来。有事去厂里。见到月森。〔去〕月之濑。

与几野、茂乘车前往镰仓辰巳。走到北镰仓。

2月7日 星期二

整天睡觉。咳嗽，很烦人。读书。

2月8日 星期三

整天睡觉。咳嗽。读书。

2月9日 星期四

整天在家。咳嗽。樋口制片人来。笠来。傍晚，下起小雪来。

茂从 Rindou 打来电话，但没有去。

2月10日 星期五

母亲、启子再次去看《早春》。一人在家。茂没有来。整天在家。茂子今天傍晚前去滑雪。藏王。

2月11日 星期六

去厂里。与清水、山内乘车前往镰仓，去辰巳。清水、山内坐末班车去东京。一人无精打采地回家。〔在〕辰巳屋喝醉了。

2月12日 星期日

睡午觉。

2月13日 星期一

山本武来。

带着腌萝卜去野田家。野田夫妇、权五郎在。通济老、山内来。后，去辰巳。去了趟 Rindou 后，回家。康子也来了。

2月14日 星期二

整天在家。咳嗽还没有好。

上午，牛原来。整天无所事事。

2月15日 星期三

去厂里。与益井谈税费的事。与月森碰了下头后，去东京。去鲁邦，碰到津村。出井、松山、京来。去了趟 Espoir。河森好藏在。回去的路上，与林夫妇去辰巳。下雨。

母亲去看《义仲》。康子来。

Mashiro 屋的人来。

2月16日 星期四

去东京。在赤坂看完惠勒的《危急时刻》后，在协会闲聊。七点了。

与茂前往 Okame。从月岛走到深川。

今天，回家的路上与津村同车。

2月17日 星期五

吉成来。傍晚，在镰〔仓〕松〔竹〕看《早春》。后，与野田夫妇、山内、鱼屋在此时吃金枪鱼。

《出嫁日》，平庸之作。

2月18日 星期六

傍晚，去厂里。在月之濑喝酒。与清水、浜村乘车前往镰仓，与清水去辰巳。

2月19日 星期日

去真鹤岬徒步远游。一共十二人。回来时，前往野田家，吃关东煮。然后，前往里见家。喝得泥醉。去了趟辰巳。

在稻田家举行赏梅之会。

2月20日 星期一

Mashiro 屋的人来试缝衣服。久保田夫人打来电话。

2月21日 星期二

去厂里，见到清水。与月森交谈。去理发。在月之濑见到几野、康子，在大舟（船）奥德翁看《骤雨》。没有打动我。Rindou。与山内夫妇去辰巳。

2月22日 星期三

本打算去热海，因野田肚子疼，推迟一天。我也有点宿醉。整天卧床。读书等。

2月23日 星期四

与野田去热海金（锦）城馆。

住在别馆的“樱之间”。很冷。

2月24日 星期五

冷。搬房间到“桐”去住。

2月25日 星期六

野田夫人、寅夫人、和子来。

傍晚，出门散步。前往重箱。

2月26日 星期日

整天无所事事。睡午觉，等等。

2月27日 星期一

清水、中代来。雨夹雪。

2月28日 星期二

冒雨回来。在 Rindou 与静夫见面后，去辰巳。几野、康子来。

2月29日 星期三

山内乘车来，叫上野田，前往瑞泉寺。久米的四周年忌日。后，去里见家。谈旅行的事。然后去辰巳。与高见回来。

3月1日 星期四

头疼。整天睡觉。傍晚，笠与高田好胤来。

3月2日 星期五

津田来。傍晚，去东京。去 M、尾花。去了趟东（原文如此）哉。

与北川去 Rindou。坐末班车回家。与横山、那须同车。去了趟 Rindou 后，回家。

3月3日 星期六

傍晚，去东京。在神田 Botan 开协会之会。后，与北川去 Bubuya。坐末班车前一趟车回家。托东（原文如此）哉装裱安田靫彦的画。

小雨。

3月4日 星期日

想当演员的关来。

睡午觉。山内与益来。叫寿司的外卖。后，与山内前往市民座，看《贿赂》和《黑板丛林》。在 Rindou 喝酒。坐车回家。

3月5日 星期一

去厂里。月之濑。益子不在家。给加利福尼亚大学写贺词。通济与康子来月之濑。与山内一道乘车前往辰巳。

在市民座观看《原野奇观》。去 Rindou，先生、那须一道前往。

3月6日 星期二

整天在家。

晚上，《周日每日》的赤木来。送给我两本永井的书。接到电话，说是三井弘次的生日，但没有去。

3月7日 星期三

五点前去厂里。将税费的纸交给小原。月之濑。下起阵雨来。与清水、山内前往辰巳。

3月8日 星期四

六点，在扇谷里见家举行旅行欢送会。山口、稻田、静夫夫妇、康子、先生的夫人等［出席］。［吃的是从］辻留［叫来］的菜。

3月9日 星期五

与益子、丰去东京。前往高岛屋。见到月丘。与北川等四人前往风月，吃西餐。

3月10日 星期六

去东京。与茂去大国屋。回来后，准备旅行的行李。

3月11日 星期日

在 Rindou 集合，乘车前往羽田。［乘坐］十一点十分的飞机，出发。三点十分前，抵达福冈。森先生来迎接我们。乘车前往二日市大丸。先生夫妇、美妓来。

住在二日市大丸别庄。

3月12日 星期一

乘车观看名胜后，前往森别墅。余兴不减，出门。

住在津屋崎的森别墅里。

3月13日 星期二

乘车去了宫地岳神社后，前往车站。十二点三十一分〔抵达〕云仙。三点五十五分抵达长崎。

吃晚饭。伊藤熹朔、田代、川上、小锻治、梅田等来。前往 Bonsoir。

住在长崎诹访庄。

3月14日 星期三

在泰子的带领下，乘车从浦上前往 Guraba、大浦、福砂（纱）屋。先生随大流，看完崇福寺、眼睛桥后，回去。

住在诹访庄。

3月15日 星期四

十二点，车辆出发。在谏早 * 车辆发生故障。富浦的景色非常好。经过小浜温泉，到达云仙。在有明宾馆吃午饭。面包加咖啡。到达岛原。

住在岛原南风楼。

3月16日 星期五

下起雨来。乘车前往口之津。八里。三点的神岛丸。与笠的朋友喝酒。意气风发的精神感染了我。海胆很好吃。

到达鬼池。乘车经过二江、富冈，来到下津、深津、下田。

住在天草望洋楼。

3月17日 星期六

在那须钓鱼。去参观。天气变好了。稍微睡了会儿午觉。点猪肉。这几天天天吃鱼，有点吃伤了。

住在天草望洋楼。第二个晚上。

3月18日 星期日

进入春分前后。早上六点三十分起床。八点，车来。九点二十分从本渡坐长水丸前往三角。十二点十分从三角坐火车前往熊本。十三点十三分到达。那须乘坐十三点四十二分的快车前往人吉。

住在绵屋。

乘车前往城、水前寺公园、旧道具屋。笠到川尻的婶婶家去。

* 长崎县东南部的一个市。

3月19日 星期一

十点多，从熊本出发。笠在高濑下车。回天水。两点多，抵达博多。

住在住吉荣屋旅馆。

笠随后到了，叫来艺妓等。

住在荣屋。

3月20日 星期二

本打算乘坐四点从博多起飞的飞机，但晚了一个小时。雨停了。天气变好。大阪的夜景很美。乘坐电车去京都。静夫已经来了。

住在佐佐木。

3月21日 星期三

早上，出去散步，从高圆寺、丸（圆）山公园，一直走到粟田口。回来时，增田、沟口、吉井来。

前往嵯峨竹生。豆腐很好吃。然后去祇园的广松。去了趟开阳亭后，回到住处。

住在佐佐木。

3月22日 星期四

十三点三十二分坐樱〔号〕离开京都。八点八分抵达横滨。在车里睡得很香。从镰仓车站软席回家。

3月23日 星期五

睡得很香。洗澡。山内爱子和静带着照片来。科林斯的记者来。去厂里。去理发。在月之濑吃青花鱼寿司。买明天樱〔号〕的车票。

3月24日 星期六

乘坐樱〔号〕去名古屋。坐近铁去山田。从白鸟座到大安，要见的人有二十多位。

去古市吃乌冬面。

住在大安。

3月25日 星期日

离开大安，走到征古馆。乘车在白鸟座买了水果后，和与、俊、高前往射和的奥山（一字不明）探望母亲。后，前往和田金。

去鸟羽户田屋（家）。住在户田家。

3月26日 星期一

从山田坐特快，从名古屋坐樱〔号〕。与吉田在名古屋车站分别。回家后，感到特别地疲惫。

3月27日 星期二

整天睡觉。秀行来。

3月28日 星期三

好好亭、田村幸二来。

与秀行翻山，去里见先生家，给他送去海藻。

3月29日 星期四　下起雨来。秀行去福永家。

3月30日 星期五　傍晚，与秀行去了趟大船。与山内去东京。见到吉泽。前往Okame。富二、茂子、北川来。去了趟赤坂后，把狗送给茂子，坐末班车前一趟车回家。〔顺便去了趟〕辰巳、Rindou。

3月31日 星期六　整天睡觉。

4月1日 星期日　整天在家。不知道什么时候，雨变成了雪，积了起来。据说，四月下雪，还是十六年前的事了。

4月2日 星期一　〔前往〕深川阳岳寺。〔今天是〕亡父的二十三周年忌日。后，去隅田川美家古——百花园——浅草观音——并木薮——人形町末广——十一点回家。樱花才开了十分之一——圆觉寺。

4月3日 星期二　笠来。五点四十八分去东京。前往新富町东家旅馆。富、光雄、小杉、具隆、千惠藏、八木〔在座〕。坐末班车回家。去了趟Rindou。一道乘车回来。

4月4日 星期三　傍晚，召开协会理事会。田坂、牛原、牧野、千叶〔出席〕。〔商讨〕协会搬迁、渡边的事。

后，与清水富二前往源、布尔德克。坐末班车。在北镰仓下车。吐了。樱花开了十分之八——圆觉寺。

4月5日 星期四　七点左右，与野田、里见先生出发，回来时已是四点半了。狩野近雄生日，招待我们。

4月6日 星期五　五点半，与野田前往华正楼。静夫来。熊谷、原招待。后，去菅原家。然后去Rindou。与里见夫人、稻田一道去辰巳。用车送他们。

4月7日 星期六　整天在家。〔把〕十三号瑞泉寺的素餐定了下来。

宿醉。

4月8日 星期日

雨。洗澡。石山龙嗣来。

中午，吉田一家、与藏夫妇、睦子、秋子、与一来。送走他们。前往镰仓。然后去野田家。与小林夫妇一同回来。在 Rindou，看了《浊流》后，送走他们。

4月9日 星期一

Q打来电话，去东京。在日比谷公会堂听维也纳交响乐团［的演奏］。后，去东兴园。在市民座看《大演习》，只看了末尾部分。

去 Rindou。上森、高见夫妇、先生等［在座］。与山口回来。

4月10日 星期二

两点，前往协会。与田坂在荞麦面店见面。与堀込商讨渡边的事。

与北川、山内、清水前往赤坂荣。林、贞二、小金治来。去长谷川。与山内住在清水家。

4月11日 星期三

北川来。前往出云荞麦面［店］。前往银座陶哉。茂来。前往 Bubuya。贞二来。前往柳桥荻野。与山内坐车回来。很晚了。

北川今天晚上回伊势。

4月12日 星期四

忘记了，可能在家里吧。

4月13日 星期五

与小山、母亲、登贵、登久、秀行、启子去看房子。顺便去了趟伊东深水家。前往瑞泉寺，吃精进料理。大家走到车站。与女眷们分别后，去了趟辰巳。

见到通济老。

秀行、哥哥、登贵、登久住下。

4月14日 星期六

秀行前往朋友家。通济老来。与哥哥等三人去葛原之冈、钱洗。

去了趟辰巳后，回家。

登贵、哥哥住下。

4月15日 星期日

北川来。去稻田家参加竹笋之会。与先生、静夫翻山前往西御门。然后去扇谷。久保田、吉川等人来。去了趟 Rindou 后，回家。

4月16日 星期一

中午，吉田和井阪来。在家喝酒。用车将吉田送到镰仓。与井阪去辰巳——弁天寿司［店］——见到中山义秀，酒吧——Rindou，里见先生在座。

试映《喀喇昆仑》。见到草间。住在井阪［家］。

4月17日 星期二
将井阪从云仙送到大船。前往月之濑。与益子前往浜、太田Tonoren。后，去马斯科特。用车送去。穿着和服。

4月18日 星期三
整天在家睡觉。酒喝多了。

4月19日 星期四
益子打来电话，去厂里。与山内、贞二乘车前往浜的马斯科特。吃西餐。与贞二分别后，走过南京町，在海员阁买烧麦后，乘车回家。途中给月之濑送去烧麦。

4月20日 星期五
木下的欢迎会在陶陶亭举行。出席。北川不在家。在白木屋与茂见面。从深川走过。

坐末班车前一趟车回家。

去时，与里见先生同车。谈起狂言的事。

4月21日 星期六
木下之会在东京会馆举行。

与北川、茂前往并木的荞麦面馆。途中，看狗。

坐末班车回家。

4月22日 星期日
前往Station Hotel参加吉田睦子的结婚典礼。后，与北川走到东京站，从北镰仓早早回家。给米拉贝奥的高桥打电话。

4月23日 星期一
给月之濑打电话。本打算去厂里的，但下起雨来。不去了。

4月24日 星期二
去厂里。去理发。在月之濑洗头。见到月森。与山内、益子前往浜的马斯科特。

回到镰仓，给辰巳、草间送去百合。

4月25日 星期三
整天在家。牡丹花开。下起雨来。登贵来。

4月26日 星期四
细雨。母亲、登贵去歌舞伎［座］看赤坂舞。给茂打电话，但没有来。竹内安二郎来。傍晚，身穿和服前往Rindou。看电视上的职业相扑比赛。Q、静夫也在。

4月27日 星期五

山内来。计算九州〔之行〕的费用。

吃完晚饭，回家时，前往 Rindou。去扇谷，喝白兰地。住下。

山口、稻田，打麻将。

4月28日 星期六

与野田夫妇去东京。在歌舞伎〔座〕看赤坂舞。在布里吉斯顿见到里见先生。与有岛、福岛、北川、野田夫妇前往蓬莱阁。后，与先生、有岛、北川去 Espoir。在回家的车上碰见大佛、堀口大学。去了趟 Rindou。

4月29日 星期日

去厂里。在电视上看柔道等。与山内、益子前往镰仓。

听说野田出了车祸，伤势很重。与上森、熊谷前往佐藤医院看望。没有见到野田。从野田家去鱼佐治，吃寿司。回家。

4月30日 星期一

中午，四日市的出马来。

四点前往佐藤医院看望野田。受了轻伤，放下心来。小林也在。

回来时，去了趟辰巳、Rindou 后，回家。

5月1日 星期二

笠来。举行九州旅行费用计算报告会。

乘车去了趟佐藤医院后，与野田夫人、笠夫妇前往里见家。吃羊肉。余兴很高。

去了趟 Rindou 后，回家。送敏子。

5月2日 星期三

整天在家。牡丹花开出大花来。

上午下雨。供电发生故障。

5月3日 星期四

去东京。搞错日子了。

本打算与北川邀上村上乘车前往泥鳅，但没有去，去了赤坂，前往若松之鸟。七天乐北川的店后，回家。

5月4日 星期五

去东京。从协会前往青山的 KRC。

与小笠原前往银座，去 Kyasei。在电视上看职业相扑比赛。很累。

5月5日 星期六

高顺夫妇来。前往浜的海员阁。茂、吉来。从元町前往马斯科特。听音乐会。坐末班车前往逗子。

5月6日 星期日

北川、村上来。去佐藤医院探望野田，但他已经出院了。去其家。清野同行。

前往通侪（济）家。铃木茂三郎、林、熊谷。去了趟弁天寿司。

5月7日 星期一

整天在家。母亲与小山前往镰仓。睡午觉。

5月8日 星期二

坐三点半的电车去东京。与先生夫妇、静夫同车。在花之木举行试吃会。福岛庆子、（一字不明）三、有岛夫妇、北川、山口、山崎、通侪（济）。后，去 Espoir。高桥、板桥来。

去长谷川。先生、行郎、山口从有岛家来。坐车回去。在南京町吃中国菜。夜放明了。

5月9日 星期三

整天睡觉。

5月10日 星期四

去厂里。见到小尾。与山内去了趟大船的 Yamago 舍，吃天妇罗。早早地回家。

5月11日 星期五

在帝国宾馆举行高村笠井结婚典礼。见到城户——好久没有看到他了。

后，与大庭、原、柳井、中村、岩间去 Shiroo。北川同行。从北镰仓早早地回家。

罂粟花开。

5月12日 星期六

去厂里。去了趟月之濑。与山内去弁天寿司。带着弁天寿司去探望元町。百合子、勉、和子，吃牛肉火锅。去了趟 Rindou。先生、市，从狂言之会回来。送他们。喝白兰地。

5月13日 星期日

母亲节。哥哥、登贵来。吃鲷鱼、鲷鱼刺身。喝酒。北川来。

晚上，菅原从林家来。喝啤酒。叫车送他们回去。与哥哥、北川在镰仓车站分别。回家。

5月14日 星期一

雨。整天睡觉。登贵住下。很冷。

5月15日 星期二

登贵中午冒雨回去。

整天睡觉。梅雨式的雨。

5月16日
星期三
雨。很冷。晚报说，富士山上积雪，其寒冷程度，是四十五年不遇的。
整天睡觉。

5月17日
星期四
天气终于变好了。去厂里。见到月森，闲聊。去月之濑，益子不在。与山内去弁天寿司。后，去 Rindou。
一个人看完《赤线地带》后，坐末班车前一趟车回家。母亲感冒了。

5月18日
星期五
去东京。井阪、大岩、松田来东京。〔去〕日 Peri。
〔去〕末广——Espoir——住在乌森。酩酊大醉。

5月20日
星期日
〔去〕源。然后前往汤之原中西。〔喝〕酒。住在中西。

5月21日
星期一
一大早大家都回去了。一人睡午觉。午后，回到自己家里。

5月22日
星期二
从银行取出三十二万日元。带着黍糕探望野田。然后去东京。购买小林古径〔的画〕。〔去〕陶哉老板〔处〕。与北川〔去〕伊势源——并木薮。

5月23日
星期三
哥哥、登贵来。母亲节，喝酒。睡午觉。后，菅原通济来。送他回去。
最终〔过的是〕儿子节。

5月24日
星期四
雨。在家。
开始打扫卫生。

5月25日
星期五
雨。在家。同〔昨天〕。

5月26日
星期六
雨。在家。同〔昨天〕。

5月27日
星期日
整天在家。打扫卫生。雨。

5月28日
星期一
关父子来。
傍晚，里见打来电话。去〔里见家〕。那须、静夫、里见夫人〔在座〕。
回来。去了趟 Rindou。酩酊大醉。

5月29日
星期二
San 记者杉冈来。
去厂里。益子不在家。见到清水富二——好久没有看到他了。与山内等三人前往长谷浅羽屋。走回来。

5月30日 星期三 去厂里。去理发。五点，给歌舞伎座打电话，与里见、山内去看梅兰芳〔的演出〕。后，〔去〕吉田屋。〔坐〕末班车。〔去了趟〕Rindou。在扇谷里见家〔吃〕可乐饼。与山口一道回来。

5月31日 星期四 去厂里。去理发店。去东京。与山内静夫同行。叫上村上，前往Okame。购买特二〔等〕票，在歌舞伎座前交给志贺先生后，回家。

6月1日 星期五 四点，在里见家听喜多村讲话。喜多村绿郎夫妇、木村庄八夫妇、山崎、有岛、《文春》的臼井等在座。大家坐末班车回家。

6月2日 星期六 整天在家。通济打来电话。后，辰巳也打来电话。但整天在家。

准备旅行的行李。

6月3日 星期日 九点三十分〔从〕东京〔出发〕，十点二十二分〔从〕大船〔出发〕，〔前往〕阿苏。

与志贺、里见先生三人旅行。十三点五十分，抵达浜松。前往胜见次郎家。稍事休息，乘车〔前往〕浜名湖北岸都筑。

住在琴水。

6月4日 星期一 乘船前往鹫津。十二点五十八分前往蒲郡。十三点五十七分抵达。

在宾馆吃午饭。胜见夫妇、内田夫妇，吃完午饭后，回去。

住在宾馆。

6月5日 星期二 十五点十二分从玄海前往京都。

十九点十六分抵达京都。

住在麸屋町的柊屋。

6月6日 星期三 志贺先生——〔前往〕博物馆。

里见先生——〔前去参加〕玉叶的告别仪式。

小津——〔去〕看望沟口。

五点，从吉井家到谷崎家。在佐佐木〔家〕聚餐。里见先生与达子去了趟开阳亭后，回来。

6月7日 星期四

上司海云来。前往大阪。雨。小春同行。一天待在清友会馆。井上眼镜店的人来。奥山、山内来。乘坐彗星[号]，回来。卧铺。

6月8日 星期五

早饭，吃寿司万的寿司，喝时雨汤。

母亲、登贵先行去汤之原的中西。

整天一人在家。打扫卫生等。

6月9日 星期六

乘坐两点的电车前往汤之原。在车里遇见和田（新加坡）。

母亲、哥哥、登贵、信三、平兵卫、安子、浜子、亚子、和子、北川等共十二人。野田一行人住在别馆。

6月10日 星期日

中午过后，大家乘车前往热海的金（锦）城馆。住在别馆的松之间。要了寿司的外卖。洗露天澡。

大家回去，只母亲、哥哥、登贵、北川等五人留下。晚上，出门散步。

6月11日 星期一

中午过后，前往重箱。乘坐四点半的火车回来。

登贵、北川来北镰仓。在〈大阪鹤屋〉吃素面。很好吃。北川回去。登贵住下。

6月12日 星期二

雨。登贵回去。津田带着剧本来。睡午觉等。感觉有点疲惫。

6月13日 星期三

整天在家。烧洗澡水。野田从汤之原回来。打来电话，说后天去蓼科。

6月14日 星期四

去厂里。见到月森。穿着和服去的。与山内、几野、安子乘车前往扇谷里见家。喝酒，吃螃蟹、香鱼等。坐车回家。见到江间。

6月15日 星期五

晴。整天在家。有点头痛。

深夜，津村打来电话。是从京桥露木打来的。

6月16日 星期六

去厂里。将奥的介绍信交给月森。见到高村、涩谷、早早回家。益子不在。

6月17日 星期日

三点，在 Rindou 与津村见面。从电视上看全球小姐的转播。去若宫百货商店〈泰子被虫叮了，没在〉。去了趟新川屋之后，乘车回家。

6月18日 星期一　去厂里。借了十万日元。与山内、村上、小松乘坐贞二的车去东京。与北川、村上去 Okame〈满员〉。前往重箱。送走村上后，从东京站回家。

今天晚上，池部去德国。启子来。

6月19日 星期二　洗澡。傍晚，前往扇谷。

前往辰巳。喝得酩酊大醉。

6月20日 星期三　母亲、登贵前往歌舞伎座。

益子带着香肠来。乘坐三点半的电车一道去东京。

在治作开导演会。与原、岩间去源，碰到筈见。乘车回家。

6月21日 星期四　宿醉。整天在家。协会的柿田来。说推迟到二十三号前往蓼科。给野田打电话〔说明此事〕。

6月22日 星期五　去东京。在高岛屋买眼镜。去了趟东（原文如此）哉后，与北川去大丸辻留。碰到《文春》的高松。约好明天一块儿去蓼科。

回家，做准备。

6月23日 星期六　六点二十七分，从北镰仓出发。小雨。八点十分，在新宿北川来送行。一直送到立川。北川走后，高松繁子上车。从上诹访坐车，于两点前抵达蓼科。在上诹访的小山买了点肉。雨。

住了一晚上。

6月24日 星期日　雨停了。天气变得十分晴朗。耳朵里传来杜鹃、布谷鸟的叫声。与高松等四人散步前往亲汤附近。宝石菊非常好。吃相扑什锦火锅。

住第二个晚上。

6月25日 星期一　叫车，送高松。前往上诹访。转了转旧道具店。在乌梅吃饭。将高松送上五点四十九分的慢车后，乘车回到山里。

住第三个晚上。

6月26日 星期二　与利一、夫人前往上之家。回来后，去蓼科 Ice〔店〕，吃中国荞麦凉面。吃得饱饱的。听收音机。见到小堀四郎。

住第四个晚上。

6月27日
星期三

中午过后，三人出门散步。途中，下雨，回来。利一拿着伞来。
静夫、通济来信。
给各位写明信片。
住第五个晚上。

6月28日
星期四

早上，吃年糕的味噌杂煮。散步。前往上之家。

6月29日
星期五

与利一去看片仓的山庄。
上之家糊拉门等。

6月30日
星期六

野田夫人回镰仓。
睡午觉。蓼科 Ice〔店〕老板从诹访买来牛肉。也把药买来了。

7月1日
星期日

《文春》为野田画插画。
做猪肉炖豆腐。
一天都在下雨。
药很管用。大便通畅。

7月2日
星期一

野田为《文春》写稿子。我睡午觉。
雨停了。晚上,星星出来。但夜深后,又下起雨来。村上寄来佃煮。北川来信。

7月3日
星期二

利一将北川的行李拿来。吃咖喱〔饭〕、羊羹、柠檬等。
野田夫人与宗回去。从家里寄来乌冬面、鲑鱼、衣服等。宗去山里拿石楠花。
里见先生来信。
里见给山内写信。

7月9日
星期一

里见先生、市兵卫、泰子来，因而去上诹访迎接他们。购物。
与先生、泰子、市兵卫住在井筒庄。

7月10日
星期二

散步至亲汤附近。晚上，玩财主游戏。
住在井筒庄。

7月11日
星期三

乘车越过杖突岭，经过高远，来到伊那。然后乘坐电车去饭田的九里未亡人家。乘车前往天龙峡宾馆。

住在天龙峡宾馆。

7月12日 星期四

坐快车前往辰野，然后乘车前往上诹访布半。在这里与野田夫妇会合。

7月13日 星期五

坐准快车回来。在东京站下车。前往 Hachimaki 冈田。后，去源。

在回家的电车上，外国人送给我威士忌。

7月14日 星期六

整天在家。

7月15日 星期日

出席里见先生的生日宴会。

带着豆腐去。Osome 及其他五名女子来。

7月16日 星期一

两点，协会〔开会〕。去东京。在东（原文如此）哉遇见山内。北川与 Okame、村上来。后，见到 Osome、番匠、生驹等人。贞二来。前往长谷川。很晚了，乘车回家。

秀行、启子来。

7月17日 星期二

整天在家。有点宿醉的感觉。

7月18日 星期三

去了趟大船后，去理发。十二点二十五分，与野田夫妇从新宿乘车前往上诹访。与《生活的手帖》一行人同车。久夫妇、万也在。

与久、万住在井筒庄。

7月19日 星期四

上诹访旧道具店的人带来香鱼。

今天晚上与野田夫妇在云呼庄住两个晚上。

7月20日 星期五

无所事事。

村上来信。

7月21日 星期六

东京川开河。因是周六，又是十分晴朗的天气，观看的人很多。

读剧本《女中间人》。

7月22日 星期日

下午开始，天阴了下来。

《文春》送来插画稿费二千日元。

7月23日 星期一

下午，出门散步。前往井筒庄。

7月24日 星期二

天气已经很热了。从八方台前往绿山露营地。在露营地的小屋里喝啤酒。晚上，吃鸡崩到假牙。来到广场上，放烟火。

利市去东京。

7月25日 星期三

从德助的院子里砍下一根树枝，做成拐杖。读《推销员之死》。由于利市去了东京，所以［亲自］烧洗澡水。

野田夫妇去蓼科 Ice。一个人睡午觉。

7月26日 星期四

晚上，一个人散步。甚好。

利市回来。带来中村屋的月饼。说其他都卖完了。

7月27日 星期五

中村屋送来面包。

7月28日 星期六

和子的朋友、座间露营地五号房间的一伙人来。

接到电话，说北川与村上明天来。

7月29日 星期日

叫了辆中山的士，前往茅野。后，与北川、村上前往上诹访布半。与铃木茂三郎同房间。晚上，出门散步。

7月30日 星期一

中午过后，买了牛肉等之后，回蓼科。北川、村上骑马。三人住在井筒庄。

7月31日 星期二

与北川、村上坐十二点的准快车回东京。

8月1日 星期三

剧本作家协会的斋藤恒彦来。谈起剧本会馆的事以及前往中国的事。

听收音机，巨人［队］［与］坂（阪）神［队］的［棒球比赛转播］。

8月2日 星期四

久、蛮、富泽、斋藤恒很幸运地坐上中山的士的回程车，从上诹访回东京。东兴园老板带来两个孩子。

傍晚，山内静夫来。

8月3日 星期五

暑热的天气一直持续着，但最近几天却是很凉爽。

8月4日 星期六

山内回去。

8月5日 星期日

与野田夫妇登上信州大学的一本樱之丘。说起租借片仓别墅的事情。

8月6日 星期一

叫车，前往上诹访。

没有要看的电影。转了转旧道具店。在Obi川吃柳川火锅、蒲烧。坐车回来。

东兴园送来许多美味佳肴。

8月7日 星期二

东兴园老板来。说要坐十二点的准快车回东京。

8月8日 星期三

久、佐佐木孟来。他们是来商讨梅崎春生的《砂钟》的。

8月9日 星期四

与孟乘车前往上诹访，坐准快车回东京。在东京站与孟分别，前往银座东（原文如此）哉。与东（原文如此）哉在源吃寿司。北川来。邀上村上在池之端的Yabu吃荞麦面。回到北镰仓——好久没有回来了。哥哥已经在那里了。

8月10日 星期五

整天在家。

8月11日 星期六

给渡部耳鼻咽喉〔医院〕打电话，说手术放在周一挺方便的。

与哥哥乘车前往由比之浜，看夜景。去了趟辰巳。

8月12日 星期日

整天在〔家〕。

8月13日 星期一

做鼻息肉的手术。在渡边（部）医院。

8月14日 星期二

去渡部医院。

8月17日 星期五

做另一个鼻孔里的鼻息肉〔手术〕。

8月18日 星期六

从渡部〔医院〕出来，前往大船。〔穿着〕和服。

在月之濑与井上由利、佐佐木、志贺见面。与清水、山内去权五郎那里。

8月19日 星期日
与清水、山内去后乐园。看巨人〔队〕〔与〕阪神〔队〕的双重赛。巨人〔队〕获得两胜。前往银座，去布尔德克。

8月20日 星期一
接到电报，说沟口〔病情〕恶化。是大映永田社长打来的。
去东京。找清水。与北川、村上前往 Okame。

8月21日 星期二
本打算与通济老前往蓼科，但取消了行程。乘坐〈樱〉〔号〕前往京都。清水来到京都车站。住在清水宾馆。一人去松华楼。晚上，去开阳亭。

8月22日 星期三
探望沟口。后，去大映。
傍晚，与伊藤、清水去大市。

8月23日 星期四
与清水乘坐〈樱〉〔号〕回东京。

8月24日 星期五
一点五十五分，接到沟口去世的消息。清水打来电话。

8月27日 星期一
去东京，召开紧急理事会。前往大映。去了趟东（原文如此）哉。去源。村上来。去东兴园。村上与北川约定送画。

8月28日 星期二
去厂里。去理发。北川带着深水的画来到月之濑。与益子、北川、山内前往权五郎。去了趟辰巳。
住在北川〔家〕。

8月29日 星期三
川口 Gomu 去世。哥哥下落不明。
沟口遗骨乘燕子〔号〕抵达。
在小传马町身延别院守灵。与北川去吉田。
打电话。哥哥在公寓里。
与渡邦、内吐、清水前往辻留。住在小富美。

8月30日 星期四
十一点，在青山举行大映社葬。致悼词。与清水、泷泽去砂场。
与益、丰、北、静去若松。后，前往长谷川。里见、喜多村夫妇、木村夫妇、大佛、阿繁、山崎、池部、山口、那须来。〔坐〕末班车。

去了趟弁天。

8月31日 星期五　整天在家。

9月1日 星期六　整天在家。

9月2日 星期日　哥哥来。

傍晚，在市民座观看《君子好逑》《理查三世》。

9月3日 星期一　野田夫妇去蓼科。一大早，哥哥回去。傍晚，与山内在 Rindou 会面。叫上泰子去权五郎。通济老来。后，［与他］分别后，前往长谷的中国料理［店］。鱼顺来。

9月4日 星期二　傍晚，在市民座观看《冤狱》。

在 Rindou 与稻田会面，去弁天寿司。

登贵来。

9月5日 星期三　去东京。与北川去蓬莱屋。富二随后赶来。

前往赤坂长谷川。坐末班车回家。

安井的《静物》入手。

9月6日 星期四　十二点，从新宿前往蓼科。北川、村上到新宿车站来。

在茅野下车。五点半，抵达云呼庄。

9月7日 星期五　吃完晚饭后,出门散步。大家都睡觉了。说到剧本,进展十分顺利。

题名定为《东京暮色》。

给北川打电报，让他来。

9月8日 星期六　九点十五分之前，车来。野田夫妇前往蒲郡参加班会。

新东宝赤坂的老婆、一个叫做佐佐木的学画的学生来。

9月9日 星期日　重阳节。野田打来电报，说明天来蓼科。接到电话，说北川他们来不了了。

9月10日 星期一　十一号台风顺利通过。

野田夫妇回来。吃完晚饭后，谈工作的事。晚上，难以入睡。

9月11日 星期二
雨。钻进被炉里。读剧本《相见恨晚》。睡午觉。
晚上，商讨〔剧本〕。

9月12日 星期三
饭前，看野口家。去万叶堂。见片仓。用一万日元租借。将钱付给柳泽德郎。
通济老惠赠六十之味。

9月13日 星期四
下山。乘坐十二点十八分的车从上诹访回来。去了趟东兴园。前去伊吕波参加沟口的追思会。去了趟东（原文如此）哉。与北川、村上去源。见到熹朔。坐末班车。与 Rindou 同车。

9月14日 星期五
与野田前往松竹会馆参加开馆仪式。
去辻留。去了趟砂场。野田去日剧看芭蕾。去了趟东（原文如此）哉。看电视 G ：T。后，回家。

9月15日 星期六
傍晚，里见打来电话。去里见家。小林勇来。酩酊大醉。说起前往中国的事情。也说起静夫在总社工作的事情。

9月16日 星期日
雨。整天在家。宿醉。头疼。

9月17日 星期一
十点，与野田夫妇从镰仓出发，前往蓼科。东兴园带了许多礼物到新宿车站。北川来。东兴园的盒饭很好吃。雨。钻进云呼庄的被炉里。

9月18日 星期二
晴。早饭后，前往片仓别墅。睡午觉。心情很好。

9月19日 星期三
中秋节。但没有月亮。后，是雨中的月亮。高顺来信。
前往片仓别墅。去池水附近看看。两只野鸡飞起。
晚上，给里见先生打电话。特快需要五分钟左右。四通〔话〕，共六百四十日元。说起去中国的事情。

9月20日 星期四
进入秋分前后。
雨。一天到晚肚子抽抽地痛。利市从上诹访买来香鱼。月森打来电报，说二十三号要开城户之会。回电说，缺席。

9月21日 星期五 雾散天晴。秋高气爽。前往片仓，睡午觉。后，商讨［剧本］。下起雨来。利市拿着伞来。坡路很滑。

给高顺写信，写好给孩子起的名字。

晚上，下起雨来。

9月22日 星期六 雨。没有去片仓。在被炉里商讨［剧本］。睡午觉。

给北川、村上寄信。让厂里用快递寄十万日元来。

9月23日 星期日 秋分。秋高气爽。利市带着锅巴来。

在片仓茶室的走廊里晒被子。商讨［剧本］。

［吃］相扑什锦火锅。

9月24日 星期一 天气非常好。在片仓茶室的走廊里晒被子。睡午觉。商讨［剧本］的进展不顺。

东京电影的杉江组来拍外景。

晚上，散步至一久。

今天没有报纸。

9月25日 星期二 天气阴沉了下来。前往片仓，生炉子。擦茶室的玻璃。

没有谈剧本。

从晚上开始，下起雨来。

9月26日 星期三 雨。没有去片仓。读《伊甸园之东》。利市没有来。占卜日。没有谈剧本。晚上，睡不着觉。北川寄来快件。厂里寄来十万日元。

9月27日 星期四 十五号台风通过。利市胃痉挛，休息。利市老婆来片仓擦玻璃。

里见先生寄来快件。家里寄来和式棉袍。去蓼科 Ice，买肉、松口蘑回来。

10月11日 星期四 与野田夫妇乘坐十二点十八分的车从上諏访回东京。因为野田明天要出席沼上的结婚典礼。

去了趟 Rindou。去扇谷里见家。后，从静夫的戏剧排练场［前往］弁天。

10月12日 星期五
雨。在收音机里听日本〔棒球〕联赛〔的转播〕。

10月13日 星期六
哥哥来。傍晚，前往里见家。
先生、静夫今天晚上从羽田前往中国。
益子带着钱来。

10月14日 星期日
与哥哥〔去〕浦野——菅原家河川崎观音——益子。与爱子五点半在横滨车站〔会面〕，前往高桥之处。去了趟长谷川。

10月15日 星期一
整天在家。听收音机里巨人〔队〕〔与〕西铁〔队〕〔的棒球比赛转播〕。西铁 3 ： 1 时，发生互殴事件，最终，巨〔人队〕以 12 ： 7 获胜。

10月16日 星期二
十点半前往镰仓。与野田夫妇来到蓼科。
〔今天是〕十三夜。

10月17日 星期三
前往片仓。群山的红叶很美。
日本〔棒球〕联赛，西〔铁队〕4 ：巨〔人队〕2，狮子队获胜。

10月18日 星期四
散步至亲汤附近，赏红叶。
在片仓隔云庄工作。进展不顺利。生炉子。
今天虽然是十五夜，但入夜后，却下起雨来。

10月19日 星期五
弘三、外山乘坐八点的火车从新宿来。
与弘三住在片仓。

10月20日 星期六
天气十分晴朗。高松、万、和子、泰造、铃木绚子来。在片仓用晚餐。喝酒。跳舞等。吃关东煮。

10月21日 星期日
骑马去王泷。秋色很浓。
喝酒。吃猪肉汤。在片仓吃晚饭。

10月22日 星期一
高松、绚子、万、泰造回去。

10月23日 星期二
下起雨来。外山、和子、弘三回去。

10月27日 星期六 高松繁子寄来《文春别册》。今日出海获金表一块。在片仓茶室关上窗户，睡午觉。很是暖和。晚上，构思故事情节。

10月28日 星期日 散步后，去片仓。去了趟 Ice。在茶室打扑克。睡午觉。落叶纷纷。
晚饭。
故事情节连贯起来。多少还需要修改一下。托小林送钱来。

10月29日 星期一 雨。
故事情节完成。晚上，给〔野田〕夫人讲故事情节。

10月30日 星期二 雨。
雨（原文如此）。挂号信寄来现金。
晚上，把演员定了下来。

10月31日 星期三 一久明美结婚。打电报祝贺。〔今天是〕大安吉日。

11月1日 星期四 前往片仓。接到从大月车站打来的电报，说北川要来。
傍晚，北川一人来。带来寿司、点心。
与北川住在片仓。开始剧本的写作。

11月2日 星期五 北川乘坐四点的火车回去。
“八之岳后藤班的决心不值得庆贺。”“回来时请来这里。”“有恒给高松的回电：先生真坏。”“真的是坏。”

11月3日 星期六 睡午觉。心情很好。洗澡前，稍微干了会儿活。真是一个安静的好日子。
傍晚，东兴园的父子乘车来。住在山紫阁。

11月4日 星期日 与东兴园一行去骑马。从一本樱前往露营地。天气十分晴朗。在片仓的被炉里吃午饭。吃关东煮。两点过后回来。Ice 送给我柿子。

11月5日 星期一 去片仓。工作。

11月6日 星期二 工作。顺利。

11月7日 星期三 蓼科山第一次下雪。工作〔进展〕良好。

11月8日 星期四 工作。到晚上，肚子疼。

11月9日 星期五 晴。前往蓼科 Ice。给北镰仓寄去三万日元。早上的霜柱发白。

11月12日 星期一 前往 Ice。

早上，女理发师从茅野来。

工作。

哥哥打来电报，说十五号要来。晚上，去邮局，给茂女打电话，不在家。

11月13日 星期二 晴。工作。前往 Ice。散步，至亲汤附近。

11月14日 星期三 村上坐白天的火车从新宿来。

带来炸猪排、寿司等。

住在片仓。

11月15日 星期四 村上回去。

哥哥、弘三来。

11月16日 星期五 哥哥、弘三在亲汤洗温泉澡。

11月17日 星期六 哥哥、弘三骑马前往第一银行山庄。

11月18日 星期日 哥哥、弘三乘坐巴士回去。

11月19日 星期一 野田生日。山内、北川来。山内带来从中国带回来的礼物。北川做鲷鱼。福永、赤坂来。

11月20日 星期二 与北川、山内、赤坂骑马前往种畜场。喝牛奶。

11月21日 星期三 山内、北川回去。

11月22日 星期四 给镰仓寄去四万日元。

益子来。晚上，久、玲子来。四人住在片仓。

11月23日 星期五 益子坐四点的火车回去。

11月24日 星期六 放幻灯看。

11月25日 星期日 乘车前往利市家吃辣年糕。久夫妇住在利市家。打算明天一大早回东京。

11月26日 星期一 剃头师傅来。在澡堂理发。

今天是第三个酉日。

11月27日 星期二 工作进展很顺利。

11月28日 星期三 工作进展很顺利。

厂里送了十万日元。

11月29日 星期四 操场的跑道上第一次结冰。村童在跑道上滑冰。

剧本脱稿。下午九点二十分。

11月30日 星期五 初雪下了两厘米厚。给相关人打电报，说剧本脱稿事。很冷。给志贺、胜见寄包裹。五点半，玲子来。

12月1日 星期六 玲子誊写［剧本］。傍晚，宗来。

12月2日 星期日 村上、笠来。祝贺剧本完成。

12月3日 星期一 村上、笠回去。

12月4日 星期二 与野田夫妇、宗、理（利）市下山。

12月5日 星期三 傍晚，前往里见家，庆祝剧本完成。

利市前往横须贺。

12月6日 星期四 利市前往江之岛。利市住在逗子。

12月7日 星期五
去东京。[去] 百货商店。蓬莱屋。
[去] 浅草。并木荞麦面 [店]。北川、村上来。加入。
利市住在镰仓。

12月8日 星期六
前往野田家。寅、一、雨、和子、万来。
利市回来。

12月9日 星期日
前往长尾家。去草间。

12月10日 星期一
一天休息。

12月11日 星期二
去厂里。见到月森。在月之濑见到妈妈。

12月12日 星期三
生日。与《每日 [新闻]》的山口、宫前往新桥俱乐部。[去] 长谷川。
与山内住在小富美。

12月13日 星期四
从小富美前往伊势源。
与富、村上、北川、山内、贞二、春男、须贺再 [去] 长谷川。
坐末班车——弁天。山口。

12月14日 星期五
因参加山中会、协会理事会，去东京。后，[去] 东兴园。后，[去] Ton 平。住在涩谷鲤荣。

12月15日 星期六
山内、北川来。去陶哉。村上来。前去参加牡丹会。高桥来。后，[去] 长谷川。给须贺打电话。乘车回家。

12月16日 星期日
远足郊游。有野田夫妇、一、寅、弘三、和子、万、高松、绚子、阿富、长濑、金鱼等人。从瑞泉寺前往权五郎处。

12月17日 星期一
[去] 里见家。九里花子来。

12月18日 星期二
傍晚，前往菅原家。看石佛。山内来。后，与康子、山内去弁天。

12月19日 星期三
去厂里。见到月森。拿到十万日元。与原前往月之濑。益子不在。早早回家。

12月20日
星期四

须贺带来虾。山内来。

傍晚，因参加协会全体大会，去东京。很难打到的士。[去]神田牡丹。后，与北川去布尔德克。山口。

见到久米，从斯托克到 Espoir。乘车回家。

12月21日
星期五

三点，益子来。送走她。听她讲了许多事情。

12月22日
星期六

开始打扫卫生。但很不顺利。

12月23日
星期日

打扫八张榻榻米大小的房间。傍晚，林打来电话，说来长尾吧。但没有去。

中午，弘三来。将行李中的书给他。

深夜，读《楢山节考》。

12月24日
星期一

听说，从傍晚起，益子受到佩里的招待［没在家］。推迟一天去厂里。打扫卫生。熨衣服。

洗澡。

圣诞节前夜。吃冷饭、腌鲑鱼。

12月25日
星期二

去厂里。与益子去东京。前往 Okame。北川同行。后，清水来。前往斯托克。益子回去。前往阿罗德罗梅塔斯。利拉。穆部。乘车回家。（每日）

12月26日
星期三

整天在家。

12月27日
星期四

中午，《电影旬报》来拍我与母亲的作品。傍晚，益子、佐田来。

喝威士忌。喝得酩酊大醉。

和子、启子来。

12月28日
星期五

去协会。在东兴园碰头。去斯托克酒馆。后，长谷川、山口、加藤、中山、横山那须来。坐车回家。去了趟 Inariya。

秀行来。

12月29日
星期六

和子回去。六点，去东京。在伊势源开忘年会。有北川、厚、田代、田尻、田中、西田、山内、Gacha、小尾、清水。去并木薮。参拜完观音后，回家。与Q、高木同车。〔去了趟〕Rindou。

12月30日 星期日

《东京Times》的若月带着《综合日本史》来。清水宏来。送给我陶器。佐田、益子来。

修剪茶树篱笆。弘三带着年糕来。

12月31日 星期一

尾花→

大春亭→

一九五六年〔昭和三十一年〕·其二

1月2日 星期一 北镰仓宴会。

1月5日 星期四 镰仓会［在］华正楼［举行］。

1月6日 星期五 小津组新年会。在菅原家［举行］。

1月8日 星期六 导演会，在热海水口（翠光）园［举行］。

1月18日 星期三 《早春》试映。早晚两次。

1月20日 星期五 大映松山。

1月22日 星期日 取消去鸟山的计划。

1月23日 星期一 在市民座举行试映。

1月24日 星期二 《［电影］旬报》［的人］来。

1月25日 星期三 傍晚，六点，［在］Neo（New）Tokyo［举行］牛原会，缺席。

1月26日 星期四 一点，在东剧试映。志贺［来］。

1月29日 星期日 《早春》公映。去鸟山。

1月31日 星期二 松山来。

2月4日 星期六　导演协会。

2月10日 星期五　山中会。

2月15日 星期三　七点，鲁邦。出井、松山。

2月16日 星期四　惠勒试映。协会。Okame。

2月17日 星期五　观看《早春》。

2月19日 星期日　远足郊游。

2月21日 星期二　观看《骤雨》。

2月29日 星期三　久米法事。

3月4日 星期日　看《黑板丛林》。

3月6日 星期二　[在] 市民 [座看]《生死恋》《战国妖姬》。

3月7日 星期三　[在] 剧场 [观看]《神坂 [四郎的犯罪]》——《缅甸 [的竖琴]》。

3月11日 星期日　九点前出发，[前往] 八（二）日市。住下。

3月12日 星期一　住在津屋崎。

3月13日 星期二　住在长崎。

3月14日 星期三　住第二个晚上。

3月15日 星期四　住在岛原。

3月16日 星期五　住在天草下田。

3月17日 星期六　住第二个晚上。

3月18日 星期日 住在熊本。

3月19日 星期一 住在博多。

3月20日 星期二 ［在］市民［座观看］《罗伯茨先生》。住在京都。

3月21日 星期三 住第二个晚上。

3月22日 星期四 回家。

3月24日 星期六 班会。住在古市大安。

3月25日 星期日 住在鸟羽户田家。

4月2日 星期一 ［亡父］第二十三周年忌日。

4月3日 星期二 六点，东屋。内田吐梦。

4月4日 星期三 协会。

4月5日 星期四 狩野近雄会。

4月6日 星期五 原节子。五点三十分，华正楼。

4月8日 星期日 吉田来。

4月9日 星期一 晚上的骑士道。

4月10日 星期二 两点，协会。

4月13日 星期五 三点，瑞泉寺。

4月20日 星期五 六点，三信大厦。陶陶亭。木下会。

4月22日 星期日 吉田结婚典礼。四点。

5月1日 星期二　在里见家开汇报会。

5月3日 星期四　两点，协会。

5月5日 星期六　高顺来。

5月6日 星期日　野田——常磐（盘）山。

5月7日 星期一　○

5月9日 星期三　花之木。五点。

5月11日 星期五　高村结婚典礼。

5月13日 星期日　母亲节。

5月17日 星期四　观看《赤线地带》。

5月18日 星期五　三点，协会。

5月19日 星期六　四点，日 Peri。井阪来东京。

5月20日 星期日　住在中西。

5月22日 星期二　野田——去东京。伊势源。

5月23日 星期三　母亲生日。

5月25日 星期五　开始室内大扫除。

5月29日 星期二　去厂里。

5月30日 星期三　梅兰芳。

6月3日 星期日　旅行。住在浜名都筑。

6月4日 星期一 住在蒲郡宾馆。

6月5日 星期二 住在京都柊屋。

6月6日 星期三 谷崎——在佐佐木聚餐。住第二个晚上。

6月7日 星期四 大阪。清友会馆。彗星。

6月8日 星期五 回家。母亲、登贵。中西。

6月9日 星期六 在中西集合。

6月10日 星期日 金（锦）城馆。

6月11日 星期一 重箱。

6月15日 星期五 野田去蓼科。

6月20日 星期三 母亲去歌舞伎［座］。

6月23日 星期六 蓼科高原。野田家。

6月25日 星期一 去上诹访。

7月9日 星期一 里见先生来蓼［科］。

7月13日 星期五 回镰［仓］。

7月18日 星期三 再次来蓼［科］。

7月29日 星期日 北川、村上来。住在布半。

7月31日 星期二 北川、村上回东京。

8月2日 星期四 山内静夫来。

8月4日 星期六　山内回去。

8月6日 星期一　前往上诹访。Obi 川。

8月9日 星期四　下山。源——薮。

8月11日 星期六　去浜。

8月13日 星期一　在渡部做鼻子的手术。一个鼻孔。

8月17日 星期五　鼻子手术。另一个鼻孔。

8月18日 星期六　志贺、阿恒、由利子、权五郎。

8月19日 星期日　看棒球〔比赛〕。T ： G 二胜。

8月20日 星期一　去东京。Okame。

8月21日 星期二　去京都。探望沟口。

8月23日 星期四　从京都回来。

8月24日 星期五　一点五十五分，沟口去世。

8月29日 星期三　沟口遗骨来东京。

8月30日 星期四　在青山斋场为沟口举行大映葬。

9月6日 星期四　去蓼科。

9月8日 星期六　野田在蒲郡参加班会。

9月13日 星期四　回东京。在伊吕波举行沟口之会。

9月14日 星期五　松竹会馆开馆仪式。

9月17日 星期一	去蓼科。
9月26日 星期三	挂号信寄来现金。
9月28日 星期五	回东京。
9月29日 星期六	去厂里。月之濑。
9月30日 星期日	相扑千秋乐。
10月1日 星期一	城户出版。住在大安。
10月3日 星期三	清水、浜田、权五郎。
10月4日 星期四	整天在家。
10月5日 星期五	里见家的会。
10月6日 星期六	池部。高桥之会。登贵来。
10月7日 星期日	蓼科。御柱。
10月9日 星期二	雨。
10月11日 星期四	回东京。
10月13日 星期六	里见出发前往中国。
10月14日 星期日	高桥家宴会。
10月16日 星期二	来到蓼科。
10月19日 星期五	鲁迅之日。
10月20日 星期六	早上，高松、万、葛子来。

10月21日 星期日　骑马去王泷。

10月22日 星期一　万、高松、泰造回去。

10月23日 星期二　葛子、弘三回去。雨。

10月30日 星期二　挂号信寄来现金。

11月1日 星期四　北川来。

11月2日 星期五　北川回去。

11月9日 星期五　给镰仓寄去三万日元。

11月12日 星期一　剃头师傅来。

11月14日 星期三　村上来。

11月15日 星期四　哥哥、弘三来。村上回去。

11月16日 星期五　哥哥去亲汤。

11月17日 星期六　哥哥骑马。

11月18日 星期日　哥哥、弘三回去。阴。

11月19日 星期一　北川、山内来。野田生日。井坂（阪）来。

11月20日 星期二　骑马前往饲（原文如此）畜场。

11月21日 星期三　北川、山内回去。

11月22日 星期四　益子来。久夫妇来。寄走四万日元。

11月23日 星期五　益子回去。

11月24日 星期六	放幻灯。
11月25日 星期日	利市——辣年糕。久夫妇、利一（市）住下。
11月26日 星期一	剃头师傅来。第三个酉日。
11月27日 星期二	工作。良好。
11月28日 星期三	钱带来了。工作。良好。
11月29日 星期四	《东京暮色》。脱稿。
12月2日 星期日	庆祝完成。
12月4日 星期二	［从］蓼科下山。
12月12日 星期三	生日。长谷川。小富美。
12月13日 星期四	长谷川。
12月14日 星期五	六点，山中会。东兴园。
12月15日 星期六	长谷川
12月16日 星期日	远足郊游——瑞泉寺——权五郎。
12月17日 星期一	九里——里见家。
12月18日 星期二	常盘山——弁天。
12月26日 星期三	五点，Hotel.

一九五七年

〔昭和三十二年〕

5月11日 星期六　跟有马联系。

5月13日 星期一　高尔夫球。

5月19日 星期日　表。

5月20日 星期一　《野性的女人》。

5月24日 星期五　三点，在总社试映。

一九五八年〔昭和三十三年〕·其一

1月2日 星期四

赶紧回家。贺年的客人有三十多人。后，去扇之谷里见家。

1月3日 星期五

镰仓会。盛会。后，去通济家。

1月4日 星期六

久、万、生驹、Taata、菊马、殿山来。

后，去野田家。寅、和子、弘三来。

1月5日 星期日

登贵、欣、启子、基夷子、秀行来。喝酒。

傍晚，与母亲、和子等八人前往华正楼。在镰仓车站大家散去。

1月6日 星期一

本打算与野田夫妇、寅、和子前往横滨，但没有去。

休息。来客人。长田健二。

1月7日 星期二

中午过后，去厂里。与厚田、富二去东京。分别后，在神谷町大桥茶寮开导演会。后，与正树、真直两位去斯托克。拉丹那。Fubuya。送走两位后，乘车回家。

1月8日 星期三

五点回家。中午过后，接到电话，说扇谷先生三十分钟后来访。赶忙洗漱。先生、市、稻田来。酒宴。

因出席山中会，去东京。吉泽、富二、山内在座。[去] 东兴园。后，与山内 [去] Okame。后，[去] 富士屋。后，住在千駄之谷。

1月9日 星期四

傍晚，经过外苑，从赤坂表町打车前往东京站。七点多回家。

吃鲫鱼有点像吃泥巴的感觉吗?

1月10日 星期五

下午去厂里。与外景地打招呼。美食。与厚田、清水搭佐田的顺风车，前往马斯科特。然后须贺、有马、渡边、静夫来。后，去Blue Sky，跳曼波舞等。与静夫乘车回来。真高兴。

1月11日 星期六

去东京。隅田剧场→并木→常盘座→野味店→ Osome →斯托克。乘车回家。

1月12日 星期日

整天在家。一天到晚要涅盘（槃）似的。

1月13日 星期一

睡懒觉。在电视上看初场所第二天［的比赛］。

晚上，去东京。辰屋→ Fubuya →住在辰伸。

1月14日 星期二

九点十分去白山。轻井泽下雪。三点二十三分抵达高田。没有雪。若与时的广播很有趣。若○。

1月15日 星期三

从高田出发→直江津→黑井→柿崎→米山岭→柏崎。下起雨来。

住在车站前的岩户屋。

1月16日 星期四

从柏崎出发，经过冈田、荒浜、荒砂、椎谷、石地，抵达出云崎。看良宽纪念馆。在车站前吃乌冬面。抵达新潟。住在室长。前往意大利轩。

1月17日 星期五

大河津。转车，看寺泊。

雪珠飞溅。

在室长住第二个晚上。

1月18日 星期六

观光科的中俣正义来。

山内因《支离破碎的人生》试映而回东京。

1月21日 星期五

经过松之崎、加治川、乙、岩船，抵达濑波泊。住在大观庄。

乘坐三点二十的车回东京。去了趟大船。没有人在。

1月22日 星期六

久米。高田七周年忌日。

蓬莱屋→佐田家→ Bubuya。

见到永田。

一九五八年〔昭和三十三年〕·其二

1月3日 星期五　镰仓会。五点。华正楼。

1月7日 星期二　导演会。五点。大桥茶寮。

1月8日 星期三　山中会。东兴园。五点三十分。

1月11日 星期六　协会理事会。

1月14日 星期二　出发拍外景。

2月1日 星期六　协会全体大会——Ton 平——久米家。

备忘录

▲11 月 15 日　紫绶褒章授（受）章。
同一天晚上，松竹。长谷川。
▲12 月 5 日　大船导演会。矶村。
▲8 日　山中会。东兴园。
▲9 日　镰仓笔会。华正楼。
▲10 日　《早春》的一伙人。海员阁。
▲12 日　生日。佐田夫妇。法国屋。
▲16 日　庆祝。长谷川。
▲20 日　协会全体大会。治作。
▲31 日　忘年会。尾花 / 新开花。

一九五九年〔昭和三十四年〕·其一

1月1日 星期四

尾花。新开花。后，[去] 贝雷。

原夫妇来访。雨。后变为下雪。

给里见先生拜年。十九郎、博章等。

1月2日 星期五

在寒舍与田中绢代 NHK 对谈。后，宴会。与会的人很多。后前往里见家。樱。与茂子住在香风园。

来客有四十二人。

1月3日 星期六

回家后不久，生驹千里来，紧接着山内久来。邀上二人前往华正楼，参加镰仓会的新年会。今日出海出席。

回来时，去了趟横山家。与山口、山村、山内去了趟弁天后，回家。

MEMO

酒应适可而止。

应知工作也是如此，睡午觉也是如此，余生几许未知。

1月4日 星期日

有记子、和子从野田那里来给我拜年。

起床。洗澡。

母亲等三人前往长谷的长井家。一个人在家。

整天躺在床上。休息。

1月5日 星期一

整天休息。正洗澡时，岸松雄打来电话。有记子、和子回来。

在柳桥 Ina 垣有佐田、荻本、浦乡的聚会，但我回绝了，躺在床上，读书等。

1月6日 星期二

厂里开始上班。没有去厂里。佐田、通济与贞二通电话，商议发布婚约的事。岸松雄来。后，通济夫妇、贞二夫妇、山内来，喝了四瓶白兰地。后，去里见家。前往弁天寿司〔店〕。

1月7日 星期三

宿醉。高桥的车来，与山内前往新桥俱乐部。与通济夫妇、佐田发布高桥婚约的事。后，去佐田家。

与高桥夫妇、山内前往法国屋。去了趟增田屋、小富美，回家。

1月8日 星期四

乘坐三点多的火车前往热海。参加《彼岸花》之会。住在松竹寮。超过三十九人参加。

1月9日 星期五

吃完早饭后，散会。与山内、清水前往梅园宾馆，遇到淡岛。请吃午饭。坐四点的火车回镰仓。后，去东京。出席在新桥俱乐部举行的与岸惠子告别宴会。后，去赤坂、长谷川、堇、若松。坐车回家。酩酊大醉。

1月10日 星期六

▲十一点，采外景。多摩川畔。蒲田附近。

前往上野蓬莱屋。坐车回家。

在总社，见到浦乡、益子。试映《人的条件》。

1月11日 星期日

天气十分晴朗。整天在家。睡午觉。相扑初场所。第一天。

潮汐、千代之山分别负于大晃、若秩父。

1月12日 星期一

十点多出发，采外景。乘车前往大仓、纲岛的住宅、多摩川畔。

在田园调布德式面包店小憩。

在厚生馆看电视上相扑转播。在田村町中国饭店举行导演新年会。

1月13日 星期二

四点多去厂里。寻找儿童演员。观看设乐的《黄色乌鸦》。没有打动我。后，在钵之木吃天妇罗茶泡饭。看儿童演员。

下起雨来。在厂长室旁边看电视的相扑比赛。早早回家。

1月14日 星期三

乘坐十一点的车去看二子公寓。

在厚生馆与设乐等儿童演员见面。

去东兴园吃午饭。杉山静夫退休之会在新东京举行，出席。后，与内田等人前往 Osome、Kurumi、Bubuya。

1月15日 星期四

整天在家。有点宿醉的感觉。中午过后起床。洗澡。相扑第五天的比赛开始。

潮汐与千代分别败给玉之海、房锦。获得全胜的只有若和岩风两人。

今天，千代决心隐（引）退。

1月16日 星期五

在横滨 Art Coffee 集合。采外景。厚田没有来。

从川崎到沟之口，从自由之丘到蒲田。在大森的 Ton 八吃炸猪排。去东京。从厚生馆前往 Fubuya。从大船乘车回家。

1月17日 星期六

今年冷得出奇。中午开始调配衣裳。

在谈话室看电视里的相扑比赛。

早早回家。在电视上只看了一半的《奥菲斯》，就瞌睡了，上床睡觉。

1月18日 星期日

去东京。三点，在资生堂与中条三千子见面。与五九十会的一帮人去看中期相扑比赛。后，与他们分别，与山内、北川去蓬莱屋。早早回家。

在车里打瞌睡，坐过了站，坐到逗子了。很冷。

野田从蓼科回来。

1月19日 星期一

去厂里。调配衣裳。与杉村、高桥、长冈去浦野。与久我、泽村商议西服的事。

与山内、清水去弁天寿司［店］。山村同行。后，前往怡吾庵。

1月20日 星期二

有点感冒，预防万一，没有去厂里。制作会议中止。没有出席《北海道新闻》在赤坂王子饭店举行的颁奖仪式。

整天在家。

1月21日 星期三

去厂里。开制作会议。后，去东京。［去］导演协会。［商议］事务所搬家的事宜。与牛原、千叶、西村从若松到 Espoir。末班车与横山隆一同车。去了趟弁天寿司店后，回家。今天，潮［汐］、析［锦］输了。

1月22日 星期四

去厂里。三宅、三好、千村、细川调配衣裳。画大久保家的设计图。在电视上看相扑比赛后，回家。

吉泽送给我水户的鮟鱇鱼。用醋拌了吃，很好吃。

1月23日 星期五

去东京。在 Amando 集合后，去高岛屋，调配衣裳。后，在厚生馆与黛、吉泽见面。去五反田的法国屋。后，去 Espoir。村上、山内加入。回家。与那须、吉村同车。

若乃花输给了时津山。

1月24日 星期六

去厂里。看了衣裳后，乘车去横滨元町买窗帘。在喜久屋看电视上若乃花与潮汐的比赛。若乃（原文如此）赢了。其获胜无疑。

在海员阁吃完午饭后，回家。

MEMO

初场所第十一天→二十五号千秋乐。

若乃花获胜。14 胜 1 负。

特殊功勋奖：时津山。9 胜 6 负。

技能奖：若前田。10 胜 5 负。

敢斗奖：若秩父。同。

1月25日 星期日

整天在家。接近中午时起床。在电视上看初场所千秋乐。若乃花赢栃锦，14 胜 1 负。晚上，研读剧本。十一点多，上床睡觉。有点拉肚子。

1月26日 星期一

去厂里。叫高桥、三宅调配衣裳。孩子也来了。

后，与厚田、樱、田代、富二出去，购买布料等。前往海员阁。

九点前回家。早上，铃木父子来。

1月27日 星期二

去厂里。与高桥对台词。看布景。回京都的途中，杉村来。商讨衣裳。野田来厂里。今年第一次与他会面。乘车前往弁天。送走野田后，回家。

查看明天的分镜头剧本。

1月28日 星期三

去厂里。乘车前往镰仓，去买杉村和服腰带的料子。

布景。中午开始拍摄大久保家〈21〉。

六点，拍摄结束。与长冈、高桥对台词。

乘车回家。查看明天的分镜头剧本。

暖和。

1月29日 星期四

布景。第二天。大久保的家。高桥与长冈。二十三个镜头。按时完成。

杉村来，对台词。下起雨来。
乘车与山内回去。回家后，小酌。吃晚饭。
查看分镜头剧本。

1月30日 星期五

雨停了。
布景。第三天。大久保家。十四个镜头。高桥与竹田。拍到六点。
去了趟理发店。给村上打电话。北川来到美食。乘车回家。小酌。吃晚饭。

1月31日 星期六

布景。第四天。大久保家。二十八个镜头。杉村与高桥、孩子在厨房的表演。
晚饭。钵之木。一直营业到八点半。乘车回家。
第一天的样片完成。从今天起，我与松竹的合同到期。

2月1日 星期日

晚起。洗澡。喝酒。睡午觉。周日很高兴。
三点多，乘车去野田家。给玲子送去布料。修改剧本。请我吃晚饭。
回来后，读岸松雄的《小津安二郎电影人传》。

2月2日 星期一

小雨。
去厂里。去了趟美食。见到村上。
看原口的布景。后，杉村、三号、田中在殿山对台词。
回来后，小酌。吃晚饭。

2月3日 星期二

去厂里。
原口家。布景。第一天。
杉村、三好推销东西来到殿山玄关的桥段。看样片。
信三从野田那里带着酱油来厂里。
按时拍了二十一个镜头。回家，洗澡。吃晚饭。

2月4日 星期三

去厂里。原口家。第二天。
杉村与三好的桥段。到六点为止，拍了十九个镜头。
回家。洗澡。小酌。晚饭。
今天的状态很好。
母亲与小川前往光则寺赏梅去了。

2月5日 星期四

去厂里。原口家。第三天。二十个镜头。按时进展。

中井益子来厂里。后，与厚田、田代、富二一道前往横滨元町，去丸山购买家用窗帘布料。去马斯科特。后，佐田启二来。

回来后，预习。

2月6日 星期五

去厂里。原口家。第四天。〈16〉镜头。小小的表演展示。杉村、田中、白田、高桥。四点结束。与杉村对台词，闲聊。

乘车回家。洗澡。小酌。晚饭。有点疲惫。

晚上，听新闻说，我被选为艺术院奖候补。

2月7日 星期六

去厂里。原口家布景。第五天。〈3〉镜头。早早结束。想尝试着拍摄相扑实况。

早早回家。睡午觉。晚上小酌。吃晚饭。

今天，在共立讲堂有都民竞赛大会，《彼岸花》获金奖。

2月8日 星期日

哥哥来。登贵、启子、纪久子来。

睡午觉。喝酒。迷迷瞪瞪地度过了一天。

晚上，哥哥回去。看了电视后，上床睡觉。

2月9日 星期一

中午，去厂里。看布景。调配衣裳。〈须贺、通济、樱、诸角〉。后，对台词。

早早地乘车回家。小酌。吃晚饭。

2月10日 星期二

去厂里。丸山家。布景。第一天。大泉与泉与孩子们。〈17〉镜头。按时结束。

肝脏的部位有点疼。

早早地回家。洗澡。小酌。做明天的准备工作。

2月11日 星期三

丸山家。第二天。杉村与泉与孩子们。〈13〉镜头。按时结束。

中午，黛与吉泽来，看样片。后，在钵之木吃午饭。

回家后，洗澡。小酌。早早地上床睡觉。

2月12日 星期四

丸山家。第三天。大泉与泉搬家的桥段。五个镜头。中午前结束。

乘车前往横滨元町，买窗帘布料。在海员阁吃晚饭。

在有邻堂买〈书〉，在 Minoya 买〈羊羹〉后，回家。

2月13日 星期五

中午过后,去厂里。公寓布景。装饰。后,对公寓桥段的台词。佐田、久我、泽村、泉、孩子们。赤坂堇的须美子来,带来寿司。

寒气不重了。

2月14日 星期六

来车接我。带着小道具、字典等出发。

布景。公寓。提起完成［拍摄工作］。十三个镜头。高梧、和子来到布景现场。样片。与富二从美食前往弁天、Yanoya。

回家后,《文春》的薄井来。

2月15日 星期日

寒气又增加一成。铃木父子来访。小川回去。

梅花开始凋落。

整天在家,度过一天。

2月16日 星期一

早上,洗澡。去厂里。公寓。第二天。

佐田、泉、孩子们的桥段。十八个镜头。四点半结束。野田来厂里。中午时,完成样片。

回家后,小酌。吃晚饭。如往常一样。

2月17日 星期二

公寓,第三天。

佐田、久我的桥段。〈18〉镜头。

［演］《调皮》的有马［稻子］来到布景现场。北川来。一块儿去北镰仓,聊天。共进晚餐。

累了,上床睡觉。寒气有点缓解。

中午,东兴园［老板］来。从村上那里拿到眼镜。

2月18日 星期三

公寓,第四天。

佐田、久我、泽村。〈18〉镜头。四点半结束。

中午,吃鳗鱼盖饭。午休时,新任副厂长细谷跟大家见面。

回家后,再次洗澡。查看分镜头剧本。

小雨。

2月19日 星期四

去厂里。继续下小雨。公寓,第五天。一直拍到六点。久我、佐田、泽村。〈30〉镜头。

布景拍摄完成。

中午,通济夫人来厂里。一道去钵之木。乘坐公司的车回来。山内、清水带着小道具一同到来。

洗澡。吃晚饭。

2月20日 星期五

雨。早上，雨停了。春暖。犹如四月的气候。

去厂里。装饰关东煮店的布景。后，与笠、东野、殿山、佐竹、樱、岛村对台词。

天黑前乘车回家。洗澡。小酌。晚饭。

老母亲身体有点不舒服。

2月21日 星期六

去厂里。

小饭店。浮世。第一天。

田中春男与笠。没有打起精神来。

乘坐高桥贞二的车前往横滨的马斯科特。后，去东京。Espoir。与横山隆一、山口久吉、进藤次郎见面。〔去〕赤坂堇。乘车与横山、山口、山内回镰仓。三点半回家。

2月22日 星期日

去东京。前往新桥演舞场。观看新派的《彼岸花》。与山内、山田、益子在中田吃寿司。

佐田。木下组。从若松回家。

2月23日 星期一

关东煮店。

有点宿醉的感觉。跟以往一样，进展不顺利。

2月24日 星期二

关东煮店。干劲不佳。

2月25日 星期三

公寓。走廊。拍摄。中午前结束。〈四个镜头〉。

中午，做样片。去理发。确定获艺术院奖。各位打来电话〔祝贺〕。与清水、山内回家。举杯小小地庆贺了一下。

2月26日 星期四

下雨，外景拍摄中止。不久，便下起雪来。

洗澡。正值吃早饭的时候，《艺术新潮》的坂崎来。紧接着，《报知》〔新闻〕的雨宫来。

庆贺的电报接二连三。〔共有〕四十五封。

2月27日 星期五

外面还有残雪，外景拍摄又中止了。去厂里。

乘坐佐田的车前往田园调布，换上礼服，前往帝国宾馆。

高桥贞二、浅井绿结婚。通济为媒人。盛会之后，前往赤坂长谷川。

住在佐田家。

2月28日 星期六

有点宿醉的感觉。泽村东（原文如此）哉与北川来。乘车一道赶往西银座的〈山月〉。出席《周刊明星》的对谈会。对谈的另一方是户塚文子。

在资生堂买了咖喱等，乘坐铃木的车回到佐田家。住在佐田家。

MEMO

二十八日是佐田夫妇结婚两周年的纪念日。

3月1日 星期日

洗澡。早上，小酌。中午过后，乘车前往大船。

与三宅、久我、长冈、笠对完台词后，看布景。

早早回家。心情很不好。香川京子从宝塚来信。

3月2日 星期一

洗澡。早上小酌。去厂里。

笠的林家布景，第一天。〈9〉镜头。

今天，城户社长的二女儿光荣在帝国宾馆举行结婚典礼。没有出席。

查看分镜头剧本。

3月3日 星期二

去厂里。林家。第一天。〈〉*镜头。干劲没有出来。赤坂长谷川送来祝贺的红豆饭。《周间（刊）新潮》的饭塚、林来，抓拍。

与山内、富二、厚田回到家里，抓拍。后，举行宴会。

3月4日 星期三

宿醉。头疼。林家，第四天。

紧接着昨天，《周间（刊）新潮》的一行人来。

抓拍完毕，对台词。回家。早早上床睡觉。中西汤之原送来祝贺的五条鰤。

3月5日 星期四

邻居。照顾。酒少喝了点。

林家，第五天。〈21〉镜头。

中午，东兴园送来各种菜肴。

按时回家。洗澡。小酌。写分镜头剧本。疲惫。

3月6日 星期五

去厂里。林家，第六天。〈16〉镜头。笠、三宅、孩

* 原文未填入数目。

子们的大戏。

黛、吉泽、野田看样片。

回家。洗澡。小酌。写分镜头剧本。

清水从京都惠赠芥末酱菜。

3月7日 星期六 去厂里。林家，第七天。〈21〉镜头。四点多结束。

高桥贞二夫妇来厂里。作为结婚纪念，送给我土牛的《堀川的阿俊》。后，与山内、富二前往马斯科特。叫上佐田夫妇，后，前往Blue Sky。跳舞等。

3月8日 星期日 洗澡。中午过后，《每日画报》的高桥女士与摄影师来。拍我与老母亲的照片。

大阪相扑比赛开始。在电视上看。

前往通济家的途中，高桥贞二夫妇、山内夫妇来。

3月9日 星期一 去厂里。林家布景。第八天。〈15〉镜头。后，对台词。

大阪相扑比赛第二天，潮汐输给了若乃海，琴之浜谁给了大晁(晃)。

回家。洗澡。小酌。查看分镜头剧本。

春暖花开的季节是不是已经来了呢?

3月10日 星期二 又下起雨来。去厂里。林家，第九天。〈13〉镜头。拍佐田、久我的剧照花费了很长的时间。六点结束。

在美食与村上见面。

回家。洗澡。小酌。晚饭。疲劳有点过度。中午，去钵之木。雅坊同行。佐田在座。

3月11日 星期三 雨停了。第十天。〈14〉镜头。

高村、月森、东北之馆的老板来公司。快六点了，结束。

[相扑比赛] 第四天。若与鹤。若差一点被打败，获胜。

回家。洗澡。如往常一样。

山内玲子来家里。给我带来大蒜、辣椒油。吃鲣鱼。

3月12日 星期四 洗澡。去厂里。途中，给孩子们买小吃。

第十一天。摆姿势。〈14〉镜头。昨天晚上没有睡觉，很累。

潮汐输给了鹤。比赛刚刚进入第五天，3胜2负。

回家。再次洗澡。三越的人因《彼岸花》中茶柜的事来访。

3月13日 星期五

去厂里。第十二天。林家。〈15〉镜头。

田中敏男父子、仲英之助来访。

一直拍到六点。回家后，洗澡。小酌。如往常一样。春寒。

3月14日 星期六

林家。玄关。第十三天。

今天是周六，与山内、富二乘坐佐田的车前往田园调布。后，益子加入进来。前往虎门喜Yoshi。北川来。后，去Espoir。

坐末班车回家。去了趟弁天。稻田来。喝得醉醺醺的。

3月15日 星期日

铃木重信父子来。和子带着测光仪来。《妇人公论》来拍我与母亲的照片。登贵来。

睡午觉。接近尾声的林家。增加剧本［的内容］。给野田打电话。

痔疮很疼。

3月16日 星期一

早上，发生地震。洗澡。喝酒。去厂里。

林家。第十四天。〈17〉镜头。一直拍到六点。向柴田订购衬衣。

浜本浩的告别仪式。四月十日是皇太子的告期之仪*。

若乃花输给了北之洋。第九天。获得全胜的只有栃锦。

3月17日 星期二

洗澡。小酌。

雨。去厂里。林家。第十五天。〈20〉镜头。因杉村演出戏剧，最晚拍到中午。中午前结束。《福日》的记者来访。山口久吉父子来访。

四点开始对台词。在电视上看完相扑比赛后，回家。再次洗澡。

3月18日 星期三

洗澡。小酌。如往常一样。去厂里。

林家，第十六天。〈18〉镜头。四点结束。看露天布景。看样片。

在美食，从电视上看相扑比赛。

横滨的牧野来。回家。洗澡。小酌。查看分镜头剧本。

3月19日 星期四

如往常一样。

林家，第十七天。〈30〉个镜头。将近六点结束。

* 所谓“告期之仪”是日本皇室礼仪之一，指男方向女方通告婚期的仪式。

赶到食堂,看栃与琴的第一场比赛。栃很轻松地以吊出的手法获胜。

中午，样片。见到小出，说起合同的事。+15。

昨天晚上七点多，制片厂前面的丸山洗衣〔店〕、矶野酒店失火。全部烧毁。

3月20日 星期五

林家，第十八天，拍完。早早结束。对台词。

在电视上看相扑〔比赛〕。早早回家。洗澡。小酌。

3月21日 星期六

乘坐十二点的电车去东京。在新桥演舞场观看《彼岸花》。后，前往花柳的后台。后与山口、山内、北川、益子前往中川寿司店。佐田从会津拍外景回来。前往田园调布。在电视上看相扑第十四天的比赛。

后,与佐田夫妇前往五反田的法国屋。乘车前往横滨,坐电车回家。信三夫妇、孩子们因连续休息来家里。

3月22日 星期日

细雨。

整天在家。早上,东兴园的久野文三夫妇来访。给我带来萨摩棉布。

与信三推杯换盏，叫鳗鱼盖饭的外卖。与亚纪子、祐子玩耍。益子来。

大阪千秋乐。栃锦以14胜1负的成绩获胜。〔特〕殊〔功勋奖〕·敢〔斗奖〕〔由〕柏户〔获得〕，技〔能奖〕〔由〕北〔获得〕。

3月23日 星期一

天气变得十分晴朗。

去厂里。富泽家布景。第一天。〈10〉〔镜头〕。

横滨的牧野来访。《报知》的记者来。完成样片。天黑之前,回家。睡午觉。洗澡。查看分镜头剧本。樱花三三两两地开出花来。

3月24日 星期二

富泽家。第一个布景逐渐完成。〈14〉镜头。四点结束。从头做样片,感觉好短。

下起小雨来。乘车回家。伊藤大辅从京都惠赠京都的竹笋。

3月25日 星期三

露天布景。

后，公寓的布景。重拍佐田的镜头。

3月26日 星期四

阴天。露天布景拍摄中止。

两点，野田、黛看此前拍摄的样片。后，乘车与野田、山内、富二前往镰仓弁天寿司〔店〕。五条鰤真好吃。细雨。去了趟 Yanoya，买剃须刀后，回家。

3月27日 星期五

晴。露天布景。拍小巷。

很疲惫。回家。洗澡。小酌。

去了趟杉本药局，买维生素。从大船车站坐车回家。登贵来。

3月28日 星期六

去厂里。小学教室。〈21〉镜头。

结束后，与厚田、吉泽、山内、丸山、富二前往弁天寿司〔店〕。去了趟新川屋后，在 Chimoto 吃小豆汤。回家。

3月29日 星期日

晴天。正准备拍露天布景时，天阴了下来，中止拍摄。

去厂里。早早回家。正在庭院里拔草时，登贵来访。后，秀行来。一同吃晚饭。

3月30日 星期一

因阴天，露天拍摄中止。

去厂里。去理发店。早早回家。

哥哥来访。一同小酌。

哥哥住了下来。

3月31日 星期二

阴天，露天拍摄中止。哥哥回去。睡午觉。野田家的有记子、和子来。

在床上玩华胥之国——好久没有玩了。

将履历书用邮政快递寄给日本艺术院。

4月1日 星期三

阴。放下心来睡觉时，天又变晴了。赶忙去厂里。完成露天布景的拍摄。

早早回家。山下平兵卫来，前往长谷的长井〔家〕。当天回来。

洗澡。小酌。在电视上看《劝进帐》。

4月2日 星期四

出发拍外景。前往沼部车站。车站在改建。与佐田前往玉川园。益子、贵惠子在。在玉川高尔夫球俱乐部喝啤酒。实拍公寓的场景。

住在辰中。

4月3日 星期五

前往纲岛，实拍庶民街的场景。

住在辰中。

4月4日
星期六

阴。回到大船。拍摄中学教室的布景。

MEMO

▲春寒时，海潮升，鲷鱼睁着大眼睛。

▲春寒时，博多偶人，玻璃中。

▲春寒时，石佛坐在草地上。

4月5日
星期日

雨。

艺术院奖颁奖庆祝宴会在常盘山菅原家举行。参加者有百余名。盛会。

宴会结束后，去了越里见家。回家。

4月6日
星期一

六乡土堤。稍微拍了点外景。

与厚田、须贺乘车前往本石町砂场。吃天妇罗荞麦面。在村田买银制的烟斗。

4月7日
星期二

六乡土堤。拍外景。阴天。中止。

4月14日
星期二

拍外景。六乡土堤。孩子们的桥段。

天气十分晴朗。非常疲惫。

4月15日
星期三

十点十四分，与菅原夫人去东京。去宫中。〔出席〕祝贺皇太子结婚宴会。

后，与菅原夫妇去有马家、佐田家。后，赶往横滨的马斯科特。吃完晚饭后，回家。

八重樱开得正盛。

4月16日
星期四

雨。

派出所的布景。后，进行后期配音。孩子、久我、佐田、三好。后，与佐田夫妇去横滨，前往泡比、马斯科特。山内、清水来。

佐田夫妇乘车前往箱根。

蛙鸣不断。

4月17日
星期五

虽然是晴天，但风很大。

在玉川土堤上拍外景。风很大。录音机也损坏了。中止拍摄。

与清水去了趟马斯科特。吃了个迟到的午饭后，回家。中途，在有邻堂买色纸。

4月18日 星期六

晴。

在玉川的瓦斯桥附近的土堤上拍摄孩子们吃饭的场景。天阴了下来。总之，先拍这么多。

回家。洗澡。很累。在色纸画画等。四五天前，牡丹花开了。

4月19日 星期日

去厂里。露天布景拍了一个镜头。后，进行后期配音。与山内、须贺、清水乘车前往弁天寿司。去了趟 Yanoya，购买 Sunbeam 的熨斗。

回家后，洗澡。熨衣服。

今天，杀青。

4月23日 星期四

在大船会馆举行音乐作曲试听会。NHK 交响乐团的人们来。

然后，复制、试映。去东京。

与吉泽、村上在日比谷公园听黛作曲的《涅槃》。与黛、伊部去十二段屋。后，去 Fubuya。电车已经没有了。住在九段小富美那里。

4月24日 星期五

九点十四分，从东京出发。

音乐录音第一天。N〔HK 交〕响〔乐团〕的人们来。按时〔完成〕。

吃完晚饭后，合音。

向 Shibata 订购衬衣。

益子来探班。带来勃朗峰的点心。

4月25日 星期六

音乐录音。第二天。畠山博子来。按时结束。晚饭后，复制。

吉泽回去。黛一直陪到最后。夜宵，叫弁天的寿司外卖。

庭院里的牡丹花开始凋谢。

Mashiro 屋的人来，试缝上衣。

4月26日 星期日

去厂里。复制音乐。

从三桥堂叫外卖。吉泽没来，黛来。在午休时，稍微打了会儿网球。几乎完成了一半左右。今天到此为止。

4月27日 星期一

去厂里。雨。复制音乐，第二天。

浜村送给我刚刚钓上来不久的乌贼。在钵之木吃刺身、天妇罗。三点多，吉泽来。十点多，回去。

复制。一直到拂晓。在三桥堂做锅巴吃。

4月28日 星期二

天亮后，去美食，吃乌冬面。演职人员来。回家

中午前起床，在庭院里拔草。洗澡。喝酒。吃鲣鱼刺身。又睡觉。

晚上，小酌。

新绿很美。

4月29日 星期三

天长节。

洗澡。堀内因结婚典礼的事情来。

去厂里。坐巴士前往东京洗印[厂]。试映零号。去东京。还凑合吧。

与佐田夫妇、吉泽、山内前往五反田的法国屋。去了趟佐田家，坐坂尾的车回家。

4月30日 星期四

永井荷风去世。七十九岁。

宣传部北村来借展览会的展品。细野来试缝裤子。

去厂里。[去] 理发店。举行第一次厂长试映。

后，与野田夫妇去弁天寿司。通济夫妇随后赶来。

七点，[影片] 在总社审查。安然无事，没有被剪掉。

5月1日 星期五

雨。中午时转晴了。横须贺的铃木来。洗澡。五点，赶往长谷华正楼。《早安》完成庆祝会。去了趟 Yanoya 后，回家。

[日本艺术] 院奖获奖纪念品为狩野真笑画的花鸟画。甚佳。

5月2日 星期六

十一点半，与里见先生去东京。

在东剧观看《早安》试映。志贺先生夫妇光临。后，前往五反田的法国屋。七人。去了趟十二段屋，出席日活家庭俱乐部举行的艺术院奖获奖庆祝会。

与牛原、内田去若松、Osome、Bubuya。原节子在座。盛会。

MEMO

应谨慎多喝酒。

5月3日 星期日

整天在家。五月相扑比赛第一天。在电视上观看。

铁线莲花开。在庭院里拔草等。

5月4日 星期一

整天在家。

文化放送来为“感谢你的来信”[节目]录音。《东京新闻》的记者来。堀内孝三来。新闻联合 News 的记者来。杂事繁忙。

读谷崎[润一郎]全集等。

5月5日 星期二

阴。哥哥来。洗澡。早上，喝酒。一块儿吃饭，吃鲣鱼刺身。给汤之原打电话，说定了二十三号。通知野田。相扑[比赛]第三天。新横纲潮汐负于汐[潮]锦。读谷崎全集。晚报停刊。哥哥去看相扑比赛。早早回来。

5月6日 星期三

傍晚，前去参加协会理事会。

后，前往 Ton 平。三村、服部、牛原、龙泽在座。没有电车了，住在小富美。

5月7日 星期四

北川来。离开小富美，前往东兴园。番匠、山内来。从 KURUMI 前往 Osome，再从 Osome 前往 Bubuya，坐铃木的车回来。

5月8日 星期五

在东剧举行《早安》特别试映会，但从傍晚起，天气变坏，没有去参加。

酒劲还在。

5月9日 星期六

雨。

接受 Osome 的招待，与番匠、山内前去观看相扑[比赛]。见到伊势。去蓬莱屋。去 Osome。见到川口浩。前往 Espoir。见到川口松太郎。回家时，去了趟弁天寿司[店]。横山隆一、林房雄在座。

5月10日 星期日

天气十分晴朗。与野田夫妇前去参加堀内孝三的结婚典礼。在神田明神会馆举行。后，乘车前往佐田家。佐田刚好从外景地回来。佐渡仙宅母女来。吃晚饭。让他们用车送。[天皇]陛下前去观看相扑[比赛]。朝汐又败于枥光。

5月11日 星期一

晴。后，转阴。

整天在家。肚子有点不好。酒劲还在。读谷崎全集等。

5月12日 星期二

阴。有时下小雨。

整天在家。中午过后，日本艺术院事务长杉村隆吉来访。

在电视上看相扑比赛。睡午觉。

5月13日
星期三

晴。

两点去东京。

在清水处与《周刊读卖》的近藤日出造对谈。

访问志贺先生。里见先生在座。后，在兼坂大厦观看《铃兰祭》，在芝增上寺的克莱森特吃饭。与里见先生去ESPIOR。回来时，[去了趟]弁天寿司。

5月14日
星期四

晴。

去东京。前往总社，看艺术院的照片。在中央［厅］悄悄看了看《早安》。去了趟陶哉，去Bubuya。北川、山内。须贺随后赶来。去Osome、Espoir。坐末班车回来。去了趟弁天。顺便去了趟冴的家后，回家。不过，这都记不大清楚了。

5月15日
星期五

晴。

苏联电影观光团来到大船。前往大船。

宿醉。回来，睡午觉。相扑比赛，第十三天。朝汐击败若乃花。栃锦全胜。若乃花1负。朝3负。

5月16日
星期六

雨。

通济夫人带着树苗来。谈起劝我结婚的事。细野来试缝西服。

看电视。第十四天。栃锦赢了朝汐，今天获全胜。若乃花1负。朝汐4负。

5月17日
星期日

天晴了。十点多，在东逗子集合。远足郊游。从神武寺到鹰取山（在这里吃盒饭），来到追浜。乘坐电车到走水。来到观音崎。坐巴士前往横须贺大黑屋。会餐。去了趟圣瑞思、樱。与茂去了趟弁天。住在香风园。

相扑千秋乐，若之花获冠。

5月18日
星期一

雨。疲惫。

雨停了，走路，从香风园回来。

吃茶泡饭。睡觉。很冷。

5月19日 星期二

晴。大谷厂长、细谷副厂长、山内来。商量下一部作品。

National 送来电冰箱。

下起雨来。不久便放晴了。

佐田来取礼服。

5月20日 星期三

4 点，去东京。在田村町香港饭店举行班会。

后，与津村秀夫在筑地 Tusru 德与大映的松山、土井二人见面。后，与吉田与三（藏）去 Osome、Bubuya。住在芝公园日活公寓的 Osome 处。

5月21日 星期四

天气十分晴朗。

四点过后，回家。〈早晨的访问〉［节目］的户板康二、佐佐木已经来访。采访录音。

洗澡。晚上，小酌。大映的松山打来电话，说《拙劣演员》可以拍成电影。

5月22日 星期五

整天在家。

家政工人藤本身体不舒服。

昼夜躺在床上。从早到晚躺在床上。

5月23日 星期六

雨。去东京。

去了趟陶哉后，带着剧照从松竹总社前往上野艺术院会馆。

与北川前往汤之原。在中西碰头的人有：母亲、新一、登贵、登久、信三、秀行、基夷子、浜子、亚纪子、祐子、和子、平兵卫、北川。共十四人。住在中西。

MEMO

相扑五月的比赛。

决赛。若乃花、枥两人都是 14 胜 1 负。决赛中，若获胜。

特殊功勋奖：汐（潮）锦。敢斗奖：枥光。技能奖：房锦。

5月24日 星期日

雨。

整天交谈甚欢。

野田一帮人、北川回来。母亲、登贵、登久、新一留下来。与秀行、基夷子吃完晚饭后，回来。

将近十一点抵达镰仓。

日本赛马，Komatus Hikari 获胜。

5月25日 星期一

细雨。阴。

一点前抵达上野艺术院。事先进行授奖仪式练习。在松竹，观看《少年》的试映。

[去] 理发店。与益、须贺前往 Hachimaki 冈田。后，北川来。ESPIOR。坐 Rumi 的车前往田园调布。

住在佐田家。

5月26日 星期二

晴。

坐佐田的车于一点前抵达上野艺术院。由于天皇感冒，由皇太子临时替代，举行颁奖仪式。

与哥哥、平兵卫前往辻留。六点，参加文部大臣的招待宴会，前往精养轩。

后，去了趟陶哉后，去 Osome。

住在佐田家。

5月27日 星期三

晴。

十一点三十分，从坂下门前往宫内厅，共进午餐。天皇、皇太子、崇仁殿下、艺术院会员 [出席]。

后，在田园调布换下礼服，前往箱根塔之泽环翠楼，参加导演协会全体大会。很愉快。住在环翠楼。

5月28日 星期四

接近中午时，散会。

与牛原、重吉前往小田原清风楼。并木初子来。后，去了趟并木后，前往镰仓。与牛原分别后，回家。快十二点了。

5月29日 星期五

整天在家。电影记者来。佐田夫妇来。大映的松山打来电话，约好明天去大映总社。

5月30日 星期六

十一点半，在大映总社，与松山常务董事会面。去陶哉。与北川去松屋看福田平八郎展。后，去 Hachimaki 冈田。出席在田园调布佐田家举行的茂德会。[与会者有：] 久我、神宫、田浦、秋山、藤岛、儿岛、茂德、川口、Hitomi、浦边等。

住在佐田家。

MEMO

下一部电影决定在大映拍。《浮草》。

雁次郎、京、若尾、川口、杉村等。

5月31日 星期日

宿醉。坂尾开车，赶往椿山庄。〔参加〕山本富士子的招待宴会。山本的母亲、佐野、厚田、山内、富二。交谈甚欢。

去了趟关口面包房，前往银座 Ota 幸。送走厚田、清水，乘车回镰仓。

6月1日 星期一

大映制片人久保寺生郎来访。商议了许多事情。

整天在家。宿醉的感觉仍没有消去。

6月2日 星期二

阴。有时有雨。

山内夫人、市带着树苗来。去厂里。见到细谷副厂长。后，去东京。下起雨来。

给北川打电话。坐车去陶哉。与吉田幸三郎及川上荼父子前往赤坂长谷川，畅谈。后，与北川去堇。坐末班车回来。与村松、永川、横山去了趟弁天后，回家。两点。

6月3日 星期三

一个叫福留和子的粉丝，从九州都城来东京。把她接到大船，住在小田屋。前往净明寺的野田家。下起雨来。和子来。乘车回家。将和子兄妹送走。

6月4日 星期四

雨很大。福留和子来。谈了许多。让她回小田屋。

停电。一直到傍晚。

6月5日 星期五

与野田去东京。筈见恒夫刊行会在 New Tokyo 举行。后，去了趟 Espoir。回家时，去了趟弁天。叫上山内。回到家时，已经三点多了。

6月6日 星期六

久保寺来家里。收到剧本、采外景的费用十万日元。野田来，随之，夫人、和子来。带着福留和子去东京。与北川一道将她带到日本桥粟津家。去了趟佐田家。参加〈少年〉之会。回来。去了趟东兴园。

MEMO

初岛——石油练（炼）制厂

佐野——巴川纸浆。

古座——值得一看。

鹈殿。

6月7日
星期日

与野田夫妇在横滨乘坐九点二十五分的燕子〔号〕。和子、山内、久保寺来送行。十六点三十分抵达大阪。在车里遇见杉村春子。

住在新大阪宾馆。晚上，外出。在道顿堀〈杉木〉用餐。中村组拍外景。住在淡路屋。住在有马大宾馆。来。聊天。

6月8日
星期一

乘坐九点三十一分的准快车熊〔号〕在白浜下车。住在白良庄。十二点五十一分，抵达白浜口。

喝啤酒，睡午觉。晚上，出门散步。夜深后，下起大雨来。

6月9日
星期二

雨停了。十二点五十三分，从白浜口出发——抵达新宫。十五点九分到达。吃鹿天鳗鱼盖浇饭。投宿在美舟庄。雇车前去熊野、川口、浮岛看看。

我们住的地方，一个礼拜前吉田并一曾经住过。

6月10日
星期三

天气变化，下起雨来。

七点五十八分，从新宫出发→到达木本。八点三十四分，乘坐国铁巴士；九点翻过天之川岭；十一点四十分，抵达尾鹫。在车站前稍事休息。十三点四分出发，十五点五十四分到达松阪。前往和田金。见到野吕 Hisa 子。乘车前往古市大安。井阪来。

6月11日
星期四

天放晴了。参拜内宫。去了趟赤福。乘车去了趟井阪处，观看宗达屏风。去了趟二见之后，前往贤岛宾馆。住在 215、216〔房间〕。

傍晚，井阪来。一同住下。

6月12日
星期五

乘车前去波切、国府、船越、御座，看完〔这些地方〕后，去鸟羽。大岩武雄等五人在户田家的别馆吃饭。

五点二十四分，从鸟羽出发，赶往桑名船津屋。与井阪在山田分别。

6月13日
星期六

乘车前往名古屋。将行李暂时寄存下来后，前往广小路的日本火灾海上〔公司〕拜访平林。在 Maruichi 吃棋子面。后，前往平林公司的住宅。四点五十分，乘坐东海三号回来。九点五十分〔抵达〕大船。从镰仓坐车回家。

6月14日 星期日

整天在家。很疲惫。登贵来。

山内打来电话。十六号的松竹之会最好延期。

6月15日 星期一

整天在家。大映的土井打来电话。屋根屋来。连续几个晴天。整天待在床上。享受睡觉的乐趣。

6月16日 星期二

去东京。去江户桥粟津画廊。见到福留和子。前往 Taimei 轩 *。前往 Bubuya。住在田园调布佐田家。

6月17日 星期三

与益子、北川在大映总社观看《大阪之女》《夜之素颜》后，见到永田社长。后，与久保寺前往冈田。山内来。前往 Espoir。与小梶、若槻、榎健、中野实、Roppa 等人会合，前往 Bubuya。坐车回家。三点多了。

6月18日 星期四

整天在家。宿醉的感觉一直无法消除。

6月19日 星期五

五点，收拾行李，乘车前往佐田家。

五九十会。天政来。千代之山、藤岛、荻本、浦乡、林、一二三等人〔出席〕。

住在佐田家。

6月20日 星期六

从佐田家坐车前往新宿，乘坐十二点二十五分的车去蓼科。弘三、和子来迎接我，前往山庄。

送走佐田夫妇、北川、久保寺。与东宝的神津同车。途中下雨。不一会儿，雨停了。

住在云呼庄。

6月21日 星期日

出门散步。去了趟蓼科 Ice。

6月22日 星期一

岸、三村、林、宫内在新宿乘坐十二点的准快车来。山中会。井上和夫（男）拍外景的途中，来了一趟。在片仓畅谈。下起雨来。夜深之后，井上前往黑部。

住在片仓。

6月23日 星期二

雨。从早到晚在围炉边喝酒，与岸、三村畅谈。林、

*
日本西餐馆。其名称于 1948 年由“泰明轩”改为由平假名拼写的“たいめいけん（TAIMEIKEN）”。

宫内乘坐四点的准快车回去。

住在片仓。

6月24日 星期三

雨。岸与三村乘坐四点的准快车回东京。四郎雄师傅和秀行来，与他们错过。与野田等四人住在无艺庄。

水鸡、布谷鸟、杜鹃不停地啼叫。

6月25日 星期四

在炉边畅谈。

秀行前往滑雪场。

晚上，听四郎雄师傅弹三味线。

野田也住在片仓。闲聊至一点多。

在后乐园举行棒球比赛，天皇观战。巨人［队］5—4 阪神［队］。

6月26日 星期五

雨停了，天气十分晴朗。

秀行要去猪苗代，所以坐四点半的准快车回去了。

樱来。久、玲子从小诸来。

6月27日 星期六

和子回去。连日来为我干了不少活。

MEMO

▲围炉边，火锅香。斟杯酒，心舒畅。杜鹃声声两耳旁。

▲夜短枕头边，杜鹃啼，吾虽老，心欢喜。

6月28日 星期日

得回去。

6月29日 星期一

小川轩夫妇来。

6月30日 星期二

八点，《文艺春秋》的薄井、高松二人从新宿［坐车］来。作为礼物带来的拟鲹鱼刺身十分美味。

雨整天下个不停。

7月1日 星期三

傍晚，薄井、高松、樱乘坐慢车回去。十点乘车离开无艺庄，搬到云呼庄。吃得很饱。难以入睡。

笠夫妇来蓼［科］。

7月2日 星期四

整天待在云呼庄。

睡午觉。煞是畅快。笠夫妇来。打高尔夫球。吃完晚饭后，开始干活。接到谷崎先生来信。给北川、佐田打电话。

7月3日 星期五
大映的久保寺生郎制片人来〔云呼〕庄。

7月4日 星期六
笠、久保寺出门散步。
宝石菊的社长来。

7月5日 星期日
佐田启二、益子夫妇、摄影师宫川一夫来蓼〔科〕。
久保寺去茅野车站去迎接他们。
在此期间，干活。
晚上，在无艺庄举行宴会。

7月6日 星期一
早上，喝酒。睡午觉。后，工作有很大的进展。

7月7日 星期二
今天，修改剧本《浮草》。完毕。
佐田的朋友浜来〔云呼〕庄。

7月8日 星期三
佐田夫妇、久保寺、宫川乘坐十二点的火车回去。
四点，村上来。喝酒喝得有点疲劳。

7月9日 星期四
梅雨时节似乎已经结束。与野田夫妇、村上散步——好久没有去散步了。

7月10日 星期五
与村上乘坐十二点的火车回东京。
前往上野蓬莱屋。北川随后到来。
送走村上，与北川赶往田园调布的佐田家。佐田不在家。与其夫人说好，乘坐佐田的车回到久别的北镰仓。

7月11日 星期六
整天休息。许多人打来电话。
整天享受睡觉的乐趣。
野田夫妇今天回镰仓。

7月12日 星期日
早上，阴天。后，天气变得十分晴朗。
中午过后，洗澡。睡午觉。醒来后，佐田夫妇来。

闲聊。一块儿看电视上的相扑〔比赛〕。
再次洗澡。晚上，小酌。

7月17日 星期五　职员看剧本。选拔演员。
主要演职人员开碰头会。

7月18日 星期六　作为参考，试映《浮草物语》。

7月19日 星期日　公休日。

7月20日 星期一　准备会议。选拔演员。

7月21日 星期二　前往大映总社。观看《钥匙》。

7月22日 星期三　前往志摩波切采外景。
乘坐伊势号快车。九人。

7月23日 星期四　八点半抵达鸟羽。在贤岛庄吃完早饭后，转了转国府、甲贺、志岛。到达大王町。
热。
住在龙王阁。

7月24日 星期五　在波切转了转。傍晚，到贤岛。住在贤岛。

7月25日 星期六　上午，浜岛。下午，转了转渡鹿野后，从鸟羽车站坐火车抵达松阪。
前往和田金。
住在武藏野。

7月26日 星期日　乘车转了转六轩、高茶屋、一身田后，来到龟山。与宫川、田中分别后，在车站前稍事休息。坐准快车前往名古屋。坐东海三号在大船下车。回到久别的家里。

7月27日 星期一　整天在家。休养。
晚上，林文三郎打来电话，说想借用蓼科的房间。
与志摩相比，镰仓有风，很凉快。

7月28日 星期二

十一点，去新桥调配衣裳。浜松屋。仲通。在上野的双叶吃午饭。去上野松坂屋。坐车去了趟东（原文如此）哉处后，回到芭蕉园。

久保寺同行。与宫川闲聊到一点。

热。

7月29日 星期三

调配衣裳。京、杉村、笠、若尾、川口、三井等人。

与下河原画理发店、邮局的设计图。

7月30日 星期四

土用丑之日*。在新川吃午饭。〔有〕副导演们、宫川、下河原。

转了转三轩茶屋、扇谷、千住的剧场后，去了趟浅草的八木。见到八木龙太。

在旗之台观看中村千升的表演后，回家。热。

7月31日 星期五

调配衣裳。去东京，购买京町子的衣裳。

8月1日 星期六

调配衣裳。

前往五日市车站采外景。

8月2日 星期日

公休日。

8月3日 星期一

前往茅之崎附近采外景。

去了趟横滨海员阁。

8月4日 星期二

开准备会议。

8月5日 星期三

扮装。摄影机试拍。

对台词。

试着与《浮草物语》对比。

8月6日 星期四

五日市线。采外景。

8月7日 星期五

试拍。样片。商议。

8月8日 星期六

前往下田采外景，因第六号台风而中止。

对台词。

* 即立秋前十八天的丑日。

8月9日 星期日

公休日。

8月10日 星期一

小川轩。装饰。开准备会议。

8月11日 星期二

小川轩相关人员彩排。

出去采购衣裳。

8月12日 星期三

雨。

开机。小川轩。七个镜头。

下雨的声音使得录音很困难，中止〔拍摄〕。

8月13日 星期四

小川轩。第二天。十一个镜头。

8月14日 星期五

小川轩。第三天。七个镜头。

高顺来。

8月15日 星期六

邮局。布景。川口。若尾。十七个镜头。

8月16日 星期日

公休日。

8月17日 星期一

五日市车站拍外景，但由于天气变坏，中止〔拍摄〕。

8月18日 星期二

乘坐伊势号前往志摩拍外景。先行人员有十四人。

导演二〔人〕、摄影二〔人〕、照明一〔人〕、美工二〔人〕、服装一〔人〕、小道具二〔人〕、布置二〔人〕、制作一〔人〕。

8月19日 星期三

十点到达波切。小憩之后，采外景。

晚上，去看盂兰盆舞。住在龙王阁。

8月20日 星期四

采外景。转了转志岛、甲贺、波切。

晚上，与当地有权势的人会餐，开碰头会。

大部队今天从东京出发。

8月21日 星期五

大部队到达。

天气好，拍浜的风景。拍了四个镜头。

大家分别住在龙王阁和金丸。共八十六人。

8月22日 星期六
［拍摄］山丘上岚驹十郎的旗帜［的场景］，但由于阴天，中止拍摄。
拍了三个镜头。

8月23日 星期日
上午，［拍摄］昨天的旗帜、驹十郎走路［的场景］。拍了四个镜头。
下午，阴天。中止［拍摄］。

8月24日 星期一
阴天。大家待机行事。后，下起雨来。中止［拍摄］。

8月25日 星期二
栈桥。雁次(治)郎与川口的桥段。拍了十四个镜头。但由于阴天，中止［拍摄］。
俯瞰小镇［的镜头］。虽然架上了摄影机，但由于阴天而中止［拍摄］。

8月26日 星期三
拍摄栈桥、小镇周边［的场景］。拍了十四个镜头。
很热。
若尾文子来。

8月27日 星期四
在波切拍摄小镇周边。两个镜头。
转移到志岛，拍摄小镇周边及邮局前面［的场景］。七个镜头。

8月28日 星期五
七点出发。前往浜岛拍外景。
若尾、川口、三井。完成了二十九个镜头。
大汗淋漓。

8月29日 星期六
镇子的情景。进港的船只。船甲板。整个外景［拍摄］完毕。二十点四十分，乘坐伊势号，从鸟羽出发，回东京。

8月30日 星期日
公休日。
回东京。

8月31日 星期一
旅馆的彩排。

9月1日 星期二
旅馆布景。若尾、川口。十二个镜头。

9月2日 星期三
旅馆。第二天。十个镜头。
拍剧照。
午休。等候室的彩排。

9月3日 星期四
等候室。完成八个镜头。
事先踩点。第一舞台。开始搭建鹤屋。

9月4日 星期五
等候室。第二天。十个镜头。
中午过后结束。

9月5日 星期六
第一舞台。鹤屋开始装饰并加以灯光。
鹤屋的彩排。

9月6日 星期日
公休日。

9月7日 星期一
阴。
五日市的外景拍摄中止。布景。
开始拍摄鹤屋。四个镜头。

9月8日 星期二
阴。
鹤屋。第二天。

9月9日 星期三
阴。
鹤屋。第三天。
雁治郎与杉村。

9月10日 星期四
阴。
鹤屋。第四天。
雁治郎、杉村、川口。

9月11日 星期五
阴。后转晴。
鹤屋。第五天。
杉村、川口、杉森。

9月12日 星期六
晴。转阴。

鹤屋。第六天。
中村和杉村。

9月13日 星期日
佐田夫妇、贵惠子乘车来芭蕉园。与宫川同车前往田园调布。看相扑第一天〔的比赛〕。佐田夫妇前往赤坂市川翠扇家，参加茂德会。与宫川前往五反田的法国屋。坐车回来。

9月14日 星期一
昨天晚上，在法国屋喝咖啡，难以入睡。四点，逐渐瞌睡。
鹤屋。第七天。
工作进展很不顺利。回旅馆。思考分镜头剧本。
水田社长与松山常务董事一行人来到布景〔现场〕。

9月15日 星期二
鹤屋。布景。SN107的桥段。雁治郎与春子。
前往女将新宿，购买各种东西。做炖菜。好吃。下河原、倍哉来。交谈甚欢。给两人送包。

9月16日 星期三
鹤屋。第九天。
中村、杉村。

9月17日 星期四
阴天。有时下雨。
鹤屋。第十天。
中村、杉村、川口。

9月18日 星期五
晴。
鹤屋。第十一天。
中村、杉村、若尾、川口。

9月19日 星期六
晴。
八点出发，前往五日市车站。在保线区、机关区拍摄场景。
回来后，〔拍〕布景。鹤屋。第十二天。
中村、杉村、若尾、川口。

9月20日 星期日
两点，车来，与西泽、中村去看相扑〔比赛〕。见到志贺先生夫妇。前往筑地的Okame——好久没去了。佐田夫妇、丰来。
坐车回来。

9月21日 星期一

布景。鹤屋。第十三天。拍摄晚上吃乌冬面的场景。

北川来。在旅馆与雁次（治）郎、下河原、井上、宫川、北川吃鸡肉火锅。

北川写开店告示。设计。分镜头剧本。及至一点，上床睡觉。

9月22日 星期二

鹤屋。第十四天。［拍摄］岛津正（雅）和接受照相馆要求［的场景］。

秋高气爽。好久没有这样的天气了。今天，获全胜的枥锦大意败给了安念山。

9月23日 星期三

布景。第十五天。出乎意料预定的部分早早拍摄完毕。从今天起拍摄下雨的场景。

枥锦今天又输给了鹤之岭。

与宫川前往佐田家。

9月24日 星期四

秋分。休息。

与宫川去［看］相扑［比赛］。与佐田夫妇前往神田天Masa。后，去西银座的贝雷。

乘坐佐田的车回来。

9月25日 星期五

吉泽、高顺来。看完样片后，在旅馆里会餐。想商议音乐的事，但进展不顺。

鹤屋。布景。第十六天。

9月26日 星期六

鹤屋。布景。完成［拍摄工作］。第十七天。

台风来。〈伊势湾台风〉。

无法外出。窝在住处。

9月27日 星期日

台风过去。

宫川感冒了。整天不出门。

外面，多摩川发大水。窗前柳树的粗树枝等都折断了。

9月28日 星期一

中午过后，野田夫妇、高松、村上来。让他们看样片等。回到住处，一道吃晚饭。宫川、下河原在座。交谈甚欢。

9月29日 星期二

鹤屋二楼。浜村义康来。津村秀夫来。

傍晚，赶往二子多摩川畔土笔亭。[参加]松山常务董事的招待宴会。宫川、久保寺、津村。九点过后，回来。渡边文雄、樋口、堇来访。

9月30日 星期三

鹤屋二楼。下雨的场景。
两点多，结束。前往西秋留，拍摄最后火车的镜头。

10月1日 星期四

完成鹤屋二楼的拍摄工作，进入后期录音[阶段]。
井上和夫带着东兴园的烧麦来。回到住处，会餐。
井上住在芭蕉园。

10月2日 星期五

冰屋布景。北川〈贵多川〉拿着致辞信的底稿来。
井上和夫（男）回去。

10月3日 星期六

冰屋布景。后，后期录音。
给佐田打电话，但佐田不在家。在住处吃完晚饭，思考分镜头剧本。

10月4日 星期日

小雨。
公休日。

10月5日 星期一

小雨。
梅之家的布景。第一天。
三井、贺原、樱。

10月6日 星期二

阴。
梅之家。第二天。
三井、樱。

10月7日 星期三

刮风下雨。
梅之家。第三天。
三井、潮、樱、贺原、佐佐木。

10月8日 星期四

晴。
梅之家。第四天。
三井、田中、潮、贺原、樱。
按时结束之后，前往茅之崎拍外景。

住在茅之崎馆。

10月9日 星期五
晴。
拍摄海岸的场景。

10月10日 星期六
阴。
布景。接着拍梅之家之后的场景。
第五天。
因贺原有日场演出，拍到两点。

10月11日 星期日
秋高气爽。旅馆老板娘、宫川、下河原、久保寺乘车前往深大寺、恒春园。
前往田园调布中井家。带着贵惠子前往银座的中田，吃寿司。去了趟贝雷后，回家。

10月12日 星期一
完成梅酒家*〔的拍摄工作〕。第六天。京出场。
拍摄驹十郎从街道穿过的场景。

10月13日 星期二
阴。
街道的夜景。松山常务董事来。
菅原通济老来访。回到住处，共进晚餐。
中午，六七人去德寿司〔店〕。
雁治郎从京都寄来松口蘑。

10月14日 星期三
晴。
拍摄雨中街道的场景、旗子等。
十三夜的月亮出来了。
去了趟下河原的住处。
吉村完成工作后，回到逗子。

10月15日 星期四
雨中的街道。拍摄。直至六点左右。
京、中村。

10月16日 星期五
火车中。拍摄。大船细谷厂长、山内来。
演职人员送来啤酒等。

*
即梅之家。

楠田、村山导演。一同住下。

10月17日
星期六

剧场的外面。

按时完成。佐田夫妇与贵惠子来。与宫川乘车出去。〔参加〕川口松太郎在冈田〔举办〕的招待宴会。雁次（治）郎、若尾、浩、绿。

后，去 Espoir。Bubuya。两点过后，回家。

MEMO

木犀香，石佛紧锁眉。

10月18日
星期日

整天在家。雨。

晚上，村山导演来访。按摩。

10月19日
星期一

有点感冒的感觉。

相生座的外面。川口、若尾。

装饰人员岩见因脑溢血去世。

10月20日
星期二

拍摄二楼的后台。

中村、京、若尾、三井、田中、汐（潮）、花布、伊达、雅坊、笠、星、丸井、入江。

10月21日
星期三

后台布景。第二天。

10月22日
星期四

后台布景。第三天。

后期录音。

佐田夫妇、贵惠子来访。带来许多北海道的好吃的。

10月23日
星期五

后台布景。第四天。

上田吉二郎来访。

10月24日
星期六

后台布景。第五天。

日本〔棒球〕联赛第一次比赛。巨人〔队〕与南海〔队〕。10 ∶ 7。南海〔队〕首先获得一场胜利。从下河原那里借电动按摩器。

10月25日
星期日

虽然是周日，但拍摄工作按时进行。

二楼的后台。〈四十八〉拍到一半。第六天。

第二次比赛。H6 - G3。

10月26日 星期一 后台。继续拍。第七天。
与高顺、吉泽商量音乐。

10月27日 星期二 后台。第八天。完成二楼后台的〔拍摄工作〕。

10月28日 星期三 开始拍摄相生座、走廊、客席的布景。
川口、若尾、中村。

10月29日 星期四 相生座。第二天。

10月30日 星期五 〔拍摄〕若尾跳南国土佐的舞蹈、京、赤城之山的桥段。野田夫妇、佐田夫妇来。
拍到晚上十点。第三天。

10月31日 星期六 戏剧的场面〔拍摄〕结束。《文春》的薄井、高松、和子来。按时结束。回到住处，吃鸡肉火锅。
额头长了个疮。

11月1日 星期日 戏剧场。后台。〔拍到〕六点多。后，拾音。高顺、吉泽来。第五天。
中午，在切利奥与斋藤武市会面。
晚饭，与宫川、伊藤前往寿司店。
与久保寺同住在一起。喝酒。

11月2日 星期一 相生座。第六天。

11月3日 星期二 今天是文化节，但拍摄工作一直持续到晚上。相生座。第七天。
高桥贞二因交通事故，在横滨去世。真是个笨蛋。
里见先生被授予文化勋章。

11月4日 星期三 休息日。
甚是疲劳，睡午觉。
傍晚，与久保寺赶往高桥家，去守灵。去金寿司、德寿司后，回来。与土井、久保寺喝酒。直至拂晓。

11月6日 星期五

布景〔拍摄的〕最后一天。午休。与松本健夫前往青山斋场参加高桥贞二的葬礼。回来后，拍布景。及至深夜。

船舱和停车场。

11月7日 星期六

凌晨一点半杀青。回到住处，举杯庆贺。

11月12日 星期四

十点，零号试映。新东京洗印厂。

回来后，睡午觉。晚上，会餐。松本带着鲷鱼来。土井、久保寺、中村、下河原、宫川在座。非常疲惫。

11月14日 星期六

九点，在制片厂试映。

去了趟理发店后，三点，在总社试映。

在赤坂长谷川参加武田厂长的招待宴会。〔参加者有〕武田、土田、西泽、宫川、下河原、倍也。

11月15日 星期日

在神田共立讲堂举行试映会。后，前往赤坂长谷川。

在多闻堂参加喜（贵）多川的招待宴会。山口蓬春、杉山宁、桥本明治、东山魁夷、佐田夫妇、宫川一夫在座。非常愉快。

11月16日 星期一

上午十点半，《浮草》在总社试映。

邀请志贺先生夫妇前往京桥总社。里见先生、野田来。后，出井〔也来〕。

乘车前往鹤卷阵屋。参加演职人员的完成庆祝会。盛会。

11月17日 星期二

今天，《浮草》公映。

傍晚，出席松山常务董事举办的招待宴会。津村在座。宫川回京都。送到车站。去了趟和、十和田之后，回到芭蕉园。

11月18日 星期三

天气十分晴朗。前往八王寺（子）、鸟山。

烤雀、麦薯蓣。好吃。从八王寺（子）乘坐京王电车回来。

久保寺、村野、金、倍也、下河原。芭蕉园。

嗓子疼，几乎发不出声来。

11月19日 星期四

大家回到住处。乘车前往赤坂、若松、十和田。推迟一天回家，住在芭蕉园。

11月20日
星期五

倍也、久保寺、松本来芭蕉园送行，回家。途中，去了趟浜的马斯科特、野田家。回到久别了四个月的家。

11月21日
星期六

非常疲惫。整天躺在床上。

沉浸在枕边杂书的阅读之中。

11月22日
星期日

整天躺在床上。

九州相扑比赛结束。若羽黑获得冠军。

11月23日
星期一

秀行来。整天躺在床上。

11月27日
星期五

佐田的车来，与母亲、登贵前往田园调布的佐田家。贵惠子二岁的生日。

叫中田寿司店的外卖。

住在佐田家。

11月28日
星期六

与益子乘车出门。

在歌舞伎座观看井上八千代的京舞。后，去松竹。后，去新桥俱乐部参加高桥贞二追思会。后，与长谷川、佐田夫妇、山内夫妇去了趟 Bubuya。乘车回家。

11月29日
星期日

去东京。《文春》祭。东宝剧场。后，去 Osome、小歌、Espoir。

回到镰仓，去了趟弁天后，回家。

11月30日
星期一

整天在家。有点宿醉的感觉。

12月1日
星期二

电影节。去东京。日活 Family Club。

获特别功劳勋章。

与松山、林前往东兴园。后，去筑地。佐田夫妇、巨人藤田。

住在佐田家。

12月2日
星期三

八点半，去新桥站。参加共同〔社举办〕的座谈会。山本和有马。在筑地常盘。

与共同〔社〕的记者去 Bubuya。两点多，回到佐田家。住第二个晚上。

12月3日 星期四

早上，暴雨。后，放晴。

与佐田夫妇前往青山，看高桥贞二的墓地。送绿回去。北川来。第三天住在佐田家。

12月4日 星期五

与佐田夫妇去了趟赤坂贵多川处后，邀上北川，去看日展。〔去〕蓬莱屋。

出席在产经九楼的新东宝 Grill 举行的冈田真吉之会。

与野田早早回家。登久已经来了。

12月5日 星期六

整天在家。登久回去。

久保寺制片人带着影集来访。〔将他〕送到北镰仓车站，去了趟书店后，回家。

12月6日 星期日

导演协会。〈NG 祭〉。日活 Family Club。

后，与田中、森繁、内田、佐田、小林前往汤岛向岛园、新宿和。

住在三番町小富美。

12月7日 星期一

与高桥绿、北川去天政。悠闲地走到东京站后，回家。

12月8日 星期二

在家。

12月9日 星期三

佐田启二生日。

在马斯科特见到佐田夫妇。

平凡〔社〕记者来。

乘车回镰仓。

12月10日 星期四

绿、山内来。前往扇谷里见家。

谈起高桥贞二的墓的事。石胜也来商量。高梧来。

大佛次郎被选为艺术院会员。与今日出海一道前去庆贺。去了趟弁天后，回家。

12月11日 星期五

在家。宿醉。躺在床上。读枕边的杂书。

12月12日 星期六

去厂里。去东京。与佐田同车。

观看东山魁夷小品展。前往辻留。北川、佐田夫妇、那须夫妇。后，去 Espoir。后，去 Osome。后，去和。

住在佐田家。

12月13日 星期日
一哉堂来。看八一、操、又造等。吃金枪鱼葱段锅。
绿来。佐田去电台。深夜回来。
丰来。
住在佐田家。

12月14日 星期一
傍晚，回到镰仓。从北镰仓悠闲地走回来。

12月15日 星期二
下雨——好久没有下了。安斋来，说起土地的事。
整天在家。

12月16日 星期三
去东京。四点，〔参加导演〕协会理事会。后，与稻垣、千叶、西村前往赤坂若松。后，去堇。渡边文雄来。与须美子等三人去Bubuya。因浓雾，住在小富美。

12月17日 星期四
村上来。与佐田夫妇去千代之山的住处。与林夫妇、浦乡、藤岛吃相扑什锦火锅。
住在佐田家。

12月18日 星期五
乘车前往松竹总社。与城户社长前往新富町酒舟。交谈了许多。从尾张町走到东京站，回家。与津村同车。
据说，我不在家时，川端康成来访。

12月19日 星期六
芭蕉园夫人、久保寺生郎来。吃什锦火锅。
傍晚，去东京。去参加制片人协会的宴会。在丸之内宾馆稍待了一会儿，一人从北镰仓走回家。

12月20日 星期日
福留和子来。哥哥来。一道喝酒。后，睡午觉。入夜后，身上暖和了起来。
读润一郎全集〔第〕三十〔卷〕。

12月21日 星期一
登贵来。洗完澡后，一同吃早饭。

12月22日 星期二
早上，给山内打电话后，突然觉得浑身发冷。体温高到四十度左右。

我想是不是疟疾又发作了。

12月23日 星期三 持续严寒的天气。

给清水宏打电话——好久没有给他打电话了。后，给我寄来京坂的许多好吃的东西。

12月24日 星期四 野田夫妇来看望我。北川乘车来。大船的三角医生来看病。说是急感冒。持续四十度的体温。

购入东山魁夷的《东京门》。二十五〔万日元〕。

12月25日 星期五 本打算今明两天与里见先生、野田前往汤之原，但由于感冒，不去了。

整天躺在床上。

12月26日 星期六 让三角医生给我检查尿液。说是蛋白含量很多。

菅原通济来看望我。

12月27日 星期日 整天在家。

12月28日 星期一 高桥绿与静夫人来看望我。在玄关处的炉边谈话。后，绿去东京。与她在新桥地铁分别后，前往大映总社。去松山和赤坂中川处，与永田社长会面。后，去贵多川、矶村。从东京站回家。〔车上人〕满满的。

12月29日 星期二 整天躺在床上。咳嗽不已。

据说，此次感冒，拖到后期，会咳嗽的。

12月30日 星期三 咳嗽稍微好了一点。香烟也能稍微吸一点了。

佐田打来电话。里见先生送给我的矢的牡蛎。迫近年关的感冒，岁末悠闲在家的日子多了起来。

12月31日 星期四 中午过后，大映的久保寺来。永田雅一送给我百达翡丽手表，作为《浮草》的纪念品。

收拾房间。登贵来。

年三十在家，好久没有出现这种情况了。看电视后，听除夕夜的钟声。

一九五九年〔昭和三十四年〕・其二

1月2日 星期五 对谈〈NHK〉。

1月3日 星期六 镰仓会。六点。

1月5日 星期一 柳桥 Ina 垣。㊙

1月6号 星期二 开始工作。

1月7日 星期三 新桥俱乐部。十二点。贞二发表。

1月8日 星期四 演职人员开会。热海。

1月9日 星期五 新桥俱乐部。六点。岸之会。

1月11日 星期日 咳嗽不已。
相扑比赛。第一天。

1月12日 星期一 六点半。中国饭店。

1月14日 星期三 New Tokyo 九楼。六点。

1月18日 星期日 相扑。中日。

1月20日 星期二 六点。赤坂王子宾馆。

1月21日 星期三	大寒。
1月25日 星期日	㊣
1月28日 星期三	开始拍摄〔12〕Cut。大久保家①。
1月29日 星期四	第二天。〔23〕大久保家。
1月30日 星期五	第三天。〔14〕同。
1月31日 星期六	第四天。〔28〕同。
2月1日 星期日	藤岛老人。
2月2日 星期一	布景装饰。
2月3日 星期二	立春前一天。原口家。〔21〕第一天。
2月4日 星期三	立春。同。〔19〕第二天。
2月5日 星期四	第一个午日。同。〔20〕第三天。
2月6日 星期五	同。〔16〕第四天。
2月7日 星期六	同。〔3〕第五天。
2月8日 星期日	阴历元旦。
2月10日 星期二	丸山家。〔17〕第一天。
2月11日 星期三	同。〔13〕第二天。
2月12日 星期四	同。〔5〕第三天。
2月14日 星期六	公寓。〔13〕第一天。

2月16日 星期一　公寓第二天。〈18〉镜头。

2月17日 星期二　公寓第三天。〈25〉镜头。

2月18日 星期三　公寓第四天。〈18〉镜头。

2月19日 星期四　公寓第五天。〈30〉镜头。

2月21日 星期六　浮世。第一天。

2月22日 星期日　《彼岸花》之会。

2月23日 星期一　㊮。高桥贞二定亲礼。浮世第二天。

2月24日 星期二　浮世。第三天。

2月27日 星期五　高桥贞二结婚典礼。

2月28日 星期六　益子结婚纪念日。

3月2日 星期一　林家。第一天。

3月3日 星期二　同。第二天。

3月4日 星期三　同。第三天。

3月5日 星期四　同。第五天。〈21〉

3月6日 星期五　惊蛰。

3月18日 星期三　进入春分前后。

3月25日 星期三　㊮

4月2日 星期四　亡父忌日。

4月5日 星期日 获奖庆贺。通济家。

4月15日 星期三 11点45分，皇居正门。

4月19日 星期日 杀青。

4月23日 星期四 ㊢

4月29日 星期三 零号试映。东京洗印。

4月30日 星期四 五点，大船试映。

5月1日 星期五 《早安》完成庆祝。五点，华正楼。

5月2日 星期六 获奖庆贺。日活 Family Club。

5月6日 星期三 立夏。六点协会。

5月10日 星期日 正午。神田明神会馆。堀内结婚。

5月12日 星期二 《早安》公映第一天。

5月13日 星期三 两点。清水。

5月17日 星期日 远足郊游。

5月20日 星期三 〈将剧照搬进来〉。班会。大映商议。

5月21日 星期四 早晨的访问。三点——佐佐木 NHK。

5月22日 星期五 ㊢

5月23日 星期六 母亲生日。明治八年。* 汤之原中西。

5月25日 星期一 一点。颁奖预演。▲

* 明治八年为公历1875年。

5月26日 星期二
一点,日本艺术院。带着印章。▲ 二十六日〈下午 6 - 7〉精养轩。文部大臣招待。

5月27日 星期三
宫中招待宴会。十一点三十分。协会全体大会。

5月29日 星期五
两点,记者来访。

5月30日 星期六
七点,佐田家茂德会。▲

5月31日 星期日
六点。椿山庄。山本富士子。
▲住在佐田家。

6月1日 星期一
与山本富士子聚餐。

6月2日 星期二
六点,陶哉。吉田。长谷川。

6月5日 星期五
六点,筈见之会。New Tokyo。

6月7日 星期日
剧本。采外景。住在大阪。

6月8日 星期一
住在白浜。

6月9日 星期二
住在新宫。

6月10日 星期三
住在古市。

6月11日 星期四
住在贤岛。

6月12日 星期五
入梅。住在桑名。

6月13日 星期六
回家。

6月17日 星期三
一点,大映。试映。

6月19日 星期五 去蓼科。

6月21日 星期日 ㊣望

6月22日 星期一 夏至。

7月9日 星期四 浅草酸浆集市。

7月12日 星期日 草市。

7月20日 星期一 (望)

7月30日 星期四 土用丑之日。

8月8日 星期六 立秋。

8月18日 星期二 (望)

9月16日 星期三 山中忌日。Ton 平。

9月17日 星期四 (望)。十五夜。

9月21日 星期一 秋分前后。

10月14日 星期三 十三夜。

10月17日 星期六 (望)

10月19日 星期一 腌咸萝卜集市。

10月20日 星期二 祭财神。

11月8日 星期日 立冬。

11月15日 星期日 (望)

11月27日 星期五

贵惠子诞生。

12月9日 星期三

佐田。Birthday.

12月12日 星期六

生日。

12月15日 星期二

㊣望

12月16日 星期三

协会。4点。

12月17日 星期四

5910会。

12月22日 星期二

冬至。

12月28日 星期一

大映永田社长。赤阪（坂）中川。

12月30日 星期三

山中会。㊣缺

一九五九年〔昭和三十四年〕·其三

1月27日 星期二　布景。大久保家。装饰。

1月28日 星期三　开机。

大久保家。第一天。

1月29日 星期四　同。第二天。

1月30日 星期五　第三天。

1月31日 星期六　第四天。

2月2日 星期一　原口家。布景。装饰。

2月3日 星期二　原口家。第一天。

2月4日 星期三　同。第二天。

2月5日 星期四　同。第三天。

2月6日 星期五　同。第四天。

2月7日 星期六　同。第五天。

2月9日 星期一　布景。装饰。丸山家。

2月10日 星期二
丸山家。⑬
第一天。

2月11日 星期三
丸山家⑱ - ⑲
第二天。

2月12日 星期四
丸山家。
第三天。(92) - (93) - (94) - (95) - (96)

2月13日 星期五
公寓。
装饰。

2月14日 星期六
公寓。第一天。
㉕

2月16日 星期一
公寓。第二天。
(85)

2月17日 星期二
公寓。第三天。
(87)

2月18日 星期三
公寓。第四天。
㉞

2月19日 星期四
公寓。第五天。
(108)

2月27日 星期五
贞二结婚典礼。

一九六〇年〔昭和三十五年〕·其一

一九六〇（昭和三十五）年＊一九五九年的末尾部分

1月1日 星期五

细雨。风有点大。进入元旦。

菅原夫人、纪子、秋子、原研吉夫妇、岩间、佐田夫妇、清水来访。

傍晚，开始下起雨来。晚上，在电视上看“日本的文学 志贺直哉”[节目]。

1月2日 星期六

晴。早上，通过收音机听“新春座谈会”。武者、吉井、里见。

中午，拜年的客人来。二十五六人。比往年要少。

然后，前往扇谷怡吾庵。江川宇礼雄夫妇来。随后，今日出海、山口久吉来。

1月3日 星期日

杉山和子、生驹、井上和夫（男）、山内久夫妇来拜年。

每年一次的镰仓会新年会在华正楼举行。出席。

回来时，去了趟横山隆一家的新年宴会。

1月4日 星期一

副导演堀内夫妇来访。

戴好吸入器。

1月5日 星期二

林文三郎、村上茂子来访。

1月6日 星期三

公司开始上班。十点开始，社长要致辞，我很想出席，但由于有点感冒，躺在床上，没有出席。

1月1日* 星期五

因感冒，年三十很罕见地待在家里。

雨。风稍大，进入元旦。

菅原夫人、纪子、秋子、原研吉夫妇、岩间、佐田夫妇、清水富二来拜年。

晚上，在电视上看“日本的文学——志贺直哉”〔节目〕。

入夜后，下起雨来。听说秀行乘坐中午的火车前往札幌。

1月2日 星期六

晴。早上，听收音机〔里播放的〕“新春座谈会”〈武者小路、吉井、里见〉。

中午，拜年的客人来。以妹尾、山本、儿井为首的，共有二十五人左右。志贺真津子大醉。后，与山内夫妇、北川、绿前往扇谷里见家。

江川宇礼雄夫妇、以及随后赶来的今日出海、山口久吉也在座。十二点半，雇车回家。

长井登贵、基夷子来。

1月3日 星期日

晴。杉山和子来。生驹、井上、山内夫妇来。

傍晚，一同出门，赶往华正楼，参加镰仓会。真是个盛会。

宴会结束，乘坐佐田的车，去了趟横山隆一郎的家后，回来。咳嗽不已。

1月4日 星期一

晴。

副导演堀内夫妇来拜年。

登贵来。

整天躺在床上。咳嗽不已。晚上，购买吸入器，戴上。

1月5日 星期二

晴。

林文三郎来拜年。紧接着村上茂子来。

很暖和。

晚报上刊载着加缪因交通事故突然去世的消息。

1月6日 星期三

虽然开始上班,但我没有去。洗澡——好久没有洗了。

上床睡觉。读谷崎全集等。

小寒。

* 原日记 1960 年 1 月 1 日至 6 日，小津写了两遍日记。

1月7日 星期四

整天躺在床上。

1月8日 星期五

整天躺在床上。天气有点阴。正逐渐阴了下来。

高桥丰子来访。山内爱子来访。躺在床上,没有见他们。江间来访。不见。傍晚，山内因墓碑的事来商量。

最近的酒很不香。难得的事情。

1月9日 星期六

洗澡。傍晚，在浜町御半开导演新年会，我没有参加。躺在床上。

野田打来电话,说昨天从蓼科回来。并且说,蓼科没有下雪、结冰。

1月10日 星期日

略微有点阴。若尾文子寄来快递。说《浮草》获得 NHK 女配角奖，致谢。

福留和子来。

相扑比赛开始。久别了的朝汐出场。若之花负于岩风。

晚上，秀行来。夜深后，下起小雨来。

1月11日 星期一

晴。城户社长打来电话，说要见我。与野田联系了之后，决定明天〔去见城户〕。

在电视上看《我的秘密》。藤山大臣出场。

1月12日 星期二

洗澡。与野田乘坐四点二十五分的车去东京。总社。与城户社长三人前往新富町的酒舟。天南海北聊天。乘坐十点的电车回来。

若之花今天没有出场比赛，住院。

与山内在总社见面，拿到这个月的钱。

1月13日 星期三

晴。

上床睡觉。

朝汐输给了北之洋。佐田打来电话。打赌〈- 400〉。

1月14日 星期四

阴。

一点半雇车，与野田、里见先生前往相州汤之原。主要是为了商讨下一部作品的事。途中，在小田原寿庵吃笼屉荞麦面。

住在中西。闲聊。稍微涉及到主题。

相扑。〔输给〕佐田〈- 1000〉。

1月15日 星期五

天气十分晴朗。昨天晚上难以入睡。

雇车前往热海梅园。人山人海。前往梅园宾馆。预订了明天的房间。见到淡岛。晚上，吃鸡肉火锅。商讨下一部作品的进展顺利。

今天的相扑比赛〔打赌输了〕〈- 600〉。晚上，佐田打来电话。

住在中西，第二个晚上。

1月16日 星期六

雨。中午过后，乘车赶往梅园宾馆。住在三楼的松〔房间里〕。

与里见先生打台球。在酒吧喝干邑白兰地。

上床后打赌，闲聊至两点。聊到石。聊到鲁山人。聊到鸿之巢等。

相扑〔打赌赢了〕〈+ 1400〉

今天电闪雷鸣。商讨剧本一事进展不顺。

1月17日 星期日

天气变得十分晴朗。早上，吃面包。前往梅园抚松庵。〔吃〕烧鸡雏、麦薯蓣。晚上，〔吃〕什锦火锅。

相扑比赛〔打赌输了〕〈- 1400〉。在台球酒吧喝潘诺酒。

跟昨天一样，商讨剧本一事进展不顺。

住在梅园宾馆。第二个晚上。

1月18日 星期一

晴。没有在宾馆吃早饭。前往抚松庵，喝酒。吃鸭火锅、山药泥。回来后，睡午觉。不久，在电视上看相扑〔比赛〕，赢了〈+ 1600〉。北川来。共进晚餐。闲聊。

住在梅园。第三个晚上。

1月19日 星期二

阴。从热海乘车回家。去了趟扇谷、净明寺后，回家。与北川在电视上看相扑〔比赛〕。〔打赌输了〕〈- 400〉。吃杂煮。天黑后，北川回去。

早早上床睡觉。

1月20日 星期三

二十日。二十日正月。阴。

安斋来。谈关于出入口的事。洗澡。

获得产经沟口奖。日高让我说获奖感言。

直到11号，获得全胜的只有大鹏和枥锦两人。〔打赌输了〕〈- 400〉。

1月21日 星期四

山内来。三点二十四分，从横滨乘坐Ikoi〔号〕前往大仁宾馆。

畅谈甚欢。一行十四人：山口蓬春、魁夷、明治、辰雄、荣三夫妇、入江侍从、冈村、北川〔等〕。

富士山看得很清楚。

［打赌输了］〈- 1600〉。

住在大仁宾馆的安宅［房间］。

1月22日 星期五

晴。云出来了。看不见富士山。十点多，杉山宁夫妇来。来到庭院里，拍纪念照等。乘坐三点四十八分的车回去。

在横滨，与一行人分别，回到家，吃晚饭。［打赌输了］〈- 1000〉。

1月23日 星期六

野田夫妇乘车来，前往横滨元町。

买奶酪、药等。前往海员阁。［参加］蓼科会。四十多人的盛会。后，与樱、北川、村上前往马斯科特。很晚了，住在香风园。

1月24日 星期日

晴。中午过后，回家。相扑千秋乐。枥锦 14 胜 1 负，获得冠军。这 1 负是输给了琴之浜。

火野苇平突然去世。

1月25日 星期一

晴。

中午，与安斋前往友野桶店。商量出入口的事。后，走到镰仓，与野田夫妇、玲子在剧场观看《女人步上楼梯时》。

去了趟广美天妇罗屋后，回家。

1月26日 星期二

晴。

与吉田与藏和哥哥在第一信托地所部见面，前往乌森的末 GEN、Osome、Espoir、Bubuya。喝得酩酊大醉。住在小富美。

1月27日 星期三

十二点，铃木的车来。叫上北川，前往粟津画廊观看春莺会。［去］TAIMEI 轩 ⁂。

前往田园调布的万年堂购买大臣饼。不久，佐田回来。相扑比赛［打赌］共［输了］- 5500［日元］。贵惠子长大了。

1月28日 星期四

晴。

正睡觉时，堀内来，送给我酒（谢）国权［的书］。

整天躺在床上。

晚上，给京都的依田易贤打电话，告诉他明天不去参加井上金太郎七周年忌日的聚会了。

1月29日 星期五

给井上照子寄去慰灵费一万日元。

与野田去东京。出席激励田中绢代之会。佐田、久我、小林、内田、三宅〔出席〕。

与野田去Bubuya。后去贝雷。

住在佐田家。

1月30日 星期六

两点，前往产经大厦出席沟口奖颁奖仪式。与野田、宫川、佐田在克莱森特用餐。与野田分别后，在勃朗峰买点心，前往田园调布。宫川住在露木。回去。

沟口奖副奖是十万日元。

住在佐田家。第二个晚上。

MEMO

〈相扑比赛，东京赛场〉

冠军	○ 14	●	1 栃锦
特殊功勋	○ 9	●	6 北之洋
敢斗	○ 12	●	3 大鹏
技能	○ 9	●	6 柏户
雷电奖	○	●	

1月31日 星期日

高桥贞二墓前祭，前往青山墓地。

后，与并木、天政前往萨伊泽利亚、贝雷。乘车去了趟马斯科特后，回家。

佐田出演《只有我知道》。不过没有看。因为三井弘三明天要体检。

2月1日 星期一

三点，前去参加协会理事会。六点，在资生堂与荻本见面。与佐田夫妇去辻留。去了趟Espoir、Osome之后，前往田园调布。住下。

杉山宁惠赠画集。今天，与松竹的合同到期。

2月2日 星期二

与佐田一家人、丰、土井前往横滨大田的Nawanoren。

去了趟马斯科特，在POPI买领带后，回家。

2月3日 星期三

整天在家。

登贵来。枕边乱读书。平林干哉打来电话，说今天住在名古屋。

2月4日 星期四

晴。立春前一天。中午过后，与野田乘坐出租车前往鹤卷阵屋。

吃野猪肉。久保寺生郎来。共进晚餐。畅谈。后，久保寺回去。说了会儿工作方面的事。

住在阵屋。

2月5日 星期五

晴。吃完早饭已经两点了。没过多久，又睡午觉。吃完晚饭时，久保寺来。商讨剧本至两点半。进展不顺。

立春。

在阵屋住第二个晚上。

2月6日 星期六

晴天。晚起。洗澡。睡午觉。接近中午时，山内夫妇、静子来。会餐。闲聊至两点。商讨剧本的事有一点点成形了。

在阵屋住第三个晚上。

2月7日 星期日

晴。

久保寺来。前往久保寺家，吃红豆饭。倍也、下河原、金、村野、丝井来，吃野猪肉。山内一家人回去。野田夫人、和子来。畅谈。

在阵屋住第四天。

2月8日 星期一

晴。

大家都回去了。登上后山。下河原夫人、久保寺来。前往阵屋老板、宫崎富次郎〈东京电梯社长〉的新家。和子回去。畅谈。

在阵屋住第五天。

2月9日 星期二

晴。

下午，下河原夫妇、野田夫人回去。春暖。四月份的天气。

说野崎组《次郎物语》在拍外景，大鹏来了。

思考故事情节。进展不顺。冷汗不断。

在阵屋住第六个晚上。

2月10日 星期三

阴。

正在吃早饭时，久保寺来。饭后，闲聊。突然间故事情节成形。《三恶人》的变形。

晚上，吃什锦火锅。记笔记，写下人物结构。入夜后，下起小雨——好久没下了。

在阵屋住第七个晚上。

《独生子》在日本电视播放。

2月11日 星期四

忽晴忽阴。后，晴。

此次逗留出乎意料地长。在洗澡间洗短裤。

协会因《松川事件》打来电话。睡午觉。晚饭时，厨师来，做天妇罗。读剧本《山之音》。

旧纪元节。距大竹登陆的日子已经过去了十四年。

住第八天。

2月12日 星期五

晴。第一个午日。

早上，久保寺来。打算回去。叫出租车。结账。九万五千日元不到。给阿卷二千日元，给厨师五百日元。

四点多出发。去了趟净明寺后，回家。

此前的彩色照片洗印出来了。

给怡吾庵打电话。

2月13日 星期六

晴。

两点，与野田一道前往里见先生的家。商量故事情节梗概。吃晚饭。先生夫人、静夫在座。喝酒糟。〔人们〕提出《秋日和》《秋七草》的名字。说着说着，一个父母不同、但像《早春》的故事情节出现。

有人提出让司叶子主演如何。大致方向定了下来，总算放下心来。

2月14日 星期日

晴。

晚起。吃完早饭后，又睡下。

福留和子来。

吃年糕小豆汤——好久没吃了。好吃。

傍晚，小川刚从外面回来，就发现厨房里的煮香鱼烧焦了。屋子里都是烟。

读《山手（原文如此）暮色》。

2月15日 星期一

晴。

风大。洗澡。佐佐木清野来。不见。

上床睡觉。读《山手（原文如此）暮色》等。

傍晚，书店送来《中国诗人选集》。

2月16日 星期二

晴。

整天在家。有点缺乏运动。

上床睡觉。乱读枕边的杂书。

读岸田国士的《秋千》。

嫂子从美浓忠寄来羊羹。

2月17日 星期三

中午，乘坐出租车前往大船，因税费的事，找岩崎。与佐田乘车前往田园调布。

哪里也不去。在佐田家吃晚饭。不知不觉喝了一升酒。

井上和男的母亲去世。住在佐田［家］。

2月18日 星期四

晴。

中午，与佐田夫妇前往高岛屋。

看日本画油彩画。前往东剧，观看《海滨》。非常无聊。

前往赤阪（坂）重箱。北川来。益子先回去。三人去了趟堇后，从新桥坐车回来。

2月19日 星期五

晴。

母亲，去长谷。粟津夫人、爱子来。有记子、都边夫人与母亲回来。

傍晚，北川来。带来山口蓬春画集和桥本明治的《唐俑》。

佐田夫妇、野田去打高尔夫球了。

2月20日 星期六

晴。

整天在家。

桥本明治从京都寄来茶泡饭鳗鱼。睡午觉。后，洗澡。

乱读枕边杂书。直至两点。

2月21日 星期日

晴。

母亲去野田家。但由于人太多，打消了前往瑞泉寺赏梅的念头，回来。

整天在家。做明天去蓼科的准备工作。

蒲的儿子来取行李。

在电视上看“去年今年”［的节目］。

远离红尘。

2月22日 星期一

晴。

早起。乘坐十点二十三分的电车。

野田夫妇、蒲、修同行，前往蓼科。和子、弘三到新宿〔来送行〕。

〔坐〕准快车。蓼科还有斑斑的积雪，的确很冷。

杉山公平去世。

2月23日 星期二

晴。

早上，洗澡。中午，暖和。冰化了，无法滑冰。四点十五分天皇的孙子诞生。

2月24日 星期三

晴。

早上，洗澡。一大早，修回去了。给杉山公平家属发唁电。

整天无所事事。吃完晚饭后，定下出场人物的名字。开始写故事情节结构。总之，写到11。成绩很好。

2月25日 星期四

晴。

洗澡。喝酒。吃完早饭时，受邀，乘坐吉普去散步。从亲汤到横谷峡，在蓼科湖畔万叶庄喝啤酒。

晚饭后，商讨故事情节结构。成绩很好。

2月26日 星期五

阴。

洗澡。喝酒。茅野的理发师傅敦子来，剪头发。

京都的佐田启二寄来荞麦面饼。

入夜后，雨。给佐田打电话，感谢他送来的荞麦面饼。

静夫打来电话，说从外景地回来。

2月27日 星期六

晴。

洗澡。乘坐两点五十九分的准快车回去。

益子、北川、静夫到新宿来〔接我〕。乘坐铃木的车前往赤坂若松。佐田随后到来。从新桥回来。永井龙男同车。

2月28日 星期日

晴。

早起。洗澡。秀行来。一道去东京。

〔前往〕东京会馆。〔参加〕基夷子的结婚典礼。

后，与北川前往粟津画廊。去了趟高嶋（岛）屋。趁天还亮，回家。

非常疲惫。

2月29日 星期一

洗澡。一点，静夫坐车来。一道前往扇谷，谈工作的事。

去 Yanoya。与稻田见面，从西武去弁天。静子来。见到从京都回来的横山隆一。给我带来青海苔、腌咸菜。

皇孙起名为德仁浩宫。

3月1日 星期二

阴。

西宫 Mitus 来。让秀行拿着行李，在新宿乘坐十二点二十五分的车前往蓼科。

益子、丰、北川、村上到车站来送行。与高田好胤同车。好胤前往松本。

蓼科野田家附近，道路泥泞，车陷住了。

3月2日 星期三

晴。洗澡。出门散步，但道路难走，睡午觉。缺乏运动。

晚饭后，商讨剧本。最后的状态基本上定了下来。

3月3日 星期四

晴。

早报公布艺术院奖。给高山辰雄发去贺电。其他〔获奖的人有〕火野、信太郎、各务、遥邨、千靫等。

中午过后，玲子来。

利市来，去看土地。决定在看得见八岳（原文如此）的地方租房。每坪*九日元，共六百坪，租借三年，租金现付。

商讨〔剧本的工作进展〕不顺。

3月4日 星期五

阴。

风吹花飘，今天很冷。玲子乘坐三点的车回去。睡午觉。喝酒糟汤。晚饭后，商讨〔剧本〕。

接到登久的信，劝我接受一次体检。

蓼科湖上的冰已完全消融了。

3月5日 星期六

晴。

一大早，利一（原文如此）因土地的事，打电话来。给益子打电话。洗澡。

晚上，佐田打来电话。明天大阪相扑比赛开始。故事

* 日本的面积单位之一。1 坪约等于 3.306 平方米。

情节结构基本上接近完成。

MEMO

▲寒风中，山峦叠重重，山上一片白，御岳山之峰。

3月6日 星期日

晴。

利市来，将土地的合同交给我。

大阪相扑比赛开始。第一天，朝汐输给栃光。赢佐田〈+ 100〉。

探讨故事情节结构。进展不顺。

3月7日 星期一

晴。

洗澡。土地合同的文件已经做好了。听说巨人队的夫人们来看过土地。

第二天。输了〈- 400〉。

八胜馆寄来年糕小豆汤、咸海参肠。

探讨故事情节结构。

佐田、北川打来电话。

3月8日 星期二

晴。

洗澡时，巨人队的水原、川上夫人来。汤川区别墅地会计荻原健郎和利市来。支付租地的费用。第三天。朝汐输给了鹤。赢了〈+ 300〉。给益子打电话。

探讨故事情节结构。

3月9日 星期三

阴。

洗澡。德郎带着年糕来。林文三郎来。相扑第四天。赢了〈+ 400〉。

走在泥泞的路上，前往万叶堂，去买香烟。

3月10日 星期四

晴。旧陆军纪念日。

洗澡。林文三郎去看租借的土地。坐四点的火车回来。

第五天。输了〈- 400〉。

今天，清宫结婚。嗓子的情况不大好。

3月11日 星期五

阴转雨。中午过后，下起雨来——好久没有下雨了。今天〔是相扑比赛〕第六天。从今天起改变〔打赌的〕规则，成为佐田的决定日。赢了〈+ 400〉。雨并没有下多大，便停了。

暖和。故事情节结构方面没有好的想法出现。不管怎么说，明天起开始写［脚本］。

3月12日
星期六

晴。

春意盎然。水不刺骨了。正在太阳底下磨刀时，江间光子来。第七天。赢了〈+ 1300〉。朝汐负于柏户。

伊藤大辅四十年纪念宴会在都宾馆举行。发去贺电。给村上打电话。今天无所事事。

MEMO

大阪相扑比赛至第七天为止，获得全胜的有三人：栃锦、若乃花、北叶山。1负的是花田。朝汐已经3负了。若羽黑4负。大鹏5负。

3月13日
星期日

阴。

半夜，下起雪来。只积了一点点。洗澡。

中午过后，浜美郎来。带给我鸡蛋。

朝汐今天又输给了北之洋。输了〈- 500〉。

寒气逼人。室内3度。

今天日蚀。

［吃］杂烩粥。

3月14日
星期一

晴。

很冷。洗澡。理发师敦子从茅野来。

朝汐又输给了若之海。赢了〈+ 500〉。

野田有点感冒，早早上床睡觉。

杂烩粥很香。我估计今明两天是今年最后寒冷的日子。村上打来电话，说十六号来蓼［科］。

3月15日
星期二

晴。

很冷。江间打发泷汤的人来。给我带鲤鱼酱汤。朝汐今天没有比赛。输了〈- 400〉。第十天获全胜的有栃和若。

直至今天，在茅野的小屋里写《浮草》。

3月16日
星期三

阴。

很冷。洗澡。村上乘坐四点的火车来。赢了〈+ 1200〉。晚饭，吃村上带来的牛肉。泷汤的江间似乎于中午的时候回去了。

给哥哥在本牧亭举行的新内〔调〕之会发去贺电。

在下面的房间睡觉。

3月17日
星期四

晴。

佐田，浜从东京回去。托他把佐田的行李放在巴士上给他送去。输了〈- 800〉。

寒气逼人。

3月18日
星期五

晴。

早饭前，去一本樱看租借的土地。吃放入纳豆的山药泥。村上乘坐三点的火车回来

名古屋飞机场发生事故。赢了〈+ 1200〉。藤原银次郎去世。

社会党铃木委员长宣布辞职。

3月19日
星期六

晴。

洗澡。有点感冒的感觉。

寒气有所缓解。第十四天。输了〈- 400〉。

大船送来钱。二十万日元。脚本进展不顺。

MEMO

▲到十四号为止，获全胜的是横纲枥锦、若乃花。据说，在千秋乐上获全胜的横纲们还没有碰过面。预测是：若乃花占六成，枥锦占四成。

棒球开幕战开始。西铁阪神队前景看好，巨人队前途多舛。

3月20日
星期日

晴。

春分。暖和起来。去高原宾馆看千秋乐的电视〔转播〕。若乃花全胜，获冠军。输了〈- 100〉。总共赢了〈+ 2400〉。

京〔都〕大〔学〕猪熊兼繁先生住在泷汤。派人来。说明天来访。

3月21日
星期一

雨。

半夜，下起雨来——好久没有下了。中午时分，雨停了。春暖，小鸟不断鸣叫。

猪熊来访。商量在近铁拍文化电影。侃大山。吃牛肉火锅。喝酒。十点前，猪熊叫车，回泷汤。

3月22日
星期二

晴。

雨停了。春暖。佐田寄信来。内附二千四百日元。协会寄信来，说要我在作家协会二十五周年庆祝会上致辞。我回信拒绝了。

早早上床睡觉。乱读书。读曾野绫子的《能面之家》等。平庸之作。

3月23日
星期三

晴。

天气更加暖和起来。风大。

池部良打来电话，说最近要结婚了。

大船也传来话说，细谷厂长明天来蓼［科］。晚上，给镰仓打电话，说三十号回去。

3月24日
星期四

雪。

下起雪来。还是很冷。洗澡。细谷、山内、宣传［人员］、拍剧照［人员］四人来。拍照片后，吃早饭。傍晚，秀行去八方尾根的路上，来这里一趟。将浜的信和佐田给我的肉带来。细谷、山内去松本。秀行住下。

题名《秋日和》。

3月25日
星期五

晴。

天变暖和了。秀行回去。

洗澡、睡午觉。与往常一样。

工作方面怎么也打不起精神来。真令人头疼。进展不顺。野田有点感冒。

3月26日
星期六

又下起雪来。鹅毛大雪。洗澡。

浅沼稻次郎成为社会党委员长。

傍晚，雪变成了雨。暖和。哥哥寄来明信片。上面写有俳句：春分日，风强劲，线香快速燃。

阿登纳来日本。

MEMO

〈相扑春季赛大阪赛场〉

冠军全胜若乃花〈第八天〉

特殊功勋	○ 9	● 6	柏户
敢斗	○ 10	● 5	北叶山
技能	○ 9	● 6	北之洋
雷电奖	○ 12	● 3	时津山

3月27 星期日

阴。

洗澡。早饭前，林文三郎夫妇和儿子来。去看〔租借的〕土地。日本电建的松泽幸雄来。林住在高原宾馆。吃林带来的东兴园的荞麦面。好吃。吃得饱饱的。睡不着觉。

3月28日 星期一

晴。

洗澡。林父子回去。春暖。林夫人留下来，商量新建房屋的事宜。

午觉睡得很香。一人在下面的房间里睡觉。〔吃〕牛排、中国荞麦面。吃得很饱。

读《伊吕波歌》的剧本。有意思。

3月29日 星期二

晴。

春暖。报纸上说，我被邀请参加〈皇居游园会〉。三池公会发生激烈冲突。

理发师敦子从茅野来。理发。无所事事。林夫人回去。

3月30日 星期三

晴。

与野田夫妇乘坐三点的准快车回去。高松、丽子、村上、玲子来新宿。前往上野蓬莱屋。和子随后到来。打车。从八重洲坐电车回镰仓。

樱花已经开了百分之三四十了。

3月31日 星期四

晴。

风大。有的樱花都凋落了。洗澡。在自己家里舒舒服服地度过——好久没有这样了。上床睡觉。乱读枕边的杂书。入夜后，下起雨来。

读剧本《恶汉甜梦》。如何？很想说挺有意思的吧。但是，我说，不，对不起。

3月31日 星期四

高桥绿和山内万龟（规）子来。

后，乘车去镰仓，〔去〕广美〈天妇罗屋〉。去弁天。静夫来。

4月1日 星期五

晴。

登贵来，与母亲外出。深川阳岳寺晚一步来。后，去向岛云水，听哥哥的新内调《明乌》。去并木薮。散会。

与村上去上野 Sukiya。后，去赤坂贵多川。去若松。从东京站回来。

MEMO

大雄啸月居士〈寅之助〉二十七周年忌日。

仙径寿松居士〈新七〉五十周年忌日。

二号十一点，在深川阳岳寺。

▲春雪飘，落上石佛即刻消。

▲红白点心美，春雪洒洒飞。

阴。

4月3日 星期日

风。小雨。

读剧本《女儿 妻子 母亲》。平庸之作。

在电视上看巨人国铁的比赛。

4月4日 星期一

阴。

整天在家。在电视上看棒球选拔赛。大部分的樱花被风吹落。入夜后，下起雨来。两三天前，蛙声一片。

4月5日 星期二

阴。

离开镰仓，在新宿乘坐十二点二十五分的车回蓼科。和子、益子、贵惠子、茂子、静夫、北川夫人、繁子［来送行］。山上积起新雪。路上的桃花盛开。今年春天的樱花已经真正地过去了。

4月6日 星期三

晴。

风大。洗澡。今天什么都没有干。

4月7日 星期四

晴。

有风，很冷。前往万叶堂购物。猪熊给协会寄去快件。

从今天起，开始写脚本。上床睡觉。难以入睡。拂晓，室内枕头边的汤婆子里的水都结冰了。

八百（矢尾）板第二次防卫。

4月8日 星期五

晴。

春暖。高中棒球选拔赛最后一天的决赛。高松对米子。2A ： 1。出门散步——好久没有去散步了。

晚上，工作。夜深后，更加寒冷。室内都结冰了。北川打来电话，说桥本明治有一个十六毫米的集会。

4月9日
星期六

晴。

春暖。黄莺啼叫。逐渐春风荡漾。春日迟迟。白天和晚上致力于脚本的写作。成绩很好。一个人在下面的房间里睡觉。

4月10日
星期日

乘坐三点的火车，从茅野回家。在新宿站与北川、村上前往赤坂的前川。稍后，静夫来。

坐车前往新桥的甘人，吃面包和牛肉杂烩汤。从新桥坐车回到久别的家里。

新东宝发生火灾。听说城户辞去社长的职务。

4月11日
星期一

晴。

洗澡。登贵来。说是去佐田那里道谢。去香风园。

年已老，生前几度春相逢？春日行匆匆。放庵

4月12日
星期二

阴。

皇居游园会。乘坐铃木的车从东京站前往。宴会结束后，前往田园调布的佐田家。今天，佐田夫妇从京都回来。叫上池部良夫妇，前往五反田的法国屋，然后乘车回家。

4月13日
星期三

小雨。

静夫乘车来。在Yanoya与通济见面后，前往弁天。给登贵寄去寿司。后，前往常盘山。

回来后，给野田打电话，说明天回〔蓼科〕。

十点，上床睡觉。

4月14日
星期四

晴。

乘坐十二点二十五分的车从新宿出发。佐田夫妇、贵惠子、山内、绿、北川来送行。至甲府，与东宝的成濑组同车。小雨停了，天放晴。

4月15日
星期五

阴。

中西的露木一男夫人去世，发起唁电。嘴唇上长了个包。

晚上，开始写作脚本。写了八页不到。

难以安睡。直到拂晓才睡着。

4月16日
星期六

晴。

早上，风就刮得很大。

睡午觉。小雨。从今天起，大学联赛开始。最近，将海带浸泡在水里，然后喝海带水。

稍微写了会儿脚本。晚上，喝了点营养品，吃了点奶酪。很好吃。身边多事，再没有比此时更不幸了吧？

4月17日 星期日

阴。

巴士〔司机〕罢工，报纸没有来。

听广播里的棒球比赛，睡午觉。很冷。脚本写了七页左右。

听说大谷博接任松竹社长。〔是不是合了这句话：〕即便不知道奉行的名字，一天也过来了。*

4月18日 星期一

晴。

黄莺啼叫不已。洗澡。睡午觉。如往常一样。

白天、晚上工作，进展十分顺利。

晚上，村上打来电话，说二十号来蓼〔科〕。前往万叶堂购物。

晚上睡不着觉。直至拂晓。

4月19日 星期二

阴。

洗澡。睡午觉。

白天、晚上写脚本，成绩很好。

德郎来。说儿子德市三十号结婚。

读剧本《与死者的结婚》。愚蠢之作。

安眠，直至拂晓。

4月20日 星期三

雨。

风很大。通济老从神户送来味噌腌牛肉。村上坐中午的准快车来。晚饭，吃牛肉火锅。白天干了会儿活，晚上不干了。风忽大忽小。下了一天的雨。

4月21日 星期四

晴。

穿着橡胶鞋出门散步。看了许多租借的土地。前往一本樱。

晚上，吃牛肉葫芦烧。喝了不少酒，最近很少这样。

一天，没有干活。

* 这句话模拟江户时代的俳人小西来山的俳句“奉行名，不知晓，一年过来了”，意思是老百姓即使不知道衙门长官的名字也照样度过一年。

4月22日 星期五

晴。

风很大。村上乘坐三点的准快车回去。

晚上，写脚本。用镰仓笔会送给我的烤箱烤味噌腌牛肉。很好吃。

4月23日 星期六

晴。

最近，松竹很不景气。股票每股五十日元。睡完午觉后，肚子疼。

写脚本。

协会送来名片夹。说北川、汤川的樱花盛开。野田山庄的山茱萸盛开。东大战胜早稻田。1 : 0。

4月24日 星期日

晴。

春暖。春日令人酣的感觉。洗澡。睡午觉。听广播里的棒球[比赛]。

晚上，干咖喱很好吃。脚本的写作十分顺利。京都的竹笋很美味。

4月25日 星期一

雨。

久别的雨天。洗澡。睡午觉。睡得非常香。

写脚本。能否完成呢？进展不顺。〈两人回到公寓的桥段〉。

德郎送来结婚的礼物。

4月26日 星期二

晴。

这时，才感觉到春日迟迟。洗澡。睡午觉。茅野的理发师敦子来。理发。把她送到车站后，去了趟万叶堂。今天是增间房屋的上梁日。给川口浩发去贺电，祝贺他结婚。稍微写了点脚本。

4月27日 星期三

阴。洗澡。睡午觉。如往常一样。早上，野田从镰仓的家里打来电话。说竹笋的事。玲子坐中午的准快车来。吃牙鲆鱼刺身。

今天休息，不写脚本。入夜后，下起小雨来。

4月28日 星期四

阴。

洗澡。睡午觉。村上从东兴园寄来包裹。还有一封家信。说下水道修好了，昨天晚上家里进水了。还说，牡丹花盛开。入夜后，下雨。樱睦子的令尊去世。发去唁电。

朝鲜骚乱的结果是李起鹏全家自杀。

4月29日 星期五

晴。

风比较大。天皇五十九岁生日。

午觉睡得很好。听广播里的巨神战〔转播〕。

写脚本。吃宗送来的竹笋。

巨人队的别所获三百零二场胜利。大山对加藤,大山获胜。〔成绩是〕1胜1负。

4月30日 星期六

阴。午觉睡得很好。小雨下大了。

小出孝去世。大映的今井高一去世。一并发去唁电。

脚本的写作进展不顺。芦屋送来鲷鱼干，很好吃。

平凡虽然很无聊，但这最符合我的性情。整天无所事事。

晚上，村上打来电话。说樱睦子的令尊仍健在。前几天的唁电很是失败。

今天是德郎的儿子德市的结婚典礼，但下起雨来，是不是也进展不顺呢?

5月1日 星期日

洗澡。德郎带着庄（牡）丹饼来，致谢。

早报上发布五月相扑新排名。

正在睡午觉时，铃木进一、基夷子来。出门散步，走到一本樱。回来后，一块吃晚饭。有点喝醉了。

进一他们住下。给秀行打电话。

5月2日 星期一

阴。下起雨来。不久便放晴了。

进一他们从八子之峰前往白桦湖。洗澡。睡午觉。下起雨来。

吃完晚饭后，进一夫妇来玩。

没有干活。晚上，佐田打来电话。

落叶松树梢的颜色有点变绿。

5月3日 星期二

晴。

一大早秀行来。中午过后，长濑、大都巳（已）来。散步从八方台前往蓼科湖。天气十分晴朗。从湖畔坐巴士回来。吃味噌腌牛肉。

锦一夫妇、秀行回来非常愉快。

5月4日 星期三

阴。

洗澡。睡完午觉后，出门散步，至普通露营地。

回来后，吃镰锅、干咖喱。好吃。

最近接连几天没有干活了。

5月5日 星期四

晴。

洗澡。睡午觉。川口大都巳(己)、长濑尚平前往诹访,坐快车回去。

一个人出门散步。看千代田山庄的樱花。开了三成。途中，遇见一个老太婆，跟她说话。说是八十一岁了。说我有七十了吧。有点灰心丧气。

干活。

5月6日 星期五

阴。晴。后，雨。

洗澡。睡午觉。如往常一样。前往邮局买邮票。过了一会儿，与野田前往万叶［堂］购物。

脚本写作顺利。给北镰仓打电话。

春日正酣。樱花开了五成了。

5月7日 星期六

雨。后，晴。

有点冷。处处闻啼鸟。睡午觉。中午开始,雨停了。山内、登贵来信。说山内于十号左右来蓼[科]。做芝麻豆腐。母亲打来电话,说送衣服来。写脚本。入夜后,变得非常冷。今天横须贺火药爆炸。今天,生起炉子。

MEMO

从五月一号起，新牌子的香烟 AAA 发售。

5月8日 星期日

晴。

母亲节。风大。中午，风停了。出门散步，走到一本樱的下面。回来后，睡午觉。

夏场比赛的第一天。枥锦输给时津、朝汐输给大鹏。

短艇［比赛］北［海道］大获胜。

稍微写了会儿脚本。

很冷。

5月9日 星期一

阴。

淡云片片。有了点山货。

洗澡。睡午觉。干了会儿活。听广播里第二天［的相扑比赛转播］。枥锦又输给了安念山。傍晚，下起小雨来。晚饭，吃乌冬面。好吃。

给窗外撒来，小鸟都飞了过来。〔有〕白颊鸟、蒿雀等。

5月10日 星期二

雨。雪。

早上，下起雪来。新绿上铺上一层雪。寒冷。北镰仓寄来的包裹到了。衣服。佐田从京都寄来竹笋。

栃进今天没有比赛。提出引退的申请。

写脚本。吃八角金盘芽做的天妇罗。或许是干活的缘故，睡眠很浅。

5月11日 星期三

雨停了。中午起天气变得十分晴朗。睡午觉。

栃锦引退后，相扑界显得有点沉寂。

若三山赢了朝汐，获冠军。

山内打来电话，说明天与北川、富二、绿来。

很冷。

5月12日 星期四

晴。

洗澡。睡午觉。如往常一样。听广播里第五天〔的相扑比赛转播〕。

五点多，山内、富二、绿来。

吃鲷鱼刺身、相扑什锦火锅。畅怀大笑。喝酒三升。

大家住在高原宾馆。

袈婆（裟）市采了些八角金盘芽来。

5月13日 星期五

晴。

宿醉。爬起来，出门散步。前往高原宾馆。洗澡。读脚本。

一行人：野田夫妇、山内、清水、绿从一本樱穿过树林小道来到露营地后，回来。

晚饭，吃鸡肉火锅。又喝光了两升酒。

相扑比赛第六天，获全胜的是若、若秩父。

5月14日 星期六

雨。

山内、绿、富二乘坐三点的准快车回去。

昨天的远足旅行的效果出现，十分疲惫。整天下雨。晚上，吃东兴园的荞麦面，吃得很饱。新绿非常美丽。晚上，传来发生事故的警笛声。

名人战。大山对加藤，2：1。

MEMO

蓼科的春天自五月五六号起，树叶发芽，非常适意。尤其是唐松的新绿非常美。一本樱五月九十号盛开。淡红色的花，非染井吉野樱的艳丽风情所能够比拟。真是美丽动人。

5月15日 星期日

晴。

雨后的新绿如同水洗了一般。洗澡。睡午觉。利市来。建郎给我带来马苏大马哈鱼。

天开始阴了起来。写脚本。来了精神。

5月16日 星期一

晴。不时有云出现。

佐田、须贺给我寄来京都的鲫鱼寿司。高松繁子给我寄来贝弥鱼糕。高原宾馆结账。

美工下河原夫妇来。畅谈。

安念山赢了朝汐。给宫川和佐田打电话。稍微写了会儿脚本。住在高原。

5月17日 星期一

晴。

住在高原宾馆。晚起。洗澡。吃完早饭后，前去云呼庄。散步，从一本樱走到普通露营地。吃烤五香饭团。在高原看电视。若输给了北。晚饭，吃鲷鱼的浜烧。好吃。村上打来电话。

5月18日 星期三

五月晴朗的天气。

出门散步。从亲汤出发，下到谷，前往川岸。去了趟 Ice，喝啤酒。给家里寄去五万日元。

村上来。吃金枪鱼刺身、牛肉火锅。与下河原夫妇一道，四人住在高原。

5月19日 星期四

雨。

整天下个不停。下河原夫妇乘坐五点半的快车回去。

大鹏赢了柏户。相扑第十二天，没有人获得全胜。1 负的有三人：若、三杉和秩父。

早早上床睡觉。一觉睡醒后，才十点半。读书读到一点。又瞌睡。

北川打来电话。

5月20日 星期五

雨。

听说银座天地堂的儿子被绑架后，遭到杀害。相扑第十三天，天皇、皇后去观看。村上三点回东京。若之花负于柏户。写脚本。整天下雨。

维塞拉与米仓〔健司的拳击〕比赛推迟到二十三号举行。

5月21日 星期六

晴。

喝酒。睡午觉。如往常一样。

正午睡时，高松繁子、和子来访。

听第十四天的相扑〔比赛转播〕。柏户赢了朝汐。最好的成绩是若三杉的13胜1负。

通读脚本。傍晚，电闪雷鸣。

MEMO

夏天的比赛，虽然枥锦引退了，但柏户、若三杉、大鹏、若秩父等人还是打起精神，显示出特别的活力。到十二号之前，1负的是花笼三若，没有人获得全胜。

5月22日 星期日

晴。

熏风。昨夜未能安眠。耳朵里传来杜鹃、水鸡等的鸣叫声。与高松、和子、野田夫妇去看租借的土地。利市建郎同行。前往高原宾馆，去看电视上的相扑〔比赛〕。高松、和子回去。若三杉获得冠军。

池部良结婚典礼。给NewJapan发去贺电。

5月23日 星期一

晴。

请人打扫片仓无艺庄。布谷鸟不时地鸣叫。耳朵里传来杜鹃的叫声。可以看到白颊鸟、蒿雀。三叶海棠也开始开花了。写脚本。世界最轻量级拳击比赛，维塞拉战胜米仓。裁判判定。

散步至万叶堂，购物。腌乌贼（一字不明）不好吃。

5月24日 星期二

晴。

小川轩敦子来。理发。共同通信社的斋藤正治来采访。乘坐六点的巴士回去。一边散步，一边送他。肥厚性鼻炎又有点发作。写脚本。

今天，受到智利地震的影响，北海道东北沿岸发生海啸，造成巨大灾害。

5月25日 星期三

晴。

洗澡。睡午觉。如往常一样。两点多，赤城来访。出门散步。在千代田山庄找来淫羊藿，种下。

［写］脚本。

三叶海棠花开得正盛。不时传来要求岸首相下台的呼声。

5月26日 星期四

晴。

厌倦了山里的生活。应激励自己赶紧完成脚本［的写作工作］。下午，玲子来。吃牛肉火锅、煮咖喱、饺子。吃得很饱。听广播。［与］巨人［队］比赛，中日［队］获胜。

5月27日 星期五

阴。大船板桥打来电话，说因宣传的事情，《每日［新闻］》的记者要来。拒绝了。散步。与玲子一同从泽村家走到万叶堂。脚本写作有进展。

晚上，吃干咖喱、蛤蜊汤。

让村上送来剪刀。

大山 3 胜 1 负。

5月28日 星期六

雨。

让玲子帮忙誊写脚本。脚本［的场景］从公司的顶层露台转到榛名湖。

晚上，未能安眠。整夜都能听见布谷鸟的叫声。文春寄来《秋日和》的试印本。

MEMO

〈相扑夏季赛 东京赛场〉

冠军 14 胜 1 负　若三杉

特殊功勋奖	○ 14	● 1	若三杉〈1〉
敢斗奖	○ 11	● 4	大鹏〈2〉
技能奖	○ 10	● 5	柏户〈3〉
雷电奖	○ 14	● 1	若三杉

5月29日 星期日

雨。

［满眼］新绿的周六、周日，下雨。脚本渐渐看到了完成的曙光。从大船寄来快件，收到《报知新闻》二十六号报道的道歉信。很罕见。与野田的意见相左，今天［的脚本写作工作］没有进展。早早睡觉。读《［会津］八一歌集》。

5月30日 星期一

晴。

雨停了。新绿如洗过的一般。

下午五点十分，笠智众夫妇来。带来条鱼和鲈鱼。做成菜。聚餐。十点前，夫妇俩回山庄。

给北镰仓打电话，说推迟回去的时间。利市来。

脚本开始写伊香保住处的场景。

5月31日 星期二

阴。

吃汤川的秋刀鱼。给佐田打电话。昨晚，益子前往京都，没在家。

脚本完成了伊香保住处、湖畔、结婚典礼等部分。渐渐放下心来。

6月1日 星期三

晴。

中午，与笠夫妇、野田夫妇、玲子登上梅崎家的陡坡，从一本樱走到普通露营地后，回来。喝啤酒。

脚本进展顺利。

岛立的老婆婆带着鸡来。炸鸡块很好吃。

6月2日 星期四

雨。

洗澡。吃完早饭后，写脚本。中午过后，脚本脱稿。二百八十页。

晚上，叫上笠夫妇聚餐。北川晚些时候来。据说途中车子发生故障。京都的一力打来电话。里见、吉井、佐田夫妇、达子前往。

6月3日 星期五

晴。十二点，雇了两辆车，前往茅野。

火车上的人也不多，四点半抵达新宿。

在车站与笠夫人分别，与高松、玲子、野田夫妇、笠、北川、山内前往蓬莱屋。买煮豆子。走过仲道，从东京站回家。

九点，回到久别的北镰仓的家里。

6月4日 星期六

阴。

洗澡。吃鲣鱼刺身。好久没有吃了，很香。睡午觉。在电视上看早庆第一场比赛。3 : 2。庆〔应大学〕获胜。入夜后，下雨。电闪雷鸣。给野田送去利市〔做〕的年糕。

今天，罢工。

6月5日 星期日

阴转晴。

洗澡。登贵来。一块儿吃饭。鲣鱼刺身很好吃。福留和子来。送走她后，去书店。散步至明月院的谷户。回家。

早庆第二场比赛。与昨天一样，2∶3，庆〔应大学〕获胜。晚上，在电视上看棒球〔比赛〕。

6月6日
星期一

晴。

洗澡。睡午觉。细谷厂长、山内来。岩本水泵屋的人来。在Yanoya集合后，去看《母亲 妻子 女儿》。后，前往弁天寿司。与泽村勉见面。同道。回来后，吃茶泡饭。

筈见三周年忌日的聚会，但我没有出席。

6月7日
星期二

晴。

洗澡。National的店员〈泉大助〉等五人来，拍电冰箱的宣传照片。送给我搅拌器。傍晚，安斋来。谈出入口的事。晚上，在电视上看棒球〔比赛〕。

无所事事，休息。

6月8日
星期三

晴。

洗澡。睡午觉。如往常一样。中午，佐田夫妇、贵惠子来。说，佐田回到东京。

北川带来古径、靫彦的装裱在画框里的画来。静夫来。后，去弁天。

《秋日和》复印件出来了。

6月9日
星期四

去东京。看寺木牙医。与里见先生前往佐田家。静夫、北川同行。佐渡仙宅在。前往神田天政。后，去Osome、长谷川。天正老板同行。〔喝得〕酩酊大醉。坐铃木的车，回到镰仓。

6月10日
星期五

整天在家。宿醉。

6月11日
星期六

洗澡。

去东京。参加导演协会理事会。

后，吐梦、龙泽、中村登、Ton平、三村来，岸随后赶来。中村回去。去乌森的Bubuya。末班车都没有了。坐铃木的车回镰仓。

整天喝酒，不吃饭。头疼。

MEMO

Takeda的维生素定价一千七百日元，但Kiku药局的只要一千三百日元，而Daruma药局卖一千日元。究竟成本价是怎样的呢？药价翻九倍。良药苦口。从前的谚语、俚语真有道理。

6月12日 星期日

阴。

宿醉。早上，前往小仓家，谈房地产的事。在新桥车站与《报知新闻》的记者见面。后，与北川去贵多川。与桥本明治夫妇前往白木屋观看英国展。见到柳桥逢春。送走北川后，坐铃木的车回家。顺便去了趟横滨的北京饭店。

6月13日 星期一

晴。

洗澡。根岸幸子〈泉田幸子〉来。去厂里。与演职人员见面。去东京。六点半，在新桥车站与吉田、井阪见面，去二见家吃长崎料理。后，去Bubuya。一人回家。坐过了站，坐到藤泽了。坐车回家。一点。

6月14日 星期二

阴。

洗澡。岸惠子打来电话。中午，久保寺、若尾文子、中村信也、村野、团步来。

去长谷华正楼。通济老来。后，去常盘山。然后，回家。

6月15日 星期三

阴。

去东京。演职人员在新桥的阿尔蒙特集合，乘坐两辆车，去看寺院。从谷中到向岛。去看野田的高尔夫球场。见到信三、都边。回来后，前往上野蓬莱屋。坐地铁到新桥。然后与青松回来。

6月16日 星期四

雨。好像要入梅了。

一点，去厂里。与新厂长白井昌夫谈话。后，参加导演会。去了趟美食后，回家。市川去箱根了。小川来。早早上床睡觉。

6月17日 星期五

晴。

前往横滨采外景。没有中意的地方。在海员阁吃饭后，大家散去。后，前往马斯科特。岸惠子随后到来。盛会。

6月18日 星期六

在东京采外景。从品川东禅寺转了转，看了看寺院，在宫城前遇到游行队伍。车被挡住了。

在伊势喜吃晚饭。去晴海后，大家散去。回家。

6月19日 星期日

阴。雨。

晚起。下午三点，乘车赶往鹤卷温泉的光鹤园。因为导演协会在那里开会。大多数人出席。起草安保声明〔书〕等。叫车回家。已是拂晓四点了。

6月20日 星期一

傍晚，在赤坂长谷川举行宴会。参加宴会的人有：里见先生、川口松太郎、三益、浩夫妇、浩的弟弟、池部夫妇、佐田夫妇、岸、久我、有马、岸田、清水、北川、山内。

坐末班车回家。

6月21日 星期二

乘坐一点从上野出发的火车，去采外景。在涩川下车。然后，坐汽车前往伊香保，住在岸权旅馆。房间在主馆的三层。

6月22日 星期三

雨。

上午，起雾之后，下起小雨来。中午，雇车前往榛名湖。

回来后，搬到别馆的鹤之间，住第二个晚上。

一整夜，耳朵里传来布谷鸟的鸣叫声。

6月23日 星期四

阴。

从伊香保前往涩川，坐内燃机车前往长野原。从这里坐汽车前往草津。午饭，吃咖喱饭。乘坐缆车登上白根山〈海拔约两千米〉。乘车去三原，经过鬼押出，住在千之泷观翠楼。吃牛肉火锅。

杜鹃、水鸡、布谷鸟啼鸣。

6月24日 星期五

阴。

雇车，看了别墅地。一点二十三分从中轻井泽回东京。坐的是准快车。前往蓬莱屋，吃炸猪排后，大家散去。

前往银座陶哉。北川来。与山内、青松去了趟 Espoir 后，回镰仓。

6月25日 星期六

没有工作，休息。一点，与母亲、登贵乘坐出租车前往热海的古屋。共有十二人。

晚上，出门散步。去寿司忠、诸后，回来。

一行人是：母亲、新一、安二郎、登贵、登久、信三、平兵卫、浜子、和子、亚记（纪）子、祐子、秀行。

6月26日
星期日

前往重箱。乘车与母亲、哥哥、登贵、秀行在小田原购买了鱼糕等东西后，回家。第一次去了趟长谷。回家。哥哥住下。

相扑比赛名古屋赛场的比赛开始。

6月27日
星期一

与哥哥一道去东京。去了趟阿蒙特之后，去采外景。从顶楼俯瞰铁路线。去东兴园——好久没去了。大家散去之前，去 Osome。在 San 见到佐田夫妇，去 Espoir。后，池部来。

错过了末班车。住在佐田家。

6月28日
星期二

阴。热。

给阿蒙特打电话，让大家都来佐田家。在久之原、南平台、神田采外景。前往伊势喜。后，佐田夫妇、须贺来。与青松从东京站回来。

31 度，今天最高的气温。

6月29日
星期三

去东京。在丸之内的大厦的顶层，来回转着看。去稳田、高树町。去参拜了一下贞二的墓地。喝札幌啤酒后，大家散去。

六点半，与东宝的藤本真澄在阿拉斯加碰头，后去 Espoir。与水木洋子会合后，前往 Bubuya。与山口久吉乘车回来。

6月30日
星期四

阴。

三点多去厂里。开碰头会。在美食喝啤酒。早早地坐京浜线［的电车］回家。

在会计岩崎那里拿到去年拍《浮草》的钱。

越来越热了。

7月1日
星期五

阴。

整天在家。睡午觉。在电视上看相扑［比赛］。若乃花输给士锦。第六天获全胜的是朝汐和北叶二人。

傍晚，日［本］大［学学］生熊谷来访。

7月2日
星期六

雨。

下午去厂里。演员新人面试。

设计。田口家。与厚田、山内、清水乘车前往横滨，去马斯科特。

冈田 Mari（茉莉）子来。去 Blue Sky。见到大映的村井。乘车回家。

付费给 Osome、Espoir。

7月3日 星期日

整天在家。佐田夫妇、贵惠子来过中元节。

在电视上看相扑、棒球比赛等。

朝汐输给北叶山。失去全胜〔的机会〕。

7月4日 星期一

雨。

十一点，去厂里。开完制作会议后，演员面试。在美食喝啤酒后，回家。

早早上床睡觉。

7月5日 星期二

雨。

下午，去厂里。设计酒吧的场景。去理发。大雨。雷鸣电闪。在美食喝啤酒。车总不来。回家后，洗澡。小酌。〔看〕电视。

名古屋相扑比赛第十天。只输了一场的有若和朝。

见到北、三上。给为井寄钱。

7月6日 星期三

阴。有时晴。

十点半在阿蒙特集合。乘车前往野田。看梅乡、川间。由吉成做向导。在吾妻桥的台球馆，大家散去。从东京站早早回家。吉成参加班会，去东京。洗澡。小酌。看电视。朝汐输给北之洋。

7月7日 星期四

去厂里。调配衣裳。佐分利、三上、田代百合子、佐田他们来。司叶子说晚点到。断然回家。洗澡。小酌。睡觉。

朝汐输给柏户，已经3负。好像脚气病犯了，脚有点肿。

7月8日 星期五

阴。

调配衣裳。后，去东京。在新桥演舞场观看新喜剧。与佐田夫妇在〈Okame〉吃天妇罗。后，去〈Osome〉。与山口久吉、横山隆一去六本木的〈香妓（妃）园〉。见到川口浩夫妇。

乘车回家。三点多了。

7月9日 星期六

晴。

去厂里。两点半，原节子来。试妆。后，去浦野看衣裳。与原、荣、厚田、山内、富二去华正楼。

MEMO

喝酒三合，出汗五合，暑气逼人。

7月10日 星期日

晴。

中午，友野桶屋因房地产的事来。一同前往小仓家。北川和绿来。山内夫妇来。

7月11日 星期一

天气十分晴朗。

突然晴了起来，非常热。去厂里。试放《彼岸花》。田口家布景装饰。后，对台词。乘车去镰仓，在鸟居屋购物。回来后，思考分镜头剧本。

7月12日 星期二

去厂里。开拍。摄影第一天。田口的家。

野田夫妇来。［拍了］七个镜头。按时完成。回来后旅行者。小酌。没有打起精神。给零分。

见到月森。

［今天是］长井大厦落成的日子。

7月13日 星期三

去厂里。田口的家。按时拍了十六个镜头。田代百代（合）子出场。

依然，打零分。按时结束后，回家。洗澡。小酌。脚气病犯了似的，全身没有劲儿。

7月14日 星期四

晴。

田口的家。第三天。中村、三宅。

［拍了］二十一个镜头。三点前结束。与野田、佐田、山内去东京。［今天是］里见先生的生日。San →帝国宾馆→ Osome →源。回到镰仓，在车站前的权五郎家吃荞麦面。

7月15日 星期五

晴。自民［党］总裁池田、岸受伤。

田口的家。第四天。中午前结束。

下午，对台词、装饰。乘车去横滨，在信浓屋购买演戏用的帽子。去海员阁。厚田、田代、富二、山内。

乘车回家。很累。

与吉泽、高顺、村上去美食。

7月16日
星期六

晴。
酒馆〈露娜〉。布景。第一天。
佐分利和中村。〔拍了〕二十七个镜头。
早早回家。洗澡。看电视。看巨人〔队〕〔和〕大洋〔队的比赛〕。
野田被汽车的门夹了手，受伤。
MEMO
〈相扑比赛名古屋总赛场〉
冠军 13胜1负　若乃花
特殊功勋奖
技能奖　（11胜4负　柏户）
敢斗奖　12胜3负　若风

7月17日
星期日

阴。
下午，村上带着干洗好的大衣来。待了一会儿，便回去了。
出门散步。去了趟香风园。
最近几天，町内举行祭礼。

7月18日
星期一

晴。
酒馆〈露娜〉。第二天。拍摄完成。
按时结束。回家。原研吉来。共进晚餐。思考分镜头剧本后，早早睡觉。

7月19日
星期二

晴。
高尔夫俱乐部。布景。第一天。
佐分利、中村、北。非常炎热。
按时结束。回家。洗澡。看电视。
池田总裁组建内阁。

7月20日
星期三

晴。
热。高尔夫俱乐部。第二天。中午前完成拍摄。〔拍了〕十个镜头。
大映久保寺、芭蕉园夫人来。来了趟家里后，去镰仓车站。与宫川、下河原去华正楼。后开车兜风至江之岛附近。回家。

7月21日
星期四

十一点，去厂里。为文学座的森（南）美江调配衣裳。三上、北对台词。平山〔家〕的布景装饰。

早早回家。洗澡。

7月22日 星期五
晴。
平山家布景。第一天。北与三上。布景。很热。
早早回家。登久从野田处来。

7月23日 星期六
晴。
平山家。布景。第二天。六点前完成。
后在长谷华正楼见到司叶子。厚田、山内、田代、宫二在座。后，去弁天。让司〔叶子〕的车将我送到北镰仓。
和子从野田家来。登贵来。和子前往野田家。说是要去蓼科。

7月24日 星期日
晴。晚起。中午过后，登久、和子回去。
整天睡觉。
晚上，在电视上看棒球〔比赛〕。D8 - G1。

7月25日 星期一
晴。晚上，小雨。
去厂里。原、南、十朱对台词。
后，看样片。然后装饰桑田服装学院。
晚上，在电视上看在川崎举行的全明星〔棒球〕比赛。P3 - C1。
夜里，下起雨来。

7月26日 星期二
晴。
服装学院。布景。第一天。
完成了教室和走廊的拍摄工作。
回来后，看电视。全明星比赛第二天。〔在〕后乐园〔举行〕。C5 - P4。

7月27日 星期三
晴。
服装学院。布景。第二天。
野田夫妇来厂里。看样片后，回去。

7月28日 星期四
晴。
服装学院。第三天。中午过后，完成拍摄工作。

7月29日 星期五
雨。

好久没有下雨了。看样片。

司〔叶子〕的出演引起东宝和松竹之间的纠纷。

见到白井厂长。

乘车去东京。富二、小尾同车。在阿拉斯加见到藤本。司、佐田夫妇、贵惠子来。去了趟 Espoir、Osome。住在田园调布。

7月30日 星期六

从佐田家乘车去大船。对寺院部分的台词。寺院的装饰。北川来。一同回去。一块吃饭。

吉田制片人打来电话。

司的事情越发复杂。

7月31日 星期日

整天在家。

小仓家的小老板因越路吹雪的事来访。

睡午觉。

8月1日 星期一

寺院的布景已经做好，但司的问题还看不到解决的影子。只拍了两个镜头便不拍了。

8月2日 星期二

司的问题错综复杂，束手无策。

看样片。

8月3日 星期三

晴。

整天在家。四点，厚田、山内、及川、田代、小出、富二来，随后，司、吉田、附添来。

闲聊。商量衣裳的事情。后，司去下田拍外景。十点多，大家散去。

8月4日 星期四

晴。

整天在家。在电视上看棒球〔比赛〕等。

傍晚，北川来。共进晚餐。

凉风起。关于司的问题，松竹和东宝之间双方各有让步，得到解决。藤本打来电话说。

〔今天是〕野田和子前往蓼科的日子。

8月5日 星期五

晴。

去厂里。原、佐分利对台词。装饰鳗鱼店。北川来。协会柿田来。

北川今晚去大阪。

8月6日 星期六

晴。

鳗鱼店。竹川。布景。第一天。佐分利与原。按时完成七个镜头[的拍摄]。

回来后，洗澡。[看] 电视。

早上，月森来，定好去东宝的薪金等。

[今天是] 广岛原子弹爆炸十五周年纪念日。

8月7日 星期日

晴。

给蓼科的野田打电话。

睡午觉。洗澡。立秋。升起狂欢节的焰火。

看电视。早早上床睡觉。

战后去海滨人数最多的一次。都市对抗赛，熊谷组对松下电器，3比2，熊谷组获胜。

8月8日 星期一

晴。

竹川。布景。第二天。司第一次来松竹。中午过后，司来。调配衣裳。对台词。

出去散步。去了樾香风园。

吃完三明治后，一颗门牙松动了。

8月9日 星期二

晴。

竹川。布景。第三天。

司第一次出场。与佐分利的对手戏，拍了十个镜头。六点结束。

8月10日 星期三

忽雨忽晴。

竹川。布景。第四天。司与佐分利。二十七个镜头。三点多，完成拍摄。

北川来。商量设计。与厚田、田代、北川、富二乘车前往横滨，去 Nakaya。海员阁休业。在其他地方吃晚饭。一人乘车回家。

8月11日 星期四

忽雨忽晴。

台风的余波。

炸猪排店的布景。上野蓬莱屋老板带着炸猪排来。原与司。司的表演稍微不到位。对台词。

早早回家。

登贵与友野因合同的事，替我前往藤泽处。

8月12日
星期五

去厂里。对饭店的台词。后，装饰。从冈村多闻堂借来梅原、青邨等人的十二幅作品。〔还为这些作品〕加入了保险。

回家后，思考分镜头剧本。

8月13日
星期六

气候不稳定。

因十二号台风的缘故，天气多变。

饭馆。布景。第一天。佐分利、中村、北。

在壁龛里挂上梅原的《浅见山》。过了预定的时间〔才结束〕。回福井时，顺便去了趟北川家。

今年第一次吃秋刀鱼。

MEMO

十号，泷村和男去世。十三号，大岛得郎去世。最近，离世的朋友较多。自身要多保重吧。

8月14日
星期日

雨。

各地下起暴雨。天气变得很凉。关起玻璃窗，睡午觉。〔今天是〕镰仓狂欢节游行的日子。

早晚洗澡。看完电视后，思考分镜头剧本。雨下了一整夜。

静冈县藤枝发大水。

8月15日
星期一

晴。

雨停了。秋意浓。第十五个战争结束纪念日。

饭馆的布景。原、司、佐分利、伸郎、北。

中村的服装搞错了，有点狼狈。北川来。壁龛里挂上梅原的《蔷薇》。蓬春的《茶花》。司住在江之岛宾馆。

早早回家。洗澡。

8月16日
星期二

晴。

饭馆。布景。在预定时间前结束。

昨天、今天变得凉爽起来。早早回家。看电视等之后，思考分镜头剧本。

8月17日 星期三

晴。后，雨。

饭馆。布景。第四天。佐分利、中村、北、高桥。中午，下起雨来。

回家。洗澡。看到电视等。思考分镜头剧本。

8月18日 星期四

晴。

拍佐分利、中村的特写。从中午起，开始拍饭馆走廊。

饭馆部分全部完成。山本武来。

北川来。

8月19日 星期五

雨。

十点，去厂里。拍宣传剧照。

原、司、冈田。梅原的《蔷薇》挂在壁龛里。

北川来。对公司事务所的台词。后，重拍饭馆、北的镜头。

早早回家。看电视上的“那是我”〔的节目〕。很有意思。

8月20日 星期六

雨。公司接待室布景。第一天。佐分利、中村、北。冈田茉莉子第一次出场。

听说第十四号台风傍晚从房总半岛登陆。四点半结束工作，早早回家。

听说秀行推迟去蓼科。

8月21日 星期日

天气十分晴朗。

台风过去，天气好了起来。暑热也回来了。

听说秀行昨天晚上去蓼科了。

知了鸣叫。夏季的高中棒球赛。法政二高对静冈高，3：0。法〔政〕二〔高〕获得冠军。晚上，给蓼科打电话。

8月22日 星期一

阴。

接待室。第二天。佐分利、北、中村、茉莉子。在预定时间之前拍了三十五个镜头。〔这是〕最近的〔拍摄〕记录。

回家。洗澡。小酌。看电视上的“我的秘密”〔节目〕。坪内出场。

8月23日 星期二

阴。

接待室。第三天。三个镜头。中午前完成。中午，看样片。对寿司店的台词。

早早回家。洗澡。小酌。

8月24日
星期三

阴。

一点，去厂里。看样片。后，对寿司店的台词。装饰寿司店。与演职人员去镰仓的弁天寿司店参观。

回家。洗澡。吃茶泡饭。上床睡觉。长谷时来。

8月25日
星期四

阴。

天变热了。寿司店布景。第一天。冈田、司、樱、通济、法一。去弁天寿司店。通济老怎么也做不好。一直弄到快七点了。

茉莉子的妈妈来布景现场。茉莉子的妈妈来画速写。带来点心等。山口蓬春的《飞天》。

8月26日
星期五

晴。

热。汗湿透了衬衣。寿司店。第二天。二十七个镜头。茉莉子要去试映。提前结束。北川按时来。归还多闻堂的画作。

早早回家。洗澡。小酌。早早上床睡觉。

8月27日
星期六

晴。

热得难受。寿司店。第三天。佐分利、中村、北、樱、茉莉子、二十二个镜头。按时结束。布景拍摄完毕。须贺来。

回家。洗澡。小酌。看电视上的棒球〔比赛转播〕。G6 - W1。

样片。看接待室〔的样片〕。

MEMO

秋老虎还很厉害。据说美国空前的大丰收。农林省预计的收获量是一二九一万吨。

8月28日
星期日

晴。

还很热。晚起。洗澡。浅酌。早晚都喝。睡午觉。真舒服。醒来后，思考分镜头剧本。

秀行、平林来。共进晚餐。看电视。睡觉。

W5 - G0。巨人〔队〕对大洋〔队〕六场比赛，1胜1负。

8月29日
星期一

雨。后，晴。

天气的模样给人台风即将来临的感觉。云来云往。

寺院的布景。第一天。

中午，里见先生、大佛先生、山口久吉来。按时完成。热得难受。

叶子住在和光。裁判判定摩尔赢高山。第十六号台风没有登陆。

8月30日
星期二

晴。雨。

云流动得很快。雨。云散，日出。

寺院的后院。布景。第二天。

按时完成。富二去后乐园。

回家后，看电视。G0 - W1。一场精彩的比赛。

8月31日
星期三

晴。

第十八号台风恰好没有登陆。

寺院的后院。布景。第三天。早早地结束［拍摄］。转而做给本堂打灯光的工作。

看寿司店的样片。很热。

回家。洗澡。看电视里的棒球［比赛］。G2 - W0 时，下起雨来，［比赛］中止。

9月1日
星期四

阴。后，雨。

寺院本堂。布景。僧人来。预定时间前完成。

大谷社长来。看样片。

［关东大地震］震灾［过去已是］第三十七个年头了。岁月匆匆。

入夜后，下起暴雨。雷鸣。G : W 的比赛又因下雨而中止。奥运会 400 米［游泳比赛］山中跃升至第二。第一位是罗斯。

9月2日
星期五

晴。

在横滨山手拍外景。服装学院的正门。在德式面包店吃午饭。前往明治神宫参道。然后在高岛屋调配衣裳。冈田去 Hachi 卷。

前往田园调布的佐田家。给贵惠子泡泡糖。回来。

9月3日
星期六

阴。

中午，去厂里。原、司对公寓的台词。看公寓的布景。

后，被邀请至扇谷里见家参加 Garden Party。原、司、冈田、佐田、佐分利、中村以及职员［参加］。大佛来。

MEMO

奥运会令人瞩目的 1500 米游泳，山中第四个到达终点。第一是康拉兹。17 分 19 秒 6。第二是罗斯。第三是普林。

山中的成绩是17分34秒7。

9月4日 星期日

晴。

非常热。什么也不做,浑身是汗。跟〔关东大地震〕震灾那一年很像。

洗澡。浅酌。睡午觉。晚上,在电视上看棒球〔比赛〕。G对D。2∶1。

来到走廊上,看月亮。耳朵里不断传来虫鸣声。

9月5日 星期一

晴。后,雨。

公寓。第一天。原与司。

中午,东宝的藤本真澄来。下起雨来。按时结束。回家一趟。与藤本、山内、原、司去华正楼。回家时,顺便去了趟弁天寿司〔店〕。

9月6日 星期二

晴。

公寓。第二天。酒劲还有点。按时结束。北川带着画来。蓼科的桌子拿来了。早早回家。洗澡。在电视上看棒球〔比赛〕。

9月7日 星期三

雨。

公寓。第三天。原与司。

按时结束。天气变凉快了些。

与月森去番匠那里。听说两三天前,他从银座酒吧的楼梯上摔了下来,受了伤。自我警告:不要喝醉了。"男人从楼梯上摔落时"是不会成为喜剧的。

9月8日 星期四

阴。

公寓。第四天。原与司。中午前结束。午饭,吃站台盒饭。中午,原、司、茉莉子对台词。司要去东宝后期录音,提前结束。

书写旅馆的招牌等。早早回家。睡午觉。洗澡。小酌。中条的女儿来。但已是摄影结束后了。拿到这个月的钱。

9月9日 星期五

雨。后,停了。

公寓。第五天。原与司。中条幸子来参观。柴田拿着衬衣来。中午过后,雨停了。按时结束工作。看第一个旅馆的布景。雨彻底停了。晚霞出来。〔令人想起〕梅原的《北京秋天的天空》。

回家。洗澡。

9月10日 星期六

晴。

公寓。第六天。原与司的戏。按时结束。没有打起精神来。虽说是周六，但还是雇车，早早地回家。洗澡。小酌。接到杉村春子的致谢信。早早上床睡觉。

MEMO

半夜，醒来，读剧本。满眼都是描绘粗恶之处，越发感觉到事业之难成。这是生来懒惰之报应吗？还是事业之难成的懒惰呢？不应该忘记初心吧。

9月11日 星期日

阴。

休息。晚起。洗澡。喝酒。午觉。变成了〔小原〕庄助*。

相扑比赛秋季赛。第一天。三大关一输给了横纲。晚上又喝酒。洗澡。思考分镜头剧本。柏户新大关输给了若秩父。

9月12日 星期一

阴。

去厂里。公寓。第七天。上午，原与司。下午，原与冈田。

下起雨来。佐田送给我枥锦的和服外衣。下起雨来。奥运会〈罗马〉结束。

9月13日 星期二

阴。公寓。第八天。上午，原、司、冈田。下午，同样。下起小雨来。做样片。

早早地上床睡觉。十二点醒来，直到三点都没有安睡。思考分镜头剧本。

9月14日 星期三

阴。后，晴。

公寓。第九天。最后一场戏。原与冈田。状态不佳，进展不顺。

午休后，KR的录音。按时结束。

腰疼。早早回家。上床睡觉。

9月15日 星期四

晴。

公寓。第十天。原与冈田。完成最后桥段的拍摄工作。走廊的部分也拍摄完成。按时完成。

然后，与笠、原、司、对旅馆的台词。

将主馆二楼原脚本部的房间作为演职人员的房间来使用。

* 小原庄助是日本民谣《会津磐梯山》中的人物。这是一个虚构的人物，他早上睡懒觉、喝酒、洗澡，最终将家财耗尽。

9月16日
星期五

晴。

布景。伊香保的旅馆。第一天。

原、司、笠。灯光很麻烦。四点多，山口蓬春、东山魁夷、桥本明治、高山辰雄、冈村多闻堂、北川以及他们的夫人来。

做样片。后，前往长谷华正楼。交谈甚欢。十点半，回家。洗澡。思考分镜头剧本。

9月17日
星期六

伊香保的旅馆。第二天。

川喜田（多）樫子、冈田真吉、野口久井、唐纳德·金来访。一起吃午饭。

回家。洗澡。小酌。看电视等。

MEMO

今年特别地热。如果是往年的话，九月六号、七号〔已是〕凉风〔习习〕，站着工作也很轻松。到了十六、十七号才出现汗湿透衬衣的情况。与〔关东大地震〕震灾之年的秋老虎的日子十分相像，难以忍受。

9月18日
星期日

忽雨，忽阴。

凉爽，睡得香。十二点起床。一点吃早饭。然后，又睡午觉。在电视上看第八天〔的比赛〕。获得全胜的有两人：若乃花和大鹏。入夜后，又开始闷热起来。

9月19日
星期一

有时晴。

布景。伊香保的旅馆。第三天。司的回切镜头。走廊拍摄完毕。赤坂长谷川的老板娘北川来。给我带来寿司。

相扑比赛。若输给了出羽锦，大鹏输给了柏户。〔至此〕没有获全胜〔的人了〕。

9月20日
星期二

阴。小雨。

秋分前后。早上，晴。不久天就阴了下来。

中午，去厂里。因小道具的问题，两点过后，〔才开始拍〕布景。进入拍摄公司的部分。佐分利、北、岩下志麻。只拍了三个镜头，便不拍了。下起小雨来。

9月21日
星期三

公司。董事室布景。第二天。

灯光布置很是不顺。

斋藤高顺来。稍微商量了会儿音乐的事。
大鹏输给了朝汐。
山下平兵卫前往美国。其送行会在东条会馆举行。发去贺电。

9月22日 星期四

公司董事室。第三天。拍得非常顺利。后，司、佐田、佐分利对台词。把一部分内容连接起来，做成样片。回家。见到登贵。她正要回去。
山下平兵卫从羽田出发，前往美国。同一天，皇太子夫妇前往美国。

9月23日 星期五

晴。有时阴。
今日秋分。去厂里。公司董事室。第四天。胶片放在经理的保险箱里，晚了两小时左右才送来。四点结束。
柏户赢了朝汐。
今天，佐田第一次在《秋日和》中出场。

9月24日 星期六

晴。
秋高气爽。拍公司走廊的镜头。四点左右结束。把赌注压在G和T上，输给了司五千日元。高顺来。口哨的音乐用村上的手风琴录音。
若乃花赢了柏户，第十次获冠军。

9月25日 星期日

晴。阴。小雨。
晚起。洗澡。今天早上笠从京都回来，给我带来松口蘑。早上，喝酒。好喝。
通济夫人将前些日子的和服带来了。听说厚子因盲肠炎住院，今天出院。
相扑千秋乐。若乃花输给了朝汐。
今天，第一次没有流汗。

9月26日 星期一

晴
公司。布景。第六天。中午，今日出海、山口久吉来厂里。
布景拍摄完成。一道乘车前往横滨。去马斯科特。后，去了趟今家、里见家，暂时回了趟家。送给司饼干。

9月27日 星期二

阴。
结婚典礼。拍照片处的布景。
有点宿醉的感觉。不顺。六点半结束。

回家，看 W 对 G 的比赛。2 : 1。W 获胜。由此，大洋〔队〕的冠军几乎已成定局。

9月28日 星期三

榛名山湖畔亭的布景。下起雨来。

原节子的出演就此结束。样片。公司。与原、司在〈钵之木〉聚餐。

9月29日 星期四

晴。

十点半，车来，与山内出发去拍外景。在东京厚生馆拉上厚田，从涩谷来到板桥户田，在大宫吃午饭。五点，抵达轻井泽千之泷观翠楼。与冈田、司千之会面。给蓼科的野田高梧打电话。

9月30日 星期五

天气十分晴朗。

拍外景。以小浅间〔山〕为背景，拍了四个镜头。中午前结束。回到住处。野田夫妇乘车从蓼科来。傍晚，借着山中小屋的灯光，一起吃牛肉火锅。野田夫妇回去。说到职业相扑赛的话题等，余兴不减，畅怀大笑。

10月1日 星期六

晴。

十二点，离开千之泷的住处，乘坐司的车，一同回来。厚田、山内、清水、司、日奈去了趟神田天政。去了趟台所町新开花。还去了趟 Espoir、Bubuya。后，住在厚生馆。在天政遇见大映的土井、田中重雄。

MEMO

〈相扑比赛秋季赛 东京赛场〉

冠军 13 胜 2 负若乃花

特殊功勋奖	○ 9	● 6	小城之花
敢斗奖	○ 11	● 4	北叶山
技能奖	○ 12	● 3	大鹏

10月2日 星期日

阴。有时雨。

白木屋前的小巷因高楼林立，阳光照射不进来。做布景。

从中洲三田的客厅里拍清洲桥。

给渡边文雄的结婚典礼发去贺电。从结婚典礼上回来的佐田、须贺、北川来，在厚生馆喝酒。

10月3日 星期一

阴。有时晴。

出发去拍外景。拍品川东禅寺的院内。然后，采学校的外景，但没有找到好地方。决定在芝山内拍。去了趟日比谷的布尔德克。在厚生馆睡了一个小时左右的午觉之后，与山内乘车回来。洗澡。很累。

10月4日 星期二

阴。有时晴。

中午，去厂里。对台词。佐田、司、佐分利、冈田、渡边。

看高尔夫球店、咖啡店的布景。看样片。

早早回家，睡了一个小时左右的午觉。洗澡。早早上床睡觉。

10月5日 星期三

晴。

布景。高尔夫球店。在预定时间前结束。做样片。

早早回家，修剪篱笆。

望［日］。中秋。

10月6日 星期四

阴。

咖啡馆。第二天。司、佐田、渡边、佐分利。

大映的沼田、金来。一块儿去钵之木。送给我雪茄、威士忌。与清水等四人前往华正楼。去了趟和光、弁天后，回家。

听说贵惠子因牛奶瓶而受伤。

10月7日 星期五

雨。

咖啡馆布景。第三天。拍了四十三个镜头。最近一段时间，拍得最多的一次。

三彩的藤本绍三、北川来。

看样片。

10月8日 星期六

阴。

十点，乘车出发。在东京拍外景。本打算在丸之内三菱商事的顶层拍一个镜头，但因阴天而中止。

在近代美术馆观看小林古径展后，在蓬莱屋吃炸猪排。前往厚生馆。村上来。藤本从东宝打来电话。去赤坂荣林。明治画师、多闻堂、北川去堇。住在东京。

10月9日 星期日

阴。

拍外景。因阴天，等到中午，在三菱顶楼的拍摄工作也没有完成。与清水、山内前往日比谷的布尔德克，吃午饭。在车里打盹，回到镰仓。睡午觉。洗澡。早早上床睡觉。大阪准总赛场开始〈四天王寺奉纳〉〔仪式〕。

10月10日
星期一

雨。

睡觉睡落枕了。布景。公司。第一天。一边装饰一边拍。中午，与叶子、日奈等美妆的女子前往钵之木。直到五点。

见到月森。〔他〕留起胡子了。早早回家。

很累。精力都没有了。

柿田来厂里。

10月11日
星期二

阴。

公司。东兴商事及其走廊。第二天。完成拍摄。

傍晚，下河原因字幕的问题来。与山内、清水前往横滨的马斯科特。乘车回来

日本联赛。第一场比赛。1 ：0。太（大）洋〔队〕战胜大每〔队〕。

10月12日
星期三

阴。

从今天起，浦野的展示会在东庆寺举行。

与清水、山内、前往川崎观看日本联赛。第二场比赛。3 ：2。太（大）洋战胜大每。前往横滨，在海员阁吃饭。去 Poppy、Nakaya。

浅沼委员长被刺杀。

10月13日
星期四

阴。

布景。寿司店的二楼。一边装饰一边拍。10 个镜头。早早结束。野田来公司。山下绢代来。

与司叶子、野田前往东庆寺浦野的展览会。

回家后，洗澡。

北川来厂里。带给我松口蘑。

东山魁夷打来电话，关于三彩的事。

10月14日
星期五

阴。

布景。寿司店二楼拍摄完成。

三点，与野田、吉泽、高顺看至今拍好的样片。

后，商量音乐。

日本联赛第三次比赛在后乐园举行。6 ∶ 5。太（大）洋〔队〕获胜。

10月15日 星期六

阴。拍外景。东京。拍顶楼时，冈田感冒了。中止。高桥绿来。前往清风庄。益子、贵惠子来。前往Hachi卷冈田。然后，去了趟司家。回家。日本联赛第四场比赛，太（大）洋〔队〕连胜。1 ∶ 0。

10月16日 星期日

整天在家。酒劲还有一点点。整天打瞌睡。

公休日，但还是去厂里。正在拍山中小屋的布景时，冈田茉莉子因嗓子发不出声来，而中止拍摄。

10月17日 星期一

阴。雨。

布景。山中小屋。用一天时间拍摄完成。

回家后，洗澡。青头菌的清汤很好喝。

甚是疲惫。工作上的事怎么都行。

10月18日 星期二

晴。

坐九点半的车从北镰仓出发。去了趟清丰庄后，与浜田商讨设计的事。前往蓬莱屋。在上野送走一行人的富二来。与山内等三人前往伊香保。六点前抵达伊香保。

住在岸权别馆。

10月19日 星期三

晴。

天气十分晴朗。去榛名湖畔拍外景。拍实景。伊香保的女学生出来。在湖畔亭吃午饭。中午之前结束。两点前，乘车离开。花了三个半小时。去了趟并木荞麦面馆。

住在厚生馆。

10月20日 星期四

阴天。小雨。

小雨。回厂。中午，拍佐田、司的拉面店。过了预定时间，完成拍摄工作。

回家。洗澡。小酌。

精力完全丧失。

10月21日 星期五

晴。

早上，乘车去东京。顶楼。幸好天气很好，完成了一场戏的拍摄工作。与司前往冈田家。

回到厚生馆。三宅、泽村、美雪对台词。

后，与泽村、三宅等职员前往伊势源。

住在厚生馆。

10月22日 星期六

晴。

顶楼。拍摄工作全部完成。与山内、清水、浜田、厚田前往 Hachi 卷冈田。后，与山内、清水去 Espoir。北川来。后，去赤坂堇。渡边夫妇、东宝的藤本、中村、加代子来。后，去六本木香妃园。司来。乘车回家。

MEMO

▲猴子也有从树上掉下来的时候 *。尽管从树上掉下来，但这并没有使猴子名声扫地。

猴子仍然是猴子的话，那就很伟大——

10月23日 星期日

整天在家。休养。

美国巨人〔队〕与日本全明星〔队〕比赛，1 ∶ 0。日本全明星〔队〕获胜。

大阪准总赛场。北叶山获冠军。11 胜 1 负。

10月24日 星期一

晴。

布景。酒馆〈露娜〉〔所在〕的小巷。两个镜头。重新拍寿司店。

非常疲惫。

10月25日 星期二

间宫的布景。第一天。

佐分利、三宅、美雪、雅坊。

10月26日 星期三

间宫的布景。因三宅有事，直到中午，这部分的桥段没能够拍完。

中午，走廊的场景。一个镜头。

野田来。看至今拍摄的样片。没有意思。

天气变得很冷了。

10月27日 星期四

暴风雨的样子。后，晴。

间宫的布景。第三天。二十九个镜头。按时完成。精力已经用光。有人开玩笑说，好不容易状态出来了，却

* 日本谚语，“智者一千虑必有一失”之意。

拍完了。北川来。回家后，早早上床睡觉。村上眼镜店把眼镜送来。

半夜醒来，难以入睡。

10月28日 星期五

晴。

竹川的小巷。炸猪排店若松的小巷。顶楼的后期录音。司叶子〔的戏〕全部拍完了。

晚上，伊香保的住处。草包袋店门口。

天气变冷了。完成的部分并不令人满意。寒气更加袭人。

10月29日 星期六

阴。

九点前去厂里。伊香保旅馆门口早上的情景不拍了。拍寿司店的门口。中午，看样片。

镰仓笔会的朋友来看《波之塔》。傍晚，看了间宫家的样片后，回家。洗澡。小酌。

野田获紫绶褒章。

MEMO

数今年吃松口蘑吃得最多。都是许多人送给我的。最早送我的是笠。然后是须贺、佐田、田中春男、和泉了一、北川、岩下志麻、番匠。说是要送给我，但又没有送到的是Bubuya、高松繁子。

10月30日 星期日

虽然是公休日，但还是去厂里。爱克发的当麻来。野田来。看所有样片。但高尔夫球场的实景镜头除外。后，与吉泽、高顺商量音乐。

乘车前往野田高尔夫球场，拍外景。去了趟并木荞麦面馆。听说山平今晚抵达羽田〔机场〕。住在富士山。

10月31日 星期一

雨。后，晴。

因下雨，拍摄中止。雨停了。

吉成来。笠、浜田去梅乡打高尔夫球。

睡午觉。傍晚，去总店。吉成来。听他讲美国的事情。拍8毫米电影。演职人员乘坐巴士前往田尻的真冈。

山Fuji。住第二个晚上。

11月1日 星期二

晴。八点半出发。野田高尔夫球场。阳光不强。终于接近杀青了。笠、浜田、信三打高尔夫球。乘车回来。

回到大船。四点，看全部样片。与厂长、月森看。

回家。洗澡。小酌。疲惫。

十三夜。司、藤本前往香港。

11月2日 星期三

雨。整天下个不停。

去厂里。看高尔夫球场的样片。协会的柿田来。桑野的后期录音。后，试听音乐。去了趟美食。

回家。洗澡。小酌。早早睡觉。

昨天天暂时晴了一会儿，真是万幸。

11月3日 星期四

天气十分晴朗。

文化节。去厂里。音乐录音。第一天。

下午，高桥贞二一周年忌日［纪念会］，没有出席。益子参加完纪念会，来探班。带来京都的青花鱼寿司、大德寺荞麦面。

在美食小酌。稍微做了点混音。

11月4日 星期五

音乐录音。第二天。演奏者没有到齐。真感悲凉。

从三桥堂叫〈大富豪〉的外卖。

吉泽、高顺坐末班车回去。

11月5日 星期六

第一个酉日。

混音第一天。音乐混音统共是第三天。完成了一半。就像是放到砧板上的鲤鱼一样。

今天还从三桥堂叫大富豪的外卖。

高顺住在〈红叶〉［房间］。

11月6日 星期日

晴。

音乐混音。第四天。及至深夜才结束。从三桥堂叫来红豆饭，从美食叫来红烧豆腐。

早庆第一场比赛。W2 ： K2。

拿到小道具的礼金两万日元。

11月7日 星期一

晴。

立冬。凌晨三点回家。熟睡。中午过后，起床。洗澡。小酌。

在电视上看早庆第二场比赛。K4 ： W1。熨衣服。

睡午觉。喝晚酒。晚上，东宝的藤本打来电话，说昨天回国了。

11月8日
星期二

晴。

八点半，与野田、山内前往东京洗印厂。试映《秋日和》。三点，在总社，进行厂长试映。

在筑地的芳兰亭举行《艺术新潮》的座谈会。与里见先生、东山魁夷、心美座谈。后，去 Espoir、Bubuya。回来时，去了趟弁天。津村同行。

11月9日
星期三

晴。

登贵来。一块儿吃午饭。

五点，身穿和服，前往大船，参加《秋日和》的演职人员试映。后，与里见夫人、爱子、静乘车前往弁天寿司。

11月10日
星期四

晴。

四点去东京。在总社的咖啡馆与《电影旬报》〔的人〕见面。

六点，在东京松竹举行《秋日和》完成试映会。后，去赤坂荣林参加贵多川之会。〔与会者有:〕蓬春、明治、魁夷、宁、荣三、辰雄、入江侍从、多闻堂。

乘车回到镰仓。

11月11日
星期五

晴。

中午，去东京。在松竹总社试映《秋日和》。与志贺先生、梅原先生在新桥俱乐部开座谈会。

回到镰仓。六点，在华胜（正）楼举行《秋日和》完成庆祝会。司、笠、樱等来。住在香风园。

11月12日
星期六

晴。入夜后，雨。

母亲她们前往制片厂，观看《秋日和》。去东京。从品川坐车前往涩谷。在协会进行新人奖的商议。去了趟赤坂喜多川后，前往若松。吃烤鸡。喝酒。从新桥回来。樫子夫人同车。下起雨来。

早庆〔比赛〕，3 ∶ 1，早〔稻田大学〕获胜，赢得冠军。

皇太子夫妇出发前往伊朗、埃塞俄比亚、印度、尼泊尔。

11月13日
星期日

小雨。阴。

整天躺在床上。九州相扑〔比赛〕第一天。

光子读《谷田达弥》。关于玉之井妓女的故事。

《秋日和》公映第一天。三点多，山内打来电话，说票房很好。爱子带着高桥的净水罐来。

11月14日 星期一

阴。

与野田乘坐四点多的电车去东京。前往出井。参加东宝藤本的招待宴会。原、司、川喜多同席。后，去Espoir。

前往小富美。藤本回去。与野田穿错了鞋。住在小富美。

11月15日 星期二

晴。

七五三。富二夫妇带着七五三的顺一、敬二来。与佐藤夫妇、富二前往蓬莱屋。后，去Espoir。与桥本明治、多喜堂、喜（贵）多川会合。前往Usagi。与富二去Bubuya。乘坐铃木的车回来。三点。

11月16日 星期三

雨。

整天在家。志贺先生送我《夕阳》。躺在床上。爱读。有点宿醉的感觉。洗澡。

11月17日 星期四

第二个酉日。整天在家。正睡觉时，笠给我带来《坂本繁次（二）郎夜话》。通读。

傍晚，浦野与白木屋的部长因《秋日和》的服装的事来。

富泽来换鞋。晚上，下起雨来。

11月18日 星期五

中午，雨停了。村上来。给我带来马爹利酒。

晚上，八点，信三夫妇、亚纪子、祐子来。住下来。

九州比赛第六天。全胜者有若羽黑、大鹏、枥之海三人。

11月19日 星期六

阴。

中午过后，文化放送〔的人〕来。录〈谢谢你的来信〉节目。长谷时来。共进晚餐。

九州相扑第七天。没有一个人获全胜。大鹏败给了房锦，若羽黑败给了若三杉。

早早上床。读书。吉井勇先生去世。

11月20日 星期日

晴。

中午过后，野田的一帮朋友回来。镰仓会。

野田高梧获紫绶褒章庆祝会。[在] 华正楼 [举行]。后，前往里见家。
总选举投票日。与往常一样，弃权。
今天起，《秋日和》连续放映进入第二周。

11月21日 星期一 晴。
中条幸子来。整天在家。躺在床上。乱读枕边杂书。

11月22日 星期二 阴。
去东京。前去参加在新宿武藏野茶寮举行的导演协会碰头会。后，去夜总会。后，与和、堀内乘车回来。

11月23日 星期三 大映的久保寺和倍也来。在玄关的围炉附近聊天。前往弁天寿司。见到山内。有点醉了。

11月24日 星期四 整天在家。

11月25日 星期五 傍晚，前往里见家。吃鸭料理。薄井、山口父子、静夫夫妇、先生夫妇。非常好吃。

11月26日 星期六 与野田夫妇、和子去看文春祭。正看时，醉意涌上心来，有点要吐的感觉。后，高松加入进来，前往 Bubuya。见到加纳。里见夫人、爱子来。坐电车回家。车里都是人。

11月27日 星期日 两点多，坐出租车，与母亲、登贵前往田园调布的佐田家。贵惠子三岁的生日。佐田中途出去，带着若尾文子来。相扑什锦火锅很好吃。与山内坐车回来。

11月28日 星期一 正躺在床上时，横滨银行的四个人来。为宣传手册座谈。又上床时，厚田夫人、长女、丝川等人来。很冷。
出羽之海去世。

11月29日 星期二 第三个酉日。津本、山内作为厂长的代表来致谢。睡午觉。东宝的藤本打来电话，但还是待在家里。休养。松竹给了我五万日元。

11月30日 星期三 日 [本] 大 [学学] 生熊谷来。一同去东京。去了趟田园调布后，前往常盘松志贺家。若山为三在座。在东横名店和田金买牛肉，再一次去佐田家。

志贺先生送给我马约尔的素描。

住在佐田［家］。

12月1日 星期四

雨。

在田园调布度过一天。中午过后，起床。晚上，吃金枪鱼葱段火锅。

住在佐田［家］。

12月2日 星期五

晴。

与佐田夫妇坐车前往壶中居，观看〈这条路〉展。见到高桥信之助。

去了趟三越后，前往天政。叫上富二。前往 Espoir。送富二的途中，撞车。又住在田园调布。

12月3日 星期六

晴。

邀上佐田夫妇和北川，乘车前往日展。见到桥本明治。去了趟精养轩后，喝咖啡。去赤坂荣林。高村洁的送别会。后，去番匠和 Espoir。山内六车来。去 Bubuya。乘车回到镰仓。及至深夜。

12月4日 星期日

雨。

坐四点的电车去东京。笠同车。

NG 祭。日活 Family Club。盛会。后，去夜总会 Riki。与佐田回到田园调布。住下。

12月5日 星期一

今天是木下惠介的生日，乘坐佐田的车前往辻堂。回家。吃完晚饭后，睡觉。十二点醒来。沉浸于枕边杂书的阅读之中。

12月6日 星期二

阴。

傍晚，乘车去镰仓，想看《弟弟》。走错了电影间，看《第六个嫌疑人》。

回家后，吃茶泡饭，上床睡觉。

12月7日 星期三

晴。

野田家的登久来。起床，一块儿吃午饭。

NHK 打来电话，谈上电视的时期。拒绝了。享受午睡。

浜田寄来装有民艺的书的包裹。

洗澡时，一颗假门牙掉了。

12月8日 星期四

晚起。登贵来。

傍晚，登贵、登久、秀行来，从弁天叫来寿司的外卖，聚餐。很是愉快。所谓愉快就是这样的状态。

酩酊大醉。

12月9日 星期五

佐田启二生日。从厂里坐佐田的车去田园调布。山内同行。后，与益子前往佩里和法国屋。后，去 Osome。后，去 Espoir。与山内坐车回镰仓。

皇太子夫妇回国。

12月10日 星期六

高桥绿来。叫上万里子。后，经过弁天，前往怡吾庵。

MEMO

危险的不是技巧，而是使用技巧的小聪明。小聪明容易掩盖不够认真的地方。芥川龙之介

12月11日 星期日

蓼科会。远足郊游。在平塚车站集合。前往大矶高丽山。后，在马入川口会餐。

乘车回镰［仓］。去了趟弁天。叫车，将进一、秀行、平林送回长谷。

12月12日 星期一

第五十七次生日。于赤阪（坂）的比 Rashima。电车来晚了。

与里见先生坐车回镰［仓］。夜已经很深了。

12月13日 星期二

Film Library 的聚会于日活宾馆［举行］。后，乘坐地铁去涩谷。［参加］协会理事会。开完理事会后，与 Ton 平、三村、龙泽同席。

住在田园调布。

12月14日 星期三

与有点感冒的佐田夫人乘车去东京。［去］Espoir。十五周年宴会于帝国宾馆［举行］。后，［去］Espoir。街上［发生］用刀伤人［事件］。与山口久吉坐末班车回来。

12月15日 星期四

晴。

乘坐燕子［号］前往大阪。同行者有：藤本、野田夫妇、金子制片人。

在松枫阁住下后，再次前往大阪，去 Nada 万，与东宝的要人会餐。

住在卖布的松枫阁。

12月16日 星期五

晴。

前往宝塚摄影棚。见到森繁、久松、青柳。乘车去宝塚宾馆、六甲山宾馆、夙川、芦屋，一直到明石。

在松枫阁住第二个晚上。

12月17日 星期六

藤本先回去了。与野田夫妇、金子乘车前往京都佐佐木家。稍事休息。乘车前往圆通寺。与金子分别后，从三条走回来。

晚饭，与增田惠一同席。后，一起前往 Osome。买链条。但很快便将链条遗失了。住在佐佐木。

12月18日 星期日

野田夫妇乘车出去参观。

坐第二回声〔号〕回东京。金子、寺本同车。在横滨下车。益子、荒濑已经等在那里了。

回家。四天三晚的旅行结束。

12月19日 星期一

晴。

去东京。与上森、小岛同车。在大映的试映室观看村野的《青翼》。后，与野田父女俩去丸善、高岛屋。高松、铃木来，在三原吃天妇罗。前去参加东急举办的制片人忘年会。〔去〕Espoir、香妃园。酩酊大醉。乘车回家。

12月20日 星期二

晴。

洗澡。急急忙忙地赶乘四点的电车。赶上。与野田去东京。今日出海同车。在东宝的试映室观看《银座的恋人们》。后，与金子、寺本〔去〕赤坂若松。去了趟喜多川后，回家。平安无事。

山口蓬春先生送我素描。

12月21日 星期三

晚起。四点前往大船的理发店。

回来后，写咸菜的货签。

12月22日 星期四

晴。阴。雨。

天气十分晴朗。暖和。晚起。洗澡。

从大船拿手提包之后，顺便去了趟芭蕉园。

睡午觉。村上来。送来眼镜。吃杂煮。下起雨来。温度下降。

入江泰吉寄来〈大和路〉。

12月23日 星期五

晴。

登贵来。家政工人出门。日〔本〕大〔学学〕生熊谷来。见他。

好像高顺父子来了。由于在睡觉，没有见他们。给各个朋友写信——好久没有写信了。

给野田寄去咸菜。

12月24日 星期六

晴。

傍晚，乘车前往横滨。走过元町，去马斯科特。里见夫妇、伊都子、山口、绿、爱子来，静夫随后赶来。真是个盛会。回来时，去了趟弁天。

从教堂回来时，遇见野田。

12月25日 星期日

雨。

福留和子来。《艺术新潮》的向坂来。佐田夫妇来。乘车前往鹄沼的荻本家。长谷川夫妇、林在座。吃完饭后，回家。给他送了一幅画。

12月26日 星期一

整天在家。富泽来取进山的行李。

睡午觉。让家政工人去镰仓买进山用的东西。

静夫带着钱来。

12月27日 星期二

晴。

坐中午的火车前往蓼科时，中央线发生事故，推迟一天去。地主友野来。地价上涨了。睡午觉。

安斋老婆来，打扫玄关等。

12月28日 星期三

阴。

在新宿，坐十二点半的准快车，前往蓼科。野田夫妇、村上等五人。北川、静夫、高松、和子、益子来送行。

蓼科下了一点点雪。说是昨天下的。

吃牛肉火锅。喝酒。清来。

12月29日 星期四

要下雪的样子。

的确很冷。室内杯中的水都结冰了。零下5度。

早上，洗澡。喝酒。后，在被炉里睡午觉。非常舒服。

晚饭，吃壬生菜，五条鲕鱼。喝酒。很香。

12月30日 星期五

阴。

拂晓，室内零下8度。俊夫前往诹访购物。

如昨天一样。

七点，俊夫回来。煮佐田送的棋子面吃。清来捣粟米糕。好吃。吃了两个。

12月31日 星期六

阴。

中午，村上雇车回去。吃培根、鸡肉泡饭、味噌腌幼鲕鱼。睡午觉。很冷。眼药水都冻住了。秀行与赤尾真规子来。喝酒。喝得有点醉。三十五年来，慢慢地、慢慢地退场。

MEMO

▲新年似已到，路旁石佛像，白雪一身罩。

▲酒正酣，木柴堆放围炉边，火光闪闪迎新年。

一九六〇年〔昭和三十五年〕·其二

1月3日 星期日　镰仓会。华正楼。

1月6日 星期三　小寒。

1月9日 星期六　导演会。六点。御半。㊙

1月14日 星期四　望。中西。住第一个晚上。

1月15日 星期五　住第二个晚上。

1月16日 星期六　梅园宾馆。住第一个晚上。

1月17日 星期日　住第二个晚上。

1月18日 星期一　住第三个晚上。

1月21日 星期四　大寒。住在大仁宾馆。

1月23日 星期六　蓼科会。

1月25日 星期一　安斋。去友野桶店。

1月26日 星期二　吉田。

1月28日 星期四　朔。阴历元旦。

1月29日 星期五 金太郎五周年忌日。绢代之会。六点。

1月30日 星期六 零点半，产经礼堂。沟口奖。

1月31日 星期日 高桥贞二供奉塔。

2月1日 星期一 协会理事会。两点。

2月4日 星期四 立春前一天。前往鹤卷阵屋。住下。

2月5日 星期五 立春。住第二天。

2月6日 星期六 住第三天。

2月7日 星期日 住第四天。

2月8日 星期一 住第五天。

2月9日 星期二 住第六天。

2月10日 星期三 住第七天。

2月12日 星期五 第一个午日。

2月13日 星期六 望。

2月22日 星期一 前往蓼科。

2月23日 星期二 皇孙诞生。

2月27日 星期六 从蓼科回来。

2月28日 星期日 基夷子结婚典礼。东京会馆。

2月29日 星期一 皇孙命名为德仁浩宫。

3月1日 星期二	来到蓼科。
3月3日 星期四	女儿节。
3月5日 星期六	惊蛰。
3月12日 星期六	奈良泼水节。
3月13日 星期日	望。
3月20日 星期日	春分。
3月30日 星期三	三点回东京。
4月2日 星期六	大雄啸月居士。二十七周年忌日。
4月5日 星期二	来到蓼科。
4月8日 星期五	浴佛节。开始写［脚本］。
4月10日 星期日	回镰仓。
4月12日 星期二	望。皇居游园会。
4月14日 星期四	回蓼科。
4月26日 星期二	六点，帝国宾馆。川口浩结婚。
4月29日 星期五	天皇生日。
5月2日 星期一	八十八夜。
5月5日 星期四	立夏。端午节。
5月8日 星期日	相扑夏季赛场。第一天。

5月11日 星期三　望。

5月16日 星期一　文部大臣招待游园会——缺席。

5月18日 星期三　浅草三社祭。

5月22日 星期日　池部良结婚典礼。Hotel New Japan.

5月23日 星期一　母亲的生日。

5月25日 星期三　汤岛天神祭。

6月2日 星期四　横滨开港纪念日。

6月9日 星期四　望。

6月11日 星期六　入梅。协会理事会。

6月12日 星期日　蓬春。

6月21日 星期二　夏至。

6月25日 星期六　热海古屋。兄弟会。

6月30日 星期四　夏越祭。

7月7日 星期四　小暑。看戏。

7月9日 星期六　望。酸浆集市。Ton平、田中之会。

7月10日 星期日　四万六千日。

7月12日 星期二　草市。开机。田口的家。

7月13日 星期三　田口的家。第二天。

7月14日 星期四　里见先生生日。同。第三天。

7月15日 星期五　第四天。

7月16日 星期六　酒馆〈露娜〉。第一天。

7月17日 星期日　祇园祭。

7月18日 星期一　同。第二天。

7月19日 星期二　高尔夫球俱乐部。第一天。

7月20日 星期三　土用。第二天。

7月22日 星期五　平山家。第一天。

7月23日 星期六　大暑。同。第二天。

7月26日 星期二　服装学院。第一天。

7月27日 星期三　同。第二天。

7月28日 星期四　同。第三天。

8月1日 星期一　寺院。两个镜头。

8月6日 星期六　鳗鱼店竹川。第一天。

8月7日 星期日　望。立秋。

8月8日 星期一　同。第二天。

8月9日 星期二　同。第三天。

8月10日 星期三　同。第四天。

8月11日 星期四　炸猪排店。

8月13日 星期六　饭馆。第一天。

8月15日 星期一　同。第二天。

8月16日 星期二　京都大文字。同。第三天。

8月17日 星期三　同。第四天。

8月18日 星期四　饭馆和走廊。同。第五天。

8月20日 星期六　公司接待室。第一天。

8月22日 星期一　同。第二天。

8月23日 星期二　同。第三天。

8月25日 星期三　沟口会。㊌寿司店。第一天。

8月26日 星期五　同。第二天。

8月27日 星期六　同。第三天。

8月29日 星期一　寺院后院。第一天。

8月30日 星期二　第二天。

8月31日 星期三　第三天。

9月1日 星期四　二百一十天。寺院。第四天。

9月2日 星期五　拍外景。服装学院。正门。

9月3日 星期六　《秋日和》宴会。里见家。

9月5日 星期一　望。公寓。第一天。

9月6日 星期二　第二天。

9月7日 星期三　第三天。

9月8日 星期四　第四天。

9月9日 星期五　第五天。

9月10日 星期六　第六天。

二百二十天。神明生姜市。公休日。

9月12日 星期一　第七天。

9月13日 星期二　第八天。

9月14日 星期三　第九天。

9月15日 星期四　第十天。

9月16日 星期五　伊香保旅馆。第一天。

9月17日 星期六　第二天。

9月18日 星期日　公休日。

9月19日 星期一　第三天。

9月20日 星期二　进入秋分。间宫的公司。第一天。

9月21日 星期三　第二天。

9月22日 星期四　第三天。

9月23日 星期五　秋分。第四天。

9月24日 星期六　同。走廊。第五天。

9月25日 星期日　公休日。

9月26日 星期一　第六天。

9月27日 星期二　结婚典礼。拍照现场。

9月28日 星期三　伊香保。湖畔亭。

9月30日 星期五　浅间。轻井泽。远足郊游。

10月2日 星期日　东京拍外景。

10月3日 星期一　东京拍外景。

10月4日 星期二　高尔夫球店。布景。

10月5日 星期三　望。同。布景。第一天。

10月6日 星期四　第二天。

10月7日 星期五　第三天。

10月8日 星期六　东京采外景。阴。中止。

10月9日 星期日　同。

10月10日 星期一　司的公司。第一天。

10月11日 星期二　第二天。

10月12日 星期三　展示会。〔在〕川崎看棒球〔比赛〕。

10月13日
星期四
寿司店二楼。第一天。

10月14日
星期五
第二天。

10月15日
星期六
东京拍外景。中止。

10月17日
星期日
神尝祭。山中小屋。布景。

10月18日
星期一
出发前往伊香保拍外景。

10月19日
星期三
祭财神。拉面馆。布景。

10月21日
星期五
东京拍外景。第一天。

10月22日
星期六
东京拍外景。第二天。

10月23日
星期日
公休日。

10月24日
星期一
酒馆的小巷。布景。

10月25日
星期二
间宫的家。第一天。

10月26日
星期三
第二天。

10月27日
星期四
第三天。

10月28日
星期五
鳗鱼店。炸猪排店。小巷。布景。

10月29日
星期六
寿司店的大门外。布景。

10月30日
星期日
全部样片。(除高尔夫球场外)

11月1日
星期二
野田高尔夫球场。杀青。

11月2日
星期三
试听音乐。

11月3日 星期四　望。贞二一周年忌日。音乐录音。

11月4日 星期五　同。

11月5日 星期六　第一个酉日。

11月7日 星期一　立冬。

11月8日 星期二　鞴*祭。试映《秋日和》

11月10日 星期四　热海松竹寮完成庆祝会。中止。

11月11日 星期五　《秋日和》完成庆祝会。

11月12日 星期六　导演协会新人奖会。六点开始。

11月13日 星期日　《秋日和》公映。

11月14日 星期一　藤本之会。

11月15日 星期二　七五三。

11月16日 星期三　东京会馆。〈泷村之会〉。六点开始。缺

11月17日 星期三　第二个酉日。

11月20日 星期日　镰仓会。

11月22日 星期二　协会。

11月26日 星期六　文春祭。

1月27日 星期日　贵惠子生日。

11月29日 星期二　第三个酉日。

* 即风箱。

11月30日 星期三
访问志贺先生。

12月3日 星期六
望。高村董事送别会。㊐

12月4日 星期日
NG 祭。㊐

12月9日 星期五
佐田生日。

12月11日 星期日
远足郊游。雨天。大船会。

12月12日 星期一
生日。

12月13日 星期二
日活会馆 6 - 3 号房间。四点三十分。协会。六点。

12月14日 星期三
Espoir。帝国宾馆。

12月15日 星期四
去大阪。住在卖布松枫阁。

12月16日 星期五
住第二天。

12月17日 星期六
住在京都佐佐木。

12月19日 星期一
制片人会。东急。六点三十分至八点三十分。

12月20日 星期二
《银座的恋人们》。

12月22日 星期四
冬至。

12月23日 星期五
协会。㊌

12月24日 星期六
圣诞节前夜——马斯科特。

12月25日 星期日
荻本家。

12月27日 星期二
正午，Film Library. ㊌。去蓼科。

一九六〇年〔昭和三十五年〕・其三

1月9日 星期六　导演会。在浜町御半举行。由于感冒，缺席。

1月12日 星期二　与城户、野田两人在新富町酒舟讲述下一部作品的大概情况。与《彼岸花》有点像。这是公司方面的希望。

1月14日 星期四　为商议下一部作品，与里见先生、野田乘车赶往汤之原中西。闲聊。
住在中西。

1月15日 星期五　前往热海梅林。见到淡岛。
在中西住第二天。

1月16日 星期六　由于中西住满了。搬到热海梅园宾馆。
住在梅园宾馆。

1月17日 星期日　前往抚松庵。
住第二天。

1月18日 星期一　住第三天。

1月19日 星期二　乘车回镰仓。

1月21日 星期四　与画家们前往大仁宾馆。

1月22日 星期五　回到镰仓。

1月23日 星期六 蓼科会。

2月4日 星期四 商议。来到鹤卷温泉。阵屋。

2月5日 星期五 住第二天。

2月6日 星期六 住第三天。

2月7日 星期日 大映的人们来。
住第四天。

2月8日 星期一 住第五天。

2月9日 星期二 住第六天。

2月10日 星期三 早饭后，闲聊之中，突然间故事情节浮现在脑海里。《三恶人》。
思考人物结构。
住第七天。

2月11日 星期四 住第八天。

2月13日 星期六 赶往里见家。商讨故事情节。

2月22日 星期一 去蓼科。

2月23日 星期二 皇孙诞生。

2月27日 星期六 回东京。

2月28日 星期日 基夷子结婚典礼。

2月29日 星期一 去里见家。商讨故事情节。

3月1日 星期二 坐十二点二十五分的准快车前往蓼科。

3月6日
星期日
相扑大阪赛场开始。

3月20日
星期日
相扑千秋乐。十四天当中，两位全胜的力士栃锦和若乃花对战，若以寄切式获得胜利。

4月2日
星期六
大雄啸月居士。二十七周年忌日。

4月5日
星期二
来到蓼科。

4月10日
星期日
从蓼科回到镰仓。

4月12日
星期二
出席皇居游园会。

4月14日
星期四
来到蓼科。

一九六一年（昭和三十六年）·其一

一九六一（昭和三十六）年·其一

▲ 酒适可而止。工作适可而止。
应知生命剩下来的时间不多了。
▲ 应知酒是慢性自杀。
▲ 一日两餐。
胆碱茶叶碱〈Eisai〉1
激肽释放酶〈拜尔〉1
心脏激素剂〈帝国脏器〉2
萝芙西隆制剂〈Ⓟ〉2
新年似已到，路旁石佛像，白雪一身罩。

1月1日 星期日

晴。

在信州[迎接]元旦。在Tan熊的重箱喝屠苏酒庆祝。野田夫妇、俊夫、秀行、真规子。

中午，年轻人去滑冰。老人睡午觉。晚上，吃鸡肉火锅。吃得很饱。下河原打电话说要来蓼科，但没有来。

1月2日 星期一

阴。

秀行、俊夫、真规子六点起床，前往雾之峰，去滑雪。中午过后，下河原来。恳谈。

晚上，吃西红柿煮牛肉、臭咸干鱼。喝酒。给各位打电话。宫川、须贺、藤本、司、若尾、清水、山内、厚田、绿等。

1月3日
星期二

阴。

袈裟市来。今村昌平来。秀行、真规子坐巴士回去。大塚和方夫妇来下河原睡午觉，跟山岳一样。田宫二郎来。

上床之后，藤本打来电话。与千叶、原、三船、越路、小泉、桂树、藤本的母亲交谈。给梅园宾馆打电话，与佐田、淡岛交谈。

1月4日
星期三

雨夹雪。

黎明时，雪变成了雨。田宫去滑冰。去看。在万叶〔堂〕喝牛奶。蒲家的孩子来。搬到无艺庄去。做醪糟鲑鱼。井上和夫（男）、和子来。下河原夫人来。田宫因工作而回去。

1月5日
星期四

晴。

在围炉边度过一天。在微弱的阳光下，远处的山峦看上去很美丽。

晚上，吃牛肉火锅。井上夫妇回去。

题名：《我的时间》。另一方面还考虑交通等问题。

1月6日
星期五

晴。

天天是好天。五点半，厚田、山内、绿、北川带着许多礼物来无艺庄。

喝萨摩酱汤。酒宴。夜深后，下河原夫妇回去。

唱《萤之光》*。

1月7日
星期六

晴。

下午，北川回去。叫上今村昌平吃醪糟鲑鱼。喝醉之余，放声高唱。肚子的状况不好。与厚田、山内、绿呈卍字形，躺在被炉里。

半夜，藤本从 Espoir 打来电话。

MEMO

⃠伐竹信浓国，剃须照镜子。远山映镜里，白雪遮山体。

⃠伐竹信浓国，山峦映镜里，独居颇凄凄。

——我自剃胡子。

——剃胡须〔者〕是我。

1月8日
星期日

肚子的状况不好。三上真一郎来。与俊夫前往泷汤的游泳池。

午后，一人在白雪斑驳的高原上散步。心情非常好。

将此前的西红柿煮牛肉重新煮过。牛排。喝酒。

* 辞旧迎新时或送别时，日本人喜欢唱的一首歌。它采用了苏格兰民歌的 *Auld Lang Syne*（我国译为《友谊地久天长》）的曲调，重新填词构成。填词者不详。1881 年收录进《小学唱歌集》。

题名基本上定为《小早川家的秋天》。

相扑第一场。第一天比赛开始。

1月9日 星期一

雪。后，晴。

小雪霏霏。中午，山内、厚田、绿、三上回去。东宝的金子、寺本两人来。喝萨摩酱汤。吃黄油烤鸭。与两人在围炉边闲聊。及至一点。

1月10日 星期二

雪。后，阴。

早上，野田夫妇来。吃牛肉火锅。

金子、寺本乘坐三点的火车回去。

喝醉之余，一人睡午觉。关上无艺庄的大门，前往云呼庄。

吃得很饱。读《极乐蜻蜓》。读到深夜两点。

与清侃大山，侃到十点。

1月11日 星期三

雪。

一点半车来。去了趟茅野中央医院，看望利市。乘坐三点九分的车。从从容容。玲子已经到新宿了。在东京站与俊夫分别后，乘坐电车回家。与月森同车。

回到久别的家里。

1月12日 星期四

晴。

非常冷。晚起。洗澡。睡午觉。冷。在电视上看相扑第五天〔的比赛〕。很罕见地没有小酌，〔而是〕早早地上床睡觉。阅读枕边杂书。不喝酒的话，肚子饿得快。半夜，吃奶酪。

1月13日 星期五

阴。

晚起。洗澡。早上喝酒。中午睡觉。醒来后，在电视上看相扑〔比赛〕。大鹏负于房。朝汐负于鹤。收到上森送我的越前蟹。晚上，小酌。很香。

很冷。

在户塚发生三轮摩托与电车相撞事故。

1月14日 星期六

晴。

下午，北川来。收到加藤荣三送我的素描。一同去东京。前往东宝。

见到藤本。与金子、寺本、千叶前往宾馆的酒吧。出井。Espoir。Bubuya。乘坐铃木的车回来。

久我美子发布婚约。

MEMO

〇伐竹信浓国，山峦峰连峰。初春照镜子，山峰映镜中。

〇大山深处细雪飘，薪火闪火苗，酌酒一杯醉逍遥。

1月15日 星期日

晴。

平兵卫与和子来。于是，我起床。在玄关处正说话时，桥本明治夫妇与北川来。送给我色纸。晚上，〔参加〕镰仓会。盛会。让佐田用车送我回来。送他年糕。

朝汐输给了安念。输了两场。

1月16日 星期一

晴。

中午，乘坐〈伊豆〉〔号〕前往大仁。蓬春、魁夷、宁、明治、荣三、沙伊、入江侍从、多闻堂、喜（贵）多川、小林茉莉子。总共十八人。酒宴上，余兴不减，畅怀大笑。

古川绿波、三木助去世。若之花负于安念。获全胜的只有柏户一人。在大仁宾馆住第一个晚上

1月17日 星期二

晴。

坐十一点的巴士出门。前往吉奈的东府屋，吃野猪肉火锅。然后前往三津的水族馆。

回来后，在安宅之间会餐。有点疲惫，精力没有昨天旺盛。后，去酒馆。入江侍从送我书。

住第二个晚上。

1月18日 星期三

晴。

乘坐三点四十八分的〈伊豆〉〔号〕回来。

去了趟里见家。送去野猪肉和香菇。先生的夫人、静夫夫妇、山口来。一点多回家。

柏户赢了大鹏。

1月19日 星期四

晴。

整天在家。在电视上看相扑比赛。

晚上，在电视上看《公民凯恩》。曾经在新加坡看了多次。

奥逊·威尔斯真有才。

1月20日 星期五

阴。

晚起。第一场赛事，第十三天。皇太子夫妇去观看〔比赛〕。柏户赢了若之花，12 胜 1 负。仅此一人。

晚上，在电视上看职业摔跤比赛。力道山组输给 Shibanobicchi 组。

读枕边杂书。直至夜半。

Bridgestone 轮胎厂失火。

1月21日 星期六

晴。

整天在家。晚起。洗澡。早上喝酒。紧接着睡午觉。在电视上看相扑〔比赛〕。柏户输给了朝汐。1 负〔的成绩只有〕他与琴两人。早早上床睡觉。

乱读杂书。直至夜半。

肯尼迪总统就任。

MEMO

⃠过去的令人害怕的东西是——地震、雷、火灾、翻斗汽车。然后就是馒头和女人了吧。

⃠除了少数演员之外，所有的人都是扮演者。——圭特瑞

1月22日 星期日

晴。

《艺术新潮》的向坂送给我泉屋的饼干。这是作为去年冬天摄影的礼物。没有看相扑比赛。晚起。第一场赛事千秋乐。柏户赢了琴。获冠军。若赢了朝。

1月23日 星期一

晴。

十二点去东京。〔前往〕大映总社。〔参加〕Film Library 理事会。后，前往小林牙医处。见到松林宗惠。拔去四个牙齿的根。

前往东宝总社。见到森、藤本。去了趟文春画廊后，回家。顺便去了趟北镰仓的书店。购买杂书。

1月24日 星期二

晴。后，阴。

去东京。〔前往〕小林牙医处。六点，与山内一道前往 New Grand Hotel。与里见、山口、稻田、大佛吃饭。后，去马斯科特。平野零

儿同席。乘车回家。Castagnor-V.O 很香。购买奶酪 Brie，回家。深夜，雨。

1月25日
星期三

晴。

去东京。前往小林牙医处。

前往田园调布佐田家。后，佐田回来。独自一人喝白兰地。决定住下。

住在佐田家。

1月26日
星期六

晴。

与佐田夫妇乘车去了趟小林正树家。与夫妻俩同车，前往小林牙医处。后，在 Bubuya 独酌。北川来。前往筑地的新田。与国广夫妇、绢代、佐田、小林吃河豚。前往 Osome。时津风同席。

在佐田家住第二天。

1月27日
星期日

晴。

到处都是〔患〕流感〔的人〕。很多学校都放假了。

乘车前往小林牙医处。后，〔去〕丸善、高岛屋。疲惫。早早地去协会。六点，开理事会。乘坐地铁前往东京站。回镰仓。

1月28日
星期六

晴。

十点多，去东京。〔前往〕小林牙医处。北川打来电话。在资生堂会面。前往松阪（坂）屋、粟津画廊、春莺会。然后在津津井吃午饭。〔去〕三越。坐地铁前往赤坂。〔前往〕喜（贵）多川、导演会荣林。后，〔去〕若松。乘坐末班车前一趟车回家。

MEMO

〈相扑第一场赛事 东京〉 8-22

冠军	○ 13	● 2	柏户
特殊功勋	○ 9	● 6	房锦
敢斗	○	●	富士锦
技能	○ 10	● 5	鹤之岭

1月29日
星期日

阴。

晚起。早上，洗澡、喝酒。大和证券的男子来。

带着鱼冻和干萝卜前往野田家。刚好小林夫妇来。晚餐，一起吃饭。九点前，回家。让人〔帮我〕量血压。夜深后，下起小雨来。

1月30日 星期一

阴。

十点，白井厂长、津本副厂长因合同的事来。后，喝酒、吃早饭。睡午觉。后，洗澡。晚上小酌。吃晚饭。七点前上床睡觉。

1月31日 星期二

冬日的阳光很微弱。这是第七天去小林牙医处。植入〔假〕牙。前往喜（贵）多川。前往荣林。寺本来。后，前往渡边文雄的新居。叫车，回家。

2月1日 星期三

晴。

整天在家。傍晚，洗澡。小酌。

整天十分在意假牙。

今天，中央公论社的社长夫人被右翼少年刺伤。

2月2日 星期四

晴。

乘坐一点的电车去东京。〔前往〕小林牙医〔处〕。暂时完成。

去了趟 Takumi、San 后，去三越，〔观看〕黑田清辉名作展、兰花展。与佐田夫妇见面后，去和光、五反田的法国屋。牡蛎很好吃。去了趟田园调布后，回家。

2月3日 星期五

晴。

中午时分，起床。洗澡。题字：《小早川家》。

东宝的金子制片人来。小憩之后，去野田家。三人乘车前往横滨，在 New Grand 用餐。去了趟元町 Poppy 后，打车回家。富泽公休，野田夫人没有来。

2月4日 星期六

晴。

立春。天气暖和。整天躺在床上。读枕边杂书。

MEMO

让小林一郎医学博士为我量血压。〈1 月 29 日〉156/92。酒还是可以喝一点的。

2月5日 星期日

晴。后，小雨。

晚起。洗澡。喝酒。如往常一样。中午过后，两点，村上戴着眼镜来。在玄关的炉边闲聊。出门散步。去了趟香风园。早早回来，上床睡觉。

苏联成功发射六吨半的人造卫星。

2月6日 星期一

阴。

晚起。中午去厂里。去理发店。与清水、山内乘车去镰仓。与高桥绿去广美天妇罗。后,去扇之谷怡吾庵。然后,去弁天。酩酊大醉。弁天的老板把我送回来。

2月7日 星期二

阴。小雨。

整天在家。与野田夫妇约好去看希区柯克的《惊魂记》,但由于睡午觉,这个约会没有实现。

取下假牙,喝酒。很香。

2月8日 星期三

晴。

春暖。与野田夫妇三人乘坐十二点半的准快车前往蓼科。和子、高松、山内、清水来送行。从北山再往前,还积着一点雪。

洗澡。炒培根和牡蛎。好吃。十点多,上床睡觉。

2月9日 星期四

忽晴忽阴。

今天冷得厉害。十点起床。洗澡。小酌。然后,睡午觉。醒来后,与野田前往万叶〔堂〕买香烟。

晚饭,吃金枪鱼葱段火锅。稍微谈了谈故事情节的走向。夜深后,刮起风来。

2月10日 星期五

晴。

早上,放入杯子中的假牙冻住了。零下5度。切鲑鱼。

晚上,将此前商讨的情况记在笔记本上。

2月11日 星期六

忽晴忽阴。

正在吃早饭时,高桥绿突然间来商量遗产的事情。不一会儿,金子正且、寺本忠弘因在东宝工作的事情来。

炸牡蛎、酒糟鲑鱼。喝酒。给高原宾馆打电话。去住。

MEMO

小林牙医的〔看牙〕费用:七万六百八十〔日元〕。初诊费:五百〔日元〕。总共七万一千一百八十〔日元〕。付了半价的三万五千五百九十〔日元〕。作为致谢,送给他两瓶酒:轩尼诗和白马〔威士忌〕(托山内〔送去〕)。

2月12日 星期日

阴。

在高原宾馆喝酒。结完账后，前往野田家。赤木一家人来。吃鸭肉杂煮。金子、寺本、绿乘坐三点的准快车回去。睡午觉。〔吃〕味噌腌牛肉。早早上床睡觉。

2月13日 星期一

晴。

起居坐卧都与昨天一样。从滑冰场上传来的广播声很嘈杂。睡完午觉后，前往万叶。购买速写本。

晚上，商讨〔剧本〕。上床之后，读推理小说等。眼药水冻住了。村松梢风去世。

2月14日 星期二

晴。

风真冷。接到税务署等地的来信。速写。缝包。吃炖菜和鸭肉杂煮。好吃。

商讨剧本。定下人物设置等大致情况。

上床后，读书。直到四点。

2月15日 星期三

阴。

早上，零下7度。太冷了。整个白天都在零下3度。

晚饭后，稍微谈了会儿剧本。很冷，早早地上床睡觉。读《妇人公论》等。

刚果卢蒙巴遭暗杀。

赤木圭一郎受重伤。汽车交通事故。

2月16日 星期四

忽晴忽阴。

跟昨天一样。

登贵寄信来。为和服而致谢。信中还说，十一号，登久来到北镰仓。午觉睡得很舒服。这两个小时左右，胜过一晚上。煮炸萝卜。鲑鱼茶泡饭。晚饭。

2月17日 星期五

阴。

协会的柿田打来电话，把我从午觉中弄醒。芭蕉园的老板娘打来电话，说久保寺荣升至京都的制片厂。没有商讨剧本。早早上床睡觉。乱读杂书。

2月18日 星期六

忽晴忽阴。

下午，散步至万叶堂。然后一人登上梅崎家的坡道，转着看了看樱家。后，回来。眺望寒林，十分美丽。吃可乐饼、鳕鱼汁。从这里看，夕阳落到御岳山后。

无所事事。

MEMO

莫泊桑说："所谓才能便是忍耐。"但是，莫泊桑究竟是在多大岁数的时候有志于文学，又经过了多少年才说出这样的话来的呢？最近我在想："懒惰产生忍耐。"

2月19日 星期日

晴。

富野来，以代替利市的妻子。

滑冰场的高音喇叭十分烦人。

午觉睡得舒服，有点睡过了头。

无所事事。食品快吃完了。

2月20日 星期一

晴。后，阴。

早上，真暖和。后，天开始阴了下来。不去散步，整天呆在围炉旁，无所事事。[吃]味噌煮猪肉。[在共同写字作画的纸上]给高松繁子女士写字。

上床睡觉。再次阅读谷崎的《饶舌录》。

2月21日 星期二

阴。

吃完早饭后，与野田夫妇出门散步。抽着雪茄，从樱家转到文三郎家。后，回来。然后，睡午觉。[吃]龙田油炸猪肉。

零上8度。今天晚上暖和。剧本情节的进展很不顺利。久保寺、宫川、下河原、岸打来电话。

2月22日 星期三

阴。

早上，袈裟市来。出门散步。给山内寄税务署的文件，前往邮局。在山上转了转。

晚上，给 Espoir 打电话。加代、藤本都不在。天天工作进展不顺利。

2月23日 星期四

晴。

早上，袈裟市、岛立茂登来搞测量。据说昨天晚上，净明寺野田家的邻居失火了，房屋烧掉了一半。

野田头疼，禁酒。一个人喝了三合。闲聊。十点半上床睡觉。

2月24日 星期五

晴。

早上，正来打扫烟囱。协会的柿田打来电话，说〔协会〕全体大会〔要在〕热海〔举行〕。高松的女儿打来电话，说明天来蓼〔科〕。商讨剧本进展不顺利。吃山药泥麦饭。福留和子惠赠轻羹。

2月25日 星期六

晴。

乘车前往上诹访。高松、和子来。购物等。和子前往高远。在Obi川吃午饭。参拜万上诹访上社后，回来。和子晚一步来。高松、和子、玲子住在万叶。

2月26日 星期日

晴。

大家一道到山里散步。各自看了各自租借的土地。去一本樱看残雪。十点多，和子回上诹访。玲子、高松二人住在万叶。住一晚上三百日元，不含餐。

2月27日 星期一

晴。

玲子、高松乘坐晚上十二点多的准快车回东京。连日来喝酒，很疲惫。

东宝的藤本、金子打来电话。

天气变得非常暖和了。

2月28日 星期二

肚子的状况不好。起得很晚。洗澡。有点感冒的样子。肠胃也有点不舒服。喝多了的缘故。

无所事事。早早上床。山内从仙台给我送来竹叶鱼糕。

3月1日 星期三

晴。

还说不上是舒适的天气。早上，喝了一合酒，面红耳赤。自己重视自己，整天什么也都没有做。晚上，吃鳕鱼火锅。喝酒一合五勺。就这样都喝醉了。

接到益子的来信。两角利市去世。

3月2日 星期四

晴。

乘车前往汤川，去给两角利市烧香。

回来后，睡午觉。吃鸡杂煮。闲聊。

3月3日 星期五

雨。

下起雨来——好久没有下了。暖和。

故事情节没有进展。

室内温度11度。整天雨下个不停。

3月4日 星期六

雨。

乘车前往汤川，参加利市的葬礼。吃素期满。喝酒。回来。

睡了会儿觉。晚上，起来，吃茶泡饭。吃糯米饭、腌制食品。

3月5日 星期日

雨。阴。

无所事事。读[获]文春的芥川奖[作品]《忍川》——[作者]三浦哲郎、[获]直木奖[的作品]《堕落念佛》——[作者]寺内大吉。

早早上床睡觉。

3月6日 星期一

晴。

津村秀夫寄来快件，说我与野田两人获本年度文部省艺术选奖。

理发师敦子来。今天是惊蛰。

读井上靖的《黑蝴蝶》。

工作。故事情节结尾定了下来，愁眉有点舒展。

3月7日 星期二

晴。

与野田夫妇出门散步，一直走到万叶邮局。回来后，睡午觉。及川木匠来，看高松家的设计。晚饭，吃土豆可乐饼。后，剧本商讨进展很顺利。

3月8日 星期三

晴。

睡眠不足。野田夫妇出门散步，一人在房间里睡午觉。

各方朋友打来电话，[祝贺]获得[艺术]选奖。也给北镰仓打电话。

工作进展顺利。读木野工的《纸背》。

3月9日 星期四

晴。

非常寒冷。早上，室内[温度为]零下8度。这里的早报也刊登了获[艺术]选奖的事情。

各方朋友打来贺电。

晚上，藤本打来电话。成濑也在电话里讲话。今天，剧本商讨没有什么进展。

3月10日 星期五

晴。

寒冷的日子继续。大船打来贺电。文春来约稿。拒绝了。

晚上，将写有剧本结构的纸一一铺开，阅读。司叶子打来贺电。里见先生来信。

九州煤矿。重大事故。

3月11日 星期六

晴。

肚子有点疼。寒气有点缓解。无所事事。

傍晚，井上和子来。油烤杂种鸭，好吃。和子住下。长谷时来信。

小林惠子打来电话，说要寄这个月的钱。

3月12日 星期日

晴。

天气变得暖和起来。11度。及川来，谈和子家的事。去看租借的土地。我则睡午觉。

相扑春季赛事在大阪举行。

村上打来电话，说在亚洲电影节上获导演奖。

工作方面，故事结构总算连贯了起来。

3月13日 星期一

阴。

佐田送来〈荞麦面糕〉。寺本送来〈味噌鱼味〉。小林送来〈十五〔万日元〕〉。正在睡午觉时，下起雪来。雪积了起来。大地一片白茫茫。

哥哥打来贺电。〈花中酒，筵席间，老翁喝正酣。〉

工作。给出场人物命名。

3月14日 星期二

阴。

积雪厚达五寸多。

起居坐卧与往常一样。头有点疼。不能说才气焕发。工作进展不顺。

雪融化，不断地化为水滴。

3月15日 星期三

晴。

从今天起，利市老婆来，以取代富乃。赤城来。暖和。

吃牛肉火锅。晚上，笠成子打来电话。

彼得森第六回合 KO 赢了约翰逊。

3月16日
星期四

阴。

又下起小雪来。佐田从京都寄来小鲷樱咸菜。宝塚电影制片厂送来十八升的草窝酒桶——白雪。

工作进展不顺。止步不前。

日光药师堂的〈泣龙〉烧毁了。

3月17日
星期五

晴。

东宝的寺本打来电话。收到里见先生送来的奶酪。

东京放送的〈植草信次郎等二人〉来，拍我和野田两人的照片。

晚上，总之，从结构没有问题的地方开始写起。冰屋。

相扑比赛第六天，获全胜的有若羽黑和柏户。

3月18日
星期六

晴。

进入春分时期。暖和。12 度。〔今年〕最高的温度。

一点，东京放送〔的人〕来，录我与野田的闲谈。因此，错过了睡午觉的时间。

工作。完成冰屋的部分。开始写浪花的住处。

半夜，喝葡萄酒。熟睡。

MEMO

戛纳路透社十三号的报道说，巴勃罗·毕加索〈七十九〔岁〕〉与其模特儿雅克琳娜·洛克〈三十八〔岁〕〉结婚。真令人诧异。

3月19日
星期日

雨。

须贺不二男从京都寄来竹笋。好吃。整天雨下个不停。相扑比赛至第八天，获全胜的若羽黑输给了若前田，柏户输给了房锦。

工作。修改前些日子写的地方，以及新写了一点点。

3月20日
星期一

阴。

早上，出现树挂。袈裟市因道路加宽的事来。中午，理发师敦子来。

工作。写酒馆事务所的片断。

若羽黑输给了若三杉，失去了全胜的机会。1负的人有：朝汐、柏户、大鹏、前田川四人。

3月21日
星期二

晴。后，阴。

〈Nago〉的风景如花一般美丽。

给佐田打电话。贵惠子接的电话。须贺打来电话。商讨剧本结构。工作没有进展。

前田川输了，1负的人只剩下三人了。

3月22日
星期三

晴。

雇车。乘坐十二点五十四分的准快车前往新宿。山内、村上、须贺、北川来接我。前往赤坂的若松，观看柏户与大鹏的第一次比赛。重新出场后，柏户获胜。后，在前川吃寿司。后，［去］Espoir。见到清水社长、花柳章太郎。回家。

3月23日
星期四

晴。

春暖。整天在家。悠闲自得——好久没有这样了。登贵来。傍晚，从公司［下班］回来秀行来。把徕卡借给他。

柏户负于北叶。大鹏负于朝汐。

3月24日
星期五

晴。

去东京。前往协会。乘车前往产经。与映连的人恳谈。关于演出费用的问题。后，去东宝总社。在大友见到藤本、金子、寺本。后，去 Espoir、弁天。见到山口、稻田、龟。

3月25日
星期六

晴。

高桥绿来。带着和服带子。

傍晚，前往里见家。吃鸭锅。回来时，与静夫夫妇、绿去了趟弁天。

3月26日
星期日

雨。后，雪。

宿醉。去热海水口（翠光）园参加协会全体大会。下雨变成下雪。雪就在眼前积了起来。去往热海的人很多。由于箱根积雪，交通阻断。盛会。共有三十五人参加。广播里放〈这条路，这个人〉［的节目］。

春季赛千秋乐。朝汐输给了柏户。

3月27日
星期一

雨。

十一点，离开水口园，在〈渚〉与吉村、中平、泷泽、岩间喝咖啡。走到车站，回家。一个人去了趟弁天。见到通济老。睡午觉。读《父亲》。

3月28日 星期二

晴。

十点四十二分，从镰仓坐车。与静夫、绿同车。在新宿，乘坐十二点半的车。和子帮我订了个座位。北川、益子、贵惠子来送行。

蓼科积雪很深。有点感冒的样子。喝多了，肚子的状况不好。

3月29日 星期三

晴。

冷。有点感冒，暂时不洗澡了。

晚上，工作。开始写小早川家。

笔记本忘记在北镰仓了。打电话，让他们赶紧送来。

再次阅读《温德米尔夫人的扇子》。

3月30日 星期四

晴。

天气变暖了。托清将白雪〔酒桶〕的口打开。芳醇。

从今天起，白天晚上干活。进展很大。完成小早川。半夜三点上床睡觉，但还是不瞌睡。切奶酪。喝威士忌。

3月31日 星期五

晴。

春暖。睡完午觉后，修改昨天写的部分，大约一小时左右。晚饭，吃牛肉葫芦烧。饭后，写京都旅馆佐佐木。完成。

上午，巴士〔司机〕罢工。

4月1日 星期六

阴。

北镰仓用快递将笔记本寄来。

工作。商量结构后，决定跳过一个场景，从举行周年忌日的岚山旅馆开始写起。

十五的月亮从寒林间升起。不一会儿，天空中薄云弥漫。

MEMO

〈相扑比赛 春季赛事 大阪〉12 - 26。

冠军	○ 13	● 2	朝汐
特殊功勋	○ 8	● 7	枥光
敢斗	○ 12	● 3	前田川
技能	○ 9	● 6	房锦

4月2日 星期日

雪。后，晴。

阴。风很大。后，下起雪来。在洗澡时，大地白成一片，但很快便融化了。

在撒了米的地方，白颊鸟来。

道路修缮变得频繁起来。

工作进展很快。完成保津川河畔及小早川万兵卫犯病的部分。

父亲的忌日。第二十七年了。

4月3日 星期一

晴。

春日迟迟。前往德助家的庭院里看看。由于澡堂发生故障，下午洗澡。在广播里收听棒球选拔赛［的转播］。

工作。黎明时，完成事务所的部分。

4月4日 星期二

晴。

春暖。文春给高松打电话，托他买好吃的东西。给藤本寄快件。散步。笠家的高台被削去了很多。

工作。完成万兵卫起来的部分。

4月5日 星期三

忽阴忽晴。

理发师敦来。听广播，春天的棒球选拔决赛，法政二高 4—高松高 0。

工作。小早川家。写万兵卫痊愈的部分。

益子给贵多川打电话，说今天东京的气温达 26 度。这里是 13 度或 14 度。寺本寄来包裹。

4月6日 星期四

晴。

风很大。槌贺安平与淡路南淡町町长森胜来信。野田吃味噌煮青花鱼，得了荨麻疹。

工作。写小早川家二楼、秋子和纪子的对话。

给笠打电话，说土地的事情。

4月7日 星期五

晴。

野田得了荨麻疹，无法去东京。［我］一人乘坐十二点五十四分的车，去东京。益田、平尾、金子、寺本、北川、玲子来新宿。

前往赤坂樱。藤本来。后，前往〈Nishiki〉〈堇〉。酩酊大醉。住在佐田家。

沿线的樱花开得正盛。

4月8日 星期六

晴。

十点，出席文部省艺术选奖颁奖仪式。在外务省大便。在日比谷公园稍事休息，前往东兴园。与林、肥后、井上夫妇、高松、玲子会餐。后，去丸善、高岛屋购物。五点，坐快车回〔蓼〕科。

棒球公开赛开始。

▲春日正澜，突然顺道去了趟霞关的外务省，去大便什么的。

▲所谓的外务省，恰如其名字那样，务必在外面大便。

4月9日 星期日

忽晴忽阴。

有点冷，睡午觉。听广播里西铁和近铁的〔棒球〕比赛。

工作大有进展。捉迷藏→二楼→自行车比赛→大阪的酒馆部分完成。

4月10日 星期一

晴。

春寒料峭。有霜柱。早晚，工作进展顺利。修改昨天写的部分后，完成小早川家打电话的部分。

4月11日 星期二

晴。

寒气缓解。在窗外撒米粒。白颊鸟来。黄莺开始鸣叫。

工作。完成京都旅馆佐佐木的部分。

4月12日 星期三

雨。

春雨。清来。谈了会儿话，说给东洋观光的头头当向导的事。回去。

工作。写火葬场的部分，完成了一半。及川满来信。东京或许在下雨，打开广播，没有〔听到〕棒球〔比赛的转播〕。

4月13日 星期四

晴。

春日迟迟。独自一人前往万叶堂，购买香烟。18度。躺在德助家的草地上。工作。完成火葬场的部分。给及川满回信。

苏联成功发射载人飞船。

4月14日 星期五

晴。

工作。写完农田和最后的部分。

艺术院奖公布。川崎小虎获恩赐奖等。

津村秀夫来信。

4月15日 星期六

雨。

笠夫妇在新宿乘坐八点十分的快车来。带来刚刚挖的竹笋。好吃。

工作。回到第一个场景，检查故事结构。傍晚，雨停了。

山内将这个月的钱给金子送去。

MEMO

▲ 生命短暂应珍惜，从今往后起，减少晚上喝酒时。

蓼科的食品不足。

▲ 甲斐驹雪积斑驳，恰似松阪五花肉。

4月16日 星期日

晴。

风大。笠要剪大竹叶，来借剪刀。

巴士司机罢工。

山内来信。

工作。完成第一个场景大阪酒馆的写作。

4月17日 星期一

晴。

与笠夫妇前去看 Ice 前的房子。一直走到亲汤。

工作，完成公寓部分。

日活的神谷正和去世。发起唁电。佐田打来电话。

4月18日 星期二

晴。

饭后，出门散步。从 Aruki 庄的坡道去看房地产。笠来。

笠夫妇乘坐五点三十三分的快车回去。

工作。开始写小早川家。

4月19日 星期三

晴。

春暖。黄莺鸣叫。〈天皇不会哭，螃蟹身边卧。〉〔这是〕报纸上川柳的佳作。

工作。完成兼营茶室的水果店送别会及会后小车站的部分。

4月20日 星期四

晴。

春暖。今天，去买新发行的邮票。给藤本发快件。

工作。完成小早川家事务所部分。

4月21日 星期五

晴。

让人打扫无艺庄。

一人在山上散步。

工作。写画廊的部分，使其前后一致。晚上，九点二十分，脱稿。给村上打电话。让他写《雪山赞歌》的歌词。

4月22日 星期六

阴。

云呼庄前的道路加宽工作开始。

给宝塚的金子打电报。〈本子出来，请打电话。〉后，金子打来电话。

佐田从京都寄来竹笋。

晚上，给各方朋友打电话。佐田、北川、司、长井等。

4月23日 星期日

阴。

寺本忠弘的父亲去世。发唁电。

整天无所事事。

4月24日 星期一

晴。

傍晚，玲子来。

4月25日 星期二

晴。

佐田夫妇在新宿乘坐中午的火车来。带来许多礼物。吃金枪鱼刺身。

野田夫妇、玲子等六人前往亲汤，住一晚上。

4月26日 星期三

晴。后，雨。

从租借的土地处前往一本樱。浜来。

佐田夫妇乘坐五点半的火车回去。傍晚，下起雨来。据说，火车里人很少，可以找到座位。

佐田打来电话，说平安抵达。

4月27日 星期四

晴。

雨停，风大。藤本打来电话，说明天他和金子来蓼〔科〕。中午前后，笠成子、前田亚子来。

晚，成子、亚子为我做中国菜。

阿尔及利亚平定。

4月28日 星期五

晴。

雨停了。下午，东宝的藤本、金子来。在野田家会餐。后，去亲汤。野田夫人出席蓼科会，去东京了。

4月29日 星期六

阴。

天皇花甲。早饭吃得早，一天日较长。赤城带着孩子来。天气好，人多。藤本、金子乘坐中午的火车回去。下午，玲子回去。成子做咖喱饭。

MEMO

亲汤旅馆〈夕照之间〉有洗澡间，很好。〈展望之间〉眺望景色很美。

4月30日 星期日

晴。

中午，从 Ice 的前面走过，前往下之谷。回来后，成子她们在做干咖喱饭。

村上打来电话，说明天来。

5月1日 星期一

阴。

早饭后，大家都去杜鹃峡了。村上来。

吃成子做的蛋炒菜。

蛋炒菜不如煮鸡蛋吗？

5月2日 星期二

晴。

早上，成子、前田去明治温泉。大家一起先去普通露营地。回来时，下起小雨来。村上回去。吃牛肉火锅。

晚上，贵多川打来电话。

5月3日 星期三

阴。后，雨。

早上，成子他们回来。

在广播里收听巨人［队］［与］大洋［队的比赛］。

高松繁子来。带来佳肴。

《小早川家之秋》［剧本］的复印件送来了。大概九千日元吧。

5月4日 星期四

雨。

北川打来电话，说明天来蓼［科］。

修建道路的爆破声很频繁。

5月5日
星期五

半晴。

出门散步，走到一本樱。只有一两朵花。

傍晚，北川、文春的薄井来。带来蚕豆、鲣鱼。高松女士回去。三个男人住在万叶堂。

5月6日
星期六

晴。

制片人金子打来电话，说摄影〔由〕中井朝一〔担任〕，美术〔由〕下河原友雄〔担任〕。还说，十一号召开工作人员会议。

三人还住在万叶堂。

MEMO

白桦树的树干呈白色，在斑驳雪地里，就像是脸上抹着白粉的妓女一样。

5月7日
星期日

晴。

早上，下河原来。北川、薄井回东京。

散步。下坡道，前往溪谷。

5月8日
星期一

半晴。

吃八角金盘嫩芽做的天妇罗。

5月9日
星期二

晴。

乘坐中午的火车下山。金子、寺本、玲子、山内、喜（贵）多川来新宿。在若松吃亲子盖饭。见到冈田茉莉子。早早回家。

5月10日
星期三

晴。在家。新绿很好。

5月11日
星期四

阴。

与野田去东京。去了趟东宝总社后，在东屋旅馆开工作人员会议。中井、石井、藤本等人〔出席〕。后，与藤本、下河原去 Espoir。回家时，去了趟弁天。

5月12日
星期五

雨。

风很大，气候有点不稳定。

整天在家。

5月13日
星期六

雨停了。晴。

井上和男、和子的结婚庆祝会在横滨海员阁举行。出席。乘车前往。走过元町。在中午见到里见先生。庆祝会后，去了趟马斯科特。后，回家。

原泽来。

5月14日
星期日

整天在家。

母亲节。登贵来。早上，喝酒。睡午觉。

5月15日
星期一

阴。小雨。东京洗印厂的野地来。东宝的金子、寺本、下河原、竹前来。开碰头会。前往通济家。后，去弁天寿司。

导演协会理事会召开，但我没有去。再次被选为理事长。

贾利·库珀*去世。

5月16日
星期二

阴。

去东京。东山魁夷展。松屋八楼。

山内来。野田夫妇、玲子、北川、益子、成子。后，〔去〕花之木。高松来。吃得很饱。去了趟 Espoir 后，回家。高松也来镰仓。喜多村绿郎去世。

5月17日
星期三

林龙次来。说下一部作品想使用伊斯曼〔胶片〕。

5月18日
星期四

晴。

去东京。静夫同行。喜多村绿郎告别会〔在〕筑地本愿寺〔举行〕。后，与里见先生、稻田前往柴又川甚。回来时，去了趟堀切菖蒲园。去东宝总社。与堀川、藤本去宾馆、若松、Espoir。回家时，去了趟弁天。

5月19日
星期五

整天在家。

5月20日
星期六

阴。

去东京。与野田观看《别后种种》。后，去若松，有原、团、桂树、大介、司、藤木等。与藤本、金子聚餐。回到镰仓时，与野田去了趟弁天。没有喝酒。

* Gary Cooper(1901—1961)，美国四五十年代的著名影星，曾两次获得奥斯卡最佳男主角奖。

5月21日 星期日

阴。

宿醉。登贵来。笠成子来。睡在床上，没有见她们。小笠原来。

相扑千秋乐。佐田之山获冠军。

长谷时来。

5月22日 星期一

晴。

去东京。与林、小笠原在东兴园前会面，去第一宾馆的酒馆、若松。在Nishi木买寿司，前往田园调布的佐田家。拿到干洗的衬衣后，坐电车回家。

5月23日 星期二

阴。

整天在家。柿田、竹前、成子打来电话。晚上，在电视上看棒球[比赛]。

5月24日 星期三

阴。小雨。

成子来。在横滨乘坐九点二十二分的燕子［号］。寺本、朽木栗岛、大阪车站。乘车前往宝塚制片厂。与工作人员见面。与益田厂长和下河原在今长聚餐。住在今长。益田回去。给奥山打电话。

5月25日 星期四

晴。

乘车前往滩。四处转转，看了看造酒屋。看了看向日町的自行车赛场。经过松尾神社、梅宫，前往新桥的藤田。增田一惠来。前往富田屋。前往开阳亭。

住在藤田。

5月26日 星期五

晴。

前往伏见的月之桂。看了伏见的许多地方。回到京都后，在开阳亭吃午饭。寺本、竹前回宝塚。晚上，清水来。畅谈。

在藤田住第二个晚上。

5月27日 星期六

晴。

看祇园的街道。奈良、西大寺〈自行车比赛〉。郡山天理〈午饭〉。橿原、八尾。回到大阪。

日本桥〈Hitokuchi〉。去了趟加代子的〈姊妹〉［家］后，回到宝塚。与加、美术喝啤酒。

住在门樋。

MEMO

〈相扑夏季赛事 东京〉 7-21

冠军	○	●
特殊功勋	○	●
敢斗	○	●
技能	○	●

5月28日 星期日

晴。

两点半，乘坐大阪发车的回声〔号〕回来。下河原夫妇、寺本、竹前、寺本夫人等五人来送行。送给我鹤屋的礼物。金子来到横滨。回东京。

5月29日 星期一

小雨。后，晴。

风大。整天睡午觉。

起来后，修剪篱笆。大鹏上〈我的秘密〉的节目。盐煮鲷鱼好吃。读《三彩》第五期上〔的文章：〕关于〈素雅〉——河北伦明。直截了当。

5月30日 星期二

阴。

两点，与下河原、竹前、〔管〕衣裳〔的人〕、野田、原前往浦野，调配衣裳。与大家在北镰仓站前分别后，回家。在电视上看西铁5-大每2的比赛。

原送我威士忌。

5月31日 星期三

小雨。

山内来。去看成濑的《作为妻子，作为女人》，但停电。在紫园喝咖啡，等电来。但似乎不会来电了，打消看电影的念头。去了趟里见家后，回来。

没有出席〔导演〕协会理事会。

6月1日 星期四

阴。雷。雨。

登贵来。去了趟北镰仓的书店后，坐电车去镰仓。与野田去看《作为妻子，作为女人》等电影。《续 社长道中记》。去了趟宗惠、弁天，喝啤酒。在岛森买书。回家。

打雷。但正在看电影，没有感觉到。

6月2日 星期五

晴。

大宫衬衣店的人来。下河原友雄来。商量涉及的事。住在下河原处。给司、若尾打电话。

6月3日 星期六

阴。

与下河原商量。早上，洗澡、喝酒。睡午觉。早庆棒球比赛。K7-W5。下河原睡得真香。闲谈。在下河原处住第二个晚上。

MEMO

无论你使用了多么时尚的题材，无论这个题材有多大的社会性，如果用言语加以说明的话，那是不会成为戏剧的。

只是用合乎逻辑的漂亮言辞加以叙述，也就像钱数是算对了，但钱不够。

引以为戒。

6月4日 星期日

晴。

轻装。戴着白色帽子去东京。刚出门不久，福留和子来了。在高岛屋看俵屋宗达展。买皮带。北川来。在荣林与高山辰雄夫妇、多闻堂夫妇聚餐。去了趟贵多川后，回家。镰仓下小雨。

6月5日 星期一

晴。

去东京。在东屋调配衣裳。

六点，永田雅一获法国文化奖颁奖仪式在帝国宾馆举行。见到城户。与野田去了趟东兴园后，回家。

6月6日 星期二

晴。

去东京。去了趟伊势由后，定下夏季单和服。在东宝总社与媒体的人们见面。后，参加司、原的招待宴会，前往筑地数寄屋。藤本。野田。

6月7日 星期三

晴。

一点，去新桥车站。在伊势由购买夏季单和服。在东宝总社看白川西服〔店的人〕试缝衣裳。在高嶋（岛）屋看西服料子。与中井、石井、下河原、金子、寺本、竹前在神田天政剧场。与村上同车。见到浦野。

6月8日 星期四

晴。

早早起床。收拾行李。洗澡。青木来，带来香鱼。〈第二回声[号]〉。横滨两点五十二分。笠成子同行。下河原、金子同车。野田夫妇、山内送行。九点，抵达大阪。乘车前往宝塚门樋。住下。

6月9日 星期五

小雨。

十一点，车来。参观池田的小林逸翁美术馆。从池田到十三。从十三到神户。在Juchheim喝咖啡。看了西滩后，[去]三宫。回到宝塚。

牛肉很好吃。北川从大阪的鹤屋打来电话。

好像已经入梅了。

6月10日 星期六

阴。

演员面试。工作人员会面。看植物园、动物园、茶室、歌剧。观看《女家人》。小岛正雄来。有点疲惫，早早上床睡觉。笠夫人来。与成子住下。

6月11日 星期日

晴。

乘车采外景。[去]山崎、岚山、祇园。在三岛亭吃午饭。下河原[与大家]走散。去佐佐木。见到佐田夫妇。笠母女俩前往京都的茶会。下河原夫人来。

6月12日 星期一

阴。

休息日。笠母女俩、下河原夫人分别回去。睡午觉。

睡得很香。

无所事事。中井因试映，坐飞机回东京。

十点多，接到成子的电话，说安全抵达东京。

6月13日 星期二

阴。

十一点去厂里。试拍。中井回来。

一点，试映《浮草》。

回到住处后，去理发。天黑之前，吃晚饭。柴田送来衬衣。冷。

6月14日 星期三

阴。

试映《秋日和》，作为参考。

后，采外景。[去]伊丹、白雪、大手柄。下起小雨来。回来。

回到住处后，吃牛肉火锅。布景。商量设计兼营茶室的水果店。

只穿一件单和服，真有点凉。

6月15日 星期四

去厂里。碰头会。

6月16日 星期五

去厂里。碰头会。

与宝塚的演员面试等。

6月17日 星期六

去厂里。

碰头会。

6月18日 星期日

阴。

休息日。寺本来。设计酒吧。睡午觉。四井五郎夫妇来访。

中井、石井来。闲聊。晚上，与小林桂树、宝田、下河原聚餐。

原、新珠来。他们回去时，寺本、冈田来。

6月19日 星期一

晴。

上午，去厂里。试拍。

三点，雁治郎、司、白川、原、桂树、新珠、宝田在大阪东宝分社与媒体人见面。后，去北之俱乐部大田。

6月20日 星期二

晴。

十点，看完衣裳后，乘车从茨目的土堤到阪奈大道。在奈良吃午饭。

乘坐电车，看沿线〔的景色〕。在四条 Chigiri 屋看衣裳。在大丸购物。乘坐阪急去十三。采外景。前往西宫，坐电车回来。非常疲惫。

6月21日 星期三

晴。

去厂里。调配配角的衣裳。后，坐电车从清荒神前往大阪，在看得见〔大阪〕城的地方采外景。后，在美美卯吃乌冬面。看了道顿堀的夜景后，坐电车绕西宫回来。

6月22日 星期四

阴。

宝田、白川来。与司一道练习白（原文如此）。

6月23日 星期五

阴。

开机。公司。司与白川。十个镜头。早早结束。回住处一趟。六点，工作人员开会。牛锅宝乐。

回到住处后，与中井、下河原喝酒。

青野季吉去世。

6月24日 星期六

阴。

晚起。三点，去厂里。看布景。回来睡午觉。五点，伏见增田兄弟乘车来。油煎牛肉。白兰地。回来后，思考分镜头剧本。进展不顺。

6月25日 星期日

雨。

雨越发下了起来。九点，兼营茶室的水果店。司、白川、宝田出场。九个镜头。四点结束。

结束后，在住处看名古屋赛事的第一天〔比赛〕。佐田之山赢了柏户。每天都有马拉松〔比赛〕。

6月26日 星期一

大雨。

武库川发大水。兼营茶室的水果店第二天。完成走廊〔的拍摄部分〕。晚上，与白川由美、宝田聚餐。正在吃饭时，野田成子等三人坐第二回声〔号〕抵达。

因下雨，十分担心在十三的外景拍摄。

6月27日 星期二

大雨。

发大水。休息日。浊流满地。

羽衣悠子来。大家烤牛肉吃。

在十三拍外景。因雨而中止。

6月28日 星期三

中午，雨停了。但外景拍摄还是中止了。

因下大雨，发大水，宝塚游乐园池中的鲤鱼都跑了。许多人在制片厂捕到鱼。

6月29日 星期四

去厂里。

看酒吧的样片。

原、森繁、加东来宝塚。对台词。

6月30日 星期五

晴。

Bar。第一天。森繁、加东、环。按时结束。

野田夫妇、成子去看宝塚歌剧。

傍晚，散步。大家都到小池旅馆去拜访原节子。

若又一次输给了佐田之山。3负。

7月1日
星期六

半晴。

Bar.第二天。森繁、加东、原。一直到傍晚六点。上午，野田夫妇、成子去大阪，中午过后，回来。寺本来。晚上，下河原坐飞机回东京。

MEMO

已立夏，宿门樋，隔着武库川，远眺宝塚大剧场。

夏日草，任其长，天津乙女来，岁月风霜显脸上。

7月2日
星期日

酒馆。第三天。

成子与亚纪子去神户。

与加东、寺本、冈田乘车前往大阪，去南边的西尾。

7月3日
星期一

晴。

与成子、秦、京子、信、寺本去看宝塚。见到横泽三郎。后，前往三和的体育场，观看棒球比赛。吃鲷鱼火锅。

拜访小池的原节子。

7月4日
星期二

完成酒馆的拍摄工作。回到住处，有点瞌睡。八点半，上床睡觉。

7月5日
星期三

雨。

冰屋布景。雁治郎和藤木。

中午，藤本、尤敏、宝田来。

佐田，大阪的《香港之夜》开场第一个晚上。回到住处。

藤本来。中井、石井来。在电视上看棒球比赛。看着看着睡着了。成子回东京。

7月6日
星期四

晴。有时阴。

［拍摄］冰屋剩下的部分。两个镜头。中午，祇园。佐佐木住处的大路。三个镜头。

大船厂长白井昌夫来。

7月7日
星期五

晴。

中午，对台词。雁治郎、浪花、团。看布景。

回到住处，思考分镜头剧本。

7月8日 星期六

佐佐木住处。布景。第一天。

午后，奥山、置盐、中井、桥本、大久保、谷本、池部来访。在门樋稍事休息后，乘车前往松枫阁，参加老同学聚会。桥本、谷本两人住在门樋。

7月9日 星期日

晴。入夜后，电闪雷鸣。

早上，与谷本、桥本喝酒。睡午觉。

晚上，吃牛肉铁板烧。不断地打雷。两人回去。名古屋赛事千秋乐。获2负的人有大鹏、朝汐。大鹏〔最终〕取胜，获得冠军。

7月10日 星期一

晴。

佐佐木住处。第二天。雁治郎、浪花、团。三十一个镜头。酩酊大醉。村上忠久来。成子来。

晚饭后，去松下、春驹。

7月11日 星期二

佐佐木。布景。第三天。

7月12日 星期三

佐佐木。布景。第四天。

7月13日 星期四

佐佐木。布景。第五天。

7月14日 星期五

佐佐木。布景。第六天。

7月15日 星期六

佐佐木。布景。第七天。

和泉了一〈大阪97 - 7886〉等人来访。〔他们〕都是新加坡的知己。

MEMO

〈相扑比赛名古屋赛事〉25-9

冠军	○ 13	● 2	大鹏
特殊功勋	○ 11	● 4	佐田之山
敢斗	○ 10	● 5	枥光
技能	○ 11	● 4	枥之海

7月16日 星期日
休息日。

7月17日 星期一
佐佐木。布景。第八天。完成。

7月18日 星期二
岚山饭馆布景。
晚上，寿美花代、黑木光、黛光、金子、寺本来。

7月19日 星期三
岚山饭馆。布景。第二天。完成。

7月20日 星期四
准备出发拍外景。乘车前往六甲兜风。前往神户。散步。回来。
须川荣三同行。

7月21日 星期五
出发，拍外景。
拍西大寺的自行车赛场。很热。前往京都。住在藤田。

7月22日 星期六
去西大寺、药师寺拍场景。
晚上，与猪熊兼繁、益田惠一等人，以及雁治郎、工作人员在藤田会餐。前往Osome、开阳亭。

7月23日 星期日
傍晚，开始下起小雨来。
浪花千荣子的招待宴会在竹生举行。然后，在岚山看鹈饲。

7月24日 星期一
傍晚，雁治郎的招待宴会在木屋町床之夕凉举行。
哥哥从大阪来。但由于松华楼已经满员，让他住在藤田。
气候似乎要变坏。

7月25日 星期二
晚上，与伊藤喜朔、下河原来到开阳亭。
住在松华楼。

7月26日 星期三
拍外景。老天帮忙，完成祇园的拍摄工作。
外景队一行回到宝塚。
住在松华楼。

7月27日 星期四
外景拍摄暂时完成。乘车回到宝塚。

7月28日 星期五

休息。

7月29日 星期六

小早川家布景装饰。

7月30日 星期日

小早川家布景。开始拍摄。第一天。

7月31日 星期一

第二天。

8月1日 星期二

第三天。

8月2日 星期三

第四天。

笠成子来。

8月3日 星期四

第五天

8月4日 星期五

第六天。

今年特别地热。连日来的布景拍摄，进展不顺。执导时，把湿毛巾顶在头上。

8月5日 星期六

第七天。

厚田、富二、山内、来宝塚。

管理道具的工作人员前往鲇狩。捐赠两万日元。

8月6日 星期日

休息。与厚田、山内、清水、成子、藤蔓前去参观宝塚歌剧。见到阪急社长。

晚上，通济夫妇来。原节子来。聚餐。

8月7日 星期一

第八天。

通济夫妇、小西白雪参观布景。

清水回东京。野田夫妇来。

8月8日 星期二

第九天。

8月9日 星期三

第十天。

厚田、山内回去。给车中打电报，告诉其《秋刀鱼之味》的题目。

樱睦子从京都来。

8月10日 星期四
第十一天。
樱回去。

8月11日 星期五
第十二天。
村上来。

8月12日 星期六
第十三天。
成子的朋友野间公子来。

8月13日 星期日
休息日。
与野田夫妇、村上、野间、成子去宝塚参观。
途中，与藤木去蒸汽浴。

8月14日 星期一
第十四天。
村上回去。佐田从京都来。
门樋的河岸边搭建起地板台子。坐在地板台子上,吹着凉风,喝酒。

8月15日 星期二
早早结束工作，去小林一三翁的墓地。
在门樋的地板台子上看放烟火。藤本、川喜多、雁治郎、新珠、三鹰及工作人员等。后，与川喜多前往宝乐。

8月16日 星期三
休息。烟火。第二天。
伏见的增田一行人、桥本泰太郎来。
野间回去。
给宝塚后台送去西瓜。〈三鹰〉

8月17日 星期四
第十六天。
突然买到车票，野田夫妇急匆匆回去。傍晚下起骤雨来。

8月18日 星期五
第十七天。
小早川家的主屋的布景完成。

8月19日 星期六
小早川家。完成偏屋的拍摄。

发生地震。晚上，前往明石。

小林、藤木。〈两人早早回去〉。成子、新珠、明石、三鹰、真帆、桂木、美吉。盛会。

8月20日 星期日

休息。因东宝募集演员，中井、石井、藤本前往应聘。

给宝塚送去西瓜。〈真帆〉

晚上，真帆志 Buki、晴野晓美、藤本真澄来。清水富二来。

高中棒球赛。浪 1 - 0 桐。

8月21日 星期一

小早川的事务所。第一天。雁治郎出场。

疲惫。早早上床睡觉。司来。

下河原夫人、希雄来。

8月22日 星期二

白天休息。宫川一夫为《恶名》采外景，顺便来。

八寻不二来。

晚上，在十三车站拍外景。天亮。

8月23日 星期三

昨天晚上，因搞了个通宵，今天休息。从外景地回来后，吃四井带来的寿司。睡午觉。

傍晚，歌剧的川岛女士和寿美花代来。座谈会。

喝了许多酒。

8月24日 星期四

事务所。第二天。

山茶花及藤本的桥段。

回到住处，早早上床睡觉。

8月25日 星期五

事务所。第三天。

拍了三十个镜头。

8月26日 星期六

今天，中井、石井搬出松下，搬到门樋，住在一起。

文春的高松繁子、铃木丽子、井上和子来。住在宾馆。

三上真一郎来。与桂树、悠聚餐。

8月27日 星期日

一行人参观宝塚。与悠去洗蒸汽浴。

早上，蓼科打来电话，说平兵卫夫妇等六人来蓼〔科〕。

8月28日 星期一
前去拍外景。中途，下起雨来。在宇治的花屋敷吃午饭。
高松女士们回去。晚上，北川来。

8月29日 星期二
上午，睡觉。看小早川家的二楼布景。后，对台词。
原、司、荣来。
晚上，浜村义康来。住在松下。

8月30日 星期三
小早川家的二楼。第一天。

8月31日 星期四
二楼。第二天。
浜村与岩下会面。看样片。
与原、荣、司、比奈、京子、伸子、金子、须川、石井、下河原聚餐。

9月1日 星期五
去拍山田村火葬场的烟囱。回来，完成二楼布景的拍摄。
中井、石井两人的夫人来宝塚。
寿美花代从京都打来电话。
金子正且回东京。

9月2日 星期六
斋田提二、生驹千里、樋口三游亭来访。
晚上，原节子举行招待宴会，前往七福。喝酒。与中井跳日舞等。
今天，〔拍摄〕公寓。第一天。

9月3日 星期日
休息日。因是周日，大阪神户的好吃的饭馆基本上都休息。
从Abera那里叫意大利面和披萨饼的外卖。

9月4日 星期一
完成公寓的拍摄。藤本来。
晚上，一行人又去七福聚餐。盛会。

9月5日 星期二
火葬场的布景。第一天。
晚上，司、比奈子、门樋来。
原节子回东京。

9月6日 星期三
火葬场。第二天。
大日方传来访。
寺本来住处。聚餐。

9月7日 星期四

火葬场。第三天。

杉村春子出演。

9月8日 星期五

八点出发，去伊丹，拍摄早上的场景。回来后，完成火葬场布景的拍摄。傍晚，前往大阪，吃野间的天妇罗。去酒吧石户。司、比奈子同行。

9月9日 星期六

休息日。与中井、石井、伸、悠、成子去看宝塚歌剧。

《清姬与三个枪手》。与新珠、东乡一道。幕间，吃咖喱饭。

看完歌剧后，看样片。晚上，吃涮肉。

9月10日 星期日

晴。

七点，出发拍外景。木津川玉水桥上游的流桥。拍完火葬场，回来的路上，拍鸟的情景。

就此，新珠、杉村、藤木、小林、东乡〔的戏〕完成了。

变得很寂寞。住在奈良大文字。

晚上，与原、司聚餐。

〔相扑〕秋季赛事开始。

9月11日 星期一

晴。

拍外景第二天。土堤下的墓场。烟囱的远景。原与司的戏。

晚上很晚了，笠与望月到来。

在大文字住第二个晚上。

9月12日 星期二

晴。

原、与司在土堤上的桥段。

完成河岸边笠与望月的桥段后，前往京都。

住在松华楼。

9月13日 星期三

晴。

在岚山拍外景。连日来天气十分晴朗。非常幸运。

回来时，去了趟松竹、大映。见到内川、宫川、若尾、中泉。桑野、三上、佐田来住处。

今天，白井和夫结婚。

住第二天。

9月14日 星期四

晴。

中午之前，岚山的外景拍摄完毕。

与中井、石井、下河原前往大市吃甲鱼。增田随后赶来。

司因感冒了，没有参加。原前往桂离宫。

松华楼。住第三个晚上。

9月15日 星期五

中午，去了趟九段下的高岛屋后，乘车回到宝塚。

给镰仓送去蒸汽浴的炉灶等。

9月16日 星期六

第十八号台风来。去厂里。司、宝田的后期录音完成。

回到住处，风越来越大，但到傍晚时，风停了下来。与大家聚餐。

9月17日 星期日

台风一过去，就进入秋天了。

前往大阪拍摄实景。

晚上，贵多川来。

9月18日 星期一

休息日。正睡午觉时，寿美花代来。

傍晚，天津乙女、明石照子、川岛女士、寺本、八云杨子、万里弥生、原节子来。聚餐。盛会。酩酊大醉。

听说益子生了个男孩。京都的佐田打来电话。

9月19日 星期二

十点，去厂里。原与司的后期录音。看画廊的布景。

加东大介来宝塚。

9月20日 星期三

画廊布景。

贵多川前往京都。

成子来宝塚，已经五十天了。

9月21日 星期四

画廊布景。第二天。

笠与望月来，后期录音。

贵多川回去。

9月22日 星期五

布景。公寓走廊。平山医院。完成。

傍晚，原、司、京子、伸来，聚餐。

9月23日 星期六

早上，山下和子来。与成子前往宝塚参观。

整天疲惫。睡午觉。傍晚，寿美花代来。和子非常高兴。

9月24日 星期日

去厂里。看样片。后，前往大阪，拍霓虹灯的外景。由于刮台风，霓虹灯受损很多。

在出云屋吃鳗鱼盖饭。和子乘坐明星〔号〕回去。将她送到车站。

9月25日 星期一

拍摄向日町自行车赛后，拍新大阪大厦、道顿堀霓虹灯的实景。杀青。在滩波桥的清友会馆吃完晚饭后，回来。

9月26日 星期二

休息。

9月27日 星期三

野田夫妇、金子来。门樋满员，三人住在宝塚宾馆。

9月28日 星期四

藤本、黛、吉泽来，看样片。后，商量音乐的事。

在门樋，与藤本、那智、藤里、小文字、万里、美吉会餐。盛会。

9月29日 星期五

野田夫妇去看歌剧。修改样片。增田、武长的渡边武来。去看山本的茶花。置盐来，出席大阪的老同学聚会。

从木之实到大田。吉田、中井、谷本、奥山、大久保。喝得酩酊大醉后，回来。

9月30日 星期六

录制雁治郎的小曲。

中午，全部样片〔完成〕。回来后，让后藤收拾行李。

在宝乐与工作人员举行告别会。

MEMO

〈相扑秋季赛事〉10 - 24

冠军　○ 12　● 3　大鹏

特殊功勋　出羽锦

敢斗　明武谷

10月1日 星期日

晴。

下午，乘车前往神户。野田夫妇、成子、中井、下河原。因是周日，许多吃饭的地方休息。去了趟 Hanawa Grill 后，回来。

10月2日 星期一

晴。

早上，与野田夫妇、成子前往清荒神。在旧道具店买盘子。回来后，在宝塚看《剑豪与牡丹饼》。傍晚，乘车前往有马温泉兵卫，举行送别会。

10月3日 星期二

乘坐下午一点的特快回东京。小林阪急社长等人来送行。野田夫妇、中井、石井、下河原、成子同行。从横滨坐车去了趟笠家后，回家。

10月4日 星期三

前往砧。全部样片。野田夫妇、成子同行。浜村来。回来时，去了趟新桥西口布尔德克。

在车里得轻微的脑贫血。这是因为连日来的疲劳〔造成的〕。

10月5日 星期四

全天在家。长谷的登贵来。

休息。整天躺在床上。

10月6日 星期五

五点半，去东京。去了趟东宝总社后，乘坐藤本的车去涩谷菊亭。〔参加〕东宝导演会的招待宴会。成濑、千叶、黑泽、谷口等人〔参加〕。从新桥回家。永井龙男同车。去了趟弁天。万龟〔规〕子来。

10月7日 星期六

去东京。从新桥坐车去砧，看黑白复制用的负片。

与中井、中川乘车去了趟赤坂贵多川后，前往重箱。

住在田川。

10月8日 星期日

从田川坐车前往砧。

录制音乐第一天。藤本来。

回到田川后，洗澡。因是周日，饭馆休息。

叫炸猪排的外卖，但很难吃。

10月9日 星期一

从田川去砧。录制音乐第二天。早早结束。

与竹前、中井前往若松、前川。

我们三人住在田川。

10月10日 星期二

混音。第一天。从主标题开始。与中川、中井、竹前、铃木伸回来时，前往天政。

去了趟 Espoir。见到藤本。与竹前、中井住在田川。

10月11日
星期三

混音。第二天。从田川坐车前往砧。中井中途回家。

中午前，野田夫妇、成子来。乘车一道前往 Bubuya。金子也来了。在新桥车站前分别后，回到田川。北川来。

10月12日
星期四

混音。第三天。高山辰雄来。早早结束。录音。下永、宫崎、三绳先去天政。然后，前往堇、赤坂的拉面馆。

与山内、中井住在田川。

10月13日
星期五

前往赤坂的理发店。去了趟佐田家，见到贵一。乘车去东京洗印厂看试映。北川也来了。

与山内去了趟镰仓的弁天寿司［店］。

高桥绿、万龟（规）子来。

10月14日
星期六

十点，在砧试映《小早川家之秋》。与野田夫妇、成子前往。后，与下河原等五人前往东兴园。去了趟东宝总社后，出席在帝国宾馆举行的三船敏郎获演技奖的庆祝会。后，与新珠、司、中井、石井去 Bubuya。很晚了，回家。

10月15日
星期日

整天在家。疲惫。整天躺在床上。

10月16日
星期一

整天在家。家政工人草野回去。小川、栗原来。

10月17日
星期二

整天在家。

10月18日
星期三

宝塚山本的金冈长三郎送来四株茶花树的树苗。费用是三千五百日元。叫安斋替我种上。

今天一天在家。

10月19日
星期四

去东京。从新宿坐车前往武藏野庄。［参加］导演协会理事会。松田、加户二人从京都来东京。

去了趟赤坂的贵多川后，从东京站回家。

10月20日
星期五

雨。

去东京。在高岛屋看青邨喜寿展。前往东宝总社，与中井、金子、寺本前往地下的天妇罗屋。八点，在斯卡拉座进行付费试映。志贺先生来。后，在三原桥畔桔梗屋举行完成庆祝会。与野田夫妇、山内乘车回来。

10月21日
星期六

三点，在东宝八楼进行试映。山口、入江、杉山、东山、岳陵、桥本、加藤等人以及冈村、北川。在赤阪（坂）荣林聚餐。后，去Mikado。共有二十三人参加。下起雨来。再次回到荣林。与北川吃炸猪排后，住在田川。

森岩雄来信。

10月22日
星期日

小雨。

北川来。打电话，叫富二来。与富二乘车前往蓬莱屋。从御徒町坐电车回来。

日本〔棒球〕联赛第一场比赛。H6 - G0，南海〔队〕获得一场胜利。

10月23日
星期一

雨。

晚上，在市民座有《小早川家之秋》的试映。雨停了。与金子、寺本在车站前喝咖啡。野田夫人〈回蓼科〉。与玲子、久会面。试映〔结束〕后，与里见先生、〔里见的〕儿子、山口去了趟弁天后，回来。

10月24日
星期二

阴。

登贵来。傍晚，带来涩柿子。前往目耕堂买书。

日本联赛第二场比赛。G6 - 4H。〔两队各〕1胜1负。

10月25日
星期三

小雨。

整天在家。洗澡。喝酒。午觉醒后，晚上小酌。上床睡觉。乱读枕边杂书。

今天有招待试映。但我没有去东京。

10月26日
星期四

阴。入夜后，下起雨来。

Mashiro屋的人来，试缝衣服。笠夫人、成子来。给我带来白兰地、点心等。

第三场比赛。G5 - 4H。

藤木（本）Sei、田中春男寄来松口蘑。

10月27日
星期五

整天在家。因下雨，日本联赛中止。登贵来。带着松口蘑回去。

给各方朋友写信。分给野田一些从门樋寄来的松口蘑。

菅原 Atusko 来。给我带来白雪〔牌酒〕。寿美花代来信。

10月28日 星期六

雨。

去大船参加大船导演会——好久没有去大船了。与井上和男去东京。前往总社，见到月森。乘车前往涩谷，参加协会理事会。与井上〔去〕若松。然后〔去〕Mikado。

很晚了，住在小富美。

MEMO

不断有人送来松口蘑。

寺本——宝塚映画——藤里美保——岩下志麻——门樋——藤本圣——田中春男。

今年的柿子大丰收，而松口蘑则歉收。

10月29日 星期日

晴。

北川来。村上来。下河原来。

乘车前往蓬莱屋。买梅干后，回来。与大佛次郎同车。

日本联赛，拉锯战。G4 - 3H。寺田的投球不好。

10月30日 星期一

阴。

出门散步。从龟返（之谷）去了趟香风园后，回来。累。

H6 - 3G。巨人〔队〕3 胜 2 负，转场大阪。

10月31日 星期二

与野田去东京。长井信一从事电影生涯五十年之会在 Hotel New Japan 举行。被迫演讲。后，与中井、下河原去若松、前川、Mikado。与野田回来。

11月1日 星期三

晴。

与中井、下河原、益子、北川在新桥车站碰头后，前往日展招待日。

见到冈田茉莉子。与桥本画师前往精养轩。后，去蓬莱屋。吃得很饱。去 Espoir。见到藤本。看宝塚的练习后，吃爱情拉面，回家。

G3 - 2H。巨人队 4 胜 2 负，赢得胜利。

11月2日 星期四

晴。

正睡觉时，老母亲、小川去剧场镰仓观看《小早川家之秋》。

起床后，吃早饭，又睡午觉。

晚上，在电视上看意大利歌剧的演唱。喝薏苡茶。

11月3日 星期五

晴。

去东京。与山内夫妇去了趟田园调布佐田家，邀上益子，前往青山墓地。高桥贞二的三周年忌日。后，在赤坂的荣林聚餐。后，去若松。坐末班车回家。横山、那须二人同车。

11月4日 星期六

晴。

整天在家，无所事事。

MEMO

今朝秋意浓，无酒腹中空。几董

几董也是个酒豪。因是爱酒的人，所有能够写出这样的名句。深有同感。

11月5日 星期日

晴。订婚的生驹夫妇来。去了趟扇谷，与里见先生、那须去横山泰三郎那里。茶碗烧。

山口久吉在三得利美术馆任职之会在华正楼举行。前去参加。后，前往扇谷怡吾庵。

11月6日 星期一

整天在家。

11月7日 星期二

晴。

中午，益田、平尾、田边、寺本等宝塚映画的人们来。为［拍摄］《小早川［家之秋］》致谢。后，前往野田家。加上笠母子俩，前往New Grand。走过元町，去了趟马斯科特，让成子用车送我回来。

11月8日 星期三

与成子去东京。在宝塚观看《火之岛》。后，前往若松、前川、Mikado。益田、渡边〈导演〉、中井、下河原、寺本、北川、成子、新珠、明石、三鹰、真帆、桂、琉璃、野田夫妇。

乘车回镰仓。

11月9日 星期四

晴。

协会召开理事会。但我没有参加。去东京。出席在Levante举行的生驹千里的结婚典礼。后，与野田夫妇、益子、高松、白井夫妇前往 Bubuya。分别后，与白井夫妇去 Osome。让白井用车送我回来。

11月10日 星期五

晴。

傍晚，去东京。在新桥的阿芒德集合，与工作人员在京桥伊势喜吃饭。后，去了趟 Osome 后，回家。末班车。厚田、山内、浜村、小尾、田代、桥本、〔搞〕宣传〔的人〕、三上、须贺、石渡。

11月11日 星期六

晴。

与野田夫妇、中井等四人在新宿乘坐十点的火车前往蓼科。益子、贵惠子、北川、村上来送行。在上诹访的八岛吃荞麦面。购物后，登山。

住在片仓家。

MEMO

▲ 人生中，偶然常常起到很大的作用。

话虽这么说，但这最多也只是对烂情节剧剧本有所帮助而已——人生中无聊是必然的。你说对吧?

11月12日 星期日

晴。

在片仓住第二个晚上。

〔相扑〕九州赛事开始。

11月13日 星期一

晴。

从片仓前往野田家。晚上，在广播里收听世界次轻量级拳击比赛，穆尔对高山的比赛。穆尔获胜。给新珠打电话。

散步至一本樱。住在云呼庄。部队的战友名取来。整天喝得醉醺醺的。

11月14日 星期二

晴。

下午，乘车前往白桦湖。回来后，小酌。给原节子、门樋、寿美打电话等。

在云呼庄住第二个晚上。

11月15日 星期三

晴。

下午，出门散步。去三好油脂拜访清，请他除佐田家和我租借的土地上的草。吃完煮鸡蛋后，回来。喝小豆汤。晚上，吃可乐饼、干咖喱。吃得很饱。佐田打来电话。假牙出现裂纹。

11月16日 星期四

晴。

持续好天气。很暖和。

一大早，中井朝一在庭院里练习打高尔夫球。坐四点半的巴士回东京。

晚上，清濑。听他讲吃蟒蛇的事情等。

睡得不好。

11月17日 星期五

阴。

早饭后，出门散步至亲汤。回来时，坐巴士。

回来后，睡午觉。九州相扑比赛进入第六天，大鹏被开隆山抱摔，[输了]。获全胜的只有若三杉一人。入夜后，下起小雨来。

11月18日 星期六

雨。

无所事事。完全无所事事。洗澡、喝酒、睡觉、听广播里的相扑比赛、喝酒、睡觉。

但睡得并不好。

11月19日 星期日

小雨。

整天下着小雨。

无所事事。接到亚麻的约稿。

大鹏输给了岩风。若之花输给了富士锦。比赛中期，获全胜的只剩下若三杉。

晚上，中井打来电话。

11月20日 星期一

小雨。

洗澡。喝酒。睡午觉。如往常一样。上诹访的赤木(原文如此)来访。相扑比赛进入第九天。1负的有柏户、若三杉、青之里三人。

给小林用快递寄去藤泽税务署的文件。

11月21日 星期二

晴。入夜后，雨。

中午，正要出门散步，浦野的田中带着苹果来。

去租借的土地处看看。清一郎帮我除了草，看上去变化很大。

下河原打来电话，说明天来蓼[科]。收到司从四国的金企（原文如此）比罗寄来的信。

11月22日 星期三

晴。

雨停了。

下河原在新宿乘坐八点的快车来。给协会打电话。寺本打来电话。白天很暖和，室内〔温度〕14度。晚上，原节子打来电话。下河原开了瓶 Torys〔威士忌〕，喝得酩酊大醉。睡得犹如朽木一样。

满月。但无所事事。

11月23日 星期四

晴。

出门散步。下到泷汤的河谷里。已经是冬天的装扮了。

若之花输给佐田之山，3负，而且是连续三次负于佐田之山。

读泽村的剧本，一直到深夜三点钟。与下河原交谈。

11月24日 星期五

晴。

小雪花。早上，正喝酒时，新藤、长濑来。

小川轩的敦子来，让她给我剪发。

柏户输给了北叶，2负的只剩下他与柏鹏了。

在片仓吃晚饭。与新藤、长濑、野田夫妇、下河原聚餐。新藤、长濑住在亲汤。

11月25日 星期六

阴。

从片仓前往云呼庄。新藤、长濑回去。散步，至泷汤的河谷。

晚上，在片仓吃夜宵。木匠矢岛、清来。快十点时，井上夫妇、文春的高松来。与下河原一道住在片仓。柏〔户〕〔大〕鹏的比赛，〔大〕鹏以抱出的手法赢了〔柏户〕。在电视上看。

▲ 二十五号公布艺术院会员〔的数量〕。

现会员	缺员	合计	
第一部	55	(+1)	56
第二部	28	(+9)	37
第三部	20	(+7)	27
合　计	130	(+17)	120

11月26日 星期日

晴。

前往除完草的高松家租借的土地——见到清——看了看蕃（蛮）家后，在野田家吃早饭。洗澡。在茅野乘坐四点四十二分的第二〔回声号〕上高地回东京。名取来团二车站。前往东京站。回镰〔仓〕。

大鹏获冠军。

11月27日 星期一

晴。阴。

晚起。洗澡。

[举行] 文春祭和有马稻子的结婚典礼，但我一个都没有去。休息。

整天在家。吃杂煮、稻田的浇汁菜。一天都躺在床上。

11月28日 星期二

阴。

晚起。洗澡。Mashiro 屋的人来。支付做衣服的费用四万八千日元。预订牛仔裤。预付二千日元。

傍晚，下起雨来。老母亲神经痛，说身上到处都疼。

无所事事。

11月29日 星期三

晴。

晚起。洗澡。喝酒。给佐田打电话，说下午一定会去拜访。但午觉睡醒后，懒得去拜访，再次给佐田打电话，说不去了。

登贵来。老母亲有点发烧，说神经痛。

无所事事。

11月30日 星期四

晴。

晚起。洗澡。吉田打来电话。说最近老同学要聚会。老母亲痊愈。睡午觉。

读清方的《往日记事》。

大门不出。已经第四天了。

12月1日 星期五

雨。

晚起。早上，洗澡、喝酒，如往常一样。

下起雨来。整天躺在床上。乱读枕边杂书。野田登久打来电话，说四号来镰 [仓]。

在电视上看江川宇礼雄夫妇。银婚纪念。

12月2日 星期六

晴。下河原从京都寄来咸菜等。在电视上看文春的文人剧。整天躺在床上。如往常一样。

大门不出。第六天。不无聊。

今天晚上在巴黎举行世界柔道锦标赛。

MEMO
〈相扑比赛 九州赛场〉12- 26。

冠军	○ 13	● 2	开隆山
特殊功勋	○ 9	● 6	房锦
技能	○ 9	● 6	栃之海
敢斗	○ 11	● 4	若三杉

十两 内田 获全胜。

12月3日 星期日

晴。

登贵来。四点多，去东京。协会 NG 祭在日活 Family Club 举行。

桥本画师来。后，与野田夫妇、山内、池部、下河原去赤坂高松。回来时，去了趟弁天后，回家。

在博多举行朝日马拉松比赛。海辛克〈荷兰〉获柔道冠军。

12月4日 星期一

晴。

中午过后，野田登久来。不久，叫车前往长谷。

昨天的酒劲还有点在。

整理画。佐田打来电话。说九号六点去法国屋。

12月5日 星期二

晴。

晚起。洗澡。傍晚，益子来。说从鹄沼参加完木下惠介生日聚会回来。坐上益子的车前往田园调布。与佐田、贵惠子前往自由之丘的 Top。住在佐田家。

12月6日 星期三

晴。

与贵惠子玩耍。傍晚，与佐田夫妇、贵惠子前往神田天政。叫上山内、清水。

后，去 Espoir。与加代（贺世）、Rei 子、清水、山内去 Bubuya。与山内住在小富美。人非常多。

12月7日 星期四

晴。

风大。晚起。清水来。

吃完早饭，已是傍晚了。乘车前往 American Pharmacy、Espoir。去东兴园，吃拉面。又去 Espoir。藤本来。去了趟新桥西口的布尔德克。把加代（贺世）送走。

12月8日 星期五

晴。

两点多起床。登贵来。洗澡。吃杂煮荞麦面。睡午觉。

总觉得酒喝得有点疲惫。冷。

12月9日 星期六

晴。

傍晚，与野田夫妇去东京。佐田的生日。在五反田的法国屋请我们吃饭。佩里、古贺夫妇、正树夫妇、井上夫妇在座。后，去赤坂的 Mikado。乘车回家。与野田夫妇、古贺夫妇同车。

在电视上看《华丽的千拍子》。

12月10日 星期日

晴。

晚起。五点半在长谷华正楼举行镰仓忘年会。出席。后，与野田、泽村、山内前往扇谷怡吾庵。夜深后，回家。

12月11日 星期一

晴。

宿醉。天黑了，起床。洗澡。早饭成晚饭了。

司叶子提前一天打来电话，祝贺生日。

12月12日 星期二

晴。

与野田夫妇去东京。在赤坂荣林庆祝生日。后，去阿穆尔。后，去布尔德克。

住在佐田家。

12月13日 星期三

晴。

乘车前往赤坂冈村。出席《大仁之春》的试映会。山口、杉山、东山、入江、桥本、加藤、森田。

后，与北川夫妇前往若松。雇车回家。

12月14日 星期四

晴。

缺席协会的年末最后一次聚会。桥本画师夫妇、北川来。给我带来《雏妓》的画和石桥的素描。

去东京。在田村町的二见家参加老同学聚会。长谷川勘三郎先生、武富、吉田、桥丸、久保田、绫野、小坂、金川、冈田。从乌森的饭馆去了趟 Bubuya 后，乘车回家。

12月15日 星期五

晴。

山内送钱来。

让寺本帮着订驹〔剧场〕的票。顺便让他打个电话来。哥哥来。小酌。天黑后，才吃完早饭。九点，哥哥回去。读《淀之日记》。

12月16日 星期六

晴。山内夫人来。给我带来好吃的香鱼腌制品。吉成来。一道喝酒。

寺本打来电话，说中午坐飞机从大阪回来。约好明天在大阪车站见面。北川也去大阪。吉成住下。

12月17日 星期日

阴。后，雨。

与野田夫妇在横滨乘坐九点二十二分的燕子〔号〕，西下。名古屋附近下起雨来。冈田欢造同车。三点三十分抵达大阪。

金子、寺本已经到了。在新大阪宾馆投宿。在西玉水吃鲸鱼肉、烤章鱼。稍微走了会儿，去宾馆的Bar。北川来。

住在301号房间。

12月18日 星期一

阴转晴。

十一点多，寺本乘车来。同车前往宝塚制片厂。后，在门樋聚餐。乘车去驹剧场，观看《华丽的千拍手（子）》。后，去天妇罗店。小林米三来。坐车回来。住第二个晚上。

12月19日 星期二

晴。

雇车前往京清水的佐佐木处。中午，吃河繁的盒饭。鲣鱼的刺身很好吃。后，去清水寺散步。见到陶哉。去了趟清水寺的七味家后，回来，吃晚饭。鲷鱼羹很好吃。增田惠一来。出门散步。去了趟河原町开阳亭后，回来。住在佐佐木。

12月20日 星期三

晴。

乘车与野田夫妇、达子前往高尾神护四、梅尾高山寺。在这里吃自带的早饭。转了转化野念佛寺、岚山后，拜访北野的清水。购买脸盆、烤年糕网后，回来。大市休息，从芳香炉叫河繁料理的外卖。渡边、增田、清水、宫川来。

12月21日 星期四

晴。

吃泡饭。在达子的带领下出门购物。骏河屋〈羊羹〉、Asobi〈重箱〉、八木〈幕内〉。八百伊、清水、益（增）田来，从武田农园、曼珠（殊）院、诗仙堂、神马堂到大市。走过京极，回来。见到生驹。吃瓢亭的盒饭。浅酌。上床睡觉。

12月22日 星期五

晴。

吃泡饭。清水来。乘坐十三点三十分的燕子［号］回镰［仓］。宫川一夫夫妇送行。

七点八分到横滨。回家。洗澡。浅酌。睡觉。虽然有点累，却是一场很愉快的旅行。

12月23日 星期六

晴。

晚起。吃白味噌的杂煮。正睡午觉时，高桥绿来。带给我牛肉。

里见打来电话，出门。静夫夫妇、那须、绿。让他们用车送我回来。

MEMO

寿美、藤里、内重、若山 Kazu 美〈益（增）田的侄女〉、如月美和子、本城珠喜等女子出席——18 号。

椿、红妙莲寺、大和锦、西王母、白朴伴。

12月24日 星期日

晴。

坐四点半的电车去横滨。然后坐车前往元町。悠闲地走到马斯科特。里见先生夫妇、静夫夫妇、绿、伊都在支那町吃荞麦面，山口随后赶来。用车送走他们。圣诞节前夜的盛会。

12月25日 星期一

晴。

宿醉。虽然没有心情去东京，但还是去东京场景导演会忘年会。前往赤坂长岛。后，去 Osome。后，去 New Latin Quarter。与堀内真直坐车回来。

12月26日 星期二

晴。

坐八点半的电车去东京。在新宿，坐十点的快车前往蓼科。益子、山内、天政来送行。从上諏访坐车。洗澡。炸牡蛎。天政的鲑鱼。很好吃。笠成子说昨天水绘来过。给东兴园打电话。今天晚上有山中会。

12月27日 星期三

晴。

零下 6 度。杯子中的假牙都冻住了。

与成子等四人乘车前往高松，去看井上家。浦野派西川（河）克巳来。没有睡午觉。晚上，成子、铁三、水江（绘）、三平来。吃牡蛎杂煮。今朝市来。说是当了区长了。

12月28日 星期四

晴。

听说汤川外面的温度为零下 15 度。

梅崎春生来。睡午觉。

晚上，成子做糖醋肉、咖喱饭。水江（绘）、铁三、三平来。

八点多，大家都上床睡觉。收到阿拉丁的炉子、咸菜等。

12月29日 星期五

晴。

中村登导演、富田脚本家、深泽制片人来访。与野田商讨《爱染桂》。笠一家人乘车回去，只留下水江（绘）。下河原友雄、希雄、香雄来。出门散步，一直走到租借的土地处。晚上，一同聚餐。据说，成子他们的车于八点抵达大船。

12月30日 星期六

晴。

下河原一家住在笠家。早饭后，来云呼庄。睡午觉。高松繁子、铃木丽子、小野等人来。出门散步。自来水停水了。一片骚动。

12月31日 星期日

晴。正睡午觉时，秀行、真规子来。后，中井朝一、一美、史子来。前往片仓。大家都去滑冰了。晚上，在片仓的家里聚餐。蕃（蛮）、和子来，但没有参加聚餐。很愉快。乘车回云呼庄。下河原画蓼科新居的设计图。

一九六一年〔昭和三十六年〕・其二

1月1日 星期日
在蓼科［迎接］元旦。

1月2日 星期一
望。

1月8日 星期日
相扑第一场比赛。

1月11日 星期三
从蓼科回来。

1月15日 星期日
镰仓会。

1月16日 星期一
大仁旅行。第一天。

1月17日 星期二
第二天。

1月18日 星期三
回东京。

1月20日 星期五
大寒。

1月22日 星期日
相扑第一场比赛。千秋乐。

1月23日 星期一
Film Library 理事会。㊐

1月24日 星期二
里见、大佛。New Grand →马斯科特。

1月27日 星期五
六点，协会理事会。㊐

1月28日 星期六 大船导演会。六点半。荣林。㊡

2月1日 星期三 望。

2月3日 星期五 立春前一天。

2月4日 星期六 立春。

2月6日 星期一 第一个午日。

2月8日 星期三 去蓼科。

3月2日 星期四 望。

3月6日 星期一 惊蛰。

3月12日 星期日 奈良泼水节。

3月17日 星期五 剧本《小早川家之秋》开始动笔。

3月18日 星期六 春分前后。东京放送录音。

3月22日 星期三 回镰〔仓〕。

3月24日 星期五) 一点。▲ 映连的聚会。

3月26日 星期日 播放。水口（翠光）园。两点▲ 协会全体大会。

3月28日 星期二 去蓼科。

4月1日 星期六 望。

4月2日 星期日 父亲的忌日。

4月7日 星期五 为明天〔的颁奖仪式〕回东京。

4月8日 星期六	十点前，在文部省〔举行〕〔昭和〕三十五年度艺术选奖颁奖仪式。
4月21日 星期五	《小早川家之秋》脱稿。
5月1日 星期一	望。
5月5日 星期五	端午节。
5月6日 星期六	立夏。
5月9日 星期二	- 17。松屋八楼。魁夷自选展。
5月13日 星期六	蓼科会。
5月14日 星期日	母亲节。
5月20日 星期六	三点，在东宝举行试映。
5月22日 星期一	日活宾馆。牛原阳一结婚典礼。
5月24日 星期三	去大阪。住在宝塚。
5月25日 星期四	住在京都。
5月26日 星期五	在京都住第二天。
5月27日 星期六	住在宝塚。
5月28日 星期日	回东京。
5月30日 星期二	望。
5月31日 星期三	协会。六点。
6月4日 星期日	〈十二点半东宝〉与高山辰雄会餐。

6月5日
星期一
六点，帝国宾馆。永田颁奖仪式。

6月6日
星期二
一点，在东宝总社与媒体会谈。

6月11日
星期日
入梅。

6月28日
星期三
望。

7月7日
星期五
七夕。

7月9日
星期日
浅草酸浆集市。

7月10日
星期一
四万六千日。

7月12日
星期三
草市。

7月20日
星期四
土用。

7月23日
星期日
大暑。

7月28日
星期五
望。

8月8日
星期二
立秋。

8月26日
星期六
望。

9月1日
星期五
二百十日。

9月15日
星期五
老人节。

9月20日
星期三
秋分前后。

9月24日
星期日
第十五夜。

10月19日
星期四
腌咸萝卜集市。

10月20日 星期五　祭财神。

10月22日 星期日　十三夜。

10月24日 星期二　望。

10月29日 星期日　《小早川家之秋》公映。

11月8日 星期三　立冬。

11月11日 星期六　来蓼［科］。

11月12日 星期日　第一个酉日。

11月15日 星期三　七五三。

11月19日 星期日　野田高梧生日。

11月22日 星期三　望。

11月24日 星期五　第二个酉日。

11月25日 星期六　公布院会员。

11月26日 星期日　回镰［仓］。

11月27日 星期一　贵惠子生日。有马结婚典礼。㊊

12月3日 星期日　NG 祭。

12月9日 星期六　佐田生日。

12月10日 星期日　镰仓会〈五点三十分〉。

12月12日 星期二　生日。

12月13日 星期三

桥本画师试映会。

12月14日 星期四

老同学聚会。二见家。591 - 0601。〈五点三十分〉。

12月17日 星期日

去关西。

12月22日 星期五

望。冬至。

12月26日 星期二

去蓼科。

一九六一年

〔昭和三十六年〕·其三

5月24日 星期三　坐燕子［号］西下。
住在今长。

5月25日 星期四　京都。
住在藤田。

5月26日 星期五　住在藤田。第二天。

5月27日 星期六　住在门樋。

6月4日 星期日　高山辰雄。六点赤坂荣林。

6月5日 星期一　十二点半，东宝总社。
六点，帝国宾馆。永田颁奖仪式。

6月6日 星期二　一点，东宝总社。
媒体会谈。

6月7日 星期三　原、司的招待宴会。

6月8日 星期四　乘坐第二回声［号］西下。

6月9日 星期五　逸翁美术馆→十三→神户。

6月10日 星期六　演员面试→植物园→歌剧→《女家人》。

6月11日 星期日
岚山→祇园→佐田夫妇。

6月12日 星期一
成子回去。
休息。整天睡觉。

6月13日 星期二
试拍。《浮草》。

6月19日 星期一
三点，Press。五点，吉兆。

6月23日 星期五
三和商事。

6月24日 星期六
轮休。

6月25日 星期日
兼营茶室的水果店。

6月26日 星期一
兼营茶室的水果店。

6月27日 星期二
兼营茶室的水果店。
拍外景（晚上）。十三车站。

6月28日 星期三
休息。

6月29日 星期四
酒吧。

6月30日 星期五
酒吧。

7月1日 星期六
酒吧。

7月2日 星期日
酒吧。

7月3日 星期一
休息。

7月4日 星期二
冰屋。

7月5日 星期三
佐佐木。大门。

7月6日 星期四

佐佐木。(内部)。

7月7日 星期五

同。

7月8日 星期六

一九六二年〔昭和三十七年〕・其一

1月1日
星期一

阴

云呼庄。野田夫妇与我。无艺庄。中井朝一、一美、史子、下河原友雄、香雄、希雄、俊夫、平林来。

晚上，高松、井上等人来，聚餐。

1月2日
星期二

阴。

从元旦的晚上就开始下雪，积了起来。秀行、平林、真规子、俊夫前往雾之峰。

笠夫人昨天乘车来蓼［科］。

晚上，在片仓会餐。

1月3日
星期三

中井一家、秀行、真规子、平林等六人回去。高松一行乘车回去。香雄、希雄、俊夫去游泳。

有点寂寞。

1月4日
星期四

晴。

下河原父子、俊夫等四人回东京。佐田打来电话。大家都回去了，很寂寞。画自画像。晚上，机来。

1月5日
星期五

晴。

睡午觉。笠夫人来。高桥圭三来拜年，乘车回东京。

晚上，清来闲聊。十二点回去。给北川打电话。不在家。明天来访的人数不清楚。无法安眠。

1月6日
星期六

晴。

笠一家乘车回去。

广津和郎夫人去世。发唁电。

厚田、富二、须贺、山内、静子五人从新宿乘坐十二点半的火车来。在无艺庄聚餐。杂种鸭很好吃。乘车回到云呼庄。北川、绿两人有点感冒，没有参加聚会。

1月7日 星期日

晴。

中午，大家都去看滑冰。散步。踏雪走到租借地。

须贺、厚田回去。三上真一郎来。在无艺庄聚餐。

1月8日 星期一

晴。

山内、富二、三上、静子坐一点的火车回去。村上打来电话。小川轩的敦子来，给我理发。

无所事事。

1月9日 星期二

晴。

森本德造从〈Bubuya〉送来 Kane 正的鳗鱼茶泡饭。

晚霞十分美丽。前往邮局，寄包裹和明信片。

1月16日 星期二

晴。

整天在家。山内将清水金锷饼的图册寄来。听说平造去年去世。

早早睡觉。阅读荷风［的作品］。

1月17日 星期三

晴。

整天在家。益子打来电话，邀请看电影。但我回绝了。睡午觉。每日放送邀请我上〈谈母亲〉的节目。我也回绝了。新珠惠赠花瓶。

1月21日 星期日

晴。

整天在家。登贵来。益子打来电话，说贵惠子上幼儿园了。

相扑比赛过去了一半。没有一人获全胜。1 负的有柏、鹏两人。

2月4日 星期日

九点，坐车离开蓼科。

2月5日 星期一

凌晨四点到家。

守灵。

2月6日
星期二
守灵。

2月7日
星期三
火葬。
在净智寺举行葬礼。

2月8日
星期四
[今天是] 佛灭 [日]。

2月10日
星期六
乘车前往阳岳寺。后，去天政。头七。

2月11日
星期日
春暖。梅花开放。
哥哥来。回去。傍晚，吉成回去。

2月12日
星期一
里见先生邀请去吃鸭子。但已经上床睡觉。登贵、秀行住下。

2月13日
星期二
山内、佐田、内川来。整理名录。登贵回去。

2月19日
星期一
《纳瓦隆大炮》。

一九六二年〔昭和三十七年〕・其二

1月4日 星期四

晴。

下河原父子、俊夫等四人回东京。大家都回去了，寂寞。佐田打来电话。晚上，机来。画自画像。

1月5日 星期五

晴。睡午觉。笠夫人来。高桥圭三来。晚上，清来闲聊。十二点回去。无法安眠。

1月6日 星期六

晴。

笠一家乘车回去。

广津和郎夫人去世。发唁电。

厚田、富二、须贺、山内、静子从新宿乘坐十二点半的火车来。在片仓聚餐。杂种鸭很好吃。北川、绿感冒，没有参加聚会。

1月7日 星期日

大家都去看滑冰。散步。踏雪走到租借地。须贺、厚田回去。三上真一郎来。

1月8日 星期一

晴。

山内一家、富二、三上坐一点的火车回去。让小川轩的敦子来给我理发。

1月9日 星期二

晴。

Bubuya 送来京 Kane 正的鳗鱼茶泡饭。散步至邮局。将咸菜给野田寄去。

1月21日 星期日

晴。

整天在家。长谷时来。

1月22日
星期一
晴。
下午去东京。把 Benson［表］送到村松钟表店修理。在总社观看《东京合唱》。桥本画师来。在东急吃中国料理。后，去 Espoir。乘车回家。

1月23日
星期二
晴。
两点半，与佐田去新桥看相扑第十天［的比赛］。益子、贵惠随后赶来。在并木吃荞麦面。与野田夫妇在艺术座看《怪盗鼠小僧》。去东兴园。

1月24日
星期三
晴。
整天在家。山口久吉打来电话，说陶瓷器之会于二十七号在长谷川举行。

1月25日
星期四
晴。
参观宝塚。里见夫人、静夫、桥本先生夫妇、冈村夫人、贵多川观看《剑豪与牡丹饼》等。后，与山内母子去 Bubuya、Espoir。乘车回家。一点半了。

1月26日
星期五
晴。
整天在家。鹰取、山内因合同的事来。登贵来。后，秀行来。
听说高桥绿自杀。佐田及其他人纷纷打来电话。

1月27日
星期六
晴。
野田德来。傍晚，身穿和服前往里见家，吃越前的螃蟹。后，去弁天。用弁天的小型车送我回来。送我咸鲑鱼籽。

1月28日
星期日
晴。
登贵与登久等三人来。洗完澡后，吃早饭。相扑千秋乐。登久回野田处。大鹏连胜四场。

1月29日
星期一
晴。
十点半，在惠美须（比寿）圣徒教会举行高桥绿的告别仪式。去了趟田园调布后，去志贺家。里见先生同席。与天政、眉去了趟镰仓的弁天。

1月30日 星期二

晴。

出门散步，去了越香风园。

据说，我出门期间，绿的姐姐万里子来访。

1月31日 星期三

晴。

十一点六分，离开北镰仓。在新宿乘坐十二点半〔的火车〕前往蓼科。与野田夫妇同行。静夫来送行。自Ice的山坡起，稍微有一点点积雪。

2月1日 星期四

阴。

昨天，感冒了，没有洗澡。厨房的自来水管道不出水。伴右卫门来。睡午觉。〔今天是〕第一个午日。

整天头疼。浜打来电话。

2月2日 星期五

晴。

登贵打来电话，说老母亲得了肺炎。睡午觉。傍晚，又接到电话。兄妹都赶了回去，说好像不出今明两天。但我没有回去。

2月3日 星期六

立春前一天。撒豆子。有点感冒的样子。今天也没有洗澡。睡午觉。

晚上，登贵打来电话，说昨天晚上大家都回去了，只有登贵一人留下过夜。还说，来了位很好的护士。是不是可以说稍稍有点恢复了呢。

MEMO

〈相扑第一场比赛东京赛场〉

冠军	○ 13	● 2	大鹏
特殊功勋	○ 12	● 3	丰山
敢斗	○ 8	● 7	青之里
技能	○ 8	● 7	栃之海

2月4日 星期日

立春。春。

吃晚饭时，山内打来电话，说老母亲去世。雇车，九点从蓼科出发，在甲府车站前吃拉面。赶往镰仓。

2月5日 星期一

阴历元旦。晴。

凌晨四点回到家。新一、登贵、登久、信三都已经来了。商议葬礼的事宜。感冒。守灵。

2月6日 星期二

晴。

守灵。吊唁的客人很多。很热闹。今天是友引日 *。

朝比奈宗源老师来诵经。

2月7日 星期三

晴。

上午九点半出棺。前往火葬场。下午两点至三点，在净智寺举行告别仪式。其间稍稍下了点雨。

2月8日 星期四

晴。

今天是佛灭日。哥哥回去。吉成、登贵住了下来。

2月9日 星期五

晴。

料理后事。有点忙乱。

因感冒，说不出话来。

吉成、登贵住下。

2月10日 星期六

晴。头七。

雇车前往深川阳岳寺，诵经。埋葬。后，在神田的天政聚餐。乘车回家。兄妹等人及板仓中条夫妇来参拜。吉成住下。

2月11日 星期日

晴。

天气很暖和。梅花全部绽放。

哥哥来。傍晚，与吉成一道回去。

2月12日 星期一

晴。

连日来，没有下雨。感冒不断传播。

给里见先生送去薄井的鸭肉。接到招待的邀请，但躺在床上，没有去。登贵来。

2月13日 星期二

晴。

佐田、内川、三上来，整理葬礼的名单。一直到半夜。登贵回去。

2月14日 星期三

晴。

小桥镇雄、新珠三千代到汤之原中西烧香。把参加葬礼的名单交给山内。洗澡。久我美子送来花。

* 日本六曜之一。不宜出殡的日子。

2月15日 星期四

晴。

新珠三千代、环三千世、白井和夫夫妇来烧香。贵多川来，商量诸多事情。一道吃晚饭。回去。

协会理事会召开。但我没有出席。

2月16日 星期五

晴。

整天在家。没有客人来。

2月17日 星期六

晴。

二七。北川来，带着馒头和茶，从浦野、笠、管（菅）原、内川、山口、山内、里见、野田、加藤、山口的手里转了一圈。在山口家待了两小时左右。

在广美吃天妇罗。在扉喝咖啡。前往里见家。那须夫妇在座。

据说，我不在家时，登久来了。还听说，秀行感冒了。

2月18日 星期日

晴。

整天在家。酒劲还有点在。登贵来。

2月19日 星期一

㊫。晴。

森荣来。剪了茶花回去。

高桥丰来。傍晚，乘车前往里见家，送照片。与先生观看《纳瓦隆大炮》。去了越权五郎处后，回家。

2月20日 星期二

晴。

十点，去东京。与北川转了粟津、富二、厚田、东山、冈村、渡边、贵多川、杉山、高山、桥本等处。到桥本家时，已经很晚了。住在第一宾馆。

2月21日 星期三

晴。

打车前往田园调布佐田家。贵一住院。

听说贵一住在爱育医院。与贵惠子玩耍。住在佐田家。

2月22日 星期四

晴。

吉田文五郎去世。

佐田夫妇、贵惠子去医院看望贵一。回来后，去原宿的医院看望荻本。在横滨 New Grand 吃晚饭。在元町购物后，让他们送我回家。

2月23日 星期五

晴。

整天躺在床上。读枕边杂书。

接到 NHK 山内的电话，说是要将《户田家的兄妹》拍成电视剧。允诺。

2月24日 星期六

晴。三七。

两点，与吉成在东京站碰头。与登贵去东京。去阳岳寺。然后去高岛屋、重箱、若松、Mikado。回来时，去弁天。然后前往扇之谷的里见家。

吉成住下。

2月25日 星期日

晴。晚上，下了点小雨。

登贵、纪久子来。喝酒。

山内来。后，爱子来。登贵、吉成回去。喝酒。

十二点多，山内回去。

2月26日 星期一

雨。

第三十七天的雨。是否可称之为喜雨。不去厂里了。洗澡。喝酒。睡午觉。早早上床睡觉。

梅花盛开。

2月27日 星期二

阴。

整天躺在床上。长谷时来。晚上，杉村、新珠、户板、尾崎从土笔亭打来电话。

托野田夫妇给秀行做媒。

2月28日 星期三

晴。

佐田夫妇结婚五周年。益子母亲的生日。坐五点的电车去东京。野田夫妇同行。佐田的车来新桥。去天政、花马车〈吹雪的表演〉、堇。乘车回家。

3月1日 星期四

雨。

喜雨。整天躺在床上。

3月2日 星期五

晴。

小山指压、阪口的母亲、志贺真津子来。北川来。

题字口悦。与北川乘车去佐田家。下河原已来。蓼科新家的计划。

住在佐田家。

3月3日 星期六

晴。阴。晚上，小雨。

与佐田夫妇同车。在爱育医院分别后，前往东兴园。与高松繁子去四谷东洋观光。回家。

与登贵、登久、信三在横滨 New Grand 吃饭。在元町散步。乘车回家。佐田西下。登久、信三住在北镰仓。佐田夫妇前往京都。

MEMO

听说赤坂的堇不开酒馆了，改开小饭馆了。让我想个店名，我给它起了口悦这个名字。

二十八号，堇、明治夫妇、多闻堂夫妇、北川、佐田、野田夫妇同席。

3月4日 星期日

晴。

三点，去深川阳岳寺。到十号，就是三十五天了。在高桥、伊势喜休业后，前往蓬莱屋。去汤岛后，与登贵回镰〔仓〕。

3月5日 星期一

晴。

野田夫妇、山内等一行四人从大船前往汤之原中西。住在别馆 22 号。晚饭后，出门散步。机来访。

3月6日 星期二

小雨。

今天惊蛰。晚饭，吃什锦火锅。后，谈故事情节等。

山内去大船后，回去。大船似乎正在举行罢工。

3月7日 星期三

晴。

春暖。

无所事事。傍晚，山内回来。出门散步。

3月8日 星期四

晴。

一点十五分，雇车回去。将野田夫妇送回家，我回到家时，已是三点五分了。车费四千五百日元。村上打来电话。去理发店。出门散步。去了趟香风园。说佐田夫妇回东京了。松竹罢工。

3月9日 星期五

晴。

浜田辰雄来。去东京。津路来。去青山绿的墓地。后,在荣林聚餐。与野田夫妇回来时,去了趟弁天。山口、稻田来。回家。

3月10日 星期六

晴。

三十五天。登贵给各位朋友分发馒头。

去东京。与蓬春、明治、多闻堂、贵多川前往新桥的吉兆。然后,去 Osome。很晚了。住在木挽町的小富美。

MEMO

汤之原中西。汤之原电话 3355。别馆 22 号、25 号、26 号。

3月11日 星期日

晴。

北川来。

渡边夫妇为口悦的题字而来致谢。在 New Tokyo 吃饭。见到绿的哥哥、姐姐。坐渡边的车回来。

大阪赛场第一天。荻本芳男去世。

3月12日 星期一

晴。

与野田夫妇乘坐十二点半的快车前往蓼科。北川、山内来送行。听说久夫妇今天抵达。木匠带川、清来。快十二点时,回去。奈良泼水节。

3月13日 星期二

晴。

中平康来。

春暖。听广播里的相扑〔比赛转播〕。大鹏输给了柏户。吃五条鲕鱼火锅。久夫妇在座。早早上床睡觉。肚子有点疼。无法安眠。

3月14日 星期三

晴。

快中午时,新藤兼人及其儿子次郎、胜目来。稍事休息后,坐车前往新藤用地、租借地、一本樱。去了趟高松家后,回来。见到高桥圭三夫人。春暖。没有睡午觉。

3月15日 星期四

雪。后,雨。

春天的雪。新藤回去。下起雨来。

傍晚,雨停了。打电话叫来下河原。稍微闲聊了会儿工作上的事。读《三家庭》。晚上,起风了。

3月16日 星期五

阴。

天气变冷。中午过后，室内的温度为零下2度。刮风。

晚饭，吃乌冬面。没有谈工作上的事。早早睡觉。整天风吹花落。

〔相扑比赛〕第六天，获全胜的有佐田之山和房锦。

3月17日 星期六

晴。有时小雪。

风很大。冷。佐田将床单还回来。午觉睡得很香。清来。正来修电路。稍稍谈了谈〔剧本〕。

3月18日 星期日

晴。进入春分前后。

柳泽德郎来。给我香火钱。

清来，除云呼庄的杂草。

炸公（香）鱼很好吃。相扑进行到一半的时间，获全胜的只有佐田之山一人。发去贺电。

3月19日 星期一

阴。春暖。风很大。

剧本商讨一事进展不顺。柏户输给了栃光。给佐田打电话，说下河原明天来。

3月20日 星期二

春暖。

下河原来。看我家的设计图。闲聊至深夜三点。

肩膀疼。从今天起肩周炎犯了。

3月21日 星期三

晴。春分。望。

睡午觉。下河原一人出门散步。坐六点半的火车回去，说明天有希雄的家长会。

3月22日 星期四

春暖。早饭后，机带着石佛来。乘车出门散步。前往大盐矢之崎附近。韦恩斯坦从纽约打来国际电话。无所事事。早早睡觉。

3月23日 星期五

阴。

肩膀疼变成了肩周炎。无所事事。

给益子打电话，说火罐的事情。

早上，很冷。室外都冻住了。

柏输给了北叶，已经输了四场了。

3月24日 星期六

阴。肩周不停地疼。

傍晚,文春的高松、井上和子、小野的女儿及其朋友和子来。聚餐。

山内寄来这个月的钱。

酒喝得有点过量。

MEMO

十八号,在常盘山举行狩野近雄调离东京的〈出版局长〉之会,以及法子前往英国之会。发电报祝贺。

3月25日 星期日

晴。

赤城一家来。吃咸年糕。

大鹏输给柏户,与佐田之山成绩相同。两人进行决赛。佐田之山获胜。晚饭时,前往高松家。坐机的车回来。

相扑千秋乐。很有意思。和子回去。

3月26日 星期一

小雪。后,暴风雪。

正吃早饭时,理发师敦子从茅野来。理发。傍晚,下起暴风雪,雪积了起来。高松一行回东京。与久夫妇吃鸡肉火锅。早早上床睡觉。肩周依然很疼。

3月27日 星期二

晴。

春天的雪很快便化了。大幅度修改了家的设计图。工作上的事一点没有进展。

3月28日 星期三

晴。

与野田夫妇、久夫妇坐机的车越过盐尻岭,到达松本。去 Chikiri 屋。去了趟中央构材的森泉家后,在鲷万吃饭。后,回来。疲惫,回来的路上睡着了。在上诹访与久夫妇分别,回到山里。

3月29日 星期四

阴。

下河原父子三人在新宿坐八点的车来。画新家的图。一行人住在笠家。协会打来电话。

3月30日 星期五

阴。

下雪。积了起来。中午过后,小石荣一因导演协会的事情来。坐六点半的快车回去。整天打瞌睡。

3月31日
星期六

晴。

无所事事。山内打来电报：〈二号拜访〉。吃法式面包。下河原父子出门散步。一脚泥。回来。晚上，清来。

MEMO

冠军	○ 13	● 2	佐田之山
特殊功勋	○ 10	● 5	栃光
敢斗	○ 9	● 6	丰国
技能	○ 13	● 2	佐田之山

4月1日
星期日

晴。

与下河原一家出门散步。走在泥泞的路上，从一本樱到饮马场。回来。晚饭，吃炸猪排。

木匠带川来。一直待到十二点。商量〔房屋的事〕。

4月2日
星期一

阴。

父亲的忌日。岛尾、山内、厚田从新宿乘坐十二点的车来。吃牛肉火锅。让大家住在万叶堂。听说《爱染桂》票房很好。举杯祝贺。

4月3日
星期二

阴。有时小雨。

早上，岛尾回去。睡午觉。睡得很香。晚上，秀雄跳舞。十点前，大家分别回到笠家、万叶堂。

4月4日
星期三

晴。

与山内、厚田、下河原父子从一本樱的林中穿过，来到露营地。后，回来。非常冷。

松竹的社长由大谷担任，城户是副社长。

4月5日
星期四

阴。

厚田、山内、下河原父子坐三点的准快车回去。晚上，木匠带川和筱原建具来。商量新建房屋的事情。去万叶堂。

4月6日
星期五

阴。

听广播里〔高中〕棒球选拔赛。准决赛。

伴右卫门来。说自来水管道的事情。

茅野一带的山峦虽然没有雾霭升腾，但还是有趣。

4月7日
星期六

阴。春暖。

高中棒球赛，作新打败日大三中，获得冠军。听广播里职业棒球赛开幕的转播。收到京都寄来的长形火盆。

艺术院奖〔获奖者〕公布。小仓游龟、歌右卫门获奖。

4月8日
星期日

阴。莺始啼。

在广播里听职业棒球比赛。佐田夫妇、贵惠子、浜从新宿坐十二点半的车来。前往租借地。共进晚餐。吃鲷鱼刺身。佐田一家住在亲汤。贵惠子越发变得可爱。没有拉窗帘就睡觉了。

4月9日
星期一

阴。雨。

十一点，佐田一家从亲汤来。贵惠〔子〕有点神经衰弱〔症〕。玩抽乌龟。浜与木匠来。佐田坐六点半的快车去木下组所在的甲府。听说益子母子俩乘车来到八王寺（子）。烩鲷鱼杂碎，很好吃。

4月10日
星期二

雨。不久便停了。

因巴士〔司机〕罢工，小川轩的理发师没有来。整天无所事事。晚上，给益子打电话。给村上打电话。

春暖。

4月11日
星期三

晴。

乘坐一点多的快车回东京。与从甲府回来的日刊的多贺记者同车。益子、贵惠〔子〕、北川、山内、村上来接我。〔前往〕赤坂的口悦。然后前往前川。回镰〔仓〕。

途中，樱花、桃花盛开。

4月12日
星期四

阴。后，小雨。

早上，喝酒。登贵来。一道吃饭。把公文包借给她。绿的姐姐克子来。为纪念死者，送给我一只玻璃杯。

下起小雨来。看电视。大洋3－2巨人。

4月13日
星期五

小雨。

韦恩斯坦的女儿从纽约打来电话。约在十五号六点再打。

去了趟扉。欣、秀行同行。前往野田家，吃什锦火锅。

快十二点时，回来。闲聊了五个小时。

4月14日 星期六

阴。

早晨，笠成子来。洗完澡后，一同进餐。给我带来竹笋。马上煮了吃。非常好吃。睡午觉。出门散步。购买《文春》〔杂志〕，去了趟理发店。后，回来。再次洗澡。洗头。

4月15日 星期日

晴。

早上，去东京。没有吃早饭。十点长井秀行与赤尾真规子的结婚典礼在东京会馆举行。后，前往田园调布的佐田家。六点，纽约打来电话。井上夫妇、益子、贵惠〔子〕。回镰〔仓〕。

4月16日 星期一

阴。

上午，登贵来。一同进餐。去浦野，看野田作为致谢送的布料。回来后，吃鲣鱼刺身。喝酒。早早上床睡觉。

4月17日 星期二

晴。

早上，正洗澡时，贵多川来。一道进餐。带着棣棠、山茶花的切花回去。

书店的人带来 PILOT 钢笔。买了下来。

听说登贵到野田家还礼去了。

4月18日 星期三

阴。小雨。

客人来。山内。随后是村上、登贵、井上雪子、环三千代（世）。叫来酒和寿司的外卖。

从中午一直喝到九点。入夜后，雨大了起来。

4月19日 星期四

晴。

虽说春暖，但还是有点冷。在新宿乘坐十二点半的车去蓼科。野田夫妇同行。

北川、村上来新宿送行。山内一直送到大船。煮着吃笠送来的竹笋。九点，早早上床睡觉。

昨天，蓼科下雪。

4月20日 星期五

晴。

睡完午觉后，散步至千代田露营地。秀行、真规子来。前往一本樱。整天无所事事。酩酊大醉。秀行夫妇住在万叶堂。

4月21日 星期六

阴。傍晚，打雷。下起雪珠来。

与野田夫妇、秀行夫妇带着鲑鱼饭团，登上亲汤的坡道，一直走到第一银行的山庄。心情舒畅。疲惫不堪。

新婚的二人冒雨乘坐六点的快车回去。八点半前上床睡觉。

MEMO

读武者小路实笃的《幸福的家庭》。与《巴士大道后的小巷》一样，作家都没有将男女老少处理好。只能说是〈畸形的家庭〉。

4月22日 星期日

晴。

吃完早饭后，与野田夫妇散了会儿步。回来后，睡午觉。醒来后，听职业棒球赛转播。晚饭后，前往万叶堂，观看夜场比赛。秀行打来电话。

4月23日 星期一

晴。

整天大门不出。耳朵里听着莺啼声，玩扑克。今天没有职业棒球比赛。上面的假牙状况不好，一天都没有装。半夜，菖蒲食堂失火。水泵的声音很吵，无法安睡。

4月24日 星期二

晴。

午觉后，去万叶堂看电视里的职业棒球比赛。阪急 6 - 5 东映。去看了看昨天失火的地方后，回来。商讨剧本进展不顺。

4月25日 星期三

晴。后，细雨。

十二点多，净明寺的蒲一家人坐三轮摩托，带着孟竹（原文如此）来蓼科。说是早上四点多就出门了。让人把竹子种在租借地上。晚上，吃牛肉火锅。住在万叶堂。菖蒲食堂的人来。

4月26日 星期四

阴。后，小雨。

江间来。说是从名古屋来的。给我带来鸡。蒲一家人坐三轮摩托前往松本后，回来。聚餐，吃炸猪排。给佐田打电话。说佐田到清水拍外景去了。蒲一家人住在万叶堂。

4月27日 星期五

晴。

蒲一家人回去。让他把石佛带走。赤城来。独自一人前往万叶堂买香烟。晚上，村上打来电话。

肩周几乎不疼了。

4月28日 星期六

晴。

茅野的荞麦面馆的人来。收到京都的须贺不二男寄来的竹笋。晚上，煮棋子面吃。听广播［里的棒球比赛］，东映 4 - 2 西铁。

4月29日 星期日

晴。天长节。

耳朵里不是传来莺啼声。没有提前打招呼，三上、松谷、金井来。吃完早饭，接着喝威士忌。

三人住在万叶堂。

4月30日 星期一

松谷一人回去。散步至一本樱。回来后，三上、金井去游泳。

两人住在万叶堂。

5月1日 星期二

阴。

三上、金井坐四点的快车回去。吃荞麦面。吃得很饱。晚饭吃得迟一些。村上打来电话，说感冒了，明天的会面改期。

5月2日 星期三

晴。八十八夜。

中午，出门散步，从八方台走到绿山。回来后，吃晚饭。喝酒。真上头。

5月3日 星期四

野田夫妇出门散步，一人睡午觉。野田夫人给我做东坡煮。

无所事事。

三河岛电车在三重发生事故。

5月4日 星期五

阴。

乘坐中午的火车回来。山内、三上、北川、村上来车站接我。乘车去口悦。鲣鱼刺身很好吃。在回家的电车里遇到山内的父亲。回到久别的家里。

5月5日 星期六

雨。

中井贵一过第一个节供*。与野田、山内夫妇、登贵前往田园调布。绪方医生等人在座。天政来。后，乘车前往 New Grand。坐车回家。

* 季节之交的节日。是日本的传统节日之一。

5月6日 星期日

阴。

傍晚，与野田夫妇前往长谷的长井家。吃烧烤、寿司。

欣、进一、秀行夫妇送我回家。

5月7日 星期一

阴。

整天在家。看电视等。本打算去看小林牙医，但打消念头。睡午觉。

5月8日 星期二

阴。

傍晚，山内来。一道进餐。

本来打算与桥本画师一同进餐，但由于画师感冒而取消了。

5月9日 星期三

雨。

下起雨来。不出去了。在电视上看相扑比赛。

登贵来。

5月10日 星期四

晴。

去协会。去参加产经的电影制作会（原文如此）。前往小林医院。去 Bubuya。村上来。拿眼镜。回家。

5月11日 星期五

晴。

在新宿坐十点的快车，在上諏访下车。因御社祭，火车十分拥挤。洗澡。吃素面。早早上床睡觉。

5月12日 星期六

雨。

晚上，木匠带川来。一道吃饭。

无所事事。早早上床睡觉。肚子有点疼。

5月13日 星期日

晴。

山上的樱花开了。母亲节。天皇去看相扑比赛。佐田之山赢了柏户。据说，在川崎举行的大洋〔队〕与巨人〔队〕的两场〔棒球〕比赛，1胜1负。

5月14日 星期一

阴。入夜后，雨。

母亲的一百天忌日。

出门散步。一本樱只开出一两朵花来。明天开始商讨剧本。

丰山赢了佐田之山。

5月15日
星期二

雨。

傍晚，雨停了。雾出来了。

晚饭后，第一次商讨人物的安排等，有了大致的想法。深夜，第一次听见水鸡的鸣叫声。

5月16日
星期三

晴。

接到登贵、佐佐木的信。将和服腰带的费用一万三千一百三十日元寄去。前往万叶〔堂〕，购买药、信封、邮票等后，回来。

稍微商讨了会儿剧本。

5月17日
星期四

阴。

睡午觉。听广播。傍晚，去万叶〔堂〕购物。

大鹏输给了枥光。相扑越来越有意思了。

稍微干了会儿活。大致方向似乎已经定了下来。

5月18日
星期五

阴。

午觉后，与野田夫妇坐机的车前去看苹果树。后，去观光宾馆，看电视，遇见老板。与机、万叶河童聚餐。河童放声歌唱。十一点回来。

5月19日
星期六

晴。

出门散步，至千代田山庄附近。从今村家附近，经过 Ice 的前面，来到万叶〔堂〕，看电视。大鹏输给了佐田之山。稍稍干了会儿活。

5月20日
星期日

晴。

出门散步，从千代田山庄的山谷走到泽村家附近，在万叶〔堂〕看电视上的千秋乐。回来后，听广播里的棒球比赛。枥之海获得冠军，14 胜 1 负。

半夜，做梦，梦见母亲。

5月21日
星期一

晴。

井上和男、和子从东京坐车来。散步。从井上的新居走到一本樱。晚上，聚餐。

5月22日
星期二

晴。

中午，白井昌夫、岛尾、山内来。喝酒。井上和男、和子回去。良辅来。白井一行人回去。

月23日or26日 星期三

Mother's birthday。

早上，良辅去散步。坐中午的火车前往京都。清将苹果树种在租借地上。我在场。无所事事。吃牛排。好吃。

5月24日 星期四

晴。入夜后，打雷。雨。

去万叶〔堂〕，买写剧本的纸。看到白棠子树开的花。在 Ice 拿了些乌冬面回来。打雷。下起雨来。吃牛排乌冬面。

工作。排列卡片。

5月25日 星期五

半晴半阴。

茅野的理发师敦子来。出门散步。

晚上又吃牛排。稍稍谈了会儿剧本。

5月26日 星期六

晴。

与野田夫妇坐中午的火车回去。我是因为要出席〔导演〕协会全体大会。野田是因为嫂子病了。山内、佐田夫人来新宿。与佐田、贵惠去口悦。分别后，前往 Espoir、Osome。回镰仓时，去了越弁天。

MEMO

〈夏季赛事相扑东京〉

冠军、敢斗、技能	○ 14	● 1	栃之海
特殊功勋	○ 13	● 2	栃光

两人成为大关。

5月27日 星期日

雨。

前往南汤之原宾馆泉。〔参加〕第十三届导演协会全体大会。

下起雨来。

宴会中途，雇车，乘坐东海 6 号回来。

5月28日 星期一

阴。

整天在家。傍晚，山内来。聚餐。十二点上床睡觉。登贵来。

喝醉之余，给新珠、原打电话。

5月29日 星期二

晴。

坐中午的火车前往蓼科。山内、北川、新珠姐妹来送行。

山里还有点冷。

5月30日 星期三

晴。

中午，笠成子、大和姐妹及其朋友三户来蓼［科］。

5月31日 星期四

天气十分晴朗。

中午，与笠成子她们出门散步。看了租借地后，与她们分别。回来。

6月1日 星期五

天气十分晴朗。

中午过后，笠成子及其朋友来，做晚饭。六点，吃晚饭。彩色《妇人画报》插页上的图片虽然很好看，但都不好吃。原打来电话。给司打电话。

6月2日 星期六

晴。傍晚，下雨。

早上，笠成子、大和、三户回东京。

前往万叶［堂］、鱼德、［邮］局。在［邮］局买邮票。在鱼德买鲣鱼刺身。

6月3日 星期日

雨。

一号、二号，因［忙于］插秧，休息。今天，利市的老婆来。

故事情节有点眉目，但依然进展不顺。

6月4日 星期一

雨。

整天下雨。如同梅雨天气。吃［从］鱼德［店买回来］的鲣鱼刺身。

6月5日 星期二

晴。

出门散步。从普通露营地走到长濑家。然后，在租借地转了一圈后，回来。

晚上，若尾文子打来电话。收到京都清水寄来的鳗鱼茶泡饭。

6月8日 星期五

晚上，清带来工程预算单。预付了五万五百日元。工作进展不顺。

6月9日 星期六

雨。

茅野的原田乌冬面馆的人来。给志贺、山内、原、下河原、新珠寄去荞麦面。商讨剧本没有任何进展。

6月10日 星期日

雨。

井上和夫（男）夫妇冒雨乘车来。带川来。新珠打来电话。说要出席柏林电影节。工作进展不顺。

6月11日 星期一

雨。

7月20日 星期五

进入土用。

7月21日 星期六

晴。

在电视上看宝塚的实况转播。〈Made in Japan〉.

看了三小时。井上和夫（男）夫妇乘车来蓼〔科〕。

7月22日 星期日

晴。

真热。东京33度。在电视上看《菊与勇》。好作品。

良辅来。晚上，一起去考克德尔。在鱼德〔店〕买香鱼。无所事事。

7月23日 星期一

阴。

早饭后，散步，至井上家。良辅与井上夫妇回去。良辅说去白骨。胜目来。

11月1日 星期四

晴。

日展开幕式。山内带着司来。

布景。燕来轩。第二天。后，后期录音。

因岩下志麻发烧，没有去日展。见到城户、池忠。

11月2日 星期五

布景。

一九六二年〔昭和三十七年〕・其三

1月22日 星期一

《东京合唱》。Espoir。

1月23日 星期二

相扑第十天。并木 Yabu。艺术座《怪盗鼠小僧》。东兴园。

1月25日 星期四

参观宝塚。

1月27日 星期六

六点，长谷川。陶瓷器上色。中午，在大船开导演会。

11月16日 星期五

在都剧看《秋刀鱼之味》试映。

11月18日 星期日

《秋刀鱼之味》公映。

11月19日 星期一

工作人员会议。野田高梧的生日。

11月27日 星期二

艺术院新会员公布。文春剧一口悦。

12月1日 星期六

日展。在文春拍照片。花之木。冈田、司、牧。

12月2日 星期日

乘坐第一富士[号]去大阪。大阪都宾馆。与四井、奥山、置盐、桥本、北川去鹤屋—都宾馆的 Bar—烤猪内脏。

12月3日 星期一

高野山。南院。

从大阪坐车去京都佐佐木。河繁的料理。

12月4日 星期二

清水来。从三千院到寂光院。大市。下河原来。开阳亭。

12月5日 星期三

比叡山—阪本鹤喜—三宝院。与渡边、增田、宫川、下河原、清水聚餐。吃杂种鸭。

12月6日 星期四

登贵、登久早早出发。去松阪扫墓。在和田金见到宽一、知英、代音。乘车去伊势大安。住下。

12月7日 星期五

赤福。乘车去贤岛。后，去鸟羽户田家。井阪、大岩、庆光院、松田、谷崎、鹈饲来。晚上，去〈伊势〉。

12月8日 星期六

五点半，回家。整天躺在床上。

12月9日 星期日

佐田生日。
法国屋。

12月10日 星期一

在辻留待到五点半。
市川、久保田、菅原、山口、北川。Espoir。福留和子来。
Monami。乘车回来。弁天。

12月11日 星期二

池内淳子。辻留。十二点，对谈。久留在座。
吉田与藏。

12月12日 星期三

Birthday.
荣林。平岛。

12月13日 星期四

十一点。文化放送。
及川、小出、每日的草壁来。

12月14日 星期五

十一点，中部日本放送。
下午去厂里。河野。

12月15日 星期六

狩野家。
十一点。产经池田。
十二点。罗姆。

12月16日 星期日

五点三十分，NG祭—养松。

12月17日 星期一
整天在家。

12月18日 星期二
NHK。十一点，有声贺年片。
十二点，东京中日。

12月19日 星期三
久保田夫人去世。十二点十分去东京。今→烤鸡肉→日比谷—加代（贺世）—Espoir—若松。

12月20日 星期四
制片人会议。
佐久间良子来。
大船演员之会。六点三十分—九点—雪印 Parlor。
住在佐田家。

12月21日 星期五
下午两点，去导演协会。
佐田夫妇。贵惠。正树。横滨。New Grand.

12月22日 星期六
村上来。
MEMO
向艺术院提交文件。
⃠户口复印件。
⃠信件照片。

12月23日 星期日
镰仓会。
协会年终大会。缺席。

12月24日 星期一
La Mascot.
里见先生一家。

12月25日 星期二
六点。东屋。吐梦㊋

12月26日 星期三
七点。快车。去蓼科。
文来。

12月27日 星期四
长谷来。

12月28日
星期五

向艺术院提交文件。

12月29日
星期六

长谷家招待宴会。

MEMO

生日。荣林。

里见、大佛、近原、野田夫妇、桥本夫妇、田中、冈田、新珠、司、三宅、杉村、中村伸、佐田夫妇、多闻堂夫妇、林、九重、藤岛、下河原、高顺、村上、樱、成子、通济、次子、清水、金胜、Espoir的留美子、加代子（贺世）、丽子、比奈子、大介、三上、渡边、须美子、静夫夫妇、幸子、贵多川夫妇。

12月30日
星期日

下起雨来。不去上诹访了。傍晚，高松乘车来。

一九六二年〔昭和三十七年〕・其四

1月10日 星期三　从蓼科回来。

去了趟赤坂若松。

1月11日 星期四　冈田茉莉子之会。赤坂王子饭店。

1月22日 星期一　在总社观看《东京合唱》。

1月23日 星期二　相扑第十天。并木荞麦面。在艺术座观看《鼠小僧》。

1月25日 星期四　参观宝塚。从 Bubuya 到 Espoir。坐车回来。

1月26日 星期五　鹰取因山内合同的事情来访。高桥绿因故去世。

1月27日 星期六　一大早，登久来。大船导演会。长谷川陶瓷器会。［去］OSOME 及其他一家店。坐车回来。

1月28日 星期日　相扑千秋乐。登久回去。大鹏四连胜。

1月29日 星期一　高桥绿告别仪式。志贺家。天政。眉。回镰仓。弁天。

1月30日 星期二　去蓼科。火车上很罕见地空空荡荡。车厢里很暖和。

2月1日 星期四　有点感冒的样子。厨房的自来水管冻住了。

2月2日 星期五　一大早，登贵打来电话，说老母亲身体状况不好。

说兄妹们都聚集在母亲的枕边。

2月3日 星期六
晚上，和登贵打电话，说昨天晚上，大家都回去了，只有登贵一人留了下来。

是不是有点好转了呢?

2月28日 星期三
佐田结婚五周年。

从天政到花马车。董。桥本画师等。

3月1日 星期四
整天在家。

3月2日 星期五
晴。

小山指压、阪口的母亲、志贺真津子、贵多川来。乘车去佐田家。下河原在座。住下。

3月3日 星期六
晴。

与文春的高松在东兴园见面，前往四谷的东洋观光。回家。New Grand.

佐田夫妇坐飞机去大阪。

3月4日 星期日
在阳岳寺做三十五日［的法事］。蓬莱屋。经过汤岛，回来。

3月5日 星期一
去汤之原中西。

野田夫妇、山内。

3月6日 星期二
惊蛰。开始写故事情节。小雨。

住第二天。

3月7日 星期三
明天，松竹似乎要举行罢工。退休制度的问题。

住第三天。

3月8日 星期四
乘车回来。

散步。去山里。

3月9日 星期五
三点，去青山墓地为绿扫墓。后，去荣林。去了趟弁天。

3月12日 星期一　去蓼科。

3月18日 星期日　狩野近雄之会。菅原家。

5月5日 星期六　第一个节供。

5月6日 星期日　长井。

5月7日 星期一　牙医。

5月8日 星期二　桥本画师。

5月10日 星期四　协会。制作者会议。小林牙医。Bubuya.

5月11日 星期五　去蓼科。十点的快车。

5月14日 星期一　母亲去世百天忌日。

备忘录

▲20　战争结束。
▲21　回国。2月11日，在大竹登陆。
▲22　《长屋绅士录》
▲23　《风中的母鸡》
▲24　《晚春》
▲25　《宗方姐妹》
▲26　《麦秋》
▲27　《茶泡饭之味》
在北镰仓定居。
▲28　《东京物语》
▲29　第一次在蓼科游玩。

▲昭和二十九年*

8月18日　第一次去蓼科游玩。开始写《早春》。因商量《月上中天》的事，山崎厂长、儿井、牛原来。月森、山内来蓼〔科〕。

9月3日　下山。

成为自由人。因高桥出演的事，前往京都。有许多杂事。

▲昭和三十年《早春》尚未完成。

《早春》完成。

▲昭和三十一年

4月29日　野田遇到汽车交通事故。住入佐藤外科医院。

开始创作《东京暮色》。

6月23日　来蓼〔科〕。高松繁子同车。

7月9日　里见先生来。住在井筒庄。去饭田，拜访九里家。住在天泷峡。

7月12日　在上诹访布半与野田夫妇会合。住下。

7月13日　回东京。

7月18日　又来蓼〔科〕。

8月9日　为做肥厚性鼻炎的手术，下山。

8月21日　去京都。去京都府立医院看望沟口健二。

8月24日　沟口健二去世。

9月6日　来蓼〔科〕。

9月13日　回东京。

9月17日　来蓼〔科〕。

9月28日　为回绝去中国一事，回东京。

9月27日　15号台风。

10月1日　城户电影自传出版纪念会。于东京会馆。这一天，住在赤坂。金表遗失。

10月7日　来蓼〔科〕。野田做媒人。刚好在御柱，前往利市的家。

10月11日　回东京。

10月16日　来蓼〔科〕。

11月15日　哥哥来蓼〔科〕。

* 1954年。

11 月 29 日　《东京暮色》脱稿。

12 月 4 日　下山。利市同行。

▲昭和三十二年

2 月 28 日　启二、益子结婚。《东京暮色》完成。

6 月 29 日　来山〔里〕。

7 月 6 日　八子之峰。

7 月 17 日　下山。

7 月 19 日　里见古稀、大佛花甲纪念会在棒球后乐园举行。出场。左脚肌腱断裂。

7 月 21 日　手术。在香风园卧床不起。高桥贞二与佐田夫妇两次去仙石。

8 月 26 日　来蓼〔科〕。

9 月 23 日　通济一行人。

9 月 24 日　东宝拍外景一行人来庄。

10 月 6 日　下山。更衣。

10 月 15 日　来蓼〔科〕。

11 月 18 日　下山。

11 月 20 日　长井安子结婚。

11 月 22 日　来蓼〔科〕。

11 月 26 日　《蹩脚演员》脱稿。

11 月 30 日　下山。利市、Ice 夫妇同行。

11 月 27 日　贵惠子诞生。

▲昭和三十三年

今年积雪很少，因此，《蹩脚演员》的拍摄工作暂停。开始创作《彼岸花》。在汤之原写作。拍摄完成。

9 月 25 日　来蓼〔科〕。

1 月 11 日　下山。协会开碰头会。

㊤ 10 月 26 日　导演协会十周年纪念会—椿山庄。

10 月 15 日　来蓼〔科〕。

10 月 24 日　下山。

10月28日　来蓼〔科〕。
11月14日　下山。
11月15日　紫绶褒章获奖。
11月16日　来蓼〔科〕。
11月23日　《早安》脱稿。
11月26日　下山。

▲昭和三十四年

《早安》完成后，6月20日来蓼〔科〕。山中会。进入7月后，宫川、久保寺、佐田夫妇来访。

7月7日　《浮草》脱稿。
7月10日　下山。《浮草》在大映拍摄。完成。获今年艺术院奖。
2月27日　高桥贞二结婚。
11月3日　贞二去世。

▲昭和三十五年

《秋日和》从热海鹤卷开始。
3月1日　来蓼〔科〕。
3月30日　下山。
4月2日　大雄啸月居士二十七周年忌日。
4月5日　来蓼〔科〕。
4月10日　下山。为出席十二日皇居的游园会。参加完游园会后，14日来蓼。5月逗留。
6月2日　《秋日和》脱稿。280页。
6月3日　下山。《秋日和》完成。
10月28日　来蓼〔科〕，过年。

▲昭和三十六年

过年迎春。

11日　下山。《小早川家之秋》的题名定了下来。治疗完牙齿后，

2月8日来蓼〔科〕。

3月22日　下山。

3月28日　回山〔里〕。

4月7日　回东京。

4月8日　在文部省出席艺术选奖颁奖仪式。同日回蓼〔科〕。

4月21日　《小早川家之秋》脱稿。

5月9日　回镰〔仓〕。

一九六三年（昭和三十八年）・其一

＊写在一九六三年前面的上一年的部分

12月30日 星期日

雨。

二十九日前往长濑家。吃关东煮。

三十日本打算前往上那须，但因雨中止了。

文春高松乘车来。

12月31日 星期一

真规子因感冒，秀行夫妇不来了。中井、下河原一家也不来了。安静地送走一年。

1月1日 星期二
阴。
安安静静的元旦。只是我和野田夫妇、池忠四人。与贵惠打电话。

1月2日 星期三
阴。
傍晚,在片仓举办宴会。长濑、林、高松等二十人〔来〕。跳扭摆舞。

1月3日 星期四
雪珠。
中午过后,坐高松的车回来。去滑冰场看了看。与池忠散了会儿步。酒劲真大。

1月4日 星期五
晴。
林全家人回去。西河克己（巳）来。
去笠家洗澡。成子她们乘车来。俊夫来。

1月5日 星期六
晴。
长濑广子的朋友回去，又来了一批新朋友。傍晚，福留和子来。
MEMO
▲ 12 月 26 日在新宿乘坐七点的快车来到蓼科。林来。
▲ 27 日长濑全家来蓼〔科〕。
▲ 28 日向艺术院提交文件。

1月6日 星期日
晴。
中午，山内、厚田、金胜来。在片仓聚餐。
长濑广子回去。

1月7日 星期一
晴。
在亲汤洗澡。
晚上，在片仓吃金枪鱼葱段火锅。长濑回去。

1月8日 星期二
晴。
中午,厚田、山内、金胜回去。傍晚,和子也回去。须贺带来的肉、牛排非常好吃。

1月9日 星期三
晴。
滑冰大会开始。

西河回去。睡午觉。

1月10日 星期四 一点，下山。从新宿前往天政。厚田、富二、金胜、山内、通济、益子、贵惠、野田夫妇、俊。后，去 Maiami。乘车回家。送走通济，去弁天。

1月11日 星期五 整天睡觉。终日睡觉。

1月12日 星期六 晴。

整天在家。山内给我送来年糕。

休息。

1月13日 星期日 晴。冷。

整天睡觉。今天起相扑第一场比赛开始，但醒来时，已经结束了。

寄咸菜包裹。

无所事事。

1月14日 星期一 晴。

野田打来电话，说其嫂子去世。

北村来。在电视上看相扑［比赛］。北川打来电话。

1月15日 星期二 晴。

登贵、秀行、真规子、欣、Kiku 来。《每日［新闻］》的草壁来。晚饭后，去里见家。京都的佐佐木等人已经在座。

1月16日 星期三 晴。

整天在家。

1月17日 星期四 去东京。与田坂、伊藤、村尾、松下、厚田在筑地寺田参加新加坡之会。后，［去］Osome。与厚田［去］Monami、赤坂若松。坐宾馆的车回到镰仓。半夜三点。

1月18日 星期五 晴。

内川清一郎来。早饭吃了一半。

傍晚，山内来。将钱带来。

富二来。喝酒。吃杂煮。叫车，回家。

1月19日 星期六

晴。

《读卖〔新闻〕》的Camera座。写〔稿子〕。里见先生、伊都子来。快快地洗澡。傍晚，前往广美。见到升田九段。后，〔去〕里见家。下将棋等。山口、山村、静夫夫妇在座。商量前往八王寺（子）等。

1月20日 星期日

晴。

东山魁夷夫妇来。收到贺礼雪苞。新珠寄来包裹。

1月21日 星期一

晴。

傍晚,前往里见家。商讨电视的情节。《国际写真情报》来拍照片。

1月22日 星期二

晴。

与山内前去观看相扑第十天的〔比赛〕。〔获〕全胜〔的是〕鹏、丰。后，〔去〕鸟安、Monami。见到川口松太郎。走到东京站。

与那须、吉村同车。一点半回到家。

1月23日 星期三

晴。

整天在家。

丰山输给了栃光。获全胜的只剩下鹏一人。

1月24日 星期四

晴。

整天在家。

《读卖新闻》的殿冈、山内、北村来。

北陆地区下大雪。在电视上看《勘三郎的母亲》。

1月25日 星期五

晴。

妇人俱乐部〔的人〕、岩下志麻等人来。

傍晚，在华正楼举行大船导演会。〔去〕弁天。

丰山赢了大鹏。

1月26日 星期六

晴。

去东京。在浅草八木〔参加〕扇友会。

中泉从长崎来。后，〔前往〕Osome。乘车回家。

1月27日 星期日

晴。

去东京。出席在高轮王子宾馆召开的演员协会全体大会。[发表]演讲。后，与佐田、北山（川）、须贺前往若松，但由于若松歇业，[改]去 Nishi 木。住在佐田家。

1月28日 星期一

晴。

前往东兴园参加山中会。[喝得] 酩酊大醉。前往田冈、Monami。又去佐田家。住第二天。

1月29日 星期二

晴。

与佐田一道乘车去了趟大船。回家。很疲惫。

重新换了篱笆。

1月30日 星期三

晴。

傍晚，前往横滨海员阁。[参加] 小津组 [举行的] 庆祝会。后，与同仁前往马斯科特。回家。

1月31日 星期四

阴。

傍晚，菅原通济夫妇、北川、山内、田中来。[大家喝得] 酩酊大醉。我也是酩酊大醉了两月（原文如此）了。

2月1日 星期五

晴。

前往歌舞伎座，观看《德川家康》。坐末班车回家。

与山内夫妇去了趟弁天后，回家。寒气依旧。

2月2日 星期六

晴。

高鸟(鹰取)、山内来。说起今年的合同更新一事及 + 20 的事。傍晚，去东京。与野田夫妇一道出席高松繁子的生日 [宴会]。

2月3日 星期日

晴。

前往横滨 New Grand。益子、贵惠、登贵、欣、秀行夫妇、信夫妇 [一道前往]。佐田随后赶来。[前往] 马斯科特、Blue Sky、支那粥 [店]。

2月4日 星期一

晴。

前往深川阳岳寺。新一、登贵、登久、浜子、和子、祐子、吉成 [一道前往]。鸟安随后赶来。悠闲地去了趟白木屋后，走到东京站。傍晚，与登贵早早回家。

2月5日 星期二
晴。
去东京。
[出席] 寿美花代结婚宴会。[宴会] 在大仓酒店举行。

2月6日 星期三
晴。
在藤泽车站集合。[去] 参观五十铃工厂。后，在横滨田中家吃饭。去了趟马斯科特后，回家。盛会。

2月7日 星期四
晴。
前往八王寺（子）岛山西店。[在] 镰仓 [乘坐] 十一点三分 [的车]，与里见、横山、那须、山口、静夫、绢代 [等人前往]。贺世随后赶来。
去了趟里见家。打麻将。住下。

2月8日 星期五
晴。后，雨。
在里见家吃完早饭后，回家。下起雨来。去了趟香风园后，坐车回家。好久没有下雨了。

2月9日 星期六
晴。
[出席] 在赤坂荣林 [举行的] 画师们的招待宴会。收到许多画作。
乘车前往田园调布，住在佐田家。
在佐田家看电视，看了个通宵。

2月10日 星期日
晴。
整天与贵惠子玩耍。前往车站前的面包房。
晚上，与佐田小酌。有点喝多了，住了下来。

2月11日 星期一
晴。阴。
一大早，佐田就去打高尔夫球了。
夜宵吃了点西餐后，乘车回镰仓。

2月12日 星期二
晴。
去东京。

佐田的车来的小林牙医处，一道前往帝国宾馆出席若尾文子的结婚典礼。后，与佐田去 Monami。静夫来。早早地回家。山口留了下来。

2月13日 星期三

晴。

去东京。〔去〕小林牙医〔处〕。前往大仓酒店，出席艺术院的庆祝会。盛况。〔去〕Monami。然后〔去〕香妃园。乘车回家。

2月14日 星期四

晴。有时阴。

去东京。与里见先生同行。在赤坂重箱审查 NHK 电视剧剧本。后，去 Monami。从新桥回家。顺道去了趟横山家守灵。去弁天。

2月15日 星期五

晴。

去东京。从牙医那里去参加在东急举行的冈田茉莉子之会。与吐梦去 Monami、若松。与静夫、金胜乘车回家。〔途中〕将贺世送回家。

2月16日 星期六

晴。

回家。凌晨四点。整天在家。

傍晚，洗澡。右京来。

2月17日 星期日

晴。

一点多，前往出席在横山隆一家举行的告别仪式。早早回家。

2月18日 星期一

晴。

登贵来。下午，《主妇之友》来采访。

整天在家。连日来喝了不少酒，酒气终于消去。

2月19日 星期二

晴。

去东京。

乘坐地铁从小林牙医那里前往〔导演〕协会。谈起五十铃的事情。乘车前往 Monami。见到藤本，谈起归乡的事情。与贺世〔前往〕若松。坐车回家。

2月20日 星期三

晴。

静夫前往爪哇。

整天在家。决定拍下一部作品《萝卜与胡萝卜》。
傍晚，昨天外出未归的小川回来。登贵回去。
深夜，贺世打来电话。

2月21日 星期四
晴。
傍晚，前往里见家，商讨电视剧本的事。
喝多了。让弁天的老板送我回家。深夜两点［到家］。

2月22日 星期五
阴。
宣传部北村、小尾来拍照片。
乘车与里见先生、伊都子女士前往汤之原中西。
［在］26号［房间］商讨剧本，进展顺利。独自一人在27号房间睡觉。

2月23日 星期六
晴。
伊都子女士回沼津。里见先生［创作］小说。其间，写信。贺世来。
闲聊。先生［住在］山二，我住在26号［房间］。

2月24日 星期日
忽晴忽阴。
中午过后，前往热海斯科特。去时坐火车，回来时坐汽车。与贺世在热海车站分别。晚上，工作。

2月25日 星期一
晴。
早上，洗澡。小酌。睡午觉。三点半，雇车回镰仓。因车站前的饭店歇业，早早回家。

2月26日 星期二
雨。
福留和子来。一同前往东京。
岛尾良造退休之会在朝日啤酒［大厦］九楼［举行］。后，去Monami、Osome、Yanagi。佐田同行。
在佐田家住了一宿。

2月27日 星期三
晴。
与贵惠子玩耍。贵一越来越好玩了。贵惠子的水痘已经痊愈，明天起开始上幼儿园。佐田上电视。
在佐田家住第二宿。

2月28日 星期四

晴。

乘坐佐田的车前往小林牙医处。与北川、贺世、益子在花之木吃午饭。将贺世送走。小川没在家。傍晚，前往里见家。野田在座。

3月1日 星期五

晴。

中午，《生活手帖》[编辑部的人]、佐田夫妇、NHK [的人] 来。后，在广美吃天妇罗。前往里见家。静夫从巴厘岛回来。回家后，将拉门的隔断拆掉。

3月2日 星期六

晴。

三上真一郎来。不去东京了。喝酒。后，吃杂烩粥。登贵来。没有洗脸，就又躺下了。寒气完全退去。

3月3日 星期日

晴。

镰仓的人很多。傍晚，前往里见家。

修改电视剧本。山口久吉在座。回家后，推敲剧本。

3月4日 星期一

晴。

本打算去看牙医，但午觉睡得很香，[于是] 整天待在床上。

登贵来。住下。

Monami 打来电话，说最近一段时间歇业。

3月5日 星期二

忽晴忽阴。

小川前往东京，出席外甥的结婚典礼。

去东京。看牙医。马上回来，前往广美。然后去里见家。畑中庸生在座。修改剧本。[与畑中庸生] 一道乘车回来。

3月6日 星期三

小雨。后，阴。

六点，出席在横滨 New Grand [举行的] 大船导演会的庆祝会。后，去马斯科特。前往横滨，乘电车回家。从大船 [到横滨是坐] 汽车 [去的]。

3月7日 星期四

晴。

与野田夫妇去东京。山内正的结婚典礼在麻布王子饭店举行。去了趟牙医处后，回家。去广美。见到里见、久米夫人。畑中等 NHK 的人来。叫寿司的外卖。

3月8日 星期五

晴。

门仓来。睡午觉。

畠（畑）中来。

3月9日 星期六

晴。

前往小林牙医处。后，去福久谷。Monami 的一帮人来。前往若松。乘车回家。将贺世送走。

MEMO

六号的导演会，参加者有：

中村、川津（头）、井上、番匠、堀内、小林、的井、市村、筱田、田畠［畑］。

3月10日 星期日

雨夹雪。

［原定在］梅见［举行］的稻田家之会不开了。三桥堂为处理一百五十份红豆饭感到头疼。

畠（畑）中来，创作剧本。一直到半夜。

3月11日 星期一

晴。

去东京。去了趟小林牙医处。与畠（畑）中见面，前往 Monami。乘车回镰仓。

工作，通宵达旦。

3月12日 星期二

阴。

本打算与高梧夫妇、池忠前往蓼科，但由于电视剧本没有完成，不去了。四点多，畠（畑）中来。通宵工作。

3月13日 星期三

雪。

晚上，继续工作，直到凌晨三点。中午起床后，外面下大雪，积了起来。山内湘三来。将稿子交给他。村上来。［收到］NHK 的稿费四十日元。

3月14日 星期四

乘坐十点四十六分的电车出发。

晴。坐十二点三十分的白马快车。

静夫、益子、贺世来。举行酒宴，［庆贺］来蓼科。天气十分晴朗。

住第一个晚上。

3月15日 星期五

阴。

晚饭后，谈到许多工作上的话题，记笔记。

3月16日 星期六

雪。

又下起雪来。春雪积了起来。

吃牛肉火锅。池忠早早回去，没有谈及工作上的话题。购买电视。蒲一家来。住在万叶［堂］。

3月17日 星期日

阴。

无所事事。须贺不二夫（男）打来电话，说火旺要来蓼科。

3月18日 星期一

晴。

傍晚，蒲一方（家）回去。阿赞的脚脖子崴了。

晚饭后，谈起工作上的事，有所进展。

3月19日 星期二

晴。

给日本艺术院打电话。东洋观光的早田来。建筑许可证办下来了。须贺夫妇来。辻幸的木内来。让他住在亲汤。

3月20日 星期三

晴。

一点十四分，须贺夫妇回去。

相扑比赛，到目前为止获全胜的枥光今天输给了富士锦。晚上，带川木匠来。［因］北村剧本［的事］给小石打电话。

3月21日 星期四

晴。

春分。暖和。秀行夫妇乘车从府中来。住在万叶堂。

在电视上观看《青春下课后》。

3月22日 星期五

晴。

早上，秀行夫妇前往雾之峰滑雪，后，回去。傍晚，一人出门散步。谈及工作上的事。［相扑比赛］输了一场的只剩下大鹏和枥光两人。

3月23日 星期六

晴。

工作上的事有进展。

［相扑比赛］大鹏赢枥光。

3月24日
星期日

雪。

因要乘坐一点十四分的火车出发，所以雇了一辆车，但由于下大雪，车无法前行，又回到山里。千秋乐，大鹏获得冠军。给佐田、贺世打电话，说不去东京了。

3月25日
星期一

晴。

给日本艺术院打电话，说无法前往东京。

中午，洗澡，真舒服。

读冈先生的《春宵十话》。

一九六三年〔昭和三十八年〕·其二

1月6日 星期日	小寒。
1月10日 星期四	望〇。
1月17日 星期四	六点，[出席] 田坂之会。寺田。
1月21日 星期一	大寒。
1月22日 星期二	参观相扑比赛。第十天。
1月25日 星期五	旧历元旦。导演会。华正楼。岩下。
1月26日 星期六	扇友会。六点。八木。
1月27日 星期日	演员协会。七点。品川王子 [饭店]。
1月28日 星期一	山中会。东兴园。
1月30日 星期三	工作人员会议。海员阁。
2月1日 星期五	桥本画师。歌舞伎座。
2月2日 星期六	高松。
2月3日 星期日	立春前日。长井之会。

2月4日 星期一　立春。亡母忌日。

2月5日 星期二　寿美结婚典礼。四点。

2月6日 星期三　五十铃。

2月7日 星期四　八王寺（子）。鸟山。

2月8日 星期五　望〇。第一个午日。

2月9日 星期六　六点，荣林。画师等一行人。

2月12日 星期二　~~招待宴会。~~

2月13日 星期三　庆祝会。大仓。

2月14日 星期四　NHK 电视剧本审查会。重箱。

2月15日 星期五　~~工作人员会议。常盘山。~~Mari（茉莉）子→颁奖宴会。东急。

2月17日 星期日　横山家告别仪式。一至两点。

2月18日 星期一　《主妇之友》。两点。

2月19日 星期二　牙医。协会六点。

2月22日 星期五　汤之原中西。住第一晚。

2月23日 星期六　同。住第二晚。

2月26日 星期二　岛尾之会。New Tokyo，六点三十分。

3月1日 星期五　《生活手帖》。

3月2日 星期六　前往牙医处。

3月3日 星期日　女儿节。

3月6日 星期三　惊蛰。导演会，New Grand，六点。

3月7日 星期四　山内正结婚典礼。

3月9日 星期六　福久谷。

3月10日 星期日　望〇。梅见之会。

3月12日 星期二　二月堂汲水仪式。

3月13日 星期三　早晨，脱稿。大雪。

3月14日 星期四　前往蓼科。

3月18日 星期一　春分前几天。

3月21日 星期四　NHK，8：00－ 9：30。

3月25日 星期一　艺术院，一点半。下山。

4月2日 星期二　亡父忌日。

4月9日 星期二　望〇。

5月2日 星期四　八十八夜。

5月6日 星期一　立夏。

5月9日 星期四　望〇。

6月7日 星期五　望〇。

6月12日 星期三　入梅。

6月22日 星期日	夏至。
7月7日 星期日	望〇。七夕。
7月9日 星期二	酸浆集市。
7月10日 星期三	四万六千日。
7月12日 星期五	草市。
7月20日 星期六	土用。
7月21日 星期日	土用之丑日。
7月23日 星期二	大暑。
8月2日 星期五	土用之丑日。
8月5日 星期一	望〇。
8月8日 星期四	立秋。
9月1日 星期日	二百一十日。
9月4日 星期三	望〇。
9月11日 星期三	二百二十日。
9月15日 星期日	老人节。
9月21日 星期六	秋分。
10月2日 星期三	十五夜。
10月3日 星期四	望〇。

10月20日 星期日 祭财神。

10月29日 星期二 十三夜。

11月1日 星期五 望〇。

11月2日 星期六 第一个酉日。

11月8日 星期五 立冬。

11月14日 星期四 第二个酉日。

11月18日 星期一 《秋刀鱼之味》㊷。公映。

11月19日 星期二 高梧生日。

11月26日 星期二 第三个酉日。

11月27日 星期三 贵惠子生日。艺术院公布［获奖名单］。

12月1日 星期日 望〇。

12月9日 星期一 佐田启二生日。

12月12日 星期四 生日。

12月22日 星期日 冬至。

12月30日 星期一 望〇。

一九六三年〔昭和三十八年〕・其三

1月6日 星期日

厚田、山内、金胜来。

1月8日 星期二

厚田、山内、金胜回去。

1月10日 星期四

从蓼科下来。

新宿→天政→Maiyami。乘车回镰仓→弁天。

4月10日 星期三

筑地五一二。住进国立癌症中心特别室5号。

金胜、中、益子、草壁、贵惠㊋。

<u>登贵住下</u>。

4月11日 星期四

晴。血压166——

△笠夫人、成子、新一、清水、金胜㊋花、山口、益子、贵惠、佐田㊋花、川喜多。

<u>金胜住下</u>。

4月12日 星期五

晴。东兴［园送来］烧麦。贺世［送来］糖果。

△牛原、小石、柿田、泷泽、蕃（蛮）、信三、静夫、厚田、吉田、鹰取、秀行、真规子、北川、清水、贺世、内田、幸、益子、东兴园。

<u>登贵住下</u>。

4月13日 星期六

阴。院长来。北川［送来］乱切〈能登清〉。欣［送来］草莓。贺世［送来］竹笋。山本［送来］草莓。畑中［送来］甜瓜。冰箱送来了。

△厚田、妹尾、中村欣、朝日的记者田中、北川、桥本明治夫妇、山本武市、吉泽、金胜、清水、佐田。<u>登贵住下</u>。

4月14日 星期日

阴。

△林文——火腿。高顺、村上、厚田、三上——罐头。益子、小林一郎夫妇、Bubuya〈小池、森本〉〔送来〕西方食品。

4月15日 星期一

小雨。阴。△清水宏、岩崎、林、北川、多闻堂、平兵卫、小林正树夫妇、吉田、久留、泷泽、三村、福井、南正守、山内正、生驹、畑中、贺世、粟津夫人、和子、石川医生、安田、富二、金胜。

东兴园〔送来〕荞麦面。宝塚映画〔送来〕花。生驹、山内〔送来〕花。福井〔送来〕洋点心。贺世〔送来〕花。畑中〔送来〕年糕干。小林〔送来〕花。安田〔送来〕最中〔点心〕。登贵住下。

4月16日 星期二

阴。院长巡诊。△村上——炸猪排。和子、山内静夫夫妇〈山内玲子〉、高顺夫妇及三个孩子、岩下志麻——花。安田女士、厚田、石渡、及（老）川摄影师。丸山、堀内、金胜、益子、铃木基夷子、池忠、小林智、畑中、坂本及 NHK 的另一人——佐藤电视剧部部长、佐藤、富二、秀行夫妇、日俄渔业社长〔送来〕咸鲑鱼籽。登贵住下。血压 158 / 90。〔做〕手术。

4月17日 星期三

△信三来。

4月18日 星期四

△北川、冈村、多闻堂〈花〉、中条〈水果〉、吉田、石渡、厚田、益子、和子、通济。

登贵住下。

4月19日 星期五

△铃木进、黛、下河原、茉莉子〈花〉、佐田夫妇、贵惠、富二、厚田、北川、江间、和子。

小川住下。

4月20日 星期六

△登久、和子、山口蓬春夫妇〈花〉、清水、金胜、厚田、和子、村上〈扑克牌〉、通济、笠、新一。山内——送钱来。益子。

小川回去，登贵来，住下。

4月21日 星期日

晴。△信三、畑中、松沼〈送来炖菜〉。野田高梧夫妇、成子〈下山〉。下河原夫妇。〈登贵住下〉。

4月22日 星期一

晴。△厚田夫人与女儿——面包和炖菜。协会小石、柿田——蛋糕。畑中、小林千登势——糖。多闻堂夫人、北川夫妇——花之木〔的食品〕。厚田、山内、贺世〈Sumire〉。和子。

登贵回去，小川来医院，住下。

4月23日 星期二

阴。六点半至八点半，做糖负荷试验。

△山本武、三上、妹尾、高顺、原节子、司、新珠、比奈子、益子、野田夫妇、成子、长濑、高松、贺世、北川、夫二、安健、佐田。

院长诊断。小川住下。

〔做〕钴〔放射〕。

4月24日 星期三

雨停了。晴。△村上、城户、吉田及另一人、柳井、良辅、贺世、津村。

164 / 84。

登贵住下。

4月25日 星期四

阴。有时下小雨。

△贺世〈炸鸡块〉、三井〈薄脆饼干〉、长嶋女士〈草莓〉、渡边文雄夫妇〈菜〉、贡夫妇〈北川的炸猪排〉、富二、秀行。登贵住下。小川回去。〔做〕钴〔放射〕第三天。

4月26日 星期五

晴。△山下和子、平兵卫、都边、冈田真吉、川喜多Kashiko、绪方医生夫妇、小林一郎医生夫妇、东宝〔的〕筧、须川、中日〔的〕渡边及其他摄影师、大佛、悦、佐田演技、杉户Sei、丰、益子、贵惠、岛津雅彦等、婶婶、总社〔管〕宣传〔的〕、野崎、桥本、佐佐木、板桥、铃木、北村、及川助理导演、山内久、静夫。

4月27日 星期六

晴。△广美天妇罗的老板及下人〈寿司〉。村野铁、野田夫妇、小出、佐久间良子、《体育日报》、《日刊体育》及摄影师、清水及另一人、新一、山内久、佐田、若槻〈送来水果〉。登贵去关西。富二。

144 / 72。

小川住下。

4月28日 星期日

晴。高桥丰——花、曲奇。下河原、香雄、希雄、新藤兼人——甜瓜。山下和子、田中绢代——花。田中春雄（男）——Clover的点心。佐生。

社长［打来］〈电话〉。

小川住下。

4月29日 星期一

△信三、美食家、厚生馆、村上、樱、新珠、厚田夫妇、清水、金胜、和子。花——清水虹子。清水、金胜住下。

4月30日 星期二

晴。

成子、伏见、林龙次——Candy。浜田、田中敏夫（男）、吉泽——Brandy。高顺、益子、小尾、渡边武医生。

做钴胃镜。胸透。院长巡诊。

5月1日 星期三

△阴。野田夫妇、细野——煮豆子。吉田、柿田、堀池日活、冈田八卷——菜。江间、富二。

［做］钴［放射］。小川住下。

5月2日 星期四

△阴。静夫、妹尾、白井昌——〈甜瓜〉。内田孝、德冈、大桥旬报——花。荒田、吐梦、泷泽、留美——汤〉。山口和酒吧老板娘——甜瓜——doo。叶子、柴田 Shatus——〈花〉。中村倍也、新珠——寿司。里见、伊都子、稻田、喜（贵）多川、秀行、长（永）岛一朗。

登贵昨天回东京，来。住下。建川来，与小川一道回去。

5月3日 星期五

晴。津村、成泽〈寿司〉、山下和子、益子、贵惠、须贺。

登贵住下。

5月4日 星期六

△阴。三上、安田〈蜜饯栗子〉、三宅邦子〈花〉。花〈山田五十铃〉。福留和子、Osome、Deko〈洋兰〉、悦、内川——〈甜瓜〉、北川、厚田、富二、金胜。

《仁井谷医生诊断》。

一九六三年〔昭和三十八年〕・其四

1月10日 星期四　从蓼科回来。

1月15日 星期二　三点。草壁。

1月16日 星期三　六点。协会事务所(缺)。

1月17日 星期四　六点。筑地寺田。田坂之会。

1月20日 星期日　东山来访。

1月21日 星期一　国际情报。一点。~~井池。~~

1月22日 星期二　参观相扑[比赛]。

1月25日 星期五　大船导演会。岩下。华正楼。

1月26日 星期六　六点。浅草八木。扇友会。

1月27日 星期日　演员协会。七点。品川王子[饭店]。

1月28日 星期一　山中会。东兴园。六点。

1月30日 星期三　工作人员会议。海员阁。

1月31日 星期四　通济来访。

2月1日 星期五
桥本画师。歌舞伎座。

2月2日 星期六
高松繁子生日。

2月3日 星期日
长井会。New Grand.

2月4日 星期一
忌日。

2月5日 星期二
4—6。大仓酒店。寿美。

2月6日 星期三
六点。井池、五十铃。

2月7日 星期四
八王（寺）子鸟山方向。十一点三分。

2月9日 星期五
六点。荣林。日展的一行人。

2月12日 星期二
若尾。帝国饭店。六点。

2月13日 星期三
大仓酒店。庆祝会。

2月14日 星期四
NHK 电视剧剧本。四点。

2月15日 星期五
~~工作人员会议。常盘山。~~Mari（茉莉）子。
颁奖庆祝会。东急。六点。

2月17日 星期日
横山家告别仪式。一至两点。

2月18日 星期一
《主妇之友》。两点。登贵生日。

2月19日 星期二
协会。六点。

2月22日 星期五
汤之原中西。住第一个晚上。

2月23日 星期六
住第二个晚上。

2月24日 星期日	住第三个晚上。
2月25日 星期一	乘车回家。
2月26日 星期二	岛尾之会。6：30。New Tokyo.
2月28日 星期四	佐田结婚纪念日。
3月1日 星期五	《生活手帖》。~~* 月初，预定〔参加〕《生活之手帖》及大船导演会。~~
3月3日 星期日	女儿节。
3月5日 星期二	森繁出版会㊌。帝国饭店。六点。
3月6日 星期三	导演会。New Grand. 六点。
3月7日 星期四	山内正结婚典礼。
3月9日 星期六	福久谷之会。谷口。
3月10日 星期日	梅见之会。稻田家。一点。
3月11日 星期一	？村上。
3月12日 星期二	前往蓼科。
3月21日 星期四	NHK。8：00—9：30。
3月25日 星期一	艺术院。一点半。
3月27日 星期三	栗岛澄子。歌舞伎座。五点。
4月8日 星期一	癌症中心。
4月9日 星期二	〔艺术〕院奖〔名单〕公布。前田外科。

4月28日 星期日 贺世。

5月10日 星期五 和子结婚典礼。蓬春展。松屋。

5月12日 星期日 协会全体代表大会。

5月14日 星期二 艺术院颁奖仪式。

5月15日 星期三 宫中陪餐。

7月4日 星期四 中西。工作。

7月5日 星期五 村上。

一九六三年〔昭和三十八年〕·其五

1月17日 星期四　寺田541—7724。筑地警察附近。

1月20日 星期日　东山魁夷画师来访。

1月22日 星期二　参观相扑比赛。第十天。

1月25日 星期五　与岩下志麻对谈。
大船导演会。华正楼。六点。

1月26日 星期六　扇友会。浅草八木。六点。

1月28日 星期一　山中会。东兴园。六点。

1月30日 星期三　工作人员庆祝会。海员阁。六点。后，[去]马斯科特。

2月1日 星期五　歌舞伎座。《德川家康》第一天。

2月2日 星期六　高鸟（鹰取）、山内来。更新今年的合同。

2月13日 星期三　艺术院会员庆祝会。[在]大仓酒店的平安之间[举行]。

2月14日 星期四　NHK电视剧本审查会。赤坂重箱。

2月15日 星期五　冈田茉莉子获奖庆祝会。[在]东急饭店广间[举行]。

2月17日 星期日
横山家告别仪式。

2月22日 星期五
与里见先生、伊都子女士乘车前往汤之原。
在中西住第一个晚上。

2月23日 星期六
贺世来。

2月24日 星期日
前往热海 Scott。
贺世回去。
工作进展顺利。
住第三个晚上。

2月25日 星期一
雇车早早回镰仓。

2月28日 星期四
佐田夫妇结婚纪念日。

3月1日 星期五
《生活手帖》、NHK、里见先生、佐田夫妇来。
〔前往〕广美，〔吃〕天妇罗。后，〔去〕里见家。

3月2日 星期六
三上真一郎来。

3月9日 星期六
小林→福久谷→若松。
乘车回家。将贺世送回去。

3月10日 星期日
梅见〔之会〕中止。
畠（畑）中来，写剧本。
通宵达旦。

3月11日 星期一
去东京小林牙医处。
与畠（畑）中〔前往〕Monami。乘车回家。通宵达旦。

3月12日 星期二
本打算与高梧夫妇、池忠前往蓼科，但由于电视剧本尚未完成，没有去。畠（畑）中庸生来。通宵达旦。

3月13日 星期三
早晨，脱稿。大雪。

山内湘三、村上。

3月14日 星期四
前往蓼科。12：50。送行［者］：益子、静夫、贺世。
积雪甚厚。

3月15日 星期五
阴。
谈及工作的话题。记笔记。

3月16日 星期六
雪。
买电视机。晚上，蒲一家来。住在万叶堂。

3月18日 星期一
春分前几天。蒲一家回去。小川寄来包裹。
稍微工作了一会儿。

3月21日 星期四
《青春下课后》在电视上播出。

3月24日 星期日
下山。途中，因下大雪，车无法前行，又回到蓼科。
春季相扑比赛，大鹏获冠军。

3月25日 星期一
日本艺术院获奖者候补选拔委员会。
下午1：30［在］艺术院会馆［举行］。

3月27日 星期三
晴。
一点十四分回东京。
乘坐地铁［前往］贵多川、口悦、Monami。见到藤本、鹤冈。
听说九浦先生来蓼科了。

3月28日 星期四
整天躺在床上。

3月29日 星期五
雨。
乘坐佐田的车去东京。在田园调布，与益子、贵惠会合，前往山王医院→前田外科。绪方先生同行。［去］天政、Monami。

3月30日 星期六
晴。戒酒。服用四环素。上床睡觉。
清水、金胜来，但我在睡午觉，没有见他们。

佐田前往巴厘岛。益子前往京都。

3月31日 星期日

晴。

戒酒。

听说 Bus〔司机〕罢工。须贺带着唐纸来。登贵来。上床睡觉。继续服用四环素。池忠来。收到信件，说昨天回到茅之崎。

4月1日 星期一

晴。

戒酒。

给吉田打电话，让他给久留家打个电话。回到东京。登贵来。上床睡觉。

4月2日 星期二

戒酒。

登贵来。亡父忌日。晚上，益子打来电话，说是从京都回到东京。

4月3日 星期三

晴。

荒濑带着益子从京都带回来的特产来。不吃四环素了。喝了点酒后，肩膀有点酸痛。登贵来。藤本打来电话。给蓼科打电话。

4月4日 星期四

厚田、富二、石渡来。

给 Monami 打电话。岩田专太郎在。

4月5日 星期五

整天在家。

4月6日 星期六

贺世、乾敦子来。叫上富二、金胜前往广美。

福井厂长、安宪来。

4月7日 星期日

阴。雨。

笠来。正在睡觉，没有见他。

登贵来。北川会逗子时，顺便来一趟。

4月8日 星期一

十一点，〔前往〕癌症中心。〔在〕三楼〔见到〕久留。

4月9日 星期二

在家。成子、富二来。

4月10日 星期三

乘坐中的车前往医院住院。登贵、金胜一道前往。益子来。[住在]四楼特别室5号。血压166。7.5° 。

6月30日 星期日

130/70。血压。

7月1日 星期一

出院。[住院]第八十一天。用中的车[装]行李。乘坐佐田的车回家。

7月2日 星期二

野田夫妇、里见先生、泽村来。

7月3日 星期三

里见先生带着早川来。让他帮我看病。

7月4日 星期四

前往早川处。顺便去了趟启子家。

7月5日 星期五

乘坐中的车前往汤之原中西。[住在] 26号 [房间]。

看平塚七夕的装饰。

7月6日 星期六

从长冈回来的贺世来。

7月7日 星期日

七夕。

7月8日 星期一

雨下得很大。

弁天的老板带着虾来。

7月9日 星期二

贺世回去。

7月10日 星期三

野田夫妇来。

7月11日 星期四

大雨。野田夫妇又住下。高桥丰来。带来鳗鱼茶泡饭。

7月12日 星期五

中午，野田夫妇回去。

7月13日 星期六

村上来。

7月14日 星期日

茂留下。很热。

7月14日 星期日

茂回去。下午，乘坐社长的车回家。

野田前往蓼科。

7月16日 星期二

［盂兰］盆［节］。

7月17日 星期三

前往早川处。

泽村勉送我鲣鱼干。

7月18日 星期四

前往早川处。第四天。

小仓、山口先生来。看病。基夷子也看了病。

7月19日 星期五

佐生、柿田来。说起电视剧场的事。一个叫上田的学生来。艺术院送来年金。

7月20日 星期六

去早见处拿山口先生的膏药。（登贵）。小川（休息）。

共同［社］的记者来。

7月21日 星期日

不去早川那里了。总社的高田带着里奇的评论［文章］来。

7月22日 星期一

去早川处。第五次。全明星 C6—P4。

7月23日 星期二

接到电话，说［今天］是富二三男的生日。

去早川处。第六次。益子、贵惠来。

［全明星棒球赛］第二场比赛。C 获胜。

7月24日 星期三

［全明星棒球赛］第三场比赛。

秀行来，住下。

7月25日 星期四

柿田、小石来。

小川回去。

秀行住下。

7月26日 星期五

富二、金胜、静夫来。

拿到钱。

7月27日 星期六
肩膀疼。

7月28日 星期日
笠来。肩膀疼。
海边人山人海。小川〔去参加〕同学会。

7月29日 星期一
长岛来。
小川在癌症中心拿了药后，回来。

8月3日 星期六
信三来。

8月4日 星期日
信三回去。

8月8日 星期四
登久、和子来。

8月11日 星期日
新珠、女医生稻叶、足立医生夫妇来。

8月13日 星期二
福留和子来。

8月14日 星期三
笠夫人来。

附记

校异·电影列表·相关人名录

校异

一九三三年

1月1日　这一天的记述紧接着后一天的内容，很显然它们是连续的记述。我们把这些内容都放在这一天了。

1月4日　从第二行开始，日记作者将日记本横过来，竖着写。这一天的记述也紧接着后一天的内容。在4日的记述中，有这样一句：“日下雪融如流溪”。在这句话的后面，写有▲之后的内容。在5日的记述中，写有“日暖”之后的内容。

1月7日　这是将日记本横过来竖着写的。

1月8日　▲之后的一行是将日记本横过来竖着写的。

1月12日　▲之后的一行是将日记本横过来竖着写的。

2月11日　原文中，“榎健”后换行，并没有加“→”，而是直接连接“中清”。从“中清”的位置来看，这是后来加写的。补加了“→”。

2月22日　这一天的记述写在后一天的内容里。

4月22日　最后一行是将日记本横过来竖着写的。

4月27日　写在后一天的内容里。

5月16日　最后一行是将日记本横过来竖着写的。

6月3日　最后一行是将日记本横过来竖着写的。在“旅情”上划线，旁边修改为“牛车”。

6月20日　写在后一天的日记里，日期做了修改。21、22日的情况相同。

7月18日　写在后一天的日记里，日期做了修改。

7月19日　写在前一天的日记里，日期做了修改。

9月20日　紧接着写在后一天的日记里。

10月8日　紧接着写在后一天的日记里。第5行的第一个字非常难认，权写做“あ”字。最后两行的第一个字，在原文中写做“◬”。最后一行，写在后一天的内容里，但与前一行的“◬”用“—”连在一起。

10月28日　紧接着写在后一天的日记里。

10月30日　紧接着写在后一天的日记里。

11月6日　OR7日在日期后加写了“OR7”。

12 月 7 日“美坊说”之后用“—”连在一起，写在后一天的日记里。

12 月 27 日“退怠”可能是“无聊”或“倦怠”的意思吧。因无法断定，我们用了“原文如此”。

12 月 30 日“sheatter”很有可能是“sweater”的误写。因无法断定,我们用了“原文如此”。

一九三四年

2 月 21 日“たんごう”一词的意义不详，因而我们标注了“原文如此”。

3 月 18 日　最后一行的“や”最初写成“や”，后改为“に”，后又改为“や”。

4 月 1 日　紧接着写在后一天的日记里。

4 月 2 日　紧接着写在后一天的日记里。

5 月 22 日　最后两行写在前一天日记的末尾，用“→”表示这是这一天的日记。

6 月 28 日“爬”是“泡”的笔误，因而我们用了“原文如此”。

7 月 1 日　最后一行的“も”最初写成“の”，后改为“も”。

8 月 23 日“享年 55 岁”应是后来加写的。

9 月 22 日　紧接着写在后一天的日记里。

10 月 17 日　写在后一天的日记里，日期做了修改。

12 月 31 日　后的“随记”这部分内容写在原日记本末尾的 Cash Memoranda 栏里。

一九三五年・其一

2 月 15 日　第四行的“を”最初写成“け”，后改为“を”。

3 月 19 日　第五行的“を”最初写成其他的字（不详,但不是“に”),后改为“を”。

9 月 11 日　第二行的“楠”字应为“楠木”的笔误，因而我们用了“原文如此”。

11 月 6 日　第五行的“莱比”应为“revue”的笔误，因而我们用了“原文如此”。

12 月 7 日　第三、四行的内容用“→”表示紧接前一天的内容，竖写。应该是作者在写完这一天的日记后，又加写的内容。

12 月 31 日　从第六行至第十行,写在此后一天没有日期的一栏里。空一行,“他”之后的内容写在原日记本末尾的 NOTE 栏里。

一九三五年·其二

2月14日　第二行的“广河原”可能是旅馆的名称。因无法断定，因而我们用了“原文如此”。

5月15、16、17日　都写在15日的日记里。

5月18日　到“青叶城，一只眼中更放明。正男”的内容写在16至18日的日记里(跨页)。“所谓三泽初子”之后的两行内容写在19日的日记里。“酒亭青叶”之后的内容写在21日的日记里。

5月19日　最后一行写在25日的日记里。

6月19日　突贯小僧等五个人的签名写在17日的日记里。

9月11日　第二行的“楠”与这一年“其一”中的情况一样。

10月25日　“16m”是“16毫米”的意思。我们认为应写成“16mm”，所以用了“原文如此”。

10月30日　第五行的“懒”字，原文标有读音“ものう”，且用○圈起来。同样，“由”字也标有读音“な”*。

一九三七年

1936年12月28日至31日的内容记录在1937年日记本的开头（即1月1日前的地方）。

5月9日　第二行的“前……吃……”应为“前往……吃……”，我们认为作者少写了一个“に（往）”字，因而用了“原文如此”。

6月5日　第一行到第二行的“ホームランド”应是“ホームラン”的笔误，因而我们用了“原文如此”。

一九四九年

2月17、18日　○中的文字我们暂时读作“麻”字，或许作者要写的是“森”字。

* 在译文中，这个“由”字未能呈现出来。

一九五一年

1月20日　第一行的“あんこ”可能是作者少写“あんこう（鮟鱇）”的一个“う”字，因此，我们加上了“原文如此”。

2月7日　第一行的“あんこ”与1月20日的情况一样。

2月16日　第一行的“にて（在）”应为“に”的笔误，因此我们加上了“原文如此”。

2月18日　第二行的“あんこ”与1月20日、2月7日的情况一样。

10月14日　第二行的“駘風”是“颱風”的笔误。如果是新体汉字的话，“颱風”应写作“台風”。因此，我们给“駘”字加上了“原文如此”。

11月10日　第四行的“酩酊”之后的内容写在同一页的NEXT WEEK'S APPOINTMENTS栏里。

11月17日　最后一行写在同一页的NEXT WEEK'S APPOINTMENTS栏里。

12月15日　最后两行写在同一页的NEXT WEEK'S APPOINTMENTS栏里。

一九五二年·其一

2月21日　第一行“良輔に”的“に”不要。或许作者忘记写回去的地方。因此，我们加上了“原文如此”。

3月2日　第四行的“保育院”很有可能是“保育園”，我们暂时加上了“原文如此”。

3月6日　第一行到第二行的“入浴まで前まで”应为“入浴前まで”的笔误，我们加上了“原文如此”。

4月1日　我们认为第六行的“壮快”可能是“痛快”，难以断定，于是我们加上了“原文如此”。

5月18日　第三行的“松刀魚”可能是“松魚”的笔误，我们在“刀”上加了“原文如此”。第三行至第四行的“むねくなる”应是“ねむくなる”的笔误，我们加上了“原文如此”。

一九五二年·其四

2月29日　第二行的右划线部分，在原日记本上是横写的，是下划线。*

*中译本的底本为竖排本，因此右划线被改为下划线。

4月1日　第二行的右划线部分，与2月29日的情况相同。

10月8日　“虎門”为“虎ノ門”，作者少写了个“ノ”，因而加上了“原文如此”。

一九五三年

1月23日　第六行的“千代山”应为“千代ノ山”。我们加上了“原文如此”。

2月7日　第七行的“う酒”的“う”只能读作“う”，但意思不明，我们给“う”加上了“原文如此”。

4月3日　第二行的“虎門”与上一年10月8日的情况相同。我们加上了“原文如此”。

6月4日　第三行的“抵り”也许是“至り”或“到り”。我们加上了“原文如此”。

一九五四年

1月11日　“蜂巣”是“蜂ノ巣”的“ノ”被省略的写法，我们权且加上了“原文如此”。* 下同。

2月28日　第一行的“土田美代子”在地址簿中写成“川田美代子”。很难确定哪一个正确，因而我们加上了“原文如此”。

4月1日　第一行的“和夫”如果是井上和男的话，那么在“夫”字旁边应加上“男”字，但由于难以确定，就没有加。

4月10日　⁎号后面的内容记录在同一天的MEMO栏里。

4月19日　第四行的“さまに”应是“まさに”的笔误，我们加上了“原文如此”。

5月8日　⁎号后面的内容记录在同一天的MEMO栏里。

9月24日　第四行的“ニューフェス”应写成“ニューフェイス”或“ニューフェース”，因而我们加上了“原文如此”。

10月30日　⁎号后面的内容记录在同一天的MEMO栏里。

12月11日　⁎号后面的内容记录在同一天的MEMO栏里。

12月18日　⁎号后面的内容记录在同一天的MEMO栏里。

*
这里指的是插入该年1月20日之后的内容。

一九五五年·其一

2月15日　第一行的“85m”应写成“85毫米”或“85mm”，因而我们加上了“原文如此”。

3月11日　第六行的“横山隆”应为“横山隆一”，我们认为作者少写了个“一”字，因而加上了“原文如此”。

5月1日　第六行的“オードーブル”通常应写成“オードブル”，因此我们加上了“原文如此”。

一九五五年·其二

2月17日　第一行的“亀井戸”,我们认为是“亀戸”的笔误,因而我们加上了“原文如此”。

7月16日　第三行的“虎門”应是“虎ノ門”的省写法，省略了“ノ”，我们姑且加上了“原文如此”。

一九五六年·其一

3月5日　第一行的“カリフォル大学”应是“カリフォルニア大学（加利福尼亚大学）”的笔误，因而我们加上了“原文如此”。“先生ナス一緒也（先生与Nasu一道前往）”写在次日日记的栏外，是竖写的。

3月*9日　第一行至第二行的“フィルハーモ”应是“フィルハーモニー”的笔误，我们加上了“原文如此”。

3月**16日　第一行的“つもりつて”应为“つもつて”或“つもりて”。难以断定是哪一种说法，因而加上了“原文如此”。

4月20日　第二行的“白木”正确的说法应是“白木屋”，考虑到这是一种习惯性省略说法，我们没有加“原文如此”。

6月22日　第一行的“东哉”应是“陶哉”。我们很难确定这是不是笔误，因此加上了“原文如此”。后文中相同的说法，我们做了相同的处理。

9月19日　第六行的“四通”，我们认为是“四通话”，作者少写了个“话”字，因而我们加上了“原文如此”。

* 底本有误，应为4月。

** 底本有误，应为5月。

9月23日　第一行的“持つてく”,我们认为是“持つて行く”,作者少写了个“行”字，因而我们加上了“原文如此”。

10月28日　第二行的“たたく”应为“たく”的笔误,我们加上了“原文如此”。

10月30日　我们认为第二行的“雨”没有必要重复，因而加上了“原文如此”。

一九五六年·其二

11月20日　我们认为第一行的“飼畜場”是“種畜場”的笔误,因而加上了“原文如此”。

一九五八年·其二

〈备忘录〉写在1959年日记本开头的“记事拔萃”栏中。

一九五九年·其一

1月14日　我们认为第一行的“トウキー”是“トウキョー”的笔误，因而加上了“原文如此”。

1月15日　第五行的“隐退”，通常写作“引退”，因而暂且加上了“原文如此”。

1月24日　第三行的“若乃”可能是“若乃花”的“乃”，这有可能会被人们当作助词“の”的笔误，因而加上了“原文如此”。

1月28日　我们认为第四行的“に”应是“で”的笔误,因而加上了“原文如此”。

3月14日　第三行的“虎門”与此前的例子一样，我们加上了“原文如此”。

3月25日　第二行的“取”,正确的写法是“撮”,因而我们加上了“原文如此”。不过,如果将“取”看作是用于相扑的一种俏皮话,会很有意思。

4月23日　我们认为第四行的“公園会”是“公園”或“公会堂”的笔误，因而加上了“原文如此”。

6月2日　第四行的“蓁”的读音是原日记中就有的。*

12月23日　第一行的“嫌感”** 一般情况下写作“悪感”***，我们加上了“原文如此”。

* 中译本没有标注“蓁”字的读音。

** 日记正文的原文是“嫌寒”，并非“嫌感”。底本有误。

*** 底本有误，应为“悪寒”。

一九六〇年·其一

1月*14日　第七行的“山手”是“山ノ手”的笔误，我们加上了“原文如此”。

1月⁑15日　第三行的“山手”与上一条一样。

1月30日　MEMO第六行的记录就是这样。

2月29日　第六行的“德”字读音，日记原文就有。⁂

3月3日　第五行“八岳”的正确写法是“八ヶ岳”，我们加上了“原文如此”。

3月5日　第二行的“利一”与“利市”为同一人，但我们无法确定哪一种写法正确，因而暂且加上了“原文如此”。

7月⁑⁑23日　第二行的“デーセル”一般情况下写作“ディーゼル（内燃机车）”，因而加上了“原文如此”。

10月22日　第三行的“ヱスポアル”，日记原文如此。日记并没有写成“ヱスポアール”。⁂⁑

11月23日　第一行的“囲炉辺”可能是“囲炉裏辺”的意思。暂且加上了“原文如此”。

12月15日　第五行的“壳布”的读音是原日记里就有的。✿

12月31日　MEMO第三行的“囲炉辺”与11月23日的情况相同。

一九六〇年·其二

2月29日　“德仁浩”的注音是原日记里就有的。❄

一九六一年·其一

开头的“年初所感”是日记本上已有的印刷的内容。

1月5日　第二行的“囲炉辺”与前面的情况相同。

1月9日　第四行的“囲炉辺”也是如此。

1月24日　我们认为第二行至第三行的“ニウグラウンド”是“ニウグランド”的笔误，因而加上了“原文如此”。

1月28日　MEMO第四行没有记录数字。

2月10日　第三行的“話合せす”可能是“話合せし”或“話

*应为2月。底本有误。

⁑应为2月。底本有误。

⁂中译本没有标注读音。

⁑⁑应为6月。底本有误。

⁂⁑中译本一律用原文，作“Espoir”。

✿中译本没有注出读音。

❄中译本没有注出读音。

会ひし”，我们暂且加上了“原文如此”。

5月22日　第四行的“ラニング”，一般情况下写作“ランニング（慢跑)”，因而我们加上了“原文如此”。

5月27日　MEMO第二行至第五行除此之外没有其他内容了。

6月22日　第二行的“白”字应是“对白”的意思，本没有必要加以说明，但为方便起见，我们加上了“原文如此”。

6月24日　第三行的“油焚き”应为“油焼き”，也有可能是“油炊き”，我们暂且加上了“原文如此”。

9月3日　第三行的“ビサ”既可能是“ピツァ（披萨饼)”，又可能是“ピザ（披萨饼)”，因而暂且加上了“原文如此”。

11月20日　第二行的“赤木氏”有可能是“赤城氏”，无法断定，因而我们加上了“原文如此”。

11月21日　我们认为第六行的“金企比羅”是“金比羅”的笔误，因而加上了“原文如此”。

一九六二年·其一*

4月25日　我们认为第二行的“孟竹”是“孟宗竹”少写了一个“宗”字，因而加上了“原文如此”。

5月7日　我们认为第二行的“歯者”是“歯医者（牙医)”少写了一个“医”字，因而加上了“原文如此”。

5月10日　我们认为第二行“制作会”的正确写法应该是“製作者会議（制作人会议)”，因而加上了“原文如此”。

这一年年底的〈备忘录〉写在这一年日记本之二的卷末，从“▲20”行起，到“▲29”行为横写的；“▲昭和二十九年”之后的内容是竖写的。

一九六二年·其三

12月9日至15日的日记里，对页上绘有简略的“神田小川町附近（吉田与藏相关)”图。

* 底本有误，当为“其二”。

一九六三年·其一

1月7日　第二行的“ゐって”是“いって（去）”或“行って（去）”,我们加上了“原文如此”。*

1月31日　第三行的“二月醉”可能是一句俏皮话，即跨一月和二月的“二日醉”。我们暂且加上了“原文如此”。

一九六三年·其二

2月12日　日记中有“招〔待〕宴〔会〕”一词，但被涂抹掉了。

2月15日　第一行最初有“工作人员会议。常盘山”，但被涂抹掉了。

一九六三年·其三

4月11日　至30日的内容跨两页书写。

5月2日　的日记写在2、3日的栏里，而3日的日记则写在前一页上。

一九六三年·其四

1月21日　最初有“井池”二字，但被涂抹掉了。

2月15日　最初有“工作人员会议。常盘山”，但被涂抹掉了。

3月1日　最初有“＊月初”至“预定”的内容，但被涂抹掉了。

一九六三年·其五

2月28日　这一天的日记作者用“→”表示写在栏外。

3月1日　这一天的日记写在前一天的栏里，作者用“→”表示插入到当天的栏里。

3月2日　这一天的日记也是写在前一天的栏里，作者用“→”表示插入到当天的栏里。

7月23日　第二行的“益子、贵惠来”一句，作者用“→”表示写在第二天的栏里。

* 实际上在底本的正文中，并没有加上“原文如此”，应是日记编者漏加。中译本加上了“原文如此”。

电影列表

以下是小津日记中提及的电影列表。已修正了日记中的错误。括号中的数字是电影上映的公历年份的后两位数字。日本以外国家的电影，斜线前是原国家上映年份，斜线后为日本上映年份。

小津并非看过这里记录的所有电影，其中包含了他读过剧本的或仅仅是计划观看的电影。

一九三三年

1 月 6 日

● 『眠れ母の胸に』（《慈母情怀》）（松竹蒲田 33）

导演：清水宏，剧本：野田高梧，主演：及川道子、藤井贵

1 月 17 日

● Bronde Venus（《金发维纳斯》）（美国 32 / 32）

导演：Josef von Sternberg，主演：Marlene Dietrich, Herbert Marshall

● Trouble in Paradise（《天堂里的烦恼》/《极乐特急》）（美国 32 / 33）

导演：Ernst Lubitsch，主演：Miriam Hopkins, Herbert Marshall

2 月 24 日

● Ladies of the Mob（《暗黑街之女》）（美国 28 / 28）

导演：William Augustus Wellman，主演：Clara Bow, Richard Vincent Allen

3 月 6 日

● So Big（《这么大！》）（美国 32 / 32）

导演：William Augustus Wellman, George Brent

● Girls in Uniform（《穿制服的女孩》）（德国 31 / 33）

导演：Leotiine Sagan，主演：Dorothea Wieck, Hertha Thiele

3 月 20 日

● The Front Page（《犯罪的都市》）（美国 31 / 33）

导演：Lewis Milestone，主演：Adolphe Menjou, Pat O'Brien

3月21日

● Back Street（《血洒后街》）（美国 32 / 33）

导演：John Malcolm Stahl，主演：Irene Dunne, John Boles

● The Sign of the Cross（《罗宫春色》）（美国 32 / 33）

导演：Cecil Blount Demile，主演：Fredric March,Claudette Colbert

4月18日

● Scarface（《疤面人》）（美国 32 / 33）

导演：Howard Hawks，主演：Paul Muni,George Raft

● No Man of Her Own（《得不到的男人》）（美国 32 / 33）

导演：Wesley Ruggles，主演：Clark Gable, Carole Lombard

4月24日

● American Madness（《美国疯狂》）（美国 32 / 33）

导演：Frank Capra，主演：Walter Huston, Pat O'Brien

● Quatorze Juillet（《巴士底日》）（法国 32 / 33）

导演：Rene Clair，主演：Annabella, George Rigaud

4月26日

●『忘られぬ花』（《勿忘我花》）（松竹蒲田 33）

导演：野村浩将，剧本：池田忠雄，主演：江川宇礼雄、川崎弘子

5月5日

●『泣き濡れた春の女よ』（《泪流满面的春之女》）（松竹蒲田 33）

导演：清水宏，剧本：陶山密，主演：冈田嘉子、大日法传

5月18日

● Rain（《雨》）（美国 32 / 33）

导演：Lewis Milestone，主演：John Colton, Walter Huston

5月28日

●『港の日本娘』（《港口的日本姑娘》）（松竹蒲田 33）

导演：清水宏，原作：北林透马，剧本：陶山密，主演：及川道子、江川宇礼雄

6 月 6 日

● One Hour with You（《红楼艳史》）（美国 32 / 32）

导演：Ernst Lubitsch，主演：Maurice Chevalier, Jeanette MacDonald

6 月 19 日

● I am a figitive from a Chain Gang（《亡命者》）（美国 32 / 33）

导演：Mervyn LeRoy，主演：Paul Muni, Glenda Farrell

●『盤嶽の一生』（《盘岳的一生》）（日活太秦 33）

剧本导演：山中贞雄，原作：白井乔二，主演：大河内传次郎、山本礼三郎

7 月 18 日

● A Farewell to Arms（《告别武器》）（美国 33 / 33）

导演：Frank Borzage，主演：Helen Hayes, Gary Cooper

9 月 28 日

● 7th Heaven（《第七天堂》）（美国 27 / 27）

导演：Frank Borzage，主演：Janet Gaynor, Charles Farrell

11 月 7 日

●『東洋の母』（《东洋的母亲》）（松竹蒲田 34）

导演：清水宏，剧本：蒲田剧本部，全明星电影

11 月 22 日

●『しっかりせよとだき起し』（《振作起来，给他们加油》）（松竹蒲田 33）

导演：斋藤寅次郎，剧本：荒田正男，主演：小仓繁、山田长正

11 月 23 日

●『丹下左膳·第一編』（《丹下左膳》）（日活太秦 33）

剧本导演：斋藤寅次郎，原作：林不忘，主演：大河内传次郎、泽村国太郎

11 月 26 日

●『女学生と与太者』（《女学生与恶棍》）（松竹蒲田 33）

导演：野村浩将，剧本：池田忠雄，主演：水久保澄子、矶野秋雄

11月27日

● Today We Live（《命限今朝》）（美国 33 / 33）

导演：Howard Hawks，主演：Joan Crawford,Gary Cooper

12月5日

●『鴛鴦街道』（《鸳鸯街道》）（松竹京都 33）

导演：秋山耕作，原作：凑邦三，剧本：柳川真一，主演：坂东好太郎、饭塚敏子

●『愛撫』（《爱抚》）（松竹蒲田 33）

导演：五所平之助，剧本：伏见晁，主演：冈田嘉子、渡边忠夫

12月19日

●『ラッパと娘』（《喇叭与女儿》）（松竹蒲田 33）

导演：岛津保次郎，剧本：北村小松，主演：江川宇礼雄、大塚君代

12月25日

●『女と生れたからにゃ』（《生为女子》）（松竹蒲田 33）

导演：五所平之助，剧本：伏见晁，主演：饭田蝶子、斋藤达雄

一九三四年

1月14日

● Deluge（《大洪水》）（美国 33 / 34）

导演：Felix E. Feist，主演：Peggy Shannon, Sidney Blackmer

● Bomben auf Monte Carlo（《蒙特卡罗的炸弹》）（德国 31 / 34）

导演：Hanns Schwarz，主演：Hans Albers, Sari Martiza

1月21日

●『瓦版かちかち山』（《瓦版噼里啪啦山》）（松竹京都 34）

导演：井上金太郎，原作：James Maki*，剧本：荒田正男，主演：高田浩吉、饭塚敏子

2月23日

●『鼠小僧次郎吉·再び江戸の巻』（《鼠小僧》）（日活太秦 33）

角色导演：山中贞雄，原作：大佛次郎，主演：大河内传次郎、高津爱子

* 小津安二郎笔名。

3月3日

●『風流活人剣』（《风流活人剑》）（千惠 Pro34）

编剧导演：山中贞雄，原作：野村胡堂，主演：片冈千惠藏、山田五十铃

3月20日

● Frisco Jenny（《弗斯科·珍妮》）（美国 33 / 34）

导演：William A. Wellman，主演：Ruth Chatterton, Donald Cook

3月24日

● Design for Living（《爱情无计》）（美国 33 / 34）

导演：Ernst Lubitsch，主演：Fredric March, Gary Cooper

5月22日

● The Stranger's Return（《陌生人归来》/《南风》）（美国 33 / 34）

导演：King Vidor，主演：Lionel Barrymore, Miriam Hopkins

5月29日

● Don Quichotte（《堂吉诃德》）（法国 33 / 34）

导演：George Willhelm Pabst，主演：Feodor Chaliapin

● Poil de Carotte（《红发男孩》/《胡萤》）（法国 32 / 34）

导演 :Julien Duvivier，主演：Robert Lynen, Harry Baur

6月7日

●『霧笛』（《雾笛》）（新兴 34）

导演：村田实，原作：大佛次郎，编剧：须山真砂树，主演：中野英治、志贺晓子

●『おせん』（《阿仙》）（新兴 34）

导演：石田民三，原作：邦枝完二，编剧：山内英三，主演：铃木澄子、市川正二郎

6月18日

●『髯と女』（《胡子与女子》）（松竹蒲田 34）

导演：佐佐木康，编剧：池田忠雄，主演：江川宇礼雄、龙田静枝

6月30日

●『めおと大学』（《夫妇大学》）（松竹京都 34）

导演：井上金太郎，原作：秋筱珊次郎，编剧：藤井滋司，主演：坂东好太郎、饭塚敏子

●『隣りの八重ちゃん』(《隔壁的八重》)(松竹蒲田 34)

编剧导演：岛津保次郎，主演：十日方传、逢初梦子

7 月 12 日

● Wild Cargo (《荒野货车》)(美国 34 / 34)

导演：Armand Denis，纪录片

7 月 14 日

●『一本刀土俵入』(《一本刀土俵入》)(松竹京都 34)

编剧导演：衣笠贞之助，原作：长谷川伸，主演：林长二郎、冈田嘉子

●『新婚旅行』(《新婚旅行》)(松竹蒲田 34)

导演：野村浩将，编剧：野田高梧，主演：藤井贡、田中绢代

7 月 24 日

●『大学の若旦那太平楽』(《大学的少爷太平乐》)(松竹蒲田 34)

导演：清水宏，原作：源尊彦，编剧：荒田正男，主演：藤井贡、逢初梦子

7 月 26 日

● Heavy Weight Championship of the World (《重量级世界锦标赛》)(美国 34 / 34)

实况记录

7 月 31 日

●『街の暴風』(《街头风暴》)(松竹蒲田 34)

导演：野村芳亭，原作：三上於菟吉，编剧：柳井隆雄，主演：冈让二、田中绢代

8 月 31 日

● It Happened One Night (《一夜风流》)(美国 34 / 34)

导演：Frank Capra，主演：Clark Gable, Claudette Colbert

9 月 2 日

●『愛憎峠』(《爱憎之巅》)(日活多摩川 34)

导演：沟口健二，原作编剧：川口松太郎，润色：高岛达之助，主演：夏川大二郎、

山田五十铃

●『唄祭三度笠』(《呗祭三度签》)(日活京都 34)

编剧导演：伊藤大辅，原作：子母泽宽，主演：大河内传次郎、大仓千代子

9 月 15 日

●『都会の感傷』(《都市的伤感》)(松竹蒲田 34)

导演：胜浦仙太郎，原作：野田高梧，编剧：陶山密，主演：城多二郎、忍节子

9 月 30 日

●『与太者と花嫁』(《小流氓与新娘》)(松竹蒲田 34)

导演：野村浩将，编剧：柳井隆雄，主演：矶野秋雄、三井秀男

10 月 3 日

● Little Woman(《小妇人》 / 《若草物语》)(美国 33 / 34)

导演：George Cukor，主演：Katharine Hepburn,Joan Bennett

10 月 11 日

●『愁風宴·前篇修羅の巻』(《愁风宴》)(松竹京都 34)

编剧导演：秋山耕作，原作：山口松太郎，编剧：柳川真一，主演：坂东好太郎、饭塚敏子

10 月 15 日

●『その夜の女』(《那个夜晚的女人》)(松竹蒲田 34)

编剧导演：岛津保次郎，主演：田中绢代、斋藤达雄

11 月 26 日

●『殿様と隠密』(《殿下与隐秘》)(松竹京都 34)

导演：井上金太郎，原作：秋筱珊次郎，编剧：藤井滋司，主演：坂东好太郎、小笠原章二郎

●『春江の結婚』(《春江的结婚》)(松竹蒲田 34)

导演：野村浩将，编剧：池田忠雄，主演：高杉早苗、坂本武

一九三五年・其一

1 月 19 日

● Le Dernier Milliardaire（《最后的亿万富豪》）（法国 34 / 35）

导演：René Clair，主演：Max Dearly, Renée Saint-Cyr

2 月 8 日

● 『坊や万才』（《少爷万岁》）（松竹蒲田 35）

编剧导演：宗本英男，主演：谷丽光、突贯小僧

2 月 19 日

● Our Daily Bread（《民以食为天》）（美国 34 / 35）

导演：King Vidor，主演：Karen Morley, Tom Keene

3 月 8 日

● 『国定忠次』（《国定忠次》）（日活京都 35）

原作导演：山中贞雄，编剧：三村伸太郎，主演：大河内传次郎、高津爱子

3 月 12 日

● Man of Aran（《阿伦人》）（英国 34 / 35）

导演：Robert J. Flaherty，纪录片

3 月 25 日

● The House of Rothschild（《红盾家族传奇》）（美国 34 / 35）

导演：Alfred L. Werker, 主演：George Arliss, Loretta Young

4 月 17 日

● Imitation of Life（《春风秋雨》）（美国 34 / 35）

导演：John M. Stahl，主演：Claudette Colbert,Warren William

4 月 19 日

● 『血煙荒神山』（《血烟荒神山》）（松竹京都 35）

编剧导演：秋山耕作，主演：坂东好太郎、饭塚敏子

5月1日

● The Man I Killed（《我杀死的男人》）（美国 32 / 32）

导演：Ernst Lubitsch，主演：Lionel Barrymore, Phillips Holmes

● David Golder（《大卫·格德尔》）（法国 31 / 35）

导演：Julien Duvivier，主演：Harry Baur,Jackie Monnier

● Manhattan Melodrama（《男人世界》）（美国 34 / 35）

导演：W. S. Van Dyke，主演：Clark Gable, William Powell

5月6日

●『馬帰る』（《马回家》）（松竹蒲田 35）

原作导演：斋藤寅次郎，编剧：伏见晁，主演：小仓繁、野村秋生

●『もの言わぬ姉』（《一言不发的姐姐》）（松竹蒲田 35）

导演：佐佐木启佑，编剧：斋藤良辅，主演：河村黎吉、冈田嘉子

5月10日

● Le Grand Jeu（《大赌局》）（法国 33 / 35）

导演：Jacques Feyder，主演：Marie Bell, Pierre Richard-Willm

5月21日

●『国定忠治』（《国定忠治》）（松竹京都 35）

编剧导演：井上金太郎，主演：市川右太卫门、筑地真由美

5月27日

●『彼と彼女と少年達』（《他与她与少年们》）（松竹蒲田 35）

导演：清水宏，原作：Georges Menard，编剧：荒田正男，主演：上原谦、桑野通子

5月31日

●『双心臓』（《双心脏》）（松竹蒲田 35）

导演：清水宏，原作：牧逸马，编剧：猪俣胜人、津路嘉郎，主演：上原谦、高杉早苗

6月20日

●『濡れた捕縄』（《濡湿的捕绳》）（松竹京都 35）

原作导演：秋山耕作，编剧：柳川真一，主演：坂东好太郎、饭塚敏子

8 月 28 日

● The Wedding Night（《洞房花烛》）（美国 35 / 35）

导演：King Vidor，主演：Gary Cooper, Anna Sten

9 月 3 日

● The Whole Town's Talking（《真假盗魁》）（美国 35 / 35）

导演：John Ford，主演：Edward G. Robinson, Jean Arthur

9 月 8 日

●『真白き富士の根』（《雪白的富士之根》）（松竹蒲田 35）

导演：佐佐木康，编剧：伏见晁，主演：及川道子、水岛光代

9 月 14 日

● Hide - Out（《隐藏》）（美国 34 / 35）

导演：W.S. Van Dyke，主演：Robert Montgomery, Maureen O'Sullivan

9 月 15 日

●『吹けよ恋風』（《吹吧，恋风》）（松竹蒲田 35）

导演：五所平之助，编剧：北村小松，主演：小笠原章二郎、小櫻叶子

9 月 25 日

●『永久の愛』（《永久之爱》）（松竹蒲田 35）

导演：池田义信，原作：城户四郎，编剧：斋藤良辅，全明星电影

11 月 6 日

●『街の入墨者』（《镇上的纹身者》）（日活京都 35）

编剧导演：山中贞雄，原作：长谷川伸，主演：河原崎十郎，中村勘右卫门

●『明治一代女』（《明治一代女》）（日活 · 入江 pro35）

导演：田坂具隆，原作编剧：色川口松太郎，主演：入江隆子、岛耕二

11 月 15 日

●『悲恋華』（《悲恋花》）（松竹蒲田 36）

导演：佐佐木康，原作：牧逸马，编剧：柳井隆雄，主演：桑野通子、奈良真养

11 月 19 日

●『大菩薩峠 · 第一篇』(《大菩萨岭》)(日活京都 35)

导演：稻垣浩，主演：大河内传次郎、入江隆子

12 月 7 日

●『彼女は嫌といひました』(《她说了不》) / 《'No' she said》(松竹蒲田 35)

导演：岛津保次郎，原作：佐藤武，润色：田中时夫，编剧：吉村公三郎，主演：桑野通子、高杉早苗

12 月 13 日

●『人生のお荷物』(《人生的负担》)(松竹蒲田 35)

导演：五所平之助，编剧：伏见晁，主演：斋藤达雄、吉川满子

一九三五年 · 其二

5 月 14 日

● Sorrell and Son (《情同父子》)(美国 27 / 28)

导演：Herbert Brenon, 主演：A.H.B. Warner, Anna Q. Nilsson

● The Marriage Circle (《回转姻缘》)(美国 24 / 24)

导演：Ernst Lubitsch, 主演：Adolphe Menjou, Florence Vidor

一九三七年

1 月 20 日

●『裸の町』(《裸之町》)(日活多摩川 37)

导演：内田吐梦，原作：真船丰，编剧：八木保太郎，主演：岛耕二、小杉勇

2 月 7 日

●『蒼氓』(《苍氓》)(日活多摩川 37)

导演：熊谷久虎，原作：石川达三，编剧：仓田文人，主演：黑田记代、伊泽一郎

3 月 8 日

● Carnival in Flanders (《弗兰得狂欢节》 / 《只有女人的都市》)(法国 35 / 37)

导演：Jacques Feyder， 主演：Fran-oise Rosay, André Alerme

3月17日

● The Plainsman（《乱世英杰》）（美国 37 / 37）

导演：Cecil B. DeMille，主演：Gary Cooper, Jean Arthur

●『からゆきさん』（《渡唐女》）（入江 Pro · PCL37）

导演：木村庄十二，原作：鲛岛麟太郎，编剧：东坊城恭长、畑本秋一，主演：入江隆子、北泽彪

3月18日

●『森の石松』（《森之石松》）（日活京都 37）

编剧导演：山中贞雄，主演：黑川弥太郎、花井兰子

●『あゝそれなのに』（《啊啊，尽管如此》）（日活多摩川 37）

导演：千叶泰树，编剧：玉川映二，主演：杉狂儿、星玲子

● They Were Five（《同心协力》）（法国 36 / 37）

导演：Julien Duvivier，主演：Jean Gabin, Charles Vanel

3月20日

● Tarzan Escapes（《泰山逃亡》）（美国 36 / 37）

导演 Richard Thorpe，主演：Johnny Weissmuller, Maureen O'Sullivan

4月25日

●『朱と緑』（《朱与绿》）（松竹大船 37）

导演：岛津保次郎，原作：片冈铁平，编剧：池田忠雄，主演：上原谦、高峰三枝子

4月30日

● Lost Horizon（《消失的地平线》）（美国 37 / 37）

导演 Frank Capra，主演 Ronald Colman, Jane Wyatt

5月1日

●『人生劇場』（《人生剧场》）（日活多摩川 36）

导演：内田吐梦，原作：尾崎士郎，编剧：龟屋原德，润色：八木保太郎，主演：小杉勇、山本礼三郎

●『祇園の姉妹』（《祇园姊妹》）（第一映画 36）

原作导演：沟口健二，编剧：依田义贤，主演：山田五十铃、梅村蓉子

5月8日

● Morocco（《摩洛哥》）（美国 30 / 31）

导演 Josef von Sternberg，主演 Gary Cooper, Marlene Dietrich

● The Lives of a Bengal Lancer（《傲世军魂》）（美国 35 / 35）

导演 Henry Hathaway，主演 Gary Cooper,Franchot Tone

5月21日

●『愛怨峡』（《爱怨峡》）（新兴大泉 37）

导演：沟口健二，原作：川口松太郎，编剧：依田义贤，主演：山路文子、河津清三郎

●『奥様に知らすべからず』（《不能让太太知道》）（松竹大船 37）

导演：涩谷实，原作：Richard Connell，编剧：池田忠雄、冈田丰，主演：斋藤达雄、冈村文子

8月3日

●『軍国子守唄』（《军国摇篮曲》）（松竹大船 37）

导演：原研吉，编剧：中村能行，主演：坪内美子、近卫敏明

一九四九年

2月19日

● Temptation Harbour（《诱惑港湾》）（英国 47 / 49）

导演：Lance Comfort，主演：Robert Newton, Simone Simon

3月6日

●『お嬢さん乾杯』（《大小姐干杯》）（松竹 49）

导演：木下惠介，编剧：新藤兼人，主演：佐野周二、原节子

一九五〇年

12月28日

●『偽れる盛装』（《虚饰的盛装》）（大映 51）

导演：吉村公三郎，剧本：新藤兼人，主演：京町子、藤田泰子

12 月 29 日

● How Green Was My Valley（《青山翠谷》）（美国 41 / 50）

导演：John Ford，主演：Walter Pidgeon, Maureen O'Hara

一九五一年

1 月 3 日

● California（《加州》）（美国 46 / 50）

导演：John Farrow，主演：Ray Milland, Barbara Stanwyck

1 月 15 日

●『兄とその妹』（《哥哥和他的妹妹》）（松竹大船 39）

编剧导演：岛津保次郎，主演：佐分利信、桑野通子

1 月 19 日

●『帰郷』（《归乡》）（松竹 50）

导演：大庭秀雄，原作：大佛次郎，编剧：池田忠雄，主演：佐分利信、木暮实代子

1 月 22 日

● Quattro Passi fra le Nuvole（《云中四部曲》 / 《云中的散步》）（意大利 42 / 51）

导演：Alessandro Blasetti，主演：Gino Cervi, Adriana Benetti

1 月 24 日

●『白痴』（《白痴》）（松竹 51）

导演：黑泽明，原作：陀思妥耶夫斯基，编剧：久板荣二郎、黑泽明，主演：森雅之、原节子

1 月 29 日

●『七色の花』（《七色花》）（东横 50）

导演：春原政久，原作：中山义秀，编剧：八木保太郎、新藤兼人、清岛长利、舟桥和郎，主演：龙崎一郎、角梨枝子

2 月 11 日

●『善魔』（《善魔》）（松竹 51）

导演：木下惠介，原作：岸田国士，编剧：野田高梧、木下惠介，主演：森雅之、三国连太郎

2月12日

●『また逢う日まで』（《来日再相逢》）（东宝 50）

导演：今井正，剧本：水木洋子，主演：冈田英次、久我美子

2月16日

● Black Narcissus（《黑水仙》）（英国 46 / 51）

导演：Michael Powell, Emeric Pressburger，主演：Deborah Kerr,Flora Robson

2月22日

●『自由学校』（《自由学校》）（松竹 51）

导演：涩谷实，原作：狮子文六，编剧：斋藤良辅，主演：佐分利信、高峰三枝子

3月15日

● Cheaper by the Dozen（《儿女一箩筐》）（美国 50 / 51）

导演：Walter Lang，主演：Clifton Webb, Jeanne Crain

● The Heiress（《女继承人》）（美国 49 / 50）

导演：William Wyler，主演：Olivia de Havilland, Montgomery Clift

4月10日

● Bambi（《小鹿斑比》）（美国 42 / 51）

导演：David Hand，动画片

4月12日

●『乾杯！若旦那』（《干杯，少东家》）（松竹 51）

导演：池田忠雄，原作：中野实，编剧：津路嘉郎，主演：鹤田浩二、津岛惠子

4月15日

● The Set-Up（《我们赢了今夜》）（美国 49 / 51）

导演：Robert Wise，主演：Robert Ryan, Audrey Totter

4 月 16 日

● Rebecca（《蝴蝶梦》）（美国 40 / 51）

导演：Alfred Hitchcock，主演：Laurence Olivier, Joan Fontaine

4 月 22 日

● The Jolson Story（《一代歌王》）（美国 47 / 50）

导演：Alfred E. Green，主演：Larry Parks, Evelyn Keyes

5 月 2 日

●『自由学校』（《自由学校》）（大映 51）

导演：吉村公三郎，原作：狮子文六，原作：狮子文六，编剧：新藤兼人，主演：小野文春、木暮实千代

5 月 11 日

●『少年期』（《少年期》）（松竹 51）

导演：木下惠介，原作：波多野勤子，编剧：木下惠介、田中澄江，主演：田村秋子、石浜朗

10 月 10 日

● Sunset Boulevard（《日落大道》）（美国 50 / 51）

导演：Billy Wilder，主演：William Holden, Gloria Swanson

10 月 13 日

● All About Eve（《彗星美人》）（美国 50 / 51）

导演：Joseph L. Mankiewicz，主演：Bette Davis, Anne Baxter

10 月 21 日

●『海の花火』（《海的花火》）（松竹 51）

编剧导演：木下惠介，主演：木暮实千代、山田五十铃

11 月 7 日

●『本日休診』（《本日休诊》）（松竹 52）

导演：涩谷美，原作：井伏鳟二，编剧：斋藤良辅，主演：柳永二郎、角梨枝子

11月13日

● She Wore a Yellow Ribbon（《黄巾骑兵队》）（美国 49 / 51）

导演：John Ford，主演：John Wayne, Joanne Dru

12月13日

● Rio Grande（《一将功成万骨枯》/《边疆铁骑军》）（美国 50 / 51）

导演：John Ford，主演：John Wayne, Maureen O'Hara

12月14日

●『命美わし』（《生命多美好》）（松竹 51）

导演：大庭秀雄，原作：八木隆一郎，编剧：柳井隆雄，主演：笠智众、杉村春子

12月21日

●『めし』（《吃饭》）（东宝 51）

导演：成瀬巳喜男，原作：林芙美子，编剧：田中澄江、井手俊郎，主演：原节子、上原谦

●『わかれ雲』（《远方的云》）（新东宝 51）

导演：五所平之助，主演：泽村契惠子、沼田曜一

12月24日

● Duel in the Sun（《阳光下的决斗》）（美国 48 / 51）

导演：King Vidor，主演：Joseph Cotten, Jennifer Jones

一九五二年・其一

2月13日

●『風ふたたび』（《风再起》）（东宝 52）

导演：丰田四郎，原作：永井龙男，编剧：植草圭之助，主演：原节子、池部良

2月22日

● Sous le ciel de Paris（《在巴黎的天空下》）

导演：Julien Duvivier，主演：Brigitte Auber, Jean Brunel

3月11日

● 『波』（《波》）（松竹 52）

编剧导演：中村登，原作：山本有三，润色：大木直太郎，主演：佐分利信、桂木洋子

3月17日

● Children of Paradise（《天堂的孩子》）（法国 44 / 52）

导演：Marcel Carne，主演：Jean-Louis Barrault, Arletty

4月5日

● 『風光る』《风闪闪》

编剧：柳井隆雄（没有拍成电影）

● 『二つの花』（《两朵花》）（松竹 52）

导演：大庭秀雄，原作：永井龙男，编剧：泽村勉，主演：高峰三枝子、淡岛千景

4月7日

● 『その夜の妻』（《那夜的妻子》）（松竹 52）

导演：池田浩郎，编剧：中村丁郎，主演：伊泽一郎、水原真知子

4月9日

● 『生きる』（《生之欲》）（东宝 52）

导演：黑泽明，编剧：黑泽明、桥本忍、小国英雄，主演：志村乔、小田切美喜

4月17日

● 『西陣の姉妹』（《西阵姐妹》）（大映 52）

导演：吉村公三郎，编剧：新藤兼人，主演：宫城野由美子、三浦光子

4月21日

● 『現代人』（《现代人》）（松竹 52）

导演：涩谷实，编剧：猪俣胜人，润色：斋藤良辅，主演：池部良、山田五十铃

4月28日

● September Affair（《秋恋》）（美国 50 / 52）

导演：William Dieterle，主演：Joan Fontaine, Joseph Cotten

一九五二年·其四

5月10日

●『朝の波紋』(《早晨的波纹》)(新东宝)

导演：五所平之助，原作：高见顺，编剧：馆冈谦之助，主演：高峰秀子、池部良

5月23日

●『女のいのち』(《女人的生命》)(松竹52)

导演：池田忠雄，编剧：柳井隆雄，主演：角梨枝子、佐野周二

10月10日

● La Ronde(《轮舞》)(法国50 / 52)

导演：Max Ophüls，主演：Simone Signoret, Simone Simon

● A Streetcar Named Desire(《欲望号街车》)(美国51 / 52)

导演：Elia Kazan，主演：Vivien Leigh, Marlon Brando

10月14日

● An American in Paris(《一个美国人在巴黎》)(美国51 / 52)

导演：Vincente Minnelli，主演：Gene Kelly, Leslie Caron

11月3日

●『カルメン純情す』(《纯情的卡门》)(松竹52)

剧本导演：木下惠介，主演：高峰秀子、若原雅夫

11月24日

● Gone with the Wind(《乱世佳人》)(美国39 / 52)

导演：Victor Fleming，主演：Clark Gable, Vivien Leigh

12月8日

●『稲妻』(《稻妻》)(大映52)

导演：成濑巳喜男，原作：林芙美子，主演：高峰秀子、三浦光子

一九五三年

1月4日

●『夫婦』(《夫妇》)(东宝 53)

导演：成濑巳喜男，编剧：水木洋子、井手俊郎，主演：上原谦、杉叶子

1月9日

●『やっさもっさ』(《混乱不堪》)(松竹 53)

导演：涩谷美，原作：狮子文六，编剧：斋藤良辅，主演：淡岛千景、佐田启二

1月10日

●『吹けよ春風』(《春风吹拂》)(东宝 53)

导演：谷口千吉，编剧：黑泽明、谷口千吉，主演：三船敏郎、冈田茉莉子

1月21日

●『春の鼓笛』(《春天的鼓笛》)(松竹 53)

导演：中村登，原作：富田常雄，编剧：泽村勉，主演：高峰三枝子、龟梨枝子

● The Third Man (《第三人》)(英国 49 / 52)

导演：Carol Reed，主演：Joseph Cotten, Orson Welles

1月23日

● Fort Apache (《要塞风云》)(美国 48 / 53)

导演：John Ford，主演：John Wayne, Henry Fonda

1月29日

●『千羽鶴』(《千羽鹤》)(大映 53)

导演：吉村公三郎，原作：川端康成，编剧：新藤兼人，主演：木暮实千代、森雅之

●『春の囁き』(《春天的私语》)(东宝 52)

润色导演：丰田四郎，剧本：植草圭之助、古川良范，主演：三国连太郎、冈田茉莉子

2月9日

● Limelight (《舞台春秋》)(美国 52 / 53)

导演：Charlie Chaplin，主演：Claire Bloom

2 月 12 日

● Monsieur Verdoux（《凡尔杜先生》）（美国 47 / 52）

导演：Charlie Chaplin, Mady Correll

2 月 13 日

●『夢見る人々』（《做梦的人们》）（松竹 53）

导演：中村登，原作：吉屋信子，编剧：中村登，野田高梧，主演：若原雅夫、高峰三枝子

3 月 6 日

●『女性の声』（《女性的声音》）（松竹 53）

导演：堀内真直，原作：小线忍，编剧：中山隆三，主演：水原真知子、东谷暎子

● Cinderella（《仙履奇缘》）（美国 50 / 53）

导演：Wilfred Jackson, Hamilton Luske, Clyde Geronimi，动画电影

3 月 10 日

●『青銅の基督』（《青铜的基督》）（松竹 55）

导演：涩谷实，原作：长与善郎，编剧：斋藤良辅，主演：冈田英次、泷泽修

3 月 11 日

● The Quiet Man（《蓬门今始为君开》）（美国 52 / 53）

导演：John Ford，主演：John Wayne, Maureen O'Hara

3 月 31 日

● Detective Story（《大侦探故事》）（美国 52 / 53）

导演：William Wyler，主演：Kirk Douglas, Eleanor Parker

●『日本の悲劇』（《日本的悲剧》）（松竹 53）

剧本导演：木下惠介，主演：望月优子、桂木洋子

4 月 2 日

●『落葉日記』（《落叶日记》）（松竹 53）

导演：瑞穗春海，原作：岸田国士，编剧：野田高梧，主演：山村聪、龟梨枝子

4 月 6 日

● 『その妹』（《那妹妹》）（松竹 53）

导演：原研吉，原作：武者小路实笃，剧本：柳井隆雄，主演：佐田启二、角梨枝子

4 月 14 日

● 『岸壁』（《岸壁》）（松竹 53）

导演：中村登，编剧：马场当，主演：鹤田浩二、淡岛千景

6 月 18 日

● The Bad and the Beautiful（《玉女奇男》）（美国 52 / 53）

导演：Vincente Minnelli，主演：Lana Turner, Kirk Douglas

一九五四年

2 月 25 日

● The Little Foxes（《小狐狸》）（美国 41 / 54）

导演：William Wyler，主演：Bette Davis, Herbert Marshall

3 月 1 日

● Carrie（《嘉丽妹妹》）（美国 51 / 53）

导演：William Wyler，主演：Laurence Olivier, Jennifer Jones

3 月 4 日

● Act of Love（《此恨绵绵》）（美国 54 / 54）

导演：Anatole Litvak，主演：Kirk Douglas, Dany Robin

3 月 10 日

● 『女の園』（《女之园》）（松竹 54）

编剧导演：木下惠介，原作：阿部知二，主演：高峰秀子、久我美子

3 月 27 日

● 『道中悲記』（《道中悲记》）（makino 27）

导演：井上金太郎，编剧：秋筱珊次郎，主演：月形龙之助、铃木澄子

4月2日

● 『月は上りぬ』(《月上中天》)(日活 54)

导演：田中绢代，编剧：斋藤良辅、小津安二郎，主演：杉叶子、北原三枝

4月9日

● 『勲章』(《勋章》)(俳优座 · 松竹 54)

导演：涩谷实，编剧：桥本忍、内村直也、涩谷实，主演：佐田启二、小泽荣

5月10日

● The Moon Is Blue(《俏女怀春》)(美国 53 / 54)

导演：Otto Preminger，主演：William Holden, Maggie McNamara

6月7日

● Roman Holiday(《罗马假日》)(美国 53 / 54)

导演：William Wyler，主演：Gregory Peck, Audrey Hepburn

6月18日

● 『壁あつき部屋』(《厚壁房间》)(新锐 pro，松竹 56)

导演：小林正树，原作：BC 级战犯手记，编剧：安部公房，主演：浜田寅彦、三岛耕

9月9日

● 『二十四の瞳』(《二十四只眼睛》)(松竹 54)

编剧导演：木下惠介，主演：高峰秀子、笠智众

10月16日

● Le Salaire de la Peur(《恐惧的代价》)(法国 52 / 54)

导演：Henri-Georges Clouzot，主演：Yves Montand, Charles Vanel

10月25日

● Les Orgueilleux(《奇异的爱情》)(法国、墨西哥 53 / 54)

导演：Yves Allégret，主演：Michèle Morgan,Gérard Philipe

11月18日

● Le Petit Monde de Don Camillo(《唐 · 卡米罗的小世界》)(法国、意大利 51 / 54)

导演：Julien Duvivier，主演：Fernandel, Gino Cervi

● 『若い人たち』(《年轻人们》)(新东宝 · 近代映协 · 全银联 54)

导演：吉村公三郎，编剧：新藤兼人、棚田吾郎，主演：乙羽信子、金子信雄

一九五五年·其一

1 月 3 日

● 『愛と死の谷間』(《爱与死的深谷》)(日活 54)

导演：五所平之助，编剧：椎名麟三，主演：津岛惠子、芥川比吕志

1 月 4 日

● This Is Cinerama (《这是宽银幕立体电影》)(美国 52 / 55)

制作：Lowell Thomas, Merian Caldwell Cooper

2 月 9 日

● 『浮雲』(《浮云》)(东宝 55)

导演：成濑巳喜男，原作：林芙美子，编剧：水木洋子，主演：高峰秀子、森雅之

● 『明治一代女』(《明治一代女》)(新东宝 55)

导演：伊藤大辅，原作：川口松太郎，编剧：成泽昌茂、伊藤大辅，主演：木暮实千代、田崎润

2 月 18 日

● 『血槍富士』(《血枪富士》)(东映 55)

导演：内田吐梦，原作：井上金太郎，编剧：八寻不二、民门敏雄，编剧：三村伸太郎，主演：片冈千惠藏、喜多川千鹤

6 月 6 日

● 『渡り鳥いつ帰る』(《候鸟何时归》)(东京映画 · 东宝 55)

导演：久松静儿，原作：永井荷风，编剧：八住利雄，主演：森繁久弥、高峰秀子

6 月 30 日

● Thérèse Raquin (《悲哀的桃乐丝》)(法国 52 / 54)

导演：Marcel Carné，主演：Simone Signoret, Raf Vallone

一九五五年·其二

10 月 8 日

● 『夫婦善哉』（《夫妇善哉》）（东宝 55）

导演：丰田四郎，原作：织田作之助，编剧：八住利雄，主演：森繁久弥、淡岛千景

一九五六年·其一

2 月 15 日

● 『新·平家物語 義仲をめぐる三人の女』（《义仲》）（大映 56）

导演：衣笠贞之助，原作：吉川英治，编剧：衣笠贞之助、成泽茂昌、辻久一，主演：长谷川一夫、京町子

2 月 16 日

● The Desperate Hours（《危急时刻》）（美国 55 / 56）

导演：William Wyler，主演：Humphrey Bogart, Fredric March

2 月 17 日

● 『嫁ぐ日』（《出嫁日》）（松竹 56）

导演：吉村公三郎，剧本：新藤兼人，主演：津岛惠子、田浦正巳

2 月 21 日

● 『驟雨』（《骤雨》）（东宝 56）

导演：成濑巳喜男，原作：岸田国士，编剧：水木洋子，主演：原节子、佐野周二

3 月 4 日

● The Bribe（《玉面虎》 / 《贿赂》）（美国 49 / 55）

导演：Robert Z. Leonard，主演：Robert Taylor, Ava Gardner

● Blackboard Jungle（《黑板丛林》）（美国 55 / 55）

导演：Richard Brooks，主演：Glenn Ford, Anne Francis

3月5日

● The Vanishing Prairie（《原野奇观》）（美国 54 / 56）

导演：James Algar，纪录片

4月8日

●『にごりえ』（《浊流》）（新世纪 Pro · 文学座 53）

导演：今井正，原作：樋口一叶，编剧：水木洋子、井手俊郎，主演：久我美子、淡岛千景

4月9日

● Les Grandes Manoeuvres（《大演习》）（法国 55 / 55）

导演：René Clair，主演：Michèle Morgan, Gérard Philipe

4月16日

●『カラコルム』（《喀喇昆仑》）（日映新社 56）

摄影：林田重男、中村诚二，编辑：伊势长之助，纪录片

5月17日

●『赤線地帯』（《赤线地带》）（大映 56）

导演：沟口健二，编剧：成泽昌茂，主演：若尾文子、京町子

7月25日

● Death of a Salesman（《推销员之死》）（美国 51 / 52）

导演：László Benedek，主演：Fredric March, Mildred Dunnock

9月2日

● Marty（《君子好逑》）（美国 55 / 55）

导演：Delbert Mann，主演：Ernest Borgnine, Betsy Blair

● Richard Ⅲ（《理查三世》）（英国 55 / 56）

导演：Laurence Olivier，John Gielgud

9月4日

● Trail（美国 55 / 56）（《冤狱》）

导演：Mark Robson，主演：Glenn Ford, Dorothy McGuire

9 月 11 日

● Brief Encounter（《相见恨晚》）（英国 46 / 48）

导演：David Lean，主演：Celia Johnson, Trevor Howard

一九五六年·其二

3 月 6 日

● Love Is a Many-Splendored Thing（《爱情多壮丽》/《生死恋》）（美国 55 / 55）

导演：Henry King，主演：Jennifer Jones, William Holden

● Senso（《战国妖姬》）（意大利 53 / 55）

导演：Luchino Visconti，主演：Alida Valli, Farley Granger

3 月 7 日

●『神阪四郎の犯罪』（《神阪四郎的犯罪》）（日活 56）

导演：久松静儿，原作：石川达三，编剧：高岩肇，主演：森繁久弥、左幸子

●『ビルマの竪琴』（《缅甸的竖琴》）第一部 · 第二部（日活 56）

导演：市川崑，原作：竹山道雄，编剧：和田夏十，主演：安井昌二、三国连太郎

3 月 20 日

● Mister Roberts（《罗伯茨先生》）（美国 55 / 55）

导演：John Ford，主演：Henry Fonda, James Cagney

一九五七年

5 月 20 日

●『あらくれ』（《野性的女人》）（东宝 57）

导演：成濑巳喜男，原作：德田秋声，编剧：水木洋子，主演：高峰秀子、上原谦

一九五八年·其一

1 月 18 日

●『オンボロ人生』（《支离破碎的人生》）（松竹 58）

导演：番匠义彰，原作：加藤芳郎，编剧：泽村勉、富田义朗，主演：益田喜顿、宫城真理子

一九五九年

1月10日

●『人間の条件』(《人的条件》)(松竹59)

导演：小林正树，原作：五味川纯平，编剧：松山善三、小林正树，主演：仲代达矢、新珠三千代

1月13日

●『黄色いからす』(《黄色乌鸦》)(歌舞伎座pro57)

导演：五所平之助，编剧：馆冈谦之助、长谷部庆治，主演：淡岛千景、伊藤雄之助

1月17日

● Orphée(《奥菲斯》)(法国49 / 51)

导演：Jean Cocteau，主演：Jean Marais, María Casares

2月17日

●『いたづら』(《调皮》)(松竹59)

导演：中村登，原作：志贺直哉，编剧：内藤保彦，主演：高桥贞二、有马稻子

5月25日

●『ハイ・ティーン』(《少年》)(松竹59)

导演：井上和男，原作：上田平雄，编剧：山内久，主演：桑野美雪、三上真一郎

6月17日

●『大阪の女』(《大阪之女》)(大映58)

导演:衣笠贞之助，原作:八住利雄，编剧:衣笠贞之助、相良准，主演:京町子、中村雁治郎

●『夜の素顔』(《夜之素颜》)(大映58)

导演：吉村公三郎，编剧：新藤兼人，主演：京町子、若尾文子

7月21日

●『鍵』(《钥匙》)(大映59)

导演:市川崑，原作:谷崎润一郎，编剧:长谷部庆治、和田夏十、市川崑，主演:京町子、中村雁治郎

一九六〇年・其一

1 月 25 日

●『女が段階を上る時』(《女人步上楼梯时》)(东宝 60)

导演：成濑巳喜男，编剧：吉岛隆三，主演：高峰秀子、森雅之

2 月 9 日

●『次郎物語』(《次郎物语》)(松竹 60)

导演：野崎正郎，原作：下村湖人，编剧：馆冈谦之助，主演：伊藤雄之助、水户光子

2 月 10 日

● Three Bad Men (《三恶人》)(美国 26 / 27)

导演：John Ford， 主演：George O'Brien， Olive Borden

2 月 11 日

●『松川事件』(《松川事件》)(松川事件剧映画制作委员会 61)

导演：山本萨夫，编剧：新藤兼人、山形雄策，主演：宇野重吉、西村晃

●『山の音』(《山之音》)(东宝 54)

监督：成濑巳喜男，原作：川端康成，剧本：水木洋子，主演：山村聪，原节子

2 月 18 日

● On the Beach (《海滨》)(美国 59 / 60)

导演：Stanley Kramer， 主演：Gregory Peck, Ava Gardner

3 月 28 日

●『いろはにほへと』(《伊吕波歌》)(松竹 60)

导演：中村登，原作编剧：桥本忍，主演：佐田启二、宫口精二

3 月 31 日

●『悪い奴ほどよく眠る』(《恶汉甜梦》)(东宝・黑泽 pro 60)

导演：黑泽明，编剧：小国英雄、久板荣二郎、黑泽明、菊岛隆三、桥本忍，主演：三船敏郎、森雅之

4月3日

●『娘·妻·母』(《女儿，妻子，母亲》)(东宝60)

导演：成濑巳喜男，编剧：井手俊郎、松山善三，主演：三益爱子、森雅之

4月19日

●『死者との結婚』(《与死者的结婚》)(松竹60)

导演：高桥治，原作：William Irish，编剧：田村孟、高桥治，主演：小山明子、渡边文雄

10月29日

●『波の塔』(《波之塔》)(松竹60)

导演：中村登，原作：松本清张，编剧：泽村勉，主演：有马稻子、津川雅彦

12月6日

●『おとうと』(《弟弟》)(大映60)

导演：市川崑，原作：幸田文，编剧：水木洋子，主演：岸惠子、川口浩

●『第六の容疑者』(《第六个嫌疑人》)(东宝60)

导演：井上梅次，原作：南条范夫，编剧：高岩肇，主演：三桥达也、宝田明

12月19日

●『青い翼』(《青翼》)(大映60)

导演：村野铁太郎，纪录片

12月20日

●『銀座の恋人たち』(《银座的恋人们》)(东宝61)

导演：千叶泰树，编剧：井手俊郎，主演：宝田明、团令子

一九六一年·其一

1月19日

● Citizen Kane(《公民凯恩》)(美国41 / 66)

导演：Orson Welles，主演：Orson Welles, Ruth Warrick

2 月 7 日

● Psycho（《惊魂记》）（美国 60 / 60）

导演：Alfred Hitchcock，主演：Anthony Perkins, Janet Leigh

5 月 20 日

●『別れて生きる時も』（《别后种种》）（东宝 61）

导演:堀川弘通，原作:田宫虎彦，编剧:松山善三、井手俊郎、堀川弘通，主演:司叶子、高岛忠夫

5 月 31 日

●『妻として女として』（《作为妻子，作为女人》）（东宝 61）

导演：成濑巳喜男，编剧：井手俊郎、松山善三，主演：高峰秀子、森雅之

6 月 1 日

●『続 社長道中記』（《续社长道中记》）（东宝 61）

导演：松林宗惠，编剧：笠原良三，主演：森繁久弥、久慈朝美

7 月 5 日

●『香港の夜』（《香港之夜》）（东宝 61）

导演：千叶泰树，编剧：井手俊郎，主演：宝田明、尤敏

8 月 22 日

●『悪名』（《恶名》）（大映 61）

导演：田中德三，原作：今东光，编剧：依田义贤，主演：胜新太郎、田宫二郎

12 月 13 日

●『大仁の春』（《大仁之春》）

纪录片，其他不详

一九六二年・其一

2 月 19 日

● The Guns of Navarone（《纳瓦隆大炮》）（美国 61 / 61）

导演：J. Lee Thompson，主演：David Niven, Gregory Peck

一九六二年·其二

7月22日

●『キクとイサム』（《阿菊与阿勇》 / 《菊与勇》）（大东映画 59）

导演：今井正，编剧：水木洋子，主演：北林谷荣、高桥惠美子

相关人名录

蒲田制片厂（一九三三／三四年前后）

厂长：城户四郎

副厂长：高桥岁雄（一九三三年六月辞职）

部长：六车修

事务部：古田弘隆

企划部：野口鹤吉

运营部：新井康之

新闻部：今村贞雄

编剧部：野田高梧（一九三三年四月就任部长）、吉田百助、北村小松、伏见晁、水岛彩芽、松崎博臣、荒牧芳郎、池田忠雄、柳井隆雄、斋藤良辅、图齐与市、池田实三、荒田正男、陶山密、小田乔

技术部导演：野村芳亭、池田义信、岛津保次郎、清水宏、重宗务、五所平之助、斋藤寅次郎、佐佐木恒次郎、小津安二郎、野村浩将、成濑巳喜男、胜浦仙太郎

技术部技师：桑原昂、野村昊、长井信一、小田浜太郎、水谷至宏、猪饲助太郎、浜村义康、佐佐木太郎、杉本正次郎、茂原英朗、武富善男、小原让治、青木男、高桥与吉、

有声电影部：土桥武夫、土桥晴夫

音乐部：今泽将矩

显影部：纳所岁巳

普通摄像部：栗原敬次

美术部：胁田世根一

主题部：藤冈秀三郎

男演员部：井上正夫、岩田佑吉、藤野秀夫、野寺正一、武田春郎、奈良真养、河村黎吉、冈田宗太郎、押本映治、新井淳、岛田嘉七、水岛亮太郎、结城一郎、斋藤达雄、城多二郎、竹内良一、小林十九二、石山龙嗣、若林广雄、坂本武、土方胜三郎、山内光、日守新一、大山健二、江川宇礼雄、宫岛健一、冈让二、小仓繁、鹿岛俊作、大日方传、花村千惠松、三井秀男、矶野秋雄、阿部正三郎、小田切潜、加贺晃二、竹村信夫、

儿童演员部：小藤田正一、半田日出丸、加藤清一、青木富夫、菅原秀雄

女演员部：川田芳子、栗岛须美子、饭田蝶子、铃木歌子、八田嘉子、葛城文子、二叶薰、

高松荣子、若叶信子、松井润子、及川道子、花冈菊子、青山万里子、谷崎龙子、浪花友子、若水绢子、泽兰子、富士龙子、线川京子、云井鹤子、若美多喜子、村濑幸子、兵藤静江、若水照子、香取千代子、井上雪子、逢初梦子、泉博子、水久保澄子、对马洋子、坪内美子、伏见信子

儿童演员部：高尾光子、藤田房子、藤田阳子、小樱叶子、松园富士子、松园延子、高峰秀子、市村美津子、光川京子

大船制片厂（一九五二年）

厂长：高村洁

厂长办公室：细谷辰雄、白井和夫

企画室室长：小出孝

制片人：山口松三郎、小仓武志、久保光三、大町龙夫、田冈敬一、桑田良太郎、山本武市

部员：保住一之助、森一雄、大谷浩通、榊保彦、深泽猛、佐佐木孟、佐藤晃一、井田雅博、大原千代子

事务：清水满子

剧本部：野田高梧、柳井隆雄、斋藤良辅、长濑喜伴、津路嘉郎、铃木兵吾、荒田正男、泽村勉、伏见晁、中山隆三、光畑硕郎、池田三郎、中村定郎、山内久、马场当、富田义朗、桥田寿贺子、野坂贤雄

导演部：佐佐木启祐、小津安二郎、涩谷实、大庭秀雄、原研吉、木下惠介、中村登、池田忠雄、川岛雄三、瑞穗春海、岩间鹤夫

宣传科科长：野崎秀男

组员：山内静夫、板桥贞夫、上条孝美、关口俊秋、小林智惠子

静态摄影组：小尾健彦、筱崎尚胜、堺谦一、梶本一三、西田俊造

暗室：足立幸治、千叶善次郎、田代利正、菊地喜代治、畔柳藤枝

总务部部长：大石明 次长：渡木茂一

庶务科科长：迹部舜

庶务组组长：稻川正造

组员：小野寺精代、饭村四郎、剑民子、田中幸子、冈本孝子、川岛和子、森美惠子、吉冈政子、佐藤玉子、须田爱子、武野裕子、三浦竹子、伊藤平次郎、石原丰子、矢野岩乃、近田嗣、猪俣辰、佐藤雅美、奥野艳、广田丰、前野杉、金子骏介、森舍三、金子辰夫、菊地寅次郎、森井直吉、筱崎竹子、大越明子

电气组组长：近藤富次郎

组员：斋藤幸太郎、水上周明、莲本正敏、石黑政雄、岛田嘉秀、川口登

警备防卫组组长：中村二郎、林胜太郎

主任:小野寺、己代治守卫、山口爱助、直崎贺隆、小野秀高、长岛高次、高桥德四郎、市村资敬、原秀雄、大槻寿、田中寅司、服部龟夫、井上恒太郎、杉山馨、小泉五郎、木村末吉

消防主任：并木末吉

运输组：龙野岑夫、落合进之助、难波兵一郎、加藤勇、土屋寅雄

物资材料科科长：渡木茂一

供应组组长：鹿山丸己

组员：山田雪、小林唯、高阶敏子

工务组：穗刈贞次、武野胜治

经营管理科科长兼会计组组长：森居种太郎

会计组主任：川田幸吉郎

组员：益井荣太郎、杉山丰久

主计组主任：濑尾荣

组员：北村修、佐藤祐正、渡边明雄、石井敏子

制作经营管理科科长：武藤铁太郎

组长：石川和雄

组员：江尻洋子、河上清、岩崎安次郎、田尻文夫、生田进启、山下义一郎、手代木功、池田义德

管财科科长：长谷川政吉、中村二郎（科长代理）

组长：横山泰三

组员：相原诚、佐佐木贞、菅井馨、上田三郎

物品仓库组：堀贞夫、森山善平、大塚美佐子、大田哲也、清水龙雄

小道具仓库组：冈田留雄、须田新吉、川崎时、井上丰子

服装仓库主任：田口基之

组员：细井真佐江、藤原广治

胶片组组长：岩田胜太郎、岩出荣一、铃木定吉、山田政许

人事科科长兼任组长：村田长太郎

主任：鸟饲正彦

工资组组长：仓桥达雄

组员：花冈太一郎、甘粕行雄

劳务科科长兼任组长：末村末

主任：重南健一

组员：小塚满、加藤刚太郎、桥本敏、松田晴夫、高桥信子、臼井盛次

厚生组组长：大屋善三

组员：千叶初子

机械器材工场工场长兼任所长

组长：内藤武夫

组员：藤沼胜次、铃木末吉、三浦米藏、池田喜太郎、吉野成一、大井长雄、宝田喜一、工藤三七夫、田岛初弥

显影工场工场长兼任所长

庶务科科长：土屋建树、深井顺三、水上信次郎、柏木一雄

显影科科长：林龙次

组长：神田龟太郎

主任：中原义雄

组员：猪饲助太郎、关口良郎、小林四郎、大谷真次、中村与一、石和薰、山田喜代志、柳川信敏、佐佐木岩、切山护、坂卷佐平、河原喜重、堀田泰治、森弥成、改田真、三刀谷诚、中岛一成、中村学、桥本守正、梅泽庄一、柴田忠、大久保安夫、矢岛信男、松田光寿、石井巌、石川志宏、樱井辉代、关口治江、三浦都由子、前野喜美江、能势山富士江

大船乐团：田代与志、万城目侃、吉泽博、加藤光男、胜村新八、斋藤六三郎、松田三郎、丰田稔、喜田迁吉、松原三郎、内田又藏、添田广宝、山田宗次郎、村上茂子、本间久八、臼井正吉、铃木繁史、堂坂清吾、筱田谨治、岛田康、斋藤孝吕、柳千春、本菅伸光、今泉一己、殿前三郎、冲广子

制作部部长：森政二

制作部副部长：清水满志雄

运营科科长：新井胜次

组员：山吉鸿作、安田健一郎、清水富二、浜野敏、福井威二、麓川繁利、小梶正治、金胜实、小川时子

服装组组长：田口政治

组员：斋藤耐三、杉山利和、迹部操、田口良江、五岛纱荣子、小畑鸟雄

装饰组组长：川崎作太郎

组员：三岛信太郎、岛田信夫、星野武、桥本庄太郎、岛田丑太郎、守谷节太郎、小卷基胤、门松繁、山崎铁治、安田道三郎、石川诚次、石井勇、印南昇、秋田隆夫、杉山宪江

发型组组长兼任运营科科长

发型组组员：吉泽金五郎、柿泽久荣、细井荣子、北岛虹子、守谷敏子、佐久间德、山口歌子、岩村郁、铃木须惠

工作组组长：三井定义

组员：杉本半兵卫、斋藤国宫、山中正男、井驹驹吉、铃木高次、三田辐太郎、池田竹次郎、横沟荣藏、武川良治、花光松之介、川田七郎、浜野定三、浜野香吉、长沼米藏、今井芳子

摄影科科长：寺尾清

组员：龟山松太郎、楠田浩之、布户章、斋藤毅、西川亨、森田俊保、鹤见正二、坂本松雄、赤松隆司、川尻俊介、井上晴二、池田长造、高村仓太郎、平林孝三郎、中岛信雄、小杉正雄、柳泽春雄、筱村庄三郎、久野薰、平濑静雄、小原治夫、加藤正幸、内海收六、工藤贞夫、堂胁博、川又昂、荒野谅一、上田浩、大越千虎、老川元薰、青木澄夫、舍川芳次、筱崎昭雄、成岛东一郎、中新井和夫、保积善三郎、高羽哲夫、竹村博、渡边旦

整顿组组长：寺尾清

组员：黑田洁、沟口登起夫、上野昭、松田妻、宫本义子、酒井金四郎、青木新一郎、浜野源吉

特殊摄影组组长：川上景司

组员：佐藤高明、本庄吉雄、网野贞吾、冈崎力夫、古畑成央、矢岛信男、山田勘太郎、竹崎英男、田子末吉、山田薰

录音科科长兼组长：河野贞寿

组员：小尾幸鱼、大野久男、熊谷宏、新楠元、高悬义人、牧鞆之祐、西崎英雄、田中俊夫、伊藤伊一、堀义臣、平松时夫、吉田庄太郎、栗田周十郎、小林英男、中村宽、岸本真一、日向国雄、伊藤亮行、中丸武雄、铃木正雄、赤坂修一、川和卓、佐藤广文、松本隆司、黑泽文夫、斋藤荣一、堀川修造、星明、桃井治男、山本忠彦

录音技术组组长：宇佐美骏

组员：金子盈、鹈泽克巳、今井德幸、伊藤善一、沼上精一、石原一雄、高山琢磨、岛田登美子

照明科科长兼组长：高下义雄

组员：加藤政男、矶野春雄、高下逸男、丰岛良三、小泉喜代司

照明助手：加藤俊雄、须藤清治、荒井公平、市村政次郎、八锹武、铃木茂男、田村晃雄、佐藤进之助、宇野重治、青松明、饭岛博、石渡健藏、中田达治、大西作三、佐藤勇、泉川荣男、户井田康国、高桥三郎、门松惠、金泽清、野村胜、石井民雄、津吹正、秦野贤儿、青木辰夫、上坂丈彦、大塚和男、本桥昭一、高桥靖、佐藤良、高桥利文、三浦礼、吉濑文雄、青

木好文、堀利英、中川孝一、柴田守雄

整顿组组长：山本繁三郎

组员：赤坂长二郎

装置科科长：木村宜郎、矢萩太郎（课长代理）

组长：台松太郎

主任：关根正治

组员：小林孝正、渡利友造、石原仁六、吉川常吉、石渡由藏、东山幸三、关根一郎、山田良三郎、山本金太郎、山县春太郎、古宫源藏、田代喜代司、秋林武一、池田福治、平井武士、桥本银次郎、西山嘉一、井上健三、猪俣善吉、渡边勇、伊东城乡、山中国雄、山川长男、吉田善雄、久保田清藏、石渡启之助、和田半次郎、和田仙藏、佐须角三、清水胜太郎、改田一马、根岸信男、今村助作、金子新治、小岛义春、近藤忠辅、梅井源太郎、本多宁、小野三之介、杉泽贞雄、高桥利男、三井里香、小林登利、石川绪、山田友、岛野里、远山胜子、山田荣子、白石茂野、富田实、佐佐木金太郎、横手良光、关根初子、雪富美枝、泉金太郎、三泽孝松

准备组组长：改田一马

主任：富田实

编辑科科长：杉原吉

组长：斋藤正夫

组员：室町义雄、北见精一、北村幸一、浦冈敬一、井上峰一、秋田陆郎、大泽志津、羽太美喜代、谷绿、宗田二三枝、保田美惠、田中桐、内藤幸枝

演技科科长：奈良真养

组长：渡边大、上原照久、今井健太郎、小木曾郁男、末松昭太郎、八木政雄、西冈旨审

演技部员（合同工）：河村黎吉、坂本武、笠智众、德大寺伸、佐分利信、佐野周二、安部徹、增田顺二、三井弘次、大坂志郎、山路义人、清水一郎、矶野秋雄、日守新一、细川俊夫、堺骏二、佐田启二、若原雅夫、北龙二、高桥贞二、鹤田浩二、高屋朗、伊泽一郎、市川小太夫、岩井半四郎、高峰三枝子、几野道子、若水绢子、井川邦子、高桥丰子、木暮实千代、津岛惠子、坪内美子、桂木洋子、川田芳子、饭田蝶子、吉川满子、森川雅美、望月优子、樱睦子、淡岛千景、藤田泰子、三宅邦子、月丘梦路、水原真知子、小林敏子、角梨枝子、远山文雄、岛村俊雄、仲摩笃美、谷崎纯、津村准、南大治郎、中川健三、吾妻正、小原修、手代木国男、永井达郎、前畑正美、土纪就一、长尾敏之助、高木国信、南部一夫、土田桂司、井上正彦、芦田欣一郎、野户成晃、横山准、舟川亨、诸角敬二郎、里见竜作、滝久志、线川和广、千叶晃、铃木彰三、泉时彦、小林和雄、藤立升一、人见修、稻川忠完、浜野肇、

高濑进、加藤清一、野口丰、川村禾门、小藤田正一、新岛勉、太田恭二、长尾宽、大杉阳一、植本正道、牧信哉、清浦弦、寺冈洁、长谷部朋香、河内彻也、小岛秀司、南进一郎、小林十九二、南乡佑儿、宗方正、楠见洁、青木富夫、三木隆、松原弘、茂利映留、伊东新二、冈二三夫、竹田法一、高松荣子、寺田佳世子、谷由乃、三笠朱实、村松加代子、文谷千代子、红泽叶子、厚藤泰子、二宫照子、谷川浩子、水上令子、秩父晴子、宫崎义子、音羽久子、田代芳子、河村百合子、长船富士代、江间美都子、户川美子、山本多美、山田英子、志贺真津子、佐佐木恒子、折田衣子、志摩良子、八乙女信子、日夏纪子、户张映子、三田玲子、美山悦子、岸惠子、小园蓉子、户田优子、阿南纯子、草香田鹤子、鹤实千子、比良多惠子、五月牧子、大山花子、岛津道子、北川线子、峰久子、水谷重子、武田阳子、东谷暎子、水岛光代、水木凉子、槙芙佐子

美术科科长兼任制作部长

美术导演：浜田辰雄、胁田世一

组员：逆井清一郎、平高主计、梅田千代夫、熊谷正雄、萩原重夫、浦山芳郎、森田乡平、佐谷晃能、吉冈辉子

导演助手会：长岛丰次郎、穗积利昌、堀内真直、萩山辉男、萩原德三、池田浩郎、弓削进、斋藤宗一、堀池清、西河克己、田畠恒男、山本浩三、柳泽类寿、古贺三太郎、武田义晴、野崎正郎、小林桂三郎、小林正树、塚本芳夫、野村芳太郎、尾崎甫、加藤健司、中川义信、田代幸藏、番匠义彰、菱田义雄、野口重一、大西英一、天崎隆之、二本松嘉、瑞、杉冈次郎、高田哲男、川头义郎、今井雄五郎、松山善三、生驹千里、斋藤武市、井上和男、斋藤正、铃木清太郎、中平康、今村昌平、池田博、大槻义一、岩城其美夫、白木庆二、福田幸平

事务：中岛昭子

小津组固定工作人员（一九三三年以后）

摄影技师：茂原英朗

导演助手：青辅彰、原研吉、根岸浜男、石川和雄

摄影助手：厚田雄春、栗林实、入江政男

照明：中岛利光

服装：斋藤红（耐三）

大道具：大谷弥吉

发型：芳贺治江

美术：浜田辰雄（《我们要爱母亲》以后）

摄影事务：高山传（与日记中时常出现的演员高山义郎同姓不同人）

小津组固定工作人员（一九四九年以后）

摄影：厚田雄春

制作：山本武（武市由《晚春》至《东京物语》）、山内静夫（《早春》以后）

美术：浜田辰雄、下河原友雄（松竹以外的作品）

录音：妹尾芳三郎

照明：高下逸男（由《麦秋》至《东京物语》）、青松明（由《东京暮色》至《早安》）、石渡健藏（由《秋日和》至《秋刀鱼之味》）

音乐：斋藤高顺（《东京物语》以后）

编辑：浜村义康

装饰：守谷节太郎（由《茶泡饭之味》至《早安》）

服装：斋藤耐三（《东京物语》以前）、长岛勇治（《东京暮色》以后）

运营：清水富二（《麦秋》以后）

导演助手：山本浩三（青枕《彼岸花》以前）、塚本芳夫（妆吉雨妆亭《茶泡饭之味》以前）、田代幸藏（钝鱼）及川满（《早春》以后）

摄影助手：川又昂、老川元薰、舍川芳次

静态摄影：小尾健彦

（另有斋藤武市、今村昌平、田中康义、堀内幸三等，在不同时期担任过导演助手）

解题

本书呈现了小津安二郎（1903—1963）生前所写日记中现存的所有内容。* 我们这么做的最主要的目的是希望有助于将来人们对这位具有无与伦比世界性的电影作家进行新的研究。在现存小津的手册以及笔记本等当中，可以确认是其日记的部分达三十二册之多，其中既有片断性的记述，也有兼具日程表性质的内容（但以日记体记录之外写成的内容并不包括在内，而且在同一册日记本中，除日记本身之外，还有日程表上记述的日记性质的内容，在本书中，我们对此加以了区分）。这三十二册日记本中，有二十册保存在小津家里，有十二册于1989年在已故的下河原友雄的家里被发现，这十二册日记本后来返还给了小津家。三十二册日记中，有三十册（1935年其二、1936年其二除外）使用了各种小型的手账式的日记本。这些日记本的内容全部收录进本书。这是现在我们能够阅读到的小津安二郎日记的全部。

当然，除此之外，小津日记性质的记述还出现在《蓼科日记》** 中，这部《蓼科日记》曾经放在野田高梧位于蓼科的山庄——云呼庄——里。不过，在以野田高梧为主的一些人参与记述的《蓼科日记》中，小津的记述只是其中的一部分，仅仅将小津的记述部分摘录出来似乎有点不恰当。因此，本书没有收录《蓼科日记》中小津的记述部分，准确地说，本书是现存“小津个人日记”的全部内容。

同时，我们还必须强调，本书只是“现存”小津个人日记的集大成之作。也就是说，据我们推测，小津所写日记的全部

* 1938年12月至1939年6月的日记部分，中译本删节，特此说明。

** 这部《蓼科日记抄》由“《蓼科日记》刊行会”编辑，2013年8月由小学馆出版。该“《蓼科日记》刊行会”的发起人有小津浜（小津家属）、野田阳子（野田家属）、大谷信义（松竹会长）、柳平千代一（茅野市长）、矢崎和广（前茅野市长）、长谷川武雄（小津网络顾问）、白井胜也（小学馆副社长）和山内静夫（小津组制片人）。

内容可能是不存在的。三十二册日记本中的记述，自1932年1月1日（小津安二郎满二十九岁）起，结束于1963年8月14日，相当于其六十年生涯中后半生的时间。然而，在现存的日记中，我们并没有网罗所有时间里的记述，其中还有很多空缺。当然，也许小津有一段时间没有记日记，但我们确信，直至今日，出于某些原因，其日记佚失的情况也大量存在。

此外，有一段时间有传闻说小津中学时代的日记还保留了下来，但今天我们并不清楚其所在。

1933年以后，日记空缺的情况如下：

1936年。上一年和下一年的日记本都保存了下来，从这种情况来看，这一年作者也极有可能写了日记。

参军之前的时期。小津应募参军是在1937年9月，现存的从军日记是1938年12月20日以后记录的。

1939年回到日本至1950年时期。它包括1943年6月前往新加坡至1946年2月回国期间在外国生活的时期。这段时期的日记缺失得非常多。现存的1949年的日记只是在日程表上书写的备忘录性质的东西，时间很短。这令我们想象，除此之外还有其他日记的存在。

1957年。这一年的日记只是在日程表上书写了零星的内容。

1958年。这一年的日记只是在年初很短的一段时间内写了一些内容。这两年很有可能还有其他的日记本存在。

结合上述日记的空缺情况，我们了解到，小津安二郎现存的日记仅相当于其后半生大约一半时间的内容。我们期待能够发现小津其他空缺部分——无论是哪一部分——的日记。但现实是，我们暂且认为，本书收录的三十二册日记本是现存小津所有的日记内容。

话说回来，1932年之前，小津写日记了吗？我们没有任何根据来判断他究竟写没写。不过，当我们阅读现存日记最早的1933年年初的部分时，我们会有这样一种印象：小津为开始某种新的工作而产生了一种高涨的情绪。此前，小津也许写过日记（即便是上述中学时期写的日记等特殊情况），但我们认为1933年日记的开头部分具有某种划时代的意义，十分适合放置在卷首。这一年的日记能够保存下来真是幸运。

当我们接触到小津日记时，可能会有各式各样的阅读方式，而且必须要有（这种个人的看法或许不久会被遗弃）。但是，在阅读之前，我们可能会有一个大致的基本时代划分，也就是说，自然而然地划分为战前、战时和战后。在这个分期中，如果我们将日记中的主要空间要素加入进去，划分得更加细的话，那么日记的“战前篇”就由“深川 · 蒲田篇”（1933—1935）和“高轮 · 大船篇”（1937）构成；“战后篇”就由“茅之崎 · 大船篇”和“镰仓 · 蓼科篇”组成。如果说战前的“深川 · 蒲田”和“高轮 · 大船”是由一个个鲜明的镜头连接起来的话，那么，战后的“茅之崎·大船”至“镰仓 · 蓼科”就是在跨数年之久的时间里由缓慢的叠影组成的场景切换。

如果用小津的年谱来弥补日记中空缺的部分的话，我们可以这么认为，战前的“高轮 · 大船篇”自1936年开始，经过“从军日记”的中断，一直延续到1943年；或者说，实际上在“茅之崎·大船篇”中插入“新加坡篇”（无论这部分日记实际存在与否，1943—1946），一直连接至战后。

在这些地理空间中加上主题性空间，那么，随着时代的不同，小津日记中第二意义的空间就具有了引力，给某个时期赋予新的特征。例如，在横滨、汤河原、小田原，或者在野田、在热海、在田园调布或赤坂等。而且在各个时代都发挥作用的常常是银座，有时则是松阪。从某种意义上说，小津日记甚至具有跨战前、战后时期的周游纪行性的一面，即游走在位于东京银座繁华街区上的各式各样店铺里。此外，与宇治山中学时的校友们终生来往，时不时地让他想起度过少年时代的松阪。

在日记里，实际上前前后后记录了许多人的名字。这些人名从某种意义上讲属于其各自的地域。对小津来说，里见弴、菅原通济是镰仓地区代表性的人物。不论现实生活中小津住在哪里，电影演职人员以及制片厂的相关人员都与小津在蒲田或大船这样一个空间相联系。与他的电影一样，在现实生活中，各式各样的空间成为小津安二郎的主题性要素。据说，拍摄电影时，小津是以地名的称呼发出移动道具的指令的，这并非偶然。

抛开上述情况不说，仅从形式上来看小津日记的话，每天的记述相对来说比较短，这是日记的特点。这或许是因为小津基本上使用的是小型的手账大小的日记本，因而受到“空间”条件的限制。但是，正如1935年“其二”

的日记那样，虽然小津使用了大型的日记本，但其记述的内容却显得有点少，尤其在“深川 · 蒲田篇”开始，其记述之短小，似乎是必然的。

小津日记基本上是淡淡的日常生活和行动的记录（包括“终日无为”这样的非行动性的记述），但在“深川 · 蒲田篇”里，与日常的记述截然不同的思维、形式、内容呈现在纸上。例如，本书开头的1933年正月的日记，作为日常生活的记录，我们只能看到他曾下榻在赤仓的高田屋旅馆。但实际上此时栗岛澄子一行人也曾住在这个旅馆，他曾担当朋友以及栗岛的滑雪教练。在日记里，这一点丝毫没有记录。这并非有什么难言之隐，而是他认为这是没有必要记述的事情。

小津在开始写这个日记的时候，或许他并没有打算如实地记录下每一天发生的事。这个时期的小津日记，其日常生活、行动的记录都是有选择性的，也就是说，记录下日常生活中能够引起反顾的心像风景的残影是他记日记的目的。这也许是他的文学趣味所带来的结果。或者说是青年气盛的结果。箴言警句越短越有效果，其表达方式是暗示性的，也是譬喻性的。这些年轻时的力作逐渐向娓娓的事实记述方向发展，小津日记的文体变化成为客观的记录体，较之于其后来包含诸多传记性、年谱性的信息的通俗易懂的内容，这个时期晦涩难懂的表达方式似乎更多地展现了其内心的状态。

相形之下，小津战后的日记更加通俗流畅，他记录下日常生活中不断重复的状况以及缓缓流动的每一天。即便是偶尔发生的一些大事，在记述方面，小津都将它客观化，我们在日记里只能看到他心情微微波动的痕迹。小津安二郎的生活和行为空间被呈现在我们眼前，但丝毫没有溢出日记本狭小的空间。正如他的电影一样。

本书形成的端倪可以追溯到1989年底。当时正以小津安二郎和下河原友雄为主题创作《为小津安二郎所吸引的男人——美术导演下河原友雄的生与死》的永井健儿在查找参考资料时，于下河原夫人的家中发现了小津日记的一部分。这个过程在永井的那本书（胶片艺术社，1990年出版）的“前言”里有所交待，这里不重复叙述了。永井将那部分日记拿到准备出版其著作的胶片艺术社。第二年新年刚过，胶片艺术社的稻川方人跟我联系，让我看看那个日记，判断一下其资料性价值如何。我们一致认为，将这些日记以公开发表的形式留存后世可能对我们今后研究小津是一种最好的处理方式。于是，在我们将日记返还给小津家属的时候，我们向小津家提出能否将小津家收藏的小津日记部分一道公开发表。小津的弟媳妇阿浜欣然答应。

我们将现存的小津日记放大复印，进行解读，由此展开小津日记的整理工作。发表在《电影手册 日本》（Cahiersdu Cinéma Japan）〇号刊上的1933和1934年的日记摘抄是我们第一次尝试发表的内容。我们将整理日记全文的工作交给丹野达弥来做。以独特的手写体密密麻麻地写在小型日记本上的原文，即便你习惯了，阅读整理起来有时也会遭遇到困难，我们与丹野达弥一道倾注了最大的努力。我们按照凡例中所列的方针，首先要做的是准确地再现原文。整理阅读难以辨认的文字工作一直持续到校稿结束，但依然还有极少数的文字无法辨认。不过，我们认为，我们的工作在允许的范围内基本上完成了。当然，最终的责任我应该承担起来。

在本书出版之际，我们要对以下的人们表示衷心的感谢。他们是：为本书的出版提供了机缘的永井健儿，欣然答应出版本书的小津家属，果断出版本书的胶片艺术社的奈良义巳，给我们提供莫大帮助的小津浜，已故的厚田雄春、斋藤良辅、山内静夫、北川靖记，在校稿阶段提供帮助的津田广志、郡淳一郎，镰仓文学馆，在各个不同的阶段提供帮助的人们，当然还有本书的合作者稻川方人和丹野达弥。

不过，对我来说，我与这部日记的交往并没有结束。本书的目的在于公开发表现存小津日记的全文。但为了理解这部日记，我认为日记中出现的诸多人名、店名、书名以及特殊的表达方式可能都需要加以注释。关于小津日记的细节部分，我想在不久的将来出版我加注释的部分。为此，今后如果能够得到各位的帮助的话，我将感到十分荣幸。

编者

图书在版编目（CIP）数据

小津安二郎全日记／（日）小津安二郎著；（日）田中真澄编；周以量译 .—上海：上海译文出版社，2019.11

ISBN 978-7-5327-8021-1

I. ①小··· II. ①小··· ②田··· ③周··· III. ①日记—作品集—日本—现代 IV. ① I313.65

中国版本图书馆 CIP 数据核字（2019）第 232853 号

ZENNIKKI OZU YASUJIRO

图字：09-2015-479 号

小津安二郎全日记

全日記　小津安二郎

［日］小津安二郎　著
［日］田中真澄　编
周以量　译

出版统筹　赵武平
策划编辑　陈飞雪
责任编辑　陈飞雪　刘　玮
装帧设计　李猛工作室

上海译文出版社有限公司出版、发行
网址：www.yiwen.com.cn
200001　上海福建中路 193 号
上海雅昌艺术印刷有限公司印刷

开本 890×1240　1/32　印张 25　插页 4　字数 419,000
2020 年 1 月第 1 版　2020 年 1 月第 1 次印刷
印数：0,001–7,000 册

ISBN 978-7-5327-8021-1/I · 4928
定价：168.00 元